W0304381

Fantasy

Herausgegeben von Friedel Wahren

Das Schwarze Auge

1. Band: Ulrich Kiesow, *Der Scharlatan* · 06/6001
2. Band: Uschi Zietsch, *Túan der Wanderer* · 06/6002
3. Band: Björn Jagnow, *Die Zeit der Gräber* · 06/6003
4. Band: Ina Kramer, *Die Löwin von Neetha* · 06/6004
5. Band: Ina Kramer, *Thalionmels Opfer* · 06/6005
6. Band: Pamela Rumpel, *Feuerodem* · 06/6006
7. Band: Christel Scheja, *Katzenspuren* · 06/6007
8. Band: Uschi Zietsch, *Der Drachenkönig* · 06/6008
9. Band: Ulrich Kiesow (Hrsg.), *Der Göttergleiche* · 06/6009
10. Band: Jörg Raddatz, *Die Legende von Assarbad* · 06/6010
11. Band: Karl-Heinz Witzko, *Treibgut* · 06/6011
12. Band: Bernhard Hennen, *Der Tanz der Rose* · 06/6012
13. Band: Bernhard Hennen, *Die Ränke des Raben* · 06/6013
14. Band: Bernhard Hennen, *Das Reich der Rache* · 06/6014
15. Band: Hans Joachim Alpers, *Hinter der eisernen Maske* · 06/6015
16. Band: Ina Kramer, *Im Farindelwald* · 06/6016
17. Band: Ina Kramer, *Die Suche* · 06/6017
18. Band: Ulrich Kiesow, *Die Gabe der Amazonen* · 06/6018
19. Band: Hans Joachim Alpers, *Flucht aus Ghurenia* · 06/6019 (in Vorb.)
20. Band: Karl-Heinz Witzko, *Spuren im Schnee* · 06/6020 (in Vorb.)
21. Band: Lena Falkenhagen, *Schlange und Schwert* · 06/6021 (in Vorb.)
22. Band: Christian Jentzsch, *Der Spieler* · 06/6022 (in Vorb.)
23. Band: Hans Joachim Alpers, *Das letzte Duell* · 06/6023 (in Vorb.)
24. Band: Bernhard Hennen, *Das Gesicht am Fenster* · 06/6024 (in Vorb.)
25. Band: Ina Kramer (Hrsg.), *Steppenwind* · 06/6025 (in Vorb.)

Das Schwarze Auge

INA KRAMER

DIE SUCHE

DIE REISE NACH SALZA
TEIL 2

Siebzehnter Roman
aus der
aventurischen Spielewelt

herausgegeben
von
ULRICH KIESOW

Originalausgabe

WILHELM HEYNE VERLAG
MÜNCHEN

HEYNE SCIENCE FICTION & FANTASY
Band 06/6017

Umwelthinweis:
Dieses Buch wurde auf chlor- und säurefreiem Papier gedruckt.

Redaktion: F. Stanya

Printed in Germany 1996
Umschlagbild: Krzysztof Wlodkowski
Kartenentwürfe (Seite 6/7): Ralf Hlawatsch
Umschlaggestaltung: Atelier Ingrid Schütz, München
Technische Betreuung: M. Spinola
Satz: Schaber Satz- und Datentechnik, Wels
Druck und Bindung: Presse-Druck, Augsburg

ISBN 3-453-10967-8

Für Ulli

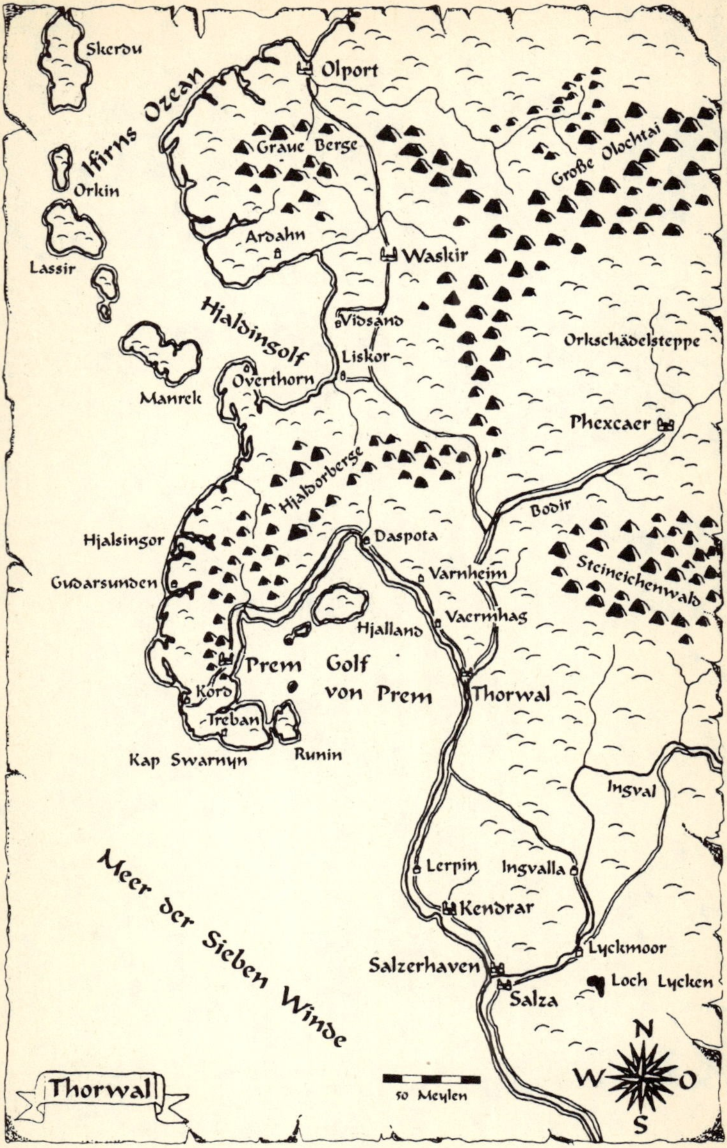
Skerdu
Olport
Ifirns Ozean
Graue Berge
Orkin
Große Olochtai
Lassir
Ardahn
Waskir
Hjaldingolf
Vidsand
Orkschädelsteppe
Liskor
Manrek
Overthorn
Phexcaer
Hjaldorberge
Bodir
Hjalsingor
Daspota
Steineichenwald
Varnheim
Gudarsunden
Vaermhag
Hjalland
Prem
Golf von Prem
Thorwal
Kord
Treban
Kap Swarnyn
Runin
Ingval
Meer der Sieben Winde
Lerpin
Ingvalla
Kendrar
Lyckmoor
Salzerhaven
Loch Lycken
Salza
N
W
O
S
Thorwal
50 Meylen

Ifirns Ozean
Yeti-Land
Riva
Norburg
Bornland
Orkland
Thorwal
Lowangen
Baliho
Festum
Warunk
Beilunk
Mittelreich
Nostria
Havena
Gareth
Perricum
Meer der Sieben Winde
Fasar
Zorgan
Vinsalt
Kuslik
Khunchom
Mherwed
Liebl. Felde
Khom
Maraskan
Tuzak
Thalusa
Zyklopen-Inseln
Perlenmeer
Al'Anfa
Brabak
Altoum
Waldinseln
Aventurien
500 Meylen
N
W
O
S

1. Kapitel

»Nun, Töchterchen, was schaust du mich so fragend an?« Ein schwarzes Augenpaar schillerte im flackernden Kerzenlicht, eine schmale dunkle Braue hob sich, volle Lippen verzogen sich wie zum Lächeln, während ringgeschmückte schlanke Finger mit spitzgefeilten Nägeln, unablässig und immer gleiche Bahnen beschreibend, durch das dichte, weiße, seidig schimmernde Fell eines massigen Katers fuhren. So gleichmäßig schnurrte das Tier, daß man hätte glauben können, eine geheimnisvolle Mechanik sei in seinem wohlgenährten Bauch verborgen, und so laut war das Schnurren, daß es das Knistern und Prasseln des Feuers im Kamin und das gelegentliche Rütteln des Windes an den geschlossenen Fensterläden übertönte – ein wohliger, schläfrig machender Dreiklang von Geräuschen.

Kamin, Stube, Fenster und Läden gehörten zum Haus der Hexe Karlitta von Lyckweiden. Es stand unweit des weidengesäumten Ufers von Loch Lycken, einem großen, tiefen, kalten See, gut zehn Meilen südlich des Ortes Lyckmoor.

Fünfzig Meilen westlich hingegen, in Salza im dritten Haus an der Hauptstraße links, in der kleinen Giebelstube, zwei Stockwerke über dem Straßenpflaster, prasselte kein Feuer im Kamin, obwohl man sich an diesem ungemütlichen, kalten, nassen und windigen Rondraabend ein paar wärmespendende Scheite wohl gewünscht hätte. Und so hörte man es in dieser Stube auch nicht anheimelnd knistern, im Gegenteil: Das

Pfeifen des Windes, der um den stufig gebauten Giebel strich, das Klatschen der Regentropfen, die er gegen die Butzenscheiben trieb, und ein gelegentlich vernehmbares Schniefen und Zähneklappern waren eher dazu angetan, einen frösteln zu lassen.

Der junge Mann, dessen Zähne wir eben klappern hörten, war Anselm Peckert, unser alter Freund, aber mit der geschwollenen Wange und dem rot-weiß karierten Tuch, das er um dieselbe geschlungen und oben auf dem Kopf verknotet hatte, hätten wir ihn schwerlich wiedererkannt. Seit drei Tagen plagten ihn arge Zahnschmerzen, doch hatte er bisher den faulen Zahn weder von seinem Onkel Jasper ziehen lassen wollen, noch sich dazu durchringen können, selbst zur Zange zu greifen. Denn so beherzt er zupacken konnte, wenn es um die Gliedmaßen und Gebisse anderer ging, so große Scheu befiel ihn angesichts eines jeden Leidens, das den eigenen Körper betraf. Und so litt er, fror – seit dem Morgen hatte sich dem Zahnweh ein Fieber zugesellt, das ihn hin und wieder heftig schaudern und die Zähne trotz des Tuches vernehmbar klappern ließ – und hatte große Mühe, den Sinn der Wörter und Sätze zu begreifen, die die Pergamente auf der Tischplatte bedeckten. Eine schlanke Tasse mit kostbarem Donfsud stand rechter Hand, und wenn Anselms Blick darauf fiel, griff er zum Strohhalm, saugte eine winzige Menge ein, umspülte ausgiebig den kranken Zahn, indem er den Tee durch die Ritzen zwischen den Zähnen sog beziehungsweise preßte, und schluckte schließlich. Bei dieser in den letzten Stunden recht häufig wiederholten Prozedur spitzte er die Lippen, krauste die Nase, kniff die Augen zusammen und legte die Stirn in so sonderbare Falten, daß ein Beobachter oder Gesellschafter ihm wohl kaum das angemessene Mitgefühl entgegengebracht hätte.

Aber niemand beobachtete Anselm in seinem Stübchen, und keiner leistete ihm Gesellschaft – der junge

Medicus hatte ausdrücklich darum gebeten, ungestört zu bleiben –, und so mußte auch niemand beim Anblick des Kranken ein Schmunzeln unterdrücken.

Links vor Anselm brannte eine Kerze in einem irdenen Leuchter. Ihr flackerndes Licht – die Stube war zugig, und wenn ein heftiger Windstoß durch die Ritzen pfiff, legte der junge Mann rasch und ohne aufzublicken die Hand hinter die Flamme, um sie am Erlöschen zu hindern – machte die Lektüre der Schriftstücke nicht eben einfacher. Anselm seufzte schwer, fuhr mit dem Finger die Zeile entlang, die er nun schon zum dritten Mal las, ohne sie zu begreifen, und schüttelte den Kopf. Nein, heute würde es wohl nichts mehr werden mit dem Studieren. Mühsam erhob er sich, leerte die Teetasse in einem Zug, schlurfte die wenigen Schritte zum Bett hinüber, streifte die Schaffellpantoffeln ab, legte sich nieder und zog das Federbett bis zur Nase hoch, ohne sich zuvor des wollenen Hausmantels entledigt zu haben. Er hoffte, daß Donf, heilsamer Schlaf und Peraines Beistand das Übel kurieren würden.

Auch wir hoffen es, und da wir Anselm nicht helfen können, lassen wir ihn in Salza zurück und schauen uns ein wenig in Karlittas Stube um.

An einem runden Tisch mit gedrechselten Beinen sitzen drei Frauen. Die jüngste, ein zierliches Mädchen von sechzehn Jahren, sehen wir nur von hinten: Weinrotes Haar fließt in wilden Wellen den Rücken hinab, eine dicke kurze Strähne allerdings ist seitlich am Kopf mit einem grünen Seidenband fest umwickelt, so daß sie absteht wie ein Pinsel.

Bei dem Wort ›Töchterchen‹ hatte Sylphinja kurz den Kopf gehoben, nun senkte sie ihn wieder auf die Näharbeit in ihrem Schoß – eine blausamtene Kappe, die sie am Rand mit Häherfedern schmückte. Das Mädchen trug ein grünes Gewand – nicht das einstmals für Sephyra bestimmte Festkleid, das wir kennen, sondern ein knappes Jäckchen und bis eben über die Knie reichende enge Beinkleider –, eine Tracht, die zugleich an die Kleider der Elfen und die der Jäger gemahnte, sich jedoch durch den kostbaren schimmernden Stoff und den Litzenschmuck an Kragen und Ärmelaufschlägen von jenen unterschied. Die junge Hexe hatte das Gewand im Verlauf der letzten Tage aus Resten geschneidert, die sie in Karlittas Truhe gefunden hatte, doch wäre niemand darauf verfallen, es ein Flickenkleid zu nennen, so geschickt waren die Bahnen aneinandergefügt, und so überaus reizend kleidete es seine Trägerin.

Sylphinja nähte viel, seit sie bei Karlitta lebte, und das war um so seltsamer, als sie sich früher nur dann mit Nadelarbeiten abgegeben hatte, wenn es wirklich not getan oder Sephyra es ausdrücklich verlangt hatte, und sie war in den Wald gelaufen, sobald der letzte Stich getan war. Nun verhielt es sich umgekehrt: Fast ständig sah man die junge Hexe über eine Näh- oder Stickarbeit gebeugt, sie stichelte, krauste und bauschte, bis die zarten Lider sich röteten und ihr die Augen brannten, und hätte Karlitta sie nicht täglich in den Wald geschickt, damit sie Reisig, Pilze, Beeren, Wurzeln oder Kräuter sammle, wäre sie wohl bald zu einer blassen, kränkelnden Stubenhockerin geworden.

Ob Karlittas ermunternde Worte oder der Anblick der vielfarbigen schimmernden Stoffe, der Bänder, Litzen und Knöpfe in der geräumigen Truhe diese ungewohnte Nählust erzeugt hatte, wir wissen es nicht, fest steht jedoch, daß Sylphinja schon am Tage nach ihrer Ankunft damit begann, die beiden Spitzen eines Seidenkragens mit einem Hasel-, beziehungsweise Weidenblatt zu besticken.

Gleich bei der Ankunft in Haus Lyckweiden, nachdem die Schwestern einander begrüßt und ihre Namen genannt hatten (während des Fliegens war es nicht möglich gewesen zu reden; der Wind hatte jedes Wort verweht, und Sylphinja hatte ohnehin genug Mühe gehabt, ihrer fluggewandten Führerin zu folgen; auch hatte die Sorge, von dem feindseligen Wald und dem finsteren Weiher zurückgeholt zu werden, sie erst verlassen, als Wald und Weiher viele Meilen hinter ihnen lagen), hatte Karlitta die Braue gehoben – es war die linke, wie stets – und kaum merklich den Kopf geschüttelt. »Ich weiß, du hast viel zu erzählen, Sylphinja, du willst vieles fragen, aber jetzt ist nicht die rechte Zeit zum Reden. Lebe, lerne, lausche, beobachte, vergleiche und wäge! Hab Geduld – der rechte Zeitpunkt wird schon kommen. Vielleicht magst du dir derweil ein Kleidchen nähen. Eine Schwester sollte über mehr als ein Gewand verfügen und ihrer Erscheinung die nötige Sorgfalt widmen.« So hatte Karlitta gesprochen und den Deckel der Truhe gehoben, die die glitzernde, schimmernde, vielfarbige Verheißung barg. »Doch zuvor mußt du schlafen. Es war ein weiter, weiter Flug für eine so ungeübte Schwester wie dich.«

Sie hatte die Truhe wieder geschlossen und Sylphinja zum Alkoven geführt, wo die junge Hexe alsbald in einen sechzehn Stunden währenden Schlaf gesunken war und wo sie von jenem Abend an die Nächte verbrachte.

Mit Bildern von bunten Stoffen, schimmernden Bändern und glitzernden Garnen war das Mädchen eingeschlafen, und gleich am nächsten Tag hatte es sich an die Arbeit gemacht. In den bald sechs Wochen, die Sylphinja nun in Haus Lyckweiden lebte, hatte sie es wahrlich zur Meisterschaft gebracht. Immer emsiger war sie geworden, je besser sie die Kunst beherrschte, und immer widerwilliger legte sie die Nadel aus der Hand.

Von Karlittas Ratschlägen befolgte Sylphinja die ersten vier: Sie aß und trank, wachte und schlief, war tätig und ruhte, mit einem Wort – sie lebte. Sie lernte auch: nähen nämlich und zaubern (genauso wie Karlitta darauf bedacht war, daß Sylphinja den Wald durchstreifte, damit die Kräfte der Erde und der Pflanzen sie umwehten und ihr wacher Blick und das feine Näschen nicht verkümmerten, genauso achtete sie darauf, daß die junge Schwester sich regelmäßig in den Hexenkünsten übte). Sie lauschte auf die Erzählungen der Schwester, auf die Worte der Gäste und Kunden, auf Larions Schnurren, die Geräusche des Hauses, des Waldes und des nahen Sees, auf Karlittas Zitherspiel. Und sie beobachtete alles, was im Hause vor sich ging, alles, was die Schwester tat. Zum Vergleichen und Wägen, wie Karlitta es genannt hatte, kam sie jedoch nicht. Denn kaum, daß sie Haus Lyckweiden mit dem eigenen für immer verlorenen Heim verglich, Karlittas Wald mit dem Wald bei Abilacht und mit dem Farindelwald, Karlitta selbst mit der Mutter, brachen die Erinnerungen so schmerzlich und verwirrend über sie herein, daß sie schnell zur Nadel griff, um die Bilder und Gedanken wieder zu verscheuchen.

Wie wohl tat es doch, den weichen Stoff zu fühlen, die Schattierungen des Faltenwurfes zu betrachten, die silberne Nadel hineinzustechen, den glänzenden Faden hindurchzuziehen und sich dabei den Rock, das Wams, die Bluse oder Schärpe vorzustellen, zu der die Teile sich dereinst fügen würden! Und während die junge Hexe stichelte, verblaßten die leidvollen Bilder, und neue entstanden: ein Rock mit Zipfeln am Saum, stufig fallend und mit zackigen Volants verziert ... Sephyra, die Mutter und Hexenschwester, die ihn trug und sich langsam im Kreise drehte ... der Rock, der bei jeder Drehung schöner wurde, von Mal zu Mal besser paßte und putzte ... Sephyra, die auch bei jeder Drehung schöner wurde, weil der Rock sie so gut kleidete, kleine Makel des Körpers überdeckte, alle schönen Züge jedoch unterstrich und steigerte ...

Einmal, zehn Tage mochten seit der Ankunft vergangen sein, geschah es, daß *es* sich regte, während Sylphinja nähte. Das Werkstück sollte ein Schultertuch für Karlitta werden, aus kleinen Stücken verschiedenfarbiger Seide zusammengefügt. Während das Mädchen die Nadel durch den Stoff gezogen hatte, war das Bild des fertigen Tuches vor seinem inneren Auge erschienen, die Muster und Figuren, zu denen sich die Fetzchen fügen sollten, immer greifbarer geworden, fast so, als wären sie Teil der stofflichen Wirklichkeit. Und da hatten plötzlich die Finger wie von selbst gearbeitet, hatten kleine rundliche Formen zugeschnitten, hatten diese flink und sicher zusammengefügt und Ranken, Blätter, Wurzeln und Widderhörner gestaltet. Nie zuvor war Sylphinja die Arbeit so rasch von der Hand gegangen, und niemals hatte sie ein solches Glücksgefühl dabei empfunden. Doch erst als sie jene tiefe Erschöpfung gespürt hatte, war ihr bewußt geworden, daß sie ihre Kraft in die Arbeit hatte fließen lassen, mehr, als sie hätte verbrauchen sollen. Sie hatte Karlitta nichts von dem Vorfall erzählt – fast schien es ihr, als habe sie etwas Unrechtes oder Verbotenes getan.

Karlitta hatte das Geschenk lange geprüft, hatte Sylphinja mit unergründlichem Blick und gehobener Braue gemustert und seltsam gelächelt, als sie dankte. Doch da sie dem Mädchen häufig mit eben diesem Mienenspiel begegnete, ließ sich weder entscheiden, ob sie entdeckt hatte, daß das Tuch mit magischer Unterstützung gefertigt worden war, noch, was sie von einer solchen Art des Nähens hielt.

Seit diesem Erlebnis – des Schlafes dreier Nächte hatte es bedurft, die verbrauchte Energie zurückzugewinnen – versuchte Sylphinja immer wieder, ihre Kraft in die Arbeit einzuweben. »Sei sparsam!« sagte Karlitta einmal, und wieder ließ sich nicht entscheiden, ob ihre Worte sich auf den silbernen Faden bezogen, mit dem Sylphinja Federn und Gräser auf eine nachtblaue Bluse stickte, oder die magischen Säfte der jungen Hexe.

Inzwischen hatte das Mädchen gelernt, seine Kräfte einzuteilen und nicht täglich von ihnen zu zehren, obwohl es stets viel Selbstbeherrschung kostete, nicht alles zu geben, sich selbst im Zaum zu halten. Denn wenn das Stück, an dem sie arbeitete, vor ihrem geistigen Auge Gestalt annahm, wünschte sie, daß die wirkliche Arbeit in nichts von der vorgestellten abwich. Oh, einmal, irgendwann einmal, wenn ich erst älter und mächtiger geworden bin, dachte sie bisweilen, dann werde ich ein Kleid schneidern, das alle Kleider der Welt übertrifft, prächtiger als jedes, das je eine Festkönigin oder Kaiserin getragen hat (Sylphinja hätte nicht sagen können, was sie sich unter einer Kaiserin vorstellte, wußte nicht einmal, daß man in dem Land, in dem sie gelebt hatte, nur die männliche Thronfolge kannte, aber da Gwynnel ihr einst erzählt hatte, daß der Kaiser über allen Menschen stehe, mußte die Kaiserin wohl die mächtigste und schönste Frau der Welt sein; seltsamerweise war nie ein Gewand vor ihrem inneren Auge erschienen, das für einen Mann bestimmt gewesen wäre).

Für die augenblickliche Arbeit, das Schmücken der Kappe mit Häherfedern, brauchte die Hexe nichts von ihren magischen Kräften, die Finger nähten fast von selbst. Sie fühlte auch nicht Karlittas Augen auf sich ruhen, hatte nur aus alter Gewohnheit den Kopf gehoben. Denn ›Töchterchen‹ hatte die Ältere sie nur ein einziges Mal genannt. Seit sie einander beim Namen kannten, nannten sie einander auch beim Namen, und nur in der Gegenwart von Kunden redete Sylphinja die Ältere mit ›Muhme‹ an und wurde selbst ›Bäslein‹ gerufen.

Heute abend werde ich sie nach meiner Mutter fragen, dachte Sylphinja, gleichgültig, ob der rechte Zeitpunkt schon gekommen ist. Ich muß endlich alles über sie wissen, wie alt sie war, ob sie eine Gute oder eine Böse war, wie mächtig sie war, ob die Schwestern sie liebten, achteten oder fürchteten, ob ich das Unglück hätte verhindern können…

Bevor schmerzliche Bilder sich in Sylphinjas Geist schieben konnten, wurde ihre Aufmerksamkeit auf die Person gelenkt, der Karlittas Worte gegolten hatten, einer jungen Frau mit strohblonden Zöpfen und rosigen runden Wangen. Sie mochte siebzehn oder achtzehn Götterläufe zählen, überragte die junge Hexe aber um mehr als einen Spann. Hier, im Norden des Königreiches Nostria, machte sich beim Wuchs der Leute der thorwalsche Einfluß schon deutlich bemerkbar, deutlicher noch als in Albernia. Vermutlich waren die meisten Einwohner von Lyckmoor, Salza und Salzerhaven Nachfahren der rauhen Hjaldinger.

Auch das Mädchen hätte als Thorwalerin durchgehen können, mit seinen derben Händen, kräftigen Schultern und strahlendblauen Augen, doch wies seine Tracht – Strohschuhe, dunkel gefärbter Wollrock, Schnürmieder, Bluse – es als hiesige Bäuerin aus. Man sah der Kleidung den langen Marsch und den Regenguß an, der unterwegs niedergegangen war, und wie schon ein paarmal seit seiner Ankunft vor etwa einer Viertelstunde senkte das Mädchen errötend den Kopf, zupfte eine Kiefernnadel vom Ärmel der Bluse und strich die feuchten Falten des Rockes glatt. Sylphinja hatte die junge Bäuerin zuvor schon einmal gesehen und glaubte sich zu erinnern, daß sie Svenna hieß.

»Geht es um das Nachtlager?« fragte Karlitta und warf Sylphinja einen amüsierten Seitenblick zu. »Nun, da mußt du dir keine Sorgen machen. Du kannst gern im Stall schlafen, wenn es dir nichts ausmacht, morgen ein wenig nach Ziege zu riechen. Frisches Heu findest du dort genug.«

»Danke, Frau Karlitta«, murmelte Svenna und knetete verlegen die Finger. »Aber es geht um etwas anderes…« Sie hob kurz die Lider, dann senkte sie den Blick wieder auf die Hände in ihrem Schoß. »Ich kann in Gegenwart Eurer Base nicht darüber reden«, fügte sie flüsternd hinzu.

»Das Bäslein ist nicht nur mein Bäslein, sondern auch meine Schülerin. Wie soll sie lernen, wenn ich sie nun aus dem Zimmer schicke? Hab keine Angst, sie ist verschwiegen, und kein Wort, das du sprichst, wird je aus dieser Stube dringen.« Karlitta griff nach der schillernd glasierten irdenen Kanne, die auf einem Stövchen stand, und goß duftenden Kräutertee in drei zierliche Tassen, stellte eine vor Svenna ab, schob die zweite in Sylphinjas Richtung und hob die dritte mit abgespreiztem kleinen Finger zum Mund. Dies alles tat sie beiläufig, mit anmutigen, gemessenen Bewegungen und ohne daß die Linke mit Streicheln und Kraulen innehielt.

»Es geht um den Liebestrank«, stieß Svenna hervor, und ihre runden Wangen färbten sich noch kräftiger.

Karlitta hob die Braue und stellte die Teetasse ab. »Stimmt etwas nicht damit?« fragte sie. »Wirkt er nicht? Treibt dein Liebster es nicht brünstig mit dir? Ist er nicht ausdauernd genug? Reckt sich sein Männerding nicht fest und froh empor?«

Sylphinja war verblüfft, wie unverblümt Karlitta die Dinge beim Namen nannte. Zwar wußte die junge Hexe vom Hörensagen, was es mit der Liebe auf sich hatte, und kannte auch die Geheimnisse des männlichen und weiblichen Körpers, aber da bisher kein Mann je ihre Leidenschaft erweckt hatte, hatte sie niemals ein ›Männerding‹ gesehen, wollte auch keines sehen und hätte nicht darüber sprechen mögen… Oder doch? ging es ihr plötzlich durch den Kopf. Ja, sie spürte mit einem Mal, wie die Neugierde prickelnd von ihr Besitz ergriff, und nun wollte sie unbedingt hören, was Svenna über die Wirkung des Trankes, ihren Liebsten und sein Männerding zu erzählen hatte!

Aber Svenna war nicht nach Plaudern zumute. Stumm schüttelte sie den Kopf. Den Blick starr auf die Hände gerichtet und an der Lippe nagend, suchte sie offenbar nach den rechten Worten für die heikle Sache.

Das gibt uns Gelegenheit, in Ruhe die Hausherrin zu betrachten, die ihren Gast mit schwer deutbarer Miene beobachtete.

Karlitta mochte einen Schritt und fünfunddreißig Finger messen, ihr Alter gut dreißig Jahre betragen. Ob sie schlank war oder eher üppig, ließ sich schwer entscheiden, da sie gern Kleider mit reich gebauschten Ärmeln und schwingenden weiten Röcken trug. Das Gewand des heutigen Abends war von leuchtendem Rot, noch kräftiger als der Ton ihres Haares, der ganz leicht ins Rostige spielte. Kräftig und lang war das Haar, jedoch glatt wie Binsen, und so trug die Hexe es auch nur selten offen, sondern drehte, flocht und steckte es zu immer neuen Frisuren. Heute trug sie es streng gescheitelt und zum Zopf geflochten, der wie ein Kranz um den Kopf gelegt war. Eine grüne Perlenschnur hielt das Flechtwerk an seinem Platz. Grünsamtene enge Ärmel schoben sich aus dem roten Gebausche und verhüllten die Arme vom Ellbogen bis zur halben Hand. Ein kleiner Stehkragen vom gleichen leuchtenden Weiß wie das Fell des Katers umschloß den langen, auffällig schlanken Hals. In Karlittas Gesicht, einem ebenmäßigen Oval mit schön gewölbter Stirn und weich gepolstertem Kinn, erregten die Augen die größte Aufmerksamkeit: Zwar waren sie weder auffällig groß, noch von langen Wimpern gerahmt, und doch fiel es schwer, sich ihrem Bann zu entziehen. Das mochte am Ausdruck liegen, der beständig schwankte zwischen amüsiertem Interesse und Spott und gewiß keinen Aufschluß über die Gemütsverfassung der Hexe gab, mehr aber noch am seltsamen Schillern der Iriskreise, die, während man in sie blickte, unablässig den Farbton wechselten, bald schwarz, bald nächtlich-blau, bald tiefviolett, bald wie vom dunkelsten Grün erschienen. Sylphinja jedenfalls wußte bis heute nicht, welche Farbe Karlittas Augen hatten und hätte sie als schwarzschillernd bezeichnet. Im Winkel des linken fand sich ein zierliches Ornament, das sich mit der Braue vereinigte und bis zur Schläfe wuchs – ein schwarzes Zweiglein mit winzigen, efeuartigen schwarzen Blättern, eingerollten und auswärts gedrehten schwarzen Ranken und roten, grünen und violetten Sternblüten.

Welch meisterliche, wundersam schöne Schminkarbeit, hatte Sylphinja damals gedacht, als die Hexen sich in Karlittas Haus begrüßt hatten, und ein paar Tage später, als sie entdeckte, daß die Schminke entweder nicht verwischte oder allmorgendlich auf immer gleiche Weise mit stets derselben Strichsicherheit aufgetragen wurde, hatte sie schüchtern gefragt, ob die Schwester ihr, Sylphinja, wohl auch solch schöne Ranken und Blättchen in die Augenwinkel malen könne. Da hatte sie erfahren, daß die Verzierung keineswegs aufgemalt, sondern mit farbgetränkten Nadeln in die Haut gestochen sei und sich niemals werde abwaschen lassen. »Die Thorwalschen sind wahre Meister in dieser Kunst«, hatte Karlitta gesagt. »Mein kleines Ornament – wirklich eine Kleinigkeit für ihn – hat der Bilderstecher Swenjar Haldason aus Overthorn gestochen, aber Bragan aus Vaernhag ist noch besser als er. Ich kenne Bragan – er lebt jetzt in Salza – und habe seine Dienste bereits in Anspruch genommen. Wirklich ein Meister! Er hat ein wenig zu spitze Ohren für einen Thorwaler, wenn du verstehst, was ich meine, und daran wird's wohl liegen. Wenn du dir auch ein Bildchen stechen lassen willst, kann ich ihn wohl überreden, es zu tun – er übernimmt nicht jede Arbeit und auch nicht bei jedem, mußt du wissen. Also, denk einmal darüber nach, ob, was und wohin.«

Diese Fragen, ob, was und wohin und an welcher

Körperstelle sich wohl Karlittas zweites Hautbild befinde, beschäftigten Sylphinja immer wieder, drängten sich in die Phantasien von prächtigen Gewändern und verschmolzen mit diesen, und bisweilen fragte die junge Hexe sich, ob der Blütenzweig, den sie gerade stickte, nicht der Zweig sei, den Bragan ihr in die Haut des Bauches stechen solle.

Auch eben wieder, als Svenna errötend den Liebestrank erwähnt hatte und Karlitta, gänzlich ohne zu erröten, über das Männerding von Svennas Liebstem gesprochen hatte, dabei die Braue hob, daß sich Zweiglein und Ranken dehnten, hatte sie ein feines Kribbeln im Bauch gespürt, so als ob winzige Nadeln hineingestochen würden. Ihr war ganz seltsam zumute. Doch nun hatte Svenna offenbar die rechten Worte beisammen, denn stockend begann sie zu erzählen, und Sylphinja versuchte nicht weiter, das merkwürdige Gefühl zu ergründen.

»Der Trank ist gut, Frau Karlitta, er wirkt, und ich kann mich nicht beklagen«, sagte die junge Bäuerin und schob die Brauen nachdenklich zusammen. »Aber die Wirkung verfliegt so rasch... Mag die Nacht auch noch so heiß gewesen sein, am Morgen ist Ruperts Liebe erkaltet.«

»Wo ist das Problem?« erwiderte Karlitta. »Dann mengst du ihm eben am Morgen auch ein paar Tropfen in seinen Tee, und gleich wird er wieder in Leidenschaft entbrennen.«

»Ach, nein«, seufzte das Mädchen, »es wird nicht helfen. Er liebt mich nicht wirklich. Er ist auch meist schon fort, wenn ich erwache, und das Bett neben mir ist genauso kalt wie er selbst. Dann sehe ich ihn tagelang nicht... Ich glaube, er hat eine andere...« Svenna hielt inne und nagte wieder an der Lippe. »Habt Ihr kein Kraut, mit dem ich ihn für immer an mich binden kann?«

Karlitta schüttelte den Kopf. »Ein solches Kraut gibt

es nicht, Töchterchen, mir jedenfalls ist es nicht bekannt. Natürlich könnte man – nicht ich, aber ein mächtiger Druide oder Magier – einen Ring mit einem Beherrschungszauber belegen, der, wenn du ihn deinem Liebsten an den Finger stecktest, diesen für alle Zeit an dich fesseln würde, aber ich fürchte, dann wärst du seiner eher überdrüssig, als dir lieb ist. Fesselringe, Liebeszwänge, das sind gefährliche Dinge – mit meinen Tränken und Salben nicht zu vergleichen. Am besten, man läßt die Finger davon… Ich kenne auch keinen Magier, der dir weiterhelfen könnte, noch könntest du ein so teures Artefakt bezahlen… Genug davon! Schlag dir Rupert doch aus dem Sinn! So hübsch und gesund wie du bist, kannst du zehn Ruperts an jedem Finger haben.«

»Ich muß wissen, ob er eine andere hat, es läßt mir keine Ruhe.«

»Vermutlich, Töchterchen, vermutlich hat er eine. Hast du schon einmal sein Hemd untersucht, ob fremde Haare daran kleben oder ein fremder Duft darin hängt?«

Svenna antwortete nicht; sie schien nicht zugehört zu haben. Verzweifelt schaute sie Karlitta an. »Laßt mich einen Blick in Euer *Schwarzes Auge* werfen, bitte, nur einen einzigen, damit ich Gewißheit habe… Wenn ich mit eigenen Augen sehe, daß er bei einer anderen liegt…«

»Soso, einen Blick in mein Schwarzes Auge soll ich tun.« Karlitta lächelte seltsam. »Du weißt, daß so etwas nicht einfach ist, nicht wahr? Es gelingt nicht immer, den rechten Ort und die rechte Person zu finden. Und es ist kräftezehrend, das heißt teuer. Womit willst du denn bezahlen?«

Svenna atmete erleichtert auf. »Ihr wollt es also tun. Danke, Frau Karlitta.« Sie beugte sich zu dem Rucksack hinunter, den sie neben ihrem Stuhl abgestellt hatte, und zog zwei in Wachstuch eingeschlagene Gegenstände hervor, einen kleinen und einen großen. »Ich habe einen Kuchen gebacken, aus weißem Mehl und mit sieben Eiern«, erläuterte sie und reichte Karlitta das kleinere Päckchen. »Und hier« – sie löste das Wachstuch von dem großen – »habe ich noch ein Kissen für Euch, mit Gänse- und Entendaunen gefüllt.«

Karlitta nahm die Gaben entgegen, roch an dem Kuchen und drückte prüfend den rauhen Nesselbezug des Kissens. »Gut«, sagte sie schließlich, »das mag als Bezahlung genügen. Aber du weißt, daß ich Kuchen und Kissen behalten werde, auch wenn es mir nicht gelingt, Rupert zu finden?« Svenna nickte. »Nun«, fuhr Karlitta fort, »dann hole ich mein Schwarzes Auge – wollen wir einmal sehen, was es uns zeigen wird. So die Götter wollen, hat deine Ungewißheit bald ein Ende.« Bei diesen Worten richtete Larion sich auf, rieb den breiten Kopf an Karlittas Busen und sprang unvermittelt zu Boden. »Ein höfliches Tier, nicht wahr?« sagte die Hexe, während sie sich erhob. »Erspart es einem, es fortzuscheuchen. Ich werde euch für eine kleine Weile verlassen, denn ohne gewisse Vorbereitungen läßt sich das Schwarze Auge nicht aktivieren. Aber es wird euch gewiß nicht langweilig werden – junge Mädchen haben sich ja immer viel zu erzählen.«

Eine angeregte Plauderei wollte sich allerdings nicht einstellen, nachdem Karlitta das Zimmer verlassen hatte: Svenna war zu schüchtern und zu erregt von dem, was sie gleich erblicken sollte, und auch Sylphinja war aufgewühlt – nicht nur wegen der zu erwartenden Bilder (sie hoffte insgeheim, Rupert bei der anderen liegend zu erblicken), sondern auch und vor allem wegen des Artefaktes selbst. Schwarze Augen waren sehr selten, das wußte sie, und die drei oder vier, die es auf der Welt gab (wie viele genau es waren, wußte sie nicht), befanden sich alle im Besitz der mächtigsten Zauberkundigen. Nie hätte sie ein

Schwarzes Auge bei einer der Schwestern vermutet, und daß Karlitta eines besaß, erfüllte sie zugleich mit Bewunderung und Beklommenheit. Also ist sie viel mächtiger ... und gefährlicher, als ich bisher angenommen habe, ging es ihr durch den Kopf, während sie das Spiel der Flammen im Kamin beobachtete.

»Kommst du aus Salza?« drang von fern Svennas Stimme in ihre Gedanken.

»Nein, ich komme von weither, aus der Stadt... Honingen«, log Sylphinja, da sie nicht wußte, wieviel sie dem fremden Mädchen über ihre Herkunft verraten durfte – Praiospfaffen und Bannstrahler mochten überall lauern.

»Honingen kenne ich nicht, aber in Salza bin ich schon drei-, nein viermal gewesen. Eine richtig große Stadt ist das, viel größer als Lyckmoor, mit Häusern aus Stein, manche drei Stockwerke hoch, und mit gepflasterten Straßen.«

»In Honingen gibt es auch eine gepflasterte Straße – sie heißt Reichsstraße – und einen Tempel.«

»Aha«, sagte Svenna und runzelte nachdenklich die Stirn. Sie löste nacheinander Daumen, Zeige- und Mittelfinger aus der Faust. »In Salza gibt es drei Tempel«, fuhr sie fort, »einen Ingerimmtempel, einen Hesindetempel und einen Traviatempel, in dem ich schon gewesen bin ... In Salzerhaven steht noch ein Efferdtempel, glaube ich.«

Damit war die Konversation fürs erste beendet, denn Sylphinja wußte nicht, mit welchen Honinger Tempeln sie hätte kontern können – den einzigen, den sie kannte, mochte sie nicht einmal beim Namen nennen –, und so starrte sie wieder in die Flammen, während Svenna sich verstohlen im Zimmer umblickte.

Karlittas Haus, aus grob behauenen Kalksteinen errichtet, war groß für ein Hexenhaus, obwohl es nur über vier Zimmer und einen geräumigen Vorraum verfügte. Drei Kamine, ein Doppelkamin der mittlere, auf der rückwärtigen Seite, die nach Nordosten wies, dienten den vier Feuerstellen des Hauses als Abzug (daß im Rondra geheizt wurde, war auch hier im rauhen Norden Nostrias die Ausnahme). Man betrat das Haus von Südosten durch einen Windfang, der an die Vorderfront gebaut war. Im mit dunklem Holz getäfelten Vorraum wies nichts auf den Stand der Bewohnerin hin, oder besser: fast nichts, denn ein aufmerksamer Betrachter hätte im Schnitzwerk, das den Alkoven – er befand sich rechts vom Eingang – und die Deckentäfelung schmückte, neben allerlei Pflanzenornamenten die Bilder von Katzen, Schlangen, Raben, Kröten und Eulen erkannt und dazwischen immer wieder ein Gesicht mit schräggestellten Augen, fellbewachsenen Wangen, spitzen Zähnen im zum grausamen Grinsen geöffneten Mund und gewaltigen eingerollten Hörnern, die der Stirn entsprossen. Aber die meisten Besucher hielten sich nicht lange genug im Vorraum auf, um über den Sinn der Bildwerke ins Grübeln zu geraten.

Rechts hinter dem Alkoven führte eine Tür in Karlittas Privatgemach, von dem aus man durch eine zweite Tür in derselben Wand die Hexenküche betrat (*man* selbstverständlich nicht, wohl aber Karlitta und auch Sylphinja schon das eine oder andere Mal). Vom Vorraum gingen zwei weitere Türen ab, geradeaus die zur Küche und linker Hand die zum Wohn- und Empfangsraum, in dem wir uns befinden. Küche und Hexenküche waren durch eine bogenförmige Öffnung miteinander verbunden. Ein Vorhang aus Schnüren, auf die hölzerne, gläserne und wächserne Perlen gereiht waren, bildete eine luftige Schranke zwischen beiden Zimmern und ließ ein leises Klimpern ertönen, wenn Karlitta hindurchschritt. So filigran die Schranke auch war, sie schützte doch sicher vor unbefugtem Eindringen, da stets, wenn Karlitta auswärts weilte, bläuliche

Funken zwischen den Schnüren flimmerten, die ihre Gerätschaften vor neugierigen Blicken verbargen und mögliche Diebe oder Spione schmerzhaft daran gehindert hätten, den Vorhang zu berühren. (Das zumindest sollten mögliche Diebe und Spione glauben. In Wirklichkeit waren die Funken harmlos – Karlitta beherrschte den *Applicatus* nicht –, und die ›gefährlichen‹, ›magischen‹ Lichteffekte wurden durch druidische Kristalle und Erze erzeugt, die, in der rechten Weise angeordnet und zwischen den Perlen verborgen, die zarten bläulichen Blitze erzeugten.)

Küche und Hexenküche mochten jeweils knapp neun Rechtschritt messen, doch fiel es schwer, das genaue Maß zu bestimmen, da sich hier wie im ganzen Haus kein rechter Winkel fand. Auch Sylphinja, die nichts von rechten, stumpfen oder spitzen Winkeln wußte, hatte die Seltsamkeit der Bauweise bemerkt, war der Frage, was Karlittas Haus vom eigenen oder dem der alten Gwynnel unterschied, jedoch nicht weiter nachgegangen – sie empfand es auch keineswegs als unangenehm, daß die Böden und Decken von Vorraum und beiden Küchen Trapezen glichen und die beiden äußeren Zimmer fünf statt vier Ecken aufwiesen.

Bis auf eine schritthohe Täfelung aus verschiedenen Hölzern waren die Wände in Karlittas Wohnstube unverkleidet, jedoch verputzt und gekalkt. Die Farbe Weiß aber suchte man vergebens. Das rührte zum einen von den Draperien aus schimmernden Stoffen in Rot-, Violett- und Grüntönen her, die die beiden Fenster und Teile der Wände verhüllten, zum anderen von den sich vermischenden und einander überlagernden blaßfarbigen Lasuren, mit denen der Kalk gestrichen war. Diese Wandmalerei erzeugte einen seltsamen Effekt: Wenn man lange genug auf die durchscheinenden Schlieren aus zartem Gelb, Orange, Rot und Purpur starrte, formten die ungeordneten Farben sich zu Wolkengebilden, Fratzen, Tier- und Pflanzenwesen, die vorüberzogen, wuchsen, schrumpften und zerflossen, um sogleich neue Gestalt anzunehmen. An der Zimmerdecke waren trockene, mit seidenen Blättern und Blüten geschmückte Äste von Lockenhasel und Krüppeleibisch befestigt, an denen Kräuterbündel hingen, die würzigen Duft im Zimmer verbreiteten. Ein Schrank mit Geschirr und anderem Gerät, zwei Truhen und ein Tisch unter dem nach Südwesten weisenden Fenster, an dem Karlitta und Sylphinja die Mahlzeiten einzunehmen pflegten, ergänzten die Einrichtung.

Doch nun müssen wir die Inspektion des Zimmers beenden, denn gerade kehrt die Hausherrin zurück.

Fast lautlos öffnete sich die Tür, doch Sylphinja sah sofort hinüber. Als sie die Bewegung bemerkte, blickte auch Svenna auf, und vor Verblüffung öffnete sich ihr Mund.

In der Tat war die Hexe kaum wiederzuerkennen: Die Vorbereitungen, von denen sie gesprochen hatte, schienen weniger dem Artefakt als dem eigenen Erscheinungsbild gegolten zu haben. Ein grünseidener Turban, mit Pfauenfedern und geschliffenen Steinen geschmückt, verhüllte das Haupt und ließ Karlitta erheblich größer erscheinen. Nicht die kleinste Haarsträhne lugte unter der Kopfbedeckung hervor, wodurch zwar der lange schlanke Hals und der versteifte, im Nacken hochgestellte Kragen des Umhanges besonders schön zur Geltung kamen, die Züge jedoch ein wenig streng erschienen. Der Umhang, aus demselben Stoff gefertigt wie der Turban, entsprach im Schnitt nicht der üblicherweise von Karlitta bevorzugten Tracht: Weich und schlicht floß er bis zum Boden, und auch die sich zu den Handgelenken weitenden Ärmel fielen glatt und ungebauscht. Fast hätte man die Hexe für eine tulamidische Magierin halten können – auch die grünen Seidenpantöffelchen, die bei jedem Schritt unter dem Gewand hervorlugten, entsprachen mit ihren zierlich eingerollten Spitzen eher tulamidischer als nostrischer Mode –, einzig die satuarischen Symbole auf Kragen und Ärmelsäumen – verschlungene Wurzeln, Pflanzen und Widderhörner – verrieten dem Kundigen den wahren Stand der Dame.

Svenna war weit davon entfernt, eine Kundige zu sein. Ihr Mund stand immer noch offen, und vor Ehrfurcht vergaß sie fast zu atmen. Auch Sylphinja verspürte ein Kribbeln bewundernder Scheu das Rückgrat hinabrieseln, als Karlitta sich gemessenen Schrittes den Mädchen näherte. Die Lyckweidenerin trug einen mit schwarzem Samt verhüllten Gegenstand vor sich her, fixierte ihn mit halbgeschlossenen Augen und setzte ihn, als sie das Tischchen erreicht hatte, mit äußerster Vorsicht auf der polierten Platte ab. Dann ließ sie sich selbst nieder.

Niemand hatte auf Larion geachtet, und so fuhr Svenna erschrocken zusammen, als das große weiße Tier plötzlich auf Karlittas Schoß landete. Zwei- oder dreimal rieb es den breiten Schädel an den seidenverhüllten Brüsten der Hexe, dann rollte es sich auf ihren Schenkeln zur Kugel zusammen und nahm das behagliche Schnurren wieder auf.

Unvermittelt riß Karlitta das Tuch zur Seite, und nun sah man, was darunter verborgen war: eine kindskopfgroße schwarzschillernde Kugel auf einem Sockel aus Ebenholz. Das also ist ein Schwarzes Auge, dachte Sylphinja, während sie gebannt und vor Erregung vibrierend in das seltsam-schöne, unheimliche Gebilde starrte; sie spürte kaum, wie die Handarbeit ihren Fingern entglitt. Langsam, Zoll um Zoll und fast ohne ihr Zutun näherte sie sich dem Artefakt, bis ihr kleines Hinterteil zum äußersten, vorderen Rand des Stuhles vorgerutscht war. Gelbe, rote und grüne Lichtreflexe tanzten auf dem Glas (oder aus welchem Material auch immer die Kugel gefertigt sein mochte), dahinter jedoch waberte es wie Nebelschwaden. Und während die zarten Nasenflügel sich blähten, wie um den magischen Duft zu erschnuppern, erwachte *es*, dehnte sich, strömte hervor und formte sich zu unsichtbaren Fühlern, die das Ding zu erkunden versuchten.

»Mäßige dich, Bäslein!« durchbrach Karlittas Stimme das Schweigen. Die kaum hörbare Schärfe der Worte ließ Sylphinja zusammenzucken, als sei sie bei etwas Verbotenem ertappt worden. Auch die Fühler erzitterten und zogen sich rasch zurück, bevor sie eine Botschaft hätten empfangen können. »Es stört den Zauber«, fügte die Ältere hinzu, weicher nun und wie zur Erklärung, und als das Mädchen den Blick von der Kugel löste und auf Karlitta richtete, entdeckte es in deren Augen ein seltsames Glitzern, schalkhaft, spöttisch und boshaft zugleich, jedoch nur wenig furchteinflößend. Nur einen Herzschlag lang währte die Begegnung der Blicke, und Sylphinja wußte nicht, ob die Botschaft, so es denn eine gewesen war, ihr gegolten hatte und was sie hatte besagen wollen.

»Wie sieht dein Liebster aus?« fragte Karlitta so unvermittelt, daß Sylphinja für den Bruchteil eines Wimpernschlages meinte, die Frage sei an sie gerichtet. Auch Svenna schien überrascht, denn sie öffnete zwar den Mund, brachte aber kein Wort hervor (vielleicht hatten auch das Artefakt, der bevorstehende Zauber und Karlittas Aufputz ihr die Sprache verschlagen). »Du mußt ihn mir genau beschreiben«, fuhr die Hexe fort, während sie mit den Fingerkuppen zarte Kreise auf der Oberfläche der Kugel beschrieb. »Je genauer ich ihn kenne, um so leichter kann ich ihn finden.« Ihre Stimme wurde immer weicher, fast singend, mit Larions Schnurren in vollkommenem Einklang.

»Rupert… Rupert ist neunzehn und zwei Finger größer als ich«, hub Svenna an. Sie sprach leise und stockend, und wie schon zuvor fand Sylphinja, daß die Schüchternheit des Mädchens in seltsamem Kontrast zu dem großen kräftigen Körper stand. »Er hat die schönsten Augen der Welt... wie Sterne, und wenn er lacht, muß ich auch immer lachen... Sein Haar ist blond wie meines, aber etwas dunkler... und lockig, und er hat breite, kräftige Schultern... Auch seine Arme und Beine sind kräftig, aber er ist nicht dick, das müßt Ihr nicht falsch verstehen... Daß er so stark ist, kommt wohl vom Bäumefällen, er ist nämlich Holzfäller, müßt Ihr wissen. Und er versteht sich ausgezeichnet darauf, die Maultrommel zu zupfen... Ja, warum erzähle ich Euch das? Es hat ja mit seinem Aussehen nichts zu tun... Sein... sein Ding, falls Ihr das wissen müßt, ist ziemlich lang, und wenn die Leidenschaft ihn packt, wird es noch größer...«

»Trägt er einen Bart?« unterbrach Karlitta Svennas stammelnden Bericht.

»Nein, er schabt sich die Wangen, weil der Bart noch nicht so üppig sprießen will.«

»Wie ist seine Nase geformt? Hat er runde oder eher hagere Wangen? Wie sehen seine Lippen aus?«

»Schön!« So fest und sicher hatte Svennas Stimme den ganzen Abend über nicht geklungen. »Und er hat schöne weiße Zähne«, fuhr sie mit ebenso großer Überzeugung fort. »Die Nase... ja, seine Nase ist auch sehr schön, und die Wangen sind weder rund noch mager... schön, würde ich sagen. Rupert hat schöne Wangen.«

»Nun, ich denke, ich weiß genug«, sagte Karlitta. »Dann will ich einmal schauen, ob ich ihn finde. Eines mußt du mir versprechen, Töchterchen: Kein Gekreisch, kein Geflenne, wenn sich zeigen sollte, daß er tatsächlich eine andere hat! Stähle dich, denn alles deutet darauf hin. Es bedarf auch der äußersten Ruhe, das Schwarze Auge zu aktivieren.«

»Gewiß, gewiß, ich werde kein Wort sagen«, beeilte sich Svenna zu versichern, doch bevor sie weiterreden konnte, hob Karlitta die Rechte. »Still nun!« sagte sie. Dann wandte sie den Kopf Sylphinja zu und schaute ihr ernst in die Augen. »Auch du wirst still sein, Bäslein, nicht wahr?« Sylphinja nickte, und im selben Augenblick, so als habe er die Worte seiner Herrin auf sich bezogen, stellte Larion das Schnurren ein. Ein Scheit barst leise im Kamin, dann schwieg das Feuer, und da auch der Wind nachgelassen hatte, herrschte für einen Augenblick vollkommene Ruhe in der Stube.

Karlitta schloß die Augen und legte die Fingerspitzen an die Schläfen – so saß sie für eine Weile, sich in das Wirken des Zaubers versenkend. Schließlich öffnete sie die Lider, weiter und immer weiter, bis rings um die Iriskreise das Weiß der Augäpfel zu sehen war – die Augensterne selbst aber schillerten wie nie zuvor. Nur Sylphinja bemerkte es, da sie ihre Lehrmeisterin verstohlen beobachtete. Svenna hingegen starrte verbissen in die schwarze Kugel, so als könnte sie mit ihren Blicken und mit ihrem festen Willen Einfluß auf das Kommende nehmen.

Langsam lösten sich die schlanken Finger von Karlittas Schläfen, wanderten zum Schwarzen Auge, berührten es aber nicht, sondern hielten in einem guten Spann Entfernung inne. Die Steine der Ringe funkelten im rötlichen Schein des Feuers, beschrieben glitzernde, schlängelnde Bahnen, als die Hexe nun die Hände schwingen ließ und Wellen, Bögen und Kreise in die Luft zeichnete. Die Schwingungen schienen sich auf das Artefakt zu übertragen, denn schon bald waberten die Nebel im Innern stärker, und auf der glatten Oberfläche bildeten sich zarte farbige Schlieren, schillernd wie Fäulnis auf stehendem Wasser. Immer heftiger schwangen Karlittas Hände und brachten die Schlieren zum Schwimmen, doch plötzlich erstarrten die Finger, die spitzen Nägel wie Krallen ausgefahren.

Bevor die Mädchen begriffen, was geschah, war das Bild schon entstanden – nicht im Innern der Kugel, auch nicht auf ihrer Oberfläche, sondern über ihr schwebend, greifbar und luftig zugleich. Svenna sog kurz und hörbar die Luft ein, wie beim Schluchzen, und auch Sylphinja konnte nicht verhindern, daß ein kleiner heller Laut ihrer Kehle entwich.

Etwa einen und einen halben Spann hoch war die Gestalt – ein nackter Jüngling, den man von hinten sah. Obwohl ein spinnwebfeiner Schleier über ihm wie über allem ausgebreitet schien, erkannte man die kräftigen Muskeln der Schultern, Oberarme, der Beine und des Hinterteils, das seltsame stoßende – bockende, dachte Sylphinja – Bewegungen vollführte. Glieder waren um den Rücken des jungen Mannes geschlungen; Sylphinja erkannte Hände, Füße, Schenkel – und plötzlich gewahrte sie auch, daß die Gestalt nicht stand, wie sie drei schnelle Herzschläge lang (ihr Herz schlug zur Zeit sehr schnell und deutlich fühlbar) geglaubt hatte, sondern lag, daß man ihn, wie alles übrige, von oben sah wie bei einem Besenritt. Sie wußte auch mit einem Mal, was der Bursche tat oder vielmehr, was die beiden taten, denn die Füße, Hände und Schenkel, die sie gesehen hatte, gehörten einem schlanken schwarzhaarigen Mädchen, das am Geschehen ebensoviel Anteil hatte wie der Jüngling. Unter der dunklen Schönheit war eine braunwollene Decke ausgebreitet, an der Strohhalme hafteten – offensichtlich trieben die beiden es in einem Stall. Sylphinja dachte: Sie paaren sich. Es erfüllte sie mit seltsamer Erregung – ein klein wenig Abscheu war auch dabei –, zum ersten Mal im Leben Zeuge einer menschlichen Paarung zu sein. Doch etwas erschien ihr falsch, fast gespenstisch an der Szene: Trotz Ruperts und seiner Liebsten emsiger Geschäftigkeit, trotz ihrer immer schneller werdenden Zuckungen vernahm man keinen Laut außer Svennas bebenden Atemzügen. Die junge Hexe hatte oft genug das Hecheln beim Liebesspiel der Wölfe gehört, die fast feindselig klingenden Liebesschreie von Luchsen und Katzen, das Schnaufen von Hirsch und Keiler, das zart fiepende Schniefen der Erdmäuse und das Schwirren von Flügeln, wenn die Libellen sich zum Liebeskreis vereinigten – eine gänzlich stumme Paarung kannte sie nur bei Schnecken, Molchen und Wurmgetier.

»Was ist mit seinem Haar geschehen?« stieß Svenna keuchend und mit wie vor Wut oder Kummer zitternder Stimme hervor. »Hat *sie* es ihm abgeschnitten?« Noch während sie sprach, schwankte das Bild, verschob sich, zerfloß, und fast schien es, als rühre die Bewegung von ihren Worten oder ihrem Atem her. Schon fürchtete Sylphinja, der Zauber sei vorüber, als das Schwanken nachließ und die Konturen sich wieder festigten. Nun sah man Rupert – denn daß es sich bei dem Burschen um Rupert handelte, daran hatte sie keinen Augenblick lang gezweifelt – wieder deutlich, und auch das Gesicht des Mädchens mit dem seltsam qualvoll entrückten Ausdruck war neben seiner Schulter gut zu erkennen. Eben löste sich Rupert von seiner Geliebten, bäumte sich auf, warf den Kopf in den Nacken, und nun fielen ihm längere Locken als zuvor auf die Schultern. Aber Sylphinja schenkte der Haarpracht des Jünglings kaum Aufmerksamkeit, zu fasziniert war sie von den Zügen des Mädchens: Die dunklen Brauen waren zusammen- und ein wenig nach oben geschoben, in den Winkeln der fest zugekniffenen Augen schimmerten Tränen, und dem schmerzlich geöffneten Mund entwich ein lautloser Schrei.

Doch nun konnte Karlitta die magische Belebung des Schwarzen Auges offenbar nicht länger aufrechterhalten. Die Farben wurden blasser, die Gestalten durchscheinend, und das Bild löste sich auf wie ein Regenbogen, wenn sich eine Wolke vor die Sonne schiebt. Dann war es verschwunden, und auf der schwarzglänzenden Oberfläche der Kugel spiegelten sich nur noch die Kerzenflammen und die verzerrten Abbilder dreier Frauenköpfe.

»Traviane, die Schlampe, das Flittchen, wußt ich's

doch, daß sie es ist!« Nun konnte Svenna die Tränen nicht länger zurückhalten, und gewiß entsann sie sich nicht mehr, daß sie vor weniger als einer Viertelstunde Karlitta versprochen hatte, nicht zu weinen. »Ausgerechnet Traviane! Die ist doch dumm wie Hühnerdreck! Und faul! Und klein! Was findet er denn an ihr?« schluchzte das Mädchen, und ihre Stimme wurde mit jedem Wort heller und empörter, so daß sie sich dem Kreischen allmählich näherte.

Auch die Hexe hatte offenbar vergessen, was sie ihrer jungen Kundin abverlangt hatte. Die Augen starr auf die Hände gerichtet, war sie damit beschäftigt, das Schwarze Auge wieder zu verhüllen. Ihre Finger bebten leicht, hatten ein klein wenig Mühe, die Falten gleichmäßig und gefällig zu drapieren, und nun erkannte Sylphinja auch die Schweißperlen auf der ungewöhnlich bleichen Stirn. Die Aktivierung des Artefaktes mußte Karlitta sehr angestrengt haben. Sie schien nicht wahrzunehmen, was um sie her geschah, weder Sylphinjas Verwirrung zu bemerken noch Svennas lautes Weinen zu hören. Und als die junge Bäuerin unvermittelt ihren Rucksack ergriff, sich umwandte und zur Tür stapfte, war es Sylphinja, die sie aufhalten mußte. »Wo willst du hin, Svenna?« rief sie. »Warte, ich hole rasch eine Laterne und leuchte dir zum Ziegenstall!«

»Ich schlafe nicht im Ziegenstall – ich gehe heim!« stieß Svenna hervor, ließ aber doch die Hand sinken, die sie schon nach der Türklinke ausgestreckt hatte.

»Aber das ist doch viel zu gefährlich. Bei Nacht solltest du nicht durch den Wald gehen. Denk an die Wölfe und Bären!«

»Mich wird schon keiner fressen, und wenn doch …« Aufschluchzend barg das Mädchen das Gesicht in den Händen.

»Komm her, Töchterchen, und laß das unnütze Geflenne!« Karlittas Stimme klang wie immer (Sylphinja glaubte allerdings, eine winzige Angestrengtheit herauszuhören) weich und singend, aber dennoch so, daß man sich dem Befehl nicht widersetzen mochte. Und so kehrte Svenna auch folgsam zum Tisch zurück.

Karlitta lächelte, als sie sich nun an die junge Bäuerin wandte. Der Schweiß auf ihrer Stirn war schon getrocknet – vielleicht hatte sie ihn auch unbemerkt fortgetupft –, und nur die Blässe ihres Antlitzes zeugte davon, daß das Zaubern an ihren Kräften gezehrt hatte. »Es lohnt sich nicht, um Rupert Tränen zu vergießen, Töchterchen«, sagte sie. »Aus Liebesgram dein Leben der Gefahr auszusetzen, wäre aber die allergrößte Torheit. Du schüttelst den Kopf und glaubst mir nicht? Nun, in einem Jahr wirst du es genauso sehen. Ich werde diese Frage jedoch nicht mit dir disputieren. Wenn du meinst, du solltest nächtens und unbewaffnet durch den Wald marschieren, so tu es nur. Aber ich will mir nicht vorwerfen müssen, ich hätte es an Fürsorge mangeln lassen. Warte hier!«

Wieder sprang der Kater vom Schoß seiner Herrin, bevor Karlitta mit der kleinsten Regung die Absicht, sich zu erheben, kundgetan hatte. Sylphinja lauschte, als die Lyckweidenerin das Zimmer verlassen hatte, und schloß aus den Geräuschen, die sie vernahm – dem Öffnen und Schließen einer Tür und dem kaum hörbaren Klimpern von Perlenschnüren –, daß Karlitta ihre Hexenküche aufsuchte. Und richtig, als sie wenige Augenblicke später wieder erschien, hielt sie ein Salbentiegelchen in der Hand. »Komm!« sagte sie und winkte Svenna zu sich. Sie öffnete den Tiegel, fuhr mit dem Finger hinein und zeichnete, bevor das Mädchen etwas sagen oder zurückweichen konnte, eine Linie auf deren Stirn. Dann erst erläuterte sie: »Das wird dich heute nacht davor bewahren, Opfer eines zornigen Bären oder Beute eines hungrigen Wolfsrudels zu werden. Du schuldest mir drei Unzen gesponnene Wolle dafür. Und nun gehab dich wohl!« Mit einem

Blick bedeutete sie Sylphinja, den Gast zur Türe zu geleiten.

»Einen glücklichen Marsch wünsch ich dir, leb wohl!« rief Sylphinja der jungen Bäuerin nach, die mit gesenktem Kopf und hängenden Schultern davonschritt und nach wenigen Schritten von der Schwärze der Nacht umfangen wurde.

2. Kapitel

Als Sylphinja in die Stube zurückkehrte, fand sie Karlitta in ihrem Lehnstuhl beim Kamin sitzend und nachdenklich in die Flammen starrend. Sie schien sich inzwischen vollständig vom Zaubern erholt zu haben, denn ein rosiger Schimmer lag auf ihren Wangen, doch mochte der auch vom Feuer herrühren. Sylphinjas Handarbeit war in den Nähkorb gelegt worden, das Schwarze Auge jedoch stand unverändert auf dem Tisch, und offensichtlich hatte die Hexe auch nicht vor, es fortzuräumen. Sie wandte den Kopf der Eintretenden zu und wies lächelnd auf einen zweiten Stuhl, den sie zum Kamin gerückt hatte. »Setz dich, Sylphinja«, sagte sie. »Wir wollen reden. Nun ist endlich der Tag gekommen, auf den du so lange gewartet hast. Heute darfst du mich alles fragen, was dich bedrängt, und ich werde dir so aufrichtig wie möglich« – sie hob die Braue, und ihr Lächeln vertiefte sich – »und nach bestem Wissen antworten. Doch werden wir das Gespräch nach meinen Regeln führen, und so wirst zuerst du mir ein paar Fragen beantworten.«

»Welche Fragen?«

Karlitta kicherte. »Wollte *ich* nicht die Fragen stellen?« wandte sie sich an den Kater auf ihrem Schoß, und dieser, von der Bewegung oder den Worten geweckt, öffnete die großen grünen Augen, fixierte Sylphinja, verfolgte jede ihrer Bewegungen, so daß es dem Mädchen schwerfiel, eine entspannte Haltung einzunehmen. »Hast du Angst vor Larion?« fragte die Ältere.

»Angst...« Sylphinja dachte nach. »Angst ist nicht das rechte Wort. Ich habe Respekt vor ihm. Er ist dein Vertrauter, und du bist eine Schwester von großer Macht. Ich weiß, daß er gefährlich ist oder gefährlich werden kann, und deshalb werde ich mich auch hüten, etwas zu tun, das seinen oder deinen Zorn erregen könnte.«

»Er ist ein Kater, kein Säbelzahntiger.« Karlitta vergrub die Finger in dem weichen Fell, und sogleich erklang das wohlige Schnurren. »Im Vertrauen: Am gefährlichsten ist er für Mäuse und junge Vögel. Aber es gefällt mir, daß du Respekt vor uns beiden hast.« Wieder ließ sich aus ihrem seltsamen Lächeln nicht schließen, ob sie die letzten Worte im Scherz oder im Ernst gesprochen hatte. »Über Vertraute jedoch wollen wir uns später unterhalten. Zunächst erzähl mir, was du in den letzten Wochen beobachtet hast, was du von mir, meiner Lebensweise und meinen Zauberkünsten hältst und davon, was du eben gesehen hast.«

Sylphinja, noch verwirrt von dem eben Erlebten, öffnete die Augen weit und schob die Brauen fragend nach oben. »Aber wenn du soviel wissen willst, weiß ich gar nicht, wo ich beginnen soll«, sagte sie schließlich.

»Fang einfach mit dem letzten an. Wie hat dir meine kleine Demonstration gefallen? Fandest du sie eindrucksvoll?«

»O ja, sehr eindrucksvoll«, antwortete das Mädchen, ohne zu zögern. »Ich meine, nicht nur der Zauber selbst war eindrucksvoll, daß du ein fernes Ereignis in deine Stube geholt hast, sondern auch, was das Schwarze Auge gezeigt hat. Ich habe noch nie zwei Menschen bei der Paarung gesehen... Es war seltsam, dabei zuzuschauen, ein höchst merkwürdiges Gefühl, das ich nicht beschreiben kann.«

»Versuch es!« Karlittas Augen schillerten, als sie den Blick auf das helle Augenpaar ihres Gegenübers heftete. Sie befeuchtete die Lippen mit der Zungenspitze, bevor sie weitersprach. »Es gefällt mir, daß mein Zauber unbeschreibliche Gefühle in dir erweckt hat.«

»Nun...«, begann Sylphinja. Weder konnte noch wollte sie sich dem Blick der Älteren entziehen, und wieder ergriff diese seltsame, schwer benennbare Erregung von ihr Besitz. »Nun, es war wie ein Kribbeln im Bauch... im Bauch und auf der Haut... wie Gänsehaut, aber ohne daß man friert... wie ein warmes, wohliges Grausen. Und Herzklopfen hat es gemacht. Die beiden wußten wohl nicht, daß wir ihnen zusehen, und ich glaube, sie hätten es auch nicht gewollt, aber wenn das Bild nicht verblaßt wäre, hätte ich sie immerfort beobachtet...«

»Und das Schwarze Auge? Wie hat dir das gefallen?«

»Es hat mich zutiefst beeindruckt. *Du* hast mich beeindruckt, denn bis heute abend wußte ich nicht, *wie* mächtig du bist.«

Karlitta lachte so hell und fröhlich, wie Sylphinja sie noch nie hatte lachen hören. Das Lachen wirkte ansteckend, und so stimmte sie ein, ohne den Grund für die Heiterkeit der Älteren zu kennen. »Das hast du hübsch gesagt. Ich wußte gar nicht, daß du dich auf Artigkeiten verstehst. Wirklich, du machst mir viel Freude, kleine Schwester Sylphinja.« Wieder wurde Karlitta von Lachen geschüttelt. Vergnügt ergriff sie den Kater und vergrub, immer noch kichernd, das Gesicht in dem seidigen weichen Fell. »Sie glaubt, daß ich ein Schwarzes Auge besitze. Ist das nicht reizend?« raunte sie ihm halblaut zu.

»Aber...« Plötzlich verstand Sylphinja, und sie schüttelte den Kopf über ihre kindliche Dummheit. »Deine Kugel ist gar kein Schwarzes Auge, nicht wahr?«

»In der Tat.« Karlitta wischte sich eine Träne von der Wange, gab Larion einen Kuß auf die rosige Schnauze und bedeutete ihm, sich wieder zusammenzurollen. »Meine Kugel ist kein Schwarzes Auge. Wie sollte ich wohl im Besitz eines solchen Auges sein? Weißt du, wie viele dieser Artefakte es auf Deren gibt? Nein, das weißt du nicht, niemand weiß es genau«, beantwortete sie selbst die Frage. »Aber wenn ich eines besäße, würde ich gewiß nicht in diesem ärmlichen Häuschen hocken und stünde dummen Bauernmädchen in Liebesdingen mit Rat und Tat zur Seite. Ach, Sylphinja, wie wenig weißt du doch von der Welt! Übrigens eine äußerst faszinierende Vorstellung, ein Schwarzes Auge zu besitzen und an ferne Orte blicken zu können... oder in die Vergangenheit... Ich tät's schon gern einmal, sehr gern sogar. Man kann diese Artefakte auch nicht durch die Gegend schleppen, glaube ich. Soviel ich weiß, müssen sie an ihrem Platz fixiert sein... Genug davon, bevor mich die Begehrlichkeit packt und ich zu der großen Nahema fliege, um ihr und ihrem Auge einen Besuch abzustatten. Denn daß sie eines besitzt, ist gewiß. Kennst du Nahema?« Sylphinja schüttelte den Kopf. »Die größte Magierin der Welt. Ich kenne sie auch nicht persönlich und bin mir keineswegs sicher, ob ich sie kennenlernen möchte. Zauberer sind seltsame Leute, ganz anders als wir... Warum die Lyckmoorer meine schöne Kugel ein Schwarzes Auge nennen, weiß ich auch nicht so genau. Nun ja, möglicherweise habe ich selbst ihnen den Namen eingeflüstert. Daß ich im Besitz eines so über die Maßen zauberkräftigen Artefaktes bin, trägt übrigens nicht unbeträchtlich zu meinem Ansehen bei. Und wie gefällt dir mein Putz?«

»Dein Putz? Ich dachte, du wolltest mir etwas über die Kugel erzählen und über den Zauber, den du gewirkt hast.«

»Jaja, doch sag mir zuerst, wie ich dir gefalle. Kugel, Zauber und Gewand, das gehört alles zusammen. Also los: Wie sehe ich aus? Wie eine Magierin? Wie eine weise Frau? Verführerisch, gefährlich, mächtig, schwer durchschaubar?« Karlitta hatte bei jeder Frage eine andere Haltung eingenommen und ihren Zügen einen anderen Ausdruck verliehen. Bei dem Wort ›Magierin‹ hatte sie sich kerzengerade aufgerichtet, Kinn und Nase ein wenig in die Höhe gereckt, die Mundwinkel hingegen herabgezogen und Sylphinja unter halbgeschlossenen Lidern einen schwer deutbaren Blick geschenkt. Bei ›weise Frau‹ war ein mildes Lächeln über ihr Antlitz gehuscht, das sie auf unerklärliche Art älter erscheinen ließ, das Verführerische hatte sie dargestellt, indem sie den Kopf ein wenig auf die Seite neigte, einen feuchten Glanz in die schillernden Augen zauberte, die vollen Lippen schürzte, so daß zwischen ihnen das Weiß der Zähne hervorschimmerte, und es war ihr auch vorzüglich gelungen, Gefährlichkeit, Macht und Undurchsichtigkeit durch Gestik und Mimik wiederzugeben.

Sylphinja war von der kleinen Demonstration so beeindruckt, daß es ihr die Sprache verschlug (sie hatte auch vergessen, was Karlitta sie gefragt hatte) und die Lyckweidenerin ihre Fragen wiederholen mußte. »Du… du bist alles«, stammelte das Mädchen, »weise, verführerisch, gefährlich… Und auch, wenn du kein Schwarzes Auge besitzt, mußt du sehr mächtig sein.«

»So Satuaria will, bin ich bald die Mächtigste«, flüsterte die Ältere, und für die Dauer eines Wimpernschlages funkelte ein gieriger, fast böser Glanz in ihren Augen. Dann war sie wieder die Karlitta, die Sylphinja kannte, oder vielmehr: nicht kannte, denn die Schwester war ihr unvermittelt fremd geworden. Zugleich und auf widersprüchliche Weise fühlte sie sich heftig zu ihr hingezogen, spürte einen Gleichklang der Seelen, und sie erkannte an Karlittas Blick, daß diese dasselbe ihr gegenüber empfand: Fremdheit und Seelenverwandtschaft.

»Du wunderst dich über mich, über uns, nicht

wahr?« erklang die singende weiche Stimme. »Du glaubtest, mich ein wenig zu kennen, und hast eben einen fremden Zug an mir entdeckt. Du weißt nicht, ob du mich fürchten mußt. Das weiß ich selbst nicht... Aber du hast auch gespürt, daß wir einander gleichen. Ich habe es auch gespürt, und ich sage dir, du bist, genauso wie ich, eine *Schöne der Nacht.*« Karlitta schüttelte lächelnd den Kopf. »Daß ich es erst jetzt sehe! Ich glaube fast, Larion hat es von Anfang an gewußt, aber seit einiger Zeit hat das hinterhältige Tier Geheimnisse vor mir.« Sie schenkte dem Kater ein süßes Lächeln. Ihre Finger, die unablässig gekrault hatten, fuhren immer schneller und kraftvoller durch das seidige Fell, bis aus dem Streicheln ein wildes Kneten wurde und die spitzen Fingernägel sich tief ins Weiche gruben.

Larion schien das Spiel zu gefallen. Das Schnurren schwoll an, er rekelte sich, drehte sich so, daß sein Bauch für die Hexe besser zu erreichen war, streckte die Vorderläufe und hieb plötzlich, leicht und spielerisch, aber mit ausgefahrenen Krallen, nach der Hand, die ihm wohl oder weh tat. Karlitta lachte, obwohl der Hieb eine helle Strieme auf die Haut gezeichnet hatte, die sich nun mit einer Kette winziger roter Perlen füllte. Ihrer Miene war nicht anzusehen, ob sie Zorn oder Zärtlichkeit empfand. »Genug nun!« sagte sie leise, aber bestimmt und zu Sylphinja gewandt: »Wenn ich dich auch bisher nicht viel lehren konnte, so hast du wohl in den vergangenen Wochen, am heutigen Abend und besonders in den letzten Augenblicken gelernt, daß keine von uns der anderen gleicht, daß keine sich gänzlich durchschauen läßt und daß selbst Seelenverwandte nicht unbedingt Freundinnen sein müssen. Doch brauchst du dich vor mir...«

»Seelenverwandte, Schöne der Nacht – ich habe davon gehört«, unterbrach Sylphinja sie, ohne sich der Unhöflichkeit bewußt zu sein. Sinnend betrachtete sie das große weiße Tier auf Karlittas Schoß, das inzwischen die eingerollte Haltung wieder ein- und das gleichmäßige Schnurren wieder aufgenommen hatte. »Die Zirkel von Schwestern, deren Vertraute derselben Tierart angehören, nicht wahr?« Sie erwartete wohl keine Antwort, denn schon fuhr sie fort: »Du meinst also, daß ich eine Schöne der Nacht bin, daß mein Vertrauter eine Katze sein wird.« Karlitta nickte, aber die junge Hexe sah es nicht, da sie den Blick immer noch auf Larion gerichtet hielt. Sie beugte sich vor und streckte die Hand nach ihm aus, bis sie seinen Kopf berührte. Kaum waren die zierlichen Finger zwei- oder dreimal durch das weiche Fell gefahren, als der Kater das Schnurren verstärkte und den Hals reckte, um dem Mädchen seine Kehle zum Streicheln darzubieten – eine zugleich hingebungsvolle und fordernde Geste. Während sie kraulte, schoben sich Sylphinjas Brauen immer weiter nach oben, wie stets, wenn sie überrascht oder nachdenklich war. Schließlich hielt sie inne und zog die Hand zurück. »Ich spüre nichts«, sagte sie.

»Natürlich nicht. Larion ist *mein* Vertrauter und nicht deiner. Für dich ist er nur ein dicker Kater, und du bist für ihn nichts weiter als ein Mensch, der streichelt – eine Schöne der Nacht, die streichelt. Ich glaube auch nicht, daß du mit einem Tier wie ihm den Bund schließen wirst. Katzen gibt es viele: Luchse, Wildkatzen, Parder, Scheunenkatzen, Aranier, Schneeäffchen – so nennen wir die kleine nördliche Schwester der Wildkatze, deren Fell sich im Winter weiß färbt.« Karlitta legte den Kopf auf die Seite und betrachtete prüfend ihr Gegenüber. »Wahrhaftig, ich bin mir fast sicher, daß es ein Schneeäffchen sein wird.«

Sylphinja nickte ernst. »Ja, es wird Zeit, daß ich in den Wald gehe«, sagte sie. »Und dann wird sich zeigen, ob du recht hast. Meine Mutter hatte einen Raben, und so habe ich stets gedacht, der Rabe müsse auch mein Tier sein …« Plötzlich hielt sie inne. Sie hatte den ganzen Abend über nicht einmal an die Mutter gedacht, doch nun schob sich Sephyras Bild schmerzlich vor ihr inneres Auge. »Meine Mutter …«, begann sie, aber Karlitta schüttelte den Kopf.

»Über deine Mutter reden wir später.« Plötzlich klatschte sie in die Hände. »Ja, bist du denn gar nicht neugierig? Willst du gar nicht wissen, wie ich Rupert und Traviane in meine Stube gezaubert habe? Ich könnte auch Tula in meine Stube holen, die mächtige Tula von Skerdu, unsere Festkönigin, und sie würde es nicht einmal merken.«

»Tula …«, wiederholte Sylphinja. Augenblicklich war der kleine Anflug von Verzweiflung verflogen. Zwar entsann sie sich nicht, in welchem Zusammenhang sie den Namen schon einmal gehört hatte, doch spürte sie wieder das seltsame Prickeln der Erregung. »Erzähl mir von Tula, zaubre sie herbei, bitte!« bat sie.

Karlitta hob die Braue, und einen winzigen Augenblick lang funkelte es wie Haß in ihren Augen. »Tula … auch eine Schöne der Nacht, obwohl ich finde, daß man den Begriff Schönheit schon sehr weit dehnen muß, um sie eine Schöne zu nennen. Eine Thorwalsche ist sie, mit bunten Girlanden und Zierbändern auf dem kahlen Schädel. Sehr mächtig … und grausam. Nun ja, was soll ich dir viel von ihr erzählen? Du wirst sie ja bald kennenlernen. Vielleicht sollte ich dich vor ihr warnen.« Ihre Augen verengten sich, als sie weitersprach: »Und ich soll Tula für dich herbeizaubern? Hast du mir auch einen Kuchen gebacken und ein Kissen mit Gänsedaunen gestopft? Oder wie gedenkst du mich für einen so kräftezehrenden Zauber zu bezahlen? Nun, vermutlich denkst du, für dich würde ich ohne Entgelt meine Kräfte aufbrauchen, aber da irrst du dich. Und da wir gerade beim Bezahlen sind: Die Speisen, die du gegessen hast, die Garne, mit denen du gestickt hast, und die Stoffe, aus denen du dir Gewänder geschneidert hast, sind nicht vom Himmel gefallen. Auch Unterricht erteile ich in der Regel nicht umsonst. Du siehst, es ist allmählich an der Zeit, daß du dir Gedanken darüber machst, mit welcher Gegengabe du mich belohnen willst.«

In der Tat hatte Sylphinja Karlittas Gastfreundschaft bisher wie eine Selbstverständlichkeit genossen, und nun errötete sie tief. Doch bevor sie Worte des Dankes und der Entschuldigung stammeln konnte, bevor sie darüber nachdenken konnte, was sie ihrer Wirtin als Bezahlung geben könnte, sprach diese weiter: »Du brauchst dir dein Köpfchen nicht zu zermartern – ich weiß schon, was du mir schenken wirst, und ich werde es dir im Laufe des Abends verraten.« Sie lächelte versonnen, fast glücklich. »Und damit du nicht denkst, daß ich dir gram bin wegen deines Mangels an Erziehung, und da wir uns noch ein Weilchen unterhalten werden, wovon man allzu leicht eine trockene Kehle bekommt, solltest du uns nun etwas zu trinken holen, etwas Kräftigeres und Belebenderes als Tee.«

»Wein oder Schnappes?«

Karlitta blickte auf, überrascht oder nachdenklich. »Wein«, sagte sie dann. »Mit der anregenden Wirkung von Schnaps ist es nicht weit her – nur zu bald macht er schläfrig oder rauflustig, und schlafen oder raufen wollen wir ja nicht.«

Als Sylphinja mit dem Weinkrug zurückgekehrt war, zwei schlanke Gläser mit dem hellen, schwach grünlich schimmernden Saft gefüllt und eines der Älteren gereicht hatte, lehnte diese sich im Lehnstuhl zurück. »Auf das Wohl der Schwesternschaft, auf das Wohl der Schönen der Nacht, auf dein Wohl und das meine!« sagte sie, während sie das Glas hob und durch Lichtreflexe, Gefäß und Inhalt hindurch ihr Gegenüber betrachtete. Sie nahm einen kleinen Schluck, schüttelte sich leicht und zog Brauen und Lippen zusammen. *»Hundsgraber Pfaffengalle«*, erläuterte sie. »Ein Tröpfchen für Kenner – etwas gewöhnungsbedürftig, nicht wahr?« Sylphinja, die ebenfalls geschaudert hatte –

entweder wegen der herben Säure des Getränkes oder seines Namens –, nickte nun heftig. »Aber hier im Norden will der Wein eben nicht gedeihen, und man muß dankbar sein für jedes Fäßchen Rebensaft, das man erwerben kann«, fuhr die Ältere fort. Sie trank noch einmal, diesmal ohne die Miene zu verziehen. »Der Zauber, den ich eben gewirkt habe, war eine Illusion«, sagte sie unvermittelt. »Ich verstehe mich recht gut auf diese Art der Magie, wie du wohl gemerkt hast, jedenfalls gut genug, um Bauernmädchen und unerfahrene Hexenschülerinnen zu beeindrucken. Ich könnte dich lehren, solcherlei Trugbilder zu erschaffen, aber mein Preis ist hoch, und ich weiß auch nicht, ob es das Rechte für dich ist... Kennst du dich ein wenig aus darin?«

Sylphinja schüttelte den Kopf. »Ich dachte, nur Magier verstehen sich darauf.«

»Nun, offensichtlich hat man dir da etwas Falsches erzählt. Wichtig ist nicht der Stand des Zauberkundigen, sondern daß man das Objekt kennt, das man heraufbeschwören will.«

»Objekt?« Sylphinja schaute, als sei das unbekannte Wort für sie das Verwunderlichste des ganzen Abends.

»Nun, das Ding, den Gegenstand, die Person«, erläuterte Karlitta.

»Aber du kennst Rupert doch gar nicht! Du hast ihn dir ja von Svenna beschreiben lassen.«

Die Lyckweidenerin lachte hell. »Nein, Rupert kenne ich nicht, aber ich habe schon einmal, vielleicht sogar mehr als einmal, einen nackten jungen Mann gesehen, sowohl von hinten als auch von vorn. Laß dir sagen: Von hinten unterscheiden sie sich nicht gar zu sehr voneinander. Und blonde Locken sind mir auch nicht unbekannt.«

»Aber dann... dann war es gar nicht Rupert, und du hast...« Sylphinja nahm einen kräftigen Schluck, anstatt den Satz zu vollenden.

»... Svenna betrogen, wolltest du sagen, nicht wahr?« Karlitta strahlte; es schien sie nicht im mindesten zu irritieren, von der jungen Hexenschwester für eine Betrügerin gehalten zu werden. »Ich habe Svenna gegeben, was sie haben wollte: Gewißheit. Denn daß ihr Rupert sie mit Traviane hintergeht, ist mehr als gewiß. Schließlich zählt auch Svennas Rivalin zu meinen Kundinnen, wie du dich erinnern wirst. Und du weißt auch, daß sie im Zusammenhang mit einem gewissen stattlichen Holzfäller – ich glaube, sein Name war Rupert, welch seltsamer Zufall – eine Liebessalbe erworben hat. Die Salbe wird aufs Rückgrat gestrichen, und da sich Rupert vermutlich nicht täglich den Rücken schrubben läßt, hält ihre Wirkung länger an als die der Tropfen. Pech für die gute Svenna, daß Traviane ihr zuvorgekommen ist. Was schaust du so vorwurfsvoll? Meinst du, ich hätte Svenna den Trank nicht verkaufen sollen? Es ist mein Broterwerb, Tränke und Salben zu verkaufen, und meine Ware ist stets von bester Qualität! Genug hiervon, ich muß dir keine Rechenschaft ablegen über mein Tun. Ärgerlich war einzig, daß ich mir Ruperts Haar kürzer vorgestellt hatte, als es offenkundig ist, denn das Ausbügeln des kleinen Fehlers hat mich mehr Kraft gekostet, als ich einsetzen wollte.« Wieder lächelte sie, schalkhaft diesmal. »Ja, auch mir unterlaufen hin und wieder kleine Fehler. Und so mächtig ich bin« – sie warf Sylphinja einen strengen, kalten Blick zu –, »alles beherrsche ich nicht: Sosehr ich mich auch darum bemühe, Geräusche zu erzeugen, es will mir nicht gelingen: Meine Bilder sind immer stumm. Du hast sie vermißt, die Geräusche, nicht wahr? Du hättest gern gewußt, wie es klingt, wenn sie es treiben. Ach, was soll ich es dir beschreiben? Du wirst es ja eines Tages kennenlernen. Doch laß dir sagen, damit du nicht gar zu verwundert bist, wenn es dir widerfährt: Die Mädchen lärmen mehr dabei als die Knaben.« Der strenge Blick hatte nur den

Bruchteil eines Augenblickes gewährt, nun zeigte Karlittas Miene wieder jene schwer deutbare Belustigung. »Nun zu etwas anderem. Vermutlich unterscheidet sich mein Haus von dem Haus, in dem du früher gelebt hast.« Sylphinja nickte. »Und? Gefällt es dir?«

»O ja, es ist ein schönes Haus. Dieser Reichtum, diese Pracht!«

Karlitta kicherte. »Reichtum, Pracht, nun ja. Aber du hast gewiß auch festgestellt, daß die Hiesigen mich in Naturalien (das sind Kuchen, Kissen, Eier, Speck, Wolle und so fort)« – erklärte sie, als sie Sylphinjas fragenden Blick sah – »zu bezahlen pflegen, und zwar in Naturalien der schlichteren Art. Samt und Seide sind nicht darunter. Um hin und wieder in den Besitz blinkender Münzen zu gelangen, die ich teils sammle für schlechte Zeiten, teils gegen Zierat, Gewänder und dergleichen tausche, reise ich, wenn möglich, einmal im Mond nach Salza, einer recht großen Stadt, fünfzig Meilen westlich von hier. Dort verlange – und erhalte – ich Gold und Silber für meine Dienste. Weder hier noch dort weiß man von meinem Stand, und so soll es auch bleiben. Die Leute halten mich für eine ›weise Frau‹, eine Frau, die über Gaben verfügt, die nur wenige besitzen, die sich aufs Zaubern versteht, ein wenig auch aufs Heilen – das ist nicht mein Spezialgebiet, aber in leichten Fällen leicht verdientes Geld, und günstige Geschäfte sollte man sich nicht entgehen lassen –, vor allem aber auf alles, was mit der Liebe in Verbindung steht. Meine Tränke, Salben, Tinkturen und Pulver sind berühmt und begehrt, und sie wirken! Nun fragst du dich gewiß, warum ich dir das alles erzähle. Das hat einen einfachen Grund: In zwei Tagen ist es wieder soweit: Ich reise. Und nun frage ich dich, ob du Lust hast, mich zu begleiten, als mein Bäslein und Lehrling, oder ob du lieber die Ziege hüten möchtest?«

Karlitta hatte erwartet, daß Sylphinja vor Freude

hopsen, jubeln, in die Hände klatschen, zumindest aber strahlen werde, doch wurde sie enttäuscht, denn ein Ausdruck tiefer Verwirrung und Ratlosigkeit zeigte sich auf den Zügen der jungen Schwester. »Salza«, murmelte das Mädchen. »Eine große Stadt.« Bilder von bärtigen Männern, aufgeputzten stolzen Frauen, schmutzigen Kindern, rücksichtslosen Reitern, verschlagenen Pfaffen, von Krüppeln und Bettlern, von Unrat und Gedränge entstanden in ihrem Geist, und sie konnte nicht verhindern, daß sich die Furcht vor der großen, fremden und feindseligen Stadt in ihr Herz schlich. Andererseits machte ihr auch der Gedanke angst, viele Tage – Wochen vielleicht – allein in Karlittas Haus verbringen zu müssen. Wie soll ich nur die Einsamkeit ertragen? dachte sie. »Hat's viele Praiospfaffen in Salza?« fragte sie schließlich.

»Praiospfaffen?« Karlitta schüttelte unwirsch den Kopf. »Nicht, daß ich wüßte. Wie kommst du darauf?«

»Sie haben meine Mutter verbrannt! Und unser Haus, und mich wollten sie auch verbrennen.« Und plötzlich, als hätte das Aussprechen der schrecklichen Dinge einen Damm eingerissen, stürzten Tränen aus Sylphinjas Augen, rannen ihr über die Wangen, tropften ihr vom Kinn auf das Gewand, immerfort und unaufhaltsam, bis sich auf Jäckchen und Beinkleidern dunkle Flecken von Nässe ausbreiteten. Ganz starr saß das Mädchen, während es weinte; es schniefte nicht und wurde auch nicht von Schluchzen geschüttelt. Und dann, so plötzlich, wie er hervorgequollen war, versiegte der Tränenstrom.

»Erzähl mir alles«, sagte Karlitta sanft. Sie unterbrach Sylphinjas Bericht nicht ein einziges Mal, um Zwischenfragen zu stellen, obwohl es nicht einfach war, ihm zu folgen, da das Mädchen die Ereignisse keineswegs in der rechten zeitlichen Reihenfolge wiedergab, sondern vielmehr sortiert nach den Gefühlen, die diese Ereignisse in ihm geweckt hatten. So erzählte sie zum Beispiel, als sie auf *Gleichgültigkeit* und *Leere* zu sprechen kam, zuerst von dem Weiher im Farindelwald und danach von dem seltsamen Wachtraum, der sie nach Sephyras Tod heimgesucht und zum Schilfhalm im Winde hatte werden lassen. Das Gefühl panischer Furcht beschrieb sie am Beispiel der Praiospfaffen auf der Reichsstraße, an dem des jungen Medicus Anselmo, den sie etliche schreckliche Herzschläge lang für einen solchen gehalten hatte, und berichtete dann von der gräßlichen Hitze im Sonnenpunkt, die sie in den Augenblicken gefühlt hatte, als sie glaubte, ihr Besen sei verschwunden, und als Boronian-Tsahold sich den Dolch ins Herz gestoßen hatte. Für *Einsamkeit* hatte sie unzählige Beispiele.

Sylphinjas Erzählung dauerte lange – der Weinkrug leerte sich unterdessen, denn das Mädchen trank halb unbewußt, ohne die Säure zu schmecken, eher um sich den Mund zu befeuchten, und Karlitta war darauf bedacht, das Glas ihres Gastes stets gefüllt zu halten. Der leichte Rausch, in den der Wein die junge Hexe versetzte, kleidete sie gut und machte ihren Vortrag beständig lebendiger und farbiger. Einmal, als Sylphinja den Namen ihrer Mutter erwähnte, hob Karlitta überrascht die Braue, ansonsten gab ihr ernster, aufmerksamer Blick keinen Aufschluß darüber, was sie dachte oder fühlte.

»Du sagst, deine Mutter war Sephyra aus dem Eschengrund?« fragte Karlitta, nachdem eine längere Phase des Schweigens sie zu dem Schluß kommen ließ, daß die Geschichte zu Ende sei.

»Ja«, erwiderte das Mädchen, halb benommen vom Wein und vom Erzählen, »aber ich habe sie stets nur Mutter genannt. Sie hingegen hat mich Töchterchen gerufen.«

»Aber sie hat dir doch gewiß erzählt, daß du nicht ihre leibliche ...« Karlitta hielt inne, als sie am plötzlichen Entsetzen in Sylphinjas Blick erkannte, daß durch den Dunst von Wein hindurch die Bedeutung des unvollendeten Satzes in deren Bewußtsein drang.

»Daß ich nicht ihre leibliche Tochter bin, wolltest du sagen, nicht wahr?« fragte das Mädchen schließlich. Alle Farbe, die der Wein auf ihre Wangen gezaubert hatte, war verschwunden. »Aber das kann nicht sein, ich habe immer bei ihr gelebt, und sie hat mich Töchterchen genannt.« Sylphinja schüttelte den Kopf. »Es ist unmöglich, du irrst dich. Warum hätte sie mich Töchterchen nennen sollen, wenn ich gar nicht ihre Tochter bin?«

»Ich habe dich auch einmal Töchterchen genannt, erinnerst du dich? Und meine jungen Kundinnen pflege ich ebenso zu rufen, wie du weißt.«

»Aber wenn sie nicht meine Mutter ist, wer dann? Und warum hat sie mir nie erzählt, daß ich ihr Pflegekind bin? Und woher weißt du es?«

»Die letzte Frage ist leicht beantwortet: Sephyra erzählte einmal – das ist lange her, zwölf Jahre mögen es wohl sein, und ich war damals kaum älter als du –, daß sie das Kind einer Schwester an Tochter Statt bei sich aufgenommen habe und großziehen werde. Sie war sehr glücklich, denn ein mächtiger Fluch hatte sie für alle Zeit unfruchtbar gemacht, und Mutterfreuden waren ihr versagt geblieben. Damals war sie auch schon über das Alter hinaus, in dem Frauen Kinder zu gebären pflegen. Deine Pflegemutter zählte nie zu meinen Freundinnen – vielleicht weil sie soviel älter war als ich, vielleicht wegen ihrer seltsamen Art –, und so habe ich sie nicht danach gefragt, wer deine leibliche Mutter war und warum sie dich fortgegeben hat. Ich muß auch bekennen, daß mich ihre Erzählung nicht sonderlich bewegte und ich bis heute nicht mehr an den Vorfall gedacht habe. Vermutlich hätte sie es ohnehin nicht verraten – sie war keine, die leicht ein Geheimnis preisgab.«

»... soviel älter als du? Wie alt war sie denn?«

»Nun, Mitte der Sechzig, denke ich.« Karlitta legte den Kopf ein wenig auf die Seite. »Viel über sich selbst hat sie wohl auch dir nicht erzählt? Und da hat sie nun also das Geheimnis ihres jugendlichen Aussehens mit in den Tod genommen – sie war nämlich keine aus dem Ei Geborene, mußt du wissen. Vielleicht wollte sie dir die Wahrheit über deine Herkunft und alles übrige erst verraten, wenn du älter, wenn du ein vollwertiges Mitglied der Schwesternschaft wärst.«

Sylphinja saß wie versteinert. »Ich habe mich so danach gesehnt, mit dir über meine Mutter zu reden …«, sagte sie tonlos. »Warum hat sie mich betrogen? Ich verstehe es nicht. Warum hat sie mir nicht erzählt, daß ich ein Ziehkind bin und wer meine wirkliche Mutter ist oder war, ob sie tot ist oder lebt … Wie konnte sie mir das antun?«

»Quäl dich nicht mit solchen Fragen«, erwiderte Karlitta. »Es führt zu nichts. Außerdem … Da kommt mir ein Gedanke.« Sie strahlte plötzlich. »Mir ist aufgefallen, daß du zu Bränden ›Schnappes‹ sagst, und das ist weder hier noch in Albernia üblich. Ich glaube, im Notmärkschen reden sie so – Schnappes, Meskinnes … Vielleicht stammt deine Mutter ja von dort. Ein paar Jahre immerhin hast du in ihrer Obhut verbracht, und wenn du dich auch nicht an jene Zeit erinnerst, so ist dir doch ein Wort geblieben: Schnappes. Seltsam für ein kleines Kind, sich von allen Wörtern ausgerechnet dieses zu merken! Und noch etwas fällt mir ein: Man munkelt, Sephyra sei einstmals Tulas Gespielin gewesen – nun, wenn das stimmt, muß es vor meiner Zeit gewesen sein. Gewiß jedoch ist, daß zwischen Sephyra und Tula eine seltsame Beziehung besteht … bestand – Freundschaft würde ich es nicht nennen, eher die Art von Vertrautheit, die sich bildet, wenn man ein Geheimnis teilt –, und von allen Schwestern hätte sich Sephyra einzig Tula anvertraut. Du wirst Tula auf dem Fest treffen – sie ist unsere Königin. Sie kann dir gewiß viele Fragen beantworten. Aber sei auf der Hut, wenn du mit ihr sprichst oder ihr in die Augen schaust! Ich sagte es bereits: Tula ist grausam und unberechenbar.«

»Das Fest«, murmelte Sylphinja. Sie blickte mit weitgeöffneten Augen an Karlittas Kopf vorbei in unbekannte Fernen. »Ich freue mich sosehr, endlich all die Schwestern zu sehen, in der Wirklichkeit zu sehen und mit meinen wirklichen Augen, deren Stimmen ich vernommen habe. Flüchtige Bilder sind mir erschienen, doch nur in Einzelheiten und kurz aufblitzend wie Wetterleuchten, und ich habe sie auch nicht mit meinen wirklichen Augen gesehen, sondern mit den Augen in meinem Kopf. Du warst unter ihnen. Du bist die Schwester im Nordwesten, nicht wahr?«

»Die Schwester im Nordwesten ...«, wiederholte Karlitta langsam und nachdenklich. »Gewiß, vom Farindelwald aus gesehen ist hier Nordwesten, aber ...« Sie drehte den Oberkörper nach links, streckte die Rechte aus und wies auf die hintere Ecke des Zimmers. »... auch dort ist Nordwesten, immerzu Nordwesten, bis zum Rand der Welt.«

»Aber du hast mich gesehen, nicht wahr? Du hast mich gerufen?«

»Nun, gesehen, gerufen ...« Karlitta dachte nach. »Ich habe ein paarmal zu spüren geglaubt, daß irgendwo dort draußen eine von uns ist, eine junge, unerfahrene, die sich nach uns sehnt ... Nein, warte, einmal habe ich deine hübschen Augen gesehen, vom selben Farbton wie Drosseleier, aber das war im Traum. Wirklich bemerkt jedoch habe ich dich erst, als du gesungen hast. Du singst sehr schön – *ungewöhnlich* schön.« Karlitta fixierte das Mädchen eine Weile. »Mir schien damals zumindest, daß dein Gesang aus dem Farindelwald dringe. Und da habe ich mich sogleich auf den Besen geschwungen, dich zu finden, denn ich wußte nun, du schwebtest in großer Gefahr. Der Farindelwald ist kein guter Platz für die Töchter Satuarias:

Zu fremdartig und feindselig ist seine Magie. Auch mich hat der Weiher ins Verderben zu ziehen versucht, während ich auf dich wartete – ich ahnte, daß du zurückkehren würdest, als ich deinen Besen im Röhricht entdeckte –, aber ich habe den Tümpel wissen lassen, daß er mir gleichgültig ist.«

»Laß uns nicht vom Weiher reden – ich habe dir alles erzählt, und heute abend will ich nicht mehr an ihn denken. Laß uns lieber vom Fest reden!« Ein versonnenes Lächeln ließ Grübchen auf Sylphinjas Wangen erscheinen. »Warum hast du mir befohlen, mich auszuziehen?« fragte sie plötzlich.

»Das war ich nicht!« Karlitta war aufrichtig überrascht. »So etwas wäre mir nicht in den Sinn gekommen. Aber es paßt zu ... Du hast recht: Wir sollten vom Fest reden. Weißt du, daß die bornischen Schwestern sich immer Bauernburschen und -mädchen als Musikanten holen, selbst wenn der Dreschflegel das einzige Instrument sein sollte, das die Auserwählten jemals im Takt geschlagen haben?«

Sylphinja schüttelte lachend die Locken. »Wie kann das angehen? Nein«, sagte sie schnell, als sie sah, daß Karlitta zur Erklärung ansetzte, »verrat es nicht! Ich glaube, ich weiß, wie es gemacht wird – ein Beherrschungszauber: Die Auserwählten werden selber zu Instrumenten, müssen die Weisen der Schwestern spielen, und am nächsten Tag können sie sich weder an das Fest erinnern noch daran, was sie dort getrieben haben. Habe ich recht?« Karlitta nickte, und das Mädchen fuhr fort: »Sag: Ist eine solche Beherrschung nicht sehr kräftezehrend?«

»Nicht, wenn viele ihre Kräfte vereinigen, um den Bann zu wirken, und wenn unter ihnen so mächtige wie Tula sind ... Es ist ein hübscher Brauch, finde ich. So können wir alle tanzen ... oder singen ... Vielleicht wird es auch einen Tänzerinnenwettstreit geben oder einen Sängerinnenwettstreit ... Wie das Fest verläuft, kann man nie vorhersagen; es hängt von den Launen und Wünschen unserer Königin ab. Wer weiß, vielleicht steht ihr der Sinn danach, dich singen zu hören und tanzen zu sehen. Dann wird sie dich bitten, es zu tun, und du wirst ihr die Bitte nicht abschlagen können.«

»Warum sollte ich auch? Ich singe gern. Ob ich tanzen kann, weiß ich nicht genau.« Sylphinja hob fragend die Brauen.

»Ich weiß es auch nicht, ich weiß nur: Wenn Tula dich tanzen sehen will, wirst du tanzen. Ich verstehe mich übrigens ausgezeichnet darauf ...«

Plötzlich klatschte Sylphinja in die Hände. »Ach, Karlitta, laß uns singen und tanzen! Ich singe für dich, und du tanzt für mich.«

Karlitta schwieg so lange, daß Sylphinja sich fragte, ob ihr Vorschlag die Schwester wohl verärgert habe. Aber die Ältere schien nur nachzudenken. »Singen wollen wir auf jeden Fall, mit dem Tanzen allerdings sollten wir vielleicht besser bis zum Fest warten – es ist ein wenig eng hier, finde ich. Doch ob Singen oder Tanzen, für beides trage ich nicht den rechten Putz. Um mich ein wenig in Feststimmung zu versetzen, im Vorgriff und aus Vorfreude sozusagen, werde ich mein Festkleid anlegen, oder was meinst du?«

Wieder klatschte Sylphinja in die Hände. »Das willst du tun? Ich darf dein Festkleid schon vor dem Fest sehen? Dann werde ich auch mein Festkleid anlegen.« Sie wollte aufspringen, um zum Alkoven zu laufen, an dessen Fußende sie in einem Fach ihre geringe Habe verwahrte, aber Karlitta bedeutete ihr, Platz zu behalten.

»Bleib hier! Du brauchst das Kleid nicht zu holen, und du wirst es auch nicht tragen«, sagte sie. »Denn dein Kleid ist von nun an mein Kleid.« Sie lächelte strahlend, als sie weitersprach. »Mit dem Kleid wirst du mich für meine Gastfreundschaft und meine Unterweisungen bezahlen. Ich hatte versprochen, dir meinen Preis im Laufe des Abends zu nennen, und nun kennst du ihn.«

»Aber …« Sylphinja war so überrascht, daß ihr keine Erwiderung einfiel. Sie wußte auch nicht, was sie hätte einwenden sollen, denn Karlitta hatte jedes Recht, sich für alle erwiesenen Wohltaten bezahlen zu lassen. Und ihr Preis war gewiß nicht zu hoch. Genau bedacht *konnte* Karlitta gar nichts anderes verlangen – sie, Sylphinja, besaß ja nichts außer dem Kleid (von dem Besen einmal abgesehen, aber wem konnte der von Nutzen sein?). Und doch, alles in ihr sträubte sich, Gwynnels Kleid, das Sephyras Kleid hätte werden sollen und das nun das ihre war, aus den Händen zu geben. Sylphinja überlegte kurz, ob die Lyckweidenerin wohl zum Feilschen bereit sei, und kannte die Antwort doch genau: Karlitta wollte das Kleid, sonst nichts. »Ich könnte dir als Magd dienen«, schlug sie dennoch vor. »Dann könntest du das sparen, was du Firunja gibst.« (Firunja war ein Bauernmädchen von einem unweit gelegenen Hof, das einmal in der Woche zum Reinemachen kam, Brot, Eier, Käse und Gemüse brachte und von Karlitta mit Kupfer- und Silbermünzen bezahlt wurde.)

»Kein guter Vorschlag.« Karlittas Augen schillerten, bedrohlich fast. »Erstens macht Firunja ihre Sache gut, und ich sehne mich nicht nach einer anderen Hilfe, zweitens sagte ich dir bereits, daß deine Finger zu hübsch sind für Wurzelbürste und Scheuerlappen, und drittens: Womit wolltest du die Speisen bezahlen, die sie uns bringt?«

Dem letzten und entscheidenden Argument wußte Sylphinja nichts entgegenzusetzen, und so senkte sie beschämt den Kopf. »Es wird dir nicht passen«, murmelte sie. »Und was soll ich auf dem Fest tragen?«

»Es wird mir passen, das weißt du genau. Und für dich wird sich schon etwas finden. Es sind noch genug

Reste in der Truhe... Um ein Festkleid daraus zu nähen, reicht die Zeit allemal; du verstehst dich ja so gut aufs Nähen, so außerordentlich gut...« Bei den letzten beiden Wörtern hob Karlitta bedeutungsvoll die Braue und schürzte die Lippen zum breiten Lächeln. »Natürlich könnte ich dich auch bitten, mir ein Kleid zu nähen, ein außerordentlich gut gefertigtes, aber irgend etwas sagt mir, daß dein Feenkleid mich noch besser schmücken wird. Es wird Aufmerksamkeit erregen. *Ich* werde Aufmerksamkeit erregen.« Wie schon einmal an diesem Abend blitzte eine seltsame Gier in ihren Augen. »Jemandes Aufmerksamkeit... falls Er kommt... Genug nun mit Feilschen und Disputieren! Du kannst mich nicht bezahlen, und du kannst mir keinen plausiblen Grund nennen, warum das Kleid nicht die Besitzerin wechseln sollte. Ich werde es jetzt anlegen, und du wirst sehen: Wer es trägt, dem gehört es.« Der Kater sprang vom Schoß der Hexe, und diese erhob sich und ging zur Tür. Die Hand auf der Klinke, hielt sie inne und wandte sich um. »Sei nicht traurig!« sagte sie vergnügt. »So spielt das Leben nun einmal. Und statt zu hadern, solltest du lieber darüber nachdenken, ob du mich nach Salza begleiten willst, ob du dir von Bragan ein Bildchen stechen lassen willst und wie dein Festkleid aussehen soll.«

Die Tür schloß sich hinter Karlitta, und Sylphinja war allein – allein mit den Worten der Schwester, die noch im Raume hallten: ›Salza‹, ›Bragan‹, ›Bildchen‹, ›stechen‹, ›Festkleid‹. Sogleich wurden Bilder aus den Klängen: Sie sah eine große Stadt mit trutziger Burg, geduckten Häusern und engen Gassen voller Menschen und Fuhrwerke; sie sah einen furchteinflößenden, großen, bärtigen Nordländer mit spitzen Elfenohren, der ihr eine Nadel in den Bauch stach, sie sah, wie die Stiche sich zum Bild fügten, wie eine Ranke entstand, ein Brombeerzweig mit Blättern und Stacheln, mit zarten grünlichen Knospen und rosig überhauchten Blüten, auf deren gelben Staubgefäßen sich ein grüngoldenes Käferchen niedergelassen hatte, sie sah ein Festkleid mit einem sternförmigen Loch, hinter dem man Blütentraube und Käferchen erkannte, ein Kleid in den Tönen des Feuers, rot, gelb, arangenfarben und purpurn, geschlitzt und mit Zipfeln wie Flammenzungen; sie sah sich selbst in dem Kleid, hüpfend, kreisend, mit schwingenden Armen und wiegenden Hüften, so daß die Flammen bald züngelten, bald loderten ...

»Nun, sitzt es nicht wie angegossen, kleidet es mich nicht trefflich, ist es nicht in der Tat *mein* Kleid und niemandes sonst?« Sylphinja hatte Karlitta nicht kommen hören, und so fuhr sie erschrocken zusammen – die Bilder zerrannen. Fast hätte sie die Schwester nicht wiedererkannt, so über die Maßen schön war diese anzuschauen. Ins offene Haar hatte sie schmale, schimmernde grüne Bänder geflochten, die sich anmutig in die Stirn und auf die Schultern ringelten, ihren Zügen das Strenge nahmen und sie mädchenhaft weich erscheinen ließen. Das bemerkte Sylphinja als erstes, und dann sah sie das Kleid. Wie eine zweite Haut umspannte es Karlittas Arme und ihren Leib bis zu den Hüften. Die Zacken am Ausschnitt schmiegten sich eng an die schwellenden Brüste, die sich, trotz ihrer Üppigkeit und ohne von einem Mieder gehalten zu werden, strotzend vorwölbten. Sosehr dehnte sich der Stoff über den weichen Halbkugeln, daß er ein wenig durchscheinend wurde und die Busenknospen samt ihren Höfen erahnen ließ. Und noch etwas anderes gab er preis: Eine dunkle Linie, die sich rings um Knospe und Hof der linken Brust schlängelte und aus dem Dekolleté hervorschlüpfend zur schuppig schimmernden Schlange wurde, deren Rücken ein bald grün, bald bläulich, bald golden schillerndes Zackenmuster schmückte und deren Kopf auf dem Brustbein ruhte, ein wenig unterhalb der Grube zwischen den Schlüsselbeinen – das zweite Hautbild. Doch brauchte Sylphinja einen winzigen Augenblick, das Bild als solches zu erkennen, und einen Herzschlag lang hatte sie geglaubt, die Schwester trage eine wirkliche Schlange am Busen, denn die Stiche oder Punkte, aus denen der Schlangenleib bestand, waren so geschickt gesetzt, daß er greifbar und plastisch wirkte. Auch regte sich das Tier unter Karlittas Atemzügen.

Die Hexe drehte sich zweimal im Kreis. Dabei schwangen die Zipfel am Rocksaum und entblößten wohlgeformte helle Schenkel. Auch die Waden waren ebenmäßig gebildet, nicht zu dünn und nicht zu muskulös, und als Sylphinjas Blick auf Karlittas schmale Füße fiel, die sie zum ersten Mal unbekleidet sah, bemerkte sie voll Verwunderung, daß die Nägel mit roter Farbe bedeckt waren. »Nun«, fragte die Ältere, »was sagst du zu dem Kleid? Ist es meins?«

»Ja.« Sylphinja nickte ernst. »Es ist deins, und du bist wunderschön… unglaublich schön. Es kleidet dich auch viel besser als mich. Ich glaube, ich werde mir ein Feuergewand nähen, ja, ich werde im Feuerkleid ums Feuer tanzen.« Sie strahlte plötzlich. »Wollten wir nicht singen? Ach, sing mir ein Lied der nostrischen Schwestern!«

»Ein nostrisches Hexenlied ist mir nicht bekannt«, erwiderte Karlitta, während sie zu der Truhe ging, auf der ihre Zither zu liegen pflegte. »Aber ein paar nostrische Lieder kenne ich durchaus. Warum sollten wir Töchter Satuarias außer unseren eigenen nicht auch die Lieder der Bauern oder Barden des Landstrichs singen, in dem wir wohnen?« Sie ließ sich wieder beim Kamin nieder, legte die Zither auf die Knie und schlug ein paar Akkorde an. Larion, der sah, daß sein Lieblingsplatz besetzt war, rieb ein paarmal den Kopf an den Waden seiner Herrin, dann rollte er sich auf ihren Füßen zusammen. »Kennst du das Lied von Yumuda?«

»Yumuda?« wiederholte Sylphinja. »Wer oder was ist das?«

»Eine Riesin, die weit draußen auf einer Insel im Meer wohnt.«

»Ich wußte gar nicht, daß es Riesinnen gibt. Von Neunfinger hat mir meine Mutter… Sephyra, meine ich, erzählt, von dem mächtigen Glantuban und von Adawadt, der irgendwo in den Bergen des Südens hausen soll.«

»Und die arme Yumuda hat sie dir verschwiegen?« Karlitta lachte. »Nun, vielleicht kannte sie sie selber nicht. Aber in den Ländern des Nordens… und des Westens«, fügte sie mit verschmitztem Lächeln hinzu, »in den Ländern des Nordwestens also kennt man sie und singt von ihr.«

»Warum ist sie arm?« wollte Sylphinja wissen.

»Das wirst du erfahren, wenn du das Lied hörst. Es heißt ›Yumuda auf dem Stein‹.« Wieder brachte die Hexe mit ihren spitzen Nägeln die Saiten zum Klingen, und dann sang sie, mit klarer, weicher, dunkler Stimme:

Wild peitscht der Sturm das Wintermeer,
Yumuda, Yumuda.
Löst schaum'ge Flocken aus der See,
Mischt weiße Gischt mit weißem Schnee.
Hörst du es rufen?
Und mit den grauen Wogen rollen
Von Norden südwärts eis'ge Schollen.
Herr Firun, hab Erbarmen!

Schroff aus der Brandung ragt der Fels,
Yumuda, Yumuda.
Ein karges Eiland, nackt und bloß,
Kein Strauch wächst hier, kein Halm, kein Moos.
Es ruft schon wieder.
Der Schnee treibt dicht, der Fels wird weiß,
Und dicht treibt auch im Meer das Eis.
Herr Firun, hab Erbarmen!

Was hockt dort oben auf dem Stein?
Yumuda, Yumuda.
Ein lebend Wesen scheint es mir,
Gewaltig groß, nicht Mensch, nicht Tier.
Hörst du es lachen?
Es lacht, dem grimmen Frost zum Trotz,
Und hockt dort oben wie ein Klotz.
Herr Firun, hab Erbarmen!

Es ist ein Weib, ein Riesenweib,
Yumuda, Yumuda.
Mit Brüsten wie zwei Schober groß
Und einem Scheunentor als Schoß.
Hörst du sie singen?
»Milzenis!« singt sie. »Glantuban!«
Lockt sie die ries'gen Kerle an?
Herr Firun, hab Erbarmen!

Die Schollen treiben dicht an dicht.
Yumuda, Yumuda.
Wann wird das Eis die Riesen tragen,
Daß sie sich zu der Riesin wagen?
Sie weint vor Freude.
Doch wenn der Ries die Riesin freit,
Dann dräut uns Menschen schwere Zeit.
Frau Ifirn, laß es tauen!

Sylphinja, die stets dann, wenn Karlitta Zither spielte, höchst fasziniert war von der Geschicklichkeit, mit der die Ältere die Saiten schlug und zupfte, ließ auch diesmal den Blick nicht von den flinken Fingern. Bei den Wörtern ›Klotz‹ und ›Scheunentor‹ hatte sie kurz gekichert, doch nun, als sie eher an den Fingern, die plötzlich ruhten, als am Text erkannte, daß das Lied zu Ende war, blickte sie der Schwester ernst in die Augen. »Ja, die arme Yumuda«, sagte sie. »Ein schönes Lied, lustig und traurig zugleich. Das Meer wird wohl niemals zufrieren, und Milzenis und Glantuban werden niemals zu ihr kommen ...«

»Milzenis und Glantuban nicht und, so Satuaria will, die anderen auch nicht. Doch nun bist du an der Reihe.«

Sylphinja schien die Aufforderung nicht gehört zu haben, denn versonnen fuhr sie fort: »Sie erinnert mich an die grauenhaften Zwillinge aus dem Farindelwald. Genau wie diese ist sie uralt und so mächtig – vermutlich auch grausam –, daß man sie fürchten muß. Und sie ist genauso einsam ...«

»Du bist an der Reihe, und nun sing, bevor ich mich hinreißen lasse, ein weiteres Riesenlied vorzutragen.« Karlitta lachte, und Sylphinja stimmte ein.

»Du kennst noch ein Riesenlied? Ach, bitte, sing es mir vor!«

»Unfug, das war ein Scherz. Das Lied, das ich meine, ist ein wirklich dummes Lied – es handelt von einer Riesen-Brautwerbung, und wer wünscht sich schon, daß Riesen heiraten und junge Riesen in die Welt setzen? Außerdem sind mir nur zwei Zeilen im Gedächtnis geblieben: *Und als Dank für deine Mühe / Kriegst du schockweis bunte Kühe.* Das sagt der Brautwerber zu ihr. Nein, nein, weder kann noch will ich so etwas singen. Und nun los, zier dich nicht!« Wieder griff Karlitta in die Saiten, und als Sylphinja nach wenigen Tönen die Melodie erkannte, summte sie mit, erhob sich, während sie das Summen zum silberhellen Zwitschern schwellen ließ, und stimmte schließlich das ›Besenlied‹ an, jenes Lied, das sie beim Binden des Besens gesungen hatte.

So kurz das Liedchen war, es nahm Sylphinja doch ganz gefangen, und darum war sie überrascht, als sie am Ende des Vortrages bemerkte, wie eindringlich Karlitta sie musterte. »Du singst gut«, stellte die Ältere fest, und ihre Augen schillerten. »Du hast eine *ungewöhnlich* schöne Stimme, und dein Vortrag ist voller

Leidenschaft, aber ich glaube, das sagte ich bereits. Du nähst auch außerordentlich gut, wie ich ebenfalls bereits feststellte, und nun frage ich mich« – sie hielt für einen Augenblick inne, und ihr Blick wurde noch bedrängender, fast durchbohrend –, »ob du deine Kraft auch in den Gesang fließen lassen kannst. Hast du es jemals versucht?« Sylphinja schüttelte den Kopf. »Und willst du es einmal versuchen? Mir zuliebe, dir zuliebe, um zu sehen, ob du es kannst?«

Sylphinja hob fragend die Brauen, und ihre Augen öffneten sich weit. »Ich habe nie darüber nachgedacht, aber … aber vielleicht macht es ja Spaß …«

»Genau!« sagte Karlitta. »Spaß, das ist ein gutes Argument. Sing das Levthanslied! Es hat mich zu dir geführt, und ich finde, es ist genau das Lied, in das du deine Kräfte fließen lassen solltest. Ich werde tanzen zu deinem Gesang, und Larion wird die Zither schlagen. Was schaust du so ungläubig? Du denkst, er kann das nicht. Nun, natürlich kann er es nicht wirklich, aber es reicht, um uns zu begleiten.« Sie erhob sich, lehnte das Instrument an die Rückenlehne des Stuhles, und schon sprang der Kater auf den Sitz, nahm eine anmutig aufrechte Haltung ein, mit ordentlich um die Hinterpfoten gelegtem Schwanz, und hieb spielerisch nach den Saiten. Ein Mißklang ertönte, wie Sylphinja erwartet hatte, aber als Karlitta sanft befahl: »Spiel das Levthanslied, wir wollen singen und tanzen!«, formten die unreinen Akkorde sich zum Rhythmus des Liedes.

Das Mädchen war so verblüfft, daß es, statt zu singen, gebannt den Kater beobachtete. Katzen konnten keine Instrumente spielen, auch Hexenkatzen nicht, doch offenbar hatte Karlitta ihren Vertrauten so gut dressiert, daß er in etwa wußte, welche Saiten er in welcher Reihenfolge schlagen mußte. »Er ist ein ganz besonderes Tier, ein musikalisches Tier«, drangen von fern Karlittas Worte an ihr Ohr. »Sammle nun deine Kräfte, kleine Schwester Sylphinja, laß sie in deinen

Gesang fließen! Sing auf magische Weise, sing so schön, wie du noch nie gesungen hast!«

Die Stimme war so weich, so verschwörerisch, beschwörend und hypnotisierend, daß *es* erwachte. Doch statt in die Kehle zu dringen, zog es die Kräfte zu dem weißen Tier auf Karlittas Lehnstuhl. Wie konnte es nur angehen, daß eine Katze den Saiten eines Instrumentes eine Melodie entlockte? wollte *es* wissen. »Singen sollst du, Sylphinja, singen, singen und nicht Larions Wesen und Magie ergründen!« erklang es. »Sing das Levthanslied: Schwarze schwüle Efferdnacht«, soufflierte die einschmeichelnde Stimme, und sogleich, als hätte sie Macht über die Kräfte des Mädchens, zogen die unsichtbaren tastenden Finger sich wieder in deren Geist und Körper zurück. Ja, sie wollte mit Hilfe ihrer Kräfte singen. Sie wollte an Levthan denken, den das Lied locken sollte, und obwohl sie Sein Bild nicht heraufbeschwören konnte, wollte sie doch, daß Er sie hörte. Ein silberhell perlender Lauf von Tönen drang aus ihrer Kehle, stieg höher und höher empor, und plötzlich spürte sie, daß *es* eindrang in den Gesang. Sie schloß die Augen, um sich ganz auf das Wirken der magischen Musik zu konzentrieren, und so sah sie nicht, wie Karlitta zierlich einen Fuß vor den anderen setzte, die Hüften hob und sie schnell und immer schneller schwingen ließ.

So begannen Sylphinjas Lied und Karlittas Tanz.

Alles, was das Lied beschrieb, sah die junge Hexe deutlich vor sich, mehr noch: Ihr schien es, als erlebe sie, was die Worte erzählten. Sie hörte die Geister singen und sah den Mond über den Wipfeln schweben. Sie sah sich selbst den Besen besteigen, spürte das lebendige Holz zwischen den Schenkeln und den Wind, der Haar und Kleider zauste. Sie fühlte das Mondlicht wie ein silbernes Prickeln auf der Haut, und als sie den Festplatz mit dem lodernden Feuer erreichte, da fühlte sie die heiße Nähe der Schwestern. Zugleich ließ sie ihre Kräfte strömen, gab sie frei, und sie quollen aus ihrem Mund als Klänge von nie gekannter Süße und Leidenschaft.

Mit jeder Strophe schienen die Kräfte zu wachsen, statt zu schwinden, bald durchdrangen sie vibrierend die Mauern des Hauses und verströmten sich in der Luft des Waldes. Und doch war es dem Mädchen, als kehre, was sie gab, zu ihr zurück, denn sie fühlte auch, wie heiße Leidenschaft ihre Haut berührte, sie durchdrang und die Säfte im Innern erwärmte und zum Fließen brachte.

»Widderhörn'ger, komm! Widderhörn'ger, komm! Widderhörn'ger, komm!« raunte sie, und im nämlichen Augenblick streifte sie etwas, ein hitziges Begehren, und sie wußte: Das ist nicht meine Leidenschaft! Es war wie ein wilder, zärtlicher Hieb, wie ein süßer Blitzschlag, der sie so heftig durchzuckte, daß sie taumelte und für einen winzigen Augenblick die Besinnung verlor …

Als Sylphinja erwachte, stand Karlitta über sie gebeugt und fixierte sie mit schillernden Augen. »Er war hier«, flüsterte sie. »Er hat uns bemerkt. Er hat *mich* bemerkt.«

3. Kapitel

Trotz des Donfsudes und unserer guten Wünsche wollte sich kein echter Schlaf einstellen, nur ein Dämmerzustand, in dem sich wirre Träume und Erinnerungen vermischten. Immer wieder ließ der Schüttelfrost Anselms Glieder erschaudern, und der Zahn schmerzte bohrend und pochend im Wechsel. Morgen würde er ihn herausreißen lassen, beschloß er in einem Augenblick der Klarheit. Dann war der Augenblick vorüber, das dumpfe Pochen wurde zum Hufschlag, und Anselm sah sich auf Danilos Rücken. Er ritt durch eine Stadt, Nostria, und er war auf der Suche nach irgend jemandem. Richtig, nun entsann er sich: Eine Woche lang hatte er Nostria durchstreift, um Tsaiane zu finden. Das Bild der Bardin erschien ihm, klar und doch schwer faßbar, wie es im Traume eben so geschieht. Er sah ihre braunen Koboldaugen mit den kleinen Krähenfüßen schelmisch aufblitzen, erkannte die übermütige Stupsnase und den Mund, der sich zum spöttischen Lächeln verzog. Aber er hatte sie in Nostria nicht getroffen. Dabei hatte sie ihm doch versprochen, in Nostria auf ihn zu warten, und ihm aufgetragen, eine gute Geschichte mitzubringen. Ach, nein, sie hatte ihm aufgetragen, das Geheimnis im Leben seines Vaters zu lüften, damit sie ein Lied darüber schreiben könne – nun entsann er sich wieder, erinnerte sich an die Geschichte selbst, Juchos geheime und denkwürdige Begegnungen mit der fremden Hexe. Er sah rotes Haar und türkisfarbene Augen – weinrotes Haar, genauer gesagt; und die Hexe war auch gar nicht die schöne Unbekannte des Vaters, sondern Sylphinja, seine seltsame Gefährtin. Wie sie die Augen aufriß und die drolligen Brauensicheln höher und höher schob – wirklich, ein merkwürdiges Kind. Er fragte sich, wo sie jetzt wohl weilen mochte, doch wollte kein Traumbild ihm den Aufenthaltsort zeigen. Er sah nur Bäume, ein kreisförmiges Stück fahlen Himmels und einen runden schwarzen Teich. Ja, sie war in den Wald zurückgekehrt, um ihren dummen Besen zu holen, daran entsann er sich. Aber hatte sie auch wieder herausgefunden? Oder war es dem Weiher am Ende doch gelungen, sie zu vernichten? Das Wasser kräuselte sich, bildete einen Strudel, der sog, und bald kreisten die Wellen sosehr, daß der junge Mann schwindelnd erwachte. Er mußte die Augen öffnen, damit das Kreiseln aufhörte.

Im fahlen Mondlicht, das durch die Butzenscheiben fiel, erkannte er die Gegenstände des Zimmers nicht sofort... Doch, dort war die Tür, daneben der Spind mit seinen Kleidern, die Truhe, der Sessel... Aber was war das? Wer saß dort auf dem Sessel? Eine kopflose Gestalt ohne Hände und Unterleib? Ein Torso mit Armen? Es mußte eines der Geschwister sein, Tsalieb oder Tsahold, in neuer abscheulicher Verkleidung. Anselm erschauderte, Grauen und Fieber packten ihn zugleich, und um nichts sehen zu müssen und selbst nicht gesehen zu werden, zog er sich die Decke bis über den Kopf. Schlotternd, die Knie ans Kinn gezogen, lag er so geraume Weile. Und nun drängten sich die Zwillinge in seinen Dämmerschlaf: als pelzige Ungeheuer, als bleiche Puppen und in ihrer eigentlichen, widerwärtigen, widernatürlichen und alles Maß der Nacktheit überschreitenden Erscheinungsform. Ja, von den Zwillingen mußte er Tsaiane berichten; ihre Version der Geschichte war völlig falsch! Sirirí und Luminú, welch dumme und völlig unzutreffende Namen! Damit fing es schon an – die beiden hießen Boronian/Tsahold und Boroniane/Tsalieb. Das sollte die Bardin wissen. Und sie sollte auch den Rest wissen, damit sie nicht weiterhin alberne Märchen über die beiden verbreitete. Aber wo steckte sie nur? Eine Woche lang war er durch sämtliche Schenken Nostrias gezogen, aber was hatte es ihm eingebracht? Einen geschrumpften Geldbeutel und einen dumpfen Schädel vom vielen Bier. Einmal zumindest war er auf ihre Spur gestoßen: Durch die geöffneten Fenster eines Wirtshauses hatte er Lautenklänge gehört, die ihm bekannt vorkamen, und auch die Stimme, die zur Laute sang, schien ihm vertraut. Doch als er die Gaststube betrat, hatte dort nicht seine ehemalige Reisegefährtin gesessen, sondern eine ihm völlig unbekannte, stattliche blonde Frau, und sie hatte auch nicht die Laute geschlagen, sondern eine kleine Harfe. Das Lied, das sie gesungen hatte, aber war tatsächlich jenes über die Abilachter Hexenverbrennung gewesen. Anselm hatte Strophen gehört, die er nicht kannte – offenbar hatte Tsaiane oder sonst irgend jemand es inzwischen fertiggedichtet. Er hatte der Fremden ein Silberstück für den Vortrag verehrt, sie zu einem Krug Bier eingeladen und gefragt, woher sie das Lied kenne, und da hatte er erfahren, daß sie es einer reisenden Bardin abgelauscht habe – abgekauft, genauer gesagt; das sei so üblich unter fahrenden Sängern. Sie selbst, war sie fortgefahren, wisse, um ehrlich zu sein, kaum mehr über die Hexenverbrennung, als das Lied erzähle, und ihm als weitgereistem und diskretem Herrn wolle sie das auch gern bekennen; die andere Dame hingegen sei Zeugin des Ereignisses gewesen. Über Tsaiane selbst hatte sie nichts weiter sagen können, als daß diese wohlauf und guter Dinge gewesen sei, daß sie vorgehabt habe, nach Thorwal oder Prem zu reisen (was Anselm bereits wußte), und daß sie ihren Aufenthalt in Nostria dazu habe nutzen wollen, Anekdoten über König Kasimir in Erfahrung zu bringen, von denen diejenige, daß der

König sein Haupt mit künstlichen Locken schmücke, einer sogenannten Allongeperücke, ihr Entzücken erregt habe. »Erheiternd und inspirierend«, habe sie das gefunden, zitierte die Sängerin ihre Zunftgenossin. Zwar könne man wohl kaum hier im Königreich Beifall ernten für ein Lied, das den königlichen Kopfputz zum Thema habe, habe Tsaiane weiterhin gemeint, aber: »Die Nordmänner und -frauen werden gewiß dankbar sein, davon zu erfahren.«

Erheiternd und inspirierend, wiederholte Anselm in Gedanken. Er würde Tsaiane so gern die wahre Geschichte von den Zwillingen aus dem Farindelwald erzählen, aber auch in Salza war er ihr bisher nicht begegnet, und er hegte kaum Hoffnung, daß er sie je wiedersehen werde. Der Schüttelfrost hatte inzwischen nachgelassen, aber immer noch lag der junge Medicus wie eine Kugel zusammengerollt unter dem Federbett. Er wagte kaum, sich zu rühren, denn irgend etwas saß dort auf seinem Sessel, und auch wenn ihm nun sein erster Gedanke, es könnte Tsalieb oder Tsahold sein, absurd erschien, scheute er sich doch, der Sache auf den Grund zu gehen. Angestrengt lauschte er in die Nacht, aber das Federbett erstickte alle Geräusche, und außer seinem Atem und dem schnellen Herzschlag, der ihm in den Ohren dröhnte, hörte er nichts. Vielleicht ist es auch mein Hemd, das dort liegt, ging es ihm durch den Kopf – er meinte sich dunkel zu erinnern, daß er es am Vortage zum Lüften dort ausgebreitet hatte –, aber er verspürte wenig Lust, die Richtigkeit dieser Vermutung zu überprüfen. Schließlich, als die Luft in seiner Höhle immer knapper und stickiger wurde, öffnete er die Decke vorsichtig einen Spaltbreit und steckte die Nase hinaus. Aber da er noch viel weniger gern als im Traum im wirklichen Leben ein Ungeheuer oder etwas Ungeheuerliches sehen wollte, kniff er die Augen fest zusammen, so fest, daß sich bald seltsame Muster hinter den Lidern zeigten: rote

Kreise und Spiralen, wallendes rotes Haar, strömendes Blut. Es pulste im Einklang mit Anselms Herzschlag und dem Pochen im Kiefer, wiegte ihn in fiebrigen Halbschlaf, in dem Bilder von tanzenden und brennenden Hexen, von blonden und braunen Bardinnen, von Platz-, Stich- und Schnittwunden – sein täglich Brot, seit er bei Jasper wohnte – und den gläsernen Geschwistern in bunter Folge durcheinanderwirbelten.

Zwei Tage später war das Fieber gewichen, und wo einstmals der Zahn gestanden hatte, tat sich nun eine Lücke auf, in die Anselms Zunge immer wieder forschend eindrang. Und wenn ihn auch das Fehlen des Zahnes irritierte, so war er doch froh, der Schmerzen ledig zu sein.

Wir treffen ihn wieder zur Abendstunde an, in seinem Stübchen und über Pergamente und Papiere gebeugt. Wie schon so oft in der letzten Zeit war er wieder einmal enttäuscht von dem, was der Onkel ihm zum Studieren überlassen hatte. Vom Onkel selbst, einem Vetter des Vaters, aber dennoch keinem Blutsverwandten, da die zweite Gattin von Juchos Onkel den Sohn, Jasper nämlich, mit in die Ehe gebracht hatte – das hatte Anselm inzwischen in Erfahrung gebracht, doch nannte er den Alten ›Onkelchen‹, da der es gern zu hören schien –, war er nicht weniger enttäuscht. Ach, wie anders hatte er sich den guten Jasper vorgestellt, und er hatte auf der Reise genug Zeit gehabt, ihn sich auszumalen: tagsüber ein fachkundiger und tatkräftiger Medicus und des Abends oder bei Nacht ein Gelehrter und Forscher, in dessen Haus Wissenschaftler, Druiden und Elfen verkehrten. Doch Jasper war weder das eine noch das andere. Vierundfünfzig Jahre alt, hochgewachsen, kräftig, blond mit nur wenig Weiß darin und von frischem Teint, schien er das blühende Leben selbst, aber in seinem Wesen lag etwas Melancholisches, Scheues und Verschlossenes, das sich, wie Anselm fand, schlecht zu seiner Profession und seinem Körperbau fügte. Zwar tat er seine Arbeit gewissenhaft, und es unterliefen ihm – soweit es der junge Medicus beurteilen konnte – keine Fehler, aber es wurden an sein Können auch keine allzu großen Anforderungen gestellt. Wie er in dem alten Brief an Jucho geschrieben hatte, bestand seine Arbeit zum größten Teil darin, Wunden zu nähen, Brüche zu schienen und ausgerenkte Glieder wieder einzurenken, und er schien als Wundarzt einen guten Ruf zu besitzen. Zu einem wirklich schwierigen Fall war er, seit Anselm bei ihm lebte, nicht gerufen worden. Nein, dachte der junge Medicus, vom Onkelchen kann ich nicht viel lernen.

Auch Jaspers Forschungen, Lykanthropie und Vampirismus betreffend, erwiesen sich als eine Mischung aus wilden Spekulationen und offensichtlich aus fremden Werken zu diesem Thema abgeschriebenen Passagen, wirr und widersprüchlich, da Jaspers Quellen aus sehr unterschiedlichen Zeiten zu stammen schienen. Von echter Forschung, von spannenden Erkenntnissen konnte keine Rede sein.

Anselm hatte den Onkel gleich nach der Ankunft zu diesem Teil seiner Arbeit befragt, doch Jasper hatte wie abwehrend die Hände gehoben und den Kopf geschüttelt. »Unerforschliche Phänomene sind das, mein Jungchen, und keine Krankheiten, die wir mit unserer Kunst kurieren können.« Ein seltsam panischer Ausdruck war bei diesen Worten auf seinen Zügen erschienen, und er war plötzlich verstummt.

Anselm sollte erst viel später erfahren – der Oheim war eben ein wenig redseliger Mann –, was den alten Medicus so in Schrecken versetzt und ihm seine unnützen Studien verleidet hatte: Vor gut zwei Jahren etwa hatten Geisterwesen die Straßen der Stadt bevölkert, und unter diesen war auch Zelda gewesen, Jaspers verstorbene Gattin, frisch und hübsch und achtunddreißig (so alt war sie gewesen, als der Onkel sie vor zwölf Jahren durch einen tragischen Unfall verlor). Zunächst hatte Anselm nicht glauben können, was Jasper ihm erzählte, aber inzwischen kannte er etliche Versionen des Vorfalls, und sosehr er auch geneigt war, an eine Trugbilder erzeugende massenhafte Vergiftung der Bevölkerung zu glauben, so blieben doch unerklärliche Merkwürdigkeiten zurück. Immerhin hatte das gespenstische Ereignis die meisten der abergläubischen Thorwaler aus der Stadt vertrieben, aber genügend rauflustige Männer und Frauen waren zurückgeblieben, um dem Onkel sein Auskommen zu sichern.

Juchos Geheimnis hatte Onkelchen Jasper nicht lüften können, und er entsann sich auch nicht, daß jener jemals etwas über eine Hexenbegegnung geschrieben habe. Er erlaubte Anselm jedoch, seine Folianten, Aufzeichnungen und Korrespondenzen zu studieren, bis auf die Liebesbriefe aus der Brautzeit mit Zelda, die er mit einem himmelblauen Seidenband verschnürt hatte und unter der Matratze seines Bettes verwahrte.

Was Lykanthropie und Vampirismus betraf, war Anselm wie gesagt bisher auf keine nennenswerten Erkenntnisse gestoßen, aber womöglich tat er dem Onkel Unrecht mit seinem Urteil über dessen Forschungen, da er bisher die Zeit hauptsächlich mit dem Ordnen und Sortieren der Schriftstücke verbracht hatte und noch kaum dazu gekommen war, sie wirklich zu studieren. Dazu ließ ihm sein Tagesablauf auch wenig Zeit. Von der achten bis zur zwölften Stunde machte er Hausbesuche, während Jasper daheim seine Patienten empfing, dann wurde zu Mittag gespeist: gebratene Salzarele mit Haferbrei, geräucherte Salzarele mit Hirsemus, Salzarele im Teigmantel mit gedämpften Rübenschnitzen, gebratene, in Essig und Honig eingelegte Salzarele mit Gerstengrütze ... Obwohl Anselm in der ersten Zeit seines Aufenthaltes sehr angetan gewesen war vom Geschmack des Fisches und der Mannigfaltigkeit der Zubereitungsarten, mit denen die alte Köchin ihn Tag für Tag überraschte – Seefische hatte er zum ersten Mal im Leben in Nostria verspeist, und er fand, daß ihr Aroma das der Süßwasserfische, die er kannte, bei weitem übertraf –, so sehnte er sich allmählich doch nach einem guten Schweinebraten oder einem saftigen Stück Wildbret. Nach dem Essen pflegte er zwei Stunden lang die Stadt zu durchstreifen. Salza und Salzerhaven – auch dort war er schon ein paarmal gewesen – gefielen ihm, und hatte der Onkel ihn auch enttäuscht, so übertraf zumindest die Doppelstadt seine Erwartungen. Anselm genoß die unterschiedliche Architektur der Bauwerke, der schmalen, zwei- oder dreigeschossigen, aus rotbraunen Backsteinen errichteten Giebelhäuser, wie jenes, das der Onkel bewohnte. Dazwischen standen die im südländischen Stil errichteten Kontore der Händler aus dem Alten Reich. Er freute sich an den vielen verwegen, stutzerhaft oder exotisch gekleideten Fremden, die das Stadtbild belebten, und immer, wenn sein Weg ihn zum Standbild König Kasimirs führte, mußte er an Tsaiane denken. Die Statue gefiele ihr, dachte er, sie würde ihre Spottlust wecken. Die Zeit zwischen der vierten und siebten Stunde nach Mittag brachte er damit zu, Tinkturen und Salben in Jaspers winzigem Labor zu bereiten, auszureiten, um außerhalb der Stadtmauern nach Wurzeln, Beeren und Kräutern Ausschau zu halten oder mit dem Alchimisten über den Preis der Ingredienzen zu feilschen, die selbst zu beschaffen ihm nicht gelungen war. Die Hälfte der Einnahmen aus dem Verkauf der Medizin gehörte ihm – so war es mit dem Onkel abgesprochen, während er Unterkunft und Verpflegung durch die Hausbesuche abgolt –, und so brauchte er, wenn es ihn nach dem Abendmahl in die Schenken der Stadt zog, sein gut verstecktes Vermögen nicht anzutasten.

Im Grunde konnte Anselm mit dem Leben, das er führte, zufrieden sein, aber er war es nicht. Langeweile breitete sich aus – es fehlten die Herausforderungen, und mitunter fragte er sich, warum er Cres verlassen hatte. In den knapp drei Wochen, die er nun in Salza lebte, hatte er die Stadt recht gut kennengelernt, und in weiteren drei Wochen würde er sie vollständig kennen – ein hübscher Ort, in dem es nach Holz und Fisch duftete... Nein, Salza konnte weder das Ziel seiner Reise noch das seines Lebens sein! Insgeheim hatte er gehofft – auch darum waren seine Gedanken während des Reitens und der Schiffspassage gekreist –, in der großen fremden Stadt der Frau seiner Träume zu begegnen (wie die Frau seiner Träume aussehen und welche Wesenszüge sie besitzen sollte, hätte er allerdings nicht sagen können), aber die wenigen Damen, die sein Interesse weckten, waren entweder von Stand, verlobt oder verheiratet und somit unerreichbar, so daß sie ihm zwei, drei Nächte milden Kummers bescherten, ihn aber zugleich der Mühe enthoben, ernsthaft und leidenschaftlich um sie zu werben.

Um der Wahrheit die Ehre zu geben, war es nicht beim milden Kummer geblieben. Denn trotz der Melancholie, die die Unerreichbarkeit der Damen erzeugte, beflügelten sie auch seine Phantasie – besonders in der Dunkelheit und Wärme seines nächtlichen Bettes. Dann geschah es wohl, daß er sie im Geiste entkleidete und liebkoste und sich ausmalte, wie sie sich unter seiner Berührung wanden und wenig damenhafte Laute von sich gaben. Doch die Erfüllung, die ihm dies einsame Treiben bescherte, war nicht wirklich beglückend, und hin und wieder kam ihm der Gedanke, daß er besser daran täte, ein Haus der Freuden aufzusuchen. Nun gab es aber in Salza beziehungsweise Salzerhaven keine Etablissements, die sich mit dem exklusiven Puniner Haus vergleichen ließen, in dem er vor Jahren seine Unschuld verloren hatte, und mit streunenden Hafendirnen mochte er sich nicht einlassen. Wenn ihm gelegentlich eine ihre Reize anbot, fühlte er sich durch ihre Keckheit eher eingeschüchtert als erregt. Ja, mit der rahjagefälligen Liebe lag es im argen, seit er der Heimat den Rücken gekehrt hatte ...

Sobald ich Onkelchens Schriftstücke sortiert und durchgesehen habe, werde ich den guten Alten verlassen, dachte Anselm, während er ein Pergament voll zierlicher, aber unverständlicher Zahlenkolonnen in den Folianten zurücklegte, aus dem es beim Blättern gerutscht war. In zwei Monden spätestens wird es soweit sein, dann ist Herbst, und ich mache mich auf den Weg nach... nach Thorwal am besten – einmal im Leben will ich einen richtigen Winter erleben! Natürlich wußte er, daß Salza nördlich genug lag, um ebenfalls einen *richtigen* Winter zu versprechen, und der Onkel hatte nicht wenig lamentiert, welch strenges Regiment Herr Firun zu führen pflege – fast so wie in der fernen bornischen Heimat. Aber Thorwal, das hatte etwas! Den Winter im rauhen Thorwal zu verleben unter den nicht minder rauhen Nordlandbarbaren, schien Anselm ein echtes Abenteuer und eine wahre Herausforderung. Ob auch Tsaiane ihn nach Thorwal zog, wußte er nicht. Zwar fand er sie amüsant und anziehend, aber *sie* war gewiß nicht die Frau seiner Träume, dazu war sie zehn oder zwanzig Jahre zu alt. Die kräftigen, hochgewachsenen, barbarisch und spärlich bekleideten Thorwalerinnen hingegen, die er gelegentlich am Hafen erspäht hatte, konnten ihn da schon eher zum Träumen bringen (allerdings nicht von Ehe und Hausstand). Vielleicht würde ja in der Fremde, wo man Almadaner Medici nicht alle Tage sah, eine von ihnen Gefallen an ihm finden und ihn verführen – eine hübsche und erregende Vorstellung.

Versonnen betrachtete Anselm die Seite des Folianten, aus dem das Pergament gefallen war – vermutlich hatte es als Lesezeichen gedient, ging es ihm durch den Kopf. Er konnte das Buch nicht lesen, denn es war in Bosparano geschrieben (das vermutete er zumindest), einer Sprache, die er nicht beherrschte. Aber als er ein wenig blätterte, um die Stelle zu finden, aus der das Lesezeichen gefallen war, stieß er auf eine Doppelseite, auf der es außer der Überschrift nicht viel zu lesen gab. Rechte wie linke Seite zeigten, in stark verblaßter bräunlicher Tinte und spiegelbildlich gezeichnet, die Umrisse zweier Bäume, auf deren jeweils dicksten Ästen zwei höchst seltsame Kreaturen hockten. Harpyien, dachte Anselm im ersten Augenblick, denn die Wesen waren, obwohl es sich bei ihnen eindeutig nicht um Vögel handelte, ganz und gar mit Federn bedeckt – auch die Gesichter.

Anselm, der den *Almanach der widernatürlichen Kreaturen* in der Hesindebibliothek von Punin höchst aufmerksam studiert hatte, starrte fasziniert und irritiert auf die Blätter. Wie überaus sorgsam der längst dahingeschiedene Zeichner doch die Striche gesetzt hat, dachte er. Jede einzelne Feder konnte man erkennen. Aber je länger er die Bilder betrachtete, um so mehr Abweichungen von der Zeichnung, die er im Gedächtnis bewahrte, stellte er fest. Harpyien waren Mensch-Tier-Chimären, hatte er gelesen, und das Bild in seinem Kopf zeigte auch ein Wesen mit Vogelleib, Vogelbeinen, krallenbewehrten Flügeln, unbedeckten Frauenbrüsten – Harpyien waren immer weiblich, soweit man wußte – und menschlichen Gesichtszügen, aus denen der Wahnsinn loderte. Die beiden Kreaturen in dem alten Folianten jedoch schienen trotz ihrer federbedeckten Leiber nicht wirklich aus Menschen- und Vogelbestandteilen zusammengesetzt, und darüber konnten auch die langen Federschöpfe und Schwänze nicht hinwegtäuschen. So hatten sie recht ausgeprägte Schultern, und die schwach ausgebildeten Flügel wirkten denkbar ungeeignet zum Fliegen. Ob ihre Brüste weiblich und federlos waren, konnte man auf den Zeichnungen nicht erkennen, da die seltsamen Chimären im Profil dargestellt waren und der Brustbereich von den fünfkralligen Flügelbugen verdeckt war. Vogelbeine besaßen sie nicht, das ließ sich eindeutig sagen. Vielmehr kauerten sie mit angezogenen Knien auf ihren Ästen wie Gargyle... Anselm schüttelte den Kopf – von Vogel-Gargyl-Chimären hatte er noch nie gehört, aber, so dachte er, das Buch ist alt, vielleicht Hunderte von Jahren, und wer mag ausschließen, daß es in den alten Zeiten Schwarzmagier gab, die sich auf die Erschaffung so abenteuerlicher Mischwesen verstanden?

Erregt blätterte Anselm weiter, während seine Zähne schnell und entschlossen am Nagel des linken Daumens nagten. Doch bald breitete sich Enttäuschung aus – nur noch zwei weitere Illustrationen fanden sich in dem Werk: Die erste zeigte eine teils zottige, teils borkige Kreatur, die der junge Medicus den schratigen Wesen zuordnete, die zweite ein aufrecht gehendes Geschöpf mit schuppiger Haut, weich fließendem Rückenkamm, aber schwanzlos, so daß es mit einem Echsenmenschen eine gewisse, aber geringe Ähnlichkeit hatte. So spärlich, wie es illustriert war, handelte es sich bei dem Buch offensichtlich um kein Kompendium monströser und chimärischer Wesenheiten, und obwohl Anselm kein Wort verstand, hatte er fast den Eindruck, einen Roman oder etwas ähnliches in Händen zu halten. Gegen Ende allerdings entdeckte er eine Seite, die ihn verwirrte, da sie seine Vermutung zu widerlegen schien, denn auf ihr waren die Wörter und Sätze höchst seltsam angeordnet – untereinander wie bei einem Kochrezept oder Gedicht.

Anselm überlegte, ob er den Folianten zum Hesindetempel tragen und sich übersetzen lassen solle, entschied dann aber, bei Gelegenheit das Gedicht oder was immer es sein mochte, abzuschreiben und dann dieses Pergament den Priestern zur Prüfung vorzulegen. Das Buch des Onkels war gewiß, allein seines Alters wegen, ein echter Schatz, und man kannte die grün-golden gewandeten Frauen und Männer: Schätze konnten sie nie genug einheimsen! Den Gedanken, Jasper nach dem Inhalt des Werkes zu fragen und danach, wie es in seinen Besitz gelangt sei, verwarf er, sobald er sich in sein Hirn schlich. Er betrachtete den Folianten als *seine* Entdeckung, als *sein* Buch, und wenn er auch nicht vorhatte, es zu entwenden oder zu veräußern, so wollte er es dem Onkel auf keinen Fall in Erinnerung bringen.

Nachdenklich legte Anselm das Buch zur Seite, auf den Stapel mit ›Seltsamkeiten‹, die später einer genaueren Prüfung unterzogen werden sollten. Es wuchsen schon etliche solcher Stapel auf den Dielenbrettern seiner Kammer: nach seiner Einschätzung Wertloses, mit dem er sich nicht weiter abgeben wollte (der umfangreichste Posten), Aufzeichnungen zu Jaspers ehemaligem Forschungsgebiet, im strengen Sinne medizinische Dokumente, Werke zur Seelenheilkunde, geschäftliche, berufliche und private Korrespondenzen.

Sacht mit den Zähnen am Rand des Nagels schabend, ließ Anselm den Blick über die Tischplatte schweifen. Wovon nur mochte das merkwürdige Buch handeln? Vermutlich war es gar nicht so interessant, wie er glaubte, sondern eines jener in ihrer gedrechselten, altertümlichen und schwer verständlichen Sprache wenig unterhaltsamen und wissenschaftlich fragwürdigen Traktate, die er – ins Garethi übersetzt – aus der Puniner Bibliothek kannte. Er überlegte, ob er sich, als letzte Arbeit des Tages, gleich daranmachen sollte, die Wortkolonne abzuschreiben, als er unter einem Stoß von Briefen einen Bogen hervorlugen sah, dessen Handschrift ihm bekannt vorkam – ein Schreiben des Vaters.

Anselms leichte Verdrießlichkeit – es verdroß ihn

nicht nur, daß er das Buch nicht lesen konnte, noch mehr ärgerte ihn die Erkenntnis, daß er, wollte er jemals ein ernsthafter Forscher werden, wohl in den sauren Apfel beißen mußte, die schwierige alte Sprache zu erlernen – war augenblicklich verflogen. Er hatte Jaspers Korrespondenzen zuallererst nach Briefen seines Vaters durchforstet, aber die wenigen Schreiben, die er fand, hatten nur mehr oder weniger belanglose familiäre Angelegenheiten zum Thema gehabt; weniger belanglos insofern, als er durchaus beim Lesen des einen oder anderen Briefes (in dem Jucho ihn – den kleinen Anselm –, seine körperliche und geistige Entwicklung mit viel Wärme geschildert hatte) spürte, daß eine gewisse Rührung, ein ihm eher unvertrautes Gefühl, von ihm Besitz ergriff. Der Brief auf dem Tisch war ihm offenkundig entgangen.

Natürlich hielt es Anselm für recht unwahrscheinlich, daß ausgerechnet dieser Brief ihm Juchos Geheimnis enthüllen würde – warum sollte er sich von den anderen unterscheiden? –, aber er klaubte das Schreiben, drei eng beschriebene, zusammengefaltete Blätter, wie sich nun zeigte, doch mit erregter Hast unter den anderen hervor. Das Datum war verwischt, den Mond konnte man nicht lesen, aber Anselm glaubte, als Jahreszahl eine Sieben zu erkennen. Sieben Hal, wie sonderbar, was sagt mir diese Zahl? dachte er, während er den Kerzenleuchter ein wenig näher holte. Dann las er:

Lieber Vetter!
Die Zwölfe mögen mit Dir sein, allen voran die gute Peraine, Der zu dienen wir uns verschrieben haben, und Hesinde, damit Sie uns mit Weisheit fülle.

Ich hoffe, daß Du, wenn dieser Brief Dich erreicht, was leider Monde dauern kann, Dein neues Heim bezogen und den Traviabund mit Deiner treuen, schönen Zelda geschlossen haben wirst. Entbiete ihr bitte meine allerbesten Grüße und Tsas Segen, falls sie guter Hoffnung sein sollte.

Ich selbst habe Dorines Tod noch immer nicht verwunden und werde wohl nicht wieder heiraten, obwohl es mir schon leid um den kleinen Anselm ist, daß er ohne mütterliche Fürsorge heranwachsen muß. Allerdings bin ich hier in Cres bisher auch keiner Frau begegnet, die meine Teilnahme hätte wecken können. Doch wer weiß, wenn die Rechte daherkommt … Zum Glück ist es uns Menschen ja versagt, in die Zukunft zu blicken – selbst die mächtigsten Magier vermögen es nicht, und diese Gabe ist den Göttern vorbehalten.

Viele von uns neiden ja den Unsterblichen Ihre Allwissenheit und wünschen sich nichts sehnlicher, als auch einmal einen Blick in die Zukunft zu tun, aber was brächte es uns ein? Hätte ich mir nicht die Liebe zu Dorine aus dem Herzen gerissen, wenn ich gewußt hätte, daß mein Glück mir schon so bald wieder genommen würde? Und könnte irgendein Mensch seine Arbeit beginnen, wenn er wüßte, daß er sie niemals zu Ende brächte? Ach, lieber Vetter, verzeih, daß ich solch müßige Fragen aufwerfe, aber man gerät leicht ins Grübeln, wenn man ein einsamer Mann ist, der den Höhepunkt des Lebens überschritten hat. Tag für Tag versuche ich, die Melancholie fortzuscheuchen – um Anselms willen vor allem –, aber des Nachts stellt sie sich wieder ein, und daran ändert auch ein Umstand nichts, von dem ich Dir später berichten werde, im Gegenteil …

Doch zurück zu Anselm, nach dem Du Dich in Deinem letzten Schreiben so freundlich erkundigt hast. Der gute Junge ist mir eine rechte Freude, und wäre besagter Umstand nicht eingetreten, so würde ich sagen: meine einzige Freude. Denn die Arbeit, die ja auch eine Freude sein sollte in einem erfüllten Leben, wird mir mehr und mehr zur Enttäuschung. Oh, Jasper, denk nicht, daß ich ungern zu den Kranken gehe und ihre Gebrechen zu heilen trachte oder daß ich es an der nötigen Sorgfalt fehlen lasse. Jeden Tag preise ich die gütige Peraine, daß Sie uns die heilenden Kräuter beschert und mir beisteht beim Kurieren. Aber dennoch: Vermögen wir Ärzte wirklich zu heilen? Ist es nicht so, daß stets die Götter über Gesundheit und Krankheit, Leben und

Tod entscheiden? Und wenn es Ihr Wille ist, daß einer sterben soll – Tsa, vergib mir diese Worte, denn Dein Wille ist es niemals! –, so sind all unsere Künste vergebens.

Schon wieder bin ich in unnützes Philosophieren geraten, doch nun will ich Dich endgültig nicht länger mit solcherlei Überlegungen behelligen. Anselm, auf den ich weiter oben schon zu sprechen kam und von dem ich nun berichten will, ist ein sehr aufgeweckter Knabe. Ich wundere mich stets von neuem, wie viele Kräutlein er schon beim Namen kennt, und oftmals ist er es, der sie als erster im Wald entdeckt. Obwohl er das sechste Jahr eben erst erreicht hat, wie Du Dich vielleicht erinnern wirst, nehme ich ihn mit zu den Kranken (er graust sich nicht vor ihren Schwären, sonst täte ich es nicht), und wenn ich daheim Patienten empfange, sitzt er brav auf seinem Schemelchen und lauscht stumm und aufmerksam. Bisweilen befrage ich ihn über das Gesehene und Gehörte, um seine Aufmerksamkeit und den Stand seines Wissens zu überprüfen, und denk Dir nur: Bald in der Hälfte aller Fälle weiß er die rechte Antwort zu geben. Ja, ich glaube, er hat das Zeug zu einem fähigen Medicus, obwohl es natürlich ein wenig früh ist, das zu beurteilen, und der väterliche Stolz mich dazu verleiten mag, ein zu günstiges Urteil zu fällen. Doch bin ich froh, daß seine Neigungen in diese Richtung zu gehen scheinen, denn in nicht allzu ferner Zukunft werde ich einen Assistenten brauchen.

Lieber Vetter, es fällt mir nicht leicht, auf das zu sprechen zu kommen, dessentwillen ich, um der Wahrheit die Ehre zu geben, recht eigentlich zur Feder gegriffen habe. Auch muß meine Rede dunkel bleiben, und ich kann nicht umhin, mich in bloßen Andeutungen zu ergehen, da der Brief auf seiner weiten Reise in die falschen Hände geraten und geöffnet werden mag. Bei uns weht zur Zeit ein rauher Wind, auch hier im sonnigen Almada, falls Du verstehst, was ich meine. Bei dem Umstand, den ich eben erwähnte, handelt es sich in Wahrheit um eine Begegnung, von der ich nicht weiß, ob ich sie nur geträumt habe, und die mit einem Deiner For-

schungsgebiete in Zusammenhang steht. Und wenn ich eben sagte, daß außer Dorine keine Dame in Cres je mein Interesse erregte, so stimmt das nur bedingt, denn nahe Cres konnte es eine … Durch seltsame Fügungen bin ich in den Besitz einer Wasserrauschfrucht gelangt. Ich weiß nicht, ob Du Dich mit diesen hochseltenen Früchten auskennst, aber man sagte mir in Punin, wo ich die Beere prüfen ließ – und was ich hörte, deckt sich mit der Beschreibung in meinem Pflanzenalmanach –, daß sie sowohl die rahjagefälligen Gefühle steigern als auch rahjagefällige Träume oder Trugbilder erzeugen könne. Nun habe ich in meinem Leben schon des öfteren Wein, Bier, Schnaps und auch Rauschkraut genossen, in jungen Jahren gelegentlich gar im Übermaß, doch konnte ich stets auch den eindringlichsten Traum von der Wirklichkeit unterscheiden. Was mir widerfuhr, nachdem ich die Frucht geschluckt hatte – denn ich schluckte sie, und zwar nicht im Puniner Freudenhaus, wie ich es mir ursprünglich vorgenommen hatte, sondern im nahen Wäldchen, um den Rausch, umgeben von Luft, Erde, Pflanzen und Tieren, zu genießen –, kann ich nicht wiedergeben, Anstand und anderes verbieten es mir. Nur soviel sei gesagt: Ich blieb nicht allein, und alles Folgende war so aufwühlend und ergreifend, daß es mir schwerfällt, es als Ausgeburt rauschhafter Träume abzutun. Auch fand ich am nächsten Tag rötliche Male auf Brust und Schultern, die ich mir schwerlich selbst beigebracht habe. Wie hat sie mich gefunden oder vielmehr wiedergefunden? Oder habe etwa ich sie gerufen? Und wie konnte sie mich hören und so rasch zur Stelle sein? Ich kann mit niemandem über mein Erlebnis – denn mehr und mehr bin ich geneigt, es ein Erlebnis zu nennen – reden, die Gründe hierfür deutete ich weiter oben an.

Lieber Jasper, Du erforschst seltsame Phänomene und Leute, wie Du mir jüngst geschrieben hast. Wenn Du meinen etwas nebulösen Ausführungen folgen konntest …

Hier endete der Brief – offenbar fehlte die letzte Seite. Anselm fuhr sich mit der Hand durchs Haar und starrte auf das Blatt. Jetzt wußte er wieder, was die Jahreszahl 7 Hal ihm sagte, und er verstand auch die dunklen Andeutungen in Juchos Schreiben. Tsaianes Vermutung war richtig gewesen: Der Vater hatte die Hexe noch einmal getroffen, und zumindest das erste ihrer Treffen war rahjagefälliger Natur gewesen. Die anderen vermutlich auch – das Fehlen der Tagebuchseiten legte diesen Schluß nahe. Und er selbst, der kleine Anselm, hatte von der hitzigen Affäre nichts bemerkt!

Statt befriedigt worden zu sein, war Anselms Neugierde nun erst recht geweckt, und er wollte wissen, wie die Geschichte weiterging. Einen Antwortbrief auf Juchos Schreiben gab es nicht, und falls jemals einer existiert haben sollte, hatte der Vater ihn wohl vernichtet. Ob er auch die Tagebuchseiten vernichtet hat? fragte sich der junge Mann. Und wieso hatte das Onkelchen nichts von diesem Brief erwähnt? Wurde es schon senil? Nein, das war eine ungerechte Überlegung – das Schreiben war immerhin achtzehn Jahre alt und die Hexenbegegnung dermaßen verschwommen geschildert, daß einer, der Juchos Tagebuchaufzeichnungen nicht kannte, kaum etwas damit anfangen konnte. Morgen, so beschloß Anselm, wollte er Jasper den Brief zeigen – vielleicht würden dann die Erinnerungen zurückkehren.

Ein schwaches Klopfen riß Anselm aus seinen Überlegungen – offensichtlich hatte jemand den Messingdelphin betätigt, der an Jaspers Tür (und an etlichen anderen in Salza) als Klopfer diente. Anselm lauschte, ob der Onkel wohl öffnete, aber er hörte keine Schritte. Entweder schlief der Alte schon – immerhin war die zehnte Stunde bereits angebrochen –, oder er stellte sich schlafend, um nicht zu so später Stunde noch gestört zu werden. Dazu, fand Anselm, hatte er auch jedes Recht – wozu war schließlich ein jüngerer Kollege im Haus? Er ergriff die Kerze und wandte sich zum Gehen. Während er die enge Treppe hinabstieg, klopfte es ein zweites Mal, beim dritten Klopfen hatte er die Haustür erreicht.

Ein kräftiger junger Bursche stand draußen, kaum älter als fünfzehn Jahre. Im Kerzenschein waren seine Züge nicht deutlich zu erkennen, aber Anselm glaubte, ihrer fast kindlichen Jugend zum Trotz, etwas Verschlagenes in ihnen zu entdecken. Ebensogut mochte er sich täuschen. Der Junge wirkte ein wenig abgehetzt, er atmete schwer, so als sei er eine Zeitlang gelaufen, und seine Kleidung war weder die beste noch die reinlichste.

»Peraine zum Gruße, was ist dein Begehr?« fragte der Medicus streng und ohne den Burschen zum Eintreten aufzufordern. Auch beobachtete er ihn scharf, damit ihm nicht entginge, wenn jener verstohlen nach einer Waffe griffe oder bisher unsichtbare Kumpane herbeiwinke. Während der Reise und der drei Wochen in Salza hatte er gelernt (als Beobachter und Lauscher, nicht als Betroffener, den Göttern sei Dank!), daß man zu später Stunde und bei Fremden nicht vorsichtig genug sein konnte.

»Peraine zum Gruß, Herr!« erwiderte der Bursche mit überraschend heller Stimme und unterbrochen von keuchendem Atemholen. »Wohnt in diesem Haus der Medicus Anselmo Pecarion, oder könnt Ihr mir sagen, wo ich ihn finde?«

»Anselmo Pecarion?« wiederholte Anselm verblüfft. Seit der Ankunft in Salza – der Tag war mit seinem dreiundzwanzigsten Geburtstag zusammengefallen – hatte er sich nicht mehr des klangvollen Künstlernamens bedient. Das wäre ihm im Hause des Onkels auch kindisch erschienen. Er hatte lediglich, mit Onkelchens ausdrücklicher Billigung, das Schild am Haus *Jasper Irjan Peckert, Medicus* durch ein neues mit der Inschrift *Jasper Irjan Peckert und Anselm Peckert, Medici* ersetzen lassen. Nun müßte er bald das alte wieder aufhängen. Nur die Passagiere und die Besatzung der *Seeschwalbe,* einer behäbigen Potte, mit der er von Nostria nach Salza gereist war, kannten seinen ›Reisenamen‹. Also schickt einer von ihnen nach mir, dachte Anselm und versuchte, sich die Mitreisenden ins Gedächtnis zu rufen.

»Könnt Ihr mir vielleicht sagen, wo ich den Medicus Anselmo Pecarion finde?« brachte der Junge sein Anliegen in Erinnerung. »Ich kann nicht lesen, Herr, und deshalb weiß ich nicht, was für ein Name auf Eurem Schild steht.«

»Das bin ich selbst. Aber sag, wer schickt nach mir? Ist es ein Notfall?«

»Ein Notfall? Nein. Die Dame ist nicht krank, soviel ich weiß. Sie sagt, sie hat eine wichtige Nachricht für Euch, und Ihr sollt Euch beeilen, da sie morgen abreisen wird. Deshalb hatte sie auch keine Zeit, Euch aufzusuchen und selbst die Neuigkeiten zu überbringen, sondern hat mich geschickt, Euch zu holen, weil sie noch mit Reisevorbereitungen beschäftigt ist.«

»Und darf man auch den Namen der Dame erfahren?« Anselm fühlte eine leichte Gereiztheit aufsteigen – die einzigen Damen, an die er sich erinnerte, waren eine stämmige, griesgrämige Händlerin, ihre hagere, nicht minder griesgrämige Tochter und die etwas einfältige sommersprossige Zofe der beiden. Welche Nachrichten könnte eine der drei schon für ihn haben? Gewiß nichts, das einen nächtlichen Ausritt lohnend erscheinen ließ.

»Sie heißt Tsaiane Drosselanger und sagt, Ihr sollt Euch beeilen, es wäre wichtig.«

Anselm war so überrascht, daß ihm ein ungläubiges »Was?« entschlüpfte. »Tsaiane ist in Salza? Ich kann es kaum glauben. Bist du sicher, daß die Dame Tsaiane Drosselanger heißt?«

»Aber natürlich, so einen komischen Namen kann man sich doch leicht merken! Außerdem ist sie nicht in Salza abgestiegen, sondern in Salzerhaven, direkt am Hafen, im *Dicken Walfisch.*«

Anselms Mißtrauen erwachte von neuem: Er sollte offenbar von dem durchtriebenen Bürschchen in den Hafen gelockt werden, eine bei Tag und erst recht bei Nacht wenig anheimelnde Gegend. Doch aus welchem Grund? Und wo hatte der Junge Tsaianes Namen aufgeschnappt? Und woher wußte er, daß er, Anselm, die Bardin kannte? »Wie sieht die Dame aus, die mich ruft?« fragte er.

Der Junge überlegte. Aha, dachte Anselm, er weiß es nicht. Doch da fing der Bursche an zu sprechen. »Sie hat eine Laute und singt, ist wohl eine Spielfrau oder Bänkelsängerin ...«

»Bardin.«

»Was?«

»Die Dame ist Bardin, keine Bänkelsängerin, aber fahre nur fort.«

»Ihre Stute ist ein Schecke und heißt, glaube ich, Edwine ... Frau Drosselanger ist nicht sehr groß, eher mittelgroß und etwas schmächtig, und sie hat langes braunes Haar, das sie offen trägt. Sie hat eine Stupsnase und ist vierzig oder fünfzig Jahre alt.«

»Na, na, jetzt übertreibst du aber – älter als vierzig ist sie gewiß nicht –, ansonsten aber stimmt deine Beschreibung. Woher weiß sie, daß ich mich in Salza aufhalte und in welchem Haus ich wohne?«

Der Junge hob fragend die Achseln. »Das hat sie mir nicht gesagt. Vielleicht hat sie Euch in das Haus gehen sehen und hatte keine Zeit, Euch hinterherzulaufen. Steht Euer Name auf dem Schild?«

Anselm nickte. »Gewiß«, sagte er. Dann fiel ihm ein, daß dort zwar sein Name, aber nicht Anselmo Pecarion stand, und so fügte er hinzu: »Aber etwas anders geschrieben, als Frau Drosselanger es kennt.«

»Nun«, erwiderte der Junge, »vielleicht hat sie das Schild gelesen, geklopft, aber Ihr wart nicht daheim ...«

»Ja, so mag es gewesen sein«, murmelte Anselm. Er war immer noch zutiefst verwirrt, daß Tsaiane offenbar schon eine Weile in seiner Nähe wohnte, sie aber einander bisher nicht begegnet waren. Und daß sie ihm etwas Wichtiges mitteilen wollte, verwirrte ihn nicht minder. »Aber diese Fragen kann sie mir auch selbst beantworten«, fuhr er fort. »Warte hier. Ich hole nur meine Joppe und mein Pferd. Sie ist wirklich nicht krank oder verletzt? Ich werde meine ärztlichen Utensilien nicht brauchen?«

Der Junge schüttelte den Kopf. »Als ich sie verließ, wirkte sie ganz gesund.«

Wenig später brachen die beiden auf.

4. Kapitel

Hell hallte der Hufschlag durch die nächtlichen Gassen. Das naßkalte Wetter der vergangenen Tage war einem lauen Lüftchen gewichen, und wären Anselms Gedanken nicht um Tsaiane und ihre Nachricht gekreist, hätte er den Ritt durch die milde Rondranacht in vollen Zügen genießen können. So aber dachte er nur daran, Salzerhaven und den *Dicken Walfisch* möglichst rasch zu erreichen, hatte keine Augen für die funkelnden Sterne, keine Nase für den zartwürzigen Duft nach Salz, Holz und gebratenem Fisch und keine Ohren für das ferne Rauschen der Brandung, das Stimmengewirr und den Klang von Instrumenten, die hier und dort aus den geöffneten Fenstern von Schenken und Wohnstuben drangen.

Damit es schneller voranging, hatte der Medicus dem Jungen erlaubt, sich hinter ihm aufs Pferd zu setzen. Der Bursche hieß Efferdan und war der Sohn der Wirtsleute, wie Anselm erfuhr. Von Tsaiane wußte Efferdan folgendes zu erzählen: Sie wohnte seit einer Woche im *Dicken Walfisch,* unterhielt an jedem Abend die Gäste mit Spiel und Gesang, hatte von den Thorwalern, die die Schenke besuchten, viel Lob und reichlich Münzen geerntet für ein trauriges Lied über einen Kapitän, der im Eismeer verschollen war, und noch mehr Lob und Münzen für ein lustiges, das von einer Riesenbrautwerbung gehandelt hatte. Und morgen wollte sie, wie gesagt, ihre Reise fortsetzen.

»Soso, Thorwalsche gehen bei euch ein und aus?« fragte Anselm. Unvermittelt packte ihn die Reiselust, und er überlegte, ob er versuchen solle, Tsaiane zu überreden, den Aufbruch um ein paar Tage zu verschieben, so lange, bis er seine Angelegenheiten geordnet hätte und sich ihr anschließen könnte.

»Ihr seid wohl aus dem Süden, daß Ihr Thorwalsche sagt?« gab der Junge zurück. Da er keine Antwort erhielt, fuhr er fort: »Was glaubt Ihr, wie alt ich bin?«

»Nun, fünfzehn oder sechzehn, denke ich.«

»Zwölf, aber alle halten mich für älter. Ich bin groß für mein Alter, und das kommt daher, daß meine Mutter Thorwalerin ist. Ich gerate nach ihr, sagen die Leute. Und nun kennt Ihr auch den Grund, warum gerade der *Dicke Walfisch* so gern von Thorwalern besucht wird. Ihr braucht aber keine Angst zu haben. Meine Mutter hat die Jungs und Mädels – so nennt sie ihre Landsleute, auch wenn die schon ganz alt sind – gut im Griff. Wenn sie es zu arg treiben mit dem Raufen, geht sie selbst dazwischen, und sie erlaubt auch nicht, daß Stühle und Krüge zertrümmert werden. In dem Punkt ist sie wirklich streng.«

»Das ist ja hochinteressant«, sagte Anselm, und schon formten seine Gedanken ein Bild von Efferdans Mutter. Sie mochte Mitte Dreißig sein, und da der Junge nach ihr geriet, wie er gesagt hatte, und seine Altersgenossen um Hauptеslänge überragte, könnte sie gut und gern einen halben Spann mehr messen als er selbst. Und gewiß hatte sie breite Schultern, schwellende Brüste, die über ein barbarisches Fellwams quollen, hatte die blonden – rotblonden? – Haare zu strammen Zöpfen geflochten, und unter ihrem Gürtel steckte ein Wurfbeil mit verzierter Klinge. Und nun trat sie, sich mit den Ellbogen einen Weg durch den Ring von Gaffern bahnend, entschlossenen Schrittes zwischen ein Knäuel raufender Landsleute, teilte wuchtige Fausthiebe aus, packte die Kontrahenten beim Schopf und schlug ihre Schädel gegeneinander, rammte wohl auch dem einen oder anderen, falls männlich, das Knie zwischen die Schenkel und fand dabei noch die Muße, ihrem schmächtigen Gatten, der hinter der Theke Zuflucht vor eventuellen Wurfgeschossen gesucht hatte, Anweisungen und Bestellungen zuzurufen.

Ob wohl mein Bild der Thorwalerin auch nur entfernt mit der echten Wirtin aus dem *Walfisch* übereinstimmt? dachte der junge Medicus. Oder liege ich genauso falsch wie seinerzeit bei der unbekannten Bardin im Nebenzimmer? Natürlich könnte er Efferdan fragen, wie seine Mutter aussehe, aber nun wollte er sich lieber überraschen lassen. Und Swafnild würde sie heißen (vermutlich deshalb, weil es neben Garhelt der einzige thorwalsche Frauenname war, den er kannte). Er wandte sich im Sattel um. »Wird im *Dicken Walfisch* häufig gerauft?« fragte er den Jungen.

»Seit die meisten Thorwaler die Stadt verlassen haben, nicht mehr so oft. Aber, wie gesagt, Ihr braucht Euch nicht zu fürchten – meine Mutter hat alles gut im Griff. Gestern zum Beispiel wollte ein Ruderer von dem schwarzen Drachen mit den schwarzen Segeln«, der Junge dämpfte unvermittelt die Stimme, »mit einem Gast aus dem Süden Streit anfangen, weil er ihn irrtümlich für einen Al'Anfaner Sklavenhändler gehalten hat – dabei ist er ein harmloser Handelssekretarius aus dem Lieblichen Feld und Stammgast obendrein –, aber meine Mutter hat den Stänkerer einfach beim Kragen gepackt und vor die Tür gesetzt. Was sagt Ihr nun?«

»Mein Kompliment der mutigen Dame.« Anselm zog den Hut und verneigte sich in die Dunkelheit. »Aber sag, warum hast du eben geflüstert, als du auf dieses schwarze Drachenschiff zu sprechen kamst?«

Die nächtlichen Reiter waren eben in die Straße eingebogen, die die beiden Teile der seltsamen Doppelstadt Salza und Salzerhaven miteinander verbindet. Anselm war die Strecke schon einige Male bei Tag geritten und auch schon bei Nacht, in Begleitung der jungen Leute, deren Bekanntschaft er gemacht hatte und unter denen sich auch die unerreichbaren Damen befanden. Wie schon zuvor wunderte er sich über die fast gespenstische Stille in den Gebäuden rechts und links der Straße und ihre im Sternenlicht ebenfalls gespenstisch wirkende Bauweise. Wären den Reitern nicht hin und wieder lärmende Seeleute entgegengekommen, die es nach Salza zog, um sich am Anblick der aufgeputzten Händlerstöchter oder -söhne zu weiden, und hätten sie nicht den einen oder anderen braven Bürger überholt, der ein Abenteuer in den verrufenen Kaschemmen oder Bordellen am Hafen suchte, hätte Anselm sich wohl gegraust: Hinter Mauern, Zäunen und Toreinfahrten erkannte er baufällige Schuppen und gewaltige Lagerhallen, in deren Wänden die Luken wie leere Augenhöhlen in die Nacht starrten; in den Höfen der Sägemühlen waren Bretter und Balken zu seltsam luftigen Türmen oder Quadern aufgeschichtet; aus spitzen Giebeln reckten sich galgenartige Gebilde über die Straße, an denen Konstruktionen aus Seilen, Scheiben und Haken baumelten; Kräne, riesige Räder, Gerüste und Maschinen malten unheimliche schwarze Silhouetten auf den sternklaren Himmel…

Efferdan tippte Anselm auf die Schulter, und dieser wandte sich um. »Der schwarze Drache mit den schwarzen Segeln gehört Tula von Skerdu«, flüsterte er, und noch leiser fügte er hinzu: »Tula soll eine Hexe sein, heißt es, aber natürlich weiß das keiner so genau. Jedenfalls ist sie sehr mächtig und zauberkräftig, und man sagt, sie hat die ganze Mannschaft verzaubert, damit sie ihr allzeit dienen muß.«

»Eine Hexe, die zur See fährt?!« Auch Anselm sprach gedämpft, verschwörerisch flüsternd fast, obwohl weder die verlassenen Gebäude noch die wenigen Nachtschwärmer auf der Straße für die Unterhaltung der Reiter auch nur das mindeste Interesse aufzubringen schienen. »Ich dachte immer, die Töchter Satuarias flögen auf Besen durch die Nacht...«

»Töchter Satuarias ...?« wiederholte der Junge.

»Nun, so nennen die Hexen sich selbst. Sag, diese Tula, ist sie eine Thorwalsche, daß sie mit einem Drachen segelt?«

»Sie soll auf Skerdu ein Langhaus besitzen, daher auch ihr Name: Tula von Skerdu. Skerdu ist eine Insel, müßt Ihr wissen. Und es heißt, daß sie zwei Schritt messe – Tula natürlich, nicht die Insel« – der Junge kicherte –, »und stark wie ein Ochse sei. Sie kann gewiß auch fliegen, denn ihre Zauberkräfte sind wie gesagt ungeheuer groß. Ich habe sie noch nie gesehen, meine Mutter auch nicht – die wenigsten Thorwaler kennen sie von Angesicht, denn sie geht nicht oft an Land –, aber jeder weiß, daß sie ein prächtiges buntes Hautbild auf dem Schädel trägt, das zum Vorschein kommt, wenn sie ihn rasiert.«

»Aha«, sagte Anselm. Das Bild der kämpfenden Swafnild verblaßte, und statt dessen entstand das der Barbarenhexe: ein kolossales Weib mit breitem Kopf, hohen Wangenknochen und grausam glitzernden grünen Augen. Mit flatterndem, klaffendem schwarzen Mantel aus Seetigerfell, der schwere Brüste (zwischen denen eine Kette mit hexischen oder thorwalschen Amuletten baumelte), einen von einem reich mit Ornamenten geschmückten schwarzen Gürtel umschlossenen feisten Bauch, einen feuerroten Schambusch und lange, stämmige, von Wind und Wetter gerötete Schenkel freilegte (seltsamerweise war die Hexe in Anselms Vorstellung nackt unter dem Mantel), stand sie am Bug eines Drachenschiffes und erteilte düster blickenden Männern und Frauen, die mit unsichtbaren Fesseln an die Ruderbänke gekettet waren, stumme Befehle. »Sie hält ihre Leute wie Sklaven, sagst du? Wie kommt es dann, daß sie an Land gehen und die Schenken unsicher machen dürfen?«

»Nicht wie Sklaven, wo denkt Ihr hin?! Sie hat sie verzaubert, aber nicht versklavt!« Efferdan schüttelte den Kopf über soviel Unwissenheit. »Jeder weiß doch, daß Tula von Skerdu wie alle Thorwaler eine erbitterte Gegnerin der Sklaverei ist, daß sie den Sklavenhändlern in Al'Anfa den Krieg erklärt hat. Ihr kennt Al'Anfa, die Pestbeule des Südens?«

»Gewiß«, erwiderte Anselm, »dem Namen nach zumindest. Dort gewesen bin ich noch nicht, aber wer weiß – vielleicht wird mich mein Weg eines Tages auch in die ›Pestbeule des Südens‹ führen...« Er sprach die Worte gedehnt und überdeutlich, und obwohl Efferdan die leise Ironie weder bemerkte noch verstand (was Anselm allerdings nicht wissen konnte), fügte er erläuternd hinzu: »Versteh mich nicht falsch: Ich billige die Sklaverei keineswegs. Im Gegenteil: Wie jeder rechtschaffene und götterfürchtige Bürger des Neuen und des Alten Reiches, des Bornlandes und wohl auch Nostrias verurteile ich den kommerziellen Handel mit Menschen aufs schärfste. Dennoch scheint es mir ein wenig übertrieben, eine Stadt, mögen ihre Sitten auch noch so verworfen und verderbt sein, als Pestbeule zu bezeichnen – man kennt die Wendung ›Pestbeule des Südens‹ übrigens auch in Almada, wo ich herstamme –, denn das würde ja bedeuten, daß alles in der Stadt, jeder Stein, jede Pflanze, jedes Tier, jeder Mensch, ja, sogar die bedauernswerten Moha-Sklaven, etwas Pestilenzisches an sich hätte. Das wiederum mag ich nicht glauben. Vielmehr bin ich mir gewiß, daß es auch in Al'Anfa Menschen gibt, die die Gebote der Zwölf achten, und denen die rohen Sitten ein ebensolches Greuel sind wie dir und mir. Also sollte man Al'Anfa lieber eine Stadt nennen, in der die Pestilenz nistet, deren Atem giftig ist vom Hauch der Krankheit, in der es schwärt...«

Warum fasele und predige ich? dachte Anselm. Sein Gesicht erwärmte sich unter dem kurzen Anflug von

Schamesröte (den jedoch niemand bemerkte, am wenigsten der hinter ihm sitzende Junge) wegen der gedrechselten und unaufrichtigen Rede. Weder hatte er sich jemals ernsthaft mit dem Problem der Sklaverei befaßt noch bis vor wenigen Augenblicken Interesse für sprachliche Bilder oder rhetorische Figuren gehegt. Was ist los mit mir? dachte der junge Mann, und warum habe ich mir die Hexe nackt vorgestellt? Wieder blitzte das Bild der gewaltigen Barbarin vor seinem inneren Auge auf, doch plötzlich fiel ihm ein, aus welchem Grund er nächtens unterwegs war: Tsaiane und ihre Nachricht. Wie mag Tsaianes Körper beschaffen sein? fragte er sich unvermittelt. Ob ihre kleinen Brüste noch straff sind? So straff wie die Sylphinjas? Vermutlich nicht, aber vielleicht sollte ich sie trotzdem verführen. Vielleicht ist ihre Nachricht ja rahjagefälliger Natur, und sie hat nur deshalb nach mir geschickt, weil sie sich danach sehnt, von einem jüngeren Mann verwöhnt zu werden.

Anselm wußte sehr gut, daß er Unfug dachte, aber die Vorstellung, Tsaiane könne in Leidenschaft für ihn entbrannt sein, faszinierte ihn ungeheuer. Und wenn sie sich ziert oder nicht getraut, ging es ihm weiter durch den Kopf – obwohl er genau wußte, daß, sollte es zu Vertraulichkeiten kommen, er selbst vermutlich der Schüchternere von beiden wäre –, dann werde ich eben mit Wein oder *Feuer* nachhelfen (sie wird *dich* unter den Tisch trinken, mein Lieber, sagte die andere Hälfte seines Verstandes). Efferdans Stimme riß ihn aus den widersprüchlichen Überlegungen. »Hier müssen wir nach links abbiegen; jetzt ist es nicht mehr weit.«

Eine schmale Gasse öffnete sich zwischen dem Haus des Geldverleihers und der Mauer, die die Papiermühle umgab. Anselm erkannte sie wieder, kaum daß er Danilo ein paar Schritt weit hineingelenkt hatte: Ja, das war die düstere, gefährliche Abkürzung zum Efferdplatz, an dem nicht weniger als sieben Schenken lagen. Und nun meinte er auch, sich an das Schild mit dem lachenden Walfisch zu erinnern, aus dessen walzenförmigem Leib eine zu zwei gegenläufig eingerollten Spiralen geformte Fontäne spritzte (irgendwie thorwalsch, hatte er damals gedacht).

Die Gasse war nicht länger als achtzig Schritt, und bald schon vernahm man, fern, doch mit jedem Schritt deutlicher, die Stimmen trunkener Seeleute, Lachen, Grölen und Gesang. Und dann war der Efferdplatz erreicht. Anselm erkannte die Konturen des Tempels rechter Hand, die stufigen Giebel der Häuser, die den Platz auf den drei übrigen Seiten umschlossen, und durch eine Lücke dazwischen erblickte er das silbrig schimmernde Meer, auf dem ein dunkles Drachenboot nordwärts segelte.

»Seht Ihr den *Dicken Walfisch?* Da drüben, auf der anderen Seite vom Platz.« Efferdan zupfte Anselm am Ärmel und wies auf ein schmales Haus, das sich unter der Last der vorkragenden Obergeschosse ein wenig auf die Seite geneigt hatte, als suche es Halt bei seinem Nachbarn. Licht und Lärm drangen aus der geöffneten Schenkentür. Während Anselm näher ritt, taumelte ein offensichtlich betrunkenes Paar in der Tracht der Schauerleute, das sich aus Zuneigung oder um sich gegenseitig zu stützen, um Schulter und Leibesmitte gefaßt hielt, in den Lichtkegel. Die beiden verharrten ein Weilchen in der Tür, als suchten sie jemanden oder als gebe es im Schankraum etwas Interessantes zu sehen, dann wandten sie sich abrupt um und zogen weiter, zackige Linien beschreibend. Offensichtlich ist der *Dicke Walfisch* nicht nach jedermanns Geschmack, dachte Anselm. Er saß ab, band Danilo an den dafür vorgesehenen Pfosten und trat hinter Efferdan durch die Tür.

Und weiter kamen die beiden auch nicht. Denn nun wurde offenkundig, warum das Pärchen den *Walfisch* so schnöde verschmäht hatte: Das Etablissement war gut besucht, sehr gut sogar, es war gerammelt voll, und die Gäste standen dichtgedrängt bis zum Eingang. Doch da von allen nur die Rückseiten zu sehen waren, wurde Anselm bald klar, daß nicht nur das gute Bier sie in die Kneipe gezogen hatte, obwohl die meisten schwere irdene Krüge in den Händen hielten: Bei den Frauen und Männern, die Anselm und Efferdan Sicht und Weg versperrten, handelte es sich um Beobachter eines offenbar spannenden und unterhaltsamen Schauspieles, einer zünftigen Rauferei, wie Anselm aus den Anfeuerungsschreien, Buhrufen, Pfiffen, dem Klatschen und Stampfen schloß. Wie soll ich nur Tsaiane erreichen? dachte er, während er sich ein wenig nach vorn zu schieben versuchte. Ob sie auch unter den Schaulustigen ist? Er blickte sich um, aber unter den Gästen, die des besseren Überblicks wegen Stühle und Tische erklommen hatten, entdeckte er sie nicht. Vielleicht ist sie ja gar nicht im Schankraum, sondern erwartet mich in ihrer Stube, ging es ihm durch den Kopf. Er wandte sich an Efferdan, den er neben sich wähnte, um ihn zu bitten, ihn zum Hintereingang des Hauses zu führen (so es einen besäße), aber der Junge war im Gewühl verschwunden.

Ich hätte nicht drängeln sollen, dachte Anselm ungehalten, als ihm bewußt wurde, daß er sich so tief ins Getümmel geschoben hatte, daß es nun weder ein Vor noch ein Zurück noch die geringste Aussicht gab, einen Blick auf die Rauferei zu erhaschen. Zwar war er in Cres oft ›der Lange‹ oder ›der lange Anselm‹ genannt worden, aber hier im *Walfisch,* umgeben von hochgewachsenen Nostrianern und Thorwalern, empfand er sich eher als mittelgroß und damit zu klein, um den beiden Hüninnen vor ihm über Häupter oder Schultern zu schauen.

Plötzlich glaubte er zwischen dem Rufen und Krakeelen seinen Namen, und zwar Anselmo, zu hören, und als er den Kopf wandte, bemerkte er eine rotbehaarte Hand, die sich ihm entgegenstreckte, und hinter dem thorwalschen Ruderer, zu dem die Hand gehörte, Efferdan, der fröhlich winkte. »Auf unserem Tisch ist noch Platz!« rief der Junge. Und so kam der junge Medicus kurz darauf doch noch in den Genuß des packenden Schauspiels.

Anselm hatte eine ›zünftige‹ Rauferei erwartet, aber so konnte man den Kampf beim besten Willen nicht bezeichnen. Es gab nur zwei Kontrahenten – kein Knäuel –, und sie waren wohl das ungleichste Paar, das je versucht hatte, einander ohne Waffen zu bezwingen. Der Mann war an Wuchs, Kleidung und Haartracht unschwer als Thorwaler zu erkennen. Fast zwei Schritt mochte er messen, rotblond behaart war die nackte, breite, muskelstrotzende Brust, und auch die kräftigen Arme bedeckte ein krauser rötlicher Pelz. Den rotblonden Bart hatte der Hüne zu vier Zöpfen geflochten, und auch das ebenfalls rotblonde lange Haupthaar war zu zwei Flechten gewunden und mit einem bunten Stirnband geschmückt. Die Beine steckten in rot-weiß gestreiften knielangen Leinenhosen, die Füße hingegen waren nackt.

Nackte Füße hatte auch die Frau, und das war so ziemlich das einzige, worin sich die Gegner glichen. Anselm schätzte die Dame auf Mitte der Zwanzig, den Mann auf gut zehn Jahre älter. Ihr zierlicher Wuchs, die schimmernde bräunliche Haut, die großen schwarzen Augen und das rabenschwarze Haar, das sie zum Pferdeschweif gebunden trug, wiesen auf tulamidische Abstammung hin, ihre Kleidung aber hatte keinerlei Ähnlichkeit mit den Trachten der Damen aus dem Land der ersten Sonne. Eine Hafendirne, durchzuckte es Anselm einen winzigen Augenblick lang, nein, dachte er dann, eine himmelblaue Rahjapriesterin!

In der Tat glichen Schnitt und Stoff des Gewandes den Kleidern, die die Geweihten der himmlischen Stute im Tempel tragen – weich fließend, leicht durchscheinend, tief dekolletiert –, aber die ungewohnte hellblaue Farbe verlieh ihm etwas ganz leicht Unschickliches (in Anselms Augen zumindest). Auch der Wuchs der Frau war dazu angetan, rahjagefällige Gefühle zu erwecken: Makellose Schenkel wurden bei jeder Drehung sichtbar, fest, weich und ebenmäßig geformt waren die Brüste, die der zarte Stoff umschmeichelte, schlank, fast zerbrechlich die Taille darunter, und der weiche Schwung der Hüften, die Rundung des Hinterteils vollendeten das Bild vollkommener weiblicher Schönheit.

Mochte das Kleid sich auch nicht recht ziemen für einen Empfang beim reichsten Handelsherrn der Stadt und einer Schönen vom Hafen eher angemessen sein, im Ausdruck von Körper und Antlitz der Tulamidin hingegen lag nichts, das auf eine zwielichtige Profession hingedeutet hätte. Dabei war auch ihr Gesicht von höchster Anmut, mit vollen feuchten Lippen, einer zierlichen Nase, fein geschwungenen Brauen und den bereits erwähnten großen schwarzen Augen, die von langen Wimpern beschattet wurden. Ernst und konzentriert blickten die Augen, und die Brauen waren ein klein wenig zusammengeschoben, doch außer der Kampfesglut glomm noch ein anderes Feuer darin, so daß Anselm, als ihn einmal ein Blick dieser Augen streifte, ein wonniger Schauder durchrieselte, und er fühlte, wie das Interesse, das er gleich beim ersten Anblick der Fremden empfunden hatte, sich in Begehren wandelte. Sie ist keine Hure, dachte er, auch wenn sie ein sehr freizügiges Gewand trägt, aber eine wirkliche Kämpferin ist sie auch nicht, denn sie scheint weniger von Rondra als von Rahja durchdrungen.

Daß es bei dem Kampf offensichtlich nicht um die spontane und handgreifliche Ausfechtung einer Meinungsverschiedenheit ging, sondern um einen geplanten und in höchstem Maße seltsamen Zweikampf, schloß Anselm aus folgenden Beobachtungen: Auf der sorgfältig freigeräumten Theke stapelten sich etliche mit Kreidezeichen markierte Säulen silberner und kupferner Münzen, von Swafnild (oder wie immer Efferdans Mutter heißen mochte) mit in die Hüften gestemmten Armen und grimmig vorgeschobenem Kinn scharf bewacht – offensichtlich Wetteinsätze; abseits und ohne Markierung lag ein einzelner prallgefüllter lederner Dukatenbeutel, ein Einsatz anderer Art vermutlich, und Anselm war sich, als sein Blick auf ihn fiel, plötzlich sicher, daß er tatsächlich Goldstücke enthielt. Weiterhin war der Kampfplatz von Möbeln befreit – in der Ecke links von der Theke erhob sich ein wenig zuverlässig wirkender Turm aus zwei Tischen, einer Bank und sieben aufeinandergestapelten Stühlen. Zum dritten klangen die Anfeuerungsrufe der Parteigänger der Kontrahenten anders als bei einer aus Streit erwachsenen Prügelei, und es versuchte auch niemand, sich einzumengen.

Wer von den beiden mehr Sympathien auf seiner Seite hatte, ließ sich schwer entscheiden, da etliche Zuschauer unschlüssig schienen, wessen Partei sie ergreifen sollten. So quittierte der Thorwaler auf Anselms Tisch einen gezielten Fußtritt der Frau in die Magengrube ihres Gegners mit kräftigem Händeklatschen und dröhnenden »Das wohl!«-Rufen, brüllte aber kurz darauf genauso begeistert »Das wohl!«, als es seinem Landsmann gelang, die Tulamidin mit einem, wie es Anselm schien, nicht mit voller Wucht geführten Fausthieb zu Fall zu bringen, wobei für den Bruchteil eines Augenblickes ihr Hintern entblößt wurde. Und erst in diesem Augenblick, als die ganze Schenke grölend und johlend in den Applaus einfiel, erkannte der Medicus Wesen und Dramaturgie der Vorführung:

Der rothaarige Hüne nahm, und wer mochte es ihm verdenken, seine Gegnerin offensichtlich nicht ernst. Er spielte mit ihr, plänkelte, wollte sie im wahrsten Sinne des Wortes vorführen, bevor er sie endgültig bezwang.

Die junge Frau hingegen schien es ernst zu meinen mit dem Kämpfen, das sah man an ihrer konzentrierten Miene und der Wucht, mit der sie attackierte. Sie wollte siegen, das war klar. Aber dennoch bewegte sie sich so elegant, fast tänzerisch, daß Anselm der Gedanke kam, auch sie wolle etwas vorführen, wolle sich selbst zur Schau stellen, und daß ihr dünnes Kleidchen im Verlauf des Kampfes immer mehr Schaden nahm, bald hier und dort zerriß und atemberaubende Einblicke gewährte, schien sie nicht im mindesten zu bekümmern.

Bär und Katze – dieser Vergleich kam Anselm in den Sinn, als er den Kampf ein Weilchen beobachtet hatte. Und doch: Er hinkte, der Vergleich. Denn dem Kampfstil des Thorwalers fehlten die Verschlagenheit, Tücke und Unberechenbarkeit, die einen Bären so gefährlich machen. Körpergröße, Kraft, eine gewisse Bedächtigkeit, was die Bewegungen der Beine betraf, gepaart mit flinken Schlägen und Hieben der Arme erinnerten jedoch durchaus ein wenig an einen Bären.

Auch das Bild der Katze war falsch: Weder biß noch kratzte die Tulamidin, auch lauerte sie nicht und sprang ihrem Gegner nicht an die Kehle – sie war in fast beständiger drehender Bewegung. Wie ein Kreisel, dachte Anselm, und dieser Vergleich gefiel ihm plötzlich überaus gut: ein Kreisel aus Stahl, mit messerscharf geschliffener Kante.

Anselm hatte nie zuvor eine solche Art des Kämpfens gesehen: Während sie im Kreis wirbelte und dadurch für den Hünen schwer zu fassen war, teilte die Frau blitzartig gezielte und offensichtlich durchaus schmerzhafte Hiebe mit den Fersen aus, denen in der nächsten Drehung ebenso geschwind Stiche mit den Fingerspitzen und Schläge mit der Kante der ausgestreckten Hand folgten. Dennoch war sie keineswegs überlegen – der Thorwaler mochte doppelt so schwer und doppelt so stark sein wie sie –, und daß er sie bis jetzt nicht bezwungen hatte, lag entweder daran, daß er nur mit ihr spielte, oder daran, daß seine schweißnassen Hände ihre flinken Glieder kaum zu fassen bekamen. Immer wieder gelang es ihr, sich seinem Griff zu entwinden, und wenn sein Hieb sie zum Straucheln brachte und sie die Balance verlor (was viermal geschehen war, seit Anselm zuschaute), war sie doch stets schneller wieder auf den Beinen und außerhalb seiner Reichweite, als er über ihr. Aber man merkte, daß ihre Kräfte allmählich nachließen und daß es sie immer größere Mühe kostete, das Tempo ihrer wirbelnden Attacken aufrechtzuerhalten.

Wie lange wird sie durchhalten, fragte sich Anselm, und was wird geschehen, wenn sie endlich geschlagen am Boden liegt? Wie viele der Zuschauer konnte auch er sich nicht entscheiden, wessen Partei er ergreifen sollte. Er bewunderte den Mut, die Dreistigkeit, Gewandtheit, vor allem aber die rahjagleiche Schönheit der Frau, und wegen der ersten drei Eigenschaften hätte er ihr wohl den Sieg gegönnt. Ihre Schönheit aber, vor allem der seltsame, zwischen Stolz und Hingabe schwankende Ausdruck ihres Antlitzes erweckten zugleich den Wunsch, sie geschlagen, ermattet, mit vor Erschöpfung bebenden Gliedern am Boden zu sehen und zu hören, wie sie mühsam und schweratmend, mit süßer, dunkler Stimme die demütigenden Worte ›Ich ergebe mich‹ spräche.

Und wirklich, lange konnte es nun nicht mehr dauern bis zu ihrer Niederlage, denn irgendein Schlag oder Tritt, den sie ihrem Gegner versetzt hatte, war wohl so schmerzhaft gewesen, daß er diesen in Wut versetzte. »Das hättest du nicht tun sollen, Novadi-Flittchen!« brüllte er. »Jetzt mach ich dich fertig, und dann möge dein Wüstendämon dir gnädig sein!«

Es war das erste Mal während des Kampfes, daß einer der Kontrahenten die Stimme erhob – bisher hatte man sie nur schnaufen, keuchen und stöhnen gehört, und die einzigen gesprochenen Worte waren aus dem Publikum erschollen. Neben Anfeuerungsrufen wie: »Mach hin, Asleif! Wir wollen sie zappeln sehen und quieken hören« oder: »Warum trittst du ihn nicht vors Gemächt, Kleine? Da sind die Kerle sehr empfindlich« wurden in erster Linie Charakterzüge oder Aussehen der Kämpfer kommentiert, etwa so: »Sieh nur, wie rot Asleif ist, gleich wird er zum Tier«, »Hast du das gesehen!? Bei Swafnir, sie hat unten keine Haare«, »In den Magen sollte sie ihn lieber nicht treten, das kann er nicht leiden«, »Warum zupft er ihr nicht endlich das Kleidchen vom Leib?«... Und dazwischen erklang immer wieder das thorwalsche »Das wohl! Das wohl!«

Novadi-Flittchen, wiederholte Anselm stumm. Nein, das war unmöglich – so würde eine strenggläubige Wüstentochter sich weder kleiden noch betragen! Vermutlich konnte der Barbar Tulamiden und Novadis nicht auseinanderhalten. Doch kam der Medicus nicht dazu, den Gedanken weiter zu verfolgen, denn plötzlich stürzte sich der Thorwaler mit wutverzerrter Miene auf die zierliche Frau, griff mit der Rechten in ihr Haar und mit der Linken nach ihrer Brust.

Ein heller Schrei ertönte, als die Tulamidin rückwärts sprang. Das Kleid zerriß, und ein Raunen ging durch die Reihen der Zuschauer, als die festen, nicht zu kleinen Brüste aus ihrem Gefängnis hüpften. Auch die Frau hatte sich befreit, aber um den Preis eines Sturzes und des Verlustes einer Haarsträhne, die nun in der gewaltigen Faust des Barbaren hing. Leicht vorgebeugt stand er da, starrte wild auf die Trophäe und konnte es offenbar nicht fassen, daß die zierliche Person ihm abermals entwischt war. Während er den Blick von der Faust löste und auf seine Gegnerin richtete, rollte diese sich zur Seite und war auf den Beinen, bevor er sich wiederum auf sie stürzen konnte.

Obwohl das Folgende nur Bruchteile von Augenblicken währte, erfaßte es Anselm so scharf wie das Bild hinter einem geschliffenen Glas und so genau, als wäre der Zeitenfluß angehalten: Er sah das Rinnsal von Schweiß, das sich von den kräftigen Sehnensträngen am Hals des Barbaren seinen Weg abwärts in das rötliche Gewölle bahnte, er sah die wie Flußläufe gewundenen Adern auf den Schläfen des Hünen, sah die langen, gelben unteren Zähne (die oberen waren von dem gewaltigen Schnauzbart verdeckt), als der Mund sich öffnete wie zum Biß oder Schrei. Er sah die blutigen Schrammen an Knien und Schenkeln der Tulamidin, die die groben Dielenbretter ihr zugefügt hatten, sah, wie die Brüste unter den heftigen Atemzügen bebten, sah vier nebeneinanderliegende rote Schrammen auf der rechten Brust, wo die schartigen Nägel des Mannes die zarte bräunliche Haut geritzt hatten, sah die schmerzlich gehobenen Brauen, den einzelnen Blutstropfen, wie eine Perle aus Granat, auf der Unterlippe und die Feuchtigkeit, die in ihren Augen glitzerte...

Ganz langsam – aber gewiß schien es Anselm nur so – tat der Thorwaler einen Schritt nach vorn, öffnete die Faust mit der Strähne, so daß diese zu Boden fiel, hob die geballte Linke...

Während der Zeitspanne von einem Wimpernschlag, die Asleif für den Schritt und das Ausholen zum Hieb brauchte, drehte sich die Tulamidin so, daß sie ihm den Rücken zukehrte, krümmte sich zusammen, zog das rechte Knie zur Brust, gab ihrem Körper mit den Armen Schwung, die Drehung zu vollenden, streckte das angezogene Bein samt Fuß und traf mit den Zehen den Hals ihres Gegners, unmittelbar bevor dessen Faust auf ihren Schädel hätte niedersausen sollen.

Wie vom Blitz getroffen sackte Asleif zusammen, und auch die Frau wäre gestürzt, hätte sie nicht im letzten Augenblick an der Theke Halt gefunden. Dort blieb sie schweratmend stehen, starrte angestrengt in

Anselms Richtung, doch ohne ihn oder sonst etwas zu erkennen, und schien auch nicht zu hören, wie das Publikum, vielkehlig, aber dennoch im Einklang, offensichtlich einem ihm geläufigen Maß gehorchend, bis zwölf zählte.

»Die Novadi hat gewonnen«, verkündete die Wirtin, offenbar auch Schiedsrichterin des Kampfes, nachdem die letzte Zahl gesprochen war und Asleif noch immer am Boden lag. Er hatte nicht den kleinsten Versuch gemacht, sich zu erheben, aber das war Anselm entgangen, da er nur Augen für die erschöpfte, halbnackte, in ihrem momentanen derangierten Zustand besonders anziehende Tulamidin gehabt hatte. Möglicherweise war es den meisten Gästen so ergangen, und sie bemerkten erst jetzt, daß Asleif völlig reglos dalag – und stumm. Kein Atemzug hob die breite Brust, kein Laut entwich dem geöffneten Mund, und die Augen waren nach oben verdreht, so daß nur Weißes zwischen den Lidern zu sehen war.

»Sie hat ihn umgebracht, das Flittchen, mit ihren dreckigen Moha-Tricks!« durchdrang eine tiefe Frauenstimme die plötzliche Stille. Und dann erscholl es von überallher: »Sie hat ihn umgebracht! Packt sie! Das soll sie büßen!«

Als hätten die Worte sie aus ihrer Trance geweckt, zuckte die Tulamidin zusammen, dann schwang sie sich, ihre letzten Kräfte sammelnd, über die Theke und war in Sicherheit, bevor die ersten aus dem Publikum die hölzerne Barriere erreicht hatten. Hell klimpernd ergoß sich ein Schauer von Silbertalern und Hellern auf den Boden.

Wieso die junge Kämpferin ausgerechnet bei der Wirtin, einer Landsmännin des Geschlagenen, Schutz suchte, war Anselm einleuchtend (hinter der Theke war der einzige freie Platz im Raum) und unverständlich zugleich. Doch sollte ihre Wahl sich als richtig erweisen. Denn schon teilte Swafnild – so hieß Efferdans

Mutter tatsächlich, wie der Medicus später erfuhr – die ersten schallenden Ohrfeigen aus. »Haltet ein!« brüllte sie, das Geschrei der Gäste übertönend. »Kommt zur Besinnung!«

Dreimal mußte Swafnild »Haltet ein!« rufen – vier Schwinger und zwei Kopfnüsse unterstützten ihre Worte –, bevor, bis auf das Scharren von Füßen und unwilliges Gemurmel, Ruhe im Schankraum eingekehrt war. »Auf Gedeih und Verderb, so war es ausgemacht!« brüllte sie nun, obwohl wahrlich keine Notwendigkeit mehr bestand, die Stimme zu erheben. Dabei hieb sie, im Rhythmus ihrer Worte, mit der Faust auf die Theke, daß auch die restlichen Münzen klingend davonhüpften. »Auf Leben und Tod – Hruruzat gegen Thorwaler Boxen! Sie hat gewonnen, und Asleif hat Pech gehabt.« Sie blickte sich wie suchend um. »Ist ein Heiler hier?« rief sie dann, noch lauter als zuvor.

Hruruzat, dachte Anselm, genau, und nun fiel ihm wieder ein, wieso der Kampfstil der Dame ihm seltsam bekannt vorgekommen war, obwohl er eine ähnliche Darbietung nie zuvor gesehen hatte. In einem Reisebericht Alexandrian Arivorers war ein Kampf, Al'Anfaner Gladiator mit Schwert gegen unbewaffneten Moha-Krieger, sehr genau beschrieben. *Hruruzat,* so nannte man diese Technik, oder in Garethi: *Nackter Tod.* Tatsächlich hatte, laut Arivorers Erzählung, der Moha-Sklave in der Arena von Al'Anfa den Schwertkämpfer am Ende zu Boron geschickt und dafür die Freiheit erhalten.

»Wollt Ihr Euch Asleif nicht einmal ansehen? Ihr seid doch Medicus. Vielleicht ist er ja noch zu retten und nicht völlig hin.« Efferdans Stimme riß Anselm aus seinen Gedanken – richtig, Swafnild hatte nach einem Heiler verlangt. Er reckte den Arm in die Höhe, um sich Aufmerksamkeit zu verschaffen. »Ich bin Medicus!« rief er.

Sofort richteten sich die Blicke der Umstehenden auf

ihn. Arme streckten sich aus, um ihm vom Tisch zu helfen, und die Schaulustigen öffneten eine Gasse zu dem immer noch reglosen Asleif. »Er ist Medicus«, unterrichteten die Zunächststehenden die Männer und Frauen, die hinter ihnen standen, um das Gedränge zu erklären. »Macht Platz für den Medicus!«

»Ein Medicus, aha (oder: das wohl!)«, erklang es zur Antwort. »Der wird Asleif wieder heile machen. Nicht wahr, Medicus, du flickst unseren Asleif wieder zusammen!?«

Anselm erkannte die Stimme – sie gehörte zu der Frau, die nach dem Kampf die Menge gegen die Tulamidin aufgehetzt hatte. Er wandte den Kopf in die Richtung, aus der die Stimme gekommen war, und dort stand eine Person, die recht genau dem Bild entsprach, das er sich von Swafnild gemacht hatte, sowohl was Wuchs und Haartracht als auch was die Kleidung betraf (Swafnild hingegen war wie ein Schankwirt gekleidet, mit gestreifter Schürze, die Ärmel des blauen Hemdes bis zu den Ellbogen hochgerollt, und sie trug die braunen Locken kurzgeschnitten wie eine Kappe). Die Hünin blickte ihn durchdringend an, drohend, wie es dem Medicus schien, und er vollendete im Geiste ihre Rede: ›... Und wenn du ihn nicht heile machst, dann ... kannst du ja mal versuchen, ob du dich selbst wieder zusammengeflickt kriegst.‹

»Wenn er tot ist, kann nur Tsa ihn wieder zum Leben erwecken.« Anselm versuchte seiner Stimme einen festen, leicht überheblichen Tonfall zu geben, und er zwinkerte auch nicht unter dem Blick der kalten grauen Augen. »Solches übersteigt jede ärztliche Kunst. Und nun haltet mich nicht länger auf, ich muß nach dem Verletzten sehen!« fügte er unnötigerweise hinzu, da weder die Frau noch sonst irgend jemand versuchte, ihn an der Ausübung seiner ärztlichen Pflichten zu hindern.

Sie hat ihn am Hals getroffen, dort, wo das Blut pulst

und wo die Kehle liegt, überlegte er fieberhaft, während er die wenigen Schritt zu Asleif zurücklegte. Also kann er entweder nicht mehr atmen, oder das Blut fließt nicht in seinen Kopf, oder, und das wäre das schlimmste, sein Herz steht still. Dann ist ihm nicht mehr zu helfen, und ich muß sehen, daß ich es rechtzeitig über die Theke schaffe. Wieso er glaubte, daß im Fall von Asleifs Tod die Wut seiner Kumpane sich gegen ihn statt die Tulamidin richten würde, wußte er nicht, doch hegte er keinen Zweifel daran. Er ließ sich neben dem wie gefällt am Boden liegenden großen Körper nieder und legte das Ohr auf die breite wollige Brust. Nichts war zu hören, wie er befürchtet und halb erwartet hatte. Dennoch spürte er, wie sein Sonnenpunkt sich in sanft beginnender Panik erwärmte. Um Zeit zu gewinnen und um sicherzugehen, hob er die Hand. »Ich bitte um äußerste Ruhe!« sagte er streng.

Augenblicklich verstummten alle Gespräche, und der Medicus fühlte sämtliche Augen im Raum auf sich gerichtet. Wohler wurde ihm dadurch nicht, aber immerhin vernahm er einen schwachen Pfeifton, der aus Asleifs Brustkorb zu dringen schien. Atmet er noch, dachte Anselm. Oh, Peraine, steh mir bei und laß ihn nicht hinüber sein! Rasch nahm er den Hut ab und zupfte eine weiche Granne aus der Straußenfeder, die die Krempe schmückte. Diese hielt er dem Barbaren dicht vor die Lippen. Sie regte sich.

»Er lebt!« rief Anselm und ärgerte sich sogleich über seine Unbesonnenheit. Wenn der Bursche jetzt stürbe, könnte man wirklich ärztliches Versagen für seinen Tod verantwortlich machen. Und er wußte im Augenblick beim besten Willen nicht, was zu tun war. Die Tulamidin hat die pulsende Ader eingedrückt und nicht die Kehle, überlegte er, während er, eines nach dem anderen, Asleifs Lider hob und dann wie prüfend die Hand auf die Stirn legte, Hals und Brustkorb betastete, hier und dort drückte. Also fließt das Blut nicht, und deshalb steht das Herz still. Eine vergleichbare Verletzung war ihm bisher nicht begegnet, und er entsann sich nicht, jemals gehört oder gelesen zu haben, was in einem solchen Fall zu tun sei. Wieder spürte er Hitze in den Sonnenpunkt strömen, zumal in seine Überlegungen die Stimme der Thorwalerin mit den grausamen grauen Augen drang: »Wie lange wirst du ihn noch tätscheln und kneten, Medicus? Willst du nicht allmählich anfangen, ihn heile zu machen?«

»Gemach, werte Dame«, erwiderte Anselm und erhob sich. Ihm war plötzlich ein aberwitziger, aber womöglich erfolgversprechender Einfall gekommen. »Wie Ihr seht, führe ich weder ärztliches Gerät noch die für einen solchen Fall erforderlichen Tinkturen mit mir, da ich unterwegs bin zu einem Rendezvous privater Natur, und bis das Benötigte herbeigeschafft ist, wird Euer Freund zu Boron gefahren sein. Daher schlage ich vor, nach der erst einmal erfolgreich angewandten Methode der großen Medica Rovena Brezelkorn vorzugehen, die auf der These beruht, daß eine eingeklemmte Ader – denn um eine solche handelt es sich hier – durch ...«

»Nun halt keine Reden, fang endlich an!« unterbrach ihn die Frau, und ihre Stimme klang jetzt so bedrohlich, daß Anselm wußte: Nun gilt's.

»Ich brauche zwei kräftige Freiwillige, die mir assistieren!« rief er in die Runde. »Wir müssen ihn auf den Kopf stellen.« Zwar wußte er von der Existenz einer Medica Rovena Brezelkorn erst seit wenigen Augenblicken, und ihre Methode, durch den Druck des Körperblutes die verengte Ader zu weiten, war eigentlich die seine und bisher weder erfolgreich noch erfolglos, sondern noch niemals angewandt worden, aber er sah keine andere Möglichkeit, Asleif zu retten (falls er zu retten war).

Die Helfer waren schnell zur Stelle, und Anselm blieb nichts weiter zu tun, als sie mit Worten anzuleiten: »Seid vorsichtig! Paßt auf, daß ihm nicht der Kopf wegrutscht – dann ist alles aus! Höher, noch ein wenig höher! Er muß senkrecht stehen wie ein Mast!« Selbst Hand anzulegen brauchte er nicht.

Schließlich hatten die beiden ihren Kumpan in die gewünschte Position gebracht – auf dem Kopf und senkrecht stehend. Schweratmend hielten sie ihn an Schenkeln und Fesseln, schauten an ihm hinab, ob sich ein Anzeichen wiederkehrenden Lebens entdecken lasse, und hefteten dann ihre finsteren Blicke auf Anselm. »Und nun?« fragte der eine in die gespannte Stille. In diesem Augenblick krümmte sich Asleif zusammen, schlug wild mit den Armen, wobei er dem Frager einen schmerzhaften Hieb vors Schienbein versetzte, stieß einen fast tierischen Laut aus, halb Röcheln, halb Würgen, dem ein Schwall von Erbrochenem folgte (Bier, Erbsen, Rüben, Brot und Fleisch, wie Anselm sachlich feststellte).

»Er lebt! Er lebt! Wer kotzt, der lebt!« erklangen die ersten Freudenrufe, und schon hallte der Schankraum von Stampfen und Rufen wider. »Er lebt! Er lebt!«

Wenig sanft ließen die Helfer Asleif zu Boden gleiten. Noch einmal krümmte er sich zusammen und gab den Rest seines Mageninhaltes von sich, dann stemmte er mühsam den Oberkörper hoch, starrte finster auf die Lache, danach in die Runde, so als wisse er nicht, wo er sich befinde und was geschehen sei. »Was hat die Hexe mit mir gemacht?« fragte er, sich an niemand Bestimmten wendend.

Richtig, die junge Tulamidin, wo ist sie? dachte Anselm. Für die kurze Zeitspanne, die Asleifs Wiedererweckung von den Toten gedauert hatte, hatte er sie völlig vergessen. Doch sie hatte die Gelegenheit nicht genutzt, sich davonzustehlen. Halb von Swafnild verdeckt, stand sie hinter der Theke und schaute den Medicus unverwandt an. Seltsam war dieser Blick, ergreifend, doch schwer zu deuten: Erleichterung, Dankbarkeit, Erschöpfung und Teilnahme las Anselm darin (sosehr, wenn überhaupt, hatte er noch nie versucht, den Ausdruck eines Blickes zu ergründen), doch verbot ihm sein geringes Selbstvertrauen im Umgang mit schönen Damen, auch einen Anflug von Begehren in der Teilnahme zu entdecken. Wie lange er die Tulamidin anstarrte und sie ihn, hätte er nicht sagen können, obwohl ein Teil seines Bewußtseins durchaus wahrnahm, daß die Gäste, einander unterbrechend und übertönend, Asleif den Verlauf des Kampfes schilderten. Und er erkannte auch die Stimme der Hünin, die vorschlug, man solle dem Novadi-Flittchen zumindest »ordentlich den Hintern versohlen«.

Wie auf dies Stichwort hin drehte sich Swafnild zu der Tulamidin um, packte sie bei den Schultern und zog sie plötzlich heftig an sich. Ihre Linke krallte sich in das Haar der jungen Frau, und ihr großer Mund umschloß deren weiche Lippen. Die Tulamidin leistete keinen Widerstand, im Gegenteil: Trotz der Kürze des Schauspiels und trotz seiner eigenen Verblüffung sah Anselm genau, daß der Kuß leidenschaftlich erwidert wurde.

So abrupt, wie sie die Tulamidin gepackt hatte, stieß Swafnild sie wieder von sich. Sie langte nach dem Dukatenbeutel, der unverrückt an seinem Platz lag, und drückte ihn der Frau in die Hand. »Mach, daß du fortkommst, und laß dich hier nie wieder blicken!« sagte sie mit seltsam rauher Stimme.

Doch anstatt nun rasch das Weite zu suchen, schenkte die Tulamidin dem verdutzten Anselm wieder diesen seltsamen Blick, öffnete den Geldbeutel, ohne hinzuschauen, und legte zwei Goldstücke auf die Theke. »Habt Dank, daß Ihr ihn gerettet habt«, glaubte er von ihren Lippen zu lesen, denn der Lärm war inzwischen so angeschwollen, daß er ihre geflüsterten Worte nicht verstand. Ein Lächeln, ein Kuß auf die Fingerspitzen, den sie in seine Richtung blies, dann drehte sie sich um und verschwand durch eine Tür, die Anselm bisher nicht bemerkt hatte.

Bevor er etwas sagen konnte – und er hätte eine Menge zu fragen gehabt –, stellte die Wirtin zwei irdene Becher auf das blankpolierte Holz der Theke, die sie, nach einem Griff in das Bord hinter sich, wo Krüge und Flaschen aufgereiht standen, mit einer klaren Flüssigkeit füllte, *Feuer* vermutlich. Sie hob einen Becher und bedeutete Anselm, den anderen zu nehmen. »Das hast du gut gemacht, Medicus!« brüllte sie, um den Lärm zu übertönen. »Auf dein Wohl!« Sie leerte den Becher und schüttelte sich.

»Auf das Eure, schöne Dame«, erwiderte Anselm. Dann trank er, und genauso wie die Wirtin ließ die Schärfe des Schnapses ihn heftig schaudern.

Die Wirtin lachte, daß ihre großen Brüste hinter der Schürze ins Hüpfen gerieten. »Schöne Dame«, stieß sie prustend hervor. »So hat mich ja noch niemand genannt, selbst Gisbrecht nicht! Das ist mein Mann«, fügte sie erläuternd hinzu. »Ich heiße Swafnild, und wie heißt du?«

»Anselm, Anselm Peckert.« Swafnild legte die Hand hinter die Ohrmuschel, und als Anselm ihr seinen Namen zum zweiten Mal genannt hatte, vernahm er hinter sich Efferdans helle Stimme: »Herr Anselmo, die Thorwaler wollen Euch auf den Schultern tragen und hochleben lassen, weil Ihr Asleif wieder heile gemacht habt.«

Beim Klang seines Reisenamens fiel Anselm unvermittelt ein, aus welchem Grund er im *Walfisch* weilte. Zuallererst müßte er nun Tsaiane sprechen – das war das wichtigste. Danach würde er Swafnild über die Tulamidin aushorchen; vielleicht gelänge es ihm ja, ihren Wohnsitz in Erfahrung zu bringen, sie mit ein wenig Glück und Rahjas Beistand zu finden, zu sehen, zu sprechen... Doch bevor er darum bitten konnte, zu Tsaiane geführt zu werden, hatten Asleifs Freundinnen und Freunde ihn schon umringt, und nun gab es kein Entkommen mehr.

Das thorwalsche Dankesritual war rauh und herzlich, zog sich in die Länge und gestaltete sich feuchter, als Anselm gewünscht hätte. Immer wieder wurden ihm Krüge mit frischgezapftem Bier in seine luftige Höhe hinaufgereicht, und er mußte mit allen anstoßen, am häufigsten natürlich mit dem Wiedererweckten. Asleif wurde nicht müde, ihm mit zunehmend schwerer Zunge wieder und wieder zu erzählen, wie sich alles zugetragen hatte: »... und dann hat das Novadi-Flittchen mich vor den Hals getreten ... ein ganz gemeiner Trick, nicht wahr, Medicus? Hat mich glatt umgehauen ... diese halbe Portion ... Fast wär ich zu Boron gefahren ... viel hätte nicht gefehlt, oder was meinst du? ... Auf den Kopf gestellt ham sie mich ... Da muß man erst mal drauf kommen ...«

Auch wenn Anselm mit leichter Sorge feststellte, daß ihm das Bier allmählich zu Kopfe stieg, so genoß er es doch, für seine Kunst so ausgiebig (oder ausschweifend) gefeiert zu werden – schließlich war es das erste Mal, daß ihm solches widerfuhr. Von den Schultern der Barbaren aus, die einander darin ablösten, ihn durch den Schankraum zu tragen, hatte er einen guten Überblick. Aber sosehr er auch suchte, eine zierliche Person mit langem braunen Haar entdeckte er nicht unter den Gästen. Ein klein wenig enttäuschte es ihn schon, daß Tsaiane seinen Triumph nicht erlebte, und er dachte wohl: Was hat sie denn so lange zu packen? Die Klampfe ist doch schnell verstaut! Ist sie denn gar nicht neugierig, was hier unten vor sich geht? Ich an ihrer Stelle hätte mir den Kampf nicht entgehen lassen – das wäre doch ein hervorragender Stoff für ein Lied gewesen. Auch meine schnelle Diagnose und die wirkungsvolle Kur, die ich angeordnet habe, hätten sich hervorragend in Reime fassen lassen, wenn man sich aufs Verseschmieden versteht. Ja, da hat sie etwas verpaßt, und ich kann ihr von meinem großen Erfolg schlecht selbst erzählen. Aber wenn sie mir ihre Nachricht überbracht hat, werde ich sie zu einem Bier einladen, und dann wird sie die Geschichte schon noch zu hören bekommen ...

Eine halbe Stunde und etliche Bierkrüge später spürte Anselm endlich wieder festen Boden unter den Füßen. Zwar schien das Fest jetzt erst richtig loszugehen, und er wußte die Gesellschaft seiner neuen hochgewachsenen Freunde allmählich zu schätzen, aber die Begierde zu erfahren, was Tsaiane ihm Interessantes berichten würde, gewann doch die Oberhand. Also kämpfte er sich zur Theke durch, um Swafnild zu fragen, wo er die Bardin finden könne. Einer seiner Assistenten bei Asleifs Wiedererweckung, ein großer, kräftiger, blonder Enddreißiger, stand lachend bei ihr und tätschelte ihr den breiten Hintern. Bei Anselms Frage wandte er sich um. »Ihr sucht Frau Drosselanger? Aber die ist doch abgereist.«

Es stellte sich heraus, daß der blonde Hüne Gisbrecht war, Wirt vom *Dicken Walfisch* und Swafnilds Gatte. Tsaiane, so wußte er zu erzählen, habe das Haus vor einer guten Stunde verlassen, also kurz vor Anselms und Efferdans Ankunft. Aber sie habe ihm, Gisbrecht, einen Brief ausgehändigt, für einen gewissen Anselmo Pecarion. »Seid Ihr das?« fragte er.

Swafnild schüttelte den Kopf, bevor Anselm die Frage bejahen konnte. »Das ist mein Freund Anselm«, erklärte sie. »Anselm Peckert, nicht wahr?«

Und nun mußte der Medicus errötend erklären, daß er der Bardin nur seinen Künstlernamen verraten habe, Anselmo Pecarion eben, und daß Anselmo Pecarion und Anselm Peckert ein und dieselbe Person seien. Nach kurzer Zwiesprache der Gatten wurde ihm Tsaianes Brief übergeben, und Swafnild führte ihn in die Küche, dem momentan einzigen ruhigen Platz in der Schenke. »Aber nicht in den Vorräten wühlen oder heimlich naschen!« ermahnte sie ihn.

Als Anselm im Schein des ersterbenden Herdfeuers und einer Kerze, die Swafnild ihm überlassen hatte, die Anschrift auf dem versiegelten Schreiben betrachtete, merkte er erst, wie enttäuscht er war, daß er Tsaiane schon wieder verpaßt hatte. Eine Weile betrachtete er sinnend das Pergament, dann erbrach er das Siegel. Der Brief war nicht datiert, aber gewiß am heutigen Tag und in großer Eile verfaßt worden. Man sah an den Tintenspritzern und den flüchtig geschriebenen Wörtern, mit welcher Hast die Feder über das Blatt gehuscht war. Folgendes schrieb die Bardin:

Lieber Anselmo!
Für den Fall, daß Ihr den Dicken Walfisch *nicht rechtzeitig erreichen solltet, schreibe ich diese Zeilen. Um Euch meine Neuigkeiten mitzuteilen, reicht die Zeit nicht, denn ich werde nach Ablauf der zehnten Stunde am Kai erwartet.*

Ich habe heute eine imposante, faszinierende und zauberkundige Thorwalerin kennengelernt. Kurz nachdem ich Efferdan zu Euch schickte, ließ sie durch einen Boten fragen, ob ich sie nach Thorwal begleiten und auf der Fahrt mit meinen Künsten unterhalten wolle – gegen gute Bezahlung. Für Edwine ist auch Platz auf ihrem Boot. Eine solche Gelegenheit kann ich mir nicht entgehen lassen. Ich hoffe, Ihr versteht das. Die Frau scheint etwas über Eures Vaters Vergangenheit zu wissen – auch ein Grund, mich ihr anzuschließen.

Thorwal soll eine interessante Stadt sein. Vielleicht habt Ihr Lust, sie kennenzulernen, dann werden wir uns dort begegnen. Gerade sehe ich, daß der schwarze Drache zum Kai gerudert wird. Ich muß nun los.

Gehabt Euch wohl, die Zwölfe mit Euch!

Tsaiane

Tula! dachte Anselm. Sie ist mit der seefahrenden thorwalschen Hexe davongesegelt. Und der Drache, den ich zwischen den Häusern gesehen habe, war womöglich ihr Schiff. Vielleicht stand just in diesem Augenblick Tsaiane an Deck, und wir hätten uns zuwinken können. Wenn Tula wirklich etwas über die Vergangenheit meines Vaters wissen sollte, dann muß ich sie finden. Und auch Tsaiane muß ich finden! Ja, ich werde so bald wie möglich abreisen.

Plötzlich fühlte Anselm sich müde und abgespannt. Reisefieber verspürte er nicht, denn er war sich mit einem Mal sicher, sowohl der Hexe als auch seiner Reisegefährtin niemals zu begegnen beziehungsweise wiederzubegegnen. Sein Erfolg bei Asleifs Heilung freute ihn nicht mehr, und er würde auch Swafnild nicht nach der Tulamidin befragen. Wozu sollte es gut sein? Der Blick, den die schwarze Schönheit ihm zugeworfen hatte, wollte gewiß nichts besagen, und sie würde ihm niemals ihre Liebe schenken. Ach, er war fertig mit Salza und Salzerhaven, und auch mit dem guten Onkel Jasper und seinen unnützen Studien. Fort, nur fort, irgendwohin, dachte er, als er den Brief in die Tasche seiner Joppe gleiten ließ.

Doch schon das Verlassen der Schenke sollte sich schwieriger gestalten, als Anselm sich vorgestellt hatte. Während er lesend und sinnend in der Küche gesessen hatte, war aus dem Fest eine zünftige Schlägerei geworden, da die Thorwaler sich weder über die Verteilung der Wetteinsätze noch darüber einigen konnten, welchen Preis die Tulamidin hätte zahlen müssen, wenn Asleif sie bezwungen hätte, und welchem Teil ihres Körpers das größte Lob gebühre. Zwar hatte Swafnild alles gut im Griff, und Krügen und Möbeln war kein Leid geschehen, aber es gab doch etliche Wunden zu untersuchen und ein paar Verbände anzulegen. Und da die Barbaren Anselm für seine Mühen mit Naturalien bezahlten, Bier nämlich, wurde er allmählich so betrunken, daß er sich am nächsten Morgen nicht mehr besann, wie er zu Jaspers Haus und ins Bett gefunden hatte.

Zwei Tage später reiste er ab. Von Jaspers Bitten, ihm weiterhin Gesellschaft zu leisten und zur Hand zu gehen, ließ er sich nicht erweichen, zumal das Onkelchen nur verständnislos den Kopf geschüttelt hatte, als Anselm ihm Juchos Brief zeigte. Nein, es lohnte sich nicht, länger in Salza zu bleiben. Hier ließe sich das Geheimnis des Vaters nicht lüften.

Um den Alten nicht gänzlich zu betrüben (und auch deshalb, weil auf dem Drachen seiner neuen Freunde, mit denen er nach Thorwal fahren wollte, kein Platz für ein Pferd war), ließ er Danilo zurück – als Unterpfand für eine baldige Rückkehr.

5. Kapitel

Einen Tag, nachdem Anselm Salza verlassen hatte, trafen Karlitta und Sylphinja dort ein. Zwar war es der Älteren nicht gelungen, ihrem Schützling die Scheu vor der großen fremden Stadt zu nehmen, aber eine Woche oder länger ganz allein in Haus Lyckweiden zu verbringen, erschien der jungen Hexe noch weniger anheimelnd als das Ziel der Reise, und so hatte sie sich entschieden, die Schwester zu begleiten (zu behaupten, daß Sylphinja nur Scheu empfand, wäre eine Lüge – immerhin fühlte sie sich in Karlittas Gesellschaft einigermaßen sicher –, und so mengte sich der Furcht eine gute Portion kribbelnder Neugierde bei).

Von dem Abend, der mit Svenna und dem Blick in das Schwarze Auge begonnen und mit dem Tausch eines Kleides, mit Gesang, Tanz und der möglichen flüchtigen Anwesenheit von *Jemandem* geendet hatte, wurde niemals gesprochen, aber man merkte es den Frauen an, daß ihr Sinnen und Fühlen häufig um den unsichtbaren Gast kreisten: Ein seltsamer Glanz schimmerte in Karlittas Augen, wenn sie ihr Gesicht im Spiegel betrachtete, wenn sie sich in ihrer Hexenküche zu schaffen machte, wenn sie Larion kraulte oder wenn sie zur Zither griff, und in Sylphinjas Züge stahl sich ein Ausdruck, der zwischen Neugierde, Furcht und Erregung schwankte, wenn sie Pilze zum Trocknen auf einen Faden reihte, Kräuter zu zierlichen Sträußen band oder leise summend die Stoffe und Bänder in Karlittas Truhe prüfte. Er hat auch *mich* bemerkt, dachte sie dann, und die Erinnerung an die körperlose

Berührung ließ sie erschaudern. Gedankenverloren verweilte ihr Blick auf dem einen oder anderen Stück, doch wollte niemals das Bild des Feuergewandes, das an jenem Abend vor ihrem inneren Auge erschienen war, daraus entstehen, und so legte sie alles wieder sorgsam an seinen Platz zurück. »Wir werden in Salza den Stoff kaufen, den du brauchst«, sagte Karlitta, die Sylphinjas Gedanken zu lesen schien. »Ich kenne einen Tuchhändler dort, der mit den erlesensten Stoffen handelt; sogar Brabaker Seide und feinsten Elfenbausch führt er im Sortiment – sein Laden wird dir gefallen.«

Und dann war die Nacht des Aufbruchs gekommen. Am Nachmittag hatte Firunja die Ziege geholt, um sie während Karlittas Abwesenheit auf dem elterlichen Hof zu hüten und zu melken. Die Läden wurden verschlossen, der Vorhang zwischen Küche und Hexenküche mit den geheimnisvollen druidischen Kristallen versehen und die Türen verriegelt.

Sternklar und lau umfing die Rondranacht die beiden Hexen. Eine schwache Brise, die salzigen Duft vom Meer herübertrug, ließ die Blätter leise rauschen und die Gräser zärtlich wispern. Grillen und Heimchen sangen um die Wette, und fern im Wald rief ein Käuzchen »kiwitt, kiwitt«, doch erhielt es keine Antwort.

Nur wenig hatten Karlitta und Sylphinja in ihre Beutel gepackt: Kamm und Spiegel, Schnupftuch, Sandalen (festes Schuhwerk würden sie in den nächsten Tagen nicht brauchen, hatte Karlitta am Morgen nach einem prüfenden Blick zum Himmel gemeint, und sie verstand sich gut aufs Wetterprophezeien), ein Kleid zum Wechseln, Brot, Käse, Wein, Beeren und Kuchen. Karlittas Beutel enthielt des weiteren Silber- und Goldstücke, kleine Salbentiegel, Fläschchen mit Tinkturen, Würz- und Duftölen und winzige Säckchen mit zerstoßenen Kräutern.

Larion hatte es sich auf der Schulter seiner Herrin

bequem gemacht – vielleicht nicht ganz und gar bequem, denn seiner Haltung fehlte das Entspannte, die behäbige Ruhe, die er ausstrahlte, wenn er zusammengerollt auf Karlittas Schoß lag. Mit seinen grünen Augen starrte der Kater wachsam in die Nacht, das rosige Näschen zuckte, und die Barthaare vibrierten. Sein nimmermüdes Schnurren war verstummt, so als hindere es ihn daran, die Geräusche der Natur aufzunehmen, denn daß er wachsam in die Nacht lauschte, erkannte man deutlich an den kleinen Bewegungen der dreieckigen Ohrmuscheln. Angst vor dem Fliegen jedoch schien er nicht zu haben, im Gegenteil: Die aufmerksamen Blicke, das Schnuppern und Lauschen erweckten eher den Eindruck freudiger Erregung als den von Wachsamkeit gegen drohende Gefahren.

Als Sylphinja, den Besen im Arm und den Beutel geschultert, vor die Tür trat, spürte sie, wie die Lust von ihr Besitz ergriff, die Lust, das lebendige warme Holz zwischen den Schenkeln zu fühlen, zu spüren, wie die Kraft des Besens sich mit der ihren vereinigte, wie die Fasern ihres Körpers pulsierten und ihre Seele zum Klingen gebracht wurde, wie die Finger des Windes ihre Haut liebkosten und in Haare und Kleider griffen. Sie hatte die Beinkleider, die zu tragen sie sich angewöhnt hatte, seit sie bei Karlitta lebte, gegen ein luftiges Kleidchen in dunstigen Blau- und Grüntönen getauscht. Nein, kein noch so zarter Stoff sollte zwischen Haut und Holz liegen, fand sie.

Dieser Ansicht war auch Karlitta. Sie trug heute das purpur- und arangenfarbene Kleid, in dem wir sie zum ersten Mal antrafen. Das Haar hatte sie diesmal jedoch nicht aufgesteckt, sondern zu einer Vielzahl dünner Zöpfe geflochten, die sie prüfend schüttelte und um Gesicht und Schultern wirbeln ließ, bevor sie den Besen bestieg.

»Sollten wir nicht lieber wandern?« hatte Sylphinja am Abend vorgeschlagen, obwohl sie sich unbändig auf das Fliegen freute. »Mehr als zwei Tage werden wir nicht brauchen, wenn es bis Salza nur fünfzig Meilen sind. Und die Besen könnten uns verraten. Wer trägt schon Besen durch die Stadt? Meine Mutter... Sephyra, meine ich, hat immer gesagt: ›Der Besen ist keine Kutsche, und was du zu Fuß in zwei Tagen erreichen kannst, das erreiche auch zu Fuß!‹«

Aber Karlitta hatte für Sephyras Merksatz nur ein spöttisches Lachen übrig gehabt. »Wozu die Füße schinden und zertreten, wenn es eine schonende und satuariagefällige Art der Fortbewegung gibt? Wir sind Hexen, und Hexen fliegen durch die Luft! Mir macht es Spaß, und du solltest jede Gelegenheit zum Üben nutzen. Sehr weit her ist es noch nicht mit deinen Flugkünsten, und der Weg nach Ouvenmas zum Festplatz ist weit... Was mit den Besen geschehen wird, wenn wir Salza erreicht haben, das laß nur meine Sorge sein. Sie werden uns nicht verraten.«

Der Flug dauerte drei Stunden. Vielleicht hätten die Hexen es auch in kürzerer Zeit geschafft, aber da nichts und niemand sie zur Eile trieb, nutzte Karlitta die Gelegenheit, die Jüngere ein wenig in die hohe Kunst des Fliegens einzuweisen. Bisweilen wich sie ab von der Bahn nach Westen, wilde Kurven und Schleifen beschreibend, oder sie schraubte sich hoch hinauf in die Lüfte, um gleich darauf im Sturzflug zur Erde zu sausen. Dabei lachte sie hell und forderte Sylphinja auf, es ihr gleichzutun. Zunächst zaghaft, dann immer kühner folgte die Jüngere dem Beispiel der Älteren, und als man schließlich das erste Reiseziel erreichte, ein fast kreisrundes winziges Buchenwäldchen vier Meilen vor den Toren der Stadt, fühlte sie sich wie eine erfahrene Fliegerin. Ja, nun wußte sie, wie man den Besen lenken mußte, wie man ihn beherrschte, ohne ihn zu zwingen, und sie hatte deutlich gespürt, daß er das Fliegen um so mehr genoß, je besser sie selbst es konnte.

In dem Wäldchen, gut verborgen zwischen Ilexsträuchern, fand sich eine winzige Hütte. Mochte der Boden des einzigen Zimmers auch kaum mehr als acht Rechtschritt messen, so enthielt es doch alles, was man zum angenehmen Rasten braucht: zwei Stühle, ein Tischchen, ein Bord mit Tellern und Bechern, einen Spind, eine Truhe und ein schmales Ruhelager. An der Wand hing ein ovaler Spiegel, der einzige Schmuck des kargen Raumes.

Das alles sah Sylphinja jedoch erst, nachdem Karlitta ein Aststück aus dem Holz der klinkenlosen Tür entfernt, einen Schlüssel in die entstandene Öffnung gesteckt, entriegelt und geöffnet, den Laden des einzigen Fensters aufgestoßen und das Windlicht auf dem Tisch entzündet hatte. Mit schwungvoller Geste präsentierte sie den Raum. »Nun, wie gefällt dir mein geheimes Rastplätzchen?« fragte sie und fuhr fort, ohne Sylphinjas Antwort abzuwarten: »Hier werden wir die Zeit bis zum Anbruch der achten Stunde verbringen, und danach wirst du zu der ersehnten Wanderung kommen, denn eine gute Stunde Fußmarsch trennen uns wohl noch von Salzas Stadttor. In dem Spind können unsere Besen in wohliger Dunkelheit unsere Rückkehr erwarten. Sie werden sich schon vertragen, oder was meinst du?« Sylphinja hob lächelnd die Schultern, denn wirklich sicher war sie sich dessen nicht. Aber nicht deshalb, weil sie glaubte, die Besen würden sogleich in Streit geraten, zögerte sie, den ihren neben Karlittas in das Schränkchen zu stellen. Sie mochte sich nach dem aufregenden Flug nicht so rasch von ihm trennen, und ihm schien es ebenso zu ergehen. Deshalb drückte sie ihn fest an sich und ließ die Finger zärtlich über das Holz gleiten, während Karlitta Teller, Becher und den mitgeführten Proviant auf dem Tisch verteilte. Und erst als die Ältere ihr bedeutete, Platz zu nehmen, riß sie sich von ihm los (oder ihn von sich) und lehnte ihn vorsichtig an die Rückwand des Spindes, die Reiser nach oben gerichtet, da Karlitta ihr Fluggerät mit den Reisern nach unten abgestellt hatte.

In diesem Augenblick sprang Larion von der Schulter seiner Herrin. Lautlos und elegant landete er auf dem Tisch und starrte, den Rücken zum Sprung gekrümmt, in die Dunkelheit neben der geöffneten Tür. Ein Satz, ein Scharren, ein Fauchen, ein fiepsender Schrei – dann waren das, was der Kater hatte erbeuten oder vertreiben wollen, und er selbst in der Dämmerung verschwunden. »Um so besser«, meinte Karlitta gutgelaunt. »Wenn er sich eine Ratte oder ein Mäusewiesel fängt, brauchen wir ihm nichts von unserem Frühstück abzugeben.«

Essend und verdünnten Wein trinkend erwarteten die Frauen den Morgen. In der Hütte war es warm, fast ein wenig stickig, und Sylphinja hätte es vorgezogen, im Freien zu rasten, doch das wurde ihr erst bewußt, als sie, kleine Brocken von dem Fladen auf ihrem Teller zupfend, in die Flamme des Windlichtes starrte. Seit sie bei Karlitta lebte, hatte sie sich den Tieren und Pflanzen, der Erde, den Gestirnen und den unsichtbaren Wesenheiten, die Luft und Wälder bevölkerten, nicht mehr so nahe gefühlt wie bei dem vergangenen Besenritt. Und daran hatten auch die gewagten, schwierigen Flugmanöver nichts geändert. Im Gegenteil: Ihre Lust oder Angst, Freude oder Beklommenheit hatten stets ein Echo in der Natur gefunden, und die eigenen wie die sie umgebenden Gefühle waren zu einer Einheit verschmolzen. Was sie über all dem Nähen versäumt hatte, erkannte sie erst jetzt. An die unbekannte große Stadt, über die in den letzten Tagen viel gesprochen worden war und die sie bald betreten würde, mochte sie nicht denken, ja, im Augenblick schien es ihr das Unnatürlichste von der Welt, über eine gepflasterte Straße zu gehen und von steinernen Häusern und fremden Menschen umzingelt zu sein.

Karlitta musterte verstohlen die junge Hexenschwester, während diese in die Flamme starrte. Woran denkst du? wollte sie fragen, unterließ es dann aber. Als Brot und Käse verzehrt waren – ihr selbst hatte der wilde Flug einen guten Appetit beschert, und sie hatte kräftig zugelangt –, füllte sie die Becher von neuem, dann beugte sie sich über das Windlicht und blies die Kerze aus. Schweigend saßen die Hexen beisammen, hingen ihren Gedanken nach und beobachteten, wie sich aus dem Grau der Dämmerung hinter Tür- und Fensteröffnung erst die Konturen und später, als es tagte, auch die Farben von Stämmen, Büschen und Blättern lösten. Beim ersten Sonnenstrahl, der sich zwischen den Bäumen hervorstahl (Tür und Fenster wiesen nach Osten), und wie auf dies Zeichen hin blickten die Frauen einander an – strahlend die Ältere und versonnen lächelnd die Jüngere.

»Genug gegrübelt?« fragte Karlitta, und als Sylphinja nickte, fuhr sie fort: »Dann werde ich dir nun erzählen, wie wir die nächsten Tage verbringen werden.«

Es zeigte sich, daß Karlitta den Aufenthalt in Salza fast bis auf die Stunde genau geplant hatte. Den ersten Tag wollte sie dazu nutzen, Sylphinja die Stadt zu zeigen. »Auch wenn du gern wanderst, werden wir uns nicht alles zu Fuß erarbeiten«, erklärte sie. »Ich hasse nämlich Schwielen und Blasen; in einer offenen Kutsche durch die Straßen zu rollen und huldvoll lächelnd die Grüße von Kunden und Geschäftsfreunden zu erwidern, liebe ich hingegen sehr.« Und so erfuhr Sylphinja nebenbei, daß ihr in Salza auch die erste Kutschfahrt ihres Lebens bevorstand.

Der zweite, dritte und vierte Tag waren für Karlittas Geschäfte reserviert; sie wollte Kunden empfangen oder besuchen, ihre Salben und Tinkturen verkaufen, den einen oder anderen kleinen Zauber wirken, Bestellungen entgegennehmen, beim Alchimisten vorbeischauen, wie sie sich ausdrückte, und dergleichen mehr. Am fünften Tag wollte sie Einkäufe tätigen – auch besagter

Tuch- und Seidenhändler sollte aufgesucht werden –, und am sechsten und letzten plante sie für den Vormittag einen Besuch im Hesindetempel. »Den Tempel der Schlangengöttin suche ich immer auf, wenn ich in Salza bin«, erklärte sie. »Nicht, weil ich einen oder eine der Zwölfgötter anbete – das ist uns Töchtern Satuarias fremd –, sondern weil es mir ein exquisites Vergnügen bereitet, die hochnäsigen Schlangenpriester mit meinem Auftreten und meinen Fragen in Verlegenheit zu bringen. Sie möchten zu gern wissen, wer ich bin, aber es gelingt ihnen nie, mich zu durchschauen. Schade, daß du mich nicht begleiten kannst – ihre herablassende Art und ihre gedrechselte Rede sind ein wahrer Hochgenuß! Aber du wirst wie schon so oft deine Kräfte nicht im Zaum halten, und vor lauter Angst oder Aufregung würdest du uns verraten. Man braucht übrigens kein Priester zu sein, um zu erkennen, wenn du zauberst – man sieht es dir an der Nasenspitze an. Jedenfalls wäre es für immer vorbei mit meinem kleinen Spiel, und das mag ich nicht riskieren.«

Sylphinja nickte nur. Sie war erleichtert, daß Karlitta sie nicht mitzukommen drängte. Nie und nimmer wollte sie einen Tempel betreten, und kein Priester, welchen Gottes auch immer, sollte sich ihr jemals auf weniger als zehn Schritt nähern! »Ich könnte anfangen, mein Festkleid zu nähen, während du im Tempel bist«, schlug sie vor.

»Ein guter Einfall«, erwiderte Karlitta. »Und während du stichelst oder zuschneidest, kannst du dir ja überlegen, ob Bragan dir nun ein Bildchen stechen soll. Ich habe nämlich vor, ihn am Nachmittag unseres letzten Tages aufzusuchen, damit er meine Schlange vollende. Gleich nach unserer Ankunft in Salza werde ich ihm eine Nachricht zukommen lassen, daß er mich (oder uns?)« – sie schaute Sylphinja fragend an, aber diese schien weder den Blick noch die Frage zu bemerken – »am nächsten Wassertag um die vierte Stunde nach Mittag erwarten kann. Also, überleg dir, ob du ein Hautbild haben möchtest – ein lebenslänglicher Schmuck immerhin, und ihn appliziert zu bekommen, ist eine hochinteressante Erfahrung.«

»Ein Blütenzweig mit einem Käferchen«, sagte Sylphinja. »Erzähl mir von Bragan! Wie sieht er aus?«

»Er hat schmale Hände mit langen Fingern – Musikantenfinger, Künstlerfinger, Heilerfinger, ja, so könnte man sagen. Ansonsten ist er für einen Thorwaler nicht eben … Ach was, ich werde dir nicht verraten, wie er aussieht – laß dich überraschen.«

Bei dem Wort ›Heilerfinger‹ war vor Sylphinjas geistigem Auge unvermittelt Anselms Bild erschienen. Sie hatte lange nicht mehr an den Gefährten aus dem Farindelwald gedacht. Nun sah sie sein Gesicht, vor dem sie sich einmal gefürchtet und das doch so gar nichts Furchteinflößendes an sich hatte, deutlich vor sich – und auch seine Finger. Mit Tuchstreifen von ihrem Umhang waren sie umwickelt, zum Schutz gegen die Brombeerdornen, und doch wiesen die Spitzen, dort, wo die kurzen breiten Nägel endeten, blutige Schrammen auf. Künstlerfinger, Heilerfinger, dachte die junge Hexe, aber Bragan heilt nicht, er fügt Schmerzen zu, er sticht … Rötlichbraunes flaumiges Haar, dämmerungsfarbene Augen … »Ich glaube, Bragan sieht Anselmo ähnlich«, sagte sie versonnen, »dem Medicus, dem ich im Farindelwald begegnet bin. Ich habe dir von ihm erzählt.«

»Ja, ich erinnere mich. Aber da ich Anselmo nur aus deiner Beschreibung kenne, kann ich nicht beurteilen, ob zwischen beiden Männern eine Ähnlichkeit besteht. Außerdem sehen alle Menschen verschieden aus, bis auf gleichgeschlechtliche Zwillinge vielleicht.« Karlitta erhob sich, trat vor die Tür und dehnte die höchst beweglichen und gar nicht steifen Glieder. »Die achte Stunde ist angebrochen«, sagte sie. »Wir sollten uns allmählich auf den Weg machen.«

Zwillinge, wiederholte Sylphinja in Gedanken. Auch dieses Wort berührte eine Saite in ihrem Innern, aber das Klingen war so zart und der Rondramorgen so prächtig, daß keine düsteren Bilder ihre Stimmung verfinstern konnten. Nun würde sie bald Salza kennenlernen. Ein wenig bänglich und beklommen wurde ihr schon bei der Vorstellung, daß nur noch eine Stunde sie von der gefährlichen Stadt trennte, aber gespannt war sie auch, erregt und voll freudiger Neugierde. Sie trat ins Freie, schüttelte die Locken, um die Nacht aus Körper und Geist zu vertreiben, und begrüßte den Morgen mit einem hellen Jauchzer.

Nachdem die Reste des Proviants zusammengepackt, die Becher und Teller gereinigt und in das Bord geräumt waren, wechselten die Hexen ihre Kleider – die Fluggewänder seien nicht das Rechte für die Stadt, hatte Karlitta die Jüngere schon vor dem Abflug belehrt. Sorgfältig verriegelte sie Fenster und Tür, dann brachen die Frauen auf.

Larion war bis zum Aufbruch von seinem Jagdausflug nicht zurückgekehrt, und so schaute sich Sylphinja immer wieder suchend um, ob sie nicht zwischen Bäumen, Sträuchern und Gräsern sein weißes Fell entdeckte. Karlitta hingegen schien nicht im mindesten beunruhigt, ja, man konnte den Eindruck gewinnen, sie habe ihren Vertrauten vergessen, so unbekümmert und fröhlich schritt sie aus. Sie hatte sich auf die von ihr bevorzugte Weise herausgeputzt, mit weitem Rock, gebauschten Ärmeln und gefälteltem Kragen, und wären nicht die vielen Zöpfchen gewesen, die ihrer Erscheinung etwas leicht Irritierendes verliehen, hätte man sie für eine wohlhabende Bürgersfrau halten können (Sylphinja trug das grüne Jäger- oder Elfenkleid, in welchem wir sie an besagtem Abend sahen). Die Hexe summte ein Liedchen, das Sylphinja nicht kannte, während sie ausschritt, den Rock zierlich gerafft, um ihn vor Tau und Dornen zu schützen.

Natürlich wußte Sylphinja, welch innige, mit keiner anderen Beziehung zu vergleichende Bindung zwischen Hexe und Vertrautem bestand. Sie hatte oft genug erlebt, daß alles und jeder ausgeschlossen war, wenn Sephyra und Kuanjuk stumme Zwiesprache hielten. Bei Karlitta und Larion war es nicht anders, nur daß ihrem Umgang bisweilen etwas Neckendes, ein halb scherzhaftes kleines Kräftemessen anhaftete. Und so war sie auch sicher, daß Karlitta ganz genau wußte, wo der Kater sich aufhielt, und daß er nicht in Gefahr schwebte. Aber die Absprache, die die beiden offenbar getroffen hatten, machte sie doch neugierig. Nach einer Viertelstunde schweigenden beziehungsweise summenden Wanderns, als der Pfad sich mit der Straße vereinigte, wandte Karlitta, die vorausgegangen war, sich zu Sylphinja um. »Dort ist Salza«, erklärte sie unnötigerweise und wies nach Westen. »Und was Larion betrifft – er erwartet mich in der Stadt. Denn mit einem Kater auf der Schulter durch das Stadttor zu marschieren, ist fast so verräterisch, wie einen Besen durch die Gegend zu tragen.« Sie lachte hell und maß die Jüngere mit schillerndem Blick. »Zwar verstehe ich mich ein wenig aufs Gedankenlesen, aber um die deinen zu erraten, muß man keine Kraft einsetzen – sie stehen dir im Gesicht geschrieben.« Wieder lachte sie, doch unvermittelt wurde sie ernst. »Wenn wir wieder in Lyckweiden sind, solltest du in den Wald gehen! Ich glaube, es ist an der Zeit, einen Gefährten – oder eine Gefährtin – zu suchen und zu finden. Doch erst einmal ruft Salza. Hab keine Angst! Deinem Leben und deiner Gesundheit droht dort keine Gefahr.«

Da Abilacht die einzige Stadt war, die Sylphinja kannte – Seshwick, wo die alte Gwynnel lebte, war ein Dorf –, hatte sie sich Salza wie ein vergrößertes Abilacht vorgestellt. Wie hätte ihr Geist auch ein anderes Bild erschaffen können, da sie nie den Holzschnitt oder Kupferstich einer Stadtansicht gesehen und nie einen illustrierten Reisebericht in Händen gehalten hatte (lesen hätte sie ihn nicht können, da sie diese Fertigkeit nicht beherrschte – nur Zahlen kannte sie und konnte sie auch schreiben). Und auch die Salzeraner sahen in ihrer Vorstellung wie Abilachter aus.

Nun, nichts in Salza glich den Bildern in ihrem Kopf, das sollte sie schon am Stadttor erfahren. In Abilacht waren Sephyra und sie stets darauf bedacht gewesen, unbemerkt an den finster blickenden behelmten und mit Schwertern und Hellebarden bewaffneten Wachen vorbeizuschlüpfen, was mitunter kein leichtes Ding gewesen war. Karlitta aber machte keine Anstalten, sich hinter einem Fuhrwerk zu verbergen oder unter eine Gruppe Dörfler zu mischen, die ihre kargen Erzeugnisse zum Markt brachten, wie Sephyra es zu tun gepflegt hatte. Zum einen mochte es daran liegen, daß kaum Fuhrwerke oder Dörfler unterwegs waren – auf der Straße herrschte wenig Betrieb –, zum anderen daran, daß sie nichts und niemanden zu fürchten schien, am wenigsten Büttel und Stadtwachen. Sie hatte auch ihr Haar nicht unter einem Tuch verbergen wollen und nur verständnislos Kopf und Zöpfchen geschüttelt, als Sylphinja diesen Vorschlag machte.

»Was ist das nun wieder für eine Marotte?« hatte sie gefragt. »Hat Sephyra dich gelehrt, dein Haar zu verstecken?« Sie zuckte die Schultern. »Nun, vielleicht tat sie gut daran, dich in einer Stadt wie Abilacht zu äußerster Vorsicht anzuhalten, wo es deiner Erzählung nach von Praiospfaffen und Bannstrahlern nur so wimmelt. Im weltoffenen Salza aber wäre es eine Schande und grober Undank gegen Satuaria, die uns dies prächtige Haar verliehen hat – dir noch prächtigeres als mir, wie ich bekennen muß –, wenn wir nicht stolz ihr Geschenk herzeigten.« Und nach dieser Erwiderung hatte sie den Rücken gestrafft, das Kinn gehoben und war wiegenden Schrittes weitergegangen, so daß die Zöpfchen ins Schwingen gerieten.

Doch lange bevor das Stadttor erreicht war, sah Sylphinja den Fluß. »Oh!« sagte sie und erstarrte, als hinter einem Weidendickicht, das den Blick auf das Wasser versperrt hatte, unvermittelt die blaugrauen Fluten des Ingval auftauchten, der sich breit und behäbig dem Meer entgegenwälzte.

Daß es Sylphinja beim Anblick des Flusses die Sprache verschlug und sie nur mit offenem Mund und noch weiter geöffneten Augen auf das Wasser starrte, rührte daher, daß sie nie zuvor einen Fluß gesehen hatte (bis auf den Tommel, muß man der Genauigkeit halber ergänzen, aber den hatte sie beim Besenritt nach Lyckweiden nicht wie einen Strom, sondern wie ein silbern glitzerndes Band tief unter sich wahrgenommen).

»Der Ingval«, erklärte Karlitta. »Nicht wahr, das ist etwas anderes als das Piller- oder Pieselbächlein oder wie immer die Rinnsale in und um Abilacht heißen mögen?«

War der Verkehr auf der Straße eher gering, so ging es auf dem Fluß recht munter zu: Flößer trieben ihre kostbare Steineichenfracht zu den Holzhandlungen, Sägemühlen und Werften der Stadt, und auf dem Treidelpfad am Ufer zogen Menschen, Esel und Maultiere mit Säcken, Fässern und Kisten beladene Kähne flußaufwärts.

»So viele tote Bäume!« rief Sylphinja bestürzt, als sie erkannte, was dort auf dem Wasser trieb (und es dauerte eine Weile, das zu erkennen, da die Stämme bereits geschält waren). »Warum haben sie das getan?«

Und nun erzählte Karlitta von den Schiffen, die über das Meer segelten und für deren Bau das Holz der Steineiche am geeignetsten sei. »Keine Bötchen wie die dort unten, sondern fünfzig oder mehr Schritt lange Karacken und Koggen mit prächtigen Galionsfiguren unter dem Bugspriet, mit haushohen Masten und wappengeschmückten Segeln…« Als sie Sylphinjas verständnislosen Blick bemerkte, hielt sie inne. »Nun, was erzähle ich dir vom Meer und von den Schiffen? Du wirst das eine wie das andere ja bald mit eigenen Augen sehen.«

Die beiden Frauen auf der Straße boten den Flößern und Treidlern wohl einen hübschen Anblick, denn während sie dort standen, und auch später, als sie ihren Marsch wieder aufgenommen hatten, wurden nicht wenige Arme geschwenkt und Artigkeiten oder unschickliche Anträge – es ließ sich schwer entscheiden, da aufgrund der Entfernung nur die Hälfte der Worte zu verstehen war – zum Ufer gerufen.

Sylphinja konnte den Blick kaum vom Fluß wenden. Seltsam widerstreitende Gefühle löste sein Anblick bei ihr aus: Das träge graue Wasser, das die Sonne mit goldenen Lichtern sprenkelte, hätte sie immerfort betrachten mögen, ihr Leben lang, aber der Anblick der ihrer Rinde, Äste, Zweige und Wurzeln beraubten unendlich vielen Bäume schnürte etwas in ihrem Innern zusammen, so daß ihr fast ein wenig übel wurde. Sie versuchte auszurechnen, wie groß der Wald gewesen war, den die Bäume einmal gebildet hatten, aber es gelang ihr nicht, da gleichzeitig ein anderer Teil ihres Geistes damit beschäftigt war, Wortlaut und Sinn dessen zu verstehen, was die Flußleute herüberriefen. Es war nicht wirklich aufrichtig, das fühlte sie, aber es war auch nicht feindselig oder arglistig, und diese seltsame Mischung war ihr bisher noch nie begegnet.

Da sie immerfort den Blick auf das Wasser gerichtet hielt, merkte Sylphinja kaum, wie die Stadtmauer von Salza immer näher rückte. Erst als nur noch fünfzig Schritt sie vom Tor trennten, wurde ihr bewußt, wie nahe, was Raum und Zeit betraf, Abenteuer und Gefahr schon herangerückt waren. Aber da Karlitta guter Dinge war – ihre Laune schien sich gar mit jedem

Schritt zu heben –, beschloß sie, nichts von der plötzlich aufkommenden Panik zu zeigen. »Keine Angst!« sagte in diesem Augenblick die Ältere. »Die Wachen sehen grimmiger aus, als sie sind, und sie kennen mich.«

Die Wachen, ein Mann und eine Frau und beide hochgewachsen, sahen nicht nur grimmiger aus, als sie möglicherweise waren, sondern auch als die Abilachter. Das mochte an den federgeschmückten Helmen, den schweren Lederrüstungen mit der wuchtigen Schulterpanzerung, die sie trotz der sommerlichen Jahreszeit trugen, am Ausdruck ihrer Gesichter oder an den langen Piken liegen. Sylphinja war es einerlei, und fast wünschte sie, daß die beiden Karlitta und ihr, rundheraus und ohne Fragen zu stellen, den Zutritt zur Stadt verwehren möchten. Aber das taten sie nicht. Im Gegenteil: Als die Lyckweidenerin nahe genug heran war, um erkannt zu werden, wich das Bedrohliche aus den Zügen der beiden und machte einem strahlenden Lächeln Platz; der Mann verneigte sich galant, und die Frau hob grüßend die Hand. »Praios zum Gruße, Frau Karlitta«, sagten sie wie aus einem Munde, und dann, als sie merkten, daß sie zur selben Zeit dasselbe gesagt hatten, lachte der Mann, und die Frau fuhr fort: »Da gebt Ihr also unserem schönen Salza wieder einmal die Ehre. Wie lange wird Euer Besuch denn diesmal dauern? Hoffentlich nicht so kurz wie beim letzten Mal, so daß Ihr endlich die Zeit findet, auch dem guten Helmfried und mir wieder einmal die Ehre zu geben.«

Karlitta lächelte. »Seid auch Ihr gegrüßt, Meisterin Rondriane, und Ihr, Meister Helmfried. Ja, so gut es sich auf dem Lande lebt, nach ein paar Wochen sehnt man sich wieder nach Stadt- und Meeresluft. Sechs Tage habe ich vor zu bleiben, und sie sind angefüllt mit Besorgungen, Geschäften und dergleichen. Ich fürchte, da wird keine Zeit bleiben, Euch die längst überfällige

Aufwartung zu machen, und ich muß Euch auf Ende Efferd vertrösten, wenn ich das nächste Mal, und dann gewiß für länger, kommen werde.«

Die Wachen schienen nicht sonderlich enttäuscht, daß Karlitta ihnen keinen Besuch abstatten wollte, zumindest zeigten ihre Mienen keine Enttäuschung, als sie Worte des Bedauerns murmelten, und Sylphinja wunderte sich.

Es wurde noch ein wenig geplaudert. Karlitta fragte scherzend, ob ihr Haus noch wohlbehalten an seinem Platz stehe und nicht inzwischen abgebrannt sei. Dann erkundigte sie sich nach den Kindern der beiden, und so erfuhr Sylphinja, daß Helmfried und Rondriane ein Paar waren und daß Karlitta am Zustandekommen von Liebschaft und Ehe nicht ganz unbeteiligt gewesen war.

»Wer ist das schöne Kind an Eurer Seite?« fragte Helmfried, als Karlitta eben das Tor durchschreiten wollte. Er hatte die junge Hexe während des Schwatzes so unverwandt angestarrt, daß Rondriane die Brauen runzelte und Karlitta die Lippen kräuselte.

»Das ist Sylphinja, mein Bäslein aus Honingen, ein liebreizendes Ding, nicht wahr, eine echte Zierde des Honinger Landes. Doch nun gehabt Euch wohl! Ich habe versprochen, ihr heute die Stadt, das Meer und die Schiffe zu zeigen, und da dürfen wir keine Zeit mehr verlieren.« Sie nahm Sylphinja bei der Hand, nickte zum Abschied und ließ die verdutzten Wächter mit der Frage zurück, wo Honingen und das Honinger Land wohl liegen mochten.

Wie wir weiter oben bereits berichteten, war alles in Salza anders, als Sylphinja erwartet hatte. Und der erste Tag in der fremden Stadt bescherte ihr so viele neue Eindrücke, so mannigfaltige Erfahrungen, daß Karlitta ihr spät am Abend ein Pulver in den Wein mengen mußte, damit sie endlich Schlaf fände.

Was den tiefsten Eindruck bei ihr hinterließ, läßt sich schwer entscheiden. Karlittas Haus, kaum drei Schritt breit, zweieinhalb Stockwerke hoch und eingezwängt zwischen prächtigeren Gebäuden, war es gewiß nicht, obwohl es der jungen Hexe gut gefiel. Dort, auf der Fensterbank sitzend und unbeweglich wie ein Katzenstandbild, trafen sie Larion. Aufmerksam musterte er die Passanten, und als er unter ihnen seine Herrin erkannte, rieb er zwar den Kopf am Mauerwerk, sprang ihr aber nicht entgegen.

Doch verweilten die Hexen nicht lange in dem schmalbrüstigen Häuschen. Nachdem Karlitta Läden und Fenster geöffnet hatte, um Licht und Luft hereinzulassen, nachdem sie die fünf winzigen Räume inspiziert und offenbar alles zu ihrer Zufriedenheit vorgefunden hatte, bat sie Sylphinja, vom Brunnen im Hof Wasser zu holen, zum Trinken und um Gesichter und Hände damit zu benetzen, dann schloß sie die Fenster wieder, stellte für Larion ein Schälchen mit Wasser und die Reste des Proviantes auf den Tisch und war bereit zum Aufbruch.

Karlitta hatte sich genau überlegt, in welcher Reihenfolge sie Sylphinja mit den Sehenswürdigkeiten von Salza vertraut machen wollte, doch zeigte sich bald, daß eine Stadtführung an die junge Schwester verschwendet war. »Wer wohnt hier?« fragte Sylphinja beispielsweise und blieb vor einem roten Ziegelhäuschen stehen, dessen Vorgarten man durch einen Rosenbogen betrat. Ein andermal verharrte sie in andächtigem Staunen vor dem Schild einer um diese frühe Stunde noch geschlossenen Schenke; es zeigte ein Seepferdchen, dessen Leib ein kurzes, rosenfarbenes Röckchen schmückte. »Was ist das?« fragte sie nach einer Weile.

»Ein Seepferdchen«, erklärte Karlitta. »Das sind harmlose kleine Meeresbewohner, und so heißt auch das Etablissement: *Zum tanzenden Seepferdchen.* Röcke tragen Seepferdchen selbstverständlich nicht, nur dieses hier, weil an drei Abenden in der Woche die Gäste des Hauses mit Tanz unterhalten werden.«

So erfuhr Sylphinja nebenbei, daß die Lyckweidenerin sich aufs Lesen verstand – ein Buch, einen Brief, Notizen oder sonstiges Schriftliche hatte sie in Karlittas Haus nicht entdeckt, daher überraschte sie die Erkenntnis –, und von nun an wollte sie jedes Schild, jede Inschrift, jedes noch so belanglose geschriebene Wort vorgelesen bekommen.

Und doch waren es vor allem die Menschen, die die junge Hexe faszinierten. »Kennst du diese Frau?«, »Kennst du jenen Mann?« lauteten ihre häufigsten Fragen, die Karlitta zumeist mit einem Kopfschütteln und der Ermahnung beantworten mußte, daß es sich nicht schicke, mit dem Finger auf Passanten zu zeigen.

Einen fast ebenso tiefen Eindruck, wie die verschleierten Tulamidinnen, die barbrüstigen Thorwaler mit den geflochtenen Bärten, die Schreiber mit ihren Ärmelschonern, die herausgeputzten Bürger, die bewaffneten Edelleute und Krieger, die geschminkten Dirnen und alle anderen fremdartig, bunt, spärlich oder üppig gekleideten Gestalten auf die junge Hexe machten, hinterließen diese und ihre Begleiterin bei manch einem, dessen Weg sie kreuzten. Oft fühlte das Mädchen die Blicke von Männern und Frauen bedrohlich lange auf sich ruhen, mitunter von einem Gruß »Rahja zum Gruße, schönste Dame« oder einem Scherzwort »Höchst apart, Eure Haartracht, holdes Fräulein, aber äußerst kleidsam« begleitet.

Irgendwann, als wieder einmal einer – ein junger Flaneur mit Federbarett und Stulpenstiefeln – sie ungebührlich lange fixierte und dann vom eingeschlagenen Weg abwich, um ihr zu folgen, zupfte Sylphinja Karlitta am Ärmel. »Warum starrt er mich an und verfolgt mich?« flüsterte sie. »Glaubst du, er hat mich erkannt und will mich dem Büttel melden?«

Da lachte die Lyckweidenerin. »Welch krause Gedanken doch in deinem hübschen Köpfchen herumspuken! Du gefällst ihm, deshalb schaut er dich an wie ein verliebter Schoßhund. Und aus demselben Grund hat er sich an deine Fersen geheftet. Vielleicht hofft er auf eine Gelegenheit, deine Bekanntschaft zu machen, dich allein zu treffen … Womöglich hält er mich für deine Gouvernante – deine Tante«, verbesserte sie sich schnell, aber diesmal hatte Sylphinja auf das fremde Wort nicht achtgegeben. Sie war mit ihren Gedanken bei etwas anderem.

»Habe ich auch Helmfried gefallen, daß er mich so angestarrt hat?«

»Allerdings, und besser, als Rondriane lieb war! Du hast sicher bemerkt, wie grimmig sie wurde, als der gute Helmfried dich mit Blicken verschlang.« Karlitta kicherte in Erinnerung an die Szene beim Tor. »Was nun deinen gestiefelten Verehrer betrifft – hübsch ist er ja, das muß man ihm lassen –, wenn er dir lästig wird, scheuch ihn fort!«

Sylphinja wagte einen Blick über die Schulter und mußte Karlitta recht geben: Der Bursche sah gut aus mit seinen braunen Locken und den dunklen Augen, die unverwandt in ihre Richtung blickten. Aber wie ein Schoßhund schaute er nicht, fand sie, obwohl sie keinerlei Erfahrung mit Schoßhunden hatte. Irgend etwas war seltsam mit seinem Blick … Da sie zum einen nicht wußte, wie sie ihn hätte verscheuchen sollen, und da zum anderen die Vorstellung, jemand verfolge sie, weil sie ihm wegen der Reize ihres Gesichtes oder ihres Körpers gefiel, ihr neu und prickelnd, aber weder unheimlich noch unangenehm war, beschloß sie, gar nichts zu tun und abzuwarten. Zweimal noch wandte sie den Kopf, um sich zu vergewissern, ob der fremde Mann ihr weiterhin folgte – er tat es –, beim dritten Mal jedoch gab er ihr ein Zeichen, eine kleine Geste mit Augen und Kopf, die sie nicht verstand, wechselte die Straßenseite und verschwand hinter der Tür einer Schenke.

»Wie heißt das Wirtshaus?« fragte Sylphinja.

»Tränke«, erwiderte Karlitta, ohne hinzuschauen. »Ein scheußlicher Name, wenn du meine Meinung wissen willst, und ein wenig anheimelnder Ort. Dort trinkt man, wie der Name sagt, und zwar bis zum Wiedergeben – einen seltsamen Zeitvertreib will ich das nennen. Wenn das die Stammkneipe deines Verehrers ist, solltest du ihn wohl besser vergessen.«

Das tat Sylphinja auch, zumindest für diesen erlebnisreichen Tag.

Bis zur Mittagsstunde durchstreiften die Frauen die Stadt zu Fuß. Karlitta schlug vor, in einem Gasthaus zu speisen, aber Sylphinja wand und zierte sich, sagte, sie habe alles vergessen, was die Schwester sie über das zierliche Aufspießen der Bissen gelehrt habe, sie könne auch ganz und gar nichts hinunterbringen, wenn so viele fremde Menschen sie beim Essen beobachteten, und gewiß werde sie Wein verschütten oder einen Teller zerbrechen... So kaufte die Ältere Brot und Fisch bei einem Straßenverkäufer, und es wurde stehend und mit den Fingern gegessen.

Nach Salzerhaven fuhren Karlitta und Sylphinja mit der Kutsche. Die junge Hexe, an das Wandern über weichen Waldboden gewöhnt, war froh, ihre vom ungewohnten Laufen über hartes Pflaster allmählich schmerzenden Füße ein wenig ausruhen zu können. Natürlich wählte Karlitta nicht das erstbeste Gefährt, sondern entschied sich, nachdem sie ein Weilchen Umschau gehalten hatte, für einen schmucken offenen Wagen, vor den ein glänzender Rappe gespannt war und den eine reinlich gekleidete ernste Mittzwanzigerin lenkte. Nach kaum hundert Schritten Fahrt zeigte sich, daß die beiden hübschen Hexen nun erst recht viele neugierige, forschende und bewundernde Blicke auf sich zogen. Karlitta schien es zu gefallen – hin und wieder schenkte sie einem der Passanten ein Lächeln oder hob die Hand zum huldvollen Gruß –, Sylphinja hingegen fühlte sich, als werde sie aller Welt wie die Auslage eines Händlers präsentiert, und vor Scheu blickte sie so lange starr geradeaus, bis Karlittas gute Laune und das lustige Hopsen und Schaukeln – die Kutsche war gut gefedert – allmählich die Beklommenheit vertrieben.

Als die lange Straße zwischen den beiden Teilen der Doppelstadt erreicht war, die wir von Anselms nächtlichem Ausritt kennen, war Sylphinjas Scheu verschwunden und hellem Erstaunen gewichen. Alle Augenblicke durchstach ihr zierlicher Zeigefinger die Luft, wies hierhin und dorthin, und nun wollte sie alles über Sinn, Zweck und Funktion der Gebäude, Maschinen und Gerätschaften erfahren. Aber sie mußte erkennen, daß die kluge Karlitta nicht allwissend war.

»Ich bin eine Tochter Satuarias und eine Schöne der Nacht! Woher soll ich wissen, wie man Papier bereitet?« zischte die Ältere, so leise jedoch, daß die Kutscherin nichts hörte. Oder sie sagte: »Ich glaube, man nennt es Flaschenzug, und es erleichtert wohl das Heben von Lasten, aber wie es funktioniert, weiß ich auch nicht.«

Schließlich erreichten die Schwestern Salzerhaven. Obwohl Karlitta sich vorgenommen hatte, Sylphinja mit dem Anblick des Meeres erst ganz zum Schluß der Stadtrundfahrt zu überraschen, war sie selbst viel zu begierig, es wiederzusehen, um ihr Vorhaben in die Tat umzusetzen. Und so befahl sie der Kutscherin, den Wagen zum Stadtrand zu lenken.

In der Stadtmauer von Salzerhaven, niedriger und weniger gut instand gehalten als die der Schwesterstadt, gab es eine unbewachte Pforte, und durch diese schlüpften die Frauen, nachdem die Kutscherin ausgezahlt und fortgeschickt war. Ein kurzer Gang hinter der Tür endete am Fuß einer Wendeltreppe, die Karlitta und Sylphinja nun erklommen. »Nicht gucken!« ermahnte die Ältere das Mädchen, als sie eine schmale Öffnung im Mauerwerk passierten. »Du darfst die Augen erst öffnen, wenn ich es dir sage.«

Der Turm war nicht hoch, zehn Schritt vielleicht, aber doch deutlich höher als alle Gebäude ringsumher, und von seiner Spitze aus hatte man einen freien Blick über Hafen und Meer. Karlitta führte die junge Schwester, die die Lider fest zugekniffen hatte, zu der Lücke zwischen zwei Zinnen auf der Westseite. »Das Meer!« sagte sie triumphierend. »Sieh es dir an!«

Hatte der breite Ingval Sylphinja schon tief beeindruckt, so geriet sie beim Anblick der unendlichen Wasserfläche, die sich unvermittelt vor ihr ausbreitete, schier außer sich. Wahrhaftig, sie begann zu zittern, Gänsehaut überzog die Glieder, und sie konnte nicht fassen, was sie sah. »Ist das Wasser?« flüsterte sie nach einer Weile stummen Schauderns. »Ich glaube es nicht. Einen so großen See kann es nicht geben! Soviel Wasser… immer nur Wasser bis zum Rand der Welt… Wo kommt nur all das Wasser her, und wohin fließt es?«

Karlitta schüttelte den Kopf. »Ich weiß es nicht«, murmelte sie. »Niemand weiß es genau. Vielleicht ist das Meer aus Sumus Schweiß entstanden oder aus Ihren Tränen… Die Flüsse fließen ins Meer – alle Flüsse fließen letztlich ins Meer, aber dennoch läuft es nicht über. Auch das kann niemand erklären. Zwar steigt das Wasser, aber dann sinkt es auch wieder… Man nennt es Gezeiten, Ebbe und Flut, und manche behaupten, es seien Efferds Atemzüge. Efferd, der Gott des Meeres und des Wassers«, fügte sie erklärend hinzu. »Siehst du das Gebäude dort?« Sie wies mit dem Finger auf ein schmuckes steinernes Haus an der Stirnseite eines Platzes. »Das ist der Efferdtempel.« Und während Karlitta nun nach und nach die Stadt, den Hafen und die Schiffe erklärte, beruhigte sich Sylphinja allmählich.

Wohl eine Stunde verbrachten die Hexen auf dem Turm. Dann schlug Karlitta vor, Hafen und Meer aus der Nähe zu betrachten und ›sich ins Getümmel zu stürzen‹.

So unbemerkt, wie sie ihn betreten hatten, verließen die Hexen ihren geheimen und unerlaubten Aufenthaltsort. Sie waren noch nicht weit gegangen, als Karlitta auf ein Häuschen wies, das sich durch ein besonders schönes bemaltes Schnitzwerk auf der Tür – verschlungene Bänder, zwischen denen Blumen und Tierleiber hervorlugten – und die rotsamtenen Vorhänge, mit denen die Fenster verhüllt waren, von den umgebenden Gebäuden unterschied. »Hier wohnt Bragan, der Bilderstecher«, sagte sie.

Als Sylphinja den Blick von der kunstvollen Arbeit löste, erblickte sie wenige Schritt voraus einen hochgewachsenen jungen Mann mit feinem rötlichbraunen Haar, der leicht vorgebeugt und schnellen Schrittes die Straße entlangstapfte – Anselmo. Seit das Mädchen die Stadt betreten hatte, hatte es nicht *einmal* an den Gefährten aus dem Farindelwald gedacht, nicht *einmal* nach ihm Ausschau gehalten, obwohl es doch keineswegs unwahrscheinlich war, daß es ihn hier anträfe. Schließlich hatte er ihr erzählt, das nächste Ziel seiner Reise sei Salza. ›Anselmo!‹ wollte sie rufen und beschleunigte schon ihre Schritte, als der Mann sich seitwärts drehte, um in eine Nebengasse einzubiegen. Und nun sah sie ihn im Profil: scharf geschnittene Nase mit einem seltsamen dunklen Gestell darauf, das hinter den Ohren befestigt war, fliehendes Kinn, ein dünnes Ziegenbärtchen … Sie hatte den Mann nie zuvor gesehen und wünschte auch nicht, seine Bekanntschaft zu machen …

Bis zum frühen Abend durchstreiften die Hexen den Hafen. Sylphinjas Augen waren fast ständig in Staunen aufgerissen und die Brauen hoch hinaufgeschoben. Denn was gab es nicht alles zu sehen! Und auch das Näschen zuckte und krauste sich bisweilen, und die kleinen Ohrmuscheln waren rosig vor Eifer, denn auch zu riechen und zu hören gab es genug. Und wie oft zupfte die junge Hexe Karlitta am Ärmel, um ihr eine Frage zuzuraunen!

Alle Dinge aufzuzählen, die ihre Verwunderung erregten, alle Menschen zu beschreiben, die ihr Furcht einflößten oder die sie amüsierten, und alle ihre Fragen wiederzugeben, wäre zu mühsam und würde zuviel Raum beanspruchen. Gesagt sei nur, daß ihr immer wirrer wurde, je weiter der Tag voranschritt, bis sie schließlich bemerkte, daß der leichte Schwindel in ihrem Kopf auch vom Hunger herrührte. Just in diesem Augenblick schob sich das Schild einer Schenke in ihr Blickfeld, und sie fragte Karlitta, ob man nicht in dem Gasthaus einkehren und einen kleinen Imbiß zu sich nehmen könne.

»Im *Dicken Walfisch?* Das ist nicht dein Ernst! Dort treibt sich viel Thorwalervolk rum – du erinnerst dich, die Barbaren, vor denen dir so gegraust hat«, erwiderte Karlitta. Aber da auch sie allmählich ein leichtes Ziehen im Magen verspürte, hielt sie die zweite Droschke an (die erste war gar zu schäbig gewesen), die ihnen entgegenkam, und ließ sich und die junge Schwester nach Salza zurückbringen.

Dort, im *Tanzenden Seepferdchen,* kam Sylphinja endlich zu der wohlverdienten Mahlzeit, und sie konnte in dem abgeschiedenen Winkel, den Karlitta wählte, auch in Ruhe und unbeobachtet essen, da die Augen der übrigen Gäste diesmal nicht auf die rothaarigen Frauen gerichtet waren, sondern auf die Tänzerin, die – auf einer winzigen Bühne und nur von den Schellen an ihren Fingern begleitet – ihre Künste zeigte. Es war eine schöne junge Tulamidin mit langem schwarzen Haar und leuchtenden schwarzen Augen, aber das sah Sylphinja von ihrem Platz aus nicht, und sie wäre auch nicht mehr in der Lage gewesen, der Darbietung die gebührende Aufmerksamkeit zu zollen. Und doch, das soll nicht unerwähnt bleiben, war der Tanz so betörend und voller Süße, daß er die körperlichen Makel der Tänzerin vergessen ließ – blaue Flecken und verschorfte Schrammen auf Armen und Beinen – und sie am Ende der Vorführung etliches an Silbermünzen in den Rock ihres Tanzkleides sammeln konnte.

Der Tag endete mit besagtem Wein samt Schlafpulver, und Sylphinja sank endlich in Borons oder Satuarias Arme.

6. Kapitel

Die folgenden drei Tage gestalteten sich weniger aufwühlend und erlebnisreich für Sylphinja als der erste. Karlitta war viel unterwegs, zu Fuß und mit der Kutsche. Es galt, etliche Kunden zu besuchen, und auf den meisten dieser Gänge oder Fahrten ließ sie sich von der jungen Schwester begleiten. Darüber hinaus ging sie Geschäften nach, in die sie das Mädchen nicht einweihte, oder Boten kamen zu ihr, und es wurde in der schmalen Tür getuschelt und verhandelt, und kurze Zeit später verließ die Lyckweidenerin das Haus. Bei diesen geheimen Geschäften und Unternehmungen war Sylphinjas Anwesenheit nicht erwünscht, und so ergab es sich, daß sie zwei Nachmittage und einen Abend lang allein das Häuschen hütete. Nicht einmal Larion hatte sie zur Gesellschaft, denn der Kater war stets verschwunden, kurz bevor oder nachdem Karlitta die Tür hinter sich geschlossen hatte.

Selbstverständlich *mußte* Sylphinja nicht daheim bleiben, sie hätte sehr wohl auf eigene Faust die Stadt erkunden können – Karlitta hatte nichts dagegen einzuwenden, ja, sie ermunterte sie geradezu –, aber das getraute sie sich nicht.

»Was soll dir schon geschehen?« meinte die Ältere leichthin. »Gar nichts bei Tage und auch nichts bei Nacht, wenn du dich von den übelsten Kaschemmen fernhältst. Als eine gute Übung, Selbständigkeit und Selbstvertrauen zu erlangen, wollte mir ein solches Unterfangen scheinen. Aber ich sehe schon«, fuhr sie nach einem amüsierten Seitenblick fort, »daß dir nach

Übungen und harmlosen Abenteuern nicht der Sinn steht. Dabei bist du gar nicht einmal so schwächlich, was deine satuarischen Kräfte betrifft, und durchaus nicht untalentiert fürs Zaubern, und du könntest dich in einer brenzligen Lage durchaus auf deine hexischen Künste verlassen… Aber das scheinst du gar nicht zu wissen…« Sie musterte das Mädchen und kraulte gedankenverloren Larions runden Bauch. »Wir Töchter Satuarias sind etwas Besonderes, daran mußt du immer denken! Wir können mehr als die anderen Menschen, als die meisten anderen Menschen«, korrigierte sie sich, »und wenn man uns in manchen Gegenden haßt und verfolgt, so deshalb, weil man unsere Zauberkräfte fürchtet.« Sie hielt ein nachdenkliches Weilchen inne – mit Sprechen, nicht mit Kraulen –, dann fuhr sie fort: »Andererseits – vielleicht sollte ich dir nicht hineinreden, vielleicht hast du recht mit deiner Zurückhaltung. Schließlich bist du noch *allein* und hast deine Kraft bisher nur zum Erkunden, zum Besänftigen, Verharmlosen, Nähen, Heilen, Singen und dergleichen gebraucht und niemals als Waffe. Oder irre ich mich?« Sylphinja schüttelte den Kopf, und Karlitta strahlte. »Ein Vertrauter stärkt das Selbstbewußtsein ungemein – wenn ich es recht bedenke, habe ich von Larion gewiß genausoviel gelernt, wie er von mir, und wirklich vollwertig… vollständig habe ich mich erst gefühlt, nachdem wir beide zueinandergefunden hatten.«

Wie gesagt, ohne Karlitta die Straßen von Salza zu durchstreifen, wagte Sylphinja nicht, aber selbstverständlich wurde sie im Verlauf der drei Tage ein wenig vertrauter mit der Stadt – Salza samt Salzerhaven sind schließlich nur etwa dreimal so groß wie Abilacht.

An den beiden Nachmittagen, die sie allein in dem schmalen Haus verbrachte, saß sie lange Zeit am Fenster und beobachtete das Treiben auf der Straße – am ersten von der Giebelkammer aus, die ihr als Schlafgemach diente und die man nur über eine Leiter erreichte, und am zweiten von der *Prunkstube* aus, in der Karlitta ihre Gäste empfing. Um der Wahrheit die Ehre zu geben, allzuviel Treiben herrschte nicht auf der Straße, denn Karlitta wohnte keineswegs an der Hauptstraße wie der Medicus Jasper Irjan Peckert, sondern in einer eher stillen Seitengasse. Für Sylphinja jedoch war es genug, und sie genoß es, zu beobachten, ohne selbst gesehen zu werden. Nun, ein paarmal wurde ihr roter Schopf gewiß entdeckt, obwohl sie die Fenster nur einen Spaltbreit öffnete und sich bei jedem Blick, der nach oben schweifte, ins Dunkel der Stube zurückzog. Aber die wenigen Passanten, die trotz aller Vorsicht die rothaarige Frau erspähten, den Hut lüpften oder grüßend die Hand hoben, glaubten wohl, die Hausherrin hinter dem Fenster zu sehen.

Einmal jedoch war Sylphinja sicher, erkannt worden zu sein, denn der hübsche junge Mann mit dem Lokkenhaar und den Stulpenstiefeln ging nicht seines Weges wie die anderen Passanten, nachdem er das Barett grüßend mit dem Zeigefinger angetippt hatte, sondern verweilte auf seinem Platz, die dunklen Augen unverwandt auf sie gerichtet. Nein, das ist nicht der Blick eines Schoßhündchens, dachte das Mädchen wiederum, eher schon der Blick eines bettelnden Straßenköters – die immerhin kannte sie zur Genüge aus Abilacht –, in dem sich Treuherzigkeit mit Gier und Verschlagenheit mischte. Fast eine Viertelstunde lang starrte der Fremde zum Fenster empor, dann führte er abermals den Finger zum Barett und setzte seinen Weg fort. Ob er wieder zur *Tränke* unterwegs ist? fragte sich Sylphinja, aber in diesem Augenblick bog eine goldverzierte Sänfte in ihr Blickfeld ein, die von zwei livrierten Lakaien getragen wurde, und da an ihrem dritten Tag in Salza der Anblick einer Sänfte noch immer etwas Rares und Außergewöhnliches war, vergaß sie die Frage.

Natürlich schaute Sylphinja nicht unentwegt zum

Fenster hinaus, sie versuchte auch, sich im Haushalt nützlich zu machen – allzuviel zu tun gab es dort allerdings nicht –, deckte den Tisch für die Abendmahlzeit, kochte Tee und (einmal!) Fischsuppe. »Auf Pilzsuppe verstehst du dich ja«, lautete Karlittas Kommentar, »aber die Fischsuppe werde morgen wieder *ich* kochen.«

Und manchmal saß die junge Hexe nur still auf ihrem Stuhl und träumte – von ihrem zukünftigen Vertrauten (Eine Katze, wirklich eine Katze? Nun, vielleicht... obwohl es doch heißt, daß Töchter, auch Ziehtöchter von einem Tier derselben Art wie der Vertraute der Mutter erwählt werden...), vom Fest (All die vielen Schwestern! Nun werde ich sie endlich kennenlernen! Und auf dem Thron zwischen ihnen die mächtige, gefährliche Tula von Skerdu, eine Barbarin, die vielleicht etwas über meine Herkunft weiß...), vom Singen (*Ich* werde singen! Ich kann außerordentlich schön singen, wenn ich will, wenn ich erlaube, daß *es* in meinen Gesang strömt... vielleicht werde ich Ihn herbeilocken können, und diesmal leibhaftig... Wie vermessen, dieser Gedanke, und doch kommt er mir seit jenem Abend immer wieder! Will ich es überhaupt? Schon Seine unsichtbare Nähe – die *mir* galt! – war kaum zu ertragen, wie wird Seine sichtbare Wirklichkeit sein? Und doch habe ich trotz aller wilden Wucht auch etwas wie Süße und Sehnen empfunden...), vom Festkleid... Sie versuchte zumindest, vom Festkleid zu träumen, es sich vorzustellen, aber seltsamerweise wollte es ihr nicht gelingen, ein klares Bild des Gewandes im Geiste zu erschaffen oder vielmehr: wiederzuerschaffen. Stets, wenn sie glaubte, es zu sehen, verschwammen die Farben, und die Formen zerrannen. Und wenn sie ihre Gedanken auf Bragan lenkte, den unbekannten Bilderstecher, verschmolz dessen Bild mit dem Anselmos – Anselmo mit den seltsam breitkuppigen Heilerfingern...

An ihrem einzigen einsamen Abend während des sechstägigen Aufenthaltes, als Sylphinja wieder saß und sann und sich ausmalte, wie sie auf dem Fest singen werde, überkam sie die unbändige Lust, es hier und auf der Stelle zu tun. Schon vibrierten ihre Kräfte, wollten hinaus und sich verströmen. Da sprang sie auf, trippelte und hüpfte und drehte sich im Kreis, bis sie den Rhythmus des Liedes gefunden hatte, und stimmte das Levthanslied an. Und während sie sang, während sie spürte, wie ihre Kräfte zu Tönen wurden, wünschte sie sehnlicher denn je, Sein Atem möge sie noch einmal streifen, Sein unsichtbarer Finger sie noch einmal berühren. Doch das geschah nicht.

Am Ende des Liedes war Sylphinja zutiefst erschöpft, und als sie sich soweit erholt hatte, daß sie wieder klar denken konnte, wurde ihr mit leisem Schrecken bewußt, daß der überhebliche und sinnlose Versuch, den Widderhörnigen herbeizulocken, sie viel zuviel ihrer geringen Energie gekostet hatte.

Am fünften Tag wurden Besorgungen gemacht, aber es würde zu weit führen, alle Läden aufzuzählen, denen die Hexen einen Besuch abstatteten, zumal Karlitta kaum etwas kaufte, wohl aber bei dem einen oder anderen Händler oder Handwerker etwas bestellte oder in Auftrag gab. Sylphinja war von der Auslage selbst des armseligsten Trödlers hellauf begeistert, und hätte sie Geld besessen, sie hätte es gewiß bis auf den letzten Kreuzer für wertlosen und unnützen Tand vergeudet. Bei einem von ihnen entdeckte sie ein getrocknetes Seepferdchen, und als sie es aufgeregt Karlitta zeigte, war diese durchaus bereit, es für sie zu erwerben. »Ich schenke es dir, wenn du magst, als Erinnerung an den Abend im *Tanzenden Seepferdchen.* Du kannst es an eine Kette hängen und als Halsschmuck tragen. Vermutlich wirst du nie ein lebendes zu Gesicht bekommen – sie bevorzugen die südlicheren Meere.« Aber Sylphinja wies die Gabe weit von sich.

Nein, ein totes Tier wollte sie nicht besitzen, und erst recht nicht als Glücksbringer am Halse baumeln haben. Verstohlen tastete sie da nach dem Stein auf ihrer Brust, dem Ei aus Türkis, ihrem Glücksbringer, und sie war mit einem Mal sehr erleichtert, daß Karlitta nicht ihn als Lohn gefordert hatte, sondern nur das Kleid.

Die längste Zeitspanne verbrachten die Frauen beim Tuchhändler, und dort, als Sylphinja die seidenen Stoffe bewunderte und prüfend betastete, erschien plötzlich, einen winzigen Augenblick lang, das Feuergewand ganz deutlich vor ihrem geistigen Auge, aber der kurze Moment genügte, um dem Händler genau sagen zu können, welche Stoffe sie brauchte und wie groß die Stücke sein mußten.

Zum Abendmahl, dessen Bestandteile an diesem Tag ein Junge mit weißer Schürze und einem seltsamen hohen weißen Hut in zwei mit weißem Linnen bedeckten Körben brachte, empfing Karlitta einen Gast, einen vornehm gekleideten ansehnlichen Mann Ende der Dreißig, der Sylphinja als Herr Regolan vorgestellt wurde.

Eine seltsame Unterhaltung entspann sich bald zwischen Gastgeberin und Gast. Hatte sich Sylphinja zu Beginn des Mahles noch am Gespräch beteiligt oder war vielmehr von Karlitta und Herrn Regolan hineingezogen worden, so schienen die beiden ihre Anwesenheit mit der Zeit zu vergessen, und ihre Plauderei wurde für das Mädchen zusehends unverständlicher. Dabei handelte es sich tatsächlich um eine Plauderei, soviel erkannte sie wohl, und um keinen wissenschaftlichen oder staatskundlichen Disput, obwohl durchaus hin und wieder von Magie und anderen Wissenschaften die Rede war oder Namen fielen – Kasimir, Wendolyn, Sappenstiel, Tronde –, die offenkundig zu Persönlichkeiten von großer staatskundlicher Bedeutung gehörten. Es wurde gelacht, auch wenn Sylphinja keinen Scherz erkennen konnte, und mehr als einmal berührte Herr Regolan wie absichtslos Karlittas Knie, als er ihr einen Sachverhalt besonders eindringlich erklärte. Sie ihrerseits beugte sich so weit vor, um die winzige Pfeife in Empfang zu nehmen, die er für sie gestopft und entflammt hatte – Sylphinja hatte die Schwester nie zuvor rauchen gesehen –, daß sie ihm einen guten Einblick in ihr Dekolleté gewährte (auch die unverhüllten Brüste im Ausschnitt waren neu für Sylphinja, von besagtem Abend einmal abgesehen).

Um die zehnte Stunde wandte Karlitta plötzlich den Kopf, den sie gerade noch lauschend Herrn Regolan zugeneigt hatte. Ihr Blick heftete sich auf Sylphinja, und an dem strahlenden Lächeln, an dem besonders eindringlichen Schillern der Augen erkannte diese, daß sie keineswegs vergessen worden war, nicht einen Augenblick lang.

»Nun, Bäslein«, hub Karlitta an, süß und singend, und der schmeichelnde Tonfall ihrer Stimme, das erkannte das Mädchen unvermittelt, galt dem Gast, wenn auch die Worte nicht an ihn gerichtet waren, »du siehst müde aus.«

Sylphinja hatte sich keineswegs müde gefühlt, aber jetzt, da Karlitta es ansprach, spürte sie mit einem Mal die Mattigkeit in Geist und Gliedern.

»Die letzten Tage waren sehr anstrengend für dich, besonders der gestrige Abend«, fuhr die Lyckweidenerin fort, und ihr Lächeln wurde breiter. »Du brauchst Schlaf und Erholung, und keiner wird es dir verübeln, wenn du dich in deine Kammer zurückziehst.«

So wurde Sylphinja ins Bett geschickt, und tatsächlich gab der lange erquickende Schlaf ihr einen guten Teil der verbrauchten Kräfte zurück.

Am nächsten Morgen – von Herrn Regolan wurde nicht gesprochen, und nichts erinnerte an seinen Besuch – machte Karlitta sich recht zeitig auf den Weg zum Hesindetempel. »Hast du dich inzwischen entschieden, was das Hautbild betrifft?« fragte sie. »In dem Fall wäre ich nämlich bereit, vom Tempel hierher zurückzukehren, um dich zu Bragan zu begleiten.« Aber Sylphinja lächelte nur und konnte sich zu keinem ›Ja‹ durchringen. »Nun gut«, fuhr Karlitta fort, »dann werde ich auf den Umweg verzichten. Und falls wir uns bei Bragan nicht begegnen, wünsche ich dir für dein Tagwerk ein gutes Gelingen. Vielleicht singst du ein bißchen« – sie hob kurz die Braue –, »oder du nähst, und ich kann heute abend womöglich ein halbes Kleid bewundern.« Dennoch ließ sie es sich nicht nehmen, Sylphinja in aller Ausführlichkeit den Weg zu Bragans Haus zu beschreiben, und sie zeigte ihr auch den lockeren Stein, hinter dem sie den Schlüssel verbergen sollte, nachdem sie das Haus verlassen und verriegelt hätte.

Nun, trotz Karlittas guter Wünsche wollte es mit dem Tagwerk – Sylphinja entschied sich fürs Nähen – nicht so recht gelingen, wie sie bald feststellen mußte. Die Farben der Stoffe schienen ihr an diesem hellen Vormittag viel greller als beim gestrigen Kauf, ihr Glanz wirkte härter, und die luftigen Seidenbahnen wollten heute weniger weich fließen, als Sylphinja sie in immer neuen Variationen um den Körper drapierte. Sosehr sie sich bemühte, es wollte ihr nicht gelingen, das Feuerkleid in ihnen zu erkennen, und so wagte sie die Schere nicht zu benutzen. Verwirrt ließ sie die Stoffe durch die Finger gleiten, warf sie erst einzeln und später gleichzeitig in die Höhe, um ihr Hinabschweben zu beobachten, aber weder der Tanz der roten, gelben und purpurnen Tücher noch das Ensemble von Falten und Farben, zu dem sie sich am Boden formten, weckte Erinnerungen an das Festkleid, das damals und gestern vor ihrem inneren Auge erschienen war. Leise Sorge beschlich die junge Hexe, daß der Kauf ein Mißgriff gewesen sei oder daß sie die Fähigkeit zum außerordentlich schönen Nähen eingebüßt haben könnte, und nicht nur diese … Aber sie wagte ihre noch immer eingeschränkten Kräfte nicht zu erproben. Vielleicht ist hier nicht der rechte Ort zum Schneidern, versuchte sie sich zu beruhigen, und wenn wir erst wieder daheim sind, wird sich schon alles fügen.

Als der Gong des Hesindetempels, der selbst in Karlittas abgelegener Gasse zart, aber deutlich zu hören war, mit zwölf Schlägen die Mittagsstunde ankündigte, beschloß Sylphinja, ihr fruchtloses Tun zu beenden. Ein wenig früh, um nach Salzerhaven zu wandern, war es schon – sie schätzte, daß sie nicht viel länger als zwei und eine halbe Stunde für den Weg brauchen würde, andererseits wäre es gewiß besser, die Zeit nicht zu knapp zu bemessen, falls sie sich verlaufen sollte oder falls die Auslagen der Händler sie zu sehr fesselten …

Sie hatte sich also entschieden, Bragan aufzusuchen, das wurde Sylphinja in diesem Augenblick bewußt. Und damit hatte sie sich zugleich entschlossen, sich ein Hautbild stechen zu lassen: einen Blütenzweig mit einem grünen Käferchen. Sie erinnerte sich genau, daß sie einen Blütenzweig mit einem Käferchen vor sich gesehen hatte, aber es waren die Worte, derer sie sich entsann, und ebensowenig wie sie das Festkleid hatte heraufbeschwören können, wollte ihr dies mit dem zukünftigen Hautschmuck gelingen. Vielleicht gehört beides zusammen, dachte Sylphinja, und wenn ich erst das Bildchen auf dem Bauch habe – es war doch der Bauch? Ja, der untere Teil des Bauches –, werde ich auch wissen, wie das Gewand aussehen soll. Der Gedanke erfüllte sie mit Zuversicht, gänzlich zerstreuen jedoch konnte er ihre Sorgen nicht.

Die Sonne schien hell und warm vom wolkenlosen Himmel, als Sylphinja den inzwischen vertrauten Weg zur Hauptstraße einschlug. Nicht viele Menschen begegneten ihr, und denen, die nicht achtlos an ihr vorüberschritten, sondern mit einem Nicken oder mit Worten grüßten, schien an der jungen Hexe außer dem Liebreiz ihres Gesichtes und der Anmut ihrer Bewegungen nichts weiter aufzufallen. Zwar blieb Sylphinja wachsam, hielt Ausschau nach Bütteln und Praiospfaffen, aber statt der leisen Furcht, die sie erwartet hatte, beschlich sie ein Gefühl prickelnder Abenteuerlust, und fast war sie froh, daß Karlitta nicht an ihrer Seite wandelte.

Die Freude am Alleinsein währte jedoch nicht allzulange. Als Sylphinja in die Hauptstraße einbog, stieg ihr unvermittelt der Duft frischgebackener Honigkrapfen in die Nase. Honigkrapfen – sie hatte das süße weiche Naschwerk erst vor wenigen Tagen kennengelernt, nämlich hier in Salza, und schon beim ersten Bissen war es ihr vorgekommen, als habe sie nie etwas Köstlicheres gegessen. Sie konnte nicht anders, sie mußte ihre Schritte in die Richtung lenken, aus der der Duft herüberwehte. Aber nicht nur die Naschlust trieb sie voran – sie hatte auch Hunger, das merkte sie mit einem Mal. Warum nur hatte sie nichts gegessen, bevor sie das Haus verließ? In der Küche lagen Brot, Käse und die Reste des gestrigen Mahles bereit, doch war es ihr nicht in den Sinn gekommen, sich vor dem Aufbruch zu stärken. Und umkehren und das Versäumte nachholen mochte sie auch nicht.

Ich werde mir einen Krapfen kaufen oder zwei, dachte Sylphinja. Warum soll ich hartes Brot und kalten Hasenbraten essen, wenn es etwas so Köstliches wie Honigkrapfen gibt? Sie hatte den Stand des Krapfenbäckers schon fast erreicht, als ihr die schreckliche Erkenntnis kam: Zum Kaufen brauchte man Geld, und sie besaß keinen Kreuzer! Alles, was Karlitta und sie in Salza gegessen oder getrunken hatten, was sie an Notwendigem, Unnützem und Schönem erworben hatten, hatte Karlitta bezahlt. Aber nun war Karlitta nicht da und konnte ihr keinen Krapfen kaufen. Mit einem Stich der Enttäuschung schluckte Sylphinja den Speichel hinunter, der sich in ihrem Mund gesammelt hatte. Als sie sich eben zum Gehen wenden wollte, vernahm sie eine flüsternde, leicht spöttische Stimme an ihrem Ohr: »Ihr seid allein, schönes Kind? Und nicht im Häuschen eingesperrt? Die Tante fern?«

Sylphinjas Kopf fuhr herum. Sie blickte in ein Paar dunkler Augen, brauner Augen, wie sie jetzt aus der Nähe erkannte. Braune Locken quollen unter einem grünsamtenen Federbarett hervor, weich geschwungene Lippen verzogen sich zum Lächeln und entblößten blitzende Zähne.

Die junge Hexe wich einen Schritt zurück, als sie ihren schmucken Verehrer erkannte, und sie erkannte auch die Schenke in seinem Rücken, aus der er wenige Augenblicke zuvor geschlüpft sein mußte, als sie selbst, vom Duft der Krapfen benebelt, nicht aufgemerkt hatte – der *Tränke.* »Was willst du von mir?« entfuhr es ihr, obwohl Karlitta sie mehr als einmal darauf hingewiesen hatte, daß man Fremde, zumal wohlhabend gekleidete, mit ›Ihr‹ anzureden habe.

»Wir sind schon beim vertraulichen ›Du‹? Das freut mich, schönes Kind.« Tatsächlich schien der Fremde außerordentlich entzückt; sein Lächeln wurde breiter, bis sich beiderseits des Mundes Grübchen in den nahezu glatt geschabten Wangen bildeten.

Er lächelt wie ich, dachte Sylphinja, neben den tausenderlei Dingen, die ihr zugleich mit diesem Gedanken während eines einzigen Herzschlages durch den Kopf gingen – ein Phänomen, das sie nur aus dem Blick in den Spiegel kannte. Aber ihr blieb keine Zeit, den Gedanken weiter zu verfolgen, denn der Fremde fuhr fort: »Eusebio ist mein Name, Eusebio Alabastrion.« Er verneigte sich knapp und schlug die Absätze der Stulpenstiefel aneinander. »Darf ich nun auch den deinen erfahren?«

Ein vornehmer Herr! Ich hätte ›Ihr‹ zu ihm sagen sollen, dachte Sylphinja, und während sie es dachte, teilten sich ihre Lippen zum Lächeln, und Grübchen entstanden – spürbar – auf den Wangen, so als locke oder zwänge das Lächeln ihres Gegenübers beides hervor. »Eusebio Alabastrion«, wiederholte sie mit zarter, heller Stimme den Namen des Fremden. »Das klingt hübsch... Ich heiße Sylphinja, Sylphinja aus dem Eschengrund... das ist bei Honingen«, fügte sie rasch hinzu.

»Sylphinja, welch seltener und schöner Name!« Eusebio streckte die Rechte aus, und Sylphinja ergriff sie, ohne nachzudenken – so tat man wohl. Daß er ihre Hand auch noch mit der Linken umschloß und sie eine lange Weile zwischen seinen kräftigen warmen Fingern hielt, wobei er ihr unverwandt in die Augen blickte, war ihr jedoch neu und fremd, aber seltsamerweise nicht unangenehm. »Sylphinja«, sagte er und drückte die kleine weiße Hand noch einmal kräftig, bevor er sie aus seinem Griff entließ, »darf ich dir einen Krapfen spendieren? Mir wollte eben scheinen, daß dich nach dem Gebäck gelüstete.«

Richtig, die Krapfen, dachte Sylphinja, und augenblicklich waren sie wieder da, der verführerische Duft und die Gier, die er erweckte. »O ja!« rief sie, strahlte ihren neuen Bekannten an, und beinahe hätte sie einen kleinen Hüpfer getan.

Es gelang Eusebio überraschend schnell, sich zum Stand des Bäckers vorzudrängen, und schon bald kehrte er mit zwei offensichtlich klebrigen – er trug sie mit spitzen Fingern – Teigkugeln zurück, die er Sylphinja mit einer Verbeugung überreichte.

»Beide für mich?« fragte Sylphinja, und als Eusebio nickte, wurde ihr Strahlen noch heller. Der junge Mann schaute ihr beim Essen zu, beobachtete lächelnd, wie sie abwechselnd vom rechten und vom linken Krapfen abbiß, und obwohl er sie nicht einen Wimpernschlag lang aus den Augen ließ, war es Sylphinja nicht genierlich, unter seinem Blick zu kleckern und zu krümeln – beides ließ sich nicht vermeiden, so locker gebacken und so dick mit Honig beträufelt waren die Krapfen.

»Wo kommst du her? Hornlingen?« fragte Eusebio, als sie sich gerade den letzten großen Bissen des einen Krapfens in den Mund gestopft hatte. Honingen, wollte Sylphinja sagen, doch statt dessen drang, zusammen mit einer kleine Fontäne aus Krumen und Speicheltröpfchen, ein Wort zwischen ihren Lippen hervor, das eher wie ›Monimnen‹ klang, und vor Lachen hätte sie sich beinahe verschluckt. Fürsorglich klopfte Eusebio ihr auf den Rücken. »Ist es nun besser?« fragte er in besorgtem Tonfall.

Es war besser, und noch immer glucksend belehrte Sylphinja den jungen Mann, daß der Ort Honingen heiße. »Honingen, wie Honig«, erklärte sie.

»Und dort trägt man das Haar nach dieser Manier? Das ist der letzte Schrei in Honingen? Es gefällt mir, es steht dir ganz entzückend.«

»Aber nein.« Sylphinja schüttelte den Kopf, und dann erzählte sie Eusebio, wie sie sich vor einigen Wochen im Wald in einer Brombeerranke so arg verfangen habe, daß sie sich nur mit Hilfe ihres Messers habe befreien können. Den Namen des Waldes verriet sie selbstverständlich ebensowenig wie die Tatsache, daß es sich um böse, magiedurchdrungene Ranken gehandelt hatte, und sie achtete nun darauf, erst zu schlucken und dann zu sprechen, so daß es zu keinen weiteren Zwischenfällen kam.

Eusebio war ein aufmerksamer und charmanter Gesellschafter. Als Sylphinja beide Krapfen verspeist hatte, zog er ein weißes Tüchlein aus der Westentasche. »Darf ich?« fragte er, und ohne eine Antwort abzuwarten, tupfte er ihr Krümel und Honig von den Lippen. Auch die Finger des Mädchens klebten von dem süßen

Saft, doch bevor sie dazu kam, sie in den Mund zu stecken, fühlte sie ihre Handgelenke sanft gepackt, und Eusebio blickte ihr tief in die Augen. »Laß mich das machen«, flüsterte er. »Bitte! Du würdest mir eine große Freude bereiten.« Er zog die Hände näher zu seinem Gesicht, zog mit den Händen Sylphinja ein wenig näher heran, und bevor sie recht wußte, was er eigentlich vorhatte, steckte ihr rechter Zeigefinger schon zwischen seinen Lippen, und sie spürte die warme feuchte Zunge daran entlanggleiten.

Ich sollte das nicht zulassen, dachte die Hexe. Zugleich aber dachte sie: Es gefällt mir, was er tut – es prickelt so seltsam angenehm. Und wie er mich anschaut dabei! Wahrhaftig, ich glaube, Karlitta hat recht, ich gefalle ihm. Er gefällt mir auch – so hübsche braune Augen und so hübsche braune Locken, so hübsche Grübchen, ja, Grübchen sind hübsch, meine wohl auch... Und so ließ sie zu, daß er, einen nach dem anderen, langsam und ausgiebig alle zehn Finger vom Honig befreite.

»Bei Rahja, woher hast du nur diese Augen?« fragte Eusebio; obwohl die Arbeit getan war, behielt er Sylphinjas Hände weiter in den seinen, und das Mädchen entzog sie ihm nicht. Soll ich auf seine Frage antworten? dachte sie. Erwartet er eine Antwort, und was soll ich sagen? Aber da sprach Eusebio schon weiter, mit den Daumen sacht die weichen Hügel und Täler ihrer Handflächen erkundend. »Eine solche Farbe sah ich nie – wie Türkise leuchten sie, wie Drosseleier, wenn du den Vergleich gestattest. Wahrhaftig, ich glaube, die Göttin selbst hat sie dir verliehen, denn sie haben die Macht zu verzaubern. Mich jedenfalls haben sie bereits völlig in ihren Bann geschlagen.«

Zaubern! Bann! Göttin! Worauf will er hinaus, durchfuhr es Sylphinja. Hatte Eusebio sie schon durchschaut, daß er so seltsam daherredete? Ich müßte rasch den Gesprächsgegenstand wechseln, ging es ihr durch den Kopf, nur wollte ihr beim besten Willen kein neuer einfallen. Hilfesuchend schaute sie sich um, und ihr Blick fiel auf ein Schenkenschild. Es zeigte den Oberkörper eines Mannes, der sich, den Kopf weit in den Nacken gelegt, aus einem Eimer eine gelbe Flüssigkeit – Bier vermutlich, obwohl es nach Sylphinjas Meinung eher an Pferdepisse gemahnte – in den weitgeöffneten Rachen goß. »Ist das deine Stammkneipe?« fragte sie und wies mit dem Kopf zu dem Wirtshaus hinüber.

»Die *Tränke!?* Bei allen Zwölfen, nein!« Eusebio schüttelte den Kopf und riß die Augen auf in fassungslosem Entsetzen. »Sehe ich aus wie einer, dessen Zeitvertreib es ist, sich kübelweise das Bier in den Hals zu gießen? Aber ich weiß schon, was dich zu dieser unseligen Vermutung veranlaßt«, fuhr er fort, ohne Sylphinja Gelegenheit zu geben, die Frage zu verneinen. »Einmal bereits sahst du mich die gräßliche Schenke betreten, und heute triffst du mich wieder in ihrer Nähe an... Um der Wahrheit die Ehre zu geben: Ich hatte sie eben verlassen, als ich dich in der Menge erspähte.« Eusebio seufzte schwer und ließ endlich die Hände des Mädchens fahren. Fast traurig sah er sie an, doch plötzlich hellte sich seine Miene auf. Er faßte Sylphinja bei den Schultern und beugte sich zu ihrem Ohr. »Um meinen Ruf zu retten, muß ich dir ein Geheimnis verraten«, flüsterte er, »doch versprich mir, daß du es nicht ausplaudern wirst.« Sylphinja nickte ernst, und Eusebio fuhr fort: »Nicht zum Zechen bin ich in der *Tränke* gewesen, neulich nicht und heute auch nicht, sondern weil ich dort jemanden zu finden hoffte, und zwar den Compagnon meines Dienstherrn, des Holzhändlers« – er dämpfte die Stimme sosehr, daß Sylphinja den Namen nicht verstand, aber da er ihr ohnehin nichts gesagt hätte, bemerkte sie es kaum –, »dessen erster Sekretarius ich bin. Leider ist der Herr... Alrik – das ist nicht sein wahrer Name, aber den möchte ich lieber verschweigen – dem Trunke sehr zugetan. Noch bedauerlicher allerdings ist, daß er sich ausgerechnet die *Tränke* zum Stammlokal erkoren hat und ich immer, wenn ich eine Nachricht meines Dienstherrn für ihn habe, gezwungen bin, dieses abstoßende Etablissement zu betreten. Niemand außer meinem Dienstherrn und mir weiß um den lasterhaften Lebenswandel des Herrn Alrik, und da allein ich das volle Vertrauen meines Dienstherrn genieße, obliegt mir die lästige, aber auch ehrenhafte Pflicht, als geheimer Bote zu fungieren.« Eusebio legte eine bedeutungsvolle Pause ein, in der er Sylphinja tief in die Augen sah. »Herr Alrik mag inzwischen eingetroffen sein – eigentlich trifft man ihn ab der zwölften Stunde immer in der *Tränke* an –, und wenn du mich wenige Herzschläge lang missen und entschuldigen magst, so werde ich ihm rasch sagen, was ich ihm zu sagen habe, und danach uneingeschränkt dir zur Verfügung stehen. Bitte lauf nicht fort! Warte auf mich!« raunte er zum Abschluß seiner Rede; dabei streifte seine Wange die des Mädchens, und sie spürte die Berührung noch, als sich die Schenkentür schon hinter ihm geschlossen hatte.

Sylphinjas Herz schlug schnell, und so verstrichen wohl ein paar hundert Herzschläge, bevor ihr neuer Freund zurückkehrte; sie zählte sie nicht. Ihr schwirrte noch der Schädel von den fremden Wörtern und den Neuigkeiten, deren Sinn sie jetzt erst allmählich begriff. Außerdem versuchte sie, hinter den geöffneten Fenstern Eusebio und Herrn Alrik, den *Compagnon,* zu erkennen, aber wegen des schwachen Lichtes im Schankraum ließ sich nicht mit Gewißheit entscheiden, ob der großgewachsene Mann und der schlanke Barettträger, die dort gestenreich verhandelten, die beiden Gesuchten waren. Schließlich sah sie Eusebio strahlend die Schenke verlassen und auf sie zueilen. »Das wäre erledigt«, verkündete er, »und für den Rest des Tages habe ich keinerlei Verpflichtungen außer der, einer bildhübschen jungen Dame die Schönheiten Salzas zu zeigen oder sie anderweitig zu unterhalten. Nicht wahr, du bist erst seit kurzem in der Stadt? Sonst wärst du mir früher schon aufgefallen.«

»Heute ist der sechste Tag«, antwortete Sylphinja wahrheitsgemäß.

»Und aus Honingen kommst du? Dem prächtigen Honingen im Honinger Land? Erzähl mir ein wenig von dieser sagenhaften Stadt.«

»Nicht aus Honingen direkt, mehr aus dem Eschengrund nahebei«, beeilte Sylphinja sich zu erwidern. »Ich bin auch nicht oft in der Stadt gewesen, deshalb kann ich nicht viel über sie erzählen. Aber prächtig ist sie, das ist wohl wahr.« Ein rascher Seitenblick sagte ihr, daß Eusebio die kleine Lüge nicht bemerkt hatte. »Meine Mutter war eine Kräuterfrau, mußt du wissen, und wir wohnten am Waldrand.«

»Aha, daher also das allerliebste Jägerkleid, obwohl – ein Spitzohr würde es auch vortrefflich schmücken. Du bist doch nicht etwa ... Laß mich schauen!« Eusebio lachte, während er in Sylphinjas Haar griff, um die Ohrmuscheln freizulegen, doch unvermittelt wurde er ernst. »Deine Mutter *war* Kräuterfrau, sagst du. Ist sie tot? Kürzlich erst gestorben ...«

»Ja«, erwiderte das Mädchen knapp. Sie wollte jetzt nicht an Sephyra denken, und über sie zu reden, verbot sich ohnehin.

»Oh, wie leid mir das tut!« Eusebio ergriff abermals ihre Hände und drückte sie voller Anteilnahme, und auch in seiner Stimme schwang tiefstes Mitgefühl. »Und du wohnst auch nicht mehr im Eschengrund, nicht wahr? Du hast dich in die Obhut der Dame begeben, in deren Begleitung ich dich sah? Das Tantchen?«

Sylphinja nickte. »Ja, meine Muhme ... Laß uns von etwas anderem reden!«

»Gewiß.« Auch Eusebio senkte ernst den Kopf, doch plötzlich entstanden wieder die charmanten Grübchen auf seinen Wangen, und zwischen den Lippen blitzten die Zähne hervor. »Meine einzige Aufgabe ist es, eine bildhübsche junge Dame zu unterhalten, wie ich eben sagte, und von nun an soll ihr keine traurige Erinnerung mehr diesen herrlichen Tag verdüstern, das gelobe ich.« Er legte die Rechte aufs Herz und verneigte sich, und die Mischung aus feierlicher Geste und schalkhafter Miene wirkte so spaßig und bezaubernd, daß die schrecklichen Bilder zerrannen, bevor sie Sylphinjas Geist umwölken konnten, und ein helles Lachen ihrer Kehle entwich.

Die junge Hexe fühlte sich sacht am Arm gefaßt, und staunend ließ sie es sich gefallen – es gefiel ihr tatsächlich –, von Eusebio wie ein Bürgerfräulein von ihrem Galan durch die Menge geleitet zu werden. Der junge Sekretarius führte sie zum Halteplatz der Mietfuhrwerke. »Die beiden Krapfen werden dich nicht gesättigt haben«, sagte er, und als Sylphinja statt einer Antwort lächelte, fuhr er fort: »Ich kenne ein lauschiges Gasthaus in Salzerhaven, in dem es sich vorzüglich speisen läßt. Machst du mir die Freude, mein Gast zu sein beim Mittagsmahl?« Und tatsächlich schaute er dabei, als könne er sich kein größeres Vergnügen vorstellen, als dem Mädchen Speise und Trank zu spendieren.

Sylphinja nickte strahlend; sie dachte gar nicht ans Essen, aber wenn der Blick der braunen Augen und das Lächeln auf ihr ruhten, hätte sie jedem von Eusebios Vorschlägen zugestimmt. Sie dachte auch nicht darüber nach, daß er das Essen würde bezahlen müssen, noch fragte sie sich, wo diese seltsame, aber keineswegs unangenehme Unruhe herrührte, von der sie erfüllt war, und erst viel später fiel ihr ein, wie günstig es einerseits sei, daß die Schenke, in die der Sekretarius sie führen wollte, in Salzerhaven gelegen war, und wie schade andererseits, daß sie seine Gesellschaft nur bis zur vierten Stunde würde genießen können.

Eusebio wählte eine geschlossene Kutsche. Er verhandelte lange mit dem Kutscher über den Weg oder über den Preis – Sylphinja wußte es nicht, da sie im Innern des Wagens auf ihn wartete –, dann stieg er ein und setzte sich neben sie. Eine Weile sprach niemand, und Sylphinja schaute abwechselnd aus dem winzigen Fenster und zu ihrem Begleiter hinüber, dessen Blick sie stets auf sich gerichtet fand, wenn sie ihm den Kopf zuwandte. »Hast du einen Liebsten?« fragte er unvermittelt. Sylphinja schüttelte den Kopf.

»Und es gibt auch keinen, der in Honingen auf dich wartet?« Wieder verneinte das Mädchen die Frage.

»Dann bist du also frei?«

Diesmal verstand Sylphinja den Sinn von Eusebios Rede nicht. »Frei? Was meinst du damit?« erwiderte sie.

»Ich meine«, erklärte der Sekretarius, und sein Kopf kam dem ihren so nahe, daß sein Atem warm ihre Wange streifte, »bist du durch Versprechen oder Verlöbnis an einen Mann gebunden, oder ist in deinem Herzen noch Platz?«

Was will er nur? dachte das Mädchen. Warum stellt er mir so seltsame Fragen? Unvermittelt fühlte sie Hitze in den Sonnenpunkt strömen, und sie wußte, irgend etwas würde geschehen, wenn sie die Frage der Wahrheit entsprechend beantwortete – etwas Aufregendes? Seltsames? Schönes? –, nur wollte ihr nicht einfallen, was es wohl sein könnte. »Ja, ich bin frei«, murmelte sie, ohne Eusebio anzusehen, mit zugleich banger und prickelnder Erwartung.

Folgendes geschah: Eine Hand strich ihr zart über das Haar, griff hinein und drehte den Kopf, der plötzlich so leicht und leer war, daß sich die Lider senkten, in Richtung des fremden Mannes. Eine zweite Hand fuhr über Stirn, Brauen, Augen und Wangen, zeichnete die Linie der Lippen nach und glitt den Hals hinab zur Schulter. »Wie schön du bist«, hörte sie eine fremde, vertraute Stimme flüstern. »Nie zuvor sah ich ein schöneres Mädchen. So wunderbar ist dein Haar, so zart deine Haut, und der Mund – so rot und so lieblich geschwungen!« Und dann berührte ihn etwas Weiches, legte sich auf ihn, und ihre Lippen öffneten sich unter der Berührung.

Sylphinja hatte nie geküßt, aber als sie nun Eusebios Zunge an der ihren spürte, wußte sie plötzlich, wie es gemacht wurde. Welch ein aufregendes neues Spiel! hätte sie wohl gedacht, wenn sie zum Denken in der Lage gewesen wäre. Aber ihr Kopf war, wie gesagt, leicht und leer, und sie fühlte nur, ausgehend vom Punkt zwischen Brust und Bauch, Wärme durch Glieder und Adern rieseln.

Wie lange der Kuß währte, hätte Sylphinja später nicht sagen können – die Zeit schien angehalten oder gedehnt, so wie es im Traume geschieht. Sie lutschte und saugte, liebkoste, spielte, forschte, forderte und gab nach, und was sie tat, geschah ihr zugleich in beständigem Wechselspiel. Einmal streifte Eusebios Rechte, die Schulter und Arm streichelte und drückte, unvermittelt die Spitze der Brust. Da durchzuckte es sie wie ein heißer Schlag, und sie konnte nicht verhindern, daß ihre Zähne sich in seine Lippe gruben.

Dann war mit einem Mal der Traum vorüber, und als sie die Augen öffnete, sah sie Eusebios Gesicht dicht vor dem ihren. »Wo hast du nur so küssen gelernt, kleine Wildkatze?« fragte er. Zwar schien er nicht verärgert wegen des kleinen Schmerzes, den sie ihm zugefügt hatte, aber er lächelte auch nicht.

»Ich habe es gar nicht gelernt, eben war es das erste Mal.«

»Tatsächlich?« Eusebios Blick war ernst und forschend. »Kein Liebster in der Vergangenheit, mit dem man sich heimlich im Wäldchen traf?«

Sylphinja war verwirrt. Warum stellte Eusebio ihr eine Frage, die sie bereits beantwortet hatte, und warum schaute er so, als hätte sie etwas Falsches gesagt oder getan? Sie senkte den Blick. »Ich hatte noch nie einen Liebsten«, sagte sie.

Ein Finger schob sich unter ihr Kinn, hob es ein wenig, und als sie nun die Augen aufschlug, strahlte Eusebio wieder. »Dann bist du ja, was das Küssen betrifft, ein echtes Naturtalent. Nun« – er hielt einen Augenblick nachdenklich inne –, »da du so aufrichtig bist, möchte ich auch ehrlich zu dir sein und dir bekennen, daß ich nicht ganz so unerfahren bin wie du: Ich hatte schon einmal ein Liebchen, aber das ist lange vorüber und vergessen, und mit dir war sie ohnehin nicht zu vergleichen. Und jetzt kommt mein zweites Geständnis: Gleich, als ich dich das erste Mal sah, war mir, als riesele Tharf auf mich herab, wenn du verstehst, was ich meine.«

Sylphinja verstand nicht, ebensowenig wie sie verstand, worauf Eusebio hinauswollte – obwohl, irgend etwas in ihr erhoffte sich ein ganz bestimmtes und zugleich leicht verschwommenes Ziel seiner Rede –, dennoch nickte sie.

»So etwas habe ich nie zuvor gespürt«, fuhr Eusebio fort, »auch nicht bei meinem verflossenen Liebchen, das mehr mich umwarb als ich es … Ich dachte so bei mir: Wer ist dieses wunderbare Geschöpf, das die süße Rahja deinen Weg kreuzen läßt? Aber ich getraute mich nicht, dich anzusprechen wegen der Dame an deiner Seite. Als ich dich zum zweiten Mal sah – du erinnerst dich, du saßest am Fenster –, da konnte ich lange den Blick nicht von dir wenden, und mit jedem Herzschlag, den ich dich anschaute, wuchsen meine Sehnsucht und die Gewißheit, daß du ein Liebling der göttlichen Rahja bist und daß Sie dich zu mir geführt hat.« Wieder unterbrach er seine Rede, ergriff die Hände des Mädchens, führte sie zum Mund und hauchte zwei zarte Küsse darauf. Seine Stimme wurde zum Flüstern, als er weitersprach. »Ich liebe dich, süße

Sylphinja. Ich begehre dich. Ich möchte dein Freund sein und dein Liebhaber. Ich möchte immer mit dir zusammensein, dich verwöhnen, dich beschützen ... Sag, magst du mich auch ein wenig, oder bin ich dir ganz und gar zuwider?«

»Nein, nein, ich meine ja ... ich mag dich auch, und du bist mir überhaupt nicht zuwider.« Sylphinjas Herz hämmerte wild, als sie plötzlich erkannte, daß Eusebios Rede just zu dem Ende gekommen war, das sie sich ersehnt hatte. Rahja? hatte sie gedacht, als der Name gefallen war. Eine Göttin? Eine Liebesgöttin? Aber diese Frage war nun vergessen. Eusebio, dieser schöne, kluge, freundliche und gewiß auch wohlhabende Mann, wollte sie zur Liebsten! Und er gefiel ihr ja sosehr, mehr, als irgendein Mensch ihr je gefallen hatte. Ein Bild blitzte vor ihrem inneren Auge auf, das Bild aus Karlittas schwarzer Kugel. Nur den Bruchteil eines Wimpernschlages lang sah sie Rupert und Tsaiane, und für einen weiteren, daß Ruperts blondes Haar sich in dunkle Locken verwandelt hatte und er ein rothaariges Mädchen im Arm hielt ... Dann sah sie nur noch Eusebios liebevoll lächelnde Augen und die freundlichen Grübchen beiderseits des Mundes. Ja, sie wollte ihn zum Liebsten, so wie jetzt sollte er sie immerfort anschauen, und auch das andere wollte sie kennenlernen, das, wovor sie sich trotz des Verlangens auch ein wenig fürchtete. In ihrer Erregung und Gefühlsverwirrung dachte sie nicht einmal daran, daß der heutige Tag ihr letzter in Salza sei, noch daran, daß es kaum ihrem Stand als Tochter Satuarias entspräche, ihr Leben an der Seite eines Sekretarius zu verbringen.

»Oh, süße Sylphinja, wie glücklich mich deine Worte machen!« murmelte Eusebio in diesem Augenblick, dann zog er das Mädchen zu sich heran und küßte es abermals.

Diesmal wurde der Kuß durch keinen Biß beendet,

sondern durch das Anhalten der Kutsche. Sie hatten ihr Ziel erreicht.

Wie das Gasthaus hieß, in das Eusebio sie führte, sollte Sylphinja nie erfahren, da sie ihrem neuen und ersten Galan nicht bekennen mochte, daß sie des Lesens nicht mächtig war. Der Name der Schenke war ihr im Moment ohnehin einerlei, und später, als sie versuchte, sich die Ereignisse des Abends ins Gedächtnis zu rufen, mußte sie erkennen, daß sie nur Augen, Ohren und sonstige Sinne für Eusebio gehabt und dem Aussehen des Hauses, seiner Lage inmitten der anderen Häuser und dem Bild auf dem Schild keinerlei Aufmerksamkeit gewidmet hatte.

Eusebio bestellte eine Spezialität des Landes: mit Butter und gehackten Kräutern gefüllte Salzarelen und dazu zarte Sommerkartoffeln. Sylphinja kannte und schätzte die Fische, Kartoffeln jedoch hatte sie noch nie gegessen, und so war sie auf das Gemüse besonders gespannt. Doch bevor die Speisen aufgetragen wurden, brachte die Schankmagd auf ein Zeichen des Sekretarius hin eine gläserne Karaffe mit einer hellen Flüssigkeit und einen kleinen irdenen Krug. Dann stellte sie zwei Gläser und zwei winzige irdene Becher auf den Tisch. Sylphinja schnupperte an den Getränken. »Wein und Schnappes«, stellte sie sachkundig fest.

»Schnappes, sehr wohl«, bestätigte Eusebio lachend, »aber ein ganz besonderer.« Er füllte die Becher, entflammte einen der Holzspäne, die zum Reinigen der Zähne in einer Schale bereitlagen, an der Kerzenflamme und hielt ihn über die Flüssigkeit. Augenblicklich bedeckte ein hellrotes Feuer die Oberfläche.

Sylphinja riß die Augen auf – sie wußte, daß man Schnäpse entzünden konnte, aber diese Farbe hatte sie noch nie gesehen. »Wie hast du das gemacht?« flüsterte sie. »Kannst du zaubern?«

»Aber mein süßes Dummchen, das ist doch keine Zauberei!« Eusebio zog das Mädchen an sich und küßte es auf die Wange. »Das ist nur der Beweis, daß es sich bei diesem edlen Getränk um Premer Feuer handelt. Nur das echte Feuer brennt mit roter Flamme.« Er hob den Becher, blies die Flamme aus und reichte ihn Sylphinja. Dann ergriff er den anderen. »Ich trinke auf dich, darauf, daß du meinen Antrag nicht abgewiesen hast – damit muß ich mich wohl fürs erste zufriedengeben, denn zugestimmt, die Meine zu werden, hast du bisher ja leider nicht –, und auf die holde Frau Rahja, die dich zu mir gebracht hat.« Er führte den Becher zum Mund, leerte ihn mit einem Zug und blickte Sylphinja erwartungsvoll an.

Die Hexe wußte sogleich, was sie nun tun sollte, und ohne sich die Worte zurechtzulegen oder über ihren Sinn nachzudenken, sagte sie: »Ich trinke auf dich, darauf, daß du mein Liebster werden willst, und auf die holde Frau Rahja, die dich zu mir gebracht hat.« Sie sprach den Namen der Göttin, ohne zu stocken oder zu erröten, aber als der Satz verklungen war, fühlte sie einen winzigen Stich, einen Anflug von Scham, und um sich nicht fragen zu müssen, ob sie wohl Satuaria verraten habe, leerte sie rasch den Becher.

Danach fragte sie sich fürs erste gar nichts mehr, denn der Husten schüttelte sie, und Tränen sprangen ihr aus den Augen. Sie fühlte nur Eusebios Hand sacht ihren Rücken klopfen und hörte seine Stimme beruhigend auf sie einreden. »Beim ersten Mal muß man immer husten, das geht gleich vorüber. Der zweite wird dir schon besser munden, und mit dem dritten wirst du den unvergleichlichen Geschmack des echten Feuers schätzen gelernt haben. Hier, trink das«, sagte er, als der Husten verebbte, und hielt ihr ein Weinglas an die Lippen, »das wird dir guttun.«

Sylphinja trank mit gierigen Schlucken. Der kühle herbe Wein besänftigte augenblicklich ihre Kehle. Aber es war doch das ganze Glas nötig, um alles Brennen und allen Hustenreiz zu vertreiben. Als sie sich die

Tränen von den Wangen wischte, spürte sie, wie heiß diese waren, und als sie Eusebio anschaute, der sie lächelnd beobachtete, und anschließend den Blick durch die Gaststube schweifen ließ, sah alles ein ganz klein wenig anders aus als zuvor.

Bin ich etwa schon berauscht, fragte sie sich, von einem Schnappes und einem Wein? Aber da in diesem Augenblick Eusebio die Becher von neuem mit Feuer füllte, entschied sie, daß es unmöglich sei. Er war ja ihr Freund und Beschützer, da würde er schon aufpassen, daß sie nicht mehr trank, als gut für sie war. »Habe ich deinen Trinkspruch eben richtig verstanden?« fragte er und schenkte ihr einen liebevollen Blick. »Du nimmst meinen Antrag an und willst mein Liebchen werden?« Sylphinja nickte ernst und errötend. »Dann sag es mir mit diesen Worten«, fuhr er leise und eindringlich fort. »Bitte. Und bekräftige es mit einem Schluck. Du wirst sehen: Der zweite brennt und kratzt nicht, und du wirst auch nicht husten müssen.«

»Ich will dein Liebchen werden.« Der Satz war heraus, und um Eusebio zu erfreuen und die eigene Verwirrung zu verbergen, leerte Sylphinja rasch den Becher. Der Sekretarius hatte die Wahrheit gesprochen: Das Feuer wärmte zwar, völlig unnütz und unpassend an diesem warmen Rondratag, aber das Scharfe, Kratzende blieb aus.

»Danke, süße Sylphinja«, murmelte Eusebio. Dann schloß er das Mädchen in die Arme und gab ihr den dritten Kuß ihres Lebens, aus dem die beiden sich erst lösten, als die Schankmagd das Essen auftrug.

Die Salzarelen und die Kartoffeln schmeckten Sylphinja ausgezeichnet, und zu einer anderen Zeit hätte sie sich den Speisen mit Hingabe gewidmet. Aber in der Gesellschaft ihres neuen Liebsten gab es so viele andere Genüsse, daß der des Schmeckens ein wenig verblaßte: Sie mußte ihn immer wieder anschauen, sich in den schimmernden dunklen Augen verlieren und sein Grübchenlächeln erwidern; sie mußte seinen Schwänken und Scherzen, vor allem aber seinen Artigkeiten lauschen; sie mußte es lachend und sich sträubend erdulden, daß er sie fütterte wie ein Wickelkind, ihr den Mund mit einem Tüchlein abtupfte und danach das Weinglas an die Lippen setzte; sie mußte ergründen, was sein Fuß und sein Knie unter dem Tische taten; sie mußte den wohligen Schaudern nachspüren, die die verstohlene Berührung seiner Hand erzeugte …

Daß die Teller und Schüsseln vom Tisch geräumt wurden, bemerkte Sylphinja nicht – irgendwann waren sie fort –, und sie wußte auch nicht, ob es sich bei der halbgefüllten Karaffe noch immer um die erste handelte. Nur an dem schräger durch die wenigen kleinen Fenster fallenden Licht erkannte sie, daß der Tag sich zum Nachmittag neigte. Ein wenig schläfrig fühlte sie sich schon nach dem guten Mahl, auch leicht und schwer zugleich, und es war ihr ganz recht, daß sie nichts denken und nichts tun mußte außer Eusebios Stimme zu lauschen und seine Liebkosungen zu genießen. »Entschuldigst du mich für einen kleinen Augenblick, süße Sylphinja?« flüsterte er gerade. Er hauchte ihr einen Kuß auf die Stirn, erhob sich und strebte zu einer Tür auf der anderen Seite des Schankraumes.

Was hat er vor? fragte sich das Mädchen matt. Ach, er wird das Häuschen im Hof aufsuchen, beantwortete sie selbst die Frage. Sie beobachtete bewundernd, wie er federnd den Raum durchmaß – welch schöner, schlanker Wuchs, welche Eleganz und Geschmeidigkeit! –, doch kaum hatte die Tür sich hinter ihm geschlossen, als ihr die Augen zufielen. Ein Ruhelager wäre fein, dachte sie, ein Heuboden – dort ließe es sich auch viel besser kosen. Nun, mit geschlossenen Augen und ohne Eusebios Berührung, die sie abgelenkt hatte, fühlte sie ein leichtes Schwanken und Kreisen, nicht unangenehm oder beängstigend, da es wohl vom Wein herrührte – etwas Ähnliches hatte sie gespürt, als sie nach dem erlebnisreichen Abend in Karlittas Haus im Alkoven gelegen hatte – und aufhören würde, sobald sie die Augen öffnete. Aber dazu hatte sie im Augenblick keine Lust, auch waren die Lider plötzlich so schwer.

Sie stand auf einer Lichtung im Wald und drehte sich im Kreise. Die Bäume kreisten um sie, und wenn sie nach oben blickte, kreisten über ihr die Wolken. Und ein Gesang war in der Luft – ihr eigener? –, der immer dieselben Worte wiederholte: Eusebio, Eusebio, Eusebio ... Gleich werde ich einschlafen, dachte etwas in ihr, und sie riß erschrocken die Augen auf. Sie befand sich im Gastraum einer Schenke, der leise schwankte. Sylphinja schaute sich um, ohne den Kopf zu bewegen, aber das Kreisen hörte nicht auf, und es bereitete ihr ein wenig Mühe, die Kerze auf dem Tisch, die Karaffe, den Krug, die Gläser und Becher, die Stützpfeiler der Schankstube und die Theke zu fixieren. Als ihr Blick dort Halt suchte, entdeckte sie Eusebio, in ein gestenreiches Gespräch mit einem Fremden vertieft. Der Mann kam ihr vage bekannt vor: hochgewachsen – wohl einen Kopf größer als der Liebste, und zwei Köpfe größer als sie selbst –, schulterlanges, strähniges, blondes Haar, von einem Stirnband gehalten, ein Schnauzbart, der fast den ganzen Mund bedeckte ... Nein, sie wußte nicht, ob sie den Menschen schon einmal gesehen hatte.

Was immer die beiden zu besprechen hatten, in diesem Augenblick schien die Unterredung beendet. Der Fremde nickte, griff in die Tasche seiner Beinkleider und zählte Eusebio eine stattliche Anzahl Münzen in die ausgestreckte Hand, die dieser, nachdem er sie noch einmal prüfend mit dem Finger sortiert hatte, in einem Brustbeutel verschwinden ließ.

Sylphinja wunderte sich. Um den Wirt konnte es sich bei dem Fremden wohl kaum handeln, denn er hatte ja kein Geld von Eusebio erhalten, sondern es dem Liebsten ausgehändigt. Es war ihr auch einerlei, welche Bewandtnis es mit dem Geld hatte und wer der Fremde war, wenn nur Eusebio recht bald zu ihr zurückkehrte. Als habe er ihren Gedanken gehört, wandte er in diesem Augenblick den Kopf, und einen verwirrten Herzschlag lang glaubte Sylphinja, das Gesicht, das sie zu kennen meinte wie kein zweites, noch nie zuvor gesehen zu haben. Doch als ihr Herz zum zweiten Mal schlug, war der seltsam fremde Ausdruck dem vertrauten strahlenden Grübchenlächeln gewichen.

»Du schläfst nicht mehr, mein süßes Liebchen?« fragte Eusebio zur Begrüßung, freundlich und sanft, jedoch ohne den erwarteten anschließenden Kuß. »Das ist schön, denn ich möchte dir einen Freund vorstellen.« Erst jetzt bemerkte die junge Hexe mit leichtem Befremden, daß der große Mann dem Freund gefolgt war und nun feixend neben ihm stand. »Das ist Ulfaran, mit dem ich zur Praiosschule gegangen bin.«

*Praios*schule! durchzuckte es Sylphinja, aber sogleich erkannte sie, daß Eusebio wohl gescherzt hatte – ein Scherz allerdings, den sie nicht verstand –, denn beide Männer lachten dröhnend. Noch bevor Eusebio neben ihr Platz genommen hatte, ließ sich Ulfaran auf der anderen Seite des Tisches nieder. Den Liebsten schien es nicht zu stören, daß die Zweisamkeit plötzlich zur Dreisamkeit geworden war, jedenfalls ließ er nichts dergleichen erkennen, und so beschloß Sylphinja, die Gesellschaft des Fremden ebenfalls ohne ein Zeichen des Widerwillens zu ertragen, obwohl der seltsam starre Blick, mit dem er sie maß, ihr durchaus widerwärtig war.

Wie kann dieser unangenehme Mensch ein guter Freund Eusebios sein? fragte sie sich. Und ist er nicht ein wenig alt für einen Freund aus den Kindertagen (sie schätzte ihn auf deutlich mehr als dreißig Sommer)? Eusebio war reinlich und elegant gekleidet, und er hatte am Morgen gewiß ein wenig Duftöl im Haar verrieben; Ulfaran hingegen roch, als habe er seit längerem kein Badehaus aufgesucht, seine ledernen Beinkleider waren speckig, unter den Achseln wies sein Hemd große dunkle Flecken auf, und aus dem lässig geschnürten rüschenverzierten Ausschnitt quoll blondes krauses Haar.

Sylphinja spürte, wie Eusebios Hand sich um ihre Taille legte, ein wenig den Brustkorb hinaufglitt, aber die Anwesenheit des Fremden irritierte sie sosehr, daß sie die Berührung kaum als angenehm empfand, geschweige denn genießen konnte. Vielleicht sollte ich noch ein Glas Wein trinken, überlegte sie, er entspannt so angenehm, vertreibt seltsame Gefühle und macht den Kopf leicht und leer. So als habe er wiederum ihre Gedanken gelesen, griff Eusebio nach der Karaffe, änderte dann seine Meinung und hob den Schnapskrug. Er füllte sein Weinglas mit Feuer und schob es zu Ulfaran hinüber, anschließend füllte er die beiden Becher.

»Meinst du nicht, sie hat genug?« fragte der Fremde mit gerunzelten Brauen, den Blick weiterhin auf Sylphinja geheftet. »Wer hat schon Freude an einer Volltrunkenen, die daliegt wie ein toter Fisch?«

Was meint er nur, wovon redet er? dachte Sylphinja, der plötzlich ganz beklommen zumute wurde. Immer noch fixierte sie der Fremde, und einen Wimpernschlag lang war ihr, als griffe etwas kalt nach ihrem Herzen. Eusebio jedoch schien Ulfarans Rede zu verstehen; er leerte beide Becher – »Auf gute Freundschaft und einen zufriedenstellenden Abend!« sagte er zwischen den beiden Schlucken –, dann füllte er zwei Fingerbreit Wein in Sylphinjas Glas. »Das winzige Pfützchen wird ihr nicht schaden, denke ich«, meinte er lachend.

Abend! durchzuckte es das Mädchen. War es schon Abend? Aber die schwankenden Sonnenflecken auf

Wänden und Boden belehrten sie augenblicklich, daß die fünfte Stunde kaum zur Hälfte verflossen sein konnte. Trotz dieser beruhigenden Erkenntnis – sie hatte in der Tat etwas Tröstliches – fühlte Sylphinja sich nicht ruhig. Mit einem Mal empfand sie das Schwanken und Kreisen als lästig – sie wollte, daß es aufhörte! Und der Fremde sollte gehen, und Eusebios Stimme und seine Worte sollten wieder klingen wie zuvor. »Trink das, mein süßes Liebchen«, raunte er ihr in diesem Augenblick ins Ohr, und als sie ihn ansah, war wieder alles, wie es sein sollte: Die dunklen Augen schimmerten, und der Mund lächelte freundlich.

»Oh, wie ich mich danach sehne, endlich mit dir allein zu sein!« fuhr er leise fort. »Nicht hier, sondern in einem stillen Kämmerlein, wo ich dich endlich und wahrlich zu meiner Liebsten machen werde.« Er legte Sylphinja den Arm um die Schulter, zog sie an sich und setzte ihr das Glas an die Lippen. Als sie es geleert hatte, hob er sie sacht aus dem Sitz empor, und so, als hätte sie kein Gewicht, wäre leicht wie eine Feder und frei von Wünschen und Gedanken, ließ sie sich von ihm führen. Durch die Wimpern – sie hielt die Augen halb geschlossen – konnte Sylphinja nur Licht und Schatten unterscheiden. Wohin Eusebio sie brachte, sah sie nicht, aber es war ihr auch einerlei. Jeder Ort, den er wählte, wäre der rechte.

Es ging eine Stiege hinauf – weich federten die Stufen unter ihren Füßen –, sie zählte die Schritte nicht. Sie spürte der Wärme von Eusebios Atem nach und dem Druck seiner Finger auf ihrem Arm. Sie lauschte auf den harten Tritt seiner Stiefel und den weichen, fast lautlosen ihrer Sandalen. Ihr schien, daß noch ein drittes Paar Füße die Treppe erklomm, hinter ihnen emporstieg, aber sie war zu träge, sich umzuschauen und Gewißheit zu verschaffen.

Dann war die Treppe überwunden, und Eusebio öffnete eine Tür. In dem Zimmer war es dämmrig, das erkannte Sylphinja, ohne die Augen vollends zu öffnen, also hatte man wohl zum Schutz gegen die hitzige Rondrasonne einen Vorhang vors Fenster gezogen oder die Läden geschlossen. Eusebio drückte sie sacht auf etwas Weiches – ein Bett? einen Diwan? –, dann umarmte er sie innig, und sie spürte seine Lippen auf ihrem Mund. Und während seine Zunge ihren Gaumen erkundete und die ihre wie selbstverständlich das Spiel aufnahm und die Liebkosungen erwiderte, hörte sie, wie die Tür geschlossen wurde.

Sylphinja erstarrte, riß die Augen auf, doch im Dämmerlicht erkannte sie die Gestalt nicht sofort. Erst als sie sprach: »Warum hast du das Zimmer verdunkeln lassen? Wenn man nichts sieht, macht es doch nur die halbe Freude«, wußte sie, daß es Ulfaran war. Und nun, als er das Fenster öffnete und die Läden aufstieß, sah sie es auch. Dort stand er und wandte sich nun, nach einem prüfenden Blick auf die Gasse oder was immer man von dort aus erblicken mochte, langsam um. Er hielt einen irdenen Krug in der Linken, den er grinsend hob – *ihr* galt das Grinsen – und dann an die Lippen setzte. Nachdem er getrunken hatte, wischte er sich mit dem Ärmel Mund und Bart, dann kratzte er sich ausgiebig unter der Achsel.

Was will Ulfaran hier? Warum sind wir nicht allein? wollte Sylphinja fragen, aber sie brachte kein Wort heraus. Statt dessen sprach Eusebio: »Mein süßes Liebchen, noch einmal mußt du mich für ein kleines Weilchen entschuldigen. Mein Dienstherr schickt nach mir, wie ich eben von Ulfaran erfahren habe. Einem Ruf meines Dienstherrn kann ich mich nicht widersetzen, das verstehst du gewiß. Aber ich werde nicht lange fort sein – ein viertel, ein halbes Stündchen, nicht mehr. Sei so lieb und unterhalte Ulfaran derweil, genauso wie er dir die Zeit meiner Abwesenheit verkürzen wird. Nicht wahr, du wirst freundlich zu ihm sein? Er ist mein bester Kumpan.«

»Aber ... aber ...«, stammelte Sylphinja. Sie verstand das alles nicht. Eusebio hatte sie in die Kammer geführt, um mit ihr allein zu sein und sie, wie er gesagt hatte, endlich und wahrlich zu seinem Liebchen zu machen, und nun verließ er sie, ließ sie allein mit dem widerwärtigen Menschen.

Ich will mit dir kommen, ich will mit *dir* zusammensein und nicht mit ihm, flehte sie stumm, da ihre Kehle wie zugeschnürt war und ihre Zunge unfähig, die Worte zu formen, aber Eusebio verstand ihre Bitte nicht. Bevor es ihr gelang, einen klaren Gedanken zu fassen oder dem Impuls nachzugeben, ihn festzuhalten, sich an ihn zu klammern, war er schon aufgesprungen und mit wenigen federnden Schritten zur Tür geeilt. Dort blickte er sich noch einmal um: braune Locken, dunkelleuchtende Augen, blitzende Zähne, Grübchen ... Dann fiel die Tür ins Schloß, und der Liebste war verschwunden.

Immer noch wie gelähmt starrte Sylphinja auf die Stelle, wo sich einen Herzschlag zuvor Eusebio befunden hatte. Aber dort war nur eine grobgezimmerte Tür mit eiserner schwarzer Klinke und einem schweren Schloß. Ein Schlüssel steckte im Schloß, nach dem sich nun eine blondbehaarte Hand ausstreckte, ihn drehte, abzog und in die Tasche einer speckigen Rauhlederhose gleiten ließ.

»Du hast gehört, was dein Beschützer gesagt hat, nicht wahr?« fragte Ulfaran, als er sich neben ihr in die Polster fallen ließ. Bei dem Sitzmöbel handelte es sich um ein breites Bett, über das eine zerschlissene rote Samtdecke gebreitet war; das bemerkte Sylphinja in diesem Augenblick, und sie sah auch den Spiegel an der Wand rechts von ihr, die Bilder leichtbekleideter oder nackter Tänzerinnen und Tänzer an den anderen Wänden, den Strauß matter Wiesenblumen auf dem wacklig wirkenden runden Tischchen und die beiden filigranen Messingstühle mit den abgewetzten Polstern. Und sie roch Ulfarans Ausdünstungen nach Schweiß und Schnaps. »Du sollst recht freundlich zu mir sein«, erinnerte er sie, obwohl ihr Eusebios Worte noch deutlich in den Ohren klangen.

Sylphinjas Rausch verflog auf der Stelle, aber obwohl sie unvermittelt nüchtern war, wollte es ihr nicht gelingen, die Lage wirklich zu erfassen oder zu überlegen, was sie als nächstes tun sollte.

»Du sollst eine begnadete Küsserin sein, hat mir der gute Perainerich erzählt«, sagte der Fremde.

Perainerich? dachte Sylphinja, und im selben Moment lachte Ulfaran, laut und häßlich. »Ach, du wußtest nicht, daß er in Wirklichkeit Perainerich heißt? Jawohl, Perainerich Plotz, welch göttergefälliger Name!« Wieder erklang das häßliche Lachen, dann fühlte das Mädchen sich im Nacken gefaßt, und ihr Kopf wurde so gedreht, daß sie, wollte sie nicht in die kalten blauen Augen mit den blassen Wimpern schauen, die Lider hätte senken müssen. Aber das tat sie nicht. Fassungslos starrte sie in das widerwärtige fremde Gesicht.

»Und nun wollen wir einmal schauen, ob der gute Perainerich auch die Wahrheit gesprochen hat«, fuhr Ulfaran fort. »Und danach werden wir erkunden, ob du noch über weitere Talente verfügst.«

Ein Traum, ein Alptraum, dachte Sylphinja. Aber nahm man im Traum auch Gerüche wahr, Gestank? Denn der Schwall üblen Atems, der mit einem Rülpser Ulfarans Kehle entwich, raubte ihr fast die Sinne. Und dann legte der gewaltige Schnauzbart sich ihr auf Nase und Mund, und die Zunge des Fremden versuchte fordernd und grob, ihre Lippen auseinanderzuzwingen.

In den wenigen Augenblicken, die seit Eusebios Rede und seinem plötzlichen Aufbruch verstrichen waren, hatte Sylphinja völlig reglos dagesessen – nur die Augen hatte sie umherschweifen lassen, so als suche sie irgend etwas, das ihr Halt und Erlösung geben könne. Nun aber fiel die Erstarrung von ihr ab, als ob die Berührung des ekligen Menschen eine magische Fessel gesprengt hätte. Sie riß den Kopf zur Seite, stieß mit der Linken den schweren Körper des fremden Mannes fort – versuchte es zumindest –, und kratzte ihm mit den Nägeln der Rechten so kraftvoll wie möglich über Schläfe und Wange.

Los kam sie auch, aber weniger aus eigener Kraft, sondern weil der Hieb, den Ulfaran ihr versetzte, sie fast bis zur Tür schleuderte. »Was fällt dir ein, du kleine Schlampe?« brüllte er. »Was glaubst du, wer du bist und mit wem du es zu tun hast?« Er fuhr sich vorsichtig mit dem Finger über die Wange, betrachtete mit gerunzelten Brauen das Blut, erhob sich und kam drohend näher. »Hat dein Beschützer dir nicht befohlen, freundlich zu sein, und habe ich ihm nicht einen guten Preis für dich gezahlt? Nun, wenn dir an Freundlichkeit nichts liegt, kannst du's auch gern grob haben.«

Folgende Gedanken wirbelten wirr und panisch durch Sylphinjas Kopf, während sie zugleich Ulfarans Rede zu folgen versuchte: Die Tür ist abgeschlossen, und er hat den Schlüssel – ich weiß, was er will; er will sein Ding in mich stecken und mir den Schmerz des ersten Mals zufügen, aber ich will nicht! Ich will nicht! Ich will nicht! Was soll ich nur tun? Oh, Mutter, hilf mir! – Eusebio hat mich verraten, verkauft und verraten. Wenn er (Ulfaran) mich noch einmal anfaßt, kratze ich ihm die Augen aus. Ich muß versuchen, das Fenster zu erreichen …

Aber ihr Sprung wurde abgefangen, und sie wurde abermals heftig zu Boden gestoßen. »Was hast du vor, kleine Schlampe? Willst du aus dem Fenster springen und dir den hübschen Hals brechen?« Ulfaran grinste breit, während er den Gürtel öffnete und sich dann am Hosenlatz zu schaffen machte. »Nun, das magst du tun, wenn alles vorüber ist. Zuvor aber will ich den Gegenwert für meine Taler … Hübsch siehst du aus, wie du da so ängstlich kauerst und dabei überlegst, wie du mir entwischen oder mich totmachen kannst. Schlag dir beides aus dem Kopf, denn meine Langmut ist begrenzt, und mir ist nicht nach Haschenspielen zumute. Und merk dir: Falls du mich noch einmal beißen oder kratzen solltest, werde ich dich so zurichten, daß deine eigene Mutter dich nicht wiedererkennt, und Perainerich kannst du dann ohnehin vergessen. So, und nun runter mit den Kleidern!«

Was soll ich nur tun? Oh, Mutter, hilf mir! Satuaria, steh mir bei, dachte Sylphinja, während sie angewidert beobachtete, wie Ulfarans Linke in der Hose verschwand, um am dort Verborgenen zu kratzen oder es anders zu arrangieren. Ich muß ihn verfluchen, ging es ihr durch den Kopf, ihn mit einem *Hexenschuß* lähmen, aber … Aber sie wußte gar nicht, ob sie es konnte – sie hatte noch nie einen Fluch gewirkt! Natürlich hatte die Ziehmutter ihr den *Hexenschuß* erklärt und ihr gezeigt, wie es gemacht wurde: Sephyra pflegte dem Opfer ins Kreuz zu spucken, wie wir wissen. Aber erstens war Sylphinjas Kehle derzeit trocken wie eine Wüstenei, und das Mädchen war sicher, niemals genug Speichel für einen zielgenauen Strahl sammeln zu können. Und zweitens … ja zweitens war es nicht sehr weit her mit ihren Spuckkünsten: Bisweilen sprühte der Speichel, und der Speuz traf keineswegs immer sein Ziel.

»Wird's bald?! Runter mit den Kleidern, oder muß ich dir erst Gehorsam beibringen!« Ulfaran hielt plötzlich den Gürtel in der Hand und erhob ihn drohend.

Er will mich schlagen, o nein! dachte Sylphinja. Mit fahrigen Fingern, ungeschickter als wirklich nötig, knöpfte sie das Jäckchen auf – sie mußte Zeit gewinnen und Ordnung in ihre Gedanken bringen –, ließ es zu Boden gleiten und wandte sich der Verschnürung der Beinkleider zu. Ohne beengende Gewänder bin ich flinker, dachte sie, aber ein wirklicher Trost war dieser Gedanke nicht, da sie nackt auch verletzlicher war.

»Na also, es geht doch.« Ulfaran lachte. »Wie allerliebst du aussiehst«, fuhr er fort und ließ ein anerkennendes Schmatzen hören. »So winzig die Brüstchen – das gefällt mir –, so schmal und zart das rote Vlies und so weiß und makellos die Haut. Es wäre doch schade, wenn ich sie mit Striemen verunstalten müßte. Aber solange du hübsch folgsam bist, wird dir nichts geschehen. Und nun komm her und sieh ihn dir an! Nicht wahr, ein prächtiger Bursche? Es wird dir gewiß gefallen, ihn mit dem Mündchen zu verwöhnen, denn das wirst du nun tun.«

Ulfaran hatte während seiner Rede den Latz der Hose vollends geöffnet und ließ nun die Beinkleider fallen. Mit Entsetzen beobachtete Sylphinja, wie sich sein Glied zur vollen Größe aufrichtete. Etwas glitzerte feucht an der Spitze. »Und nun zeig Ulfaran einmal, wie gut du dich aufs Küssen verstehst«, vernahm sie fern und unwirklich die Stimme des Verhaßten. »Los, was zierst du dich, du sollst ihn schlecken und lutschen! Aber laß dir nicht einfallen zu beißen, wenn du am Leben hängst.«

Niemals, dachte Sylphinja, niemals! Verwundert spürte sie, wie die Angst von ihr wich und etwas wie Zuversicht in sie strömte, eine Zuversicht, die nicht aus ihr selbst kam. Aber sie hatte keine Zeit, dem nachzuspüren. Zögernd tat sie einen Schritt nach vorn, erwiderte Ulfarans kalten, abwartenden Blick, schaute von seinen Augen hinab zu seinem Geschlecht, hob langsam das Knie … Dann war sie bei ihm, und acht spitze Nägel fuhren ihm wie Krallen durchs Gesicht.

Ulfaran hatte mit einem Tritt zwischen die Beine gerechnet, und der winzige Augenblick seiner ungläubigen Verblüffung genügte Sylphinja, um zurückzuspringen, bevor er sie packen konnte. Der Gürtel aber fand sein Ziel, als Ulfaran ihn mit einem Wut- oder Schmerzensschrei auf sie niedersausen ließ, und das Mädchen sog hörbar die Luft ein, als das Leder die Haut von Bauch und Flanke aufriß.

Ich muß zum Fenster gelangen, springen, dachte sie... Du mußt in seinen Rücken gelangen, spucken, wußte sie mit einem Mal.

Behindert von den Beinkleidern, die ihm zwischen den Knien hingen, dem Blut, das ihm in die Augen rann, und der Wut, die seinen Verstand benebelte, nahm Ulfaran die Verfolgung auf. »Ich schlag dich tot«, zischte er und ließ den Gürtel kreisen. Diesmal spürte Sylphinja den Schmerz kaum, beachtete nicht das Blut auf ihrem Schenkel, denn sie sah nur ihren Widersacher, der, vom Schwung des Hiebes mitgerissen, ins Straucheln geriet, taumelte und schließlich an einem der Stühle einen unsicheren Halt fand – gebückt, den Rücken ihr zugewandt.

Du widerlicher, abscheulicher, böser Mensch, ich hasse dich! Du hast mir Schmerzen zugefügt, ich hasse dich! Du hast mir angst gemacht, ich hasse dich! Du sollst auch Schmerzen leiden, schlimmer als meine! Ich hasse dich! Ich wünschte, du wärst tot! Ich hasse dich! Ich hasse dich! Ich hasse dich!

Einen solchen Haß hatte Sylphinja noch nie gespürt. Er war in ihr wie etwas Fremdes, als wäre er von außen in sie eingedrungen, und er erfüllte sie ganz. Er ließ auch den Speichel im Gaumen zusammenfließen, zäh und üppig.

Ich hasse dich! Dir soll das Rückgrat brechen! Ein glitzernder Strahl schoß aus Sylphinjas Mund und traf, eine gute Handbreit über dem Schlitz der Hinterbacken, hart auf Ulfarans Rücken.

Der Mann erstarrte. Unendlich lange, wie es Sylphinja schien, stand er stumm und reglos, dann knickten ihm die Knie ein, und er fiel schwer zu Boden.

Was habe ich getan? durchzuckte es die Hexe. Habe ich ihn getötet? Habe *ich* ihn getötet. Doch während sie noch fassungslos auf ihr Werk starrte, unfähig, Reue oder Genugtuung zu empfinden, öffnete Ulfaran den Mund, ließ einen leisen, kaum menschlich klingenden

Knurrlaut hören, der nicht abreißen wollte, sondern schwoll und schwoll, bis er sich zum gräßlichen, markerschütternden Brüllen gesteigert hatte.

Es war, als erwache sie aus einem Traum, als erlebe sie die zweite schlagartige Ernüchterung dieses Nachmittages. Ich muß fort – gleich werden sie hier sein, dachte sie. In Windeseile legte sie die Kleider an und war beim Fenster, bevor sie Schritte auf der Treppe vernommen hätte.

Nicht eine Gasse, sondern ein recht steiles Dach, das gut zweieinhalb Schritt über einem Innenhof endete – festgestampfter Lehmboden, eingezäunte Gemüse- und Kräutergärtlein, Abtritt, Schuppen, Kaninchenstall, das alles nahm Sylphinja im Bruchteil eines Augenblicks in sich auf –, befand sich unter dem Fenster. Das Mädchen schwang die Beine über den Sims und ließ sich bäuchlings und mit den Füßen voran die Schindeln hinabgleiten. Sie hoffte, an einer Regentraufe Halt zu finden, doch fehlte dem Dach eine solche, und so stürzte sie hart auf den Boden.

Nichts gebrochen, stellte sie fest, während sie, verfolgt von Ulfarans leiser werdenden Schreien, auf einen Torweg zuhumpelte – das Tor stand offen, Satuaria sei Dank. Doch kaum war sie in die Dunkelheit eingetaucht, da hörte sie auch schon die Stimme, Eusebios oder Perainerichs Stimme: »Hier ist sie nicht, aber weit kann sie nicht gekommen sein. Ich werde mit ein paar Leuten das Viertel durchkämmen. Wir kriegen ...« Mehr verstand sie nicht und wollte sie auch nicht hören.

Panischer und hastiger wäre Sylphinja nicht geflohen, wenn eine Horde Bannstrahler sie gejagt hätte. Der verstauchte Fuß schmerzte dämonisch, aber sie biß die Zähne zusammen und lief. Sie scherte sich weder um die Richtung noch um die Fuhrwerke und Passanten, denen sie behende auswich, sie lief nur – fort, fort, fort. Stets rechnete sie damit, Eusebios Rufen zu hören:

›Dort ist sie! Haltet die Hexe!‹, oder damit, daß ihr jemand den Weg verstellte oder sie am Arm ergriff, aber nichts dergleichen geschah. Und wenn ihr bisweilen verwunderte, amüsierte oder anerkennende Blicke folgten, so merkte sie es nicht.

Ihr Atem ging rasselnd, Brust und Seiten schmerzten, als Sylphinja auffiel, daß sie in einen stilleren Teil der Stadt gelangt war, und nun wagte sie endlich, vom Laufen zum Gehen zu wechseln. Häscher entdeckte sie nirgends, als sie sich verstohlen umschaute, aber ihr schien plötzlich, als sei sie schon einmal durch diese Gasse gewandelt. Kleine reinliche Häuser mit roten Ziegeldächern standen dicht an dicht, eines vom anderen kaum zu unterscheiden. Doch, dieses, an dem sie gerade vorüberschritt, unterschied sich schon ein wenig von seinen Nachbarn: Die unteren Fenster waren mit rotem Samt verhängt, und die Tür schmückte ein wundersam verschlungenes buntes Ornament – Bragans Haus! Sie war gerettet!

Dennoch zögerte sie geraume Weile, den Klopfer zu ergreifen. Nicht nur wollte sie warten, bis sie wieder ruhig atmen konnte, sie wußte auch nicht, was sie Karlitta erzählen sollte, oder besser: wieviel sie Karlitta erzählen sollte. Denn sie war sich plötzlich gewiß, Hilfe bekommen zu haben.

Er hatte ihr geholfen! Aber warum?

7. Kapitel

Fast eine Viertelstunde lang stand Sylphinja vor Bragans Haus; sie versuchte – alles in derselben Zeit –, Herzschlag und Atem zur Ruhe zu zwingen, auf bedrohliche Geräusche zu lauschen und die Ereignisse der letzten Stunden so zu ordnen, daß sie begriffe, wie es zu der schrecklichen Zuspitzung hatte kommen können, und daß sie in der Lage wäre, sie in der rechten Reihenfolge zu schildern. Stimmen oder Schritte möglicher Verfolger hörte sie nicht, aber ihr Herz hämmerte weiterhin wie gehetzt, und die Gedanken wirbelten unaufhörlich im Kreise. Ein paarmal hob sie die Hand, um den Klopfer zu ergreifen, und ließ sie doch entmutigt wieder sinken. Welche Hilfe, welcher Trost könnte ihr ein fremder Mann sein, der womöglich Ulfaran gliche und nicht Anselmo – für einen winzigen Moment verspürte sie etwas wie Sehnsucht nach dem jungen Medicus –, und Karlitta würde sie gewiß schelten wegen ihres Leichtsinns und ihrer Leichtgläubigkeit. Und dann war da noch die Trauer, die heiß in ihr aufwallte und ihr fast die Tränen in die Augen trieb, wenn ihre kreisenden Gedanken zu der Kutschfahrt gelangten, bei der Eusebio ihr seine Liebe gestanden hatte. Er hatte sie belogen! Verraten! Verkauft! Zu gern hätte sie etwas anderes geglaubt, eine Entschuldigung für sein Handeln gefunden, eine plausible Erklärung, die ihn von seinem Verrat losgesprochen hätte, aber es gab keine Entschuldigung und keine Erklärung. Er hatte sie niemals geliebt, vielleicht nicht einmal begehrt, doch sie hatte all seine Lügen geglaubt …

Plötzlich wurde die Tür aufgerissen. Karlitta stand in der Öffnung. Sie trug einen langen, weißen, weichfließenden Umhang, der lässig mit einem Bindeband geschlossen war und den Sylphinja noch nie an ihr gesehen hatte. Daß der Umhang dem Mädchen als erstes auffiel und nicht die im Augenblick ganz besonders dunklen und unergründlichen Augen, mochte daran liegen, daß sie nicht mit einem unvermittelten Öffnen der Tür gerechnet hatte und erst recht nicht damit, jemand anderen als den Bilderstecher Bragan im Eingang zu finden.

»Willst du nicht endlich hereinkommen?« fragte die Lyckweidenerin. »Wenn du noch lange wartest, werden deine Verfolger dich schließlich doch noch finden, oder irgendwer wird auf dich aufmerksam werden und ihnen erzählen, vor welchem Haus du so lange gestanden hast. Das wäre weder für dich noch für mich, und erst recht nicht für Bragan von Nutzen.« Sie schob Sylphinja, nach einem Blick rechts und links die Gasse entlang, sanft ins Haus und schloß hinter ihr die Tür.

»Aber … woher weißt du …?« stammelte Sylphinja. Nach dem langen Lauf durch rotgoldenes Licht und blaue Schatten hatten ihre Augen Schwierigkeiten, sich an die Dunkelheit zu gewöhnen, die sie unvermittelt umgab. Doch schon wurde ein Vorhang zur Seite geschoben, und eine in warmes Kerzenlicht getauchte Stube tat sich vor ihr auf. In den wenigen Herzschlägen, die ihr zum Betrachten blieben, sah sie folgendes: allerlei Sitzmöbel – niedrige Sesselchen, eine gepolsterte Bank mit Rückenlehne, lederne und tuchüberzogene Ruhekissen –, die ohne rechte Ordnung im Raum verteilt schienen, schwere Kandelaber, die nahe der mit dunklem schimmernden Stoff bespannten Wände aufgebaut waren, roter Samt, der die Fenster verhüllte, und vor allem eine Unzahl von Bildern, großen und kleinen, neben- und übereinander hängend, die absonderliche Tiere und Blumen, Ranken,

Chimären und Ornamente aus verschlungenen Bändern zeigten... Vor allem aber sah sie nach wenigen Schritten ein blasses Mädchen mit weitaufgerissenen türkisfarbenen Augen, das Haar zerzaust, das grüne Jäckchen schief geknöpft, hinter dem eine stattliche Frau im weißen Umhang stand – Karlitta hatte sie vor einen fast mannshohen schmalen Spiegel geführt, der aus einer einzigen völlig glatten und polierten Platte von edelstem Metall zu bestehen schien.

»Siehst du«, sagte die Ältere, »es bedarf keiner Zauberei, um zu merken, daß du in Schwierigkeiten bist... oder warst. Was ist mit deinem Fuß geschehen? Ist er gebrochen?«

Sylphinja schüttelte den Kopf. »Nein, nur verstaucht«, murmelte sie. Sie starrte auf das Mädchen, das dort vor ihr stand, in ein schimmerndes Rechteck mit bronzenem Rahmen gebannt, und konnte sich von dem Bild nicht losreißen – nie zuvor hatte sie sich selbst von Kopf bis Fuß und unverzerrt in einem Spiegel gesehen. Ihr eigener Anblick war ihr, trotz des Vertrauten, das sie darin entdeckte, unendlich fremd, so als sähe sie sich selbst mit den Augen eines anderen oder so, als sähen ihre eigenen Augen eine Unbekannte... Das Mädchen im Spiegel zitterte leicht, doch, wie um es zu beruhigen, legte sich nun von hinten die Hand der Frau um seine Schulter.

»Sind sie zu Recht oder zu Unrecht hinter dir her?« fragte Karlitta lächelnd, doch als sich statt einer Antwort Sylphinjas Brauen nur hoch in die Stirn hoben und das Zittern sich verstärkte, fuhr sie fort, und ihr Lächeln erstarb: »Ich weiß schon, aus deiner Sicht zu Unrecht und aus ihrer Sicht zu Recht. Ach Sylphinja, worauf hast du dich nur eingelassen? Du brauchst es mir nicht zu erzählen, wenn du nicht magst, jetzt nicht und später nicht, aber mir scheint, ich habe einen Fehler gemacht, dich zu ermuntern, die Stadt auf eigene Faust zu erkunden... Andererseits« – nun verzogen die Lippen sich wieder – »hast du keinen schlimmen Schaden genommen, und auch eine schlechte Erfahrung ist eine Erfahrung – man lernt daraus, nicht wahr? –, und wie willst du jemals erwachsen und eine echte Tochter Satuarias werden, wenn du beständig am Schürzenzipfel einer Ziehmutter oder Ziehmuhme hängst?«

Sylphinja antwortete nicht, und Karlitta erwartete wohl auch keine Antwort. Die junge Hexe starrte weiterhin auf ihr Spiegelbild. Sie versuchte zu ergründen, was Ulfaran Erregendes oder Begehrenswertes an ihr gefunden hatte, aber es wollte ihr nicht gelingen. Sie sah nur ein dünnes, verängstigtes, vage vertrautes, zerzaustes Hexlein, das die Welt nicht verstand. Probeweise versuchte sie, Karlittas Lächeln zu erwidern – dabei war sie sicher, Ulfaran nicht ein einziges Mal angelächelt zu haben – beziehungsweise die Lippen zum Lächeln zu zwingen, doch als plötzlich Grübchen neben dem Mund entstanden, erstarb der freundliche Ausdruck.

»Was ist? Erschreckt dich dein eigenes Lächeln? Dabei bist du viel hübscher, wenn du freundlich dreinschaust.« Karlitta verstärkte den Druck um Sylphinjas Schulter. »Das heißt« – sie neigte sinnend den Kopf zur Seite –, »ich weiß es nicht genau; es kommt darauf an. Auch das leicht Derangierte und Verstörte kleidet dich.«

Bevor Sylphinja sich fragen konnte, worauf Karlitta hinauswollte, erklang eine weiche dunkle Stimme: »Willst du mir deine junge Schwester gar nicht vorstellen?« Das Mädchen war so vertieft in den eigenen Anblick gewesen, daß es nicht gehört hatte, wie sich die Tür in der Wand rechter Hand geöffnet hatte. Abrupt wandte sie sich dem Sprecher zu.

Ein zierlicher Mann war ins Zimmer getreten – er überragte Karlitta ein wenig, schien aber von zarterem Körperbau – und heftete nun den Blick fest auf die junge Hexe. Grünlichbraun waren seine leicht schräggestellten Augen, ein Ton, der an Anselmos Augen erinnerte, aber das war auch das einzige, was der Fremde mit dem Medicus gemeinsam hatte. Das Haar – hellbraun mit vereinzelten silbernen Fäden darin – war in der Mitte gescheitelt und im Nacken zum Zopf geflochten, der fast bis zur Taille reichte, aber das sah Sylphinja erst später. Im Augenblick nahm sie nur das auffällig schmale Gesicht des Mannes wahr, mit den hohen Jochbeinen, der länglichen, aber wenig vorstehenden Nase, den vollen Lippen und dem gespaltenen Kinn. Wie alt Bragan war, hätte sie nicht sagen können – das Alter von Elfen (und wohl auch von Halbelfen) ließ sich schwer schätzen, wie man ihr erzählt hatte –, aber sie vermutete, daß er viel älter war, als seine blaßgelbliche, völlig faltenfreie Haut vortäuschte. Gekleidet war der Mann nach Art der Thorwalschen – und auch wieder nicht. Denn die Barbaren lieben bunte Stoffe und mit Eisen beschlagenes ungefärbtes Leder. Bragans ledernes Schnürwams aber war schwarz, desgleichen die ledernen Beinkleider und die weichen Stiefel, in denen seine Füße steckten. Das einzig Farbige an seiner Aufmachung war ein rotes Tüchlein mit einem komplizierten Muster in Gelb und Blau, das er sich um den linken Oberarm gewunden hatte.

»Das ist Sylphinja, von der ich dir erzählt habe, eine albernische Schwester, die sich vorzüglich aufs Nähen und Singen versteht«, sagte Karlitta, und Sylphinja nickte grüßend.

Auch der Mann senkte leicht den Kopf, und nun erkannte Sylphinja eine der seinerzeit von Karlitta erwähnten spitzen Ohrmuscheln. »Man nennt mich Bragan den Bilderstecher«, stellte er sich vor. Dann machte er eine einladende Geste in Richtung der Tür, aus der er getreten war. »Wollen die Damen nicht endlich eintreten?« fragte er leise.

»Richtig!« Karlitta schlug sich, kokett die Zerstreute mimend, mit der flachen Hand vor die Stirn. »Einen Künstler soll man nicht warten lassen, besonders dann nicht, wenn er die Arbeit gerade aufgenommen hat. Du mußt nämlich wissen«, wandte sie sich an Sylphinja, die sie wieder um die Schulter faßte und nun zur Tür führte, »daß Bragan just dabei war, meine Busenschlange zu vollenden, als eine Ahnung mir sagte, daß du gekommen seist. Und da bin ich ihm entwischt, um zu sehen, ob meine Vermutung stimmte. Nun, Meister... Meisterstecher« – sie kicherte und warf Bragan einen raschen Blick zu –, »dann magst du mich also weiterquälen mit deinen Nadeln, und du, kleine Schwester, kannst zusehen, wie ich mich unter der süßen Folter winde; vielleicht bekommst du davon ja Lust, seine Nadeln in *deiner* Haut zu spüren, oder davon, seine Künstlerfinger bei der Arbeit zu sehen.«

Bragan hatte Karlittas Rede mit unbewegter Miene gelauscht, weder ihr Lachen noch ihren Blick erwidert. »Gewiß«, sagte er nach einer kurzen nachdenklichen Pause. »Aber vielleicht sollten wir uns zuerst um die Verletzungen der jungen Sylphinja kümmern.«

»Verletzungen?« Karlitta hob überrascht die Braue. »Meinst du den Fuß ...? Ach, der ist nur ein wenig verknackst, das kann sie selbst kurieren.«

»Der Fuß ist übel verstaucht, die Schwellung wächst. Und sie blutet.« Bragan wies mit den Augen auf einen länglichen Fleck, der sich schräg über Sylphinjas linken Schenkel zog und das Grün der Beinkleider dunkel färbte – den beide Frauen erst jetzt entdeckten und als Blut erkannten.

Karlitta runzelte flüchtig die Brauen, ob in einem Anflug von Ärger – darüber, daß die Arbeit fürs erste nicht weitergeführt werden sollte, darüber, daß Sylphinja und nicht sie selbst im Augenblick im Mittelpunkt von Bragans Interesse stand, oder darüber, daß der Bilderstecher ihr mangelnde Teilnahme unterstellte und ihre Diagnose korrigiert hatte – oder in einem Anflug von Sorge, ließ sich nicht entscheiden. »Ja«, sagte sie dann, »wir müssen uns deine Verletzungen ansehen.«

Seit Bragan den verstauchten Fuß erwähnt hatte, spürte Sylphinja den bohrenden Schmerz im Knöchel stärker, und die Striemen, schon halb vergessen, fingen erneut an zu brennen. Sie hatte sagen wollen: ›Ach, es ist nichts‹, aber plötzlich brachte sie die Worte nicht heraus. Es war sehr wohl etwas, und das mühsame Humpeln – jeder ihrer vorsichtigen Schritte schickte einen glühenden Blitz das Bein empor – hätte ihre Rede ohnehin Lügen gestraft.

»Auch ihre Seele bedarf der Heilung«, murmelte Bragan, an niemanden gewandt, als die Hexen nun den Raum betraten.

Bragans Werkstatt oder Künstlerstube – Sylphinja wußte nicht, wie man den Arbeitsraum eines Bilderstechers nannte – hatte in etwa die gleichen Abmessungen wie das Zimmer, das sie eben verlassen hatte. Auch hier war die Abendsonne ausgesperrt, da schwere Vorhänge die Fenster verhüllten. Außer der Tür, durch die sie gekommen war, gab es eine weitere in der rechten Wand, aber nicht die Tür erregte Sylphinjas Aufmerksamkeit, sondern ein mit schwarzem Samt bezogenes Ruhelager in der Mitte des Zimmers. Schwarze Seidenkissen dienten als Kopfstütze, und auch die niedrigen Tischchen und Stühle, die rechts und links des Diwans postiert waren, hatten einen Anstrich von schwarzem Lack. Auf einem, so erkannte sie im flackernden Kerzenschein, standen zwei Gläser und eine mit einer goldenen Flüssigkeit gefüllte Karaffe, auf dem anderen offenbar das Handwerkszeug des Meisters: ein zierlicher Ständer, aus dem unterschiedlich dicke hölzerne und metallische Stifte ragten, vermutlich die Griffe der Nadeln, und eine Vielzahl von breitfüßigen Fläschchen, die offenbar die Tuschen enthielten; daneben lag ein silbergefaßter Handspiegel. Der Spiegel war nicht der einzige im Zimmer; Sylphinja entdeckte zwei weitere, fast mannshoch, wie der im Vorraum, die, in hölzernen Gestellen beweglich aufgehängt, dicht beim Fußende des Lagers einander gegenüberstanden. In diesem Zimmer gab es keine Bilder als Wandschmuck, nur vereinzelte Kerzenhalter und die Bespannung selbst, eine dunkle Tapete (schwarz, granitfarben oder nachtblau), die mit einem verwirrenden Gespinst dunkel-seidig schimmernder Ornamente bedeckt war.

»Nun setz dich einmal hin und zeig uns deinen Fuß«, unterbrach Karlittas Stimme Sylphinjas Betrachtungen. Die junge Hexe fühlte sich auf den Diwan gedrückt, dann faßte Karlitta ihre Beine, und ehe sie sich's versah, lag sie bequem ausgestreckt. Über ihr wölbte sich ein Himmel, schwarz oder nachtblau, mit rätselhaft verschlungenen Mustern.

Sylphinja spürte, daß zwei Personen sich nacheinander am Fußende des Lagers niederließen, dann wurde ihre Sandale gelöst und behutsam abgestreift. Das Mädchen blickte weiterhin zur Decke – dort gab es immer Neues zu entdecken –, ihren Fuß wollte sie nicht sehen.

Karlitta und Bragan tuschelten leise, während sie den Fuß betrachteten. Sylphinja merkte, daß es nicht nur um die Verletzung ging, sondern auch um Heilerhonorare im allgemeinen und im besonderen ihres Falles. Karlitta schien sowohl unwillig, ihre Kräfte zu verbrauchen, als auch die Bezahlung zu übernehmen. Das Mädchen hörte sie leise sagen: »Außer einem Ei aus Türkis, ihrem Glücksbringer, besitzt sie nichts von Wert, aber den wird sie nicht hergeben wollen.« Bragans Antwort verstand sie jedoch nicht. Es war ihr ohnehin einerlei, ob sie geheilt würde – jetzt, im Liegen, schmerzte der Fuß kaum noch, und auch das Brennen auf Bauch, Flanke und Schenkel würde schon nachlassen, wenn sie erst schliefe. Ja, schlafen, danach sehnte sie sich. Der Schlaf würde die häßlichen Bilder vertreiben, die ungerufen immer wieder erschienen, und er würde ihren Geist mit dem Mantel des Vergessens umhüllen ...

»Bei Satuaria! Wer hat das getan?« rief Karlitta, und erst in diesem Augenblick merkte Sylphinja, daß man ihr das Jäckchen aufgeknöpft hatte.

»Ulfaran«, erwiderte sie matt.

»Ulfaran? Ich kenne keinen Ulfaran. Aber warum hat er dich so zugerichtet?«

Nun wird es mit dem Schlafen fürs erste nichts werden, dachte das Mädchen, denn kaum daß sie den Namen des Verhaßten ausgesprochen hatte, erschien sein häßliches Grinsen vor ihrem inneren Auge, und nun sah sie auch die behaarte Hand, die den schweren Gürtel schwang.

»Willst du es nicht sagen?« Karlittas Stimme war unvermittelt sanft. Die Hexe nestelte an der Verschnürung von Sylphinjas Hose, und als sie sie geöffnet hatte, half die Jüngere, sie abzustreifen, indem sie das Becken hob. Arme und Augen bewegte sie nicht.

»Weil er ein brutaler Mensch ist«, beantwortete Bragan Karlittas Frage. »Sie muß diesen abscheulichen Mann vergessen, wenn ich ...« Er vollendete den Satz nicht, sondern blickte versonnen auf den entblößten Mädchenkörper, der vor ihm auf dem schwarzen Polster lag. »Schöne Flächen«, murmelte er, »sehr schön, wenn die Entstellung nicht wäre. Zieh das Jäckchen ganz aus«, wandte er sich dann an Sylphinja. »Ich muß auch deinen Rücken sehen. Mir scheint, die Peitsche oder was immer es war, hat sich um deinen Körper geschlungen und auch den Rücken verletzt.«

Sylphinja gehorchte. Ihr schien es auf traumhafte Weise selbstverständlich und angemessen, entblößt zu werden beziehungsweise sich selbst zu entblößen. Auch hatte ihre Nacktheit nichts mit der Nacktheit vor wenigen Stunden gemein – waren es Stunden? Sie wußte nicht, wieviel Zeit seit den Vorfällen in der Schenke, deren Namen sie nicht kannte, verstrichen war. Und Bragans Blick glich weder Eusebios verliebtem Lächeln noch Ulfarans gierigem und gemeinem Grinsen.

Er ist ein Halbelf, dachte sie – Karlitta hatte es einmal angedeutet, wie sie sich zu erinnern glaubte –, und daran liegt es wohl, daß er so seltsam schaut. Sie versuchte ein Lächeln, während sie sich auf die Seite rollte. Zwar wurde es nicht erwidert, aber Bragan nickte ihr zu, nicht unfreundlich, wie ihr schien.

»Es ist, wie du vermutet hast«, sagte Karlitta halblaut. »Auch der Rücken ist zerschunden. Wie hat sie es nur geschafft, diesem Wüterich zu entkommen?« Sylphinja spürte den Atem der Schwester auf der Haut, aber da sie nicht angesprochen war, fühlte sie sich nicht bemüßigt zu antworten.

»Liebe Freundin und Kundin«, ließ sich jetzt Bragans leise dunkle Stimme vernehmen, »da du der Ansicht scheinst, daß ein paar rötliche oder silbrige Narben diesen Körper nicht entstellen können, bitte ich dich, auf einem der Stühle Platz zu nehmen. Ich brauche ein wenig Ruhe und Sammlung zum Heilen – zumal zum Heilen der Seele.«

»Du willst auch ihre Seele heilen?« wiederholte Karlitta überrascht, obwohl, wie Sylphinja sich entsann, Bragan dies Vorhaben bereits vor wenigen Augenblicken erwähnt hatte. Seit sie auf dem Diwan lag, schien ihr fast, als sei der Rausch des Weines zurückgekehrt, und daß man über sie sprach, als ob sie gar nicht anwesend wäre, trug nicht wenig zu den trunken-nebelhaften Empfindungen bei.

»Und wer soll das bezahlen? Ich jedenfalls nicht! Du bist mir zu teuer, werter Bragan, und außerdem habe ich während meines Aufenthaltes weniger eingenommen, als ich mir ausgerechnet hatte, dafür aber mehr ausgegeben.«

»Verehrte Karlitta« – Sylphinja glaubte Belustigung in Bragans Stimme auszumachen, aber sicher sein konnte man bei einem Halbelf natürlich nicht –, »alles hat seinen Preis auf dieser Welt, das ist wohl wahr, doch muß er nicht immer in Dukaten entrichtet werden, diesem glänzenden Metall, an dem dir soviel liegt. Mach dir keine Sorgen, ich werde meine Bezahlung schon bekommen... Vielleicht ist es mir Lohn genug, dieses Kind heil an Leib und Seele zu sehen.«

»So großmütig kennt man dich ja gar nicht. *Meine* Seele würdest du nicht für Götterlohn heilen, nicht wahr?« Karlitta erhielt keine Antwort, aber sie erwartete wohl auch keine. Sylphinja hörte, wie ein Glas gefüllt und gierig geleert wurde – die Ältere hatte sich auf dem Stuhl in ihrem Rücken niedergelassen. »Möchtest du auch einen Schluck, kleine Sylphinja?«

»Sie hatte genug. Und nun bitte ich dich zu schweigen, verehrte Freundin.« So verbindlich Bragans Worte waren, so sanft und samten seine Stimme klang, so klar und deutlich war es auch, daß er keinen Widerspruch wünschte. Doch ganz mochte Karlitta sich seinem Willen nicht fügen. »Ich hoffe, du weißt, was du tust, liebster Bragan«, flötete sie. »Damit dir nicht am Ende die Kraft fehlt, meine Schlange vollendet zu vollenden!« Sie lachte über ihr kleines Wortspiel.

»Sei unbesorgt, Verehrteste, du wirst die prächtigste Schlange tragen, die je den Busen einer Tochter Satuarias schmückte. Und nun, Sylphinja«, wandte sich Bragan, nach einem eindringlichen Blick in Karlittas Richtung, an das Mädchen, »werde ich deinen Körper heilen. Damit die Wunden sich schnell schließen und die Schwellung im Knöchel ebenso rasch abklingt, werde ich Magie einsetzen. Als Hexe verstehst du dich gewiß auf das magische Heilen, doch unterscheiden sich meine Zauberkräfte von den deinen, und das Gefühl wird ungewohnt für dich sein. Aber du brauchst keine

Angst zu haben – weh tut es nicht. Und nun leg dich wieder auf den Rücken.«

Fremdartige Magie? Elfenmagie? Sylphinja war eher neugierig als furchtsam. Sie starrte Bragan an, ließ den Blick von seinen Augen zu seinen Händen – blaß und mager mit langen zartknochigen Fingern und gepflegten gelblichen Nägeln – und dann zu den Malen auf ihrem Körper schweifen. Sie wollte die Heilung nicht nur fühlen, sondern auch sehen – beobachten, was Bragan tat und wie die Wunden sich schlossen. Hier und dort sickerte Blut aus den Striemen, und die Umgebung war violett verfärbt. Was hätte Ulfaran mir angetan, wenn der Fluch mißlungen wäre? ging es ihr durch den Kopf, als sie nun sah, wie tief das Leder sich in die Haut gebissen hatte. Und wie hätte er mich erst geschunden, wenn seine Häscher mich gefangen hätten? Fast glaubte sie bei diesem Gedanken den grausamen Gürtel zu spüren, der immer wieder ihren Körper peitschte, und ein Schauder ließ sie erzittern. Ob er mir auch noch Gewalt angetan hätte? fragte sie sich, vor der Bestrafung oder danach? Und nun sah sie Ulfaran plötzlich ganz deutlich vor sich, wie er, schief und verschlagen grinsend, sein Glied aus der Hose klaubte, es rieb und selbstgefällig betrachtete und sie dann aufforderte, daran zu lutschen und zu saugen. Ekel ergriff sie, schlimmer, als wenn man sie gezwungen hätte, eine lebende nackte Schnecke zu verspeisen, und nur mit Mühe konnte sie ein Würgen unterdrücken.

»Nun gut, verwirrtes Kind«, durchdrang die widerwärtigen Bilder eine sanfte dunkle Stimme, »dann werde ich die Reihenfolge eben ändern.« Sylphinja schaute auf, erkannte Bragan, sah ihm in die Augen, und nun konnte sie sich seinem Blick nicht mehr entziehen. Der Halbelf stand reglos am Fußende des Lagers und fixierte sie mit seinen seltsamen nichtmenschlichen Augen. Ein bläulicher Schimmer umgab die Konturen seiner Gestalt; wie leuchtende Nebelschlieren, wie winzige Flämmchen waberte und zuckte das Licht. Er hob die Arme, breitete sie langsam, sehr langsam aus, und nun erschien, aus demselben Licht geformt, das ihn umfloß, ein Gebilde zwischen seinen Händen, filigran und durchbrochen wie ein Korb, ein Sieb oder Netz.

Licht floß auch aus seinen Augen, bildete eine Brücke zu den Augen der jungen Hexe, drang durch sie hindurch wie durch zwei Fenster und bis hinein in ihren Geist.

Erzähl mir, was du erlebt hast, sagte eine Stimme in ihrem Kopf. *Erzähl alles, das Gute wie das Schlechte, erzähl es in Bildern. Erleb es noch einmal, das Schöne wie das Schlimme, denn nur so kann man das eine vom anderen scheiden.*

Und Sylphinja erzählte. Fast ohne ihr Zutun strömten die Erlebnisse des Tages aus ihrem Geist. Alles, was ihr in den letzten Stunden widerfahren war, von der Begegnung mit Eusebio am Stand des Krapfenbäckers bis zur Flucht aus der namenlosen Schenke, erlebte sie noch einmal, und die Bilder ihrer Gedanken strömten aus ihr heraus, aus ihrem Herzen, ihrem Hirn, ihrem Sonnenpunkt, ihren Augen, ihrem Mund, ihrer Haut ... Nichts ließ sie aus – sie hätte es gar nicht gekonnt –, nicht den ersten Kuß in der Kutsche, der wie eine rosige Wolke vor ihr aufstieg, nicht den rotzuckenden Blitz zwischen ihren Schenkeln, als Eusebios Hand die Spitze ihrer Brust streifte, und nicht die grellgrüne Welle von Abscheu und Panik beim Anblick von Ulfarans blaugeädertem Ding ...

Die Gedankenbilder, die aus ihr herausströmten, schwebten zu Bragan hinüber, und er fing sie auf mit dem Gebilde aus blauem Licht. Nicht alle, denn manche, die schlimmen, bösen, erschreckenden, glitten durch die Maschen und lösten sich dabei auf, so daß sie nicht mehr vorhanden waren.

Sylphinja spürte, wie sie leerer und leerer wurde, je

länger sie erzählte, und als sie ihren Bericht beendet hatte, war sie so leer, als hätte sie die letzten Stunden gar nicht erlebt oder nicht gelebt in dieser Zeit. Doch nun hob Bragan den Korb, kippte ihn, so daß sich der Inhalt auf die Brücke ergoß, die von seinem Geist zu ihrem Geist führte. Und während die wohligen, wonnigen, berauschenden und prickelnden Erinnerungen zurückkehrten, spürte die junge Hexe auch ein Prickeln in den Adern und Sehnen des Fußes, als unter der zarten kühl-warmen Berührung von elfischen Fingern die Schwellung abklang, fühlte die Finger das Bein heraufgleiten bis zum Schenkel, wo unter ihnen die Haut zusammenwuchs und lustig kribbelnd der Schorf abperlte, von dort zum Bauch, wo das gleiche geschah, und weiter, wunden Bahnen folgend, die heilten, während die Finger auf ihnen entlangglitten …

In die Schwärze, die sie plötzlich umfing, und die bleischwere Müdigkeit, die von ihr Besitz ergriff, drang von fern Karlittas Stimme: »Auch in der Körper- und Seelenheilkunde ein Meister! Mein Kompliment, lieber Bragan! Wirklich, ich bin zutiefst beeindruckt.« Und der Bilderstecher erwiderte, mit jedem Wort leiser sprechend: »Danke, Verehrteste. Sie wird nun ein paar Stunden lang schlafen – danach ist sie gesund und bereit … Auch ich werde schlafen, um neue Kraft zu sammeln. Du magst dich derweil um die Kutsche kümmern, die euch nach Hause fahren wird, oder tun, was immer dir nützlich und angemessen erscheint.«

Als Sylphinja erwachte, lag sie nicht mehr auf dem Diwan, sondern saß bequem in einem Sessel; die Füße ruhten auf einem Schemel. Sie sah es nicht – ihr Körper fühlte es –, da sie die Augen geschlossen hielt. Niemals seit Sephyras Tod und selten seit sie lebte, hatte sie sich so wohl gefühlt – gesund, leicht, schön, mit sich und der Welt im Einklang. Sie erinnerte sich an alles, was geschehen war, in wenigen Herzschlägen zog der vergangene ereignisreiche Tag an ihr vorüber, aber nichts von dem, was er ihr beschert hatte, konnte sie bekümmern. Sie hatte Erfahrungen gesammelt, und das war gut so. Hochinteressante Erfahrungen waren darunter, anregende, erregende, aber auch die anderen wollte sie nicht missen.

Ein leises Seufzen veranlaßte sie, nun doch die Augen zu öffnen. Der Raum hatte sich nicht verändert: dunkelschimmernde und verwirrend gemusterte Tapeten an Wänden und Decke, warmes goldenes Kerzenlicht, zwei Standspiegel am Fußende eines schwarzbespannten Lagers …

Karlitta lag dort ausgestreckt, das Haar offen, die Arme hinter dem Kopf verschränkt, nackt. Der weiße Umhang war nachlässig über den unbenutzten der beiden Stühle geworfen. Auf dem anderen Stuhl saß Bragan und beugte sich über sie. Fast zärtlich betrachtete er sein Werk und sein Werkzeug, eine lange feine Nadel, dann hatte er offenbar die rechte Stelle gewählt und stach den feinen stählernen Stift in die zarte weiße Haut der Brust, wieder und wieder, in so rascher Folge, daß Sylphinja kaum den Bewegungen der Hand folgen konnte.

»Oh, Bragan, warum quälst du mich so?« murmelte Karlitta und warf den Kopf von einer Seite auf die andere, so daß die junge Hexe nun ihr eben noch abgewandtes Gesicht sah. Die Ältere hatte die Augen geschlossen und die Brauen darüber leicht zusammengeschoben; die Lippen waren geöffnet und bewegten sich stumm. Ja, es sah aus, als litte sie …

»Sprich nicht und beweg dich nicht«, ermahnte Bragan sie leise. »Die Nadel könnte die falsche Stelle treffen, wenn du so zappelst, und das willst du doch nicht.«

»Deine Nadel trifft niemals fehl, liebster …« Ein Seufzer vollendete den Satz, als wieder eine Serie rascher Stiche die Haut durchbohrte.

Mit angehaltenem Atem und bemüht, kein Geräusch zu machen, beugte Sylphinja sich vor, so weit, daß der Sessel fast ins Kippen geriet. Sie wollte genau sehen, was dort auf dem Diwan vor sich ging, zumal da Karlittas Stimme nicht so geklungen hatte, als ob sie *wirkliche* Qualen litte ... seltsame Qualen allenfalls.

Als Bragan sich von seiner Kundin abwandte, die Nadel in den Ständer stellte und sorgsam eine andere wählte, sah Sylphinja, was es an dem – wie sie geglaubt hatte – vollkommenen Hautbild zu vollenden gab: Die Schlange, die sich, einen ganzen und einen halben Kreis beschreibend, um Karlittas linke – die dem Mädchen zugewandte – Brust wand und sich im Spalt zwischen beiden und weiter das Brustbein emporschlängelte, war prächtig und meisterlich nur dort, wo der Stoff des Feenkleides sie an besagtem Abend in Haus Lyckweiden nicht bedeckt hatte. Der eingerollte Teil des Schlangenkörpers hatte damals als dunkles Band durch das zarte grüne Gewebe geschimmert, und nun erkannte Sylphinja, daß er tatsächlich nicht viel mehr war als ein dunkles Band, bestehend aus einer Vielzahl feinster purpurner und dunkelvioletter Striche, die ein zackiges Muster innerhalb zweier paralleler Linien bildeten. Die unendlich vielen Farben aber, die den schlanken Leib oberhalb des Ausschnittes in abertausend Schuppen grünlich, bläulich, purpurn und golden schillern ließen und ihn greifbar, ja fast lebendig machten, fehlten dem vormals verborgenen Teil weitgehend. Nicht völlig jedoch, da Bragan schon damit begonnen hatte, hier und dort bläuliche Schatten und goldene Sprenkel zu applizieren oder vielmehr einzuimpfen. Die meiste Zeit vor Sylphinjas Ankunft im Haus oder vor ihrem Erwachen allerdings hatte er offenbar damit verbracht, den bereits meisterlich ausgearbeiteten Teil des Bildes noch weiter zu vervollkommnen: So lugte jetzt aus dem Schlangenmäulchen eine zierliche, gespaltene, feuchtglänzende rote Zunge hervor, und das eine sichtbare Auge des Tieres, das Sylphinja zugewandte – war es nicht an jenem Abend das andere gewesen? fragte sich die junge Hexe und beschloß, diesem Phänomen bei Gelegenheit auf den Grund zu gehen –, fixierte sie und verfolgte jede ihrer kaum wahrnehmbaren Bewegungen, so daß ihr fast ein wenig seltsam zumute wurde.

Sie riß sich los von der Betrachtung des Schlangenkopfes, als Bragans Finger in ihr Blickfeld gerieten, die den hölzernen Griff einer Nadel hielten. Mit welcher Farbe der Bilderstecher die Nadel getränkt hatte, ließ sich nicht entscheiden, so fein war sie, und auch an den winzigen Punkten, die er mit ihr in die weiße Haut zeichnete, konnte Sylphinja es nicht erkennen.

Bragan pflegte einen schwerdurchschaubaren Arbeitsstil: Er folgte nicht der Kontur des Schlangenleibes, füllte nicht nach und nach die Flächen zwischen den violetten und purpurnen Linien aus, nein, er stach, scheinbar ohne Sinn und Ordnung, bald hier, bald dort, einmal einen einzelnen Punkt setzend, dann wieder eine rasche Folge von Stichen. Und doch war seine Kunst von einer zwar unverständlichen, aber in höchstem Maße ordnenden Kraft durchdrungen, denn nach und nach, höchst faszinierend zu beobachten, wurde die Schlange unter seinen Fingern lebendig, schimmerte erst blaß und matt, um schließlich am Ende der Arbeit grün, bläulich und golden zu leuchten, zu glitzern und zu funkeln.

Wie lange die Arbeit währte, hätte Sylphinja nicht zu sagen gewußt, ob sie eine, zwei oder viele Stunden dauerte. Sie fragte auch nicht danach, zu sehr nahm das Beobachten sie gefangen. Und da die schweren Vorhänge weder Tages- noch Abend- oder Sternenlicht ins Zimmer ließen, schien dort die Zeit angehalten.

Aber das Mädchen war keineswegs nur von Bragans flinken Fingern und davon gebannt, was unter deren Wirken Gestalt annahm. Genausoviel Teilnahme erweckten das zarte, weiche weiße Fleisch, das dem Künstler als Malgrund diente, Karlittas Seufzen, Wimmern und Stöhnen, die Worte, die sie Bragan zuraunte, das Zucken, Sichwinden und gelegentliche Aufbäumen ihres Körpers und der bald qualvolle, bald entrückte Ausdruck ihres Gesichtes. Alles zusammen ergab ein einzigartiges Schauspiel.

Noch nie hatte Sylphinja die Schwester völlig nackt gesehen, und sie war beeindruckt von der reifen, schlank-fraulichen Schönheit des müßig (lässig? lüstern?) hingestreckten Körpers. Sie wußte kaum, was sie mehr loben sollte: die vollen festen Waden und Schenkel, den schmalen Brustkorb in seiner Umhüllung aus Muskeln und Fett, der sich zur zierlichen Taille verjüngte, den weichgepolsterten Bauch mit dem tief eingesunkenen Nabel oder die üppigen Brüste, die, den Gesetzen der Schwerkraft nur ungern gehorchend, strotzend auseinanderstrebten ...

Es waren die Brüste, natürlich! Oder vielmehr die eine, ihr zugewandte, Bragans Arbeitsfläche, und zu dieser kehrte Sylphinjas Blick immer wieder zurück. Wie eine Kuppel oder Halbkugel wirkte sie nicht im Liegen, aber es wäre ohnehin schwierig gewesen, ihre Form zu beschreiben, denn sie ruhte nicht still auf dem Brustkorb, sondern wogte und bebte unter Karlittas seufzendem Atem. Zudem hielt der Bilderstecher sie fast beständig mit der Linken umfaßt – nur wenn er Nadel und Farbe wechselte, ließ er kurz von ihr ab – und drückte und knetete das weiche Fleisch, um es in die rechte Lage zu bringen und am Zucken zu hindern. Doch letzteres gelang ihm nur unvollkommen, denn unter seinem Griff wand sich die Hexe fast noch heftiger als unter den Nadelstichen – zumal wenn die Künstlerfinger sich hin und wieder fest um die aufgerichtete bräunliche Knospe schlossen –, so als wolle sie sich aus ihm befreien.

»Liebster Bragan, warum quälst du mich so?« – »Laß

ab, ich ertrage es nicht länger!« oder »Hab Gnade!« hörte Sylphinja die Lyckweidenerin immer wieder wimmern und klagen, aber niemals schien es, als wünschte sie wirklich, daß die Arbeit abgebrochen werde. Im Gegenteil, als endlich der letzte Stich getan war, als Bragan, nach einem langen letzten Blick auf sein Werk, zu ihr sagte: »Nun ist es vollbracht und überstanden, Werteste. Du magst die Augen öffnen und das Bild betrachten«, da spiegelte sich für einen kurzen Augenblick etwas wie Enttäuschung auf ihren Zügen.

»Schon vorüber?« seufzte sie und rekelte sich ausgiebig, die Augen noch ein Weilchen geschlossen haltend. Ihr erster Blick galt nicht dem Kunstwerk, sondern Bragan, der seltsam lächelnd, aber kaum erschöpft wirkend auf seinem Stuhl saß. Dann wandte sie langsam den Kopf in Sylphinjas Richtung, hob und drehte dabei den Oberkörper, hob auch das Becken und zog das rechte Bein ein wenig an und stützte sich schließlich auf den linken Ellbogen. Die schillernden Augen wirkten leicht umflort, als ihr Blick sich in das türkisfarbene Augenpaar versenkte, und die Stimme klang ein wenig rauh, als sie fragte: »Nun, wie gefällt dir Bragans Werk? Wie ist ihm die Schlange geraten? Ist sie so vortrefflich geworden, wie er versprochen hat?«

Sylphinja hatte geglaubt, ihre Anwesenheit sei vergessen worden, so miteinander beschäftigt und vertieft hatten Künstler und Kundin gewirkt. Und auch sie selbst hatte sich so in das Schauspiel versenkt, daß sie mitunter gemeint hatte, Bragans Finger und Nadeln am eigenen Leib zu spüren. Nun fuhr sie kaum merklich zusammen, fühlte sich ertappt, als sie unvermittelt angesprochen wurde. »O ... o ja, sie ist wunderschön«, stammelte sie. Sie ließ sich aus dem Sessel gleiten und kniete vor dem Diwan nieder, um das Hautbild aus der Nähe zu bewundern. »Sie ist schöner als jede

Schlange, die ich bisher sah, und... es sieht aus, als lebe sie. Tatsächlich, je länger man hinschaut, um so mehr gewinnt man den Eindruck, ihr Leib dehne und ziehe sich zusammen, während er sich um die Knospe ringele... Und die Schuppen bewegen sich auch, glitzern bald stärker, bald matter...«

Geschmeidig schwang Karlitta die Beine vom Diwan, erhob sich und trat zwischen die hohen Spiegel am Fußende des Lagers. Lange stand sie dort, drehte sich nach rechts und nach links, beugte sich vor, folgte mit dem Finger den Windungen des Schlangenleibes, stemmte die Hände in die Seiten und reckte die Brust vor, verschränkte die Arme im Nacken... »Du hast dich selbst übertroffen, Bragan«, sagte sie schließlich. Dann kicherte sie und fügte hinzu: »Ich hoffe nur, daß du dich nicht völlig verausgabt hast.«

Sylphinja, die von ihrem Platz am Boden aus jede Bewegung der Schwester verfolgte, hatte nicht bemerkt, daß auch Bragan sich erhoben hatte. Nun stand er plötzlich neben Karlitta, betrachtete abwechselnd sie und ihr Spiegelbild, heftete seinen unergründlichen Elfenblick kurz, aber eindringlich auf das Mädchen und sagte: »Traut man meinem handwerklichen Geschick so wenig, daß man meine Hervorbringungen ausschließlich für das Ergebnis magischen Wirkens hält? Nein, teuerste Karlitta, für etwas so Einfaches wie ein Schlänglein brauche ich meine astralen Kräfte nicht anzutasten.«

»Du hättest nicht...?« Karlitta wirkte gleichermaßen überrascht wie enttäuscht. Ganz dicht trat sie vor den Spiegel, dann schüttelte sie den Kopf. »Nein, ich glaube dir kein Wort, lieber Bragan. Sieh nur« – sie wies auf den Schlangenleib, so als ob sie dem Künstler sein eigenes Werk erklären müßte –, »sie ist plastisch wie eine wirkliche Schlange, sie regt sich, und sie ist das vollkommenste Bild, das je den Busen einer Schwester schmückte, ach, was rede ich – das je in

Menschenhaut gestochen wurde. Ohne Einsatz von Magie ...« Sie hielt inne, als sich eine längliche magere Hand auf ihr üppiges, wohlgeformtes Hinterteil legte.

»Auch das ist eine schöne Fläche«, sagte Bragan; offenbar hatte er keine Lust, das Thema weiter zu verfolgen. »Eine wunderbare Fläche sogar. Doch damit werden wir uns bei Gelegenheit befassen, wenn du Lust hast. Einstweilen solltest du dich ein wenig ausruhen, Verehrteste. Du hast viel durchgemacht und brauchst Erholung.«

Karlitta hatte keineswegs erholungsbedürftig gewirkt, doch plötzlich sah sie erschöpft aus, leidend fast, und so ließ sie sich ohne Widerrede von Bragan zu dem Sessel geleiten, in dem zuvor Sylphinja gesessen hatte. Fürsorglich bettete der Halbelf ihre Füße auf den Schemel, füllte ein Weinglas und reichte es ihr mit einer leichten Verbeugung. Dann wandte er sich an Sylphinja, die immer noch auf dem Boden kauerte: »Und wie hat dir die Vorstellung gefallen? Hat sie dir angst gemacht, oder hat sie im Gegenteil den Wunsch in dir erweckt, auch ein unzerstörbares Bild auf dem Körper zu tragen und die Nadeln in der eigenen Haut zu spüren?«

Das Mädchen nickte ernst. »Beides«, erwiderte es, »Angst und Lust, aber mehr Lust als Angst.«

»Und hast du dich schon entschieden, welche Fläche geschmückt werden soll, und womit sie geschmückt werden soll?« Bragan reichte Sylphinja die Hand, um ihr aufzuhelfen, und führte sie zu den Spiegeln. Ein kleiner spitzer Schrei entfuhr der jungen Hexe, als sie sich plötzlich von vorn und von hinten sah, nackt, weiß und makellos, und dann, als Bragan die Spiegel ein wenig drehte und kippte, ein zweiter, denn nun erblickte sie zwei Reihen von Sylphinjas, die winziger und winziger wurden bis ins Unendliche ...

»Das ist keine Zauberei, nur ein hübsches Spiel mit den Gesetzen der physikalischen Wissenschaft«, erklärte Bragan, »obwohl es recht magisch anmutet, nicht wahr? Beweg dich ein wenig, spiel mit deinen Spiegelbildern, tanz mit ihnen; vielleicht entdeckst du dabei das zukünftige Bild … oder ich entdecke es …«

Sylphinja tat, wie Bragan ihr geraten (befohlen?) hatte. Fast ohne ihr Zutun begannen die Füße zu trippeln, zu stampfen, kreuzweis zu hüpfen, und sie konnte sich nicht sattsehen daran, wie unter dem Auf und Ab ihrer Beine der kleine, helle, unendlich oft gespiegelte Hintern und die noch kleineren Brüste ins Schwingen gerieten. Auch die Arme schwangen bald wie von selbst, das Becken kreiste und mit ihm der flache Bauch, und als sie fasziniert auf ihren Nabel starrte, der die gleichen kleinen Kreise beschrieb, da war es ihr einen winzigen Augenblick lang, als sähe sie ein feuriges Kleid um den weißen Körper im Spiegel wabern. Und in diesem einen Augenblick wurde ihr auch bewußt, daß es der Rhythmus des Levthansliedes war, der von ihr Besitz ergriffen hatte. Verwirrt hielt sie inne. »Der Bauch«, flüsterte sie, »ich glaube, es ist der Bauch.« Aber sie sah nicht, daß Bragan ernst nickte.

»Und was soll es sein?« fragte der Halbelf. »Ein Tier? Eine Pflanze? Ein Ornament?« Und nun entsann sich das Mädchen wieder seiner Gegenwart.

»Ein … ein Blütenzweig vielleicht? Ein … Kirschblütenzweig?« stammelte sie, da sie sich zu erinnern glaubte, einen solchen vor langer Zeit einmal im Geiste oder Traume erblickt zu haben.

»Seltsam«, murmelte Bragan. »Du hast einen Blütenzweig gesehen, und mir schien es, als sollte es eine Feuerlilie sein. Eine Feuerlilie, auf deren Blüte sich zwei Perlmutterjungfern niedergelassen haben, um sich von den Anstrengungen der Paarung zu erholen, aber immer noch im Liebesrad vereinigt.« Kühle Finger berührten die zarte Haut des Bauches, beschrieben einen Bogen vom Schamvlies zum Nabel, und ebenso kurz und nebelhaft, wie Sylphinja das Flammenkleid um ihren Körper hatte schwingen sehen, blitzte nun das Bild einer Feuerlilie auf, mit zwei zum Paarungsrad verschlungenen, zarten, grünbläulich schimmernden Libellen.

»Willst du?« fragte der Halbelf. Sylphinja löste den Blick vom Spiegelbild ihres Bauches, wo ohnehin außer glatter weißer Haut nichts mehr zu sehen war, und schaute Bragan an. Grünbraune, leicht schräggestellte Augen waren auf sie gerichtet, eindringlich, und selbst wenn sie gewollt hätte (was nicht der Fall war), hätte sie nichts anderes antworten können als: »Ja, ich will.«

Wenige Wimpernschläge später lag sie auf dem schwarzen Diwan, ebenso hingestreckt wie zuvor Karlitta – die Arme im Nacken verschränkt, die Augen geschlossen –, und erwartete den ersten Stich. »Sehr schön, ja, so ist es schön«, hörte sie Bragan murmeln, wußte aber nicht, ob sich seine Worte auf ihren Bauch, ihre Haltung, das zukünftige Bild oder die Tatsache bezogen, daß sie die Arbeit nicht beobachten, sondern nur erspüren wollte. Plötzlich hämmerte ihr Herz wie rasend, und unwillkürlich spannte sie die Muskeln des Bauches an, so daß er hart und fest wurde. Doch statt des erwarteten Schmerzes fühlte sie eine kühle Hand, die sacht über die Haut strich, Kreise beschrieb und sich schließlich auf dem Beckenknochen niederließ.

»Entspann dich, Sylphinja, mach dich weich«, mahnte Bragans leise Stimme, dann strich die andere Hand über den Bauch, nein, ein einzelner Finger war es, der die Linien zeichnete, die, vom Schamvlies ausgehend, weiche gebogene Formen umrissen, und tatsächlich erschlafften und entspannten sich die Muskeln unter der zarten und zugleich energischen Berührung.

Nicht nur der Bauch wurde weich – Sylphinja spürte, wie die angenehme Schlaffheit ihren ganzen Körper ergriff, so daß er schwerer zu werden schien, tiefer in die Polster einsank. Und als die Nadel zum ersten Mal die Haut durchbohrte, unerwartet, aber nicht unvorbereitet, da empfand sie den kleinen Schmerz – geringer als ein Dornenstich, aber dennoch intensiver – fast wie eine Erlösung: Es hatte begonnen, es gab kein Zurück mehr, und sie wollte auch nicht zurück!

Es blieb nicht bei dem kleinen Schmerz, das sollte Selphinja bald erfahren. Erbarmungslos stach Bragan zu, wieder und wieder, in rasender Folge. Wellen von Schmerz ließen ihren Körper zucken und sich aufbäumen, und seltsam rauhe, niegehörte Laute entwichen ihrer Kehle. ›Hab Erbarmen!‹ wollte sie rufen, um Gnade winseln oder sich vom Lager rollen, aber weder war sie in der Lage zu fliehen noch dazu, ihre Stimme zu Worten zu formen. Ihre Zunge war wie gelähmt, und zudem erschien es ihr fast so, als wären Hände und Füße gefesselt. Aber eben nur beinahe, denn ein Teil ihres Geistes entsann sich sehr gut, daß weder der Halbelf noch irgend jemand sonst ihr Riemen um die Glieder geschlungen hatte, und sie spürte auch, wenn sie die Hände im Kissen verkrallte oder mit den Beinen zuckte und trat, daß keine Fesseln sie beengten.

Als sie glaubte, die Qualen nicht länger ertragen zu können, hörten sie auf – Bragan wählte eine neue Nadel oder eine andere Farbe. Nur wenige Augenblicke blieben Sylphinja, um sich von der erlittenen Pein zu erholen, aber in dieser kurzen Zeitspanne machte sie eine hochinteressante Erfahrung: Der Schmerz endete nicht abrupt, er war immer noch vorhanden, tief in ihr, aber dieser Bodensatz war voller Süße … voller Erwartung … und Sehnsucht …

Erst später, viel später, als Nacht und Arbeit schon weit vorangeschritten waren, erkannte (oder besser erahnte) sie, woher dies Sehnen rührte: am Zusammenwirken beider elfischer Hände. Denn genauso wie Bragans Linke Karlittas Brust gedrückt und geknetet hatte, um sie in die rechte Lage zu bringen, so strich sie nun unablässig über Sylphinjas Bauch, dehnte und spannte die Haut, senkte einen Finger in den Nabel und glitt bisweilen, wenn der Schmerz unerträglich zu werden drohte, tief hinab in die Hitze zwischen den Schenkeln…

Lust – das Wort war plötzlich in ihrem Geist – Wollust. Und nun wußte sie auch, wonach sie sich sehnte. Ihr Körper, weich und hingegeben, zitterte und wand sich in süßen Qualen, und alles in ihr schrie: Ich will! Ich will! Kaum merkte sie, daß die Nadeln ihr nicht länger Schmerzen zufügten, sosehr schmerzte das Verlangen. Bilder blitzten auf in ihrem Geist – sich paarende Libellen, Rupert und Traviane in hitziger Umarmung, ein aufgerichtetes Glied, Augen, die sie verlangend betrachteten…

Es waren Bragans Augen, und Sylphinja sah diese Augen nicht im Traum, sondern in der unwirklichen Wirklichkeit des dunkel schimmernden Zimmers. Als sie selbst – sie merkte es kaum – die ihren aufschlug, löste sich der Blick des Bilderstechers von dem eben vollendeten Kunstwerk und senkte sich in den ihren. Und in ihm las sie all das, was auch sie selbst empfand: das Funkeln der Wollust, die Qual des Begehrens, die Sehnsucht nach Erfüllung. ›Willst du?‹ fragten die Augen. ›Willst du?‹ fragten die leicht bebenden Hände, die langsam den Körper emporwanderten. ›Willst du?‹ fragten die heftigen, hörbaren Atemzüge.

›Ja, ich will!‹ wollte Sylphinja rufen. Schon streckte sie die Arme aus, um Bragans Kopf zu fassen, ihn herabzuziehen zu dem ihren, damit seine Lippen sich auf ihre legen und beide Zungen sich im Kuß vereinigen konnten, als es sie traf wie ein Hieb – ein Schlag, der sie durchzuckte vom Scheitel bis zur Sohle und tief in ihre Seele drang.

NEIN! sprach es in ihr. *DU GEHÖRST MIR!*

Schwärze war das Echo der Worte – die Schwärze der Bewußtlosigkeit.

Sylphinja schlug die Augen auf – sie hatte wohl nur für wenige Herzschläge die Besinnung verloren –, und alles war unverändert: Bragan saß noch immer über sie gebeugt, sein Atem ging noch immer stoßweise, und sein Blick war noch immer in den ihren versenkt, aber... der Blick war fragend, forschend, und die hitzige Gier war daraus verschwunden.

Noch ein zweiter Atem war zu hören – und zu spüren –, ein Atem, den das Mädchen zuvor nicht wahrgenommen hatte, und der sich nun näherte. »Was ist mit ihr?« fragte Karlitta mit belegter, leicht bebender Stimme. »Will sie nicht?«

»Sie kann nicht«, erwiderte der Halbelf. »Sie *darf* nicht.« Er zuckte mit den Schultern. »Ich kann es nicht erklären.«

»Wie schade, daß sie sich ziert.« Die Lyckweidenerin hatte die besondere Betonung von Bragans Worten offenbar nicht bemerkt. Sie lachte kurz und rauh. »Dann wird es also kein Spielchen zu dritt geben – nun, vielleicht ist sie für so etwas auch noch zu jung und unerfahren... Und du? Ist dir jetzt der Appetit vergangen durch ihre Sprödigkeit? Das will ich nicht hoffen.«

Geschmeidige Schritte auf nackten Sohlen umrundeten das Kopfende des Lagers, dann stand Karlitta neben dem Bilderstecher und legte ihm den Arm um die Hüfte. »Ein Meisterwerk«, murmelte sie, »deine beste Arbeit.« Doch als sie nach einer kurzen Pause der Bewunderung weitersprach, klang der heiter-scheltende Tonfall ihrer Stimme ein wenig unecht und gezwungen. »Du hast dich für sie mehr verausgabt als für mich, mein Lieber. Das war nicht recht, und nun muß ich dich bestrafen. Komm mit, um deine Strafe in Empfang zu nehmen.« Sie faßte Bragan am Arm, und dieser ließ sich willig von ihr aus dem Stuhl helfen.

»Ich werde das letzte Restchen Kraft, das dir noch geblieben ist, aus dir saugen, dessen sei gewiß«, hörte

Sylphinja die Schwester kichern, bevor die Tür zum Nebenzimmer sich hinter den beiden schloß.

In dieser Nacht – so es Nacht war – fand Sylphinja lange keinen Schlaf. Zwar hielt sie die Augen geschlossen und versuchte an nichts zu denken, aber die Seufzer, Schreie und das tierhafte Stöhnen im Nebenzimmer, vor allem aber das zuvor Erlebte ließen sie nicht zur Ruhe kommen. Nadeln drangen in ihre Haut, bis sie vor Schmerzen zu vergehen glaubte, kühle Hände streichelten ihren Leib, bis sie vor Wonne zu vergehen glaubte ... Und dann wuchsen den Fingern Krallen, die kratzten und sich tief in ihr Fleisch gruben, tiefer und tiefer ...

DU GEHÖRST MIR, sagte es in ihr, und mit diesen Worten kam die Erlösung, auf die tiefer traumloser Schlaf folgte.

Sylphinja sollte Bragan niemals wiedersehen, aber das ahnte sie nicht, als sie, zwischen zwei Phasen des Schlafes, halb trunken zum Handspiegel griff, um endlich sein Werk zu betrachten. Sie blinzelte und rieb sich die Augen, sosehr blendete sie, was sie sah, und für eine gute Weile glaubte sie sich noch von den Schleiern des Schlafes umfangen und von den Trugbildern des Traumes getäuscht: Von unfaßbarer, magischer, ja überirdischer Schönheit war das Bild der Lilie mit dem schlanken glänzenden Stengel, der dem Schamvlies entsproß, den zierlichen spitzen Blättern, den weißlichen Knospen und der eben entfalteten, in den Tönen des Feuers gesprenkelten Blüte, auf der sich die liebenden, grünbläulich und silbrig schimmernden Perlmutterjungfern niedergelassen hatten.

Die türkisfarbenen Augen füllten sich mit Tränen, ein schwerer Seufzer entwich der Brust, der Spiegel entglitt der Hand, und die junge Hexe sank wieder in schwarzen, bewußtlosen Schlaf.

Goldene Nachmittagssonne drang durch einen Spalt im Vorhang, als Karlitta Sylphinja weckte – indem sie nur kurz deren Schulter schüttelte, nicht mit einem Morgengruß (oder einem Mittag- oder Abendgruß). Wortlos reichte sie dem Mädchen das grüne Gewand, das unbekannte fleißige Hände in der Zwischenzeit gereinigt und von den Spuren der Flucht befreit hatten. Sie selbst trug Kleidung nach Bürgerinnenart, mit gefältelter Hemdbrust, gebauschten Ärmeln und weitausladenden Röcken. Das Haar war streng zum Knoten aufgesteckt, und nichts in der unbewegten Miene der Hexe deutete auf die verflossenen leidenschaftlichen Stunden hin.

Im Vorraum war ein Imbiß für die Schwestern bereitgestellt – Brot, Milch und Beeren –, aber von dem gastfreundlichen Wirt fehlte jede Spur: kein von einem Dienstboten übermittelter Gruß, keine eilig hingekritzelte Nachricht …

Stumm verspeisten die Frauen das Mahl. Nachdem sie sorgsam Lippen und Gewand von Brotkrumen befreit hatte, erhob sich Karlitta und bedeutete Sylphinja, ihr zu folgen. »Komm«, ergriff sie zum ersten Mal das Wort. »Ich habe eine Kutsche bestellt, die uns aus der Stadt bringen wird.«

Stumm verlief die Fahrt, auch ohne den Austausch von Blicken, und stumm die folgende Wanderung vom Abzweig an der Straße bis zu Karlittas verborgener Klause. Sylphinja heftete den Blick auf den weiten, roten, schwingenden Rock zwei Schritt voraus und hoffte, an ihm Halt zu finden. Denn in ihrem Kopf wirbelten so unendlich viele Gedanken, Empfindungen, Erinnerungen, Bilder, Gerüche und Geräusche durcheinander, daß sie zu einem gleichmäßigen, unfaßbaren Summen verschmolzen. Sprich mit mir, Karlitta! Was ist geschehen? Erklär es mir! bat sie immer wieder in Gedanken, aber die Lyckweidenerin erhörte sie lange nicht.

Die Nacht war bereits vorangeschritten, als Karlitta zum zweiten Mal das Wort ergriff. Sie hatte sich einen Stuhl in den Eingang der Hütte gerückt und starrte in die Dunkelheit. Statuenhaft in ihrer Stattlichkeit und Unnahbarkeit und halb abgewandt saß sie dort. Und da es offenbar nichts zu sagen gab, blieb für Sylphinja nichts weiter zu tun, als den Glanz des Mondlichtes auf dem edlen Profil der Schwester zu bewundern – das Mädchen kauerte einen und einen halben Schritt hinter der Älteren auf dem Boden.

»Bragan verlangte kein Gold für Heilung und Verschönerung«, brach Karlitta schließlich das Schweigen, »aber auch ohne sein Honorar belaufen sich die Unkosten, die du mir seit unserer Ankunft in Salza bereitet hast, auf ein Vielfaches des Preises, den ein Juwelier für dein Kettchen samt Steinchen zu zahlen bereit wäre. Ich verlange deinen Glücksbringer, wenn dir an dem Stoff für das Festkleid gelegen ist … und daran, nicht meinen Zorn zu erregen«, fügte sie fröhlich lachend hinzu. »Wenn du allerdings meine Gastfreundschaft bis zum Efferdfest in Ouvenmas genießen willst – dort werden sich unsere Wege trennen –, so verlange ich darüber hinaus, daß du *mein* Feenkleid verschönerst … Ja, du hast richtig gehört: Du sollst das vollendet Schöne noch schöner machen!«

Aber Sylphinja hatte gar nichts gehört außer diesem: weitere Geräusche, die sich mit dem großen Konzert von Tönen und Stimmen in ihrem Kopf vereinigten – weitere Gedanken und Gefühle, die in das gewaltige Summen eintauchten …

»Ich werde dir eine gute Wirtin und Lehrerin sein; wir werden uns vertragen«, fuhr Karlitta fort. »Aber vielleicht gefällt dir der Handel nicht, vielleicht findest du ihn ungerecht, und das ist er womöglich … Nun, in diesem Fall magst du wohl allein und auf eigene Faust nach Ouvenmas fliegen. Es liegt dort.« Sie wies mit dem Finger nach Nordosten, ganz genau in die Richtung der bornischen Stadt (aber das konnte Sylphinja natürlich nicht beurteilen). »Präg dir die Richtung ein! Oder jene.« Nun zeigte der Finger nach Nordwesten. »Dort liegt die Insel Skerdu, und dort ist Tula zu Hause. Vielleicht magst du lieber nach Skerdu fliegen. Solche wie du gefallen der mächtigen Tula.«

Karlittas Augen schillerten, und die Ranken zwischen Auge und Braue zitterten, aber das sah Sylphinja nicht.

8. Kapitel

Lange haben wir nichts von Anselm berichtet, unserem reiselustigen Freund, aber der Leser sei versichert, daß wir an seinem Schicksal ebensoviel Anteil nehmen wie an dem der jungen Hexe. Und obwohl für Sylphinja seltsame Zeiten anbrechen sollten und neue Erfahrungen und nicht ganz ungefährliche Abenteuer sie erwarteten, verlassen wir sie nun für eine Weile, um zu berichten, wie es dem Medicus in der Zwischenzeit und weiterhin erging.

Während Sylphinja in Salza Schönes, Interessantes und Schlimmes erlebte, befand Anselm sich auf hoher See – natürlich nicht wirklich auf *hoher* See, da Hjaldas Drache, genauso wie das Schiff, das den Medicus von Nostria nach Salzerhaven gebracht hatte, sich nie mehr als fünf oder sechs Meilen von der Küste entfernte, so daß bei der klaren Sicht, die herrschte, das Land stets als ein dunkler Streifen am östlichen Horizont zu erkennen war.

Wenn der junge Mann gewußt hätte, wie sich die Fahrt gestalten sollte, hätte er womöglich eine Woche länger in Salza ausgeharrt, um seine Passage auf einem Kauffahrer zu buchen, vielleicht aber auch nicht.

Hjalda, die Kapitänin, war ihm schon an jenem Abend im *Dicken Walfisch* zunächst unangenehm und später, viel später, so viele Humpen Bier später, daß er sie nicht mitgezählt hatte, äußerst angenehm aufgefallen. Ja, Hjalda Hjaldasdotter, wie sie mit vollem Namen hieß, war am Abend seines Triumphes zu seiner besten und Busenfreundin avanciert. Zwar entsann er sich am nächsten Tag, als er, im verdunkelten Stübchen ruhend, den schmerzenden Schädel mit feuchten Tüchern kühlend und ›Säufertee‹ nach einem Familien- und Geheimrezept des Onkels schlürfend, nur noch undeutlich an den Verlauf der Nacht, aber durch die Nebelschleier blitzte immer wieder Hjaldas Gesicht. »Medicus, Medicus, du bist eine Kor-ni-fä-he«, sagte sie mit anerkennendem Nicken und großem Ernst in den grauen Augen. Oder, und dabei packte sie ihn mit kräftigen Händen, sie stellte ihn auf den nächstbesten Schemel und strahlte in die Runde: »Mädels und Jungs, was haltet ihr davon, wenn wir den kleinen Medicus als Glücksbringer mitnehmen?« Und dann, es mußte schon gegen Morgen gewesen sein, da ein rotgoldener Sonnenstrahl ihre feuchten Augen, die nassen Wangen und die vom Weinen (und dem allzu reichlichen Genuß von Feuer) gerötete Nase beschien: »Mein armes, armes Lämmchen – fast hätte sie ihn totgemacht.« Mit dem Lämmchen war nicht etwa Anselm gemeint, sondern Asleif, Hjaldas kleiner Bruder (Asleif war dreiunddreißig und Hjalda sechsunddreißig Götterläufe alt, und beide maßen knapp zwei Schritt).

Wie gesagt, Hjalda war seine Freundin geworden, und trotz der kühlenden Tücher auf der Stirn hatte Anselm die Schamesröte sein Gesicht erwärmen gefühlt, als er sich zu erinnern glaubte, daß er ihr, aus Dankbarkeit für das Vertrauen, das sie ihm entgegenbrachte, indem sie allerlei rührende und heroische Geschichten aus Asleifs Leben zum besten gab, die eine oder andere traurige Begebenheit aus seiner Creser Zeit, der Salzaer Zeit und der Zeit seiner Reise erzählte – wenn er es recht bedachte, hatte er ihr wohl das ganze Elend seines kurzen Lebens anvertraut. Doch die etwas peinlichen Herzensergießungen jenes trunkenen Abends waren vergessen, als man zwei Tage später gen Norden in See stach.

Hjaldas Otta, die *Swafnirlieb,* war ein stattlicher Drache von gut vierundzwanzig Schritt Länge. Einundzwanzig Frauen und achtzehn Männer bildeten die Besatzung, aber sie alle beim Namen zu nennen und zu beschreiben, würde den Rahmen dieser Erzählung sprengen (und den Leser womöglich langweilen). Auch fiel es Anselm bis zum Ende der Reise schwer, die ›Jungs‹ beziehungsweise ›Mädels‹ auseinanderzuhalten und sich ihre Namen einzuprägen, da diese in seinen Ohren ähnlich klangen – Hjalmar, Hjaldar, Hjalda, Asleif, Algrid, Gungrid, Garald, Garhild, Ragnild und so fort (hier hatte er sogar mitunter Schwierigkeiten, Geschlecht und Name zusammenzubringen) – und sie sich auch, bis auf wenige Ausnahmen, in Wuchs, Haarfarbe und -tracht, Kleidung und Gebaren nicht sonderlich voneinander unterschieden.

Zu den Ausnahmen zählten der Steuermann Torkil, ein Graubart mit dunklen Augen, eher zäh und sehnig als muskulös, Grimma, eine ›Leichtmatrosin‹ (falls es so etwas bei den Thorwalschen gab), siebzehn Jahre alt und wegen ihrer Unerfahrenheit, mangelnden Schlagfertigkeit und (aus Thorwaler Sicht) geringen Körperkraft beständiges Ziel gutmütigen Spottes, und Firunwulf, der selten sprach, noch seltener lachte und mit seinen zwei Schritt acht Fingern alle anderen überragte.

Was Hjalda und ihre Leute so tief im Süden getrieben hatten – an jenem feuchten Abend waren die Namen ›Bilhen‹, ›Drôl‹, ›Karsina‹ und ›Belhanka‹ gefallen, von denen Anselm zumindest einen als Stadt des Alten Reiches erkannte – und mit welcher Art Profession sie ihren Lebensunterhalt fristeten, hatte der Medicus zu fragen versäumt (auch sich selbst), und als am Morgen seiner Abreise die Häuser von Salzerhaven kleiner und kleiner wurden, bis sie schließlich zu einem grauen Fleck am Horizont verschmolzen, wollte er es nicht mehr so genau wissen. Ein Kauffahrer war der Drache jedenfalls nicht, dazu war sein Frachtraum zu klein; auch betraf keiner der recht eindeutigen, derben, bisweilen zotigen Scherze und Anspielungen, mit denen die Ruderer sich neckten und die entweder mit einem Gegenscherz oder einem zustimmenden ›Das wohl!‹ beantwortet wurden, den Austausch von Waren. Fischer waren Anselms neue Freunde gewiß ebensowenig, denn außer ein paar Angeln und einem kleinen Wurfnetz zur Selbstversorgung während der Fahrt fand sich kein Fischereigerät an Bord. Für Piraten mochte er sie auch nicht halten, denn so verwegen und hartgesotten sie sich auch gaben, *echte* Piraten stellte er sich doch um einiges rauher vor, auch entdeckte er nirgends Geschütze oder Enterhaken (obwohl er weder so recht wußte, wie Enterhaken aussahen, noch was man mit ihnen anstellte) und konnte des weiteren nicht glauben, daß man in Salza Seeräuber so einfach an Land gehen ließ. Aber wie gesagt: Ganz genau wollte Anselm es nicht wissen, trotz der oben wiedergegebenen Überlegungen, die ihm hin und wieder durch den Kopf glitten.

Den einwärts geschwungenen Vordersteven der *Swafnirlieb* schmückte ein zähnefletschender Drachenkopf, die ebenso elegante Linie des Achterstevens endete in einer auswärts gebogenen Spirale. Das einzige Segel zeigte einen blutroten Pottwal (Swafnirs Liebchen? fragte sich Anselm) auf blauem Grund und war oben und unten mit gelben Wellen- oder Spiralbändern geschmückt. Wie bei allen Ottas üblich, waren die eisenbeschlagenen runden und mit Wal-, Wellen- oder Drachenmotiven geschmückten Schilde der Besatzung außen an der Bordwand aufgereiht und verliehen dem Schiff etwas durchaus Trutziges.

Anselm hatte geglaubt beziehungsweise befürchtet, gleich am ersten Tag an Bord seine Fähigkeiten als Ruderer beweisen zu müssen, aber beim schwierigen Manövrieren im Hafen ließen ihn kein Mann und keine Frau auch nur in die Nähe eines Riemens kommen, und als man das offene Meer erreicht hatte, wurden die Ruder eingezogen und das Segel gesetzt.

Ein frischer Wind blies von Südwesten her, und so ging es zügig voran. Offenbar entsprach die Wetterlage genau den Wünschen der Nordländer, denn viel zu tun gab es für die Besatzung nicht. Die meisten saßen müßig auf ihren Seesäcken, inspizierten ihre Habe, flickten ihre Kleidung oder putzten ihre Waffen. Torkil stand am Steuer wie ein knorriger Baum – die Beine gespreizt, das graue Haar und der zottige Bart im Winde flatternd und die Muskeln unter der gebräunten Haut der Arme scharf hervortretend. Grimma und drei weitere Matrosen kümmerten sich – mit halber Aufmerksamkeit, wie es Anselm schien – darum, das Segel in der rechten Stellung zum Wind zu halten, und Hjalda wanderte zwischen ihren Leuten auf und ab, blieb hier und dort stehen, um zu scherzen oder Anweisungen zu erteilen, löste bisweilen Torkil am Steuer ab und ließ immer wieder den scharfen Blick ihrer grauen Augen unter den kräftigen roten Brauen über das Meer schweifen. Um ihren neuen Glücksbringer, den ›kleinen Medicus‹, kümmerte sie sich kaum, was diesen enttäuschte, da er sich plötzlich, jetzt am hellen Vormittag, nüchtern unter seinen (soweit er es beurteilen konnte) ebenfalls nüchternen neuen Freunden fremd und ein wenig verloren fühlte. Verloren nicht nur deshalb, weil er seit der Abfahrt das Gefühl nicht los wurde, ständig im Weg zu stehen oder zu sitzen, sondern auch weil die Rondrasonne es überdeutlich an den Tag brachte, wie sehr er sich in Wuchs und Hautfarbe von den Nordmännern und -frauen unterschied. Er hatte sich nämlich, um zumindest seine Tracht der thorwalschen ein wenig anzupassen, sowohl der Strümpfe als auch des Hemdes entledigt, und nun beschienen Praios' Strahlen schlohweiße, dunkel behaarte und überraschend kräftige Waden, eine zarte weiße Brust mit einem Fleck spärlichen dunklen Haares in der Mitte und fast mädchenhaft weiche weiße Arme. Die Thorwaler hingegen waren durchweg sonnengebräunt, wobei bei einigen der Hautton mehr ins Rötliche spielte oder bei anderen, da durch ein dichtes Muster von Sommersprossen gebildet, nicht völlig gleichmäßig wirkte. Kräftiger gebaut als Anselm waren sie allesamt, selbst die ›zierliche‹ junge Grimma, wie sich der Medicus mit Neid und leiser Beschämung eingestehen mußte.

Zu ihr, zu Hjalda, zu Tjalva, zu Frenja mit dem weinroten offenen Haar, die von hinten ein klein wenig an eine vergrößerte Sylphinja erinnerte, und zu der zweiten Swafnild seines Lebens wanderte sein Blick immer wieder mit Wohlgefallen, wohingegen er sich kaum die Mühe machte, Asleif zwischen den mindestens sechs weiteren Zopfbärtigen an Bord herauszufinden. Um so überraschter war er, als der Hüne sich unvermittelt neben ihm niederließ. »Medicus, Medicus, das solltest du nicht tun«, sagte er kopfschüttelnd und fügte hinzu, als er Anselms verständnislosen Blick bemerkte: »Deine zarte weiße Haut noch länger der Sonne aussetzen. Zieh besser dein Hemd wieder an – die weißen Rüschen vorn sehen ganz allerliebst aus, viel niedlicher als rotverbrannte Haut.«

Hätte Asleif sich die allerliebsten Rüschen verkniffen, wäre Anselm vielleicht bereit gewesen, den Rat zu befolgen. So aber erwiderte er den gutmütigen Blick mit einem strengen Stirnrunzeln. »Ich stamme aus Punin im sonnigen Almada, der südlichsten Provinz des Reiches«, klärte er Asleif auf (Habe ich diesen Satz an jenem Abend im *Walfisch* nicht an die hundertmal wiederholt? ging es ihm durch den Kopf, während er ihn aussprach). »Dort kennt man Praios' hitzige Strahlen und auch den Brand, den sie verursachen können. Hier, viel weiter im Norden, ist ihre Intensität erheblich geringer, und der beständige Wind nimmt ihnen ihre Hitzigkeit. Sei gewiß, daß sie mir keinen Schaden zufügen werden.«

»Nun ja, du bist der Medicus, du mußt es wissen«, meinte Asleif achselzuckend. »Aber sag morgen nicht, daß ich dich nicht gewarnt hätte. Warnen muß ich dich, das bin ich meinem Lebensretter schuldig. Ja, Medicus, ich glaube, du hast mir das Leben gerettet, und ich stehe tief in deiner Schuld.« Er beugte sich vor und legte seine große behaarte Hand auf Anselms Schulter. »Ich habe lange nachgedacht, wie ich sie begleichen...«

»Es ist die Pflicht eines Heilers, zu heilen und zu retten, so die Götter wollen«, erwiderte Anselm und bereute den unbesonnenen Einwurf sogleich. Denn nun faßte die Hand statt der Schulter seinen Nacken und zog seinen Kopf dicht vor das Gesicht seines Gegenübers.

»Du sollst mich nicht unterbrechen, wenn ich noch nicht fertig bin!« Der rauhe Baß klang durchaus nicht unfreundlich, trotzdem war Anselm froh, als der Hüne ihn wieder aus seinem Griff entließ. Verbindlich lächelnd nickte er, um anzuzeigen, daß er dem Thorwaler in allem recht gebe und daß von seiner Seite keine Unterbrechung mehr zu erwarten sei.

»Also, paß auf!« fuhr Asleif fort. »Ich habe lange nachgedacht, wie ich dir danken kann. Am besten wäre es natürlich, dir auch einmal das Leben zu retten, dann wären wir quitt. Aber« – er legte die Stirn in bedeutungsvolle Falten – »dann müßte dir vorher etwas Schlimmes passieren, und das zu wünschen, wäre ein schlechter Dank, nicht wahr? Außerdem hast du *jetzt* nichts davon. An Gold liegt dir als Mann der Wissenschaft sicher nicht allzuviel...« (Anselm unterdrückte den Impuls, einzuwenden, daß Gold zwar nicht glücklich mache, aber doch nicht wenig dazu beitrage, das Leben angenehmer zu gestalten.) »... und außerdem ist Gold keine angemessene Belohnung. Man fragt sich immer: Wer mag das alles schon angefaßt haben, oder etwa nicht?«

Diesmal war das Stirnrunzeln so intensiv und die Pause so lang, daß Asleif offenbar eine Zustimmung erwartete, und so beeilte Anselm sich, zu nicken und »Durchaus, durchaus« zu erwidern. »Auch fragt man sich mitunter, ob nicht Blut an den Münzen klebt, die so munter im Beutel klimpern«, fügte er hinzu, obwohl er sich das bisher noch nie gefragt hatte.

Auch Asleif schien verdutzt über die unerwartete Wendung des Gespräches. Er starrte Anselm finster an, dann hieb er ihm auf die Schulter. »Blut hin, Blut her«, sagte er bestimmt und offenbar in der Absicht, das Thema zu beenden, »ich hab mir gedacht, dir einen von meinen Glücksbringern zu schenken.« Und nun fuhren, sehr zu Anselms Erleichterung, beide Hände zum Nacken des Hünen, fingerten dort ein Weilchen, um ihm dann zwei Lederbändchen dicht vor die Nase zu halten, an denen es rosa, beziehungsweise weiß baumelte. »Such dir einen aus!«

Vorsichtig streckte Anselm die Hand aus, um die Amulette genauer zu betrachten, und Asleif schien nichts dagegen zu haben. Im Gegenteil: Als Anselm das rosenfarbene Gebilde als winzige Statuette einer unbekleideten Frau mit schwellenden Hüften und üppigen Brüsten erkannte, sehr fein in Speckstein (?) gearbeitet, fing der Thorwaler an zu erklären: »Das ist die Rahja von Belhanka. Sie soll Glück in allen Liebesdingen bringen. Sie sorgt dafür, daß deine Manneskraft niemals versagt, auch wenn du eines Tages ein klappriger Greis bist oder wenn du zwei Krüge Feuer geleert hast. Und sie hilft dir, die aufs Lager zu bekommen, die du haben willst. Ob sie gut ist, die Rahja, meine ich, kann ich nicht beurteilen – ich hab sie noch nicht sehr lange … Aber wunderschön ist sie, nicht wahr? Ein prächtiges kleines Frauchen! Man kann sich gar nicht satt sehen an ihr, so winzig sie auch ist. Alle zehn Zehchen kannst du erkennen, die niedliche Nase, die großen schwarzen Augen, die prallen kleinen Knospen ...«

Tatsächlich, nun erst bemerkte Anselm, welch überaus kunstfertige Arbeit er in Händen hielt: Haupthaar, Brauen, Lider und Irissterne des Figürchens waren in schwarzem Stein ausgelegt, und auch sonst war jede Einzelheit aufs zierlichste gestaltet.

»Sieht ein bißchen aus wie das Novadi-Flittchen, oder was meinst du?« Unvermittelt entriß Asleif dem Medicus das Amulett und fixierte es grimmig. »Hjalda hat recht«, fuhr er fort. »Man hätte ihr ordentlich den Hintern versohlen sollen für ihre dreckigen Moha-Tricks – übers Knie legen und so lange auf das süße Ärschchen hauen, bis es feuerrot ist ...«

Als Asleif das ›Novadi-Flittchen‹ erwähnte, blitzte für einen kurzen Augenblick das Bild der Tulamidin vor Anselms inneren Augen auf – samten schwarze Augen, die ihn seltsam anschauten –, doch kam er nicht dazu, es auszukosten und sehnsüchtigen Träumen nachzuhängen, denn fast barsch drückte der Thorwaler ihm das Amulett in die Hand zurück. Plötzlich schien ihn der beschämende Ausgang des Kampfes im *Dicken Walfisch,* der im strengen Sinne Grund und Anlaß für seinen Dank war, ungemein zu verdrießen. »Und das ist der Zahn einer Seeschlange, der wir einst vor Brabak den Garaus gemacht haben«, knurrte er bedrohlich und packte den anderen Glücksbringer, einen spitzen, gebogenen, silbergefaßten, wohl vier Finger langen Zahn.

»Imposant, wirklich imposant«, sagte Anselm, »aber ich denke doch, ich werde mich für die Rahja entscheiden.«

»Wie kannst du das sagen, wo du noch gar nicht weißt, was der Zahn macht!« Asleif schien schon wieder oder immer noch verärgert. »Er schützt nämlich vor Meeresungeheuern, Schiffbruch und Seekrankheit, und das ist erwiesen, das sag ich dir! Ich trag ihn seit sechs Jahren, und er hat immer geholfen. Ja, da staunst du, und jetzt fällt dir die Entscheidung nicht mehr so leicht.«

»In der Tat«, murmelte Anselm. »Da heißt es sehr genau abwägen.« Er überlegte fieberhaft, was er Schmeichelhaftes über den Zahn sagen könnte, um den Anschein zu erwecken, die Entscheidung fiele ihm tatsächlich schwer. »Einen solchen Zahn sah ich nie«, fuhr er fort, während er das Amulett vorsichtig betastete. »So scharf, so spitz – man könnte ihn ohne weiteres als Waffe benutzen, wenn man gerade kein Messer zur Hand hat! Und wie kunstvoll er gefaßt ist – ein wahres Meisterstück des Schmiedehandwerks ...«

»Was faselst du?! Ein Glücksbringer ist doch kein Messer! Man trägt ihn am Hals und nicht am Gürtel.« Asleif warf Anselm einen prüfenden Blick zu, und als er sich überzeugt hatte, daß sich in dessen Miene weder Arg noch Spott fand, fuhr er versöhnlich fort: »Und jetzt willst du sicher die Geschichte hören, wie ich zu dem Zahn gekommen bin. Also, paß auf: Das war vor sechs Jahren, wie ich schon sagte, auf der Rückfahrt von Al'Anfa, wo wir dem rabengläubigen Sklavenhaltergesindel eine gehörige Lektion erteilt hatten, als wir vor Brabak in eine Flaute gerieten. Nun, das wäre nicht weiter schlimm gewesen, verfügen wir doch über achtzehn Riemen und ... und ... zweiundsiebzig Arme, sie zu bewegen. Doch plötzlich wurde das Wasser zu flüssigem Blei, und die Ruder wollten kaum noch hindurchgleiten. Wahrhaftig ...«

Weiter kam Asleif nicht, denn hier wurde sein Bericht lautstark und mehrstimmig unterbrochen. »Es geschah gar nicht plötzlich! Was redest du da? Ganz langsam und allmählich veränderte sich das Wasser!« – »Blei, sagst du? Flüssiges Blei ist silbern, aber das Wasser war tiefgrün.« – »Nicht wie Blei, wie Leim oder Kleister war es! Erinnerst du dich nicht, wie es zäh von den Ruderblättern tropfte?!« so riefen Ragnild (?), Gerild (?) und Tjalf (?) durcheinander. Und aus dem Wortwechsel, der sich nun entspann, aus dem Wunsch der vier, jedes noch so nebensächlich scheinende Detail der Ereignisse in größtmöglicher Genauigkeit wiederzugeben, schälte sich im Verlauf der nächsten Stunde die dramatische Geschichte vom Kampf gegen die Brabaker Seeschlange heraus.

Zwar hatte Anselm große Mühe, dem Bericht zu folgen, aber Asleif und seinen Kumpanen beim Erzählen zu lauschen und zuzuschauen, war eine hochinteressante Erfahrung für ihn. Da war von Onkeln, Uronkeln und Onkelkindern die Rede, lange Verstorbene wurden zitiert, und weit zurückliegende Geschehnisse mit denen von vor sechs Jahren verglichen und verwoben. Doch all das, was der Medicus für Abweichungen zu halten geneigt war, schien für die Seeschlangengeschichte von allergrößter Bedeutung. Und zu sehen gab es auch so allerlei: Als nämlich die vier in Streit über den genauen Zeitpunkt einer Begebenheit – einer Begebenheit *nach* der Schlangenschlacht seltsamerweise – in Streit gerieten, öffnete Gerild plötzlich ihr ledernes Mieder und präsentierte dem (angenehm) verblüfften Anselm und den weit weniger verdutzten Gefährten ihre Brüste, deren eine ein kunstvolles kreisförmiges Wellenornament schmückte, mit den Worten: »Das war im Ingerimm zweiundzwanzig. Ihr werdet euch doch wohl erinnern, daß ich mir damals von Eldgrimm in Kuslik dieses prächtige Seestück habe stechen lassen. Und« – sie reckte die Brust vor und wies auf eine Stelle am äußeren Bogen der Verzierung – »hier hat Eldgrimm sein *E* und die Jahreszahl hingestochen, so wie es seine Art ist.« Als irgendwann, viel später (endlich!) die Rede auf die Schlacht gegen das Ungeheuer kam, ließ auch Ragnild das Wams fallen – die Männer hatten ihre Oberkörper ohnehin entblößt –, und nun versuchten alle vier sich mit den Narben zu übertrumpfen, die sie bei diesem und bei anderen Gefechten davongetragen hatten.

»Einen Skalden müßten wir haben«, meinte Asleif versonnen. »Der würde alles in Verse fassen, und dann gäb es nichts mehr dran zu deuteln. Und eine schöne Melodie sollte er sich dazu ausdenken, daß man die Verse auch gut singen kann ...«

»Das wohl! Das wohl!« pflichteten die Kumpane ihm bei.

»Ich kenne eine Bardin«, mischte Anselm sich zum ersten Mal in die Unterhaltung ein. »Tsaiane Drosselanger. Zwar ist sie keine Landsmännin von euch, aber gut singen kann sie ... Das wohl!« Er blickte rasch von einem zum anderen, ob er das erste ›Das wohl!‹ seines Lebens wohl recht und an der rechten Stelle verwendet hätte, aber niemand schien überrascht oder befremdet, und so fuhr er fort, froh, seinen neuen Freunden wenigstens die Bekanntschaft einer Bardin vorauszuhaben: »Sie versteht sich auch vorzüglich aufs Verseschmieden, und sie begleitet ihren Vortrag mit höchst anmutigem Lautenspiel.«

»Tsaiane, sagst du? So 'ne kleine Schmächtige mit langem Haar und dunkler Stimme?« Asleif runzelte überrascht die Stirn. »Die Sängerin aus dem *Walfisch?* Du kennst die auch?«

Und bei diesen Worten fiel Anselm ein, daß die Thorwaler Tsaiane vermutlich besser kannten als er selbst. Er nickte. »Ja, ich hatte das Vergnügen, sie eine Zeitlang auf ihrer Reise, die auch die meine war, begleiten zu dürfen. Leider trennten sich unsere Wege zwischen Bredenhag und Nostria, und auch in Salza, wo ich sie zu treffen hoffte, habe ich sie verpaßt. Aber sie hinterließ ...«

Doch so genau wollten es die vier offenbar nicht wissen, denn schon sprachen beziehungsweise brüllten sie wieder durcheinander: »Die ist gut, das wohl!« – »*Hetmann Faenwulf* hat sie singen gekonnt, und sogar den

Raubzug, wenn auch nicht ganz richtig.« – »Überraschend trinkfest für so 'ne halbe Portion – hat Grimma glatt untern Tisch gesoffen.« – »Wo hat sie vorgestern überhaupt gesteckt? Das hätte sie sehen sollen, wie die Novadi dich zu Boden geschickt hat und wie unser Medicus dich durch beherztes Auf-den-Kopf-stellen wieder heile gemacht hat – würd *auch* ein gutes Lied abgeben. Wir hätten sie mitnehmen sollen.« Ragnild lachte, und Gerild und Tjalf fielen ein, nur Asleif runzelte finster die Brauen. Doch bevor er eine zünftige Entgegnung bereit hatte, wandte Ragnild sich unvermittelt an Anselm, dem einfiel, daß er vor zwei Tagen genau dasselbe gedacht hatte: »Du bist doch nicht etwa ihr Liebhaber, oder doch?«

»Ich? Was? Nein!« Anselm war so verblüfft über die plötzliche Wendung des Gesprächs, daß seine Verneinung schroffer klang, als sie hätte klingen sollen, und so fügte er rasch hinzu: »Nein, dies Vergnügen ist mir bisher leider versagt geblieben.«

»Hätte mich auch gewundert ... Tja, nun weiß keiner, wo sie steckt, da wird's wohl nichts werden mit den Liedern.«

»Wo sie steckt, weiß ich zwar nicht«, sagte Anselm bedeutungsvoll und laut genug, um auch die Aufmerksamkeit der anderen drei auf sich zu lenken, »aber ich besitze, wie ich eben zu berichten anhub, zwei Schreiben von ihrer Hand. Der Inhalt des ersten ist hier nicht von Belang. Das zweite jedoch« – hier machte er eine kurze Pause und blickte eindringlich in die Runde – »wurde im *Walfisch* für mich hinterlegt und besagt, daß sie im Begriff stehe, nach Thorwal zu reisen – als ich es in Händen hielt, war sie bereits unterwegs –, und zwar auf dem Drachen einer offenbar sehr berühmten und mächtigen Dame, einer Dame, die sich Tula nennt.« Der Triumph, so hochinteressante Informationen zu besitzen, spiegelte sich deutlich in seiner Miene, überdeutlich geradezu. Und das Grinsen wurde noch breiter, als er nun sah, welche Wirkung seine Worte auf die Gefährten hatte: Asleif hatte nach zwölf Humpen Bier auch nicht dümmlicher dreingeschaut, wie er sich zu erinnern glaubte, und Gerild klappte gar der Kiefer herab.

»*Die* Tula?« fragte Tjalf ungläubig, »Tula von Skerdu?«

»Gewiß, so wird sie genannt. Und« – nun dämpfte Anselm die Stimme, so wie vorgestern abend der ›kleine‹ Efferdan – »sie soll sich auf Zauberei verstehen.«

»Natürlich versteht sie sich darauf, wie keine zweite sogar, das macht sie ja gerade so mächtig! Sie ist eine Magierin oder Hexe, manche behaupten, sie ist die Hexenkönigin. Aber ganz genau weiß das keiner...« Tjalf kratzte sich nachdenklich am Hinterkopf. »Dann war sie also doch im *Walfisch!* Die leibhaftige Tula! Ich hab's euch ja gleich gesagt. Die mit dem Schädelbild und dem dünnen Zöpfchen, das ist Tula, hab ich gesagt. Ihr wolltet's ja nicht glauben, aber nun hab ich doch recht gehabt.«

Die lautstarke und mehrfache Nennung von Tulas Namen hatte die Aufmerksamkeit der nahebei Sitzenden erregt. Etliche Köpfe wandten sich in Richtung der Fünfergruppe; ein paar Männer und Frauen verließen gar ihre Plätze, um sich neben Anselm und Asleif beziehungsweise neben Tjalf, Ragnild und Gerild auf die Ruderbänke zu quetschen. Andere ließen sich samt ihren Seesäcken hinter und zwischen den Gefährten nieder, so daß sich das Schiff bedenklich auf die Seite neigte – bedenklich in Anselms Augen, den Thorwalern schien die momentane leichte Schräglage nichts auszumachen.

Ja, Tula war ein ergiebiges Thema, wie sich nun zeigte. Zunächst mußte geklärt werden, ob der schwarze Drache, den man bei der Ankunft im Hafen gesehen hatte und der fort gewesen war, als vorgestern nacht die ersten an Bord der *Swafnirlieb* getorkelt kamen, wirklich Tulas Drache gewesen war. Dann entbrannte ein Streit darüber, ob die auffällig große und muskulöse Frau mit dem überaus kunstvollen Hautbild auf dem kahlrasierten Schädel, die sich vorgestern um die sechste Stunde im *Walfisch* aufgehalten hatte, tatsächlich Tula gewesen war und nicht ihre Tochter oder Gespielin, doch in diesem Augenblick hielt Anselm triumphierend Tsaianes Brief in die Höhe, den er mühsam vom Grund seines nagelneuen Seesackes emporgewühlt hatte.

»Hier steht es schwarz auf weiß!« rief er und tippte auf das Blatt. Er suchte die betreffende Stelle, um sie vorzulesen, und stutzte errötend. »Nun ja … also ihr Name steht hier nicht direkt … aber es kann sich nur um Tula handeln … Sie, also Tsaiane, schreibt von einer mächtigen, zauberkundigen Frau …«, stammelte er. »Aber Efferdan, das ist der Sohn der Wirtsleute, hat auch gesagt, daß der schwarze Drache mit dem schwarzen Segel – ich habe ihn übrigens just vor meiner Ankunft im *Walfisch* abfahren sehen – Tulas Drache ist und daß seine Mutter eigenhändig ein paar von Tulas Leuten vor die Tür gesetzt hat. Und von dem berühmten schwarzen Drachen schreibt auch Tsaiane, also gibt es keinen Zweifel.«

Anselm hoffte, daß seine leicht verschachtelte Rede über die etwas fragwürdige Logik der Ausführungen hinwegtäuschen werde, und so verhielt es sich auch. Besonders Tjalf nickte heftig; er schien hochbefriedigt, daß er als erster und einziger die mächtige Tula identifiziert hatte.

Und nun wurden sämtliche Geschichten zum besten gegeben, die die Mädels und Jungs von der *Swafnirlieb* über Tula kannten. Zwar hielt Anselm viel von dem, was sie berichteten, für typische Beispiele thorwalscher Erzählkunst (abschweifend, ausufernd, übertrieben), aber ihn beschlich trotz des Vergnügens, das ihm die Geschichten bereiteten, mehr und mehr das Gefühl, daß Tsaiane sich eine äußerst gefährliche, unberechenbare und vielleicht auch grausame Person zur Mäzenin erwählt hatte. Einem Gerücht zufolge hatte die Hexe einmal in Al'Anfa ein Dutzend Sklavenjäger zugleich zu Stein erstarren lassen. Wenn sie tatsächlich fähig sein sollte, einen so machtvollen Zauber zu wirken, so blieb für Anselm doch die Frage, warum sich Al'Anfaner Sklavenjäger, die ja bekanntlich einzeln oder in kleinen Gruppen ihrer schändlichen Arbeit nachgingen, sich ausgerechnet für die große Tula zwölfweis zusammengerottet haben sollten.

Außer den Geschichten, die Tula als grausame Rächerin und unerbittliche Gegnerin der Al'Anfaner schilderten, rankten sich etliche um die Besatzung des schwarzen Drachen und um ihre zahlreichen düsteren Liebschaften. »Was will sie nur von der Bardin? Warum hat sie sie mitgenommen?« fragte jemand in die Runde. »Sie hätte lieber warten sollen, bis sie die Novadi sieht. Die wär sicher mehr nach ihrem Geschmack gewesen. Die Bardin ist doch viel zu alt, und auch wenn sie ganz passabel zupft und singt, besser als unsere Skalden ist sie nicht.«

»Zu alt wofür?« fragte Anselm, obwohl er ahnte, was gemeint war. Doch sollte er auf seine Frage keine Antwort erhalten, denn just in diesem Augenblick erklang Hjaldas dunkel-tragende Stimme: »An die Riemen, Leute!« Und nun hatte der Medicus Gelegenheit, fasziniert zu beobachten, wie sich der ungeordnete Barbarenhaufen blitzgeschwind in eine disziplinierte Rudermann- beziehungsweise -frauschaft verwandelte. Was der Grund für Hjaldas unvermittelten Befehl war, erkannte er allerdings erst eine Weile später, als er vom Heck des Schiffes aus, wohin er während des kurzen Gedränges geschoben worden war, den Blick über das Meer schweifen ließ, und da wurde ihm noch beklommener zumute als bei der vorübergehenden leichten Schlagseite zwei Stunden zuvor.

Ein rundlicher Einmaster mit gestreiftem Segel war, wie es schien, aus dem Nichts aufgetaucht, tausend Schritt in nordwestlicher Richtung, mühsam kreuzend, da ihm der Wind fast entgegenblies. Eine nostrische Knorre, dachte Anselm beim Näherkommen – er hatte sich während seines Aufenthaltes in Salza ein paar Kenntnisse über Schiffstypen, ihre Herkunft und Verwendung angeeignet. Knorren, die dicken Schwestern der Thorwaler Drachen, wurden ausschließlich für den Transport von Waren verwendet, hatte er erfahren.

Flink wie ein Delphin durchschnitt die schlanke *Swafnirlieb* die Wellen, da nun zweiundsiebzig kräftige Arme den günstigen Wind unterstützten – und hielt direkt auf das fremde Schiff zu.

Also sind sie doch Piraten, schoß es Anselm durch den Kopf; die konzentrierten, grimmigen Mienen der Männer und Frauen an den Riemen ließen keinen anderen Schluß zu. Er überlegte fieberhaft, mit welchen Strafen in Nostria Piraterie geahndet wurde (Kendrar war noch fern, also befand man sich wohl in nostrischen Hoheitsgewässern) und ob man auch ihn, einen Gast und Glücksbringer der Besatzung, wie einen Seeräuber aburteilen würde, so das fremde Schiff die *Swafnirlieb* aufbrächte. Diesen beklemmenden, fahrigen Gedanken stellten sich andere, aber kaum weniger beunruhigende entgegen: daß die behäbige Knorre wohl kaum Hjaldas wendigen Drachen bezwingen könne, daß Knorren in der Regel nicht über Geschütze verfügten und daß ihre Besatzung zumeist weit weniger Köpfe zählte als die eines Thorwalerschiffes. Aber zum Kampf wird es kommen, dachte er, kein braves Schiffchen ergibt sich kampflos. Er griff zum Gürtel, um sich seines Dolches zu vergewissern, als etwas seiner Hand entfiel – Asleifs Amulette.

Anselm war sich nicht bewußt gewesen, daß er die Glücksbringer die ganze Zeit über umklammert gehalten hatte, nun bückte er sich rasch, damit sie nicht unversehens in einer Ritze zwischen den Planken verschwänden. Er suchte Asleif mit den Augen, entdeckte ihn drei Ruderbänke voraus und entschied, daß es unmöglich sei, ihm das seine jetzt zurückzugeben. Verlegen um einen wirklich sicheren Verwahrungsort, verknotete er die Bändchen rasch im Nacken, beide zugleich. Und als er nun nach dem Schlangenzahn und dem rosigen Figürchen griff, um den festen Sitz der Amulette zu überprüfen – vielleicht auch in dem ihm selbst kaum bewußten Wunsch, Schutz und Beistand von ihnen zu erlangen –, da glaubte er für einen winzigen Moment zu spüren, daß ihnen helfende Kräfte innewohnten.

Die *Swafnirlieb* hatte sich der Knorre mittlerweile bis auf Rufweite genähert – etwa sechzig Schritt mochten nach Anselms Schätzung die beiden Schiffe voneinander trennen –, und nun erkannte man recht gut die elf Männer und Frauen an Deck, die, mit Äxten, Armbrüsten und kurzen Schwertern bewaffnet, die Angreifer erwarteten. Der recht schmächtige Kerl mit dem Dreispitz muß der Kapitän sein, dachte Anselm. Wieso fliegt der Hut nicht davon, ist er festgebunden? fragte er sich und wunderte sich sogleich, daß ihm in einem solchen Augenblick Gedanken über den Halt von windanfälligen Hüten durch den Kopf gingen. Am Steuer stand eine kräftige blonde Frau, über deren vollem Busen die Rüschen des Hemdes flatterten; der Rest der Besatzung – in gestreiften Hemden, linnenen Bundhosen, mit im Nacken geknoteten Kopftüchern – waren einfache, aber trutzige Matrosinnen und Matrosen.

Doch Hjalda gab noch keinen Befehl, die Knorre zu entern. Auf ein (für den Medicus) unsichtbares Zeichen von ihr hin drehte der Drache bei und hielt sich nun in vielleicht zwanzig Schritt Abstand parallel zu der *Yasmina* – der Name prangte in großen gelben, ein wenig ungelenken Buchstaben am Bug des fremden Schiffes. »Na, Rübenwürstchen«, dröhnte plötzlich

Hjaldas Stimme durch den Wind, »was hast du denn Feines geladen? Popel?«

»Popel! Das wohl! Das wohl!« antwortete ein vielstimmiger Chor von Bord der *Swafnirlieb,* während drüben auf der *Yasmina* eisiges Schweigen herrschte und nur, wie es Anselm schien, die Waffen noch fester umklammert wurden.

»Ihr kommt ja so schlecht voran«, erhob Anselms Freundin nun wieder die Stimme. »Furzt doch ins Segel – das gibt Tempo.«

»Das wohl! Das wohl!« stimmten ihre Leute dem Vorschlag zu.

»Wie heißt denn dein Nachttopf?« setzte sie die Befragung fort. »Difarbraut? Steißwarze? Seeoger?« Abermals erhielt sie keine Antwort.

Was geht hier vor? dachte Anselm. Leiten sie so das Kapern ein? Und während er es dachte, zugleich verwundert feststellte, daß bisher keiner von Hjaldas Leuten das Beil aus dem Gürtel oder das Entermesser aus der Scheide gezogen hatte, entschlüpfte ihm fast gegen seinen Willen ein leises »Yasmina«.

So leise es war, Hjalda hatte es doch gehört. »Aha, ›Yasmina‹, flüstert man mir zu, weil man glaubt, daß ich mich nicht aufs Lesen verstehe!« schallte es übers Meer, doch so fröhlich ihre Stimme klang, glaubte Anselm doch einen winzigen bedrohlichen Unterton auszumachen. Und ein paar der Mädels und Jungs wandten sich zu ihm um, blankes Erstaunen in den Mienen.

»Yasmina«, wiederholte Hjalda, jede Silbe dehnend, fast singend. »Liebliche Yasmina? Dann habe ich ja gar nicht so falsch gelegen mit meinen Vermutungen: liebliche Yasmina – Ogereuter vorn und Karbunkel achtern.«

Offenbar war Hjalda mit diesen Worten ein besonders kerniger Affront gelungen (den Anselm allerdings nicht verstand), denn die ›Das wohl!‹-Rufe, die ihnen folgten, übertrafen die vorangegangenen deutlich an

Lautstärke und Begeisterung. Und auch an Bord der Knorre wurde es nun unruhig. Ein paar Leute fuchtelten drohend mit Schwertern und Äxten, und zwei Matrosen hoben gar die Armbrüste, wurden aber im letzten Augenblick durch ein energisches Handzeichen vom Kapitän daran gehindert, auf Hjalda anzulegen.

»He, Mopsendronning«, wandte Hjalda sich unvermittelt an die Steuerfrau (Anselm erkannte, wer mit der *Mopsendronning* gemeint sein müsse, daran, daß die Angesprochene sich straffte und grimmig die Faust in die Seite stemmte). »Was ist los mit deinem Käpten, daß er nicht mit mir spricht? Hat er seine Zunge verschluckt? Zuviel Popel gefressen? Dann schwätz du!«

»Mopsendronning, das wohl!« erscholl es vielkehlig, doch dann trat an Bord der *Swafnirlieb* erwartungsvolle Stille ein – offenbar waren die Thorwaler genauso gespannt wie Anselm, ob und was die Steuerfrau erwidern werde.

Hatte zuvor, wie es schien, eine steile Falte zwischen den Brauen der Frau gestanden – deutlich zu erkennen war es auf die Entfernung nicht –, so glätteten sich nun ihre Züge, und sie entblößte zwei Reihen strahlendweißer Zähne. Und als sie die Stimme erhob, war Anselm von deren Wohlklang überrascht. »Habt Dank für die Artigkeiten, holde Dame!« rief sie Hjalda zu; dabei griff sie sich mit der freien Hand unter die schweren Brüste und versetzte sie in eindrucksvolle Schwingungen. »Sehr gern will ich Euch Rede und Antwort stehen, Ihr Liebling der lieblichen Rahja, Ihr Perle von Prem, Ihr Lilie von Liskor. Doch zuvor möchte ich Euch meinen Gruß entbieten.« Aber statt sich nun zu verneigen, drehte sie sich blitzschnell um (ohne das Steuer fahren zu lassen), und bevor Anselm begriff, was sie beabsichtigte, fielen ihre Beinkleider herab, und ein gewaltiger, prachtvoll geformter, blaßrosig schimmernder Hintern reckte sich ihm und den Frauen und Männern auf der *Swafnirlieb* entgegen. Zu verblüfft war der junge Medicus, um den Anblick angemessen würdigen oder genießen zu können, und noch verblüffter war er, als nun ein lauter, langanhaltender, knatternder Laut ertönte, von dem er niemals erfahren sollte, ob er vorn oder tatsächlich ›achtern‹ erzeugt worden war.

Auch Hjalda und ihre Leute waren so baff über die unerwartete Wendung, daß es ihnen für einen kurzen Moment die Sprache verschlug, und in diesen wenigen Herzschlägen bedeckte die Steuerfrau wieder ihre Blöße, nahm kurz die Hand vom Ruder, um die Hose zu schließen, und als sie wieder nach dem Steuer griff, es hastig herumriß, tat die *Yasmina* zugleich einen Satz zur Seite und nach vorn, schoß dicht an der *Swafnirlieb* vorbei, so dicht, daß ihr Bug den des Drachen fast streifte und vier Riemen mit häßlichem Geräusch zerbarsten. »Lebt wohl!« rief die Blonde lachend und schwenkte fröhlich den Arm. »Und Difar sei allzeit mit Euch!«

Ob das gewagte Manöver einzig das Verdienst der Steuerfrau gewesen war oder ob nicht vielleicht genau im rechten Augenblick geschickte Hände das Segel in die rechte Stellung gebracht hatten, sollte ebenfalls für immer ein Geheimnis bleiben.

Die Knorre einzuholen, wäre für die *Swafnirlieb* ein leichtes gewesen, aber Hjalda schüttelte den Kopf, als Grimma und ein paar andere fragten, ob man der *Yasmina* nachsetzen solle. »Nicht schlecht«, murmelte sie, wobei nicht klar war, ob sich ihre Worte auf den angerichteten Schaden, die Steuer- und Segelkünste der gegnerischen Besatzung oder den derben Gruß der Steuerfrau bezogen. Dann hielt sie die Hände trichterförmig an den Mund und brüllte gegen den Wind: »Bei Kasimirs Lockenpracht – wir sehen uns wieder, Dicke!«

Kasimirs Lockenpracht – diesen Scherz verstand Anselm, und da Hjaldas Leute ihn mit seiner Wiederholung, mit Stampfen, Lachen und ›Das wohl!‹-Rufen quittierten, brach auch er in befreiendes Gelächter aus. Doch erst geraume Weile später, als die *Swafnirlieb* wieder den ursprünglichen Kurs verfolgte, als das gestreifte Segel der *Yasmina* im Süden kleiner und kleiner wurde, bemerkte er, daß zwei kalte graue Augen ihn fixierten.

Hjalda stand zwischen den Ruderbänken, breitbeinig, die Arme vor der Brust verschränkt. »Mit deinen Einflüsterungen hast du mich aus dem Konzept gebracht, Medicus«, sagte sie ohne den leisesten Anflug von Heiterkeit. »Mach das nicht noch einmal! Diesmal will ich's dir durchgehen lassen, aber beim nächsten Mal...« Sie ließ offen, wie sie einen nochmaligen Vorwitz zu ahnden gedenke, und Anselm wollte es auch gar nicht wissen. Bevor er eine Entschuldigung stammeln konnte, sprach sie weiter, und ihre Stimme klang fast noch strenger und bedrohlicher als zuvor. »Und wieso trägst du Asleifs Glücksbringer am Hals?«

»Ich bewahre sie nur auf... das heißt, einen, den anderen soll ich behalten, sagt Asleif... aber ich habe mich noch nicht entschieden, welchen«, erläuterte Anselm, bemüht, keinen weiteren Fehler zu machen und Hjaldas Zorn nicht zu schüren. Doch da trat Asleif zu seiner Schwester und legte ihr zärtlich den Arm um die Schulter.

»Der Medicus hat mir das Leben gerettet, deshalb soll er einen von meinen Glücksbringern haben, hab ich mir gedacht, als Dank«, erläuterte das ›Lämmchen‹. »Außerdem ist er unser Glücksbringer, und da braucht er sowieso einen.«

»Glücksbringer, na ja!« Hjalda legte den Kopf auf die Seite und musterte Anselm, aber ihr Blick war nicht mehr gar so grimmig wie noch vor wenigen Augenblicken. »Unglücksbringer würde besser passen! Nein, das ist zu stark.« Sie dachte kurz nach. »Blamagebringer«, sagte sie dann. »Genau, das ist er, ein Blamagebringer, aber gibt es ein größeres Unglück, als sich vor einem nostrischen Fettsteiß zu blamieren?« Sie lachte plötzlich dröhnend auf, dann fuhr sie fort, an Asleif gewandt: »Wenn du wirklich glaubst, daß er dir das Leben gerettet hat, Kleiner, dann finde ich es ganz schön knickrig, ihn mit *einem* Amulett abzuspeisen. Du solltest ihm beide geben. Außerdem scheint mir, daß er Efferds und Rahjas Beistand gleichermaßen nötig hat.«

So gelangte Anselm in den Besitz beider Glücksbringer, und auf schwer erklärliche Weise fühlte er sich erleichtert, daß er den maritimen Schutz gewährenden Seeschlangenzahn nicht zurückgeben mußte.

Hjalda hatte sich vorgenommen, die Strecke bis Thorwal in längstens zwei Tagen zurückzulegen, falls der Wind günstig sei – und das war und blieb er. So ließ man denn Kendrar rechts liegen und legte erst in Lerpin an, ausschließlich mit Rücksicht auf Anselm; ohne ihn wären die Thorwaler auch die Nacht hindurch gesegelt. Aber Hjalda sagte: »Unser kleiner Glücksbringer sieht gar nicht gut aus. Wenn er nicht zum Ausruhen kommt und keine Gelegenheit hat, sich selbst ein bißchen zu heilen, wird er uns noch richtig krank. Und dann ist es ganz vorbei mit der Glücksbringerei.« Das letzte Wort sprach sie mit besonderem Nachdruck.

Anselm hatte sich den ganzen Tag über – außer bei dem denkwürdigen Zusammentreffen mit der nostrischen Knorre (die übrigen Schiffe, denen sie begegneten, waren sämtlich Thorwaler Drachen) und ein paar allzu gewagten Segelmanövern – äußerst wohl und gesund gefühlt. Daß etwas mit ihm nicht stimmte, daß der Kupferton seiner Haut nicht vom rötlichen Abendschein herrührte, wurde ihm erst bewußt, als Asleif sagte: »Medicus, ich hab dich heut morgen gewarnt. Nicht wahr, du erinnerst dich?«

Ja, Anselm hatte sich einen wahrlich dämonischen Sonnenbrand eingefangen – fast acht Stunden lang war sein an Praios' Strahlen nicht gewöhnter Körper diesen ausgesetzt gewesen! Schon bei den ersten leicht schwankenden Schritten an festem Land spürte er die Hitze auf der Haut, und als man *Swafnirs Insel* erreichte, war sie auch in seinem Blut.

Was sollen wir über *Swafnirs Insel* berichten, die Schenke, in die Hjalda ihre Leute führte? Sie unterschied sich von außen gar nicht – von dem hübschen Bild einmal abgesehen, das einen weißen Pottwal auf einer winzigen grünen Insel inmitten blitzeblauen, aus Schnörkelwellen gebildeten Wassers zeigte – und von innen kaum von den übrigen Langhäusern des Ortes. Außerdem bat Hjalda die Wirtsleute gleich nach der Ankunft, dem kranken Medicus ein ruhiges, behagliches Plätzchen zur Verfügung zu stellen, damit er sein Hitzefieber auskurieren könne. Und dort, im Stübchen der jüngsten Tochter, die für diese Nacht das Lager mit der Schwester teilen mußte, konnte er zwar die geschundene Haut salben, Donfsud schlürfen und danach in wirre Träume sinken, von dem zünftigen Gelage in der Gaststube jedoch war er ausgeschlossen. So blieb ihm auch versagt, gemeinsam mit den anderen immer neue Namen für Hjalda zu erfinden; die ›Lilie von Liskor‹, wie die nostrische Steuerfrau die Kapitänin genannt hatte, beflügelte Phantasie und Einfallsreichtum der Besatzung sowie der übrigen Gäste ungemein, und dies um so mehr, je reichlicher das Feuer floß. Doch da Hjalda und ihre Leute keineswegs aus Liskor stammten, sondern aus Kord, war die Aufgabe gar nicht so leicht. *Kornblume von Kord* und *Kormoran von Kord* ließ Hjalda sich grimmig schmunzelnd gefallen, bei *Kolibri von Kord* allerdings hieb sie mit der Faust auf den Tisch, daß Krüge und Becher hüpften, und blickte so finster in die Runde, daß man sich schließlich auf *Kor-ni-fä-re von Kord* einigte, obwohl keiner ganz genau wußte, was der Name besagen wollte.

Aber, wie gesagt, all das entging Anselm, und er

hätte auch womöglich wenig Vergnügen daran gefunden. Mißgelaunt stellte er am nächsten Morgen fest, daß zwar das Fieber gesunken war, seine Glieder jedoch, mit Ausnahme von Unterleib und Schenkeln, immer noch feurig leuchteten. Und so sah er sich gezwungen, nicht nur die Strümpfe und sein Rüschenhemd anzulegen – ein ganz ähnliches Modell übrigens, wie es auch die nostrische Steuerfrau getragen hatte –, sondern auch einen Hut aufzusetzen, um das Gesicht vor Praios' allzu grellen Strahlen zu schützen. Am meisten verdroß ihn, daß er Schlitze in die Krempe schneiden mußte, um ein Band hindurchzuziehen, das es unter dem Kinn zu binden galt. Denn der Wind hatte noch weiter aufgefrischt, und ohne diese Maßnahme wäre ihm der Hut unweigerlich vom Kopf geflogen. Wie ein Dämchen auf dem Praiostagsspaziergang, befand er, und seine Thorwaler Freunde waren offenbar derselben Ansicht, wie ihrem gutmütigen, aber schmerzhaften Spott zu entnehmen war.

So verlief die Fahrt nach Thorwal für achtunddreißig Leute höchst vergnüglich, nur Anselm und Grimma litten – die Leichtmatrosin hatte wieder einmal mehr getrunken, als ihr zuträglich war. Erst als die Praiosscheibe sich gen Efferd neigte und das Meer in flüssiges Gold verwandelte, besserte sich die Laune des Medicus. Schon zeichneten sich leuchtend die Konturen der Hauptstadt am östlichen Horizont ab. Etliche Drachenboote mit bunten Segeln hielten gleich der *Swafnirlieb* auf Thorwal zu, weil sie dort zu Hause waren oder um für die Nacht Schutz im Hafen zu suchen. Nur ein Schiff durchschnitt die Wellen in entgegengesetzter Richtung, und sein Segel war nicht bunt, sondern schwarz.

Alle Gespräche und Scherze an Bord von Hjaldas Schiff verstummten, als der schwarze Drache näher kam. »Tulas Otta«, flüsterte Grimma, und die ihr zunächst Sitzenden oder Stehenden, die ihre Worte hörten, nickten ehrfurchtsvoll.

In dem warmen rotgoldenen Licht wirkte das schwarze Schiff besonders abweisend, und die stummen, reglosen, dunkelgekleideten Männer und Frauen auf den Ruderbänken, besonders aber die Hünin im flatternden schwarzen Mantel, die statuengleich im Bug des Bootes stand, verstärkten diesen Eindruck noch.

Wie Hjalda und ihre Leute starrte auch Anselm unverwandt zu dem fremden Schiff hinüber. *Einmal* nur wollte er die sagenumwobene Tula mit eigenen Augen sehen! Und wenn beide Kapitäninnen weiterhin ihren Kurs verfolgten, müßte der schwarze Drache in wenigen Augenblicken in etwa zwanzig Schritt Entfernung die *Swafnirlieb* passieren.

Eine Bewegung hinter den schwarzen Buckelschilden an der Bordwand erregte seine Aufmerksamkeit, lenkte ihn ab von der Gestalt im Bug. Eine zierliche Person stand dort, hatte sich gerade erhoben, offensichtlich um Hjaldas Drachen besser betrachten zu können. Langes, braunes Haar flatterte im Wind …

Tsaiane!

»Tsaiane!« rief Anselm aufspringend. Er wollte den Hut schwenken, aber der war festgebunden, und so schwenkte er wild die Rechte, während die Linke verzweifelt an dem Bändchen nestelte.

Doch die Bardin hatte seine Worte gehört und ihn erkannt. Auch sie winkte, mit beiden Armen. »Anselmo!« klang es über das Meer. »Anselmo, Ihr habt eine Schwester!« Die nächsten Worte riß der Wind ihr vom Mund, aber Anselm glaubte etwas wie »Wir fahren nach Prem«, »Wir sehen uns in Prem« oder »Sehen wir uns in Prem?« zu verstehen.

»Was ist mit meiner Schwester? Fahrt Ihr nach Prem? Sehen wir uns dort?« schrie er verzweifelt, aber Tulas Drache war schon vorübergeglitten, und da der Wind ihm ins Gesicht blies, konnte niemand mehr an Bord des schwarzen Schiffes seine Worte verstehen.

9. Kapitel

Elf Tage verbrachte Anselm in Thorwal, denn solange hielten sich Hjalda und ihre Leute dort auf. Warum er bei ihnen blieb und nicht versuchte, mit dem nächsten Drachen, der den Hafen verließ, nach Prem zu gelangen – die Route Thorwal-Prem ist eine vielbefahrene –, läßt sich nicht mit Gewißheit entscheiden, da sich der junge Mann über seine Beweggründe selbst kaum im klaren war.

Natürlich war es zunächst einmal aus medizinischer Sicht wenig ratsam, sich einer Seereise auszusetzen, solange er seinen Sonnenbrand nicht völlig auskuriert hatte, und das dauerte zu Anselms Überraschung fast eine Woche. Firunwulf, der schweigsame Riese mit dem weizenblonden Schopf, hatte sich auf der Fahrt von Lerpin nach Thorwal neben ihn gesetzt und ihm erklärt, wie es sich mit Praios' Strahlen auf hoher See verhielt. »Also«, hatte er gesagt und sich den (ungeflochtenen) Bart gestrichen, »mit der Sonne und dem Wasser ist es folgendermaßen bestellt: Das Wasser wirft das Licht zurück wie ein Spiegel, und dabei verdoppelt sich seine Kraft. Dazu bläst dann der Wind – selbst bei Flaute bläst er, weil wir ihn dann selber machen durchs Rudern –, und das nimmt der Sonne ihre Hitzigkeit, so daß man nicht merkt, wie doppelt kräftig sie scheint. Tja, und dann … dann verbrennen sich solche Weißlinge wie du eben die Pelle.« Nach dieser langen Rede war er für den Rest der Fahrt erneut in nachdenkliches Schweigen versunken.

Zum zweiten hätte Anselm es wenig freundlich und

dankbar gefunden, seine neuen Freunde gleich nach der Ankunft wieder zu verlassen. Schließlich waren sie, trotz des Vorfalls bei der Begegnung mit der *Yasmina*, stolz darauf, einen so schmucken und klugen ›Glücksbringer‹ in Salza aufgetrieben zu haben. Und sie wurden auch nicht müde, ihn allen Fremden, Bekannten, Freunden und Verwandten vorzustellen, also schlichtweg jedem: »Das ist unser Glücksbringer aus Salza, der kleine Medicus, der Asleif wieder heile gemacht hat, als er schon fast hinüber war.« (Es schmeichelte Anselm auch durchaus, so oft im Mittelpunkt des Interesses zu stehen, um Geschichten und Lieder aus der fernen sonnigen Heimat und den Stationen seiner Reise gebeten oder um medizinischen Rat gefragt zu werden. Seine Künste abermals beweisen mußte er allerdings nicht – obwohl er sich nach einer solchen Herausforderung insgeheim sehnte –, denn die Thorwaler waren von noch robusterer Gesundheit als die Nostrianer.)

Der dritte Grund, warum er nicht stracks nach Prem weiterreiste, um alles über seine Schwester zu erfahren, lag bei Tsaiane. Inzwischen fühlte er etwas wie Groll, wenn er an sie dachte. Warum hatte sie damals nicht wie versprochen in Nostria auf ihn gewartet? Warum hatte sie in Salza ausdrücklich nach ihm geschickt, nur um im letzten Augenblick das Treffen aufzukündigen? Warum hatte sie nicht wie (nahezu) versprochen in Thorwal auf ihn gewartet? War sie ein Kobold oder eine Schelmin, die nichts weiter im Sinn hatte, als ihn zu foppen? Es ärgerte ihn, daß er gezwungen war, wiederum ihre Fährte aufzunehmen, wenn er etwas über seine Schwester in Erfahrung bringen wollte. (Lebte sie? Wo lebte sie? Lebte auch ihre Mutter noch, die hexische Geliebte seines Vaters? Denn daß die Schwester, so es sie gab, aus einer Verbindung des Vaters mit der Fremden aus dem Wald stammte, stand für ihn außer Frage.) Er würde nach Prem reisen, natürlich. Und Tsaiane wäre nicht dort, natürlich! Aber vermutlich fände er wieder ein Brieflein von ihrer Hand, in dem stünde, daß sie nach Olport oder Skerdu weitergezogen sei und daß sie hoffe, ihn dort zu treffen.

Nein, weiter in den Norden würde er ihr nicht folgen, das nahm Anselm sich fest vor. Und er hielt sie auch nicht wirklich für eine Schelmin. Aber manchmal schien es ihm, als habe er sie nur geträumt, als sei sie eine Ausgeburt seiner Phantasie. Daß seine Thorwaler Freunde sie ebenfalls kannten, daß er selbst einen flüchtigen Blick auf sie erhascht hatte, als der schwarze Drache vorübergeglitten war, änderte nichts an diesen seltsamen Anwandlungen. Er hatte sie ja gar nicht deutlich gesehen, ihre Züge nicht wirklich erkannt! Aber er hatte doch in Richtung der Phantom-Bardin geglotzt, und dadurch war ihm Tulas Anblick entgangen. Ja, sagte er sich voll Verbitterung: Die vielleicht einzige Gelegenheit im Leben, die mächtige, sagenumwobene Tula mit eigenen Augen zu sehen, hatte er durch Tsaianes Schuld verpaßt. Wer war sie denn? Eine alternde Herumtreiberin, die sich schlecht und recht aufs Züpfeln und Singen verstand und die immer noch keinen reichen oder adligen Gönner gefunden hatte. Dabei hätte er ihr soviel erzählen können! Von den Geschwistern im Farindelwald, von der tapferen kleinen Hexe, die sich zum Weiher zurückgetraut hatte, vom Kampf und der anschließenden wunderbaren Heilung im *Walfisch,* von der denkwürdigen Begegnung auf See... Ob die Bardin in der Zwischenzeit auch so viel, so Ergreifendes, so Seltsames, so Spaßiges (spaßig in der Rückschau zumindest) erlebt hatte? Das bezweifelte er, pah! Einmal nur wollte er Tsaiane wiedersehen, um sich zu überzeugen, daß es sie wirklich gab, um zu hören, was sie ihm über seinen Vater und die neuentdeckte Schwester zu berichten hatte, und um seine eigenen Geschichten zum besten zu geben. Aber an ein baldiges Treffen war fürs erste nicht zu denken.

Anselms Aufenthalt in Thorwal müssen wir weitgehend überspringen (obwohl er seinen Schatz an Erfahrungen und Erzählungen dort beträchtlich vermehrte), da die Erlebnisse des Medicus in der Stadt für den Fortgang unserer Geschichte ohne Belang sind. Selbst für Hjaldas Geschichte und die ihrer Leute war der Thorwaler Aufenthalt ohne große Bedeutung, da sich im Grunde alle nach Kord sehnten, der heimatlichen Ottaskin. Niemand hatte sich eine so lange Rast gewünscht oder sie geplant, doch sie ergab sich von selbst, oder vielmehr aus der Notwendigkeit, nach dem Besuch gewisser Schwippschwäger und -schwägerinnen auch noch etliche Muhmen- und Großonkelkinder aufzusuchen – bei einer neununddreißig Köpfe zählenden Besatzung ein zeitraubendes Unterfangen.

Drei Dinge immerhin wollen wir berichten, damit der Leser sich nicht gänzlich um diese Zeit betrogen fühlt. Das erste betrifft die thorwalsche Küche, die kennenzulernen Anselm einstmals so begierig war. Nun, nachdem er Gelegenheit hatte, sie ausgiebig zu erproben, nachdem er Fisch mit Honig, Ziegenfleisch in Sirup, leuchtendrot gefärbte Rübenwürstchen und klebriges Naschwerk reichlich genossen hatte, träumte er bisweilen von den Speisen, die man ihm in *Travias Suppenkelle, Travias Nachtruh, Travias Einkehr* und im Haus seines Oheims vorgesetzt hatte. Das zweite betrifft Bier und Feuer. In dieser Sache sei angemerkt, daß Anselm, dem in den ersten vier Tagen seines Aufenthalts morgens (beziehungsweise mittags) der Schädel gebrummt hatte vom im Übermaß Genossenen, sich in der darauffolgenden Woche zum hartgesottenen, standfesten Zecher entwickelte. Das dritte betrifft die rahjagefällige Liebe. Wir erinnern uns, daß die großgewachsenen, kräftig gebauten Barbarinnen, derer er in Salza ansichtig geworden war, durchaus Anselms

Phantasie beflügelt hatten. Nun, bei der Phantasie sollte es nicht bleiben. Doch war es weder seine Freundin Hjalda noch die ›zierliche‹ Grimma, die Gefallen an ihm fanden – oder, falls sie doch Gefallen an ihm fanden, diese Gefühlsregung unterdrückten –, sondern Gerild mit dem schmucken Busenbild. Sie machte den Medicus zu ihrem ganz persönlichen Glücksbringer, »aber nur bis Kord, falls du uns so lange begleiten willst«, wie sie sagte, »denn dort wartet Tronde auf mich, mein Mann, der die beiden Kleinen gehütet hat, während wir im Süden waren. Und der kann recht ungemütlich werden, wenn er eifersüchtig ist… Nicht daß ich Angst vor ihm hätte – ich bin stärker als er –, aber für dein niedliches Knollennäschen könnte es gefährlich werden, wenn er uns erwischt.«

Nun, weder hatte Anselm vor, seine Reise bis Kord auszudehnen, noch Tronde und seine Fäuste kennenzulernen, als man elf Tage nach der Ankunft wieder in See stach.

Anderthalb Tage nur währte die wiederum küstennahe Fahrt, da diesmal auch bei Nacht gesegelt wurde und man sich den Orten an Land zwar stets bis auf Rufweite näherte, aber nicht dort anlegte.

Insgeheim hatte Anselm gehofft, in Prem Tsaiane zu treffen, auch wenn sein Verstand ihm sagte, es sei mehr als unwahrscheinlich, daß die unstete Person es so lange an ein und demselben Ort ausgehalten haben sollte. Und so mußte er tapfer den Unbeschwerten mimen – die Besatzung der *Swafnirlieb* hatte es sich zur Gewohnheit gemacht, angeregt und angestachelt von Gerild, ihn bei jeder passenden und unpassenden Gelegenheit mit seiner ›Questenbardin‹ zu necken –, als er die erwartete und dennoch enttäuschende Nachricht erhielt, daß Tsaiane schon vor drei Tagen abgereist sei.

Tsaiane hatte in Prem offenbar einen gewissen Ruhm erlangt. Schon in der ersten Schenke, in der Anselm nach ihr fragte, kannte man sie. Aber erst in der dritten wurde ihm ihre Nachricht übermittelt – mündlich, denn diesmal hatte sie es nicht einmal der Mühe wert gefunden, ihm ein Briefchen oder Billett zukommen zu lassen (so dachte Anselm bitter, da er nicht wußte, daß die Bardin in der Nacht vor der Abreise ihre sämtlichen Pergamente verbraucht hatte, um der Ballade von der Hexenverbrennung den letzten Schliff zu verleihen, und es ihr am nächsten Morgen schlechterdings unmöglich gewesen war, Papier oder Pergament aufzutreiben).

Die Nachricht, von der Wirtin unter lebhaftem Stirn- und Brauengerunzel vorgebracht, lautete folgendermaßen: Tsaiane sei gesund an Leib und Seele und hoffe dies auch für Anselmo. Sie werde mit Thurbolds Drachen, der ... der ... (hier kratzte die Wirtin sich am Kopf und schüttelte ihn dann bedauernd, als der Name des Schiffes ihr partout nicht einfallen wollte) noch bis Vidsand am Hjaldinggolf reisen und anschließend nach Salza zurückkehren. Dort werde sie bis etwa Mitte Efferd bleiben und sich dann in südlichere Gefilde begeben.

Strahlend und gutgelaunt verkündete da Anselm seinen Gefährten, daß er nun doch ihre freundliche Einladung nach Kord annehmen werde.

So nahe der Heimat verspürte keiner mehr die rechte Lust, sämtlichen in Prem lebenden Freunden und Verwandten die Aufwartung zu machen – nun wollten alle rasch nach Hause –, und so ging es am nächsten Morgen weiter.

Wie zu Beginn der Reise herrschte auch an diesem Tag strahlender Sonnenschein, nur hatte der Wind gedreht und trieb von Nordosten her weiße Lämmerwölkchen über den Himmel. Torkil grinste, als er nach oben wies. »Da wird bald ein nettes kleines Stürmchen draus werden«, erklärte er Anselm. »Aber du brauchst keine Angst zu haben, Medicus: Wenn ich *Stürmchen* sage, meine ich Stürmchen, und das ist etwas ganz anderes als ein Sturm. Der kommt frühestens morgen, und da sind wir längst in Kord.«

Es schien, daß Torkil sowohl mit der Wettervorhersage als auch mit der Einschätzung der Fahrtzeit recht behalten sollte. Bis Kap Swarnyn brauchte die *Swafnirlieb* nur vier Stunden, denn der Wind, der das Segel blähte, wurde beständig rauher und trieb den Drachen flink voran durch die hohen grauen Wellen. Bis zur Mittagsstunde hatten die Lämmerwölkchen sich zu einer geschlossenen, blaßgrauen Wolkendecke zusammengeballt, durch die nur hier und dort ein einzelner verlorener Sonnenstrahl drang.

Drei Tage und eine Nacht hatte Anselm insgesamt an Bord der *Swafnirlieb* verbracht, und in dieser Zeit hatte der Wind zwar zumeist recht kräftig geblasen, aber doch das Meer nicht so aufgewühlt, daß man von rauher See hätte sprechen können. Das änderte sich nun: Mannshoch bäumten sich die Wogen auf, und von ihren Scheiteln riß der Wind schaumige Gischtfetzen. Und je wilder das Wetter wurde, um so wilder wurde auch die Stimmung von Hjaldas Jungs und Mädels. Seit der Abfahrt hatten sie gesungen, zunächst natürlich – man hatte schließlich Prem einen kurzen Besuch abgestattet und reichlich vom flüssigen Wahrzeichen der Stadt genascht – *Das Feuer von Prem,* dessen schlichter Text und eingängige Melodie sich Anselm nach dem zweiten Durchgang eingeprägt hatten, so daß er es lauthals und wohltönend mitschmettern konnte, danach das *Jurgalied* mit seinen unzähligen ergreifenden, heroischen und melancholischen Strophen. Hierbei allerdings blieb dem Medicus das Mitsingen versagt, denn er hatte das Lied erst einmal zuvor gehört, und so einfach und stampfend der Rhythmus auch wirkte, er war doch recht vertrackt, wie Anselm merkte, als er zaghaft mit dem Finger zu trommeln und mitzusummen versuchte, genauso wie das ungewohnte spröde Versmaß sich einem raschen Zugriff entzog.

Aber er sah Jurga. Je länger das Lied währte – Anselm fragte sich irgendwann, ob man es auch zum zweiten oder dritten Mal angestimmt hatte wie die voraufgegangenen, ob es unendlich viele Strophen hatte, ob ständig neue dazuerfunden wurden –, um so mehr verwandelten die Frauen an Bord sich in die besungene Heldin, ob ihre Haare nun rot, rötlich oder *von gleißendem Gold* waren wie die der legendären Jurga. Hätte er nicht soviel gleichzeitig tun müssen: Text und Melodie zu erfassen versuchen, die Höhe der Wellen schätzen, den Himmel nach Anzeichen von Sturm absuchen, Torkil, der rechts hinter ihm stand, immer wieder prüfende Blicke zuwerfen, den Seeschlangenzahn fest gegen den Magen pressen, die Linke um die Bordwand klammern –, hätte er wohl früher erkannt, woher dieser Eindruck rühren mochte. Die Frauen trugen sämtlich ihr Haar offen, nur von bunten Stirnbändern gehalten, und es flatterte ebenso wie *Jurga Tjalfdotters wild wehendes Haar.* Auch standen viele, statt es sich auf den Ruderbänken bequem zu machen, so als erwarteten sie spähend irgend etwas, und: Alle, Männer wie Frauen, hatten sich barbarischer als sonst herausgeputzt, wie es Anselm schien.

Die Schönste von allen war Hjalda, daran gab es keinen Zweifel. Zweimal verließ sie ihren Platz im Bug, wo ihr Anblick zumeist vom Segel verdeckt war, um Torkil jeweils eine halbe Stunde lang am Steuerruder abzulösen, und Anselm war so beeindruckt von ihr, daß er weder seiner strammen Liebsten noch Grimma oder Swafnild weitere Blicke gönnte. Wie Feuer, wie rotes Gold leuchtete ihr Haar, und ihre Augen, hell wie der graue Himmel und kalt wie das graue Wasser, starrten unter buschig zusammengezogenen Brauen in die Ferne. Etwas Fremdes, Wildes, Unbekanntes umgab die Kapitänin, so andersartig und unergründlich, daß Anselm plötzlich erkannte, daß er ihre Seele niemals würde verstehen können, genauso wenig wie die ihrer Männer und Frauen.

Wann das *Jurgalied* vom nächsten und dieses vom übernächsten abgelöst wurde, merkte Anselm nicht, da der Gesang der Besatzung niemals ins Stocken geriet oder gar gänzlich zum Erliegen kam. Irgend jemand wußte immer, wie die folgende Strophe lautete oder welche Ballade sich gut zu der voraufgegangenen fügte, so daß, angeführt von Alt, Baß oder Bariton, ein Lied ins andere überging. Vom Rudern wurde viel gesungen, obwohl es derzeit nichts zu rudern gab, von tragischem Schiffbruch handelte der Gesang, vom Umgang mit fremdländischen Damen oder Herren und natürlich, wieder und wieder, von Bier und Schnaps und deren Genuß.

So wie der Wind beständig rauher und die Stimmung an Bord wilder wurde, so wurden auch die Lieder wüster. Nun handelten sie von Seegefechten, von Raubzügen und Plünderung. Und sie berichteten nicht nur vom Gang der Ereignisse, nein, es erschien Anselm zu seinem Befremden, daß die Balladen (ebenso wie die Sänger) das Kapern, Rauben, Plündern und anderes schändliches Tun als vergnüglichen Zeitvertreib priesen.

Man hatte Kap Swarnyn umrundet und hinter sich gelassen. Die dritte Stunde war vorüber – das schätzte Anselm zumindest, da er den genauen Stand der Praiosscheibe hinter der Wolkendecke nicht ermitteln konnte –, und schon näherte man sich der Mündung von Fjord Treban. Der Wind, oder besser das ›Stürmchen‹ (von einer steifen Brise konnte, nach Anselms Meinung, schon seit geraumer Weile nicht mehr die Rede sein) hatte noch weiter auf Ost gedreht, trieb die *Swafnirlieb* voran, so daß sie über die Wogen zu fliegen schien. Nach Musik und Gesang stand dem Medicus inzwischen nicht mehr der Sinn; er achtete weder auf den Wortlaut der Lieder noch darauf, was Hjalda ihren

Leuten zurief und was diese ihr antworteten; im Sturmgebraus waren die Befehle, Anweisungen und Erwiderungen ohnehin kaum zu verstehen.

Da es ihm zusehends schwerer fiel, auf den nassen Planken Halt zu finden, und da er hoffte, seinen unruhigen Magen dadurch zu besänftigen, daß er selbst sich dem Anblick der gewaltigen gischtgekrönten Wogen entzöge, kauerte er sich, dicht an die Bordwand geschmiegt, ins Heck des Schiffes – ein halbwegs trokkenes und nicht gar so zugiges Plätzchen. So saß er wohl eine halbe Stunde lang, die Augen zusammengekniffen, die Rechte fest um den Seeschlangenzahn geschlossen und den Nagel des linken Daumens mit den Zähnen befeilend. Obwohl er nie ein sonderlich frommer Mensch gewesen war, betete er nun zu Efferd und Swafnir – es konnte, so sagte er sich, zumindest nichts schaden, auch den heiligen Pottwal um Beistand anzuflehen –, daß man Kord recht bald und unbeschadet erreichen möge. Er wußte ja nicht, daß die Götter es längst anders entschieden hatten.

War es eine Welle, die über die Bordwand schwappte, die vielen schnellen Schritte an Deck, das Knattern des Segels, die Stimmen, die nicht mehr sangen, sondern riefen, das Anselm aus seiner Starre weckte? Plötzlich jedenfalls merkte er, daß etwas anders war als zuvor, und öffnete die Augen. Zu seiner Verwunderung sah er, daß nun die meisten Männer und Frauen auf den Ruderbänken saßen und sich verbissen in die Riemen legten. Ein paar stolperten eilig hin und her, um Taue und Gerät zusammenzuraffen, Grimma und ein junger Bursche, dessen Name Anselm entfallen war, turnten zwischen den Ruderern herum und rissen hier und dort Schilde aus der Halterung, die sie an die Vierergruppe weitergaben, die das Segel hielt, oder zum Bug des Schiffes schleppten. Torkil hatte sein Buckelschild bereits über den Arm gestreift. Starr und grimmig blickte er übers Meer, in dieselbe Richtung wie auch Firunwulf, der, breitbeinig dem Sturme trotzend, neben dem Steuermann stand.

Sie erwarten etwas, einen Angriff, durchzuckte es Anselm. Mühsam zog er sich an der Bordwand hoch, um zu sehen, was zu sehen er sich fürchtete: die berüchtigte Kaperflotte des noch berüchtigteren Piraten ... (er kannte keinen Piraten beim Namen): drei Dreimaster mit blutroten oder schwarzen Segeln ...

So entfuhr ihm ein Seufzer der Erleichterung und ein »Efferd, hab Dank!«, als er erkannte, daß in nordwestlicher Richtung, etwa vierhundert Schritt voraus, nur ein einziges Schiff das Meer durchpflügte, und es war auch kein Dreimaster, sondern ein schwarzer Einmaster, aus dessen Bordwänden Riemen ragten.

Einen winzigen Augenblick lang war Anselm geneigt, sich selbst zu betrügen, in der dunklen Silhouette einen thorwalschen Drachen zu erkennen und an der verbissenen Hast von Hjaldas Leuten den Wunsch abzulesen, die Landsleute in der fremden Otta recht bald zu begrüßen. Und wenn es kein Drache wäre, dann sollte es eine nostrische Knorre sein, das wünschte er sich. Aber es gelang ihm nicht, die Wirklichkeit durch Wunsch und Willen zu verändern. Er sah ja die finstere Entschlossenheit in Torkils Zügen und Firunwulfs wildes, zähnefletschendes Grinsen, das zu einer bevorstehenden Schimpfattacke so gar nicht passen wollte. Spreizbeinig, den Schild vor der Brust und ein gewaltiges Beil in der Rechten, so stand der Hüne an Deck, und mit jedem Schritt, den die *Swafnirlieb* dem fremden Schiff näher kam, entstellte der Ausdruck barbarischer, wüster Freude sein Antlitz mehr.

Ja, Hjalda und ihre Leute hatten es auf das fremde Schiff abgesehen, daran gab es bald keinen Zweifel mehr: Im stumpfen Winkel hielt die *Swafnirlieb* darauf zu, offenbar in der Absicht, ihm den Weg abzuschneiden. Aber warum? fragte sich Anselm. War es ein feindliches Schiff? Persönliche Feinde oder Feinde Thorwals? Wußte man um eine kostbare Fracht? Er hätte gern gefragt, aber niemand schien in der Stimmung, dem Medicus Rede und Antwort zu stehen. Niemand schaute in seine Richtung, niemand schien seine Anwesenheit wahrzunehmen, geschweige denn sich Sorgen um sein Wohlergehen zu machen. Dabei wurde, je weiter man aufschloß, immer deutlicher, daß das fremde Schiff der *Swafnirlieb* zwar an Länge nicht viel voraus hatte – zwei oder drei Schritt vielleicht –, aber über einen weit höheren Rumpf verfügte und Hjaldas Drachen an Besatzungsstärke weit überlegen sein mußte: Zwei Reihen Riemen übereinander ragten aus der Bordwand, zusammen etwa vierzig, also wurde es von mindestens achtzig Rojern vorangetrieben.

Anselm hatte nie zuvor eine Galeere gesehen, außer in Onkel Jaspers bescheidener Bibliothek in einem Werk über Seefahrt, aber als die Entfernung zu dem fremden Schiff nur noch zweihundert Schritt betrug, erkannte er es als Bireme. Ein Schiffstyp des Südens, ging es ihm durch den Kopf, und Städtenamen blitzten auf: Mengbilla – Brabak – Al'Anfa ...

Das nachtblaue Rahsegel der Bireme zeigte eine schwarze Seerosenblüte in einem weißen Kreis, der einwärts geschwungene Achtersteven war wie eine Rabenschwinge geformt und blauschwarz lackiert wie das gesamte Schiff, und der hochgezogene gebogene Vordersteven gemahnte, zusammen mit dem Rammsporn, an den weit aufgerissenen Schnabel eines Raben. Ein rundes gelbes Auge an der Bugwand, das Anselm böse fixierte, verstärkte den vogelartigen Eindruck noch.

»Die *Lotosblume*«, erklang eine vertraute Stimme neben ihm, und eine Hand legte sich fest um seine Schulter. Gerild war neben ihn getreten, ohne daß er es gemerkt hatte. »Die Schwester der *Schwarzen Orchidee*, übelstes Al'Anfaner Sklavenhändlergesindel«, erläuterte seine Geliebte. Sie brüllte ihm die Worte ins Ohr, um das Brausen des Sturms zu übertönen.

Auch wenn Anselm Gerilds Rede nur bruchstückhaft vernahm, da der Wind ihr die Worte immer wieder vom Mund riß und er sich das Fehlende zusammenreimen mußte, verstand er doch, was sie ihm – äußerst knapp – erzählte: Sowohl die *Schwarze Orchidee* als auch die *Lotosblume* unternahmen immer wieder Raubzüge nach Thorwal, um die Söhne und Töchter der Küstenfischer, so sie zu jung waren, ihr Dorf und das eigene Leben zu verteidigen, in die Sklaverei zu verschleppen. »Thorwaler Sklaven sind die teuersten der Welt«, sagte sie, »gleichermaßen begehrt als Haussklaven wie als Gladiatoren. Die *Lotosblume* kommt von Norden, also hat sie den Raubzug schon hinter sich...« Plötzlich verzerrten sich Gerilds Züge, ihre Finger gruben sich schmerzhaft in Anselms Schulter, und sie hieb so heftig auf den Bordrand, daß der Medicus fürchtete, sie möchte sich die Hand brechen. »Ihr entkommt uns nicht, Hranngargezücht!« schrie sie. »Wir werden euch vernichten, auch wenn ihr noch so rotzengespickt seid!«

›Hranngargezücht‹, ›rotzengespickt‹ – was immer diese Wörter bedeuten mochten, erst bei ihrer Erwähnung und ganz unvermittelt wurde Anselm bewußt, daß die Bireme zu fliehen versuchte. Dabei hatte er durchaus beobachtet, daß man drüben das schwarze Segel in eine andere Stellung brachte und daß die *Lotosblume* nicht länger ihren Kurs nach Süden oder Südosten verfolgte, sondern nach Westen segelte (das vermutete er zumindest). Und die *Swafnirlieb* folgte ihr.

Wie wollen sie die Sklavenhändler jemals einholen? fragte sich Anselm: Der Mast der *Lotosblume* war höher als der von Hjaldas Drachen, das Segel gewiß vier Rechtschritt größer, und drüben ruderten an die achtzig Männer und Frauen, während auf der *Swafnirlieb* nur sechsunddreißig Leute die Riemen durchs Wasser zogen. Daß die Rojer den Blicken verborgen waren und es schien, als würde die Bireme von namenlosen Kräften angetrieben, von einer geheimnisvollen, unsichtbaren Mechanik, machte ihm das Schiff unheimlicher als kurz zuvor der Anblick des gewaltigen Rammsporns oder des exotischen Achterstevens. Dabei wußte er sehr gut – es hatte ja schwarz auf weiß in Onkelchens Buch gestanden, und der Text war durch erläuternde Schnittzeichnungen vertieft worden –, daß menschliche Wesen auf den Ruderbänken saßen, Sklaven womöglich, die Füße in Eisen und die nackten Rücken von frischen und alten Peitschenstriemen entstellt …

Was wird aus ihnen, wenn es zum Kampf kommt, wenn Hjalda die *Lotosblume* versenken sollte? durchzuckte es ihn. Werden sie vorher von den Ketten befreit, oder läßt man sie elend ersaufen? Aber diese Fragen huschten wie gesagt nur für die Dauer eines Herzschlages durch Anselms Hirn, dann waren sie verschwunden. Wirklich Anteil nehmen am möglichen grausamen Los der Ruderer konnte er nicht – vielleicht waren sie allesamt gutbezahlte Mietlinge, wer wußte das schon? –, da aus ihrer unbekannten, gesichtslosen Menge kein einzelner Mensch mit seinem persönlichen Schicksal hervorleuchtete. Vor allem aber konnte er es nicht, weil die Lage es nicht erlaubte: Der Sturm blähte das blaue Segel (es war in der gewünschten Stellung fixiert worden, damit acht weitere Hände zum Rudern zur Verfügung standen), ließ es knattern und ächzen, türmte das bleigraue Wasser zu bedrohlichen, vergänglichen Bergketten, jagte kalte Schauer über das Deck … Aber Hjalda und ihre Leute – jeder von ihnen! – waren nicht nur entschlossen, den feindlichen Elementen zu trotzen, sie waren auch entschlossen zum Kampf gegen die menschlichen Feinde, ja geradezu begierig darauf, und da lag es für Anselm selbstverständlich näher, sich mit dem eigenen möglicherweise grausamen Los zu befassen.

Angst beschlich ihn, die durch die wilde Zuversicht der Besatzung keineswegs gemildert, sondern eher geschürt wurde. Er verwünschte sie und ihr thorwalsches Ehrengetue, ihre Unvernunft, Uneinsichtigkeit, ihren kindischen Trotz. Er verwünschte sich selbst, daß er sich ihnen (aus ebenso kindischem Trotz) angeschlossen hatte, anstatt wie versprochen recht bald zu Jasper zurückzukehren. Er verwünschte die Al'Anfaner, daß sie ausgerechnet hier und heute Hjaldas Weg kreuzen mußten...

Einziger Lichtblick in dieser entmutigenden Lage war der Abstand zwischen der *Lotosblume* und der *Swafnirlieb*, der sich trotz aller verbissenen Bemühungen nicht verringern wollte (Anselm hatte wieder seinen Platz auf den Planken eingenommen, nachdem Gerild ihn schwankend verlassen hatte, und immer, wenn der Bug des Drachen sich nicht in den Himmel hob, erhaschte er unter dem Segel hindurch einen Blick auf die schwarze Galeere).

Oh, laß sie entkommen, betete er, Herr Efferd, laß sie entkommen! Ich schenke Dir meine Amulette, wenn Du sie entkommen läßt. Mach sie unsichtbar, begrab sie unter einer Woge, damit Hjalda und ihre Leute endlich wieder zur Besinnung kommen und ablassen von ihrem Vorhaben, das ja doch nur böse enden kann. Und wenn ich jemals wieder nach Salza gelangen sollte, gesund an Leib und Seele, so will ich Deinem Tempel fünf Dukaten spenden...

So betete Anselm, richtete ähnliche Worte auch an Swafnir, und spürte doch zugleich ganz tief in seinem Innern eine seltsame Freude – die er nicht wahrhaben wollte und die er auf Befragen geleugnet hätte –, daß seine Thorwaler Freunde sich so wacker hielten. Kraftvoll und gleichmäßig, ohne das geringste Zeichen von

Ermüdung, zogen sie die Riemen durchs Wasser, sich gegenseitig mit rhythmischen Rufen anspornend, und wenn es ihnen auch nicht gelang, die *Lotosblume* einzuholen, so gelang dieser ebensowenig die Flucht.

Mit – zum Schutz vor Nässe und Wind – zu Schlitzen verengten Augen starrte Anselm nach Westen, um sich zu vergewissern, daß er sich nicht täuschte, doch je länger er starrte, um so ungewisser erschienen ihm seine Beobachtungen: Bald, wenn ihr Umriß unter dem Segel erschien, sah es so aus, als habe die schwarze Bireme ein gutes Stück Raum gewonnen, als schieße sie nur so davon. Dann wieder glaubte der Medicus, daß die unsichtbaren Ruderer allmählich erlahmten und die Riemen träger als zuvor ins Wasser tauchten, das Schiff gar gegen den Wind auf der Stelle zu halten versuchten ... Aber das war natürlich Unfug.

Um sein Gemüt zu beruhigen und um seinen Augen ein wenig Erholung zu gönnen, schloß er diese für ein Weilchen, drehte gar den ganzen Körper fort von dem verwirrenden Schauspiel, so daß er die Bordwand nun im Rücken hatte und den Sturm im Gesicht. Doch wie groß war sein Schrecken, als er die Augen wieder öffnete und, sich umblickend, überall nur Wasser sah – graues, wildes, windgepeitschtes Wasser, im Westen, im Norden, im Osten, im Süden (er zog sich tatsächlich an der Bordwand hoch und blickte dorthin, wo er Süden vermutete, um sicherzugehen, keine Himmelsrichtung ausgelassen zu haben) –, nicht aber den anheimelnden dunklen Streifen am Horizont: Das Land war den Blicken entschwunden!

Anselm war so entsetzt – nie zuvor hatte Hjalda die Nähe der rettenden Küste verlassen und sich wirklich auf hohe See begeben –, daß es ihm nur mit Mühe gelang, die aufkommende Panik niederzukämpfen. Ob es nun drei Meilen bis zum Land wären oder dreißig, es machte keinen Unterschied, mußte er sich mehrfach versichern. Keine der beiden Strecken könnte er schwimmend zurücklegen, auch dann nicht, wenn das Meer glatt wie ein Spiegel wäre, doch wollte ihm die Gewißheit, daß er im Falle eines Schiffbruches in größerer Landnähe ebenso gewiß ertränke wie hier, keinen echten Trost spenden.

Und dann fuhr ihm der zweite Schreck in die Glieder. Eben senkte sich der Bug der *Swafnirlieb,* eine Welle hinabrollend, tief nach unten, das Segel dagegen wurde von einem Windstoß nach oben gebläht, und in der Fläche zwischen Deck und Segel erkannte Anselm für einen kurzen Augenblick die *Lotosblume* – schwarz, bedrohlich und deutlich größer als noch vor wenigen Augenblicken. Er konnte sich nicht erklären, wieso sie ihren Vorsprung nicht hatte halten können (oder hatte sie ihn gar nicht halten wollen?), aber bald schon sollten alle Fragen unwichtig werden.

Noch wüster als zuvor schwankte das Schiff, als plötzlich das Segel aus seiner Verankerung gelöst wurde. Ächzend schwenkte die Rah zur Seite, und brüllend brachten vier Männer und Frauen – Tjalf, Ragnild, Grimma, Hjalmar – sie in die gewünschte, aber nicht ursprüngliche Lage. Offenbar standen ein gewagtes Segelmanöver und ein nicht minder schwieriges Rudermanöver bevor. Was haben sie vor? fragte sich Anselm, als er sah, daß die Ruderer auf der Backbordseite die Riemen mit aller Kraft ins Wasser stemmten und dort zu halten versuchten, die anderen aber um so heftiger ruderten.

Er sollte es nur zu bald erfahren, denn nach der langen Verfolgungsjagd – wieviel Zeit mochte verstrichen sein, seit man die Bireme zum ersten Mal gesichtet hatte? Eine Stunde? Zwei Stunden? Eine halbe Stunde? – geschah plötzlich alles sehr schnell.

Anselm nahm die folgenden Ereignisse zugleich überdeutlich und nebelhaft wahr, so als sei er gar nicht in sie verstrickt oder an ihnen beteiligt (das letztere traf durchaus zu, denn er versuchte sich ganz klein und unsichtbar zu machen und vor allem irgendwie Halt auf den schwankenden Planken zu finden) und erlebe sie wie ein Zuschauer in einem schrecklichen, wüsten Traum: Die *Lotosblume* war auf Rufweite heran – zwanzig, höchstens dreißig Schritt, und grausam groß und nahe war sie plötzlich –, aber diesmal erhob niemand die Stimme, weder dort noch auf der *Swafnirlieb.* Es war das erste Mal, daß Anselm die sonst so lärmenden Thorwaler stumm erlebte, und auch das hatte etwas Traumhaft-Unheimliches.

Innerhalb von Wimpernschlägen hatten Hjaldas Männer und Frauen die Schilde über die Arme gestreift, auch die verbliebenen Ruderer, denn einer undurchschaubaren Choreographie folgend, verließen mehrere von ihnen ihre Plätze, postierten sich hier und dort, angespannt, geduckt, hochaufgerichtet ... Und als Anselm einen raschen Blick nach vorn wagte, dorthin, wo der mächtige Leib der *Lotosblume* auf den Wogen tanzte, erkannte er die dunklen Gestalten auf dem Deck, mit Speeren bewaffnet und ebenso lauernd wie seine Freunde. Um nicht in Panik zu geraten, um sich an irgend etwas festzuhalten, heftete Anselm den Blick auf Hjalda. Zwar erkannte er ihre Züge nicht deutlich – die Entfernung vom Bug zum Heck betrug immerhin mehr als zwanzig Schritt –, aber er sah doch ihren weitgeöffneten Mund und das Beben ihres Körpers, so als werde sie von Lachen geschüttelt oder von Wut, von Krämpfen oder Kampfekstase ... Dabei hatte der Kampf noch gar nicht begonnen. In der Rückschau schien es Anselm gar, als habe die Zeit davor länger gedauert als das *eigentliche* Gefecht, aber das mochte an der unwirklichen Art seiner Wahrnehmung liegen.

Eine schwarze Wand erhob sich hinter Hjalda, vor der sich ihre Silhouette in besonderer Schärfe und Klarheit abzeichnete – die *Lotosblume.* Wie riesig das feindliche Schiff war! Firunwulf, der schweigsame Hüne, stand neben der Kapitänin, genauso wie wir ihn zu Beginn der Verfolgung erlebten: starr, gewaltig und wild, wie das Standbild eines Barbarenkriegers. Auch der Rest der Besatzung, diejenigen, die weder rudern noch das Segel bedienen mußten, bereiteten sich starr und stumm auf das kommende Ereignis vor – lange, unendliche Augenblicke lang –, und die einzigen Bewegungen waren das wilde Flattern von Haar, Stirnbändern, Fell- und Lederstreifen, Beinkleidern ...

Was mag das nur für ein seltsames Ding sein? fragte sich Anselm und wußte die Antwort doch im selben Augenblick: Der dunkle Kasten im Bug der Bireme mit seinen Seilen, Winden, Mechaniken, spitzigen und stumpfen Fortsätzen, an dem sich sechs Gestalten zu schaffen machten (Männer oder Frauen – das ließ sich nicht entscheiden – in schwarzen Kutten und tief ins Gesicht gezogenen schwarzen Helmen und Kapuzen), war das Geschütz der *Lotosblume*, eine Rotze, nein, ein schwerer Aal (Anselm sah die Seite mit den Schiffsgeschützen aus Onkel Jaspers Buch plötzlich deutlich vor sich). Der Speer, mit dem sie geladen ist, zielt genau auf mich, dachte er den winzigen Augenblick lang, in dem dies zutraf, denn der Bug der Bireme hob und senkte sich, schwankte unter dem Ansturm von Wind und Wogen nach rechts und links. Und in diesem Moment nahm er zum ersten Mal bewußt die gleichmäßigen dumpfen Schläge wahr, die schon zuvor durch das Getöse und Gebraus gedrungen waren.

Anselm wandte den Blick ab und duckte sich tiefer hinter die Bordwand. Als er wiederum zu Hjalda hinüberblickte, sah er, wie ihre Rechte, die das Beil hielt, sich hoch über den Kopf erhob und, einen Halbkreis beschreibend, so weit nach hinten bog, bis der Stiel der Waffe schräg nach unten wies. Die Bewegung war schnell, genauso wie der anschließende Wurf, und doch prägten sich beide unauslöschlich und überscharf seiner Wahrnehmung und Erinnerung ein.

Zugleich mit einem gellenden, markerschütternden

Schrei flog Hjaldas Beil über das Meer, drehte sich dreimal um sich selbst, während es seine Bahn beschrieb, und grub sich dann in die Stirn eines der feindlichen Soldaten. Und während Anselm dem eleganten Flug mit seltsam lustvoller Bewunderung folgte, wurden um ihn her die Dämonenhöllen entfesselt: Kriegsgebrüll und Schmerzensschreie gellten durch den Sturm, Speere flogen durch die Luft, bohrten sich in runde Schilde oder fanden todbringend ihr Ziel, Beile und Seile wurden geworfen, das Segel hierund dorthin gezerrt, Riemen ins Wasser gestoßen, und Efferd ergoß Kübel eisigen Wassers über das Deck ...

Anselm sah, wie ein Speer Grimmas Hals durchbohrte, sie mitriß und am Mast festnagelte; er sah das Blut, das hell und pulsierend aus der Wunde quoll und im nächsten Augenblick von einem Wasserschwall fortgespült wurde, der es als rosige Schlieren auf dem Deck verteilte; er sah ihre wie in grenzenlosem Erstaunen geöffneten Augen, den blutverschmierten Mund, die baumelnden Arme und die über die Planken schleifenden Füße, aber die Unfaßbarkeit des Anblicks war so überwältigend, das Entsetzen so groß, daß kein Raum blieb für andere Gefühle – Mitleid oder Trauer.

Auch Torkil wurde beim ersten Ansturm getroffen. Zwar verfehlte der Speer das Herz, aber er drang dicht daneben tief in die Brust. Wie groß mußte die Selbstbeherrschung des Steuermannes sein, daß er das Ruder nicht fahren ließ, sondern so lange durchhielt, bis Gerild seinen Platz einnahm! Anselm bemerkte weder den Wurf noch Torkils grimmige Selbstüberwindung, er nahm nur wie durch Traumschleier wahr, daß seine Geliebte an ihm vorüberschwankte, und kurz darauf den schweren Fall, als der Alte neben ihr zusammenbrach ... Und immer noch konnte er sich nicht rühren, konnte ihm den Speer nicht aus der Brust ziehen.

Das dritte Opfer war Aigolf. Der Spieß oder Speer oder wie immer man das mörderische Instrument nennen sollte, das der Aal der *Lotosblume* abschoß, hatte wohl ihm gegolten, ihn aber so weit verfehlt, daß es nun in der Ruderbank neben ihm steckte. Ein gewaltiges Tau spannte sich straff vom Ende der Waffe schräg nach oben. Eine seltsam absurde Frage schoß Anselm durch den Kopf: Ob es den Schützen der Bireme wohl gelänge, die *Swafnirlieb* mit Hilfe des Seiles zu sich heranzuziehen, oder ob sich beim Ziehen der Spieß aus dem Holz lösen würde. Doch sollte er keine Antwort darauf erhalten. Denn mit einem Wutschrei ließ in diesem Augenblick Aigolf seine Streitaxt auf das Tau niedersausen. Die Enden schnellten davon, aber das kürzere hieb ihm dabei so heftig ins Gesicht, daß er das Gleichgewicht verlor – zumal sich im selben Augenblick der Drache auf die Seite neigte –, über die Ruderbank fiel und von dem Riemen, der dort lag und der sich, wie von Geisterhand bewegt, plötzlich hob, einen so heftigen Schlag versetzt bekam, daß es ihn über die Bordwand schleuderte. Hilflos rudernde Arme und Beine waren das letzte, was Anselm von seinem Freund sah, dann hatte das graue Wasser ihn verschlungen.

Und wie um das Grauen der Szene zu verschärfen, wurde sie von einem dämonischen Konzert begleitet: dem Heulen, Brausen und Tosen des Sturms, dem Klatschen und Prasseln von Wasser, dem Rasseln von Metall, dem Flattern und Knattern des Segels, dem bedrohlichen Ächzen und häßlich hellen Splittern von Holz, menschlichem Brüllen, Schreien und Stöhnen und dem unablässigen dumpfen Schlag der Trommel.

Oh, Efferd, laß diesen Alptraum enden! betete Anselm. Er wollte nicht sehen, was er sah, wollte nur, daß es vorüber wäre, und dennoch schloß er die Augen nicht (alles geschah auch viel schneller, als es sich erzählen läßt). So sah er, wie Hjalda mit einem Schrei und dem Heben der Rechten, in die wie durch Zauberei ein neues Beil gelangt war, das Signal zum zweiten

Angriff gab. Auch diesmal folgte sein Blick der Bahn ihrer Waffe, und in dem Bruchteil des Herzschlages, bevor sie in die Schulter eines Matrosen drang und bevor der feindliche Bolzen ihn selbst streifte, bemerkte er, daß die ursprüngliche Anzahl der Köpfe an Deck der *Lotosblume* – etwa zwanzig, er hatte sie nicht genauer zählen können – sich um die Hälfte verringert hatte. Und er sah die Armbrüste.

In diesem Augenblick legte sich der Drache auf die Seite, weit heftiger als zuvor, und während Anselm hilf- und haltlos über das nasse Deck rutschte, streifte etwas seine Stirn. Das Schlittern wurde von Torkils Körper gebremst, der sich irgendwo verfangen hatte, und im selben Moment, als der Medicus die eigene Verletzung bemerkte – ein Armbrustbolzen, ein Streifschuß, keine tiefe Wunde, Glück gehabt – und aus der Schlaffheit des Hindernisses, das seinen Fall aufgehalten hatte, schloß, daß Torkil tot sei, schwang das Schiff zurück, ihn mit sich reißend. Die leblosen, in derbes Leder gekleideten Füße des Steuermanns versetzten ihm einen schmerzhaften Tritt vor Knie und Schienbein, seine linke Schulter prallte wuchtig gegen einen Spant, und jemand schrie: »Paßt auf! Das Segel!«

Die Warnung kam zu spät. Denn als Anselm die Arme vom Gesicht nahm, gegen das er sie unwillkürlich gepreßt hatte, sah er das Leuchten – Feuer! Das Segel brannte, das nasse Segel brannte! Auf dem Deck tanzten Flammen, und Hjalda loderte. Was immer die Al'Anfaner Dämonisches auf die *Swafnirlieb* geschleudert oder geschossen hatten, es besaß offenbar die Macht, Wasser in Feuer zu verwandeln ... und das meiste davon hatte sich über die Kapitänin ergossen.

Es war das zweite Mal im Leben, daß Anselm einen Menschen brennen sah, aber diesmal brüllte er unter dem stechenden Schmerz, der ihm bei dem Anblick in die Eingeweide fuhr. Er hörte sich selbst schreien – gurgelnde, gräßliche, unartikulierte Laute – und konnte doch nicht aufhören. Dabei haftete dem Bild – jedenfalls zwei oder drei Herzschläge lang, bevor sich das Feuer durch Gewänder und Haut gefressen hatte, und von außen betrachtet – durchaus etwas Heroisches an: In ihrer feurigen Gloriole wirkte Hjalda noch größer als zuvor, und fast schien es, als sende sie selbst die Flammen aus, statt daß sie von diesen verzehrt wurde. Sie schrie auch nicht und wand sich nicht – sie war gefeit gegen Schmerzen und Tod.

So hätte es vielleicht ein unbeteiligter Betrachter empfunden. Aber Anselm war nicht unbeteiligt – er verehrte und bewunderte Hjalda, seine wilde, stolze Freundin! Und er sah, daß sie ebenso verkohlen würde wie die Abilachter Hexe, wenn keiner ihr zu Hilfe käme. Schon jetzt war ihre Schönheit für immer entstellt. Das wußte er und weidete sich doch – nicht mit Lust, aber mit heißer Faszination, und es würgte ihn bis zum Ersticken, das zu erkennen – an der überirdischen, rondragefälligen Pracht des Bildes.

Zum dritten Mal bog Hjalda Arm, Schulter und Brustkorb nach hinten (ob es an der alptraumhaften Schärfe und Langsamkeit lag, mit der Anselm alles wahrnahm, läßt sich schwer entscheiden; jedenfalls schien es ihm so, als ob Hjalda in den letzten Wurf ihres Lebens besondere Sorgfalt lege, ihn fast bedächtig ausführe). Die Hand schnellte nach oben, der Stiel des Beiles löste sich aus ihr, und golden glitzernd im Widerschein der Flammen flog die Waffe davon, um sich selber kreiselnd, während sie ihre Bahn beschrieb.

Wie sehnsuchtsvoll blickte die Kapitänin ihr nach. Dann wandte sie sich zu ihren Leuten um. »Sie wollen rammen! Habt acht, sie rammen!« rief sie, und obwohl ihre Stimme noch die Kraft besaß, Sturm und Kriegslärm zu übertönen, war ihr Klang nicht mehr von dieser Welt. »Swafnir, steh ihnen bei! Ich komme!« dröhnte es hohl und durchdringend. Dann sprang Hjalda zur Bordwand, schwang sich hinüber und überließ es den Göttern, ihren Körper vom feindlichen Element zu befreien und ihre Seele zu sich zu holen.

In dem Augenblick, als Hjalda ihren Körper den Fluten übergab, wußte Anselm, daß der Kampf verloren, daß alles zu Ende war, daß es keine Rettung gab. Auf allen vieren kniend fand er sich – hatte er zu Hjalda kriechen und ihr helfen wollen? – noch immer schreiend. Und die unkontrollierbaren Töne, die seiner Kehle entwichen, wollten nicht aufhören. Es paßte auch, daß er schrie, denn wenige Herzschläge nach Hjaldas Todessprung riß splitternd und berstend vor ihm die Bordwand auf, und ein schwarzer Keil bohrte sich in den Leib der *Swafnirlieb.*

Anselms letzte Wahrnehmung, bevor das abgetrennte Heck des Schiffes ihn erst hob und dann in die nasse Tiefe schleuderte, waren die wulstige rotlackierte Zunge, die auf dem Rammsporn lag, und das schwarze Gewölbe der oberen Schnabelhälfte.

10. Kapitel

Ich ertrinke, ich sterbe, ich will nicht sterben! Ob auch alle anderen ertrinken? Wie lange dauert es, bis man erstickt ist? Ich als Medicus sollte das wissen, es muß doch in einem der Bücher stehen, die ich studiert habe, dachte Anselm – so absurd es klingen mag –, während er tiefer und tiefer sank. Im selben Augenblick aber, als der Gedanke *Ich will nicht sterben, ich will leben!* alle anderen verdrängte, begannen Arme und Beine aus eigenem Antrieb zu strampeln und zu rudern, und er hörte auf zu sinken und fand nach Augenblicken äußerster Todesangst wieder an die Oberfläche zurück. Gierig sog er die Luft ein und erstickte fast an dem Wasser, das ihm gleichzeitig in die Kehle drang. Wie unsäglich qualvoll es war, das Verschluckte zu erbrechen und auszuhusten und dabei von neuem einzutauchen und zum Schlucken gezwungen zu werden, kann wohl nur jemand beurteilen, der schon einmal dem Tod durch Ertrinken entronnen ist.

Wieder und wieder griffen Anselms Hände haltsuchend in Luft oder Wasser, und seine Füße stießen hilflos in das nachgiebige, bodenlose Element. Lungen und Kehle schmerzten, auch sein Herz und sein Verstand, und hätte er sich etwas wünschen können, außer dem sinnlosen Wunsch zu überleben, so hätte er sich gewünscht, die Besinnung zu verlieren, damit die Qual ein Ende nehme. Aber zum Wünschen, zum Denken war er schon nach wenigen Herzschlägen nicht mehr in der Lage, sonst hätte er sich vielleicht an die Schwimmbewegungen erinnert, die sein Vater ihn vor vielen Jahren im Creser Lösch- und Ententeich gelehrt hatte und die er in jedem der darauffolgenden Sommer, ebendort und brave Bahnen beschreibend, geruhsam ausgeführt hatte.

Vermutlich hätte das Schwimmen ihm wenig genützt, da die mutwilligen Wellen ihn bald auf ihre Gipfel hoben, bald über ihn hinwegsprangen, um ihn dann mitzureißen und in die Tiefe zu stoßen – wie oft, das wußte Anselm nicht. Die Qualen, die er litt und denen fast etwas Absichtsvolles anhaftete, das beständige Emporgehobenwerden und das prustende, keuchende und pfeifende Nachluftschnappen, dem sogleich ein neues Versenktwerden folgte, erschienen ihm endlos.

Genausowenig wie der Medicus wissen wir, wie lange es dauert, bis ein Mensch ertrunken ist. Aber kurz bevor die Kraft Anselms Lungen und Glieder endgültig verließ, prallte etwas gegen seinen halbtauben Arm – eine dicke Bohle, der Teil einer Planke.

Es gelang Anselm nicht nur, das Brett zu halten, sondern auch, nach einer Weile, sich auf die Planke hinaufzuziehen. Und erst als er geraume Zeit dort gelegen hatte, bäuchlings oder rittlings, die Hände um das Holz gekrallt, den Oberkörper krampfhaft nach oben gestemmt, mit baumelndem Kopf und im Meer treibenden Beinen, als er ein Gutteil des verschluckten Wassers wieder von sich gegeben hatte und endlich wieder halbwegs schmerzfrei atmen konnte, wurde ihm bewußt, daß der Sturm sich gelegt hatte.

Zwar war das Meer nicht glatt wie ein Spiegel, auch nicht von zierlichen Kräuselwellen geschmückt wie der Creser Löschteich an einem windigen Tag, aber doch so ruhig wie schon seit Tagen nicht mehr. Und die Sonne hatte sich durch die Wolkendecke geschoben, diese dabei in Dunst auflösend – eine warme goldene Nachmittagssonne.

Ein Lichtstrahl, der ihm über die geschlossenen Lider huschte, weckte Anselm mit einem Niesen aus seiner trostlosen Verkrampfung. War er gerettet? Gab es Hoffnung? Gewährten die Götter ihm eine zweite Gelegenheit? Blinzelnd öffnete er die Augen, und sein Blick fiel auf Asleifs Amulette, die von dem Wasser, das über das Holz schwappte, sanft hin- und herbewegt wurden. Er hatte keines verloren, weder die rosige Rahja noch den Seeschlangenzahn!

Fast schmerzlich war die Freude, die Anselm bei diesem Anblick durch den Körper strömte: Nach allem, was er durchgemacht hatte, hingen ihm die Glücksbringer am Hals, als wäre nichts geschehen! Dabei hätten sie doch, den Gesetzen der Physik gehorchend, nach oben gezogen werden müssen, während er selbst in die Tiefe sank. Und so weit, wie die Lederbänder um Anselms Hals lagen, hätten sie leicht über Kopf und Ohren hinweggleiten müssen. Aber da baumelten die Amulette und waren unbeschädigt! (Daß er sie einmal Herrn Efferd für seine Rettung versprochen hatte, vergaß er in jenem Augenblick völlig, aber vermutlich wollte der Meeresgott kein solches Opfer, sonst hätte Er sich das Angebotene ja geholt.)

Diese Erkenntnis brachte ihn sosehr aus der Fassung, daß ihm heiße Tropfen aus den Augen fielen. Ach, Asleif, ich habe sie noch, sie sind nicht verlorengegangen! sagte er immer wieder in Gedanken, während sein geschundener Körper von Schluchzern geschüttelt wurde. Ach, Asleif, sie haben mir tatsächlich das Leben gerettet, das hast du dir gewünscht, nicht wahr, damit wir quitt wären? Und das Leben, das ich dir – vielleicht – geschenkt habe, war nur so kurz ...

Allmählich verebbte der Anfall von Glück und Kummer, Anselms Verstand begann wieder zu arbeiten, und obwohl er in sein Gedankengestammel immer wieder ein *Efferd, hab Dank für die Rettung!* oder ein *Swafnir, ich danke dir!* eingeflochten hatte, wurde ihm nun bewußt, daß er zwar fürs erste überlebt hatte, aber keineswegs gerettet war. Vorsichtig, um nicht seine relativ stabile Haltung in eine labile zu verwandeln, hob er den Kopf und schaute sich um. Vielleicht war die *Swafnirlieb* ja nicht völlig zerstört worden... Vielleicht gab es weitere Überlebende...

Von Hjaldas Drachen war nichts zu entdecken – wie auch? Anselm hatte ja mit eigenen Augen gesehen, wie der rabenschnabelige Rammsporn den Rumpf des Schiffes in zwei Teile gerissen hatte, und der irrwitzige Hoffnungsblitz verglühte. Wohl aber glaubte Anselm, fern, viel zu fern, um sicher zu sein, um sich durch Rufen bemerkbar machen oder um sie paddelnd erreichen zu können, winzige Gestalten im Wasser treiben zu sehen. Aber das gleißende Licht auf den Wellen blendete ihn, ließ ihn blinzeln und für einen Moment die Augen schließen, und als er wiederum auf die Stelle starrte, entdeckte er dort nichts außer einem verwirrenden Tanz von Licht und Schatten. Er spürte auch, daß eine Strömung ihn erfaßt hatte und forttrug von der Stelle, wo die *Swafnirlieb* versunken war... und vom rettenden Ufer... Wo Osten war, wußte er nun, da Praios die Schleier von seinem zwar wärmenden, aber auch unendlich teilnahmslosen Antlitz gerissen hatte. Osten war dort, wo die hellen Punkte über dem Wasser standen, die eben noch nicht dagewesen waren...

Der Ehrlichkeit halber muß erwähnt werden, daß Anselm, wenn er an Rettung dachte, zuerst die eigene Rettung meinte. Doch wollen wir ihn deswegen nicht verurteilen oder tadeln, denn wer von uns empfände in derselben trostlosen Lage nicht ebenso? Das Schicksal seiner Freunde war ihm auch nicht gleichgültig, wie die heißen Tränen beweisen, die er beim Anblick von Asleifs Amuletten vergossen hatte, aber um abermals der Wahrheit die Ehre zu geben: Sie waren gewiß in erster Linie auf die seelische Zerrüttung zurückzuführen, die die vorangegangenen grauenhaften Erlebnisse erzeugt hatten. Und so war die Freude, daß es vielleicht Überlebende gab, daß die weißen Punkte am Horizont vielleicht thorwalsche Segel waren, daß für die Schiffbrüchigen vielleicht Hoffnung bestand, aufgelesen und in die Heimat zurückgebracht zu werden, kein echter Trost für ihn. Denn *ihn* würde niemand entdecken und retten.

Etwas anderes hingegen sah er beständig und trotz des blendenden Lichtes erheblich deutlicher, wenn er nach Südwesten blickte. Dort schwamm, fern, schwarz und unbeteiligt, die *Lotosblume* davon, und nichts deutete darauf hin, daß sie vor kurzem noch in ein Gefecht verwickelt gewesen war.

Wieso ließen die Götter zu, daß die tapferen, für eine gerechte Sache kämpfenden Thorwaler vernichtet wurden, die elenden alanfanischen Sklavenhändler aber scheinbar ungeschoren davonkamen? fragte sich Anselm, und wäre er nicht so matt gewesen, hätte die Ratlosigkeit, die ihm wieder die Tränen in die Augen trieb, sich wohl zu lästerlichem Zorn gegen die Unsterblichen gesteigert. Nur eines verschaffte ihm eine kurze verzweifelte Freude: daß der Besatzung der *Lotosblume* die Flucht offenbar wichtiger war als die Suche nach überlebenden Thorwalern, die sie in die Sklaverei verschleppen könnten.

Mit gram- und qualvoll finsterer Miene verfolgte der junge Mann, wie die dunkle Silhouette allmählich kleiner wurde. Da die Sonne ihn blendete und da seine Sicht noch immer durch die Tränen getrübt war, sah er die Ereignisse, von denen wir berichten wollen, verzerrt und verschwommen, und doch hegte er damals und auch später nicht den geringsten Zweifel an der Echtheit seiner Wahrnehmung.

Folgendes geschah: Rings um die Bireme geriet das Meer plötzlich in Aufruhr. Obwohl die Entfernung zu dem Schiff inzwischen über vierhundert Schritt betrug, erkannte Anselm deutlich die gewaltigen unnatürlich geformten Wogen, die es von allen Seiten bedrängten, erst zum Schaukeln und dann zum bedrohlichen Schwanken brachten. Doch bevor er sich fragen konnte, was der Grund für dies Naturereignis sein mochte, wurde die *Lotosblume* von einer unsichtbaren Kraft gehoben, über die Fluten empor, und dann, wie ein Spielzeugschiffchen, wie eine Nußschale, hoch in die Luft geschleudert. Eine weiße Insel tauchte gemeinsam mit ihr aus den Fluten auf, war aber schon wieder versunken, als die Galeere auf das Meer zurückprallte.

Nun weiß jeder, der schon einmal bäuchlings aus größerer Höhe ins Wasser gesprungen ist, daß Efferds flüssiges Element dem menschlichen Körper bisweilen einen schmerzhaften Widerstand entgegensetzen kann; daß ein Schiff, anstatt unterzutauchen, an den Wogen zerbricht, würde hingegen wohl niemand erwarten. Doch genau das geschah. Anselm jedenfalls erschien es so, als habe sich die seltsam lebendig wirkende schwimmende Insel innerhalb zweier Herzschläge in ein tückisches, dicht unter der Oberfläche verborgenes Riff verwandelt. So heftig war der Aufprall aufs Wasser oder das, was dort verborgen war, daß die *Lotosblume* in tausend Stücke zerschellte und Splitter, Spanten, Wanten, Riemen (so genau konnte Anselm die Teile selbstverständlich nicht unterscheiden – wir geben nur die Wörter wieder, die ihm durch den Kopf gingen) und sogar winzige Gestalten durch die Luft flogen und dann für immer in den Fluten versanken.

Es dauerte geraume Weile, bis die Flutwelle ihn erreichte, und inzwischen hatte sie soviel von ihrer Wucht verloren, daß sie zwar die Planke zum Kreiseln brachte, ihn aber nicht von ihr hinunterspülte.

Für Anselm bestand kein Zweifel, daß der Untergang der *Lotosblume* das Werk überirdischer Kräfte war – eine göttliche Strafe, so dachte er. Daß zusammen mit dem sündhaften auch unschuldiges Leben ausgelöscht worden sein könnte, kam ihm nicht in den

Sinn – vielleicht befand sich ja auch kein unschuldiges Leben an Bord –, er begann nur zu paddeln, hoffnungsvoll und verzweifelt zugleich, als die Wellen seine Planke unvermittelt nach Osten drehten, zum Land, zum festen, rettenden Land.

Helft mir, gerechte Götter! schrie er in Gedanken. Efferd, Swafnir, rettet mich! Und dabei zog er die Arme hektisch durchs Wasser. Aber ach, die Götter hörten ihn nicht, erhörten ihn nicht, und all das Rudern und Strampeln erwies sich bald als sinnlose Kraftvergeudung. Er konnte nicht einmal verhindern, daß sich das Brett langsam wieder nach Westen drehte, wo Praios' Antlitz rotgolden und fern über der endlosen Wasserfläche schwebte.

Dreimal noch versuchte Anselm, die Planke nach Osten zu lenken. Zwar gelang es ihm unter Mühen, die Richtung einzuschlagen, nicht aber, sie beizubehalten. Der Sog, der ihn nach Westen zog, war stärker, und so gab er den ungleichen Kampf schließlich auf und überließ sich entmutigt und mit hängendem Kopf seinem ungewissen Schicksal.

Der Nachmittag wandelte sich zum Abend, der noch recht lang ist in der zweiten Rondrahälfte. Anselm hatte keinen Blick für die Schönheit der ihn umgebenden Natur, er sah weder den leuchtendroten Keil, den Praios' Strahlen auf das stahlfarbene Wasser malten, noch die schimmernden violetten, purpurnen und orangenfarbenen Wolkengebirge, die sich über dem Horizont auftürmten. Er fühlte nur, wie die Beine ihm allmählich taub wurden – eine fast angenehme Erscheinung nach dem schmerzhaften Brennen auf der Schenkelinnenseite, wo die scharfe Kante der Planke erst den Stoff der Beinkleider und dann die Haut durchgescheuert hatte. Auch die Wunde auf der Stirn, die Prellung an der Schulter und den häßlichen Riß im rechten Unterarm – er konnte sich nicht besinnen, wann er ihn sich zugezogen hatte – vergaß er mit der Zeit.

Nun, so vollkommen schicksals- und göttergeben, wie der Leser glauben mag, war Anselms Gemütsverfassung doch nicht. Sonst hätte er vielleicht den müden Armen erlaubt, genauso müßig im Wasser zu treiben wie die Beine. Sonst hätte er vielleicht dem ebenso müden Kopf gestattet, sich auf der Planke zur Ruhe zu legen, und schlafend, das Wasser atmend, das das Holz überspülte, hätte er sich dann in Borons Obhut begeben … Aber immer wenn er nahe daran war, sich seiner Müdigkeit und dumpfen Hoffnungslosigkeit zu überlassen, immer wenn er dachte, daß es besser sei, rasch und halb schlafend den Tod zu finden, als die Qual weiter und weiter zu verlängern, erwachte sein Lebenswille von neuem, und er raffte sich auf, krallte die vor Kälte schmerzenden Hände fester um das Holz und stemmte die müden Arme empor.

In einem solchen Augenblick geschah es, daß er das Boot entdeckte. Anselm glaubte zunächst an eine Augentäuschung, als er das längliche Etwas mit der vertrauten Form bemerkte, das unweit von ihm auf den Wellen tanzte. Aber bald gab es keinen Zweifel mehr: Es war ein Boot! Was hatte das wenig hochseetaugliche Gefährt hier draußen auf den Ozean verschlagen? fragte er sich. Woher kam es? Er war so über alle Maßen verblüfft, daß er zunächst keinen Versuch unternahm, das Bötchen zu erreichen. Doch dann, als ihm klar wurde, daß es sich entfernte, während er es fassungslos und untätig anstarrte, tauchte er die Hände ins Wasser und paddelte mit aller Macht. Er mußte auch die letzten Kräfte bemühen, denn das Boot trieb offenbar mit derselben Strömung, die ihn und seine Planke forttrug, aber da es gebaut war, die Wellen zu durchschneiden, kam es besser voran.

Anselms Atem ging pfeifend, die Lungen schmerzten ihn, jede Bewegung war eine Marter für die bereits ermüdeten und an solche Arbeit nicht gewöhnten Muskeln, und in seiner Verzweiflung fragte er sich, was die Unsterblichen bewegen mochte, ein solches Spiel mit ihm zu treiben. Hatten Sie Freude an seinen Qualen? Wollten Sie ihn foppen in göttlichem Mutwillen, daß Sie ihm erst die Rettung zeigten, ihn verlockten und Hoffnung in ihm weckten, nur um ihm das Begehrte Spann für Spann, Schritt für Schritt wieder zu entziehen? Doch bevor es dazu kam, daß er sich versündigte, gerade in dem Augenblick, als die rote Sonnenscheibe in die Wolken über dem Horizont eintauchte, ergriff ein übermütiger Windstoß das Schiffchen und trieb es ihm entgegen, und das spornte ihn an, ein allerletztes Mal alle seine Kräfte aufzubieten.

Fast wäre Anselm von der Planke gerutscht, als er die Hand nach dem Boot ausstreckte, aber eben nur fast. Und er bekam es auch – den Göttern sei Dank! – zu fassen. Er selbst dankte den Göttern übrigens nicht in diesem Augenblick, weder Efferd noch Swafnir, noch Rondra, die doch vielleicht die überraschende Bö geschickt hatten. Aber vielleicht war er einfach zu erschöpft zum Beten.

Das Boot war aus einem seltsamen Material gefertigt – die Hülle zumindest, denn das Spantengerippe bestand durchaus aus Holz –, wie Anselms Finger nach einer Weile ertasteten. Leder? dachte er. Ein nivesches Lederboot, das sich hierher verirrt hat? Aber als er mühsam die Lider hob, beschienen die letzten roten Strahlen eine dunkel-borkige Haut, die er keinem ihm bekannten Tier zuordnen konnte.

Die Frage nach der Herkunft des Leders beschäftigte Anselm allerdings nur für die Dauer eines Wimpernschlages. Viel wichtiger war ihm die Sorge, wie er in das Boot gelangen könne, ohne es zum Kentern zu bringen. Die Prozedur sollte sich als ebenso schwierig herausstellen, wie er befürchtet hatte, und als es nach vielen vergeblichen Versuchen, bei denen er beides, Boot und Balken, zu verlieren drohte, endlich, endlich geschafft war, kündete nur noch ein feuriger Widerschein am unteren Saum der Wolkenbank von Praios' Abschied für die Dauer der Nacht. Aber schließlich lag der junge Mann schweratmend in dem knapp zwei Schritt langen schwankenden Gefährt, streckte die geschundenen Glieder, und bevor er sich noch fragen konnte, worauf er ruhte, denn er ruhte überraschend weich, hatte der Schlaf ihn schon umfangen.

Dreimal wachte Anselm auf in dieser Nacht, und jedesmal war der Schreck so groß, sich statt auf Hjaldas Drachen in einem armseligen Bötchen zu finden, war das Entsetzen bei der Erinnerung an die Ereignisse des vergangenen Tages so gewaltig, daß sein heftiges Auffahren das Gefährt bedenklich ins Schwanken brachte. Aber Boron war gnädig und breitete Seinen Mantel über den Medicus, bevor die eiskalte Panik sich gänzlich seiner Seele bemächtigen konnte.

Am nächsten Morgen, steif von den überstandenen Strapazen und der Kälte der Nacht, die die nassen Kleider nicht getrocknet, sondern nur klamm an den Körper geklebt hatte, machte Anselm sich daran, das Boot zu untersuchen. Nicht sofort nach dem Erwachen natürlich, denn da hatte die Erkenntnis, daß seine Augen vergeblich nach Land oder einem Schiff Ausschau hielten und seine Ohren vergeblich auf den Schrei der Möwe lauschten, ihn wohl eine halbe Stunde lang ganz starr vor Verzweiflung gemacht. Doch kein gesunder junger Mensch überläßt sich für lange Zeit dumpfer Hoffnungslosigkeit, und sei es nur deshalb, weil die Bedürfnisse des Körpers nach ihrem Recht verlangen. Und so bemerkte Anselm, nachdem er Blase und Darm entleert hatte, plötzlich, wie durstig und hungrig er war, was ihn veranlaßte – sinnlos, wie er zunächst glaubte – nach etwas Eß- beziehungsweise Trinkbarem zu suchen.

Das weiche Bett, auf dem er geschlafen hatte, erwies sich als eine Wachstuchplane, die an den Spanten befestigt war. Und das unter ihr Verborgene hatte als

Matratze gedient. Anselm konnte angesichts der unerwarteten Herrlichkeiten, die er unter der Plane entdeckte, einen Freudenschrei nicht unterdrücken, obwohl er sich später sagen sollte, daß Hohngelächter die angemessenere Reaktion gewesen wäre.

An jenem Morgen jedoch lachte Anselm nicht, sondern schrie vor Verblüffung und Freude. Es fanden sich nämlich unter der Plane zwei Schläuche, gefüllt mit kostbarstem, köstlichstem süßen Wasser (in Wirklichkeit schmeckte es ein wenig muffig und abgestanden), drei zu länglichen Bündeln gerollte Wolldecken – schwer vor Nässe, aber als Polster gut zu gebrauchen –, deren eine ein kurzes Paddel und vier in Wachstuch eingeschlagene gut verschnürte Päckchen enthielt, die mit Zwieback, Dörrfleisch, Käse und ein paar Beuteln mit getrockneten Datteln gefüllt waren – Proviant für einen Menschen und für eine Woche nach Anselms Schätzung.

Soll das Schiffchen ein Rettungsboot sein? fragte er sich, und bei diesem Gedanken entsann er sich dunkel der luftgefüllten Schläuche längs beider Bordwände, die wohl ein Kentern verhindert hatten, als es ihm am vergangenen Abend endlich gelungen war, sich vom Balken ins Boot zu wälzen. Ja, er saß in einem Rettungsboot der *Lotosblume,* da war Anselm sich plötzlich sicher, und für einen kurzen Augenblick erfüllte ihn die Erkenntnis mit grimmiger Genugtuung, daß der abscheuliche Al'Anfaner Sklavenhändlerkapitän, dessen Leben zu retten das Gefährt bestimmt war, schon längst auf dem Grund des Meeres ruhte oder von Perlbeißern und Haien gefressen war, während er, Anselm, sicher und wohlbehalten in dem Bötchen hockte.

Nun war Anselm fürs erste mit Wasser und Nahrung versorgt, das Boot gewährte relative Sicherheit, und doch: Fröhlichkeit oder auch nur Erleichterung empfand er nicht. Im Gegenteil: Nachdem er sich gesättigt hatte (mit Fleisch, das sich kaum zerkleinern ließ, mit Käse, den er als zu salzig empfand, einer klebrig süßen Dattel und mit Zwieback, der im Mund zu einem halbtrockenen Brei quoll, den hinunterzuspülen ihn zu viele Schlucke des kostbaren Süßwassers kostete), empfand er seine Lage verzweifelter denn je. Wie sollte er auch nicht, da ihm nun, da es nicht mehr ums nackte Überleben ging, seine Verlorenheit inmitten unendlicher, unendlich gleichgültiger Elemente ganz unvermittelt und stechend qualvoll bewußt wurde? Nur Luft und Wasser ringsumher, Luft und Wasser, so weit das Auge reichte! Wie eine Nußschale mit einem winzigen Wurm darin, die ziel- und steuerlos in der Unendlichkeit trieb, so empfand er sich und sein Gefährt. Niemand würde ihn jemals hier draußen entdecken, nie wieder würde er ein menschliches Wesen sehen, eine menschliche Stimme hören, so dachte er in trostloser Klarsichtigkeit, nachdem er fast eine Stunde lang jeden Zoll des Horizontes, jeden Rechtschritt des Ozeans vergeblich nach Anzeichen menschlichen Lebens abgesucht hatte.

Wie konnte er nur so undankbar sein und sich ganz und gar diesen trüben Gedanken überlassen, nachdem die Götter nicht nur sein Leben geschont, sondern ihm auch ein rettendes Boot samt Trank und Speise geschenkt hatten, nachdem Asleifs Glücksbringer seine Kraft so augenscheinlich unter Beweis gestellt hatte? So magst du fragen, lieber Leser. Nun, dann versuch nur ein einziges Mal dieses Bild heraufzubeschwören: unendliche graue Wasserflächen, über denen sich unendlich der graue Himmel spannt – um die achte Stunde waren Wolken aufgezogen, die sich bis zur neunten Stunde zu einer gleichmäßig grauen Decke verdichtet hatten, aus der ein taufeiner Sprühregen niederging –, und mal dich selbst mitten hinein, nicht wissend, ob dein Bötchen nicht in unendlichen Stunden und Tagen bis zum Rand der Welt treiben wird, um dort in die Unendlichkeit anderer Sphären zu stürzen, abgeschnitten von allem Vertrauten, getrennt von allen fühlenden lebenden Wesen. Nicht wahr, ein klein wenig kannst du nun nachempfinden, wie Anselm zumute war?

Doch wollen wir darauf verzichten, die Stimmungsschwankungen, denen der junge Mann in den folgenden Tagen unterworfen war, akribisch aufzuzeichnen. Es reicht zu wissen, daß er von einem Augenblick zum nächsten von höchster hoffnungsfroher Erregung in tiefste dumpfe Niedergeschlagenheit fallen konnte, grundlos bisweilen, zumeist aber deshalb, weil das, was er für ein fernes Schiff gehalten hatte, sich als vergängliche Wolkenformation erwies oder weil die unerbittliche Strömung im Verein mit dem Wind ihn forttrug von dem Streifen Land am Horizont – ganz sicher Land und keine Wolken! – und seine Kräfte nicht ausreichten, gegen ihren Sog anzupaddeln.

Manchmal versuchte er seine Verzweiflung dadurch niederzukämpfen, daß er Gerilds Bild heraufbeschwor, sich an ihren großen starken Körper und ihre Umarmungen zu erinnern versuchte. Aber offenbar war das weite Meer kein Ort, an dem die liebliche Rahja gern weilte, denn es wollte Anselm nicht gelingen, sich rahjagefälligen Phantasien hinzugeben: Er sah die Geliebte von einem Speer getroffen in die Fluten stürzen – obwohl er ihren Tod keineswegs beobachtet hatte –, sobald er sie im Geiste in die Arme zu schließen versuchte.

Alles in allem verfinsterte sich sein Gemüt von Tag zu Tag mehr, trotz der mit der Zeit immer seltener werdenden kurzen Anwandlungen sinnloser Hoffnung, und als nach acht Tagen die Vorräte aufgebraucht waren, erhellte nichts mehr Anselms stumpfe, dumpfe Trostlosigkeit. Er schenkte dem Wetter nur soviel Beachtung, wie sein Körper verlangte, drehte sich auf den Bauch und bedeckte den Kopf mit den Händen, wenn die Sonne zu sehr stach, breitete eine der fast ständig feuchten Decken über sich, wenn der Wind allzu eisig pfiff, schöpfte Wasser aus dem Boot, wenn eine Welle hereingeschwappt oder ein Regenguß niedergegangen war. Zumeist aber saß oder lag er nur reglos da, die Augen geschlossen, weder schlafend noch wachend. Und nicht nur sein Geist wurde matter; durch die erzwungene Untätigkeit erschlafften auch seine Glieder mit der Zeit immer mehr.

So vergingen die Tage. Eines Abends verzehrte Anselm den letzten Streifen Dörrfleisch und den letzten Zwieback und spülte beides mit dem letzten Schluck Wasser hinunter. Es war ihm einerlei, daß der nächste Tag ihm Durst und Hunger bescheren würde, daß der übernächste und der darauffolgende den Durst verschärfen würden und daß er irgendwann verdurstet wäre. Mit einer unendlich müden Geste hob er die Hand, die den Schlauch hielt, über die Bordwand und ließ ihn fallen. Eine Weile beobachtete er, wie der schlaffe Beutel auf den Wellen tanzte und von ihnen fortgetrieben wurde, dann schloß er die Augen.

Bis ein gesunder, wohlgenährter Mensch verhungert ist, vergeht geraume Zeit. Verdurstet ist man schneller, aber dazu kam es bei Anselm ebensowenig. Denn in den Falten des Wachstuches sammelten sich der nächtliche Tau und der gelegentliche Regen, und obwohl der junge Mann den Bedürfnissen seines Körpers keinerlei Interesse mehr entgegenzubringen glaubte, schlürfte er das lebenserhaltende Naß doch gierig auf.

Daß die Strömung ihn nicht beständig westwärts trug, sondern irgendwann nach Norden, bemerkte Anselm durchaus (am Stand der Praiosscheibe und daran, daß es mit jedem Tag kühler wurde), aber es war ihm gleichgültig. Im Westen lag das Güldenland, im Norden das Yetiland, und beide Länder würde er nicht lebend erreichen. So trieb er zwölf Tage dahin, und als am Mittag des dreizehnten sein Bötchen auf Grund lief, merkte er es zunächst nicht.

Anselm hatte den ganzen Morgen im Dämmerschlaf verbracht. Nach acht Tagen kärglicher Verpflegung (der Proviant im Boot war für sechs Tage bemessen gewesen, aber aus ihm selbst kaum verständlichen Gründen hatte Anselm mit dem Essen geknausert) und vier Tagen völlig ohne Nahrung konnte er Traum und Wachen kaum noch voneinander unterscheiden. Und so fügte sich das ferne, beständig lauter werdende, schrille Kreischen gut in seinen Traum, in dem er auf der Kaimauer von Salzerhaven saß und den Möwen Brotkrumen zuwarf, um sich an ihren gewagten Flugmanövern zu erfreuen.

Die Insel, an deren Ufer Anselm gestrandet war, glich in ihrer Form einem rundlichen Blatt mit gezacktem Rand. Ringsum brandete das Wasser gegen grauen Fels, hatte ihn im Lauf von Äonen ausgewaschen und eingekerbt, und nur dort, wo der Stiel des Blattes hätte sein müssen, in einer sanften, kaum achtzig Schritt breiten Bucht, hatte die Brandung den Stein zu feinem hellen Sand zermahlen. Hierhin trug die Strömung das winzige Gefährt und überließ es dann sich selbst.

Das letzte Stückchen Brot war verfüttert, zwei Möwen hatten im Flug darum gestritten, und die kleinere von beiden, ein völlig weißer Vogel, hatte den Sieg und die Beute davongetragen. Doch anstatt sich nun nach einer neuen Futterquelle umzusehen, umkreisten die Vögel Anselm weiterhin. Sie umkreisten ihn nicht nur, sie bedrängten ihn geradezu, und ihr schrilles Kreischen wurde beständig lauter. »Was wollt ihr von mir? Ich habe nichts mehr«, sagte er und zeigte den Tieren die leeren Hände. Aber sie ließen nicht von ihm ab, und allmählich wurde ihr Betteln ihm unheimlich, in dieser fordernden, fast angriffslustigen Art. Er wollte sich erheben und den undankbaren Vögeln den Rücken kehren, aber sein Hintern war auf der Kaimauer wie festgeklebt. Und nun schoß doch tatsächlich eine große graue Möwe herab, funkelte ihn mit gelben Augen böse an, und er riß rasch die Hände vors Gesicht, denn er war plötzlich sicher, daß sie es auf seine Augen abgesehen hatte. Der spitze Schnabel traf seine Stirn, und mit einem Schrei fuhr Anselm hoch…

Er saß in seinem Bötchen, das sanft schaukelte und auf dessen Boden zwei Möwen nach Eßbarem suchten. Träume ich immer noch? fragte er sich, obwohl ihm die schroffe Felswand, die rechts in sein Blickfeld ragte, in Salzerhaven niemals aufgefallen war. Er befühlte die schmerzende Stirn, den längst verschorften und vergessenen Streifschuß, und als er das frische Blut auf dem Finger sah, wurde ihm klar – und es war fast ein Schock –, daß der Traum vorüber war und er sich in der Wirklichkeit befand.

Ein weiterer Angriff erfolgte nicht – offenbar hatte die Möwe das eingetrocknete Blut auf seine Schmackhaftigkeit hin untersuchen wollen oder die ganze reglose Gestalt für ein mögliches Festmahl gehalten und nun, als Anselm sich regte, eingesehen, daß es mit dem Verspeisen des jungen Mannes fürs erste nichts werden würde.

Es verstrich wohl eine Viertelstunde, bis Anselm das Boot verließ. Zunächst wandte er nur Kopf und Oberkörper hin und her – Bucht und Insel lagen in seinem Rücken – und starrte in fassungslosem Staunen. Endlich hatte er gefunden, was zu ersehnen er schon vor langer, langer Zeit aufgegeben hatte – Land! (Er hatte die Tage seiner einsamen Irrfahrt nicht gezählt; in ihrer Eintönigkeit schien sie ihm von unmeßbarer Dauer gewesen zu sein.) Und die Anwesenheit der Möwen ließ die Hoffnung zu, daß er in nicht allzu großer Entfernung auf eine menschliche Siedlung treffen würde, von deren Unrat sie sich ernährten, denn zum Brüten hatten sie sich jetzt, am Ende des Sommers, gewiß nicht versammelt. Mit dem Paddel prüfte er die Wassertiefe, nur zur Vorsicht, denn er sah den Meeresgrund ja deutlich durch die Wellen schimmern.

Zum Ufer zu waten und dabei das Boot mitzuschleifen, kostete Anselm große Mühe, obwohl nur zwanzig Schritt durch seichtes Wasser zu überwinden waren. Kaum konnte er sich auf den Beinen halten. Aber er schaffte es, und als er sich nach einer kurzen Rast wieder erhob, um das Land zu erkunden, an das er gespült worden war, gelang ihm das Gehen schon ein wenig besser.

Zunächst schritt er die Bucht ab, die widerhallte vom Möwengeschrei. Anselm hatte die teils bleichen, teils bräunlichroten Gebilde, an denen die Vögel sich zu schaffen machten, schon aus der Ferne gesehen, aber nicht wahrhaben wollen, was seine Augen dem Verstand übermittelten. Nun konnte er sich der Wahrheit nicht länger verschließen: Die gesamte Fläche des silbrig-hellen Strandstreifens – achtzig Schritt in der Breite und etwa halb soviel in der Tiefe – war mit Gebeinen übersät. Wind- und sonnengebleichte Schädel ihm unbekannter Tiere ragten ebenso aus dem feinen Sand wie Rippen, an denen noch Fetzen von Fleisch hingen (und die zu untersuchen er sich wegen der zänkischen Möwen nicht getraute). Er sah erst jüngst das unvollständig abgenagte, aber intakte Skelett einer Robbe, Schenkelknochen, Ellen und Speichen und dann... Ja, und dann entdeckte er zweifelsfrei die Überreste eines Menschen.

Wo bin ich hier? Welch schauriger Ort ist dies? fragte er sich voll Entsetzen. Oh, Praios, steh mir bei! Der Hunger, der sich eben durch ein Gefühl von Übelkeit bemerkbar gemacht hatte, war gänzlich verschwunden und nur die Übelkeit zurückgeblieben. Auch Durst quälte ihn, heftiger als der Hunger, aber er verspürte keinen Drang, zum Bötchen zurückzukehren, wo sich in den Falten der Plane vielleicht ein wenig Wasser fände – vielleicht, denn einige des runden Dutzends

Möwen, das sich zankend um das Gefährt geschart hatte, waren eben dabei, das Wachstuch auf der Suche nach etwas Eßbarem zu zerfetzen.

Fort, dachte Anselm, nur fort von hier! Er dachte auch: Die Leute, die hier leben, sind gewiß Fischer und Robbenfänger; die Bucht ist wohl ihr Abfallplatz – was ist schlimm daran? Und die menschlichen Gebeine, die ich gefunden habe, sind die Überreste eines Schiffbrüchigen, dessen Leiche, so wie ich, hier angeschwemmt worden ist.

Am hinteren Ende der Bucht entdeckte er nach kurzer Suche einen Einschnitt, der in Schlangenlinien zum oberen Rand der Klippe führte und der sich, wie es schien, ohne allzu große Mühe erklimmen ließe. Zwar floß auf seinem Grund kein Rinnsal, wie Anselm gehofft hatte, aber er fand süßes Wasser in etlichen Mulden im Fels – offenbar hatte es in den letzten Tagen geregnet.

Der Aufstieg war äußerst beschwerlich für den entkräfteten jungen Mann, und oft mußte er innehalten, um Atem zu schöpfen und seinen Beinen eine Pause zu gönnen. Immer, wenn er dann nach oben schaute, schien die Entfernung zum Rand der Klippe nicht geschrumpft zu sein, obwohl ihm der Blick in die Tiefe durchaus bewies, daß er mehr und mehr an Höhe gewann. Vielleicht lag es daran, daß der Fels kein Hochplateau bildete, wie Anselm vermutet hatte, sondern hinter oder über dem Rand immer neue Gesteinsformationen sichtbar wurden, schroffe und zackige zunächst, vom Wind sanft gerundete weiter landeinwärts.

Anselm hatte den Aufstieg fast geschafft – er hatte einen wie eine Krone geformten Felsbrocken zum Rand der Klippe zu seinem vorläufigen Ziel erklärt, und dieser war nun bald erreicht. Auch das rundgeschliffene Steingebilde rückte näher, viel blasser, fast rosig schimmernd und von zarterer Struktur als die ihn umgebenden. Keuchend ließ Anselm sich auf einem Felsbrocken nieder, und während er die schmerzenden Muskeln knetete, betrachtete er die seltsame Gesteinsbildung. Er versuchte zu ergründen, woran die Form ihn erinnerte, doch zu ergründen gab es nicht viel, es war ja allzu offensichtlich, wie er sich, trotz seiner elenden Verfassung innerlich lachend, eingestand.

Während er so starrte, schien es ihm, als ob die gewaltigen Brötchenhälften sich bewegten, aber er wußte nur zu gut, daß er einer Augentäuschung erlag, vermutlich das Ergebnis seines tagelangen Fastens. Und doch beobachtete er fasziniert, wie ein Zittern den Stein durchlief, als das obere massige Halbrund sich hob und der Spalt zwischen den Hälften sich öffnete.

Frappant, dachte Anselm, welch seltsame Streiche einem die Sinne doch bisweilen spielen! Er konnte den Blick nicht von dem vorgegaukelten Schauspiel wenden, ja, er versuchte gar zu erkennen, was in der Dunkelheit der Ritze verborgen sein mochte. Doch gerade in dem Augenblick, als er zu beobachten glaubte, daß sich dort etwas auftat, das in noch tiefere Schwärze führte, erfüllte dumpfes Donnergrollen die Luft, und gleich darauf erreichte ihn ein heftiger warmer Windstoß, der Hemd und Haare flattern ließ und schwefelig nach Fäulnis stank.

Anselm riß unwillkürlich die Arme vors Gesicht, doch die Bö war schon vorüber, und der Gestank ließ nach. Was war das? fragte er sich. Gibt es einen feuerspeienden Berg in der Nähe? Aber der hätte mir doch auffallen müssen! Nein, nein, ich habe keinen Gipfel über die Klippen ragen sehen und keine Rauchwolke entdeckt, also wird als nächstes auch keine Lava fließen. Der üble Dampf ist aus der Felsspalte entwichen. So etwas gibt es, genauso wie es eigentümlich duftende heiße Quellen geben soll. Und so machte er sich daran, den Aufstieg fortzusetzen. Da sein Weg eine letzte Kurve beschrieb, entschwand der runde Fels für eine Weile aus seinem Blickfeld, und er war es wohl zufrieden.

Er versuchte auch, nicht weiter an das seltsame Erlebnis zu denken – vielleicht konnte er seinem Verstand, seinen Ohren und seiner Nase inzwischen ebensowenig trauen wie seinen Augen. Frau Travia, laß mich bald freundliche Menschen finden, die mir Speise und ein Lager gewähren, betete er, denn lange werde ich weder das Wandern noch das Fasten durchstehen.

Aber der steile Aufstieg würde nun auch bald hinter ihm liegen – nur noch wenige Schritt waren zu überwinden. Rechter Hand wurde der Weg von einer merkwürdigen Felsformation begrenzt: fünf rundlichen, schräg übereinandergeschichteten blaßrosigen Steinen, deren oberster und kleinster die Größe einer Quitte und deren unterster und größter die eines reifen Kürbisses hatte, an die sich ein sanft geschwungener, furchendurchzogener Monolith anschloß. Ihn hieß es überwinden, denn er versperrte den Weg.

Wäre Anselm nicht so erschöpft gewesen, hätte ihm das Überklettern des Steines gewiß keine Schwierigkeiten bereitet – an der höchsten und wulstigsten Stelle maß er nicht mehr als drei Spann, und bis zu seiner Unterkante war es kaum dreimal so weit. Aber matt, wie sie waren, fanden die Füße in dem Geröll darunter keinen Halt und die Hände keinen in den glatten warmen Furchen. Dreimal versuchte Anselm den oberen Rand zu erreichen, um sich daran hochzuziehen, doch jedesmal glitten die Finger ab, und er landete wieder auf dem Grund seines steinigen Hohlweges. Beim vierten Versuch geschah etwas anderes …

Der Stein zuckte fort – auch die fünf rundlichen kleineren, die an ihm hingen –, die Erde bebte, Getöse, wie das Meckern einer tausendköpfigen Ziegenherde, nur dumpfer, viel dumpfer, erfüllte die Luft, und ehe

Anselm wußte, wie ihm geschah, fühlte er sich von irgend etwas gepackt und hoch in die Luft gehoben.

Hatte er Angst? Das läßt sich schwer entscheiden. Da er seit einer Weile seinen Sinnen nicht mehr traute und Traum und Wirklichkeit nicht mehr deutlich voneinander unterscheiden konnte, glich sein Schrecken eher der Panik, die man in Träumen empfindet und die durch die dunkle Gewißheit gemildert wird, irgendwann zu erwachen. Er hatte auch, als die Erdstöße den Grund unter seinen Füßen zum Zittern brachten und kleine Kiesel aus den Felsspalten lösten, die Augen geschlossen und öffnete sie erst, als der Nachhall des Dröhnens, das mit einem warmen Lufthauch seine Ohren erreichte, sich in seinem Kopf zu Worten formte.

Anselm schaute in ein Gesicht. Die Züge wirkten menschlich und doch auch wieder nicht, da die Größe des Kopfes – mehr als ein Schritt – und die damit verbundene Vergrößerung und Vergröberung der Einzelheiten eher an eine monumentale Statue erinnerten. Es war ein weibliches Antlitz, weder jung noch alt, weder schön noch häßlich – nein, alterslos und zugleich unendlich alt und von ergreifend schöner Häßlichkeit. Auch was wir eben über die Vergröberung der Einzelheiten sagten, müssen wir mildern, denn wirkten auch die Lippen, die Nase und die wimpernlosen Augenlider wie gemeißelt, so sah man doch an den leicht eingesunkenen Poren, den bebenden Härchen, die ihnen entsprossen, und dem feinen Runzelnetz zwischen ihnen, am zarten Pulsen verborgener Äderchen, am talgigen Glanz auf den erhöhten Flächen, vor allem aber an der feinen Schicht aus Wasser, die über Augapfel und Iris schwamm und sich am unteren Lidrand staute, daß das Gesicht einem lebenden Wesen gehörte und Haut – nicht Stein – die Knochen umhüllte.

Blaß wie ein Morgenhimmel waren die Augen und

auch von so gleichmäßiger Bläue. In der Tiefe der Pupillen, deren Säume zuckten, schimmerte es rötlich, das sah Anselm deutlich, denn die Augen fixierten ihn.

Folgende Worte hatte er vernommen: »Wer wagt es, meine Sohlen zu kitzeln?«

11. Kapitel

Für Sylphinja hatten seltsame Zeiten begonnen, wie wir vor einer Weile berichteten. Aber war nicht auch die Zeit in Salza merkwürdig gewesen? Oder ihr Aufenthalt in Karlittas Haus? Oder die Erlebnisse im Farindelwald oder die im Wald bei Seshwick, als sie ihren Besen band und ihn das Fliegen lehrte, oder die im Wald bei Abilacht, als sie Sephyras Häuschen niedergebrannt fand und den Tod ihrer Ziehmutter erspürte? Ja, war nicht ihr ganzes bisheriges Leben eine Reihung von Seltsamkeiten gewesen, teils trüben, teils schönen, teils aufregenden?

Solcherlei Gedanken jedenfalls, Gedanken über die Vergangenheit und die ungewisse Zukunft, über die Merkwürdigkeit und Unwägbarkeit des Lebens, gingen der jungen Hexe durch den Kopf, während sie in Karlittas Stube saß und die Feenseide des Festkleides durch die Finger gleiten ließ.

Sie hatte sich also entschieden, die Gastfreundschaft der älteren Schwester weiterhin, bis zum großen Efferdfest, zu genießen. Nun, einen Entschluß konnte man es im strengen Sinne nicht nennen, daß sie in besagter Nacht ihrem Besen befohlen hatte, Karlitta zu folgen. Denn bei der Wirrnis von Gedanken und Gefühlen in ihrem Geist und Körper war sie gar nicht in der Lage gewesen, das Für und Wider des vorgeschlagenen Handels abzuwägen und dann eine Entscheidung zu treffen. Sie hatte Karlittas Zorn gespürt, hatte auf unbestimmte Weise gewußt, daß sie selbst es war, die ihn erregt hatte, und wenn nicht erregt, so doch verursacht... Auch an Bragan hatte sie denken müssen, an die Ereignisse der vergangenen Nacht, und sie hatte verstohlen nach ihrem Bauch getastet, wo unter dem Stoff der Beinkleider die Feuerlilie brannte. Als Karlitta sich schließlich wortlos erhoben, ihren Besen geholt und ihn bestiegen hatte, nachdem die Hütte sorgsam verriegelt war, hatte Sylphinja es ihr gleichgetan. Ohne nachzudenken. Was hätte sie auch sonst tun sollen? Wohin hätte sie gehen können?

Seit zwei Tagen lebten die beiden Frauen nun wieder beisammen in Haus Lyckweiden, und fast schien es, als wäre in Salza nichts Außergewöhnliches vorgefallen, oder vielmehr als hätte die Reise gar nicht stattgefunden. Denn obwohl Karlitta ihr Schweigen gleich nach der Ankunft brach, erwähnte sie den Aufenthalt in der Stadt mit keinem Wort – weder die dortigen Ereignisse noch die Bedingungen, die an ihre Gastfreundschaft geknüpft waren und denen Sylphinja sich offenkundig, wenn auch uneingestanden unterworfen hatte. Sie war freundlich gegen die Jüngere, so wie sie es versprochen hatte, und eine zuvorkommende, freigebige Wirtin. Aber wenn sie das Mädchen auch mit keinem Wort mahnte, seinen Teil des Vertrages einzulösen, so strafte der schillernde, fordernde, begehrende, ja, mitunter böse funkelnde Blick, mit dem sie Sylphinja maß, den sanften Singsang ihrer belanglosen Worte Lügen.

Wie Sylphinja sich fühlte, läßt sich schwer beurteilen und noch schwerer beschreiben. Sie war weder froh noch traurig, hoffnungslos einerseits – von ihrem Glücksbringer würde sie sich trennen müssen, nur zu bald und zu gewiß, und die ihr gestellte Aufgabe war unlösbar, auch daran gab es keinen Zweifel –, und doch auf seltsame Weise voller Zuversicht... voll banger Zuversicht, um genau zu sein. Denn immer, wenn Verzagtheit sie übermannen wollte, erklang ein Nachhall der Worte in ihrem Geist: *DU GEHÖRST MIR!* Ja,

Er hatte sie bemerkt, Er wollte sie, und Er würde sie nehmen… Aber wann? Und wie? Und würde sie es überstehen…? Die junge Hexe war sicher, daß ihrem Leben fürs erste keine Gefahr drohte, aber dieser Gewißheit haftete nichts Beruhigendes an, wenn sie bedachte, *wer* es schützte und um welchen Preis. Höchst beunruhigend war dieser Gedanke, furchteinflößend gar, erregend und aufwühlend.

Da saß sie also am Tisch, den Kopf über das Gewand in ihrem Schoß gebeugt, eine Teetasse vor sich, die Karlitta eben mit duftendem goldfarbenen Sud füllte, und so bietet sich uns ein sehr ähnliches Bild wie an jenem Abend, als wir zuerst in Haus Lyckweiden einkehrten – nur Svenna fehlte, und es brannte an diesem lauen Abend auch kein Feuer im Kamin.

Während Sylphinja wieder und wieder den Stoff befühlte, seine Dehnbarkeit prüfte, ihn glattstrich, um die Ordnung zu ergründen, nach der die roten Perlen auf dem Grün verteilt waren, oder ihn bauschte, um das Spiel von Licht und Schatten, Glanz und Mattheit zu betrachten und vielleicht, vielleicht auf diese Weise zu erfahren, wie sich das vollendet Schöne vervollkommnen lasse, fuhren Karlittas Finger – weiche Kuppen, spitze Nägel – so wie auch damals unablässig durch Larions seidiges Fell. Der Kater schnurrte.

Karlitta hatte dem Mädchen das Feenkleid nicht ausgehändigt, bedeutungsvoll oder auffordernd blickend, nein, es hatte am gestrigen Vormittag, als Sylphinja aus dem unruhigen Schlummer erwachte, in den sie nach dem nächtlichen Flug gefallen war, achtlos hingeworfen und wie zufällig am Fußende ihres Lagers im Alkoven gelegen. Vielleicht hatte sein Duft sie gar geweckt, denn noch bevor sie die Augen öffnete, hatte sie seine Anwesenheit gespürt… und dann die warme Kühle auf der Haut, als sie es übergestreift hatte, denn wie selbstverständlich und ohne nachzudenken war sie hineingeschlüpft, war es über Kopf, Arme und Brüste geglitten, und die Zacken am Saum hatten nur einen winzigen Augenblick lang gezögert, das prächtige Hautbild zu bedecken...

Alles war vollkommen an dem Gewand, so hatte Sylphinja es damals empfunden, als sie es zum ersten Mal angelegt hatte, gestern hatte sie es nicht anders gesehen, und auch am heutigen Abend ließ sich kein Makel entdecken, den es zu beheben gälte. Sie hatte bereits zweimal versucht, ihre Kräfte auf das Kleid zu lenken, aber ach, all ihre arkane Energie hatte sie mit dem Fluch auf den elenden Ulfaran fortgeschleudert, und das wenige, das ihr die Ruhe zweier Nächte zurückgegeben hatte, verströmte sich bei den sinnlosen Versuchen.

»Ob diesmal wieder welche von den Aranischen dabeisein werden?« mengte sich eine singende weiche Stimme in Larions Schnurren. Es war nicht zu entscheiden, ob Karlitta zu sich selber sprach, sich an ihren Vertrauten wandte oder an Sylphinja. »Sie tragen die Nase ziemlich hoch, diese Schwestern aus dem Süden, bilden sich gar etwas darauf ein, daß in ihrem Land unser Stand ein hohes Ansehen genießt...«

Jaja, Aranien, dachte Sylphinja träumerisch. Von dort stammte Sephyra, und wenn ein paar Schwestern aus dem Süden zum Fest kämen, ließe sich vielleicht etwas über Sephyras Vergangenheit in Erfahrung bringen... Aber viel wichtiger war doch, herauszufinden, wer ihre, Sylphinjas, leibliche Mutter war und warum sie die Tochter in fremde Hände gegeben hatte... Und vor dem Fest gab es eine Arbeit zu erledigen, eine unmögliche, nicht zu bewältigende Arbeit... War da nicht etwas? Draußen? Nein, wohl nicht, Karlitta hatte nur die Tasse mit leisem Klingen auf den Tisch zurückgestellt.

»... dabei ist es bisher keiner gelungen – ob aranisch, bornisch, nostrisch, thorwalsch –, Tula zu bezwingen. Was immer man von Tula halten mag, es war schon ein rechter Spaß, wie sie vor drei Jahren dies junge Ding mit den schwarzen Locken und den meergrünen Augen zum Tanzen gezwungen hat... Meergrüne Augen haben es ihr angetan, türkisgrüne Augen... Und *wie* die Kleine getanzt hat! Wie die Brüstchen gehüpft sind, wie die Schenkel und das Mündchen gezittert haben! Wie gut die Glitzertränchen sie kleideten! Da ist wohl auch der einen oder anderen von uns ganz seltsam zumute geworden. Aber *uns* hat es ja keines Blickes gewürdigt, das stolze aranische Püppchen. Hat immer nur zu Tula hinübergeschielt, und da ist es eben gekommen, wie es kommen mußte. Ob es ihr wohl gefallen hat auf Tulas kalter Insel, als Tulas Gespielin und unter lauter Barbarenvolk...? Tja, was mag aus ihr geworden sein?«

Der Kater antwortete nicht, genausowenig wie Sylphinja. Was hätte sie auch sagen sollen? Sie spürte dunkel, daß Karlitta irgend etwas bezweckte mit ihrer Rede, aber es war ihr zu mühsam, die Absicht herauszufiltern – sie mußte ja das Geheimnis des Feenkleides ergründen. Erst wenn sie das Gewand verstanden hätte, könnte sie es auch verschönern. Und erst wenn es verschönert wäre, könnte sie sich daranmachen, ihr eigenes Kleid zu schneidern... Für den Stoff müßte sie ihren Glücksbringer hergeben, türkisfarben wie ihre Augen... und dafür, nicht Karlittas Zorn zu erregen, ihn *noch mehr* zu erregen.

Offenbar erwartete die Ältere keine Erwiderung oder Zwischenfrage, denn nachdem sie wiederum von dem Tee genippt hatte, setzte sie ihren Monolog fort. »*Ihm* hätte der Tanz gewiß auch Spaß gemacht, nicht wahr? Wenn Er gekommen wäre... Aber mehr als Spaß auch nicht. Erwählt hätte Er sicher eine andere, nicht eine, die nichts weiter vorzuweisen hat als schöne Augen und ein Schmollmündchen – vorn wenig und hinten noch weniger –, die nichts weiter kann als Grübchen machen, ein wenig heilen, ein wenig besänftigen ... Wer weiß, vielleicht kommt Er ja diesmal ... Alle sieben Jahre, heißt es, und somit wäre es nun wieder soweit. Lächerlich, solche Behauptungen – als ob Er sich an Regeln hielte.«

Sylphinja hatte nicht zugehört, sie hatte auf etwas anderes gelauscht, einen fernen, sehr fernen Ton. Was war das? Es war aus dem Wald gekommen, dem Wald im Norden. Sie neigte den Kopf auf die Seite, um besser hören zu können, falls es noch einmal riefe ... Wieso riefe? Hatte es denn gerufen?

In die plötzliche Stille hinein erklang der zweite Ruf, kaum wahrnehmbar, aber doch näher als der erste. Als er verhallt war, nahm Larion sein Schnurren wieder auf, und erst in diesem Augenblick bemerkte Sylphinja, daß er es unterbrochen hatte, wie um seinerseits zu lauschen. Sie blickte den Kater prüfend an, um zu sehen, ob er ihr wohl etwas über die Natur des Klanges verraten könne, aber Larion hatte die Augen geschlossen und rekelte sich wohlig auf dem Schoß seiner Herrin, abwechselnd die Vorderläufe streckend und dabei die scharfen Krallen zeigend. Er hat wohl doch nichts bemerkt, dachte Sylphinja. Aber Karlitta vielleicht? Denn plötzlich spürte sie ihren Blick auf sich ruhen.

»Freust du dich auch so auf das Fest?« fragte die Hexe, und in ihren Augen schien nichts als Vorfreude zu schillern. Sylphinja wußte nicht, ob sie sich freute, und im Augenblick war ihr die Frage auch nicht wichtig. Viel wichtiger war es zu ergründen, wer oder was gerufen hatte und nach wem. Sie nickte zerstreut, aber die Geste war so unbestimmt, daß man sie fast ebensogut als Verneinung hätte deuten können.

»Ich meinerseits kann es kaum erwarten«, fuhr Karlitta fort. »Wie soll ich nur die zwei Wochen überstehen? Oder sind es gar noch drei? Bei Satuaria, drei volle Wochen können es nicht sein! Ich bin gespannt auf ihre Gesichter – so wie ich mich ihnen diesmal präsentieren werde, kennen sie mich gar nicht. Ja, da werden sie die Augen aufreißen und sich fragen, wie die gute Karlitta sich so herausmachen konnte seit dem letzten Zusammentreffen …«

Sylphinja entglitt Karlittas Blick, der sie halten wollte. Sie mußte auf Larions Pfoten starren – rechts links, rechts links – ausfahren einziehen, ausfahren einziehen … Dort draußen bewegte sich etwas im selben Rhythmus, näherte sich mit samtenen Schritten. Nun hielt es inne, genau wie Larion, sog prüfend die Luft ein und setzte dann seinen Weg fort. Die Halme, die es niedertrat, richteten sich leise seufzend wieder auf.

»Willst du nicht achtgeben auf kostbare Dinge, die dir nicht gehören?!« Zum ersten Mal seit der Ankunft in Lyckweiden stahl sich ein scharfer Beiklang in Karlittas Stimme. Sylphinja zuckte zusammen, erwachte. Was hatte die Schwester gesagt? Kostbare Dinge? Es hatte böse geklungen, wie Schelte, aber warum schalt sie und wen? Larion konnte nicht gemeint sein, er lag auf ihrem Schoß wie stets, und sie selbst, Sylphinja, hatte sich auch nichts zuschulden kommen lassen, oder doch? Aber sie hatte doch nur auf die fernen Schritte im Wald gelauscht …

Was sie verbrochen hatte, erkannte sie erst, als Karlitta den Fuß unter dem Rocksaum hervorschob und mit der Spitze auf etwas wies – das Feenkleid. Es war tatsächlich vom Schoß des Mädchens gerutscht! Sylphinja entfuhr ein leises, erstauntes und entschuldigendes »Oh!« Sie beugte sich hinab, um das Gewand aufzuheben. »Ich habe gar nicht gemerkt, wie es mir entglitten ist«, murmelte sie. »Wahrscheinlich weil der Stoff so weich und zart …« Sie hielt inne. Ja, da war er wieder, der helle klagende Ton. Sie war sich nun ganz sicher: Dort draußen irrte ein einsames Wesen durch den Wald. Es suchte jemanden, sehnte sich nach jemandem … rief … Sie erhob sich, das Kleid in den Händen. Unschlüssig, fast verwirrt betrachtete sie es eine Weile, dann hielt sie es sich vor den Körper und blickte sinnend an sich hinab. Mit einem kaum merklichen Kopfschütteln ließ sie es sinken, wußte zunächst nicht, wohin damit, und breitete es schließlich über Lehne und Sitzfläche ihres Stuhles. Nachdem sie sorgsam die Zacken zurechtgezupft und die Falten gefällig geordnet hatte, schien das Werk vollendet. Sylphinja schenkte dem Gewand einen letzten prüfenden, lächelnden Blick, dann wandte sie sich zum Gehen.

Karlittas Stimme erreichte sie, als sie eben nach der Türklinke faßte. »Was hast du vor? Wohin willst du?« fragte die Ältere. »Holst du uns Wein aus dem Keller?«

Sylphinja schüttelte den Kopf, immer noch lächelnd. »Ich gehe in den Wald«, sagte sie schlicht.

Die laue Rondranacht umfing das Mädchen mit liebkosenden Fingern, kaum daß es ins Freie getreten war. Sanft legte sich der Tau auf ihr Haar, die Stirn, die Wangen, die Wimpern, die Lider … Mit geschlossenen Augen schritt sie zum Wald – ihre Beine kannten den Weg, wußten, welchem Stein und welcher Wurzel sie ausweichen mußte. Während sie langsam einen Fuß vor den anderen setzte, öffnete sich ihr Geist und wurde bereit, die Stimmen, Düfte und Träume der Pflanzen, Tiere und anderen nächtlichen Wesen zu empfangen.

Wie lange war sie nicht mehr im Wald gewesen! Auf diese Weise im Wald gewesen! War der Wald nicht der Ort, an den sie gehörte, ihr wirkliches und eigentliches Zuhause? Sie streckte die Hand aus, und ihre Finger berührten die seidige, atmende Haut einer jungen Birke. Sie fühlte die Säfte in den Fasern des Holzes pulsieren, nach oben steigen, jetzt, bei Nacht und da der Sommer sich bald zum Ende neigte, nicht mehr ganz so hitzig wie an einem Frühlingsmorgen, aber doch lebendig und deutlich. Unter ihren Füßen regte sich das Moos, setzte dem Druck von Fersen, Zehen und Ballen einen sanften Widerstand entgegen. Und unter dem Moos gruben Würmchen und andere winzige Wesen sich ihre Tunnel durch das feuchte Erdreich. Sie spürte es, genauso wie sie das schlaftrunkene Lied der Weiden, Erlen und Birken vernahm und den scharfen Duft des in der Ferne streunenden Iltisses.

Sylphinja atmete tief. Sie sog den Waldhauch in die Lungen, bis diese sich nicht weiter füllen ließen. Und mit der Luft, die sie einließ, floß zugleich ein solches Glücksgefühl in ihren Geist und durchrieselte ihren Körper, daß der ausströmende Atem als hell perlendes Lachen entwich. Wann war sie das letzte Mal so glücklich gewesen, wann hatte sie zum letzten Mal so fröhlich gelacht? Sie fühlte sich stark wie lange nicht mehr, obwohl ihre magischen Kräfte fast aufgezehrt waren. Sie war dennoch eine wirkliche Tochter Satuarias, und Satuaria hatte sie hierhergelockt, das einsame klagende Wesen zu finden.

Die junge Hexe war auf den Pfad gelangt, der nach Lyckmoor führte. Doch das war nicht ihr Weg, und so lenkte sie die Schritte in die undurchdringliche Finsternis hinter dem lockeren Zaun aus Stämmen. Sie kannte den Wald nicht gut, nicht so, wie eine Hexe ihren Wald kennen sollte, obwohl sie natürlich inzwischen wußte, wo die schmackhaftesten Pilze, die saftigsten Beeren und die heilkräftigsten Kräuter und Wurzeln zu finden waren.

Hat der Farindelwald mir den Mut geraubt, mich mit den Kräften der Natur einzulassen? fragte sich Sylphinja, während sie mit Füßen, Händen und Sinnen das vor ihr liegende Dunkel erkundete. Dabei war es eine solche Lust, den unendlich vielen und vielgestaltigen Formen von Leben so nahe zu sein! Wie sehr hatte es ihr gefehlt, dieses Eintauchen, Empfangen und Sichverströmen, aber erst jetzt, da sie es nach so langer, langer Zeit wieder erlebte, wußte sie, was sie vermißt hatte. Lauschend hielt sie inne. Ja, durch das dichte, hauchzarte Gespinst nächtlicher Geräusche hindurch vernahm sie abermals den Ruf, den sie erhofft und erwartet hatte und dem sie folgte.

Kaum daß der bebende, sehnsuchtsvolle, helle Ton verklungen war, wußte die junge Hexe mit einem Mal, was dort draußen nach ihr gerufen hatte und daß es nach *ihr* rief und nach niemandem sonst. Das Wesen hatte *sie* genauso bemerkt, wie sie es bemerkt hatte, nein, früher noch, als sie *es* erkannt hatte, war sie selbst erkannt … erwählt worden.

Mein Vertrauter! dachte Sylphinja, und mit dem freudigen Schreck der Erkenntnis begann ihr Herz wild zu pochen. Oh, mein Vertrauter, endlich werde ich dir begegnen, dich sehen, dich fühlen, deinen Geist mit dem meinen vereinigen! Sie unterdrückte den heftig aufflammenden Impuls, die geringen ihr verbliebenen Zauberkräfte aufzubieten, um mit den Fühlern ihres Geistes Gestalt und Standort des fernen Vertrauten zu erkunden. Nein, sagte sie sich, es ist wohl nicht in Satuarias Sinn, daß ich die Form, in die die Natur seine Seele gebunden hat, vor der Zeit kenne, sonst hätte Sie es nicht so gefügt, daß ich ihm hier und heute und im Zustand der Schwäche begegnen werde … Und Sie will wohl auch, daß wir noch ein Weilchen nach uns suchen, sonst würde Sie uns nicht ins tiefste Dickicht des finstersten Waldes locken … Er hat den Duft meiner Haut und meiner Gedanken gerochen, so schwach auch das gewesen sein mag, das durch die Ritzen des Hauses in den Wald gedrungen ist. Wieviel leichter kann er wahrnehmen, was sich nun ungehemmt verströmt … Und er kann mein Herz schlagen hören, es hämmert ja so laut, daß es fast alles andere übertönt …

So vernünftig und einsichtsvoll Sylphinjas Überlegungen waren, so konnten sie doch nicht verhindern, daß die Beine dem nicht weniger heftigen Impuls nachgaben, dem Vertrauten entgegenzulaufen. Doch wie das Mädchen sich schon selbst gesagt hatte, sollte es wohl nicht sein, daß es ihn allzufrüh fände, denn sein Lauf wurde durch eine Wurzel gebremst, die sich tückisch über den Boden schlängelte und es zu Fall brachte.

Der abgebrochene Ast, der schmerzhaft ihren Arm gestreift hatte, unmittelbar bevor sie auf dem weichen Waldboden landete, hatte den Ärmel des Jäckchens aufgerissen und auch die darunterliegende Haut. Sylphinja befühlte den Schaden, nachdem sie sich aufgerappelt hatte: ein häßlicher Riß im Gewand und ein feiner im Oberarm, aus dem warmes Blut sickerte, weder sonderlich schmerzhaft noch tief. Es war ihr einerlei, daß nun Bär, Wolf oder Luchs ihr Blut röchen – sie war keine Beute, ihr Leben war nicht in Gefahr! –, auch und vor allem der Vertraute würde den geheimnisvollen, süßlichen Duft erschnuppern und sie nun um so leichter finden.

Die Freude, die Erregung, all die ungeduldigen, sehnenden, beglückenden Gefühle, die Sylphinja bedrängten, überdeckten zwar ihre anderen Empfindungen, vertrieben sie aber nicht völlig. So blieb ihr die Vorsicht, zu der sie ein Leben lang erzogen worden war. Immer wieder hielt sie inne bei ihrer nächtlichen Wanderung, sog mit bebenden Nasenflügeln sichernd die Luft ein, um nicht unversehens einem Rudel hungriger Wölfe gegenüberzustehen (aber warum sollten sie hungrig sein um diese Jahreszeit?). Und eine winzige Spur von Angst ließ sich ebenfalls nicht verscheuchen – schließlich war sie ganz allein in einem unvertrauten Wald, in dem wilde Tiere und unbekannte Gefahren lauern mochten ... Dieses Gran Angst hieß sie vorsichtig sein, ließ sie aber auch die dunkle Verheißung der Nacht um so stärker empfinden.

Ihr Weg führte Sylphinja unter tiefhängenden Weidenzweigen hindurch, durch Wälder feuchten Farns, durch engverwobenes Dickicht, so daß sie keineswegs zügig ausschreiten konnte. Manchmal schlich sie in gebückter Haltung, manchmal kroch sie auf allen vieren, sie kletterte über Hindernisse, schlüpfte durch schmale Öffnungen oder sprang über Gräben, die sich plötzlich vor ihr auftaten, und sumpfige Pfützen, die ihr den Weg versperrten. Dabei lockte sie den unbekannten Vertrauten mit ihren Düften, ihrem Herzschlag, vor allem aber mit ihrer Stimme. Natürlich rief sie ihn nicht mit Worten: ›Hier bin ich, komm zu mir!‹ oder etwas Ähnlichem; sie rief ihn mit ihrem Seufzen, den winzigen Schreckens- und Schmerzenslauten, die ihr entfuhren, wenn ein Dorn sie gestochen, ein spitzer Stein sich in ihre Sohle gebohrt oder ein bizarrer Schatten sie geängstigt hatte.

Der Vertraute antwortete ihr, und dann, unvermittelt, erkannte sie seine Gestalt an seiner Stimme. Er trug keine Federn, keine Schuppen, sein Körper war von keiner kühlen warzigen Haut bedeckt, sondern von dichtem weichen Fell: Er war eine Katze!

Den ganzen warmen Tag über und auch die laue Nacht hindurch hatte ein Wolkenschleier den Himmel verhüllt. Kurz vor Mitternacht zerriß der Vorhang, und durch die ovale Öffnung ergoß sich das silbern-kühle Licht des sichelförmigen Madamales. Es überzog die Wipfel der Bäume mit hellem Puder, malte funkelnde Glanzlichter auf die taufeuchten Blätter, die Halme und Farne am Boden, machte Spinnweben und bärtige Flechten sichtbar, meißelte die rissige Borke uralter Baumriesen in milchigem Grau und hartem Schwarz. So zauberisch schön war der unerwartete Anblick, daß Sylphinja ein heller Jauchzer entfuhr. Die knorrige, vielstämmige Weide dort drüben – sah es nicht aus, als öffne sie die Arme, um die junge Hexe zu begrüßen?

Auch Sylphinja verspürte einen heftigen Drang, den Baum zu umarmen. Sie wollte die rissige, knotige, warzige Rinde an ihrem Körper spüren, die schlanken Blätter ihr Haar und ihre Haut liebkosen fühlen. Und so, auf einem seiner starken Äste reitend, Brust und Wange an die Borke geschmiegt, die Arme um den Stamm geschlungen, eingetaucht in den silbergesprenkelten Schatten des luftigen Blätterdaches, wollte sie ihren Vertrauten erwarten. Er war ganz in der Nähe, sie hatte seine herb-würzige warme Witterung schon aufgenommen.

Die sechs, sieben Schritt bis zu der alten Weide waren in wenigen Sprüngen überwunden. Nachdem Sylphinja jeden der sieben Stämme, zu denen der Baum sich unmittelbar über dem Erdboden teilte, umarmt und gestreichelt hatte, wählte sie den mittleren und stärksten zu ihrem Ruhe- und Warteplatz, da ihm in knapp zwei Schritt Höhe ein fast waagerechter Ast entsproß, auf dem es sich gut sitzen ließe. Und als sie ihn erklommen und rittlings auf ihm Platz genommen hatte, fanden ihre tastenden Füße tatsächlich rechts und links am Stamm zwei abgebrochene Zweige, die ihnen als Stützkerben dienten. Sie schloß die Augen, als sie sich an die harte, rissige Haut des Baumes drängte; ihr war warm und wohl, leicht und frei, und so ließ sie ihre Gedanken träumerisch und ziellos treiben.

Hunderte von Augenpaaren beobachteten die junge Hexe auf ihrem Ruhesitz: Ein Käuzchen und eine Eule starrten von ihren Jagdwarten aus mit unbewegtem gelben Blick zu dem träumenden Mädchen hinüber, ein Maulwurf, der eben am Fuß der Weide seine feinkrumige Last nach oben gestemmt hatte, blinzelte verwundert zu den rosigen Sohlen hinauf, die Spitzmausmutter, die den vorletzten Wurf des Jahres ausführte – die Kleinen waren noch so jung, daß die Alte ihnen befohlen hatte, eine Karawane zu bilden –, lenkte die Aufmerksamkeit ihrer Sprößlinge auf das Wesen im Baum, Marder und Iltis betrachteten Sylphinja mit schwarzglänzenden Knopfaugen, gelbe, rote, schwarze und braune Schnecken, teils nackte, teils solche, die ihr Haus auf dem Rücken tragen, bogen ihre Fühler, an denen die Augen sitzen, in Richtung der jungen Menschenfrau, und zu all diesen Augen gesellten sich die Augenpaare der ungezählten nächtlichen Sumsel- und Krabbeltierchen, die den Wald rings um die alte Weide bevölkerten.

Ein Augenpaar blieb bisher unerwähnt: grün, fast türkisfarben schaute es von oben herab auf die träumende Hexe.

So also siehst du aus, meine Seelenfreundin, dachte die junge Katze. Du siehst mir ähnlich, du bist mir ähnlich. Da Katzen über eine andere Wahrnehmung verfügen als Menschen, erkannte sie etwas an Sylphinjas Zügen und ihrer Gestalt, das sie zu diesem Gedanken veranlaßte, denn einem menschlichen Auge erschloß sich die Ähnlichkeit kaum. Weder war das Fell des Tieres weinrot wie Sylphinjas Haar noch weiß wie die Haut des Mädchens. Und sein Wuchs war auch nicht zierlich zu nennen, so wie Sylphinjas Wuchs, es war groß für eine Katze, wenn auch von zartem Knochenbau.

»Komm zu mir, Seelenfreundin! Komm zu mir, Felischa, auf daß wir einander umschlingen und das unlösbare Band knüpfen können«, murmelte Sylphinja. Sie öffnete die Augen, legte den Kopf in den Nacken und schaute dorthin, wo auf einem Ast die Vertraute kauerte – wach, neugierig, aufmerksam.

Der Kopf des Tieres war schmaler, als man es gemeinhin bei einer Wildkatze erwartet, das Gesicht wie ein abgerundetes Dreieck geformt. Die kurze rosige Nase bebte, ebenso wie die langen seidigen Schnurrhaare, und die kleinen Ohren waren wachsam aufgerichtet. Im Kauern wirkte die Katze plumper, als sie wirklich war, denn das dichte Fell – fahl sandfarben mit schwärzlicher Zeichnung – ließ keine Einzelheiten des Körperbaus erkennen. Doch als sie sich nun aufrichtete, den Kopf am Holz rieb, gähnend die Glieder streckte und mit graziösen Schritten über den Ast balancierte, den buschigen Schwanz steil aufgerichtet wie einen Rohrkolben, erahnte man das Spiel der Muskeln unter dem seidigen Vlies – ein junges, gerade erwachsenes Weibchen.

Sylphinja löste den Griff um den Baum, schwang ein Bein über den Ast und ließ sich zu Boden gleiten. Zwischen dreien der Stämme fand sich eine moosgepolsterte Mulde, in die sie sich schmiegte. Hier war ein guter Platz, das langersehnte, unbekannte Ritual zu vollziehen.

Das Mädchen ließ den Blick nach oben wandern. Sie wußte, daß dort zwischen den sich zart im Windhauch regenden Blättern die Vertraute verborgen war. Leuchtete nicht ein grünes Augenpaar zwischen den Ästen hervor? Aber nein, es war nur ein Smaragdkäferchen – sie erkannte ihren Irrtum, noch bevor das Tier die Flügel ausbreitete und davonflog. Zwar hörte sie die Schritte der samtenen Pfoten deutlich, konnte aber die Richtung nicht bestimmen, aus der sie sich näherten. Sie spielt mit mir, dachte die junge Hexe, sie will den Augenblick hinauszögern, an dem wir uns endlich in die Augen schauen und umarmen werden. Warum auch nicht? *Sie* war es, die mich entdeckt und gerufen hat. Soll sie mich ruhig ein Weilchen betrachten, bevor sie sich mir zu erkennen gibt. Das Mädchen schloß die Augen und bog den Kopf weit in den Nacken, über den niedrigen, fast waagerechten Ast, der ihm als Stütze diente. Schön gewölbt war die Linie des schlanken, weißen Halses. Und der sanfte Wind, der eben die Blätter der Weide zum Tanz aufgefordert hatte, spielte nun auch mit dem offen hängenden, langen roten Haar.

Die Hexe lächelte, als sie nach einem Weilchen fühlte, daß das Erwartete eintraf. Sie hatte ihr Haar angeboten, hatte gehofft, daß die Seelenfreundin dem ringelnden, schlängelnden Spiel der bewegten Locken nicht widerstehen könne, neugierig und übermütig, wie sie war, flatterhaft und leicht abzulenken, wie es die Art der Katzen ist …

Felischa beobachtete, wie Sylphinja sich in die Mulde zwischen den Stämmen schmiegte. Ihre Schnurrhaare zitterten, als sie den fremd-vertrauten Duft der Menschenfrau einsog, der mit jedem Augenblick intensiver wurde – trotz der seltsamen Hülle, die den Körper umgab. Nun war es bald soweit. Sie überlegte, ob sie der Freundin direkt auf den Bauch springen oder sich ihr sanft und liebkosend nähern sollte, und entschied sich für das letztere. Mit einem Satz war sie am Boden; lautlos landeten die Pfoten auf dem moosigen Grund. Doch was war das? Was bewegte sich dort? Schlangen? Nein, keine Schlangen – etwas, das aus vielen bestand, verlockend duftete und dringend einer Prüfung unterzogen werden sollte. Das Gewimmel verwirrte Felischa, ließ ihre Augen hierhin und dorthin wandern und machte es schwer, eine Entscheidung zu treffen. Dieses dort, das sich eben vorwagte, sollte es sein, beschloß sie plötzlich. Ihr Körper erstarrte, vibrierend, sprungbereit, während der Blick gebannt dem Ding folgte. Ein vorwitziges Ding war es – fast hätte es ihre Nase gestreift –, und nun zog es sich zurück, wollte sich zwischen den anderen Dingern verstecken … Nein! Blitzschnell schoß die Pfote vor, im Hieb die Krallen ausfahrend, und erhaschte es.

Die Beute war nicht eßbar, Felischa hatte es vorher gewußt, und daß sie hineinbiß, geschah nur deshalb, weil es dazugehörte, weil es eine Lust war, die spitzen Fangzähne in etwas zu schlagen. Es ging ja auch nicht um die Nahrungssuche – sie war nicht hungrig –, sondern ums Fangen. Die dreisten Dinger forderten sie geradezu heraus mit ihrem Gewimmel, Gehüpfe, Geschwinge und Sichverstecken. Nun, sollten sie nur, sie würden schon sehen, was sie davon hatten!

Immer wieder hieb die Katze nach den Locken, verfehlte die Beute oder erwischte sie, und die Ringel stießen kleine helle Schmerzenslaute aus, wenn die Krallen sich hineingruben, wurden schlaff und uninteressant ...

Nein, nicht die Dinger hatten gefiept und gewimmert, es waren ja auch gar keine Dinger, sondern Haare. Der Besitzer der Haare hatte die kleinen Laute ausgestoßen. Felischa kannte ihn, wollte aber jetzt nicht darüber nachdenken, wer es war. Sie war des Spiels mit den Locken plötzlich überdrüssig – nach wirklichem Jagen, nach warmer Haut, nach Blut stand ihr der Sinn. Mit einem Satz war sie auf dem Ast, von dem das Haar herabbaumelte. Welch schöner Hals dort lag! So zart, so verletzlich, so dünn und hell die Haut! Und wie erregend der kleine Kehlkopf bebte unter den seufzenden Atemzügen! Wie lebendig, wie einladend die Adern pulsierten ...

Sylphinja hatte mit dem Angriff gerechnet, dennoch entfuhr ihr ein kleiner Schrei, und sie verkrampfte sich wie in Abwehr, als die Katze auf ihrem Bauch landete und sogleich Zähne und Krallen in den Hals ihrer Beute schlug. Aber die Starre währte nur einen Herzschlag lang, dann schlang sie die Arme um das Tier, das schon von ihr abgelassen hatte und die Wunden leckte, die es selbst gerissen hatte. »Bist du endlich gekommen! Kann ich dich endlich mit meiner Haut fühlen, mit meinen Fingern ertasten, mit meinen Augen sehen!« flüsterte sie. Und die Katze sagte, gleichzeitig mit dem Mädchen: *Verzeih, meine Seelenfreundin, daß ich dich auf diese Weise begrüßt habe. Ich wollte es nicht, ich wußte ja, daß du es bist, die dort liegt. Aber deine Locken haben mich so wild gemacht.*

Doch für Sylphinja gab es nichts zu verzeihen. »Ich habe deinen Angriff erwartet«, raunte sie, »eine Begrüßung mit Kratzen und Beißen.« Sie vergrub das Gesicht im Halsfell der Katze und lachte glucksend, so glücklich war sie.

So begann das Ritual der Seelenverschmelzung.

Hätte man Sylphinja vorher gefragt, wie sie es sich vorstelle, hätte die junge Hexe gewiß andere, gewichtigere Worte für die Eröffnung gewählt, etwa solche: Oh, meine Vertraute, ich öffne dir meine Seele und meinen Geist, öffne auch du mir Seele und Geist, damit unsere Kräfte sich vereinigen und einander durchdringen können.

Aber ganz anders begann die geistige Vereinigung, und auch ihr Vollzug glich keinem Bild, das Sylphinja sich je erträumt hatte. Niemals hätte sie gedacht, daß solch ungehemmtes, nicht enden wollendes, übermütiges Lachen am Anfang stünde – auch Felischa lachte (auf Katzenart, für einen Uneingeweihten nicht erkennbar), nachdem sie verwunden hatte, daß es ihr, selbst in diesem schicksalhaften Augenblick, nicht gelungen war, ihr wildes Temperament zu bezwingen. Die verwandten jungen Seelen kicherten und krümmten sich, kitzelten einander, stachelten sich – durch das Lachen selbst oder durch sprühende Einfälle, die sie einander zusandten – zu immer neuen, bebenden, prustenden Ausbrüchen an, wie die kleinen Mädchen in der Praiosschule, denen ein verstohlener Blicktausch mit der Freundin genügt, um vor unterdrücktem Kichern schier zu bersten.

Ohne Felischa gänzlich aus der Umarmung zu entlassen, öffnete Sylphinja das Jäckchen, wand sich geschickt heraus und streifte auch die Beinkleider ab. Sie wollte die Freundin direkt auf der Haut spüren, nicht durch den Stoff des Gewandes hindurch. Und als die junge Hexe sich endlich ihrer Kleider entledigt hatte, hub die Katze an zu erzählen – ihr ganzes kurzes Leben. Sie tat es nicht in der rechten zeitlichen Reihenfolge, mit den frühesten Erinnerungen der Kindheit beginnend und beim jetzigen Augenblick endend, sondern ungeordnet und fast willkürlich von diesem zu jenem Ereignis springend. Aber diese Art des Erzählens war Sylphinja durchaus vertraut, sie verstand alles, was die Freundin ihr in Gedankenworten und -bildern sagte. Sie nickte zustimmend, wiedererkennend, unterbrach Felischas flatterhafte, ergreifende Rede, um von ähnlichen Erlebnissen und Erfahrungen zu berichten, seufzte, bebte, lachte, weinte, hörte zu und sprach, und während ihre Finger unablässig das weiche Fell durchpflügten oder die Muskeln darunter kneteten, während Felischas Krallen sich immer wieder in die zarte Haut bohrten, öffneten sich der Geist der Katze und der Geist der Frau, und ihre Kräfte verströmten sich, suchten einander und verschmolzen.

Bis zum Morgengrauen lagen Sylphinja und Felischa in ihrer Mulde, aneinandergeschmiegt, einander umarmend. Was sie erlebten, versteht wohl nur eine Tochter Satuarias; einem anderen Menschen kann man es nicht vermitteln. Denn wer könnte nachvollziehen, was es heißt, in ein anderes Wesen einzudringen, es zu erkunden, zu ergründen, einzusaugen und schließlich so ganz und gar zu besitzen, daß es zu einem Teil des eigenen Ichs wird? Wer begreift, wie es sich anfühlt, wenn fremde Finger Geist und Seele betasten und in jeden noch so verborgenen Winkel dringen, zugleich gebend und nehmend? Wie läßt sich das Band beschreiben, das von Sylphinja und Felischa gewoben wurde, das zwischen ihnen entstand? Ist ›Band‹ das rechte Wort? Könnte man es nicht auch Gespinst nennen oder Kokon? Denn die Frau und die Katze schufen, während ihre Seelen miteinander verschmolzen, auch eine Hülle um sich herum, eine Kapsel, die sie abschied von der Welt. In diesem Kokon gab es nur sie beide, in ihm wuchsen sie und verwandelten sich.

Als Sylphinja und Felischa sich am Morgen erhoben, hätte kein Uneingeweihter die Verwandlung bemerkt, die sich in der Dunkelheit der Nacht und der gesponnenen Eischale vollzogen hatte, denn äußerlich waren sie unverändert. Und doch waren sie nicht mehr dieselben wie am Abend zuvor. Niemals mehr wäre eine von ihnen allein, bis zum Tod des Gefährten, der in Felischas Fall auch den eigenen Tod bedeutete. Denn die Katze hatte ihre Seele so ganz und gar mit der des Mädchens verschmolzen, daß der Katzenteil ohne den Menschenteil nicht mehr lebensfähig war. Zwar hätten Frau und Katze sich gewünscht, daß auch Sylphinjas Seele untrennbar und unrettbar mit der Katzenseele verflochten worden wäre, daß die Waagschalen von Geben und Nehmen, Sichverströmen und Sichbemächtigen bis aufs Gran genau gefüllt worden wären, aber so verhielt es sich nicht. Sylphinja würde an Felischas Tod nicht zugrunde gehen, selbst wenn sie es wollte. Denn die Natur hat den Menschen eine weit längere Lebensspanne zugemessen als den Katzen, und den Gesetzen der Natur kann man sich nicht widersetzen. Die Hexe würde trauern, verzweifelt und lange, aber dann, irgendwann, würde sie einen neuen Vertrauten finden. Beide wußten das, so gern sie etwas anderes glauben wollten, und die Offenheit, mit der sie sich dieses Wissen eingestanden, festigte wiederum ihre Bindung. So waren sie zwar nicht zu *einer* Seele geworden, die zugleich in zwei Körpern wohnte, aber ihre Seelen waren viel inniger verwandt als die von Mutter und Kind, ihr Bund viel enger als der des Paares, das sich im Angesicht der Götter vereinigt.

Man erwartete Sylphinja und ihre Vertraute in Haus Lyckweiden. Das Mädchen spürte Karlittas suchende, neugierige Gedanken schon hundert Schritt vom Haus entfernt. Und daran, daß sie sie spürte, erkannte sie, daß die Seelenverschmelzung ihr die verlorenen Zauberkräfte zurückgegeben hatte.

Beschwingt und strahlend vor Glück schritt die junge Hexe aus, oder vielmehr: hüpfte, kroch und schlich, denn das Dickicht hatte sich keineswegs über Nacht in eine bequeme Chaussee verwandelt. Sie war nun ein vollwertiges Mitglied der Schwesternschaft, war – in gewisser Weise – allen anderen Schwestern ebenbürtig, auch wenn ihre Kräfte noch gering waren. Natürlich konnte sie sich nicht mit Karlitta messen oder den noch mächtigeren weisen Frauen, aber das hatte sie auch gar nicht vor, und darum ging es nicht. Sie hatte alle Erfahrungen gemacht, die eine wirkliche Hexe machen muß – ihre Lehrzeit war zu Ende.

Nachdem Felischa zum Morgengruß den Kopf an Sylphinjas Gesicht gerieben hatte, war sie davongesprungen und augenblicklich im Wald verschwunden. Die junge Hexe machte sich keine Sorgen – auch ohne sie zu sehen, wußte sie, wo die Freundin sich aufhielt und ob es ihr wohl erging. Da die Vertraute eine Wildkatze war, hatte sie gewiß nicht vor, ihr Leben, so wie Larion, auf weichen Kissen oder dem Schoß der Seelengefährtin zu vertrödeln. Felischas Anblick und körperliche Nähe könnte Sylphinja nicht ständig genießen, aber wenn die Freundin sich dann zeigte, wenn sie käme, um sich an den Waden zu reiben, mit den Locken zu spielen, zu beißen und zu raufen, wäre es nur um so schöner.

Als habe sie Sylphinjas Gedanken gelesen, trat Felischa in diesem Augenblick aus dem Dickicht. Wie schön sie ist, dachte das Mädchen, und stolze Freude erfüllte es. Hatte man je eine schönere Katze gesehen? Konnte der verwöhnte, faule Larion sich etwa mit Felischa messen, mit ihrer ungezähmten Eleganz? Und etwas von dieser ganz eigenen wilden Schönheit besaß auch sie selbst, sonst hätten die Vertraute und sie nicht zueinander gefunden.

Die letzten hundert Schritte bis zum Haus begleitete Felischa ihre Freundin, betreten wollte sie den grauen Kasten jedoch nicht. Er paßte nicht in den Wald, er war ihr unheimlich, solange sie zurückdenken konnte, und daß ein hochinteressanter rundlicher Herr mit weißem Haar dort wohnte, änderte nichts an ihrer Scheu. Erst als die junge Menschenfrau eingezogen war, hatte sie sich öfter in die Nähe getraut. Sie hatte die Frau beobachtet, ihren Duft erschnuppert und schließlich gewußt, daß sie Verwandte waren. Ja, und da hatte sie sie gerufen und in den Wald gelockt … Vielleicht würde es ihr irgendwann gelingen, sie für immer von dem unnatürlichen Ort wegzulocken …

Fürs erste gelang es ihr nicht. Denn nachdem Sylphinja ihrer Vertrauten einen langen innigen Blick geschenkt hatte, öffnete sie die Tür und war im Kasten verschwunden. Felischa erkletterte einen Baum, von dem aus sie einen guten Überblick hatte, beobachtete den Kasten eine Weile, aber da es der Freundin dort drinnen offenbar gut erging, beschloß sie, auf die Jagd zu gehen. Und so schleckte Larion die Ziegenmilch, die Karlitta für den neuen Hausgenossen bereitgestellt hatte.

Sylphinja erzählte Karlitta nichts von den nächtlichen Erlebnissen. Es wäre ihr wie eine Entweihung vorgekommen, das Unbeschreibliche in Worte zu fassen, und auch wie ein Verrat an sich selbst und Felischa. Karlitta wußte ohnehin, was geschehen war, und da sie ebenfalls wußte, daß Sylphinja sich ihr niemals anvertrauen würde, stellte sie keine Fragen. Aber sie schickte doch Larion in den Wald, und als er nach Stunden zurückkehrte, ein wenig zerzaust, aber guter Dinge, erzählte er seiner Herrin schnurrend, welchen Eindruck Sylphinjas Vertraute auf ihn gemacht hatte.

Sylphinja erfuhr erst in der Nacht, wie die Begegnung der Katzen verlaufen war. Sie fand keinen Schlaf in ihrem Alkoven. Zum einen empfand sie die Enge, Dunkelheit und Abgeschlossenheit der Lagerstatt mit einem Mal als bedrückend und beklemmend, zum anderen sehnte sie sich nach der körperlichen Nähe ihrer Seelenfreundin. Und so verließ sie das Haus, um sich am Waldrand, unter Haseln verborgen, zur Ruhe zu betten.

Felischa ließ nicht lange auf sich warten, und bei dem von Fauchen, Schnurren, Seufzen und Kichern, von Raufen und Streicheln begleiteten Gedankenaustausch erfuhr Sylphinja, daß Larion zwar etwas seltsam und verweichlicht, aber doch ein interessanter und sehr kluger Mann sei. Von seiner Herrin hatte er selbstverständlich nichts erzählt, ebensowenig wie Felischa ihm Geheimnisse über ihre Seelenfreundin anvertraut hatte. *Soll ich mich mit ihm einlassen, wenn es soweit ist bei mir?* fragte sie, aber darauf wußte Sylphinja keine Antwort.

Natürlich wurde nicht nur über Larion geredet, auch über das baldige Fest und das, was damit in Zusammenhang stand: das Nähen und das Fliegen. Vor dem Fliegen graute der Katze noch mehr als davor, ein steinernes Haus zu betreten, aber als Sylphinja ihr das berauschende Glück eines nächtlichen Besenrittes in eindringlichen, funkelnden Gedankenbildern schilderte, zerstreuten sich Felischas Bedenken, und zitternd (vor Aufregung und dem Rest Angst, der geblieben war) erklärte sie sich bereit, den ersten kleinen Flug zu wagen.

Der Flug geriet zur berauschenden Erfahrung – wie hätte es anders sein sollen? Und von nun an ritten die Seelenschwestern in jeder Nacht über die Wälder, die Heide und den See. Felischa klammerte sich dabei an Sylphinjas Rücken oder Schultern, bisweilen krallte sie sich in den Hals oder versuchte im Haar Halt zu finden, so daß Sylphinjas Haut bald mit Kratzern und Schrammen übersät war. Aber das kümmerte die Hexe nicht.

Zum Nähen, zum Verschönern des Festkleides, das auch an diesem Tag nicht hatte gelingen wollen, wußte Felischa folgendes vorzuschlagen: *Warum nimmst du dein Nähzeug nicht mit in den Wald?* fragte sie. *Du bist eine Schöne der Nacht, so nennt man die, die sich eine Katze erwählen, nicht wahr? Denn ich fühle mich von dir erwählt, auch wenn ich dich eher entdeckt und eher entschieden habe, daß du meine Seelengefährtin werden mußt.* Unvermittelt haschte sie nach Sylphinjas Locken, spielte ein Weilchen mit ihnen, und ihre Gedanken glitten dabei zu den beiden Wühlmäusen, mit denen sie am Abend ganz ähnlich gespielt hatte, bevor sie sie schließlich tötete und verspeiste, so daß Sylphinja das Gespräch wieder aufs Nähen lenken mußte. *Nähen? Was ist damit?* Felischa schien die Freundin zunächst nicht zu verstehen, aber dann entsann sie sich. *Du bist eine Schöne der Nacht, und da solltest du die wirklich wichtigen Dinge auch bei Nacht erledigen, und draußen, nicht in dem steinernen Kasten. Auch ich bin eine Schöne der Nacht. Tagsüber schlafe ich viel, aber nachts werde ich munter. Bei Nacht zu jagen, ist viel erregender als bei Tage. Kannst du dir vorstellen, im hellen Sonnenschein zu fliegen … oder zu lieben?*

Das konnte Sylphinja nicht, obwohl sie bisher nur einen Vorgeschmack der Liebe kennengelernt hatte. Sie biß Felischa vor Freude ins Ohr, denn plötzlich wußte sie, daß diese recht hatte, daß sie die Arbeit nur draußen und bei Mondlicht würde vollbringen können. Und es war ihr eine ebensolche Gewißheit, *daß* die Arbeit gelänge. Hätten sich nicht in diesem Augenblick dichte Wolken vor das Madamal geschoben, hätte sie noch in derselben Nacht mit dem Nähen begonnen.

»Eine kluge Vertraute hast du gefunden, denn ich denke, sie hat dir dazu geraten«, sagte Karlitta, als Sylphinja ihr von dem Vorhaben berichtete. »Ich bin gespannt, was du für mich *zaubern* wirst.« Sie lächelte unergründlich, und auch der Blick ihrer schillernden Augen ließ keinen Schluß auf ihre Gemütsverfassung zu.

So kam es, daß Sylphinjas Lebensrhythmus und Tagesablauf sich allmählich änderten. Sie verbrachte von nun an jede Nacht ein paar Stunden im Wald, und wenn es nicht regnete, nächtigte sie auch dort. Wenn aber der Mond schien, holte sie Nähzeug und Kleid und machte sich an die Arbeit.

Felischa sollte recht behalten. Das Kleid entfaltete seine wahre Pracht und Schönheit erst beim Mondenschein – wie hatte sie es nur vergessen können? fragte sich das Mädchen –, und endlich, endlich offenbarte es Sylphinjas suchendem Geist sein Geheimnis. Das silberne Licht malte ganz andere Linien auf den Stoff und enthüllte bezauberndere Strukturen als der gelblich flackernde Kerzenschein oder die rötliche Glut im Kamin von Karlittas Stube. Daß der grüne Ton des Gewandes an die Farbe von Eibenlaub gemahnte und die roten Perlen an den Beerenschmuck der Pflanze, hatte sie schon damals empfunden. Nun sah sie das Dickicht mit all seinen Zweigen und Nadeln, und sie erkannte auch die Augenpaare, die daraus hervorleuchteten, und wußte, wem sie gehörten: einer Katze samt Jungem, einem Waldschrat, einer Kröte, einer Eule, einer Blütenfee, einer Schlange. Die Tiere und anderen Wesen beobachteten eine zweite Schlange, die gerade dabei war, ihren prächtigen purpurn-grüngoldenen Leib zwischen den Zweigen hindurchzuschlängeln, um den Kopf in eine weiche helle Mulde zu betten. Und dann entdeckte Sylphinja die Tautropfen auf den Abertausenden von Nadeln. Wie sie funkelten! Wie sie glitzerten! Und welche Kaskaden von silbernen Perlen sich ergossen, wenn der Wind nach den Zweigen griff...

Alles, was sie in dem Wald- und Feenkleid entdeckte, was sich dem Auge ihres Geistes zeigte, wob und stickte Sylphinja nun hinein, so daß es für jedes Auge sichtbar wurde. Viel Kraft kostete sie die Arbeit und die Dauer von sieben Nächten, über denen zehn Tage vergingen – nur beim Mond- oder Sternenschein gelang ihr das Nähen, nicht aber dann, wenn Wolken den Himmel verhüllten, was nun, in der zweiten Rondrahälfte, immer häufiger geschah –, das Madamal verschwand, zur Sichel wurde und sich allmählich wieder füllte.

Eine Woche vor dem Fest war das Werk vollbracht. Um die dritte Stunde nach Mitternacht hatte Sylphinja den letzten Stich getan und war dann, wie von einer plötzlichen Ohnmacht getroffen, in bewußtlosen Schlaf gesunken. Felischa, die die nächtliche Arbeit ihrer Seelenfreundin mit Anteilnahme und wachsender Sorge beobachtet hatte, bewachte Sylphinjas Schlaf. Sie spielte mit den glitzernden Fäden und Garnrollen, die sie im Nähkörbchen fand, und, da die Gefährtin es ihr nun nicht verwehren konnte, auch mit den Zipfeln an den Säumen des Kleides. Aber die Feenseide zerriß nicht unter den Hieben der scharfen Krallen.

Bevor die Nacht gänzlich dem Tag gewichen war, der Nebel noch in den Wipfeln hing und bläuliches Zwielicht zwischen den Stämmen, weckte Felischa die Freundin, indem sie ihr Mund und Nase leckte. *Zieh es an, nur ein einziges Mal, für mich, nein, für dich!* bat sie. *Einmal nur sollst du dich darin sehen, bevor du es fortgibst. Und auch ich will dich sehen.* Also schlüpfte Sylphinja in das Festgewand – es glitt wie von selbst über ihren Körper –, und auch ohne Spiegel wußte sie, daß es sie so über alle Maßen vorzüglich kleidete wie nie zuvor und niemals wieder ein anderes.

Es ist deins, deins! Du sollst es tragen und niemand sonst! sagte Felischa zärtlich, fast klagend, dann wandte sie sich ab und verschwand mit leisem Maunzen im Wald.

»Gute Arbeit.« Karlitta ließ das Gewand prüfend durch die Finger gleiten und maß dann Sylphinja ebenso eindringlich.

Das Mädchen zitterte vor Erschöpfung, und dunkle Schatten lagen unter seinen Augen. Sie griff sich in den

Nacken, löste den Verschluß der Kette und reichte sie der Schwester. Auch ihre Stimme bebte, als sie nun sprach: »Mein Glücksbringer, hier nimm ihn! Nun sind wir quitt, und ich schulde dir nichts mehr.«

»Ja, wir sind quitt. Du hast deinen Teil der Abmachung erfüllt. Ich werde meinen erfüllen, und nichts soll mehr zwischen uns stehen.«

Sylphinja nickte matt. Sie wankte zum Alkoven, ließ sich aufs Lager fallen und sank augenblicklich in tiefen Schlaf. Und so hörte sie das glückliche Kichern und leise Jauchzen nicht, das aus dem Nebenzimmer drang, wo Karlitta sich im neuen Festgewand und mit neuem Halsschmuck vor dem Spiegel drehte.

Als sie sich am Nachmittag erhob, lagen die kostbaren Stoffe für ihr eigenes Kleid schon in der Stube bereit, und auf dem Tisch standen zwei Schalen mit Erfrischungen: Gebäck und Beeren. Aber ach, mit dem Nähen wollte es sich nicht fügen an diesem Tag. Sylphinja gelang es nicht, das Bild des Feuerkleides zu erschaffen, obwohl sie es doch schon ein paarmal deutlich vor dem geistigen Auge gesehen hatte. Und als sie probehalber und weil Felischa nach ihr gerufen hatte, Stoffe, Garne und Bänder auf die Lichtung beim Waldrand trug, zeigte sich, daß es schier unmöglich war, im kalten Licht des Madamales ein Feuerkleid zu schneidern.

Nun, einer vorzüglichen Näherin, zu der Sylphinja sich entwickelt hatte, kann nichts wirklich mißlingen, zumal wenn ihr die besten Stoffe in ausreichender Menge zur Verfügung stehen. Trotz der knappen Zeit geriet ihr das Kleidchen überaus entzückend – Karlitta konnte es nicht genug loben, als Sylphinja es ihr vorführte, kaum daß der letzte Stich getan war. Die Flammen züngelten in Gelb, Arange, Rot und Purpur, als das Mädchen sich im Kreise drehte, und durch einen Schlitz am Bauch lugte die Feuerlilie. Aber Karlittas anerkennende Blicke und lobende Worte konnten nichts daran ändern, daß Sylphinja mit ihrem Werk nicht wirklich zufrieden war. Ihr war eine hübsche Arbeit gelungen, kein Meisterwerk, und sie hatte auch nicht den Drang verspürt, ihre arkanen Kräfte hineinfließen zu lassen. Um ehrlich zu sein, war es Felischa gewesen, die ihr davon abgeraten hatte. *Warum willst du deine Kräfte vergeuden für ein Kleid, das niemals wirklich zu dir passen wird?* hatte sie gefragt, als Sylphinja von der nächtlichen Arbeit in den Wald gelaufen war, um mit der Freundin zu kosen, zu raufen und sich zu beraten. *Du bist wie ich ein Geschöpf des Waldes, und nur das Waldkleid, das du nach all den Mühen fortgegeben hast, ist dir wahrlich angemessen.*

So kam es, daß Sylphinja am Abend des ersten Efferd, als die Hexen samt Kater und Katze ihre Besen bestiegen, um nach Ouvenmas zu fliegen, trotz aller Vorfreude und Erregung auch ein wenig bekümmert war.

12. Kapitel

Zwei Nächte und eine halbe werden wir fliegen müssen?« hatte Sylphinja ungläubig gefragt, als Karlitta beim Anblick des Proviants, den das Mädchen eben zusammenpackte, den Kopf geschüttelt und gesagt hatte: »Das wird nicht reichen für zwei Nächte, zwei Tage und noch einmal eine halbe Nacht.« Und dann hatte sie den weiten, weiten Weg quer über den Kontinent in knappen Worten beschrieben: »Bis nach Ouvenmas sind es etwa fünfzehnhundert Meilen, eine Strecke, die du dir vermutlich gar nicht vorstellen kannst. Du denkst, vom Farindelwald bis hierher, das sei weit, sehr weit gewesen, aber es ist weniger als die Hälfte dessen, was wir in der ersten Nacht zurücklegen müssen. Nun gut, wir werden schneller fliegen als damals und nicht zweieinhalbmal so lange brauchen, aber doch etwa vierzehn Stunden. Ja, nun schaust du – vierzehn Stunden auf dem Besen, das kennst du nicht. Laß dir sagen: So schön das Fliegen ist, so herrlich, daß man wünscht, der Ritt möge niemals enden, sosehr sehnt man sich nach einer Rast, wenn man erst zehn Stunden auf dem Besen gesessen hat – nach einer ausgiebigen Rast, meine ich, denn selbstverständlich werden wir kleine Pausen einlegen, um das zu erledigen, wozu es Menschen und Katzen und die meisten anderen Lebewesen hin und wieder drängt. Und in der nächsten Nacht geht es weiter, wunderbar zunächst und quälend gegen Ende. Nur der letzte Ritt wird nicht viel länger als drei, allerhöchstens vier Stunden dauern. Wir sind dann schon im Bornischen, werden die erregende Nähe der anderen Schwestern spüren, und der nächtliche Flug wird uns in die rechte Stimmung für das Fest versetzen. Zwei Stunden vor Mitternacht wäre ich schon gern dort, sonst lohnt es sich ja kaum.« Sie hatte eine kleine Pause eingelegt und lächelnd in die Ferne geblickt, so als hänge sie einer hübschen Erinnerung nach, und war dann fortgefahren: »Ja, nun verstehst du, warum die meisten von uns westlichen Schwestern das bornische Efferdfest nicht regelmäßig besuchen. Deine Ziehmutter war eine von den emsigen, und Tula als Königin ist selbstverständlich immer dabei, ich hingegen besuche es nur in jedem zweiten oder dritten Jahr. Die Salbe wird auch bei anderen Festen gebraut, aber das weißt du ja. Was den Weg betrifft, so bin ich ihn oft genug geflogen, um ihn gut zu kennen – du brauchst dir also keine Sorgen zu machen, daß wir in die Irre fliegen könnten –, und ich habe auch schon vor langer Zeit zwei gute Plätzchen ausgekundschaftet, wo wir die beiden Tage verbringen werden. Dir die Route zu erklären, lohnt sich nicht, da dir die meisten Namen ohnehin nichts sagen, aber sie wird fast beständig über unbesiedeltes Gebiet verlaufen – also keine Praiospfaffen weit und breit, das hörst du sicher gern. Und nun pack zusammen, was du brauchst, und bereite deine Vertraute auf die lange Reise vor – in einer Stunde werden wir aufbrechen.«

Die zwei Hexen und ihre Vertrauten bestiegen die Besen, als die sechste Stunde nach Mittag eben vorüber war. Die Sonne schien noch – höchst ungewöhnlich für einen Besenritt, wie Sylphinja und Felischa fanden –, und so starrte das Mädchen so lange besorgt nach unten, ob es nicht einen Weiler oder ein Gehöft entdeckte, von dem aus man sie sehen könne, bis Karlitta ihm zurief: »Wir werden keine Ansiedlungen überfliegen, das habe ich versprochen, und wenn uns doch ein einsamer Wanderer oder Jäger entdecken sollte, was soll's? Er weiß nicht, wer wir sind, woher wir kommen und wohin wir wollen, und fangen kann er uns auch nicht. Aber vielleicht ist er gar nicht übel gesonnen und freut sich über den seltenen Anblick.«

Der Flug führte nach Nordosten, über teils lichten, teils dichten Wald. Gesprochen wurde wenig im Brausen des Fahrtwindes. Sylphinja war es wohl zufrieden, denn immer wenn Karlitta die Stimme erhob – fast mußte sie schreien, um sich verständlich zu machen –, beschlich sie aller Vernunft zum Trotz die Sorge, ein Unbefugter könne auf sie aufmerksam werden.

Sobald jedoch die Nacht die Welt umhüllte und das Madamal seine bläßliche Kraftlosigkeit überwunden hatte und zur strahlenden Himmelsscheibe geworden war – in zwei Tagen würde sie vollendet rund sein –, fiel die Beklommenheit von Sylphinja ab. Schauer von Glück durchrieselten sie, durchrieselten auch Felischa, und während die Katze ihrer Freude Ausdruck verlieh, indem sie die Gefährtin zärtlich in den Nacken biß, ließ Sylphinja ihr vertrautes, hell zwitscherndes Lachen erklingen, das sich bis zum Jauchzen steigerte.

Da die Reise nach Ouvenmas nicht Gegenstand unserer Erzählung ist, können wir ihren Verlauf nicht mit der gewohnten Ausführlichkeit schildern, doch dürfen wir sie aus bestimmten Gründen auch nicht gänzlich überspringen.

Am Fuße des Hallerû, eines seltsam karstigen, unbewaldeten Höhenzuges am Westufer des Ingval, wurde die erste Rast eingelegt. Kaum war man gelandet, sprang Felischa davon und war augenblicklich im Wald verschwunden. »Sie darf jetzt nicht jagen«, sagte Karlitta. »Hast du ihr nicht gesagt, daß wir nicht länger als eine Viertelstunde rasten werden, nur um uns die Füße zu vertreten und dies oder das zu erledigen?« Larion spitzte die Ohren, blickte von Sylphinjas besorgter Miene zu der strengen seiner Herrin, dann folgte er der Wildkatze. Und seinen Ermahnungen war es wohl ebensosehr zu verdanken wie Sylphinjas lautlosen Rufen, daß Felischa die Fährte der Haselmaus, die ihr bei der Landung in die Nase gestiegen war, nicht bis zum Ende verfolgte, wo die niedliche, schmackhafte Beute wartete.

Weiter ging es über dichte Wälder, in denen die Nadelbäume allmählich die Oberhand gewannen. Immer höher wurden die Hügel, verwandelten sich in Berge. »Die Ausläufer des Steineichenwaldes«, erläuterte Karlitta und wies nach Norden. Sylphinja folgte der Richtung ihres Fingers, und was sie dort sah, erschütterte sie ebenso wie damals in Salzerhaven der erste Anblick des Meeres, so daß sie für einen winzigen Moment die Beherrschung über den Besen verlor. Es kostete sie nicht wenig Mühe, den plötzlichen trudelnden Sturzflug abzufangen, zumal da Felischa sich panisch und schmerzhaft in ihren Nacken krallte. Doch als ihre Kräfte wieder im Einklang mit denen des Holzes flossen, Felischas Angst nachgelassen hatte und der Flug ruhig weiterging, wagte sie einen zweiten Blick, und nichts hatte sich verändert: Aus dem fernen Meer der schwarzbewaldeten Kuppen ragten steinerne Zacken – gewaltig, endlos und kalt im silbernen Licht des Madamales.

Karlitta wollte nichts davon wissen, näher zum Gebirge zu fliegen, um die steinernen Riesen aus der Nähe zu betrachten. »Es ist ein Umweg«, sagte sie, »und für Umwege haben wir keine Zeit. Außerdem ist das Hochgebirge nicht der rechte Ort für uns Töchter Satuarias.« Was die Schwester noch sagte, verstand Sylphinja nicht, aber sie schloß doch aus den wenigen Wörtern, die sie erreichten, daß die Reise noch weitere nicht weniger eindrucksvolle Ausformungen von Sumus Leib bereithielt, als es die majestätischen Bergriesen waren.

»Bald erreichen wir die Steppe«, schrie Karlitta durch den Wind, nachdem man zweieinhalb Stunden lang die Ausläufer des Steineichenwaldes überflogen hatte. »Eine seltsame Gegend, bretteben und karg – nichts für uns, eher ein Ort für die Schwarzpelze.«

Die Berge verloren, je weiter man nach Osten vorrückte, an bedrohlicher Höhe, rundeten sich sanfter und wurden allmählich zu Hügeln, und je flacher sie wurden, um so spärlicher wurde der Baumbewuchs, bis sich schließlich nur noch vereinzelte krüpplige Bäumchen und dornig wirkende Sträucher über den heidebewachsenen Boden erhoben. Dann glätteten sich die Hügel zu Wellen, die sich in der Ebene verloren, die Heide wich trockenem Gras, und bald war man mitten in das Meer aus silbergrauen wogenden Halmen eingetaucht. Obwohl über eine Stunde vergangen war, seit Karlitta gesprochen hatte, kamen Sylphinja die bedrohlichen Worte der Lyckweidenerin sofort in den Sinn, als diese ihr zu verstehen gab, daß es bald an der Zeit sei für die nächste Rast. Im Norden lockerten vereinzelte dürre Bäume und Gruppen verkümmerter Gehölze die Eintönigkeit der Landschaft auf, und dorthin lenkte sie den Besen. »Da, das Gebüsch aus Krüppelkiefern scheint mir kein schlechter Platz zu sein!« rief sie und hielt schon auf das Wäldchen zu.

Sylphinja und Felischa spürten zugleich, daß etwas nicht stimmte mit dem Ort, sie rochen die Gefahr. Warum das Mädchen der Schwester keine Warnung zurief, wußte es selbst nicht. Ob es daran lag, daß alles so schnell geschah, daran, daß sie der Nase und der Erfahrung der Älteren mehr vertraute als den eigenen Wahrnehmungen, oder daran, daß sie fürchtete, durch lautes Rufen die unbekannte Gefahr erst heraufzubeschwören … Wie dem auch gewesen sein mochte, als sie schließlich den Mund zum Schreien öffnete, war es schon zu spät, da waren Karlitta und Larion bereits gelandet, und die neun zottigen Gestalten stürmten aus dem Wäldchen hervor.

Sylphinja hatte nie zuvor einen Ork gesehen (auch

Felischa kannte diese Kreaturen nicht aus eigener Anschauung, sondern nur mit dem Wissen des Blutes, das von einer Generation zur nächsten weitergegeben wird), da aber Sephyra ihr die blutrünstigen, abstoßend häßlichen Ungeheuer oft genug beschrieben hatte, erkannte die junge Hexe sie augenblicklich. »Orks«, schrie sie, »paß auf!«, während sie am Besen riß, um ihn zum Steigen zu bringen. Doch Karlitta hatte die schwarzen Gestalten nun auch bemerkt. Mit einem Aufschrei riß sie Larion an sich, packte mit der anderen Hand den Besen, klemmte ihn zwischen die Beine und hatte drei Schritt an Höhe und ebenso viele an Weite gewonnen, als die Orks die Stelle erreichten, wo sie drei Herzschläge zuvor gestanden hatte.

»Schneller, schneller!« rief Sylphinja, als sie von ihrer sicheren Höhe aus sah, daß die Gefahr noch nicht vorüber war. Denn Karlitta flog viel schlechter als sonst, seltsam schlingernd, vermutlich weil Larion, den sie noch im Arm trug, sie behinderte. Und so schien es den widerwärtigen Kreaturen lohnenswert, sie zu verfolgen. Brüllend, steinerne Äxte und Knüppel schwingend, liefen sie dem Besen nach. Plötzlich gab der Anführer – Sylphinja hielt ihn dafür, weil er die anderen um halbe Haupteslänge überragte und als einziger einen Säbel an der Seite trug – das Zeichen zum Angriff. Begleitet von einem neunkehligen Gebrüll, flogen Äxte und Knüppel durch die Luft, in Karlittas Richtung.

Wie durch ein Wunder, Satuaria sei Dank, verfehlten sämtliche Waffen ihr Ziel – Sylphinja sah sie harmlos zu Boden fallen, und ein Seufzer der Erleichterung entwich ihrer Brust. Der Schrei erreichte sie den Bruchteil eines Wimpernschlages später, Larions und Karlittas Stimmen, die sich zu einem einzigen zugleich heiseren und gellenden Ton vereinigt hatten. Und im selben Augenblick, als sie den Schrei hörte, entdeckte sie auch das Blut, schwarz im Mondlicht, das aus einer Wunde am Kopf des Katers in das weiße Fell rann.

Daß die Waffe Larions Schädel nicht zerschmettert hatte, sah Sylphinja gleich – der Kater lebte, versuchte gar in seiner Panik, sich aus Karlittas Arm zu winden –, daß sie nur einen Teil des Ohrs abgerissen hatte und somit weit ungefährlicher war, als es zunächst den Anschein hatte, erfuhr die junge Hexe erst später. Auch sie schrie nun, hell vor Entsetzen, und Felischa stimmte klagend ein.

Obwohl Larion mit seinem Gestrampel und Gekratze das Fliegen nicht eben einfacher machte, gewann Karlitta zusehends an Höhe und Fahrt. Bald hatte sie zu Sylphinja aufgeschlossen, die Orks wurden kleiner, ihr Lärmen verebbte. Nur fort von hier, schnell fort! dachte das Mädchen. Wir müssen ein sicheres Plätzchen finden, wo Karlitta Larions Wunde versorgen und heilen kann. Sie blickte nicht zurück, nur starr geradeaus, wo irgendwo in der Ferne dies Plätzchen sein könnte. Und so bemerkte sie auch die in namenloser Wut versteinerte Miene der Schwester nicht. Daß diese nicht länger schräg hinter ihr flog, entdeckte sie erst nach einer Weile, als sie sich umwandte, um vorzuschlagen, jenseits eines Baches, der sich glitzernd durchs Gras schlängelte, nach einem Rastplatz Ausschau zu halten. »Was hast du vor? Nein, laß es!« schrie sie, als sie sah, daß Karlittas Besen einen Bogen beschrieb und nun zurückflog, genau auf die in der Ferne grölende Schwarzpelzhorde zu.

Was hat sie vor? Will sie allein gegen die Orks antreten, sie vernichten, bestrafen? Ja, das will sie, dachten Sylphinja und Felischa gleichzeitig. Frau und Katze verspürten den heftigen Drang weiterzufliegen, fort von dem Ort des Überfalls, aber zum einen wußte Sylphinja nicht, wohin, zum anderen setzte Karlitta in diesem Augenblick zum Landen an, und fast gegen ihren Willen und Felischas furchtsamem Fauchen zum Trotz wendete das Mädchen den Besen und folgte der Schwester. Zu Boden lenkte sie ihn nicht – kleine

Kreise beschreibend, beobachtete sie das Folgende aus sicherer Höhe und Entfernung.

Hundertfünfzig Schritt mochten die Hexe und die Orks voneinander trennen. Starr vor Verblüffung hatten die Schwarzpelze beobachtet, wie das Vögelchen, statt zu fliehen, zu ihnen zurückkehrte, doch nun rannten sie los. Karlitta sah es wohl. Sie raunte dem immer noch jämmerlich schreienden, zappelnden Larion etwas zu, woraufhin dieser seinen Widerstand aufgab und sich auf die Schulter helfen ließ. Drei Wimpernschläge lang stand die Hexe kerzengerade, ohne sich zu rühren, dann legte sie die Hände an den Mund und stieß einen heiser krächzenden Ruf aus – einen Krähenruf.

Sylphinja beherrschte den *Krähenruf* nicht, hatte ihn niemals erlebt und kannte ihn nur aus der Erzählung. Nun wurde sie Zeuge dessen, was sie sich niemals zu sehen gewünscht hätte.

Karlitta rief, und nichts geschah, bange Augenblicke lang, in denen die Schwarzpelze näher und näher rückten. Bald waren sie auf etwa fünfzig Schritt heran, und Sylphinja glaubte schon, der Zauber sei vergebens gewirkt worden, da stiegen, laut kreischend und wild mit den Flügeln schlagend, aus dem Kiefernwäldchen und all den unscheinbaren Krüppelbäumen und Gesträuchen ringsumher Krähen empor, etwa dreißig an der Zahl. Die Vögel formten sich zum Schwarm und stürzten sich, wie auf ein unsichtbares Zeichen hin, zugleich auf die Schwarzpelze, die, von dem plötzlichen Lärm aufgeschreckt, im Laufen innegehalten hatten, aber nun erst begriffen, daß der Angriff ihnen galt.

Ein abscheulicher ungleicher Kampf entbrannte – wie sollte es wohl zwei und einem halben Dutzend Krähen gelingen, neun bewaffnete Orks zu bezwingen? Die überraschten Schwarzpelze schlugen zunächst ungezielt und wahllos nach den Vögeln, um sie zu verscheuchen, doch als sie einsehen mußten, daß die Tiere offenbar besessen waren und eher bereit zu sterben, als von den Gegnern abzulassen, setzten sie ihre Waffen mit todbringender Genauigkeit ein. Und in ihr Wut- und Schmerzgebrüll mischten sich die Todesschreie der Vögel, die, von Beilen und Knüppeln getroffen, hoch in die Luft geschleudert wurden und dann zu Boden fielen wie Steine… zwischen die Halme des Steppengrases, die silbrig wogten wie zuvor.

Drei Orks wanden sich schreiend am Boden, die Hände vor die Augenhöhlen gepreßt, von den Krähen waren noch fünf übrig, die matt, aber unaufhaltsam ihre selbstmörderischen Attacken flogen, als Sylphinja am Besen riß und davonflog, wohin, wußte sie nicht. Warum hat sie das getan? dachte sie. Ach, Felischa, warum hat sie das getan? Es wäre doch nicht nötig gewesen! Sie war nicht in Bedrängnis, und Larion auch nicht. Nur in äußerster Bedrängnis darf man die Krähen rufen. Wir töten Tiere nur, um sie zu essen oder das eigene Leben zu schützen, so wie ihr… Warum also hat sie es getan? Wie grausam! Wie abscheulich! Aber die Katze war so entsetzt über das unnötige Vogelopfer, das widerliche Gemetzel, das sie hatte mit ansehen müssen, daß sie schluchzte und wimmerte statt zu antworten. Was hätte sie auch sagen sollen?

Plötzlich fühlte Sylphinja sich hart am Arm gepackt und samt ihrem Besen herumgerissen. Sie hatte nicht bemerkt, daß Karlitta ihr gefolgt war und nun zu ihr aufgeschlossen hatte. »Du fliegst falsch. Dorthin müssen wir!« rief die Lyckweidenerin, ohne das Mädchen anzusehen. Dann ließ sie den Arm fahren und zog vorbei.

Nach einer halben Stunde war ein sicherer Rastplatz gefunden. Mit äußerster Vorsicht hob Karlitta Larion von ihrer Schulter und bedeckte sein blutiges Fell mit zärtlichen Küssen. Wie einen Säugling wiegte sie den leise Jammernden im Arm und schien Sylphinjas und Felischas Anwesenheit vergessen zu haben. Doch plötzlich hob sie den Kopf, und der Blick, den sie dem Mädchen zuwarf, ließ dieses einen Schritt zurückweichen: Kalt schillerten die Augen, und die Züge waren zu einer Maske der Wut erstarrt – nur die Braue und die Ranke im Augenwinkel zuckten. »Frag nicht, niemals!« sagte sie leise, aber bestimmt. »Und nun laßt uns allein!« Der schneidende Tonfall ließ in Sylphinjas Seele den Impuls ersterben, Hilfe beim Heilen des Katers anzubieten, und so wandte sie sich ratlos ab.

Als man kaum eine halbe Stunde später aufbrach, war Larions Fell gereinigt, aber statt der zwei hübschen dreieckigen Ohren, die er früher besessen hatte, ragte nur noch eines über das dichte Fell des Schädels. Das andere blutete zwar nicht mehr, war aber zu einem verkrüppelten, zackigen Etwas geschrumpft, über das er immer wieder bekümmert mit der Pfote strich. Karlitta war bleicher denn je, soweit man das beim Mondenschein beurteilen konnte, und als sie ihren Besen bestieg, glaubte Sylphinja ihre Hände zittern zu sehen. *Der Arme,* flüsterte Felischa bei Larions Anblick. *Wie gut, daß wir noch alle Ohren haben.*

Karlitta stand nach dem Vorfall offenbar nicht mehr der Sinn danach, Erklärungen über die Landschaft abzugeben, die unten vorüberzog, und so erfuhr Sylphinja nicht, daß es der Tasch war, den sie, einer Paßstraße folgend, überwanden. Sie empfand die Felsen rechts und links, so eindrucksvoll sie waren, als bedrohlich und beklemmend, was zum einen von der Erschöpfung herrühren mochte, die allmählich von ihr Besitz ergriff, zum anderen von der düsteren Stimmung, die sie und Felischa seit dem Krähengemetzel nicht mehr verlassen wollte. Bis zur dritten und letzten kurzen Rast der ersten Etappe – es mochte gegen die sechste Morgenstunde sein, denn am östlichen Horizont zeigte sich eben der erste fahlrötliche Schimmer – am Ufer eines kühlen, schmalen, rasch fließenden Flusses (des Svall, das sei dem Leser verraten – Sylphinja erfuhr es nicht) war ihre Müdigkeit so groß geworden, daß sie sich, kaum war man gelandet, ins Gras fallen ließ. Aber Karlitta drängte schon nach einer Viertelstunde zum Weiterflug, also hieß es sich noch einmal aufraffen.

Der Morgen des zweiten Efferd tauchte das Land erst in rotes, dann in goldenes Licht, während die Hexen die ausgedehnten Sümpfe am Oberlauf des Svellt überquerten. Eine zauberische Landschaft breitete sich unter ihnen aus, mit glitzernden Seen, Tümpeln, Gräben und gewundenen toten Flußarmen, mit ausgedehnten Schilfflächen, schwarzem Moor, in dem das Wollgras weiße Nester bildete, und feuchten Wiesen, aus denen es verlockend nach Mädesüß duftete. Aber Sylphinja hatte keine Augen für die Schönheit der Natur, keine Ohren für den vielstimmigen Vogelgesang, sie wollte nur schlafen, schlafen, schlafen ... und vergessen. Doch erst nach drei Stunden war der Wald erreicht, den Karlitta für die erste Tagesruhe erwählt hatte. Eine Schwester wohne dort, die ihnen Gastfreundschaft gewähren werde, erklärte sie nach der Landung. Das Haus war schnell gefunden, aber verlassen, und während Karlitta leise fluchend nach dem Schlüssel suchte (der sich schließlich unter einem umgedrehten Blumentopf fand), schlug Sylphinja, froh, niemand Fremdem mehr Rede und Antwort stehen zu müssen, ihr Lager am Waldrand auf. Auch Felischa war zu müde, um auf die Jagd zu gehen, und so sanken die junge Hexe und ihre Vertraute, eng aneinandergeschmiegt und in Sylphinjas Umhang gehüllt, nach wenigen Augenblicken in tiefen Schlaf.

Nach sieben Stunden der Ruhe – Felischa drängte es eher, zu jagen und sich den Magen zu füllen –, nachdem man sich erfrischt und ausgiebig gespeist hatte, wurde wie am Vortag um die sechste Stunde die Reise fortgesetzt. Karlitta war noch immer schweigsam und abweisend, ihre Miene unbewegt und schwer zu deuten.

Es ist wegen Larion, raunte Felischa der Freundin zu, und diese nickte. *Sie kann nicht verwinden, daß er seine Schönheit eingebüßt hat. Und sie kann nicht verwinden, daß sie sich in ihrem Zorn hat hinreißen lassen, einen so grausamen Zauber zu wirken.*

»Wer weiß, was ich täte, wenn jemand dir das Ohr abschnitte«, erwiderte Sylphinja und biß die Freundin zärtlich in die pelzigen Ohrmuscheln. Unvermittelt wurde sie ernst. »Ich weiß es wirklich nicht … Aber die Krähen waren schuldlos an seiner Verstümmelung und seinem Kummer. Sie hätte sie nicht rufen dürfen … Und ich weiß nicht einmal, ob es ihr mehr um die Krähen leid tut oder darum, daß sie beim Zaubern soviel Kraft eingebüßt hat.« Dasselbe fragte sich auch Felischa, aber die schillernden schwarzen Augen der Lyckweidenerin gaben darüber keine Auskunft.

Da die zweite Nacht weitgehend ereignislos verlief, wollen wir nur ihre Stationen aufzählen, um den Leser über die Route zu informieren: Die erste kurze Rast wurde am Ufer des Donnerbachs gehalten, die zweite nahe der Paßstraße zwischen den Salamandersteinen und der Roten Sichel. Dort erblickte Sylphinja die ersten Elfen ihres Lebens, zwei Jäger, einen Mann und eine Frau, aber die beiden grüßten nur von fern und verschwanden ebenso lautlos im Wald, wie sie aufgetaucht waren. Am Ufer der Aspe, eines winzigen Nebenflusses des Born, machte man die dritte Pause vor der großen Tagesrast. Wie schon am Vortag war Sylphinja so matt, daß sie sich am liebsten auf der Stelle zur Ruhe gelegt hätte. Mit Karlittas Schweigsamkeit hatte sie sich inzwischen abgefunden, im Augenblick war es ihr sogar ganz recht, daß nicht gesprochen wurde, daß man nicht zuhören und nichts erwidern mußte. Um so mehr überraschte es sie, als Karlitta plötzlich das Wort ergriff. »Dort drüben ist der Bornwald«, sagte die Hexe und unterstrich ihre Worte mit ausladender Geste, die einen nach Osten weisenden Bogen beschrieb, »dessen nördlichen Teil wir überfliegen werden. Im Bornwald wohnt Milzenis, ein Riese.« Sie kraulte gedankenverloren ihren Vertrauten, und plötzlich entstand eine schmerzliche Falte zwischen ihren Brauen – sie hatte das verstümmelte Ohr berührt. »Du erinnerst dich an Yumuda«, fuhr sie fort, rasch ihre Züge ordnend, »die Riesin, von der ich dir gesungen habe. Nun, man sagt, daß in den uralten Zeiten, als ihre Insel noch durch den Riesensprung mit dem Festland verbunden war, Milzenis zu ihren Favoriten zählte. Aber vielleicht ist das ebenso eine Legende wie der Riesensprung selbst...«

»Riesensprung?« wiederholte Sylphinja.

»Eine Inselgruppe oder besser eine Reihe von Inseln, eine so weit von der anderen entfernt, daß ein Riese hinüberspringen kann... Aber sie sind schon lange, lange im Meer versunken... Vielleicht hat es sie auch niemals gegeben.«

Nach dieser Rede brach man auf. Sylphinja glaubte den Riesen zu riechen, als man den Bornwald überflog; genauso wie Felischa nahm sie eine feine, ferne, bedrohliche und leicht ranzige Ausdünstung wahr, aber die konnte ebensogut von einem Oger herrühren (beide Kreaturen kannte sie nur der Beschreibung nach, und sie sehnte sich keineswegs danach, die Bekanntschaft des einen oder anderen zu machen). Aber je weiter die Hexen nun nach Osten flogen, der roten Sonne entgegen, um so mehr andere Düfte (nur für Sylphinjas und Felischas feine Nasen erspürbar) mischten sich unter die Gerüche der Pflanzen, Tiere und sonstigen Wesen – die der Hexen, die jenseits des Bornwaldes wohnten.

Für die Tagesrast wählte Karlitta einen Birkenwald südlich von Torsin. Offenbar wohnte keine Schwester in der Nähe oder keine, deren Gastfreundschaft sie erbitten wollte, denn sie breitete gleich nach der Landung ihren Umhang im weichen Gras aus und ließ sich darauf nieder. Mit knappen Worten bedeutete sie Sylphinja, sich in der Nähe, aber außer Sichtweite, einen Schlafplatz zu suchen.

Nichts störte die Tagesruhe der beiden Hexen, das heißt, Sylphinjas Ruhe wurde sehr wohl gestört, und zwar durch die Fülle von Bildern und Gedanken, die ihren Geist wachhielten, der Mattigkeit ihrer Glieder zum Trotz. Nun ist es bald soweit, dachte sie. Noch heute, wenn die Sonne untergegangen wäre, die jetzt den Waldboden rotgolden sprenkelte, würde sie endlich all die Schwestern sehen, die sie vor langer Zeit gerufen hatten, deren Duft sie roch, deren Nähe sie spürte … Sie würde mit ihnen Salbe kochen, die Besen salben, tanzen und singen und … hoffen, daß Er käme? Hoffte sie es? Wünschte sie es? Sie wußte es nicht, doch plötzlich flog ein Krähenschwarm über den Festplatz, verdunkelte ihn erst und löschte ihn dann aus, als die Vögel, einer nach dem anderen, wie schwarze Steine ins silberne Steppengras fielen …

Zum ersten Mal verstand Felischa die Seelenfreundin nicht. *Warum denkst du immer wieder an die Krähen?* fragte sie. *Sie sind lange tot, es lohnt sich nicht, über sie nachzugrübeln. Warum du dir über die Zukunft den Kopf zerbrichst, kann ich allerdings noch weniger begreifen. Es gibt die Zukunft doch gar nicht, du denkst sie dir ja aus.* Auch was es mit *Ihm* im besonderen, Halbgöttern und Göttern im allgemeinen auf sich hatte, konnte sie nicht nachvollziehen, aber da Sylphinja einer philosophischen oder theologischen Disputation nicht gewachsen war, schläferten die nebulösen Gedankenbilder, die die Hexe heraufbeschwor und der Vertrauten sandte, Frau und Katze allmählich ein.

Golden wie am Morgen war das Licht, das den Wald sprenkelte, als Sylphinja erwachte, nur drang es jetzt von der anderen Seite der Himmelskuppel durch das Laub. Noch vier Stunden! war ihr erster Gedanke, und sie rief ihn auch der Gefährtin zu: In vier Stunden sind wir dort, Felischa!

Karlitta und Larion waren nirgends zu entdecken. Sylphinja suchte sie nicht, sie wußte: Spätestens in einer Stunde, wenn es Zeit zum Aufbruch wäre, fänden die beiden sich schon ein. Nachdem sie ausgiebig gespeist und danach in einem nahen Bach getollt und gebadet hatte – die wasserscheue Felischa war nicht zu einem Bad zu überreden, ließ sich aber doch auf das Spiel ›Bespritztwerden oder Entwischen‹ ein – und wieder trocken war, zog sie vorsichtig ihr Festgewand aus dem Beutel. Wie die Farben leuchteten! Wie die Stoffe schimmerten! Wieviel stärker müßten sie erst im Flammenschein leuchten und schimmern!

Als sie das Kleid übergestreift hatte – es funkelte geradezu, als sie sich im Kreise drehte – und eben dabei war, ihr Bündel zu schnüren, trat Karlitta zwischen den Stämmen hervor. Sylphinja brauchte ein Weilchen des bewundernden Staunens, bis sie begriff, was die Schwester so veränderte, verschönte. Denn es war nicht das Festkleid, das sie zweifellos unter dem grünseidenen Umhang trug – jede Hexe legte ihr Gewand vor der Ankunft an, um schön herausgeputzt auf dem Festplatz zu erscheinen –, auch nicht das zu Ohrenschnecken und bänderdurchwirktem Pferdeschweif prächtig frisierte Haar, noch waren es die Züge selbst, auf die sich unter Sylphinjas anerkennendem Blick die Andeutung eines Lächelns stahl. Es waren das leuchtende Kirschrot der Lippen, das schimmernde Rosenrot auf den Wangen und der grünlichsilbern glitzernde Staub, den Karlitta auf den Lidern und unter den Brauen verteilt hatte. Sie hatte sich geschminkt. »Willst du es auch versuchen?« fragte sie.

Es gelüstete Sylphinja schon sehr danach, sich wie die Lyckweidenerin zu verschönern. Aber nachdem Felischa die Tiegel berochen hatte, riet sie ihr ab von Lippen- und Wangenrot. *Sie riechen zu stark, nach Blu-*

men ..., sagte sie. *Du sollst aber nicht nach Blumen, sondern nach dir selber riechen ... und ein wenig nach mir.* Sie schmiegte sich an die Freundin, beknabberte ihr die Lippen und leckte sie mit ihrer rosigen rauhen Zunge so lange, bis auch sie in tiefem Rot erglühten. Nur den Augenpuder ließ sie gelten. Er schien aus gemahlenen Türkisen und Mondsilberstaub zu bestehen, den Materialien von Sylphinjas früherem Glücksbringer. Ob die junge Hexe nach dem Schminken der Augen schöner war als zuvor, konnte Felischa nicht beurteilen. *Du fühlst dich schöner,* sagte sie, *also bist du es auch. Sehen kann ich es nicht.*

Auch Larion wirkte herausgeputzt; sein Fell schien frisch gebürstet, weich und flauschig stand es vom Körper ab und schimmerte heute besonders seidig. Und ... Karlitta hatte wohl hier und dort einzelne Haare aus dem Schwanz geschnitten, sie mit den verbliebenen des abgerissenen Ohres verknüpft und mit Hilfe von Wachs oder anderen versteifenden Substanzen zu einem kleinen Dreieck geformt, so daß die Verstümmelung kaum mehr zu sehen war.

Und dann, die sechste Stunde war fast abgelaufen, die Bündel geschnürt, die Hexen und ihre Vertrauten bereit, brach man endlich auf. Am dritten Abend der Reise fühlte Sylphinja keine Beklommenheit mehr, bei Tageslicht zu fliegen. Sie genoß es ebenso, die sich wandelnden Farben des Abends von oben zu betrachten, wie sie den Wind auf der Haut genoß, das Holz des Besens zwischen den Beinen und Felischas Atem im Nacken, den Duft der Erde, Tiere und Pflanzen, das ferne Muhen der Kühe und den Gesang der abendlichen Vögel. Vor allem aber genoß sie die immer deutlicher wahrnehmbare Nähe der Schwestern. »Ist es dort?« fragte sie aufgeregt, wenn sie ein fernes Feuer erspähte, aber jedesmal verneinte Karlitta die Frage lachend.

Die letzte Röte war schwarzblauer Nacht gewichen,

das vollerblühte Madamal tauchte die Welt in silbernes Licht, als endlich der wahre Festplatz ins Blickfeld der Hexen geriet. »Dort, dort!« riefen beide zugleich, und nun konnten sie es nicht mehr erwarten, trieben die Besen zur höchsten Geschwindigkeit an, so daß Haare und Kleider flatterten und die Vertrauten sich fest und an ihre Seelengefährtinnen klammern mußten, um nicht fortgeweht zu werden.

Auf der Bergeskuppe rund lodern gelbe Flammen – die Liedzeile kam Sylphinja in den Sinn, als sie die Sümpfe zwischen den Quellbächen der Ouve überflogen. Denn dort, im Norden, größer, runder und wohlgestalteter als seine Brüder, erhob sich ein schwarzbewaldeter Berg über die ihn umgebenden schütter bewachsenen Hügel. Und in der Mitte seiner Kuppe funkelte ein gelbes Licht.

Der Berg wurde größer, wuchs zum Riesen, und je näher man kam, um so deutlicher sah Sylphinja, daß er keineswegs völlig ebenmäßig geformt war wie ein abgerundeter Kegel. Sie entdeckte Wülste und Mulden, etwas wie einen gewundenen Pfad, scharfe Einschnitte und terrassenartige Felsformationen. Leider ließen sich keine Einzelheiten des Festplatzes erkennen, zunächst wegen der Entfernung und später, als sie einzelne Bäume unterscheiden konnte, weil diese sich in ihr Blickfeld schoben. Aber da setzte Karlitta auch schon zur Landung an, und wenige Herzschläge später spürten die beiden Hexen wieder weichen Waldboden unter den Füßen.

Gelb flackerndes Licht drang zwischen den Stämmen der knorrigen Eichen und glattstämmigen Buchen hervor, mit denen die Kuppe bewachsen war – das Feuer des Festplatzes. Karlitta kannte sich aus, und deshalb hatte sie den Besen nicht dorthin gelenkt, sondern zu der ein wenig abseits gelegenen Stelle, wo die vor ihnen eingetroffenen Schwestern bereits ihre hölzernen Begleiter abgestellt hatten. Wie viele es sind!

dachte Sylphinja. Gewiß über vierzig oder über fünfzig! Und wie unterschiedlich sie aussehen! Da gab es schlanke, elegante, geschnitzt oder gedrechselt wirkende, behäbig dickstielige, knorrige, polierte, gerade und gewundene... Und so vielgestaltig wie die Stiele waren auch die Reiser, die von Weide, Hasel, Espe, Ahorn, Lockenpappel, Ilme oder Walnuß stammten.

Ein leiser Ruck riß Sylphinja aus der Betrachtung der Fluggeräte. Es war ihr Besen, der zog und zitterte – er wollte zu den anderen. Sie lachte, denn sein energisches Drängen erinnerte sie an ihren allerersten Flugversuch, doch heute hatte sie keine Angst, daß er ohne sie davonfliegen könnte.

»Wie sehe ich aus?« erklang in diesem Augenblick Karlittas Stimme, und Sylphinja wandte sich um. Die Schwester hatte den Umhang abgelegt; lässig ließ sie ihn über den Boden schleifen, mit der anderen Hand schwenkte sie ihr Bündel. Larion strich ihr bewundernd um die Waden, und zu bewundern gab es wahrlich genug: Das Feenkleid, vom Windhauch oder dem kaum merklichen Spiel der Hüften leicht bewegt, glitzerte, sprühte Funken und erhöhte die körperlichen Vorzüge seiner Trägerin so ungemein, daß Sylphinja nie eine schönere Frau gesehen zu haben glaubte. Einzig der Glücksbringer störte die Vollkommenheit des Bildes ein wenig. Er schleifte und rollte beständig über den Hals der Schlange, so daß das Mädchen in deren Blick etwas leicht Gereiztes auszumachen glaubte.

»Du bist wunderschön«, sagte sie.

»Nun gut, dann laß uns gehen«, erwiderte Karlitta und wies in Richtung des Feuers. »Wir kommen spät, und man erwartet uns schon.«

Daß sie erwartet wurden, spürte Sylphinja – sie hatte es die ganze Zeit gespürt –, und doch standen die vielen fremden Schwestern nicht aufgereiht zum Empfang oder liefen aufgeregt herbei, als Karlitta und sie in den Lichtkreis des Feuers traten. Hier und dort standen, wandelten oder saßen sie in plaudernden Gruppen beisammen, wandten die Köpfe, lachten, winkten, lockten oder drohten mit den Fingern ... Und dann war Sylphinja plötzlich mitten unter ihnen.

Wie soll man nur die vielen Eindrücke beschreiben, die alle zugleich die Sinne der jungen Hexe bestürmten? Sie wußte nicht, wie sie ein einzelnes Gesicht fassen sollte unter den vielen, die vorüberglitten, eine einzelne Stimme heraushören aus dem murmelnden, singenden, lachenden Gewirr, einen Duft aussondern aus der Komposition süßer, seltsamer, fremder und vertrauter Gerüche. Die Steinchen, Halme und Kräuter, die sie unter den nackten Sohlen spürte, ließen sich nicht mehr voneinander unterscheiden, ebensowenig wie die Blicke von Frauen, Eulen, Schlangen, Raben, Katzen, Kröten, die sie streiften. Und zwischen alledem schwirrten und flimmerten ungeordnete astrale Kräfte ... Ihr war, als hätte sie ein berauschendes Getränk getrunken, nicht Wein, sondern etwas, das lebendige Träume erzeugt.

Nach und nach – Karlitta schritt langsam den Kreis ab, grüßte lächelnd und verweilte plaudernd hier und dort – gelang es Sylphinja, ihre Aufmerksamkeit zu bündeln und, wenn auch nur kurz, einzelne Gesichter, Gewänder, Satz- und Gedankenfetzen einzufangen. Felischa hatte zu ihr gesprochen, als sie vor lauter Verwirrung nicht mehr wußte, ob es schön war, was sie gerade erlebte. *Ist es nicht herrlich hier?* hatte sie gefragt, auf dem Ast einer Eiche kauernd, von wo aus sie das Treiben ein Weilchen zu beobachten gedachte, bevor sie sich hineinmengte.

Es ist unmöglich, die Gleichzeitigkeit von Sylphinjas Sinneseindrücken wiederzugeben, und fast ebenso schwer deren rasche Folge. Grün waren die meisten Augen, die sie musterten, sowohl die der Hexen als auch die ihrer Vertrauten: gelbgrün, grasgrün, smaragdgrün, meergrün. Aber auch bernsteinfarbene

Augen blickten sie an, dazu goldene, blaue, graue und schwarze.

»Satuaria zum Gruße, Karlitta von Lyckweiden. Wie lange ist es her, seit wir uns zuletzt gesehen haben? Und wie schön du geworden bist!« Eine helle zirpende Stimme hatte diese Worte gesprochen, und große blaugrüne Augen blickten fragend. Feuerrotes hüftlanges Haar, kleine gebogene Nase, schmale Lippen, golddurchwirktes rotes Kleid, ein Rabe … Kuanjuk? Nein, natürlich nicht …

»Luzelin? Ja, weißt du es denn nicht? Sie ist … sie wird … dort, wo sie jetzt ist, muß sie sich nie mehr vor Tula in acht nehmen. Aber wir sollten uns nicht die heutige Nacht mit trüben Gedanken verderben.« Nun war es eine alte Frau, die sprach, mit dichtem weißen Haar, die Augen gelblichgrün wie die der jungen, rötlich getigerten Katze, die sie auf dem Arm trug. Ihr Finger schob sich unter Sylphinjas Kinn und hob es ein wenig …

Aber nein, der Finger gehörte ja zu der großgewachsenen Schwarzhaarigen mit der bräunlichen Haut und den leuchtendblauen Augen. »Wen hast du uns denn hier mitgebracht, Karlitta? Ein reizendes Kind. Kenne ich dich irgendwoher, Töchterchen?«

Bevor Sylphinja antworten konnte (aber was hätte sie antworten sollen? Sie wußte nicht, ob sie die Schwester schon einmal gesehen hatte), fühlte sie sich am Rocksaum gezogen. Zugleich stieg ihr ein würziger Duft in die Nase. Sie hatte ihn die ganze Zeit über wahrgenommen, aber nun wurde er intensiver, verlockender. »Willst du einer alten Frau nicht die Freude machen, ihr Süppchen zu kosten und ein wenig mit ihr zu plaudern?« Die, die gesprochen hatte – und gezupft? –, wirkte keineswegs alt. Blonde, gelb- und glutrote Zöpfchen ringelten sich um ein faltenfreies Gesicht mit spitzem Kinn und tiefliegenden dunklen Augen.

Plötzlich spürte Sylphinja, wie hungrig sie war, unerträglich hungrig. Und dann saß sie auch schon auf einem Moospolster und hielt ein Schälchen mit dampfender, duftender Kräutersuppe in der Hand. Wie köstlich die Suppe schmeckte! Und wie seltsam es war, beim Essen von drei Frauen in gleichgeschnittenen erdbraunen Kleidern beobachtet zu werden, die unablässig ihre rundäugigen Schleiereulen streichelten und kichernd die gold-, arangen- und rotbezopften Köpfe schüttelten. »Schmeckt es dir, mein Kind?« fragte die mittlere. »Zeline hat die Kräuter gesammelt«, sagte die linke. »Und Maline hat sie gehackt«, fuhr die rechte fort. »Aber Yoline hat Mehl und Schmalz gerührt und den Sud gekocht. Wir Gartimpener Schwestern verstehen uns aufs Kochen, nicht wahr?«

Wer den letzten Satz gesprochen hatte, wußte Sylphinja nicht – alle drei hatten die Lippen bewegt, und nun schüttelten sie sich vor Lachen. Sie nickte in die Runde. ›Die Suppe schmeckt köstlich‹, wollte sie sagen, kam aber nicht dazu, weil sie gerade schlucken mußte. Es stimmte ja auch gar nicht, ›köstlich‹ war nicht das rechte Wort, wurde dem über alle Maßen wundersamen Geschmack der Suppe nicht gerecht. Und wie belebend die Speise wirkte, wie sie Müdigkeit und Hunger vertrieb! Zugleich machte sie Lust, immer weiter zu essen, denn anders konnte das Mädchen sich nicht erklären, daß es gerade Yoline oder Maline oder Zeline das leere Schälchen zum Nachfüllen reichte. Nein, es war Maline, die den Schöpflöffel in der runzligen, altersfleckigen Hand hielt – Yoline und Zeline hatten sich unbemerkt davongestohlen. Wo war der Kessel? Ach, warum sich über einen Kessel Gedanken machen? So leicht war ihr plötzlich, fast schläfrig fühlte sie sich. Und Felischa erging es nicht anders. *Welch köstliche Suppe!* sagte sie, während ihr rosiges Zünglein genußvoll durch die grüngesprenkelte Speise fuhr, die Zeline ihr in das Näpfchen am Boden gefüllt hatte – sie konnte schlecken und sprechen zugleich, wie seltsam!

»Findest du nicht, daß sie Ludminja ähnlich sieht?« Yoline stieß Maline den Ellbogen in die Seite, und diese knuffte Zeline. »Wie aus dem Gesicht geschnitten«, bestätigten die beiden. Dann lachten alle drei, daß ihnen die Tränen über die Wangen rannen.

Ludminja? dachte Sylphinja ... Schnappes? Trinkt Ludminja Schnappes? Oder Meskinnes? Oder brennt sie ihn? Sie streckte sich im Moos aus, um besser nachdenken und auf die ferne Musik und Felischas leises Schmatzen lauschen zu können.

»Hier also steckst du! Ich suche dich schon überall.« Karlitta streckte die Hand aus, um Sylphinja aufzuhelfen. Die Falte zwischen ihren Brauen glättete sich, und nun hob sich die linke, während sich die Lippen zum Lächeln teilten. »Konntest du mit der Suppe nicht warten, bis wir Tula die Aufwartung gemacht haben?« Sie schüttelte kaum merklich den Kopf, aber doch so sehr, daß ihr der Pferdeschweif mitsamt den grünen Bändern um den Kopf wirbelte. »Nun komm schon! Es wird höchste Zeit, Tula zu begrüßen. Man läßt die Königin nicht warten!« Während sie Sylphinja mit sich zog, murmelte sie: »Die Gartimpener Schwestern – immer noch die alten! Nichts als Unfug im Kopf! Und es wird mit jedem Jahr schlimmer.«

Yoline erwiderte kichernd (aber vielleicht wandte sie sich auch an Maline und Zeline): »Woher hat sie nur Ludminjas Stein?«

Was sie und ihre Schwestern weiterhin schwatzten, konnte Sylphinja nicht verstehen, denn die Musik, das Knistern von Haaren und das Rascheln von Gewändern übertönten die Worte. Karlitta hatte das Mädchen zu einer Gruppe Hexen geführt, die stumm beisammenstanden. Zwar sprachen sie nicht, aber Lärm machten sie genug, wenn sie die Kleider zurechtzupften oder das Haar schüttelten. Blicke trafen Sylphinja, blieben kurz auf ihr haften und glitten fort, nach vorn. Auch die junge Hexe blickte nach vorn – die Gruppe hatte sich unbemerkt zur Reihe geformt –, aber da die vor ihr Stehenden sie überragten, erkannte sie nicht, was es dort zu sehen gab.

Eine große Frau auf einem großen blinkenden Sitzmöbel. Felischa schob sich zwischen Beinen und Gewändern hindurch und rieb den Kopf an Sylphinjas Wade. *Sie ist sehr mächtig, und ihr Kater ist es auch. Ich sah niemals eine Katze wie ihn. Er ist anziehend und abstoßend zugleich – genau wie sie.*

»Tula«, flüsterte das Mädchen, und als sie den Namen aussprach, überzog für einen winzigen Augenblick ein kühler Schauer ihren Körper mit einer Gänsehaut. *Fürchten wir uns?* fragte Felischa im Davonspringen. *Nein, wir fürchten uns nicht!* antwortete sie, und Sylphinja nickte.

Die Reihe rückte langsam vor, und mit jedem Schritt wurde Karlitta unruhiger. Sylphinja hatte sie so noch niemals erlebt, erkannte sie kaum wieder. Wo waren ihre Selbstsicherheit, ihre Undurchschaubarkeit geblieben? Die Schwester wippte ungeduldig mit dem Fuß, als es nicht weiterging, und stellte das Wippen abrupt ein, als sie bemerkte, was sie tat. Ihr Blick zuckte hier- und dorthin, bevor er wieder nach vorn gezogen wurde, ihr Atem ging hörbar, und der Busen wogte. Diese Mischung aus Beklommenheit und Ungeduld und ihr körperlicher Ausdruck kleideten die Lyckweidenerin durchaus, wie Sylphinja fand, machte sie sogar überaus anziehend. Und wie ihr Kleid knisterte, wenn sich kleine Funken davon lösten!

Wieso war sie selbst nicht ebenso beklommen und ungeduldig? fragte sich das Mädchen. Lag es an der Suppe oder daran, daß sie Tula noch nicht kannte? Mußte man ihr erst begegnet sein, um sie zugleich so zu fürchten und sich so nach ihrer Aufmerksamkeit zu sehnen? Sie fragte es sich, aber die Antwort auf die Fragen war ihr im Grunde gleichgültig.

Plötzlich beugte Karlitta sich zu ihr herab und ergriff ihre Hand – das hatte sie noch nie getan! Heißer Atem drang an Sylphinjas Ohr, und sie schüttelte die Locken fort, um besser hören zu können, was die Ältere ihr zu sagen hätte. »Sei unbesorgt – wenn man Tula mit dem gebührenden Respekt begegnet, erregt man ihren Zorn nicht«, flüsterte diese. Die Worte kamen schnell und zischend. »Mach nur alles so wie ich, dann kann nichts passieren. Verneige dich, wie ich es tue! Sprich die gleichen Begrüßungsworte! Aber hüte dich zu reden, wenn du nicht gefragt bist! Sei freundlich und ehrerbietig ...«

Man hat Tula von dir erzählt, und nun ist sie genauso neugierig auf dich wie du auf sie ... nein, nicht genauso *neugierig, sondern anders neugierig ...*

Sylphinja wagte einen Blick zur Seite, wo Felischa und eine große schwarze Katze sich fauchend gegenüberstanden, die Rücken gekrümmt und die Schwänze zuckend. Der Kater – denn es war ein Kater, das spürte die Hexe – gefiel ihrer Vertrauten ganz offenkundig, und als sie nun nach ihm hieb und sich dann auf einen nahen Baum flüchtete, wünschte sie, er möge ihr folgen. Aber das tat er nicht. Er blickte ein Weilchen nach oben, wandte sich ab und ...

Ein Ruck ging durch Sylphinjas Arm, und heiß und zischend erreichte sie Karlittas Stimme: »Es ist soweit, wir sind die nächsten. Mach nur alles so wie ich!« Sylphinjas Hand wurde aus dem Griff der Älteren entlassen, weil diese noch rasch den Sitz der Ohrschnecken überprüfen und die Zacken an Ausschnitt und Ärmeln zurechtzupfen mußte.

Die großgewachsene rotblonde Schwester, deren Kopf und breite Schultern Sylphinja den Blick nach vorn verstellt hatten, war ein paar Schritt vorgetreten. Was sie gesagt hatte und was sie gefragt worden war, hatte Sylphinja nicht gehört, aber sie glaubte bei den Worten »Du magst nun gehen, Zerlina, und ein schönes Fest wünsche ich dir« die dunkle, nachhallende Stimme wiederzuerkennen, die ihr schon die ganze Zeit über so angenehm in den Ohren gedröhnt hatte.

Zerlina verneigte sich und trat zu einer Gruppe Schwestern, die aus gebührender Entfernung den Empfang beobachteten. Und nun erblickte Sylphinja endlich die Festkönigin, die mächtige Tula von Skerdu.

Grüne Augen sahen unter roten Brauen hervor, zwischen denen zwei strenge Falten standen. Breit waren die Jochbeine, kantig Kinn und Kieferknochen, breit war der Mund – kein schönes Gesicht und doch eines, das Sylphinja auf seltsame Weise in seinen Bann zog. Sie erkannte Tulas Macht sogleich, als sie in die kalten Augen sah, die sie fixierten, spürte die astralen Kräfte fast körperlich. Und außer der Macht erfühlte sie noch etwas, dessen Natur sie nicht ergründen konnte oder wollte, etwas, das sie abstoßen sollte und dennoch anzog. Sie entsann sich nicht, ob Karlitta ihr die mächtige Tula jemals beschrieben hatte, aber der Anblick der Festkönigin hatte nichts Überraschendes an sich, es war wie ein Wiedererkennen: der kahle Schädel mit den überaus kunstvollen Hautornamenten, der schwere barbarische Ohr- und Halsschmuck aus Gold und Kupfer, der gewaltige, muskulöse Körper, das Fellwams, die knappen ledernen Beinkleider, die Haltung von einer Lässigkeit, wie nur Macht sie verleihen kann … Auch der Schneeluchs, genauso lässig zu ihren Füßen gelagert, und der goldverzierte hölzerne Barbarenthron kamen ihr bekannt vor.

Fast ohne es zu merken, setzte Sylphinja einen Fuß vor den anderen und wäre wohl bis zum Thron gegangen, wenn Karlitta sie nicht, begleitet von einem gezischten »Halt!«, nach vier Schritten am Kleid gezupft hätte. Tula bemerkte Karlittas Zupfen und Flüstern und Sylphinjas etwas abruptes Anhalten zweifellos – ihre Mundwinkel zuckten ein wenig –, aber es war nicht klar, ob der winzige Zwischenfall sie amüsierte. Sie hielt den Blick starr auf die junge Hexe gerichtet, und diese starrte zurück – nicht wirklich von Tula zum Blickkontakt gezwungen –, fast dreist vor Gedankenlosigkeit und Faszination.

Als Sylphinja am Rande ihres Blickfeldes wahrnahm, daß Karlitta sich verneigte, beugte auch sie Kopf und Oberkörper, senkte aber nicht die Lider, und als Karlitta die Begrüßungsworte sprach: »Nimm meinen Gruß entgegen, Tula von Skerdu, Königin dieses Festes, der vergangenen und zukünftigen. Möge Satuaria dir allzeit beistehen und unsere Zusammenkunft segnen!« stimmte sie ein, immer ein wenig hinter der Schwester zurückbleibend.

»Hab Dank für dein Kommen und den freundlichen Gruß, Karlitta«, erwiderte Tula, sah aber nicht Karlitta, sondern weiterhin Sylphinja an. »Wie geht es dir? Wie laufen die Geschäfte?«

»Danke, Tula, es geht mir gut, wenn auch die Geschäfte ein wenig besser laufen könnten.« Karlitta sprach hastig, und ihre Stimme klang ein klein wenig belegt, wie schon zuvor bei der Begrüßungsformel.

»Nun, das wundert mich, denn ich dachte, das Gegenteil sei der Fall, und du könntest dich kaum retten vor Dukaten.«

Karlitta war verwirrt – oder vielmehr noch verwirrter, als Tulas Nähe sie ohnehin machte. »Ich habe mein Auskommen, das ist wahr, aber wie kommst du darauf, daß ich reich sei?« fragte sie.

Tula lachte, kurz und dröhnend. »Ein solches Kleid können sich nur die wenigsten leisten«, erwiderte sie. »Feenseide, wie mir scheint, und so überaus kunstvoll bestickt. Wieviel Goldstücke mag es wert sein? Hundert? Tausend?« Sie hob fragend die Brauen, den Blick immer noch auf Sylphinja gerichtet.

»Ich weiß es nicht genau, es ist… Ich meine, es hat… gehörte vorher…«

»Stammle nicht, wenn du mit mir redest, Karlitta! Ich mag kein Gestammel. Da du seltsamerweise den Preis deines Gewandes nicht kennst, weißt du vermutlich auch nicht, wer das entzückende Kind an deiner Seite ist und wie du in den Besitz von Ludminjas Glücksbringer gelangt bist.«

»Ich heiße Sylphinja, und der Glücksbringer hat früher mir gehört, aber dann habe ich ihn Karlitta geschenkt.« Die Worte waren hervorgesprudelt, ohne daß Sylphinja sie sich zurechtgelegt hätte. Sie hatte Karlittas plötzliche Angst gespürt, die Angst, Tula zu verärgern, obwohl weder Miene noch Stimme der Festkönigin Verärgerung hatten erkennen lassen, und da war es geschehen. Daß sie das Falsche getan hatte, wußte sie, noch bevor der Satz vollendet war, dann hörte sie es an der Stille, die ihm folgte, und sah es an den Falten zwischen Tulas Brauen, die sich ein wenig vertieften.

»Hat man dir nicht gesagt, daß man mit Tula nur redet, wenn sie das Wort an einen richtet, Sylphinja?« fragte Tula, aber es klang nicht wie eine Frage, und sie fuhr auch gleich fort: »Und hat man dir nicht gesagt, daß man Tula nicht belügt? Komm einmal her! Kommt beide her! Ich will euch aus der Nähe sehen.«

Folgsam traten Karlitta und Sylphinja vor, bis Tula ihnen zu verstehen gab, daß es nun genug sei. Sie beugte sich vor, setzte den rechten Ellbogen aufs Knie und schmiegte das Kinn in die Faust. Nun endlich richtete sie den Blick auf Karlitta, lange, endlos lange. »Schön bist du geworden, Karlitta«, sagte sie schließlich, »fast zu schön. Für wen hast du dich nur so herausgeputzt? Sag nicht, daß ich es bin, die du betören willst, denn dir werde ich eine Lüge noch weniger verzeihen als dem Kind… Und da trägst du also Ludminjas Glücksbringer, als ob es deiner wäre…« Plötzlich schoß die große Hand vor, schloß sich um den Stein,

Karlitta wurde nach vorn gerissen, ein kurzer spitzer Schrei ertönte, und dann taumelte die Lyckweidenerin zwei Schritte zurück und griff sich mit beiden Händen an den Hals, wo die Glieder der Kette beim Zerreißen zwei blutige Streifen hinterlassen hatten.

»Du magst nun gehen, Karlitta, und ein schönes Fest wünsche ich dir«, sagte Tula und bedeutete Karlitta mit einem kurzen Wedeln der Hand, sich zu entfernen. »Auch euch wünsche ich ein schönes Fest, Winulinde, Zelda, Myrthlieb und Rangli«, wandte sie sich an die hinter Karlitta und Sylphinja Wartenden. »Eure Begrüßung sehe ich als empfangen an, und ihr mögt nun tun, was euch beliebt.« Sie schaute auf den Stein in ihrer Hand und nickte. »Kein Zweifel, Ludminjas Glücksbringer. Und nun, Sylphinja, wirst du mir erzählen, wie du in seinen Besitz gelangt bist.«

Sylphinja wagte nicht, den Kopf zu wenden, um Karlitta nachzublicken, und sie wollte es auch nicht. Mit weitaufgerissenen Augen und hochgeschobenen Brauen starrte sie Tula an. »Ich habe ihn getragen, solange ich zurückdenken kann«, erwiderte sie wahrheitsgemäß. »Man sagte mir, eine Schwester habe ihn mir zur Geburt geschenkt. Vielleicht war das ja diese Ludminja, die ich nicht kenne. Wer ist sie? Ist sie hier?«

»Du redest zuviel, Sylphinja, das müssen wir dir abgewöhnen, aber du bist hübsch.« Tula machte eine unangenehm lange Pause, bevor sie weitersprach. »Wer sagte dir das?«

»Sephyra, meine Ziehmutter.«

»Und wo ist Sephyra? Warum hat sie mich bisher nicht begrüßt? Und warum führt Karlitta dich bei uns ein und nicht sie?«

»Sephyra ist tot.«

»Sie ist tot? Seit wann? Wie ist sie gestorben?« Tulas Augen verengten sich, und einen winzigen Augenblick lang glaubte Sylphinja, die Königin gebe ihr die Schuld an Sephyras Tod. Und in diesem Bruchteil eines Herzschlages wußte sie auch, was es bedeutete, *wirklich* Tulas Zorn zu erregen. Doch gelang es ihr, dem forschenden kalten Blick der meergrünen Augen standzuhalten und, so knapp sie eben vermochte, das wenige zu erzählen, das sie wußte.

»Abilacht«, wiederholte Tula am Ende des Berichtes. »Die Stadt werden wir uns merken müssen. Hübsche Augen hast du, Sylphinja, wie Drosseleier. Solche Augen hatte auch Ludminja, und genauso hat sie sie aufgerissen und die Brauen nach oben geschoben, wenn ich sie ansah, wie ich jetzt dich ansehe, auch damals, als ich ihr den Glücksbringer schenkte.«

Sylphinja wagte nicht, abermals nach Ludminja zu fragen, obwohl es fast unerträglich war, die Fragen zu unterdrücken, nun, da eine Ahnung in ihr keimte. Schon öffnete sich der Mund, wie um zu sprechen, aber mit äußerster Mühe gelang es ihr, die Worte zurückzuhalten und nur bebenden Atem entweichen zu lassen.

»Du lernst«, sagte Tula. Es klang nicht wie ein Lob, aber ihre Lippen verzogen sich zum Beginn eines Lächelns. »Du gleichst ihr, du könntest ihre Tochter sein, auch was den Wuchs betrifft...« Ihr Blick glitt prüfend über den Körper des Mädchens, und wo er ihn berührte, prickelte es wie Kälte oder etwas anderes... »Nein«, sagte sie dann, »ganz so dünn und klein war sie nicht, aber auch das Zarte, noch nicht ganz Erblühte hat seinen Reiz. Was sehe ich dort?«

Noch bevor Sylphinja Tulas Blickrichtung und den entsprechenden Bereich ihres Körpers in Übereinstimmung bringen konnte, fühlte sie sich am Rocksaum gepackt und so heftig nach vorn gezogen, daß sie fast auf den Schneeluchs getreten wäre. Aber das merkte sie gar nicht, sie mußte auf die Faust starren, die ihr Kleid hielt und es nun hob.

»Bragans Handschrift«, Tula nickte bedächtig, »eine

meisterliche Arbeit. Seit wann trägst du das Bild, Sylphinja?«

»Seit drei Wochen etwa.«

»Hat es dir gefallen, es stechen zu lassen?«

»Ja.«

»Und haben dir auch die Schmerzen gefallen?«

Sylphinja wußte es nicht genau; damals hatte alles zusammengehört, und das hatte ihr gefallen. Aber die Schmerzen selbst ...? Sie blickte nachdenklich auf die Faust, die ihr die Sicht auf die Feuerlilie versperrte. »Ich weiß es nicht«, sagte sie.

»Denk darüber nach, Sylphinja! Am Ende des Festes werde ich dich noch einmal fragen, und dann wirst du die Antwort wissen.« Tula ließ das Kleid fallen und erhob sich. Schwer legte sich ihre Linke auf Sylphinjas Schulter. »Komm, Sylphinja!« sagte sie. »Wir wollen uns einmal auf dem Festplatz umsehen und schauen, was die Schwestern so treiben. Vielleicht sind die Musikanten schon eingetroffen, vielleicht ist die Salbe schon fertig ... Von Ludminja und dem Glücksbringer erzähle ich dir später – nach dem Fest oder erst auf Skerdu. Du wirst mich doch nach Skerdu begleiten, nicht wahr?«

Sylphinja nickte. »Ja«, hauchte sie.

»Fürchtest du dich vor mir?« Wieder nickte das Mädchen. »Nun, daran tust du gut, denn ich bin sehr mächtig, und man sagt, daß ich auch grausam sei. Aber du sollst mich nicht aus Angst begleiten, sondern weil es ebenso dein Wunsch ist wie meiner. Weißt du, was es heißt, meine Gespielin zu sein? Nein, du weißt es nicht. Wie solltest du auch? Versuch jedoch, es dir vorzustellen, und dann sag mir, ob die Vorstellung dir gefällt. Nicht jetzt, später, wenn ich dich wiederum fragen werde ... Rauh ist das Land, in dem ich lebe, rauh sind die Menschen, und auch ich kenne wenig Zärtlichkeit.« Sie führte Sylphinja zum Feuer und starrte finster in die Flammen. »Bisweilen reut mich, daß ich bin, wie ich bin«, glaubte das Mädchen sie murmeln zu hören. »Es macht einsam.« Aber weder war sie sicher, recht gehört zu haben, noch verstand sie den Sinn der Worte. Das Hautbild brannte wie frisch gestochen, nein, so als würde es gerade gestochen, ihr fröstelte vor Angst – Angst vor dem Unbekannten, vor Tulas Macht und ihrer Grausamkeit –, und doch wußte sie in diesem Augenblick, daß sie mit der Festkönigin nach Skerdu fliegen würde.

13. Kapitel

Wie lange Tula sie über den Festplatz führte, wußte Sylphinja nicht. Stumm, aber mit weitgeöffneten Sinnen schritt sie an der Seite der mächtigen Schwester, deren Hand noch immer auf ihrer Schulter ruhte. War ihr das Treiben bisher schon halb wie ein Traum erschienen, so wurde es nun mit jedem Schritt unwirklicher, bis sie sich fragte, ob *sie* es sei, die all das erlebte, oder vielleicht ein fremder Geist in ihrem Körper – oder ein fremder Körper mit ihrer Seele darin. Natürlich war das Unfug, sie fragte es sich nicht wirklich, genausowenig, wie sie sich fragte, was es bedeutete, Tulas Gespielin zu sein. Es war etwas Furchtbares, Gefährliches, Unausweichliches und etwas, das mit vagen Erinnerungen an den letzten Tag und die letzte Nacht in Salza zusammenhing und mit den seltsamen Gefühlen, die die damaligen Erlebnisse erzeugt hatten. In Tulas verwirrender Nähe konnte sie jedoch keinen Gedanken bis zum Ende verfolgen, auch den nicht, was diese wohl an sich hatte, das sie, Sylphinja, sosehr anzog. War es ihre Macht? War es die Aura von Gier und Düsterkeit, die sie umgab? Der Wunsch zu beherrschen … und zu besitzen? Bisher hatte Tula ihre Macht nicht gegen sie gebraucht, hatte sie nicht behext oder verzaubert – nicht mit astralen Kräften jedenfalls –, aber … Obwohl Sylphinja wußte, daß die Hexenkönigin sie zerschmettern könnte, wenn ihr der Sinn danach stünde, spürte sie wieder das Prickeln auf der Haut, als sie sich ausmalte, wie es sich wohl anfühlen mochte, von ihr einem Beherrschungszauber unterworfen zu werden.

»Das werde ich nicht tun, es macht mir keinen Spaß.«

Waren Tulas Worte die Antwort auf ihren Gedanken oder auf etwas, das eine Schwester im Vorübergehen gefragt hatte? Sylphinja hob den Kopf, um sich zu vergewissern, und sah, daß Tula sie ernst anschaute. »Vielleicht tue ich es doch einmal, irgendwann, damit du erfährst, wie es sich anfühlt... aber ob es dir gefallen wird?« Die Festkönigin lachte, ohne Fröhlichkeit. »Du wirst freiwillig für mich tanzen, nicht wahr?« fuhr sie fort. »Ich werde dich nicht zwingen müssen.« Beide Sätze sprach sie wie Feststellungen, und Sylphinja nickte, obwohl sie hatte einwenden wollen, daß sie besser singen als tanzen könne.

»Das freut mich, Sylphinja. Und du wirst ohne Kleid tanzen, das weißt du? Nein? Nun, jetzt weißt du es. Ich will *dich* bewundern, nicht dein Kleid, so hübsch es ist.«

Die Hexen hatten den Festplatz einmal umrundet. Sylphinja erkannte es erst, als der hölzerne Thron wieder in ihr Blickfeld geriet, und im selben Augenblick wurde ihr bewußt, daß sie nichts gesehen hatte außer verwirrenden Farben, Lichtern, Bewegungen – kein Gesicht, kein Gewand, keine Karlitta – und Tulas Augen und nichts gespürt außer der allgegenwärtigen, flirrenden Anwesenheit der Schwestern – aber keiner einzelnen – und Tulas Nähe. Oder war da noch etwas anderes gewesen... etwas Fernes, sehr Fernes...? Felischa? Nein, an die Seelenfreundin hatte sie während ihrer Wanderung nicht ein einziges Mal gedacht, und jetzt geschah es auch nur, weil die Katze unvermittelt aufgetaucht war, den Kopf an ihrer Wade rieb, sie fragend (verzweifelt?) anschaute und dann davonsprang.

Ich habe Angst um dich, um uns, sagte sie bebend. *Sie*

will nicht, daß wir uns lieben. Sie wird unser Band zerreißen, und dann werde ich sterben …

Sylphinja erschauderte. Felischa *konnte* nicht lügen, es war ihr nicht gegeben, und selbst wenn sie es könnte, würde sie es niemals tun. Aber was sie gesagt hatte, konnte ebensowenig die Wahrheit sein! Eine Schwester würde eine andere Schwester nicht von deren Vertrauten trennen wollen, niemals! Es war unmöglich!

»So nachdenklich, Sylphinja, so sorgenvoll? Verrätst du mir, was dich in meiner Gegenwart bedrückt und deine Gedanken von mir fortzieht?« Tula hatte sich wieder auf ihrem Thron niedergelassen, lässig wie zuvor. Sie schien zu lächeln, aber das ließ sich schwer entscheiden.

»Ich … ich … habe an … an Felischa gedacht, meine Vertraute.« Sylphinja stammelte, und schon erstarb das, was man für ein Lächeln hätte halten können.

»Hast du nicht aufgemerkt, Sylphinja? Was ich eben zu Karlitta sagte, gilt auch für dich: Ich wünsche kein Gestammel, es macht mir keine Freude!« Tula fixierte das Mädchen, eher nachdenklich als zornig und dennoch beklemmend, dann fuhr sie fort: »Sieh einmal, wenn du an deine Vertraute denkst, dann sagst du: ›Ich denke an meine Vertraute‹, wenn du aber an etwas anderes denkst, dann sagst du es nicht, da es eine Lüge wäre. Einfach, nicht wahr? Was ist mit deiner Vertrauten? Hat sie Sorgen? Fürchtet sie, ich könnte euch trennen, weil das Band zwischen mir und dir kein Band zwischen dir und einem anderen Wesen zuläßt?«

»Ja, etwas Ähnliches hat sie gesagt.«

»Besteht denn ein Band zwischen uns beiden, Sylphinja?«

»Ja … ein Band …«

»Schön, das zu hören. Auch ich fühle das Band, habe es gefühlt, noch bevor ich dich gesehen habe …« Tula schlug die Beine übereinander und wippte leicht mit dem stiefelbewehrten Fuß. »Aber was denkst *du?* Glaubst du auch, daß unser Band kein anderes zuläßt? Fürchtest du es?«

»Ich weiß es nicht.«

»Du weißt es nicht? Was weißt du nicht? Ob unser Band kein anderes zuläßt oder ob es dir Furcht einflößt, wenn es so wäre?«

Ahnungsvolle Angst durchrieselte das Mädchen, die Haut prickelte vor Kälte, und doch war es keine Furcht, die den Wunsch zur Flucht erweckte. Im Gegenteil... Sie hob in verzweifelter Unentschlossenheit Brauen und Achseln und wagte nicht, die Worte: ›Ich weiß es nicht‹ zu wiederholen.

»Nun, Sylphinja, wenn dir die Antwort auf diese Frage so schwerfällt, kannst du mir vielleicht eine andere beantworten. Was würdest du tun, wenn ich von dir verlangen würde, deine Katze zu töten? – Felischa, hübscher Name, er paßt zu dem hübschen Tier.« Tula blickte ein Weilchen versonnen nach oben, dorthin, wo Felischa im Blattwerk verborgen war, dann richtete sie die Augen abrupt auf Sylphinja, die noch dabei war, den Sinn der Frage zu erfassen. »Eine klare Frage, die nach einer klaren Antwort verlangt.«

»Du... nein, das würdest du nicht tun... Ich meine, du würdest nicht verlangen... das kannst du nicht...«

»Hatte ich nicht um eine klare Antwort gebeten?!« Tulas Stimme dröhnte in Sylphinjas Ohren. Ganz starr saß die Königin, auch der Fuß wippte nicht mehr. »Also, noch einmal: Was würdest du tun, wenn ich von dir verlangen würde, deine Katze zu töten?«

Du würdest es nicht tun, niemals, niemals! Bitte, töte mich nicht! Noch nie hatte Felischa so verzweifelt geklungen, aber es war nicht die Verzweiflung der Todesangst.

Nein, ich werde dich nicht töten, das kann ich gar nicht... aber sie wird es verlangen, trotz des ›würdest‹

in ihrer Rede, und wenn ich ihr nicht gehorche, zürnt sie mir und wird mich nie mehr lieben...

Ja, liebst du sie denn mehr als mich?

Du bist ein Teil von mir. Wenn ich dich verliere, fehlt mir ein Stück meiner Seele. Aber sie liebe ich auch, sosehr, so anders... Ich weiß nicht, wie ich leben soll, wenn sie mir zürnt und mich nicht mitnimmt nach Skerdu...

Der Gedankenaustausch zwischen Hexe und Vertrauter hatte nicht länger gedauert als zwei Herzschläge, dennoch schien Sylphinja eine Ewigkeit seit Tulas Frage vergangen zu sein. Sie müßte nun antworten, die Königin wartete, man durfte die Königin nicht warten lassen. Und sie müßte etwas sagen, das der Königin gefiele, denn diese begann schon, den Gefallen an ihr zu verlieren, sich zu langweilen. War es nicht ein nahendes Gähnen, das ihren Brustkorb langsam dehnte?

»Ich... ich würde...«

Das Gähnen schwoll, ergriff nun auch die Kehle. Dann öffnete sich der Mund, weit – Tula bedeckte ihn nicht mit der Hand –, und zwei Reihen kräftiger Zähne wurden sichtbar. Beim Aufstehen wischte die Königin sich eine Träne aus dem Augenwinkel. Achtlos schritt sie an Sylphinja vorüber, schaute sich suchend um und heftete den Blick schließlich auf den Baum, auf dem Felischa saß. Langsam, kaum merklich schoben sich ihre Brauen zusammen, bis neben den Stirnfalten Wülste entstanden, zugleich zogen sich die unteren Lider ein wenig nach oben, verengten die Augen zu schrägen Schlitzen.

Was tut sie? Nein, nein! Tula, tu es nicht! Oh, Felischa, Felischa... dachte Sylphinja, als sie spürte, wie Tulas Kräfte zusammenflossen. Sie wollte schreien, die Hexe schütteln, sich zwischen diese und die Vertraute werfen, aber weder war sie fähig, einen Laut zu formen, noch sich zu rühren. In kalter Panik erwartete sie den Blitz, der aus Tulas Händen fahren und Felischa vernichten würde …

Etwas glitzerte in Tulas Rechter, löste sich von ihr, beschrieb einen silbern schimmernden Bogen, doch erst, als der kurze helle Schrei ertönte und gleich darauf ein Eichhörnchen zu Boden fiel, erkannte Sylphinja, daß es ein Messer war.

Das Tier war tot, daran gab es keinen Zweifel, Tula machte sich nicht die Mühe, es zu untersuchen. Reglos, die Arme vor der Brust verschränkt, wartete sie, bis eine Schwester in einem grünen Kleid aus Feenseide sich nach dem Eichhörnchen bückte, das Messer aus dem kleinen Leichnam zog, sorgfältig die Klinge reinigte und sich dann mit flinken Schritten näherte. »Danke, Karlitta«, sagte sie, während sie das Messer in die Scheide am Gürtel steckte.

Der Wurf hatte nicht Felischa gegolten, jedenfalls in dem Augenblick nicht mehr, als das Messer Tulas Hand verließ. Das wußte Sylphinja plötzlich. Die Königin verstand sich vorzüglich auf den Umgang mit Wurfwaffen – niemals hätte ihr Messer das Ziel verfehlt. »Warum hast du das getan?« Ihre Verwirrung formte sich zu geflüsterten Worten.

Tula starrte weiterhin auf den Baum. »Aus Langeweile vielleicht«, sagte sie. »Oder um meinen Verdruß nicht auf dich und deine Katze lenken zu müssen.« Ganz langsam wandte sie den Kopf, schaute auf Sylphinja herab, und der Blick, der das Mädchen streifte, bevor er weiterglitt, war leer vor Enttäuschung. »Auch eine Halbherzige, an der wir nicht lange Freude haben werden«, murmelte sie, an sich selbst, den Luchs oder niemanden gewandt. »Sie sind alle gleich. Geh mir nun aus den Augen, Sylphinja! Dort drüben« – sie wies mit dem Kopf zu einer langen Tafel – »findest du Speise und Trank. Und ein schönes Fest wünsche ich dir.«

Wie vom Donner gerührt stand Sylphinja da, als Tula schon längst davongeschritten war. Ach, hätte nur

Zorn aus den Augen der Königin geleuchtet! Unter Tulas Zorn hätte sie sich krümmen und winden können, um Gnade flehen... Aber diese Leere, diese Kälte... Wie sehr hatte sie Tula enttäuscht! Und wie es schmerzte, sie enttäuscht zu haben! Das Mädchen preßte die Hand aufs Herz, aber das half nichts, machte es nur schlimmer.

Ich ertrage es nicht, dich so verwirrt und voller Verzweiflung zu sehen. Wenn du leidest, leide ich auch. Was schmerzt dich daran, daß sie sich abgewandt hat? Ihr habt eure Seelen nicht miteinander verschmolzen, so wie wir es getan haben, ihr könntet es nicht einmal, ihr seid zu verschieden. Felischa war vom Baum herabgesprungen, nun näherte sie sich seltsam steif. *Sie wollte mich töten, einen winzigen Augenblick lang hatte sie es wirklich vor, und du weißt das.*

Sylphinja beugte sich zu der Katze hinab und streichelte sie. »Ich kann es nicht erklären«, flüsterte sie. »Verzeih mir! Und doch wünschte ich, ich hätte Tula nicht enttäuscht und wäre nicht wie alle anderen.«

Du bist auch nicht wie alle anderen – alle Menschen sind verschieden, genauso wie wir Katzen. Wieso muß ich dir das erzählen? Macht es dich dumm, was du erlebst? Macht Tula dich dumm?

»Ja, ich glaube, sie macht mich dumm, und ich wäre gern dumm.«

Schade, aber ich glaube, das willst du gar nicht wirklich, genausowenig, wie Tula eine Dumme zur Gespielin will. Und da du nicht dumm bist, muß ich dir auch nicht sagen, daß du ihr immer noch gefällst, viel besser als Karlitta, und daß es dir leicht gelingen wird, ihre Aufmerksamkeit wieder auf dich zu ziehen. Ich muß es nicht sagen, und ich sollte es nicht sagen ... Felischa öffnete den Mund, wie zum Fauchen, krauste die Nase und entblößte die scharfen Fangzähne, aber nur ein leiser Wehlaut entwich ihrer Kehle. *Warum tust du nicht, was Tula sagt, und ißt und trinkst? Ich jedenfalls werde einmal schauen, ob vom Eichhörnchen noch etwas übrig ist.*

Nach Essen war Sylphinja wahrlich nicht zumute, dennoch lenkte sie ihre Schritte zur Tafel. Die Schwestern, die dort versammelt waren, winkten ihr zu, umringten sie, als sie bei ihnen angelangt war, und nötigten sie sogleich, dieses und jenes zu kosten. Aber das Mädchen schüttelte den Kopf – einzig zu einem Becher Wein ließ es sich überreden. Während sie trank, während sie den Hexen Rede und Antwort stand – zu ihrem Erstaunen hörte sie sich selbst, silberhell und von Lachen unterbrochen, vom Besenbinden, der alten Gwynnel, vom Singen und der großen Stadt Salza plappern –, schweifte ihr Blick immer wieder zu Tula hinüber, die, einen gewaltigen Zinnhumpen in der Hand, von ihrem Thron aus das Treiben überwachte. Doch jedesmal, wenn die grünen Augen den ihren begegneten, sagten sie dasselbe: Du bist wie alle anderen, genau wie die anderen.

»Die Salbe ist fertig. Laßt uns die Besen salben!« Geflüstert, gesungen, gekichert und gerufen erreichte die Nachricht Sylphinja. Ehe die junge Hexe begriff, daß nun das Ritual begann, der eigentliche Sinn und Höhepunkt des Festes, ehe sie sich grämen konnte, unvorbereitet zu sein an Geist und Seele – vermutlich als einzige der Schwestern –, wurde sie an den Händen gefaßt und fortgezogen. Ein wilder Reigen um das Feuer begann, in dessen Mitte der Bottich hing – hatte er die ganze Zeit über dort gehangen? –, einmal, zweimal, dreimal …

Sylphinja zählte die Runden nicht, sie hätte es gar nicht gekonnt, denn am rund aufgeschichteten Holzstoß, am runden Kessel und am Kreis der Hexen gab es nichts, das man Anfang oder Ende hätte nennen können. Tula befand sich nicht unter den Tanzenden – das Mädchen spürte es mehr, als daß es es sah –, aber den Kopf nach ihr zu verdrehen oder ihre Gestalt hinter den Flammen, dem Dampf und der gesichtslosen Reihe hüpfender, springender, rennender, stampfender Schwestern auszumachen, war ebenso unmöglich, wie die Quelle der Musik zu ergründen.

Ja, die Musik veränderte sich während des Reigens: Bei Karlittas und Sylphinjas Ankunft auf dem Festplatz hatte sich die Symphonie der Geräusche aus den Stimmen der Schwestern, dem Rascheln ihrer Gewänder, fernen Flöten- und Lautentönen, dem Knistern des Feuers, dem Brodeln der Salbe, gemächlichen oder hastigen Schritten von Füßen und Pfoten, dem Rauschen der Blätter, dem Zirpen der Grillen und Heimchen, verhaltenem Gesang, Schniefen, Schlürfen, Schmatzen und gelegentlichem Trommelschlag zusammengefügt, ungeordnet und verwirrend, doch nun setzten sich allmählich die Instrumente durch, überlagerten und verdrängten die anderen Laute und formten nach und nach eine Melodie. Und die Trommel gab den Rhythmus dazu, mit dumpfem Schlag, dem sich die Füße anpaßten.

Sylphinja nahm all das wahr, doch hätte sie es nicht benennen können. Sie spürte, daß sich aus dem Wirren etwas bildete, das man mit Begriffen wie Gleichklang, Übereinstimmung, Einigkeit, Vereinigung hätte beschreiben können, aber da ihr Körper, ihre Sinne es erfuhren, fehlten ihrem Geist die Worte. Und so wie Musik und Tanz die Hexen allmählich vereinigten, so begannen auch ihre Kräfte im Gleichklang zu strömen, sich zu mischen, miteinander zu verweben …

Sylphinja lief und hüpfte, stampfte auf der Stelle, spürte dem Impuls nach, die Richtung zu ändern, der sie, durch Finger und Arme rieselnd, von rechts oder links erreichte und den sie weitergab. Der Duft atmender Haut und frischen Schweißes mengte sich unter den der Salbe im Kessel, der Öle und Tinkturen, mit denen die Hexen sich parfümiert hatten, den würzigen Rauch und die Gerüche der Nacht, bis auch die Düfte zu einem einzigen verschmolzen waren.

So jedenfalls empfand es Sylphinja in dem Augenblick, als der Kreis sich öffnete und zur Reihe wurde. Auf wessen Zeichen hin es geschah und wer den Anfang machte, wußte sie nicht, aber wohin die Reihe sich bewegte, war ihr augenblicklich klar. Nun würden sie und die Schwestern die Besen holen, sie salben und gemeinsam die eigenen Kräfte, die Kraft der Salbe und die des Holzes miteinander vereinigen. Sie malte es sich nicht aus, sie wußte ganz unvermittelt um den Ablauf und die Natur des Rituals (weder Sephyra noch Karlitta hatten ihr je davon erzählt; es war nicht üblich, Uneingeweihten Geheimnisse der Hexenfeste anzuvertrauen).

Daß es am Rastplatz der Besen nicht zu Gedränge und Durcheinander kam und jede Schwester mit sicherem Griff das eigene Fluggerät packte, ohne den Platz in der Reihe zu verlassen, ja, ohne im Hüpfen innezuhalten oder aus dem Takt zu geraten, läßt sich wohl nur mit der intuitiven und magischen Choreographie des Tanzes erklären. Und so unwahrscheinlich es klingt: Obwohl beim Greifen der Besen die Hände der Tanzenden sich voneinander lösten, wurde die Verbindung zwischen ihnen nicht unterbrochen, da im selben Augenblick, als sich die Hand der ersten um den Stiel des Gefährtes schloß, die der nächsten ihn ein Stück weiter unten packte, so daß die Kräfte nun durch das Holz von einer zur anderen flossen.

Während die letzte nach ihrem Besen griff, war die erste schon fast beim Feuer angelangt, und wenige Augenblicke später schloß sich die Kette wieder zum Kreis. Aber diesmal war es nicht der brennende Holzstoß, den die Hexen umrundeten, es war der Kessel – wessen Hände ihn unterdessen vom Feuer genommen und zwischen diesem und dem Thron der Königin aufgestellt hatten, darüber machte Sylphinja sich keine Gedanken. Der Bottich stand dort, wo er stehen mußte, und er stand zur rechten Zeit an seinem Platz.

Ob der Reigen zum Stehen kam, weil Tula sich in ihn einreihte, läßt sich schwer entscheiden. Das Gesicht der Königin jedenfalls war das erste, das Sylphinja erkannte. Danach entdeckte sie Karlitta – leuchtende Augen und gerötete Wangen –, Myrthlieb, Winulinde, die Gartimpener Schwestern, Zelda und noch so manche andere, der sie im Laufe der Nacht begegnet war. Alle Hexen erkannte sie plötzlich, und von jeder wußte sie den Namen.

Tula hielt ihr Fluggerät, einen dünnen, aber alten und seltsam knorrigen Baumstamm samt seinem Wurzelstock, in den Zweige anderer Gehölze geflochten waren, die Reiser nach oben weisend, hoch über den Kopf. Die anderen Schwestern waren ihrem Beispiel gefolgt, auch Sylphinja – der Kreis war unterbrochen. Deshalb vielleicht sah das Mädchen für einen kurzen Augenblick alles so klar, erkannte auch die zwei Bauernmädchen und zwei Bauernburschen auf dem Podest am Rande des Festplatzes, die dort mit geschlossenen Augen und entrückt lächelnd ihre Instrumente spielten: Fiedel, Trommel, Laute und Horn. Und hinter Tulas erregender, verzehrender, beklemmender Nähe, von dieser nicht völlig überlagert, erspürte sie die ferne, erregendere, verzehrendere und beklemmendere Nähe von etwas anderem, jemand anderem ... Aber nur einen Herzschlag lang. Dann war es vorüber, denn Tula ergriff das Wort.

»Töchter Satuarias«, drang die Stimme der Königin in Sylphinjas Ohren, zugleich in den Kopf, und ihr Nachhall dröhnte vibrierend im Bauch. »Hexen des Nordens, Gäste, Schwestern! Wir haben uns hier versammelt im Angesicht des vollen Madamales, um gemeinsam zu feiern und die Salbe zu brauen, die unsere Besen zum Fliegen befähigt. Bevor wir nun die Besen salben und mit diesem Ritual zum Höhepunkt des Festes schreiten, der zugleich sein Ende bedeutet, muß die bestimmt werden, die von diesem Augenblick an und bis zum selben Augenblick in zwölf Monden als Königin des Festes herrschen soll. Ich, als die amtierende Festkönigin, frage euch: Wer soll die neue Königin sein? Wählt eine von uns und nennt ihren Namen!«

»Tula von Skerdu«, erklang es auf der Stelle und aus fünfzig Kehlen zugleich. Auch Sylphinja hatte den Namen gesprochen, und während sie es tat, traf der Blick der grünen Augen sie mit solcher Wucht, daß sie taumelte. Doch fiel sie nicht, da die Schwestern nun enger zusammenrückten. Mit kleinen trippelnden Schritten näherten sie sich dem Kessel, die Besen schräg nach vorn gerichtet, bis deren Reiser einander berührten – im Dampf, der von der heißen Salbe aufstieg.

»In Satuarias Namen, im Namen aller wohlgesonnenen Wesen und der Kräfte, die unsere Kräfte stärken: Laßt uns die Besen salben, Schwestern!« Dumpf hallten die Schläge der Trommel, als die Hexen nun langsam ihre Besen in den Bottich tauchten. Weich glitten die Reiser in den würzig duftenden Brei, versanken in ihm und begannen zu rühren. Das Kreisen übertrug sich auf Hände und Arme, ergriff Schultern und Brüste, schließlich die Hüften … Und dann, nachdem sie ihre Fluggefährten mit wildem Freudengeschrei aus der schäumenden Masse gezogen hatten, begannen die Hexen ihren Tanz, den Besentanz, den eigentlichen Hexentanz.

Dick troff die Salbe von den Reisern den Stiel hinab. Sie roch gut, intensiver jetzt, da sie den Besen benetzte. Sylphinja kannte den Duft, aber damals, als sie am Tiegel gerochen und vom Inhalt gekostet, und später, als sie den Besen zum ersten Mal gesalbt hatte, war er ihr nicht so berauschend erschienen. Alles war darin enthalten: der Himmel mit seinen Gestirnen, Sumus Leib und das, was darauf wuchs und lebte, die Geister und andere unbekannte, unsichtbare Kräfte, die Schwestern … Bragan … Felischa natürlich … noch etwas …?

Sylphinja drehte sich langsam im Kreis, während die Finger der Rechten die Salbe auf dem Stiel verteilten. Mit der Linken hielt sie den Besen, ein Stückchen von sich fort; die Reiser wiesen zum Himmel. Wie sie ihn so anschaute, sein feuchtes Glitzern bewunderte – bläulich-silbern auf der mondbeschienenen Seite und golden auf der dem Feuer zugewandten –, erschien er ihr plötzlich von strotzendem Leben erfüllt, viel stärker als sonst. Er wiegte sich auch im Rhythmus der Musik. Wollte er mit ihr tanzen? fragte sie sich. Ja, das wollte er, ganz gewiß, aber nicht falsch herum, mit dem Kopf nach unten und den Füßen nach oben. Für einen winzigen Augenblick sah sie das grämliche Gesicht am Ende des Stiels im Holz erscheinen: Noch keinen Tropfen Salbe hatte es bisher abbekommen, aber durch die falsche Haltung schwollen allmählich die Schläfenadern. Die Reiserbeinchen hingegen, überreichlich benetzt, zappelten tanz- und unternehmungslustig.

Vorsichtig stellte Sylphinja den Besen auf die Füße. Dann hockte sie sich nieder, griff zwischen die Reiser und streifte die überschüssige Salbe ab. Mit den salbengetränkten Händen fuhr sie nun zärtlich über das Ende des Stiels. Zwar hatte das Gesicht sich wieder ins Holz zurückgezogen, aber daß die Behandlung dem Besen guttat, merkte sie an seinem wohligen Rekeln. Er drängte sich an sie, schmiegte sein warmes Holz an ihre Wange, den Hals, zwischen die Brüste, gegen den Bauch, und dann, als sie die Arme um ihn schlang, begann er sie zu der getragenen Weise, die die Instrumente eben angestimmt hatten, sanft im Kreise zu drehen.

Es ist angenehm, sich führen zu lassen, dachte Sylphinja. Man brauchte nicht auf den Takt zu achten noch darauf, wohin man trat. Und dennoch: Der Tanz war nicht vollkommen, irgend etwas störte die Harmonie. Was ist es nur? fragte sie sich. Mit jedem Schritt wurde es lästiger, aber es wollte ihr nicht gelingen, den

Fehler zu erkennen. Lag es am Besen, war er doch kein so guter Tänzer, wie sie zunächst gedacht hatte? Nun versuchte er gar, sich aus ihrem Arm zu winden …

Verwirrt öffnete Sylphinja die Augen. Ringsumher tanzten die Schwestern – allein, zu zweit, in kleinen Gruppen, mit ihren Besen, mit ihren Vertrauten … Etwas blitzte in ihrem Blickfeld auf – gelb, rotgolden, rot und purpurn –, ihr Kleid, und nun wußte sie auch, was den Tanz gestört hatte. Den Besen zwischen die Knie geklemmt, streifte sie es über den Kopf und schleuderte es weit fort. Oh, wie angenehm es war, das beengende Gewand los zu sein! Endlich konnte sie wieder frei atmen, die Nachtluft mit der Haut aufsaugen und sie tief in die Lungen strömen lassen.

Sobald Sylphinja die störende Schicht zwischen sich und dem Holz entfernt hatte, war der Besen wie verwandelt. Nun wollte er nicht mehr fort, im Gegenteil: Wie ein Liebhaber drängte er sich an sie, zwischen ihre Schenkel, so daß sie nun, wie beim Fliegen, auf ihm ritt. Sie flog aber nicht, bewegte sich nicht einmal von der Stelle – ganz deutlich spürte sie den Boden unter den Füßen, unter beiden Füßen –, und dennoch tanzte sie, wie war das möglich? Es hing mit dem Zucken ihres Tanzpartners zusammen, der sie weiterhin führte. Im Rhythmus der Musik – sie war schneller geworden, wie es schien, und das Tempo steigerte sich weiterhin – hob er sich und stieß rasch wieder zum Boden zurück, beschrieb Kreise, kleine schnelle oder weit ausladende … Und Sylphinja folgte seinen Bewegungen, ließ zu, daß er sich an ihr rieb, seine Salbe mit ihrem Schweiß vermengte und ihr Becken zum Kreisen, Schwingen und Stoßen brachte. Ihr war so seltsam zumute, so leicht und schwer zugleich, heiß und fröstelnd. In ihrem Innern zog sich etwas zusammen, fast schmerzhaft, obwohl die Säfte zu strömen begannen. Warum küßte der Liebste sie nicht? Er sollte sie küssen! Das Mädchen öffnete den Mund, erwartungsvoll, ließ langsam die Zunge hervorgleiten, und nun preßte sich etwas gegen seinen Mund, kühlwarmes Holz, schlüpfte hinein und ließ es saugen, lecken und schlecken, während sein Becken immer schneller tanzte und zuckte.

»Schön tanzt du, tanz weiter so!« Außer Sylphinja schien niemand Tulas Worte gehört zu haben. Den Oberkörper leicht nach vorn gebeugt, die Arme auf die Lehnen des Thrones gestützt, jeden Muskel des Körpers angespannt, so saß die Königin auf ihrem Thron. Starr blickten ihre grünen Augen.

War es der heftige Hall, der wie eine Bö Tulas leise dröhnenden Worten folgte, oder war es der Besen, der sie zu Boden warf? Sylphinja machte sich keine Gedanken darüber, als sie sich unversehens auf der festgestampften Erde wiederfand. Dort wand sie sich nun unter der stürmischen Umarmung, versuchte, sich ihr zu entziehen, aber doch nicht wirklich zu entziehen.

»Du kommst mit mir nach Skerdu, nicht wahr? Als meine Gespielin, mein Spielzeug?«

Natürlich komme ich mit dir, mächtige Tula, meine Königin; wenn es dein Wunsch ist, dann ist es auch der meine, wollte Sylphinja antworten, aber vor Winden, Wälzen und Küssen kam sie nicht dazu. Was tat der Besen nur mit ihr, warum drängte er ihre Schenkel auseinander? Geschah es wegen des Liedes, das die Musikanten gerade spielten? Sie kannte das Lied, ein schönes, wildes, sehnsuchtsvolles Lied, hatte es schon oft gesungen und auch gehüpft und getanzt dazu. Nun aber konnte sie nicht singen, da ihr der Mund verschlossen war, und hüpfen konnte sie auch nicht, da sie am Boden lag und der Besen sie nicht entkommen ließ. Sie müßte es mit ihrem Körper singen, für Ihn, denn es war Sein Lied …

»Komm, Sylphinja, laß uns gleich aufbrechen!« Rauh war Tulas Stimme, sie fügte sich schlecht zu der Weise. Warum unterbrach sie das Lied? Es war ja noch nicht zu Ende. Sylphinja war eben erst bei der Zeile *Immer heißer wird der Tanz, brodeln unsere Säfte* angelangt, und während ihr Körper sie sang und die nächste und den sehnsuchtsvoll fordernden dreimaligen Ruf, der Strophe und Lied vollendete, spürte sie, wie ihre Säfte flossen und Schenkel, Holz und Boden benetzten.

DU HAST MICH GERUFEN?

Ja, sie hatte Ihn gerufen. »Widderhörn'ger, komm!« hatte sie gesungen, und nun war Er gekommen, dessen Nähe sie schon seit der Ankunft auf dem Festplatz gespürt hatte. Wie mit schweren Ketten oder eisernen Ringen fesselten Seine Worte sie an den Boden, so daß sie nicht fliehen, sich nicht einmal rühren konnte. Auch ihre Zunge war gelähmt, kein Wort konnte sie formen. Nur die Augen ließen sich öffnen, öffneten sich von allein, fast gegen ihren Willen.

Bläuliche Blitze umzuckten die gewaltige schwarze Wesenheit, die sich eben aus dem Waldschatten löste. Rings um sie schimmerte und blinkte es vom Flattern perlmutterner Flügel, und grünliche Augenpaare leuchteten aus der Schwärze hervor.

Aber Sein Gefolge blieb im Wald zurück, als Er nun den Lichtkreis des Feuers betrat. Fast zweieinhalb Schritt mochte Er messen – oder vielmehr die Gestalt, in der Er sich den Sterblichen zu zeigen pflegte. Den Körper eines Mannes hatte Er sich verliehen, eines kräftigen Mannes mit breiten Schultern, aber statt Haut bedeckte ihn ein dunkles Fell, das trotz seiner wollig-drahtigen Beschaffenheit jeden Muskel deutlich erkennen ließ. Auch die Finger und Zehen des Halbgottes waren menschenähnlich gebildet, aber krallenbewehrt. Das Haupt jedoch, das Er auf den Schultern trug, glich nicht dem eines Menschen. Auch mit einem Tierkopf ließ es sich nicht vergleichen, obwohl gewaltige Widderhörner der Stirn entsprangen, ein Bocksbart das Kinn zierte, lange Ohrmuscheln seitlich vom Kopf abstanden und die Nase flach herabgezogen war wie bei einer Ziege. Schräggestellte, gelbe Augen mit schlitzförmigen Pupillen gemahnten an Katzen- und Schlangenaugen, und unter den gekrausten Lefzen blitzten scharfe Raubtierzähne hervor.

Die Hexen hatten Levthans Worte nicht gehört, und Seine Gegenwart, die Er vor ihnen verborgen hatte, spürten sie erst in dem Augenblick, als Er sich ihnen zeigte. Einen unendlichen Augenblick lang ließen Sein Anblick und die Aura Seiner Macht sie mitten in der Bewegung erstarren, und sei es auch ein Sprung gewesen, und mit ihnen erstarrten Haare und Kleider, dem Wind und der Schwerkraft zum Trotz, so lange, wie Er brauchte, den Blick von einer zur nächsten wandern zu lassen und mit geblähten Nüstern ihren Duft zu erschnuppern.

Mit einem Heben der Rechten, ausladend und herrisch, und einem Fauchen, das Haar und Gewänder zum Flattern brachte, ließ Levthan die Starre von den Hexen abfallen. Und dann lachte Er, lachte so sehr, daß die Erde erbebte, und sengender Dampf quoll Ihm dabei aus Rachen und Nüstern. Die Hexen aber schrien, kreischten und weinten, manche stöhnten gar wie unter heftigen Schmerzen, und das war es wohl, was Ihn zum Lachen brachte. Sie zuckten und krümmten sich auch, während Er sie betrachtete, und das schien Ihn zu erheitern. Und doch, demütig waren sie nicht, diese Töchter Satuarias, es lag keine Demut in ihrem Gebaren – zumindest nicht die Art von Demut, die ›Sie‹ von ›Ihren‹ Menschlein forderten –, und das schien Ihm sosehr zu gefallen, so daß Er sie lange in diesem Zustand hielt, einer seltsam ergreifenden Mischung aus heiligem Schrecken und unbezähmbarer Hitzigkeit … Seine Wahl hatte er längst getroffen, aber woher sollten die dummen, wilden Weibchen das wissen? Jetzt, in diesem Augenblick, da er ihnen leibhaftig erschienen war, mochte wohl jede einzelne von ihnen sich fragen, ob er *ihr* dreistes Locken erhört habe, gerade ihres, und diese Ungewißheit sollte sie schlottern machen und zugleich strömen lassen wie heiße Quellen. Es amüsierte ihn, daß sie immer wieder versuchten, ihn zu beschwören, ja geradezu herbeizuzwingen, und daß sie nun glaubten, diesmal sei es ihnen wahrhaftig gelungen, brachte ihn so sehr zum Lachen, daß der Sturm, den sein Lachen entfachte, die Flammen des Feuers bis zum Waldrand trieb, wobei sie ein paar der Gewänder ergriffen. Und so beschränkt und brünstig sie waren, so gierig waren sie! – *WÄLZT EUCH AM BODEN, UM DIE FLAMMEN ZU ERSTIKKEN, UND DANN TANZT! ICH ERLAUBE UND WÜNSCHE ES!* – Immer erhofften sie, ein wenig seiner Macht zu erlangen, wenn er ihnen die Ehre erwies. Für ihre Spielchen von Macht ... Trotz allem, sie waren anziehend, die kleinen heißen Frauchen. Sie zogen ihn so sehr an, daß er hin und wieder dem Wunsch nicht widerstehen konnte, in den Körper zu schlüpfen, den er für sie und sich erschaffen hatte – eine Gestalt der reinen Brünstigkeit, unendlich gierig, unendlich wild, ein Wesen, das nichts wollte außer besteigen, rammen, spießen, besitzen ... Ja, solche Macht besaßen sie, auch wenn es nicht die Macht war, die sie zu haben glaubten. Wieder mußte er lachen über ihre Dummheit, die sich so durchtrieben dünkte. Die Grüne dort zum Beispiel, die sich so für ihn herausgeputzt hatte und kühn ihre Reize zur Schau stellte, die tanzte, als schmölze sie, sie war nicht wirklich weich, so wie er sie haben wollte – sie war hart. Wie konnte sie glauben, ihn täuschen zu können!? Nun, er würde sich auf ihr Spiel einlassen, sie sollte ihr Spiel bekommen, o ja, und dann sollte sie erfahren, was es hieß, einen Gott herauszufordern, *Ihn* herauszufordern ... Auch mit jener und jener und jener würde er ein Tänzchen wagen, ha! Die dort auf dem Stuhl hatte ihn nicht gerufen, wünschte nicht, ihm zu gefallen, wollte auch nicht ihn ... Sie störte. Er sollte sie töten ... Nein, nicht hier und jetzt –

SCHLAF, TULA, SCHLAF, SOLANGE ICH HIER BIN! –, und wenn eine stürbe, dann an seiner Begierde. Auch die Erwählte hatte ihn gerufen, aber nicht willentlich und voll Berechnung. Ihr Ruf war aus ihr geströmt, unbewußt und ungewollt, aber dadurch hatte er ihn nur um so deutlicher vernommen. Und er hatte sie gesucht. Eine wie sie hatte er schon lange nicht mehr besessen – erdhaft, tierhaft, wild und weich zugleich. Sie waren selten. Das hatte auch die Störende bemerkt – sie hatte ihm zuvorkommen wollen – *Ihm*! Wieder lachte er, daß sich die Äste bogen. Nun schlief die Störende, und die Erwählte lag dort und erwartete ihn – wie eine halbgeöffnete Muschel, in der man die Perle schimmern sah. Er würde Freude an ihr haben, viel Freude …

Gelähmt an Geist und Gliedern starrte Sylphinja den Halbgott an. Zum Denken war sie ebenso unfähig wie zum Wünschen oder Hoffen. Sie konnte nur schauen und atmen. Er würde mit ihr und den anderen tun, was immer Er wollte, und was immer es wäre. Seine Macht schmerzte, erschütterte und blendete, aber die Augen und anderen Sinnesorgane ließen sich nicht verschließen. So sah sie deutlich, wie auf Sein Zeichen hin der erstarrte Ton wieder zur Musik wurde, wie auf Sein Lachen und Seinen Wunsch hin die Schwestern wieder zu tanzen begannen und nur eine die grünen Augen schloß … Und sie sah, wie sein göttliches, gewaltiges Glied sich rotglänzend aus dem zottigen Fell des unteren Bauches hervorschob.

Mit einem brünstigen Schrei mischte Er sich unter die Hexen, und bald wurde der Reigen so wild und schnell, daß Sylphinja vom bloßen Zuschauen schwindelte. Aber Er wollte, daß sie sah, was Er tat, und so erhob sie sich, um Ihm, langsam um sich selber kreisend, mit den Augen folgen zu können. Gerade packte Er Zelda, die gellend lachte unter dem Griff der Krallenhände und dann heiser stöhnte, als Er sie heftig an sich riß und Seine Zähne in ihren Nacken schlug. Er hob ihren Rock, schob Sein Glied zwischen ihre Schenkel, doch dann – ihr Stöhnen war zum Wimmern geworden –, stieß Er sie lachend von sich, ohne sie bestiegen zu haben.

Die nächste, die Er zum Tanz aufforderte, war Karlitta. Mit einem spitzen Schrei hielt sie im Tanzen inne, als Er ihren Pferdeschweif ergriff, und ließ sich dann seufzend in Seine Arme fallen. Lächelte Er, als Er die Kralle des Zeigefingers unter den Ausschnitt schob und mit einem Ruck die unzerstörbare Seide zerriß? Lächelte Er, als Er den vor Angst und Wollust schlaffen Körper betrachtete? Vielleicht. Gewiß jedoch lachte Er, als Er sie plötzlich fest an sich preßte und dann langsam mit den Fingern über die weiße Haut fuhr, so daß hier und dort rote Streifen zurückblieben. Karlitta bebte und schluchzte, antwortete aber auf die rauhen Liebkosungen, doch nachdem Er mit langer spitzer Zunge hier und dort das Blut von ihrem Körper getupft und ihr dann die Zunge tief in den Mund gestopft hatte, ließ Er von ihr ab und wandte sich der nächsten zu.

Levthan tanzte mit jeder Hexe, auch mit den alten, aber Er schenkte nicht allen dieselbe Aufmerksamkeit oder ließ sie gleich starke Kostproben Seiner Liebe schmecken. Aber was immer Er tat oder mit welcher Er sich abgab, fast ständig hielt Er die gelben Augen auf Sylphinja gerichtet. Sein Blick ließ sich kaum ertragen, schmerzte, erschütterte, und doch waren die grausamen Augen der einzige Fixpunkt in dem schwindelerregenden Kreisen. *DU WIRST DIE LETZTE SEIN,* sagte Er, aber das wußte das Mädchen ohnedies.

Sie hielt noch immer den Besen an sich geschmiegt, als Er sich ihr endlich nahte. Sein Lachen war wild und brünstig, Sein Blick grausam, und Seine göttliche Männlichkeit hatte nichts von ihrer Größe und emporstrotzenden Kraft eingebüßt.

Nein! dachte Sylphinja bei dem Anblick – und das Glied schien gar zu wachsen, zu schwellen, während der Halbgott sich näherte. Sie konnte nicht verhindern, daß ihr ein kurzer Blitz von Abwehr durch Kopf und Körper zuckte.

DU WILLST NICHT? Levthan lachte, und der Dampf, der Seinem Mund dabei entwich, sengte die Haut des Mädchens. Seine Worte aber rüttelten an jeder Faser ihres Geistes. *DANN WERDE ICH GEHEN.* Er ließ den Blick über die Schwestern schweifen, deren Kreis enger zusammengerückt war, da viele von ihnen sich nun hitzig umarmten und die Körper wollüstig aneinanderrieben. *ICH HABE SIE HEISS GEMACHT, SIEH SIE DIR AN! UND NUN SAG MIR: WELCHER SOLL ICH ERFÜLLUNG SCHENKEN?*

Mir

Heißer göttlicher Atem überflutete Sylphinja, wolliges Haar kitzelte die Haut ihres Rückens wie mit Nadeln, und die Stimme in ihrem Kopf sagte: *MACH DICH WEICH! DU KANNST ES, UND DU MUSST ES! WENN DU HART BIST, WIRST DU STERBEN.*

Und dann erfuhr Sylphinja Levthans göttliche Liebe. Der Widderhörnige nahm sie, brutal, wie es nur ein Gott tun kann, unersättlich und unermüdlich, wie nur ein Gott es sein kann. Das Mädchen hatte sich bei Seinen Worten ganz weich werden lassen, und nur so überstand es Seine unendlich rauhen Liebkosungen. Der kleine Schmerz des ersten Eindringens hatte ihr einstmals Sorgen gemacht, aber er war ein Nichts in alldem, was ihr widerfuhr. Sie wußte nun, was es hieß, ein göttliches Spielzeug zu sein, ein Spielzeug der Lust. Denn Levthan spielte auch mit ihr, dachte sich immer neue brünstige Spiele aus, in unendlichen Varianten. Er warf sie in die Luft und fing sie mit Händen und Glied zugleich, wieder und wieder, und lachte dazu, aber ihre Weichheit milderte die Stöße, so daß sie zwar durchbohrten, aber nicht zerstörten. Krallen gruben sich in ihr Fleisch, Zähne schlugen sich hinein, ihr Hals wurde nach hinten gebogen und ihre Schenkel gespreizt, bis das, was zwischen ihnen lag, zu zerreißen drohte, aber nichts brach, und nichts zerriß. Er gebot ihr auch, den Besen zu reiten, sich an ihm zu reiben wie an dem Liebsten, während Seine Männlichkeit andere Öffnungen des zarten Körpers erkundete. Doch immer, wenn sie glaubte, vor den unendlichen Schmerzen, die Seine Liebe bereitete, vergehen zu müssen, dann war auch ihre Lust so unermeßlich geworden, daß sie sich in Strömen von Tränen und anderen geheimen Säften ergoß.

Lange währte das Liebesspiel, unendlich lange. Im Augenblick des endgültigen, allesumschließenden Höhepunktes schwanden Sylphinja die Sinne, und es war Nachmittag geworden, als sie wieder zu sich kam.

Daß etwas mit ihr geschehen war und sie sich verändert hatte, war Sylphinjas erste Empfindung, noch bevor, nach und nach, die Erinnerungen an die gestrige Nacht zurückkehrten. Ihr geschundener Körper schmerzte nicht, was sie überraschte, aber vermutlich lag es daran, daß sie sich nicht rührte – weh täte es wohl erst, wenn sie sich bewegte. Aber damit wollte sie noch ein Weilchen warten. Sie lag auf ihrem Umhang, und über sie hatten fürsorgliche Hände eine hauchfeine und dennoch wärmende Decke gebreitet – Feenseide. Felischa ruhte neben ihr, eng an sie geschmiegt, und das war Sylphinjas zweite Empfindung.

Passen wir noch zusammen? fragte die Katze, halb ernst, halb neckend, aber die Hexe verstand die Frage nicht.

»Was meinst du damit?«

Nun, so mächtig wie du jetzt bist, wünschst du dir vielleicht eine erfahrenere und klügere Seelenfreundin.

»Unfug, was redest du? Ich verstehe dich nicht…« Mit einem Ruck fuhr Sylphinja hoch. Das zerrissene

Gewand glitt von ihren Schultern und enthüllte einen zarten, weißen, makellosen Körper – nicht die kleinste Schramme war zu entdecken. Aber das bemerkte die Hexe nicht, da sie zwar die Augen geöffnet hatte, aber nicht wirklich mit ihnen sah. Sie tastete in sich hinein. Ja, nun spürte sie die Macht, ganz voll davon war sie – nie hätte sie gedacht, daß soviel Kraft in ihren schmächtigen Körper und den dummen kleinen Kopf passen würde. Es fühlte sich seltsam an, fremd, nicht richtig passend, ganz und gar nicht, falsch. »Ich bin ganz angefüllt mit astralen Kräften«, murmelte sie. »Woher kommen sie, und was soll ich damit?«

Du könntest die böse, mächtige Frau vernichten, so stark bist du jetzt, aber sie ist fort.

»Wer, Tula?«

Die mit dem großen weißlichen Kater mit den Flecken und den Ohrbüscheln und dem seltsam kurzen Schwanz. Meinst du, er hätte mich umworben, wenn ich bereit gewesen wäre?

»Was? Tula ist fort? Seit wann … und warum?«

Die meisten sind fort, auch Larion und seine Seelenfreundin. Tut es dir leid? Ich meine, daß die Mächtige fort ist und daß der ganz, ganz Mächtige das Band zerrissen hat, als er kam. Ich bin froh darüber.

Die Nachricht, daß Tula abgereist war, hatte Sylphinja überrascht, das durchaus, aber geschmerzt hatte sie nicht. Nein, es gab kein Band mehr zwischen ihr und der Festkönigin, und sie verspürte nicht den Wunsch, Tula nach Skerdu zu folgen. Eher schon bekümmerte es sie, daß auch Karlitta fort war und die vielen anderen Schwestern, die sie eben erst kennengelernt hatte, aber nicht so sehr, wie es sie glücklich machte, daß Felischa lebte, wohlauf und bei ihr war, daß sie eine Seelengefährtin hatte. In einer plötzlichen Liebeswallung ließ sie sich auf die Katze fallen, umschlang sie mit den Armen und preßte den Kopf an den weichen, weichbepelzten Bauch. Felischa erwiderte die unerwartete Attacke mit einem heftigen Tritt der Hinterbeine, zog aber sogleich die Krallen wieder ein, als die Liebe der Freundin sie erreichte. »Du bist mir wichtiger als Tula, viel wichtiger«, raunte das Mädchen ins Fell. »Und außerdem, was hätte ich bei ihr erfahren können, was ich nicht durch Ihn erfahren habe…? Wie kommt es, daß ich unverletzt bin? Wer hat mich geheilt? Kannst du es mir sagen?«

Der ganz, ganz Mächtige hat es getan, mit seiner langen Zunge. Fast zärtlich hat er dich abgeschleckt, überall, auch innen. Sie sagen, so fürsorglich ist er nur selten. Sie sagen auch, ebenso selten ist es, daß er soviel von seiner Macht abgibt.

Von Ihm also habe ich die Kraft, dachte Sylphinja, ja, natürlich, von wem sonst? Als Er mich genommen hat und ich mich Ihm ergeben habe, ist sie in mich geflossen, wie seltsam. Aber die Erlebnisse der letzten Nacht waren noch zu frisch, als daß sie sie im Geiste nachvollziehen konnte, deshalb verscheuchte sie die Bilder, die empordrängen wollten. »Wer sagt das?« fragte sie.

Alle, und deshalb sind ja auch die meisten fortgeflogen. Sie sind neidisch, weil er dich erwählt hat, vielleicht haben sie auch Angst vor dir, weil du jetzt so mächtig bist. Sie wissen nicht, was sie von dir halten sollen, und wollen nichts mehr mit dir zu tun haben.

Was? Sie fürchten und beneiden mich, sie wollen nichts mehr mit mir zu tun haben!? Sylphinja richtete sich auf und blickte verwirrt um sich: Nur ein kleiner Stoß verkohlten Holzes und ein schwarzer Kreis im Gras erinnerten an das gestrige Feuer. An das Fest selbst erinnerte gar nichts mehr. Tulas Thron war ebenso verschwunden, wie die Tafel mit den Speisen, der Kessel und das Podest verschwunden waren, auf dem die Musikanten gesessen hatten. Die vier Bauernburschen und -mädchen waren jedoch nirgends zu entdecken, auch nicht die Hexen – alle waren sie fort –, und fast schien es, als hätte das Fest niemals stattgefuıden. Nur ihr Besen, den man neben sie aufs Moos gelegt hatte, strotzte vor Kraft – er hatte sich verändert, genau wie sie.

Trauer befiel Sylphinja, und wäre Felischa nicht gewesen, hätte sich die Traurigkeit wohl zur Verzweiflung gesteigert. Warum mieden die Schwestern sie? Sie hatte doch keiner etwas zuleide getan und hatte es auch nicht vor. Sie wußte nicht, wohin, denn selbst wenn sie die Wohnorte der Schwestern gekannt hätte, hätte doch keine sie bei sich aufgenommen. Und über Ludminja, die Frau, der sie ähnlich sah und die vor ihr den Glücksbringer besessen hatte, würde sie auch nichts erfahren, da niemand da war, den sie fragen konnte. All das bedrückte sie sehr, und Freude über Levthans Gabe, die ihr so wenig zukam und angemessen war, konnte sie nicht empfinden. »Was nützt mir die Macht, wenn sie mich nur einsam macht und alle mich verlassen?« murmelte sie. »Wozu habe ich sie überhaupt?«

Das weiß ich nicht. Ich glaube, du mußt es selbst herausfinden. Aber was jammerst du, daß du einsam bist? Erstens hast du mich, und zweitens sind noch die drei Seltsamen, Gleichaussehenden mit ihren Eulen da. Vielleicht wissen sie, was du mit deiner Macht anfangen kannst, vielleicht wissen sie auch, was es mit Ludminja auf sich hat, und vielleicht lassen sie dich gar bei sich wohnen. Suppe immerhin haben sie schon wieder gekocht, und ich glaube, sie gäben uns davon ab. Warum fragst du sie nicht?

Tatsächlich, auf der anderen Seite der Lichtung saßen die Gartimpener Schwestern, jede mit ihrer Eule auf der Schulter und jede über ein Schälchen gebeugt, aus dem sie eifrig löffelte. Wieso waren sie ihr eben nicht aufgefallen? fragte sich das Mädchen. Und wie hatten sie ohne Feuer Suppe gekocht? Ja, genau, auch dazu konnte man die Zauberkräfte verwenden, zum Suppekochen … oder zum Brötchenbacken. Vielleicht sollte sie ihre neugewonnene Macht dazu verwenden,

den größten Berg Brötchen zu backen, den die Welt je gesehen hatte... In diesem Augenblick hoben die Schwestern die Köpfe, dann winkten sie Sylphinja und Felischa mit den Löffeln und bedeuteten ihnen, hinüberzukommen.

Sylphinja legte sich den Umhang um die Schultern, nahm den Besen und das zerrissene Feenkleid und schritt auf die andere Seite des Platzes. Nichts tat weh, nichts war wund, wie sie es, kleinmütig, doch insgeheim befürchtet hatte – die Heilung war vollkommen.

Heute trugen die Gartimpener Schwestern ihr Haar offen, und die Grau- und Purpurtöne überwogen, aber die erdbraunen Gewänder waren dieselben wie am Vortag. »Nimm ein wenig Suppe, mein Kind, das wird deine Stimmung heben«, sagte Zeline (oder Yoline oder Maline) statt einer Begrüßung, und schon saß Sylphinja zwischen den Hexen und hielt ein Schälchen dampfende, duftende Suppe in der Hand. Und auch für Felischa stand ein Napf bereit, über den sie sich hermachte, ohne Zeit mit Höflichkeiten zu vergeuden.

Da Sylphinja die belebende, lustigmachende Wirkung der Speise kannte, löffelte sie ihr Schälchen dankbar aus, vielleicht auch deshalb, weil sie Hunger hatte und froh war, daß sie wenigstens dreien von den Hexenschwestern nicht zuwider war. Maline, Zeline und Yoline hatten den Beutel des Mädchens in Verwahrung genommen, ebenso das im goldenen Nachmittagslicht feurig schimmernde Festkleid. »Wenn du nicht weißt, wohin, kannst du gern bei uns wohnen«, schlugen sie kichernd vor, und auch Sylphinja mußte so sehr lachen, daß sie sich fast an der Suppe verschluckt hätte, als sie sich vorstellte, mit den lustigen Schwestern zusammenzuleben.

Doch unvermittelt wurden die drei Frauen ernst, und für einen winzigen Augenblick erkannte man ihr wahres hohes Alter. »Wir beneiden dich nicht um die Auszeichnung, die dir zuteil geworden ist. Was die

Macht betrifft, die sie verleiht, so sind wir mit dem zufrieden, was wir haben – es wächst von selbst mit den Jahren –, und um Milzenis zu foppen, reicht es allemal. Milzenis ist ein Riese, mußt du wissen, *unser* Riese. Und was das andere betrifft, so hat Er uns mehr Aufmerksamkeit gewidmet, als wir hoffen konnten – noch mehr Seiner Ehre hätten wir wohl schwerlich verkraftet.« Nun kicherten sie wieder, aber Sylphinja stimmte nicht mit ein – im Moment wollte sie keine Erinnerung an die gestrige Nacht heraufbeschwören, jetzt nicht, später vielleicht ... später gewiß. »Und das verdanken wir dir.« Drei grüne, nein, graue Augenpaare fixierten sie. »Wärst du nicht beim Fest gewesen, wäre Er nicht gekommen. Doch genug davon. Wir beneiden dich also nicht, und wir fürchten dich auch nicht, und das aus mancherlei Gründen. Erstens« – Yoline hob bedeutungsvoll den Finger, und Maline und Zeline folgten ihrem Beispiel (falls sie nicht zuerst die Finger gehoben hatten) – »bist du kein schlechter Mensch, vor dem man Angst haben müßte, zweitens weißt du nicht, wie du mit der Kraft umgehen mußt, ob du sie dosieren und häppchenweise verströmen kannst oder ob sie nur für einen einzigen hochwirkungsvollen Zauber gut ist. Und drittens: Was beherrschst du schon an ›bösen‹, zerstörenden Formeln? Kannst du den *Fulminictus,* den *Ignisphaero,* den *Kulminatio?*«

Sylphinja schüttelte den Kopf. »Ich kann jemandem einen Hexenschuß anzaubern, und ich kann ein Stück Holz bewegen, ohne es anzufassen ...« Sie seufzte. »Ich weiß nicht, wie ich mit der Kraft umgehen muß, ich weiß nicht, wozu ich sie bekommen habe und was ich mit ihr tun soll ... Vielleicht sollte ich euer freundliches Angebot annehmen und in eurer Hütte über den Sinn von Levthans Gabe nachdenken.«

»Gartimpen ist schön, überleg es dir. Wir warten so lange, bis du dich entschieden hast.«

Sylphinja erhob sich, zog ihr Reisekleid aus dem

Beutel und legte es an. Nachdem sie die beiden Festgewänder sorgsam zusammengelegt und verstaut hatte, hielt sie nachdenklich inne. »Habt ihr meinen – oder vielmehr Karlittas ... beziehungsweise Ludminjas – Glücksbringer gesehen?« fragte sie.

»Tula wird ihn mitgenommen haben.« Die drei Schwestern sahen sich an und nickten. »Karlitta trug ihn nicht, als sie fortflog.« Und nun schüttelten sie die Köpfe.

Sylphinja seufzte abermals, so schwer, daß die Hexen ihr ein frischgefülltes Schälchen Suppe unter die Nase hielten. Aber diesmal lehnte das Mädchen die Speise ab. »Nun werde ich niemals erfahren, ob ich wirklich Ludminjas Tochter bin, was mit ihr geschehen ist und warum sie mich fortgegeben hat.«

»Wir kannten Ludminja. Iß noch ein wenig, während wir dir von ihr erzählen.« Diesmal nahm Sylphinja das Angebotene, denn sie fühlte, das, was sie erfahren würde, ließe sich mit etwas Frohsinnssuppe besser ertragen.

»Ludminja lebte im Wald bei Meskinneskoje – Meskinnes ist ein Schnappes, den man bei uns im Bornland brennt, und auch Ludminja verstand sich darauf. Berühmt aber war sie für ihren Beerenschnappes und ihren Kräuterlikör.«

»Schnappes«, wiederholte Sylphinja. »Ein Wort, das ich vermutlich früh gelernt habe. In Abilacht sagt man Schnaps, und in Lyckmoor und Salza auch. Bin ich Ludminjas Tochter?«

»Was dein Alter betrifft, könntest du ihre Tochter sein, und ähnlich siehst du ihr auch – die Grübchen, die Art, wie du die Brauen hebst, und die Augen ... wie Türkise, wie Drosseleier ... Ihr Glücksbringer, ein Geschenk Tulas, hatte dieselbe Farbe ... Karlitta trug ihn gestern, Tula nahm ihn ihr fort. Und du sagtest eben, daß es deiner sei?«

»Ja, ich besaß ihn, solange ich zurückdenken kann.«

»Dann bist du wohl wirklich ihre Tochter – Ludminja gab Tulas Geschenk an ihr Töchterchen weiter, vielleicht hätte sie es nicht tun sollen… Was zwischen ihr und Tula vorgefallen ist, wissen wir nicht – sie war lange fort, und als sie zurückkehrte, hatte sie sich verändert, war verschlossen geworden. Später, als sie schwanger wurde, und noch später, als das Kind geboren war, verschloß sie sich bis zum Mißtrauen – auch uns Gartimpener Schwestern gegenüber… Zum Fest ist sie nie mehr gegangen, wir brachten ihr die Salbe mit.«

»Aber was ist mit ihr? Sie ist tot, nicht wahr? Und wer ist mein Vater? Und warum hat sie mich von Sephyra aufziehen lassen?«

»Drei Fragen zugleich?« Die Schwestern schüttelten die Köpfe. »Das ist nicht möglich. Wenn wir sie gleichzeitig beantworten, jede von uns eine, wirst du die Antworten nicht verstehen, nicht wahr? Also die letzte zuerst: Ludminja hätte dich niemals fortgegeben und niemals von Sephyra aufziehen lassen. Wie du zu Sephyra gelangt bist, wissen wir nicht. Sephyra war seltsam, nicht wirklich böse, aber auch kein guter Mensch. Wir mochten sie nicht sonderlich.« Die Schwestern runzelten die Brauen und wiegten nachdenklich die Köpfe. »Dennoch tut es uns leid, daß sie ein so schreckliches Ende gefunden hat. Zur zweiten Frage: Den Namen deines Vaters kennen wir nicht, Ludminja wollte ihn selbst uns nicht verraten. Aber ein wenig erzählte sie doch von ihm. Er war ein Landsmann, ein Bornischer, den es aber in den sonnigen Süden verschlagen hatte, nach Almada. Dort hat sie ihn kennengelernt, als sie in Schwierigkeiten war. Ein Inquisitor verfolgte sie – das ist ein Mensch, der es sich zur Aufgabe gemacht hat, uns Töchter Satuarias zu vernichten. Dein Vater hat ihr geholfen, sie nicht verraten, und da hat sie sich in ihn verliebt. Er war Heiler von Beruf, nicht wahr?« Die Schwestern sahen einander an und nickten. »Mehr wissen wir nicht von deinem Vater, auch nicht, ob er noch lebt. Ludminja ist tot, das hast du richtig vermutet. Man fand sie erstochen in ihrer Hütte, aber dich fand man nicht, das Kind war fort. Wer sie getötet hat und warum, das wissen wir nicht.«

»Tula?«

»Wir wissen es nicht. Wenn du alles über Ludminja und ihr Verhältnis zu Tula wissen willst und was Sephyra mit den beiden zu tun hatte, dann mußt du schon Tula fragen. Sie ist der einzige Mensch …« Plötzlich herrschte Uneinigkeit zwischen den Schwestern, aber nur für einen winzigen Augenblick, in dem sie zu Sylphinjas Überraschung völlig verschieden aussahen; dann lächelten und nickten sie wieder in Übereinstimmung. »Tula ist zwar der einzige *Mensch,* der dir etwas erzählen könnte, aber es gibt noch ein Wesen, das einzige, dem Tula sich offenbart – außer ihrem Vertrauten natürlich –, die Riesin Yumuda.«

»Yumuda?« Sylphinjas Augen wurden rund vor Erstaunen. »Dieselbe Yumuda, von der Karlitta mir vorgesungen hat?«

»Es gibt nur eine Yumuda. Yumuda ist sehr alt, und sie weiß sehr viel, mehr, als man ihr erzählt.«

»Dann werde ich zu Yumuda fliegen.«

Die Schwestern musterten das Mädchen ernst und lange. »So wichtig sind dir die Antworten auf deine Fragen? Nun, dann wisse: Yumuda ist zwar kein Oger, aber hin und wieder hat auch sie wie alle Riesen Appetit auf Menschenfleisch. Sie ist einsam und unberechenbar. Willst du wirklich zu ihr? Nicht lieber nach Gartimpen, wo es anheimelnd ist und keiner dich fressen will, außer Milzenis vielleicht, wenn du nicht aufpaßt?« Die Schwestern verzogen die Münder zum Lachen, aber das Kichern blieb aus.

»Sie wird mich nicht fressen, ich bin zu mächtig. Ich könnte sie mit einem Hexenschuß für alle Zeiten lähmen.«

»Vermutlich hast du recht, und wir sollten dich nicht zu halten versuchen. So ein liebes junges Ding im Haus zu haben, hätte uns eben gut gefallen… Nun, wir sehen es so: Yumuda wird dir wohl nichts zuleide tun, und auch sonst kein Mensch, Tier oder Ungeheuer – deine Macht ist deutlich spürbar, und niemand weiß, daß sie dir selbst nicht ganz geheuer ist. Reise also! Und möge Yumuda auf alle deine Fragen eine Antwort wissen, auch auf die, wie du die Kraft verwenden kannst und zu welchem Zweck.«

»Kennt ihr die Richtung, in die ich fliegen muß?«

Die Schwestern erhoben sich, strichen die Kleider glatt und wiesen gleichzeitig und mit seltsam feierlichen Mienen nach Nordwesten. »Dorthin mußt du fliegen, nach Olport im Norden Thorwals. Es ist weit bis dorthin, sehr weit. Von Olport aus flieg westwärts übers Meer. Du wirst Yumudas Insel nicht verfehlen.«

Sylphinja umarmte Yoline, Maline und Zeline und küßte jede Schwester auf Mund und Wangen. »Ich werde sogleich aufbrechen«, sagte sie, und Tränen stahlen sich ihr in die hellen Augen. »Ihr seid die einzigen, die freundlich zu mir waren, und euch verlasse ich, wie seltsam. Habt Dank, und Satuaria segne euch.«

»Auch dich segne sie, liebes Kind!« Die Schwestern drehten sich ein wenig, und nun wiesen die Finger nach Südwesten. »Dort liegt Gartimpen, am Rande des Bornwaldes. Merk dir auch diese Richtung!«

»Ich werde sie mir merken. Lebt wohl, Gartimpener Schwestern!«

Sylphinja warf sich den Umhang über, schulterte den Beutel, hieß Felischa aufsitzen und klemmte sich den Besen zwischen die Beine. Dann machte sie sich auf die lange, lange Reise.

14. Kapitel

Etwas hatte Anselm geweckt oder vielmehr von einem Traum in den nächsten gestoßen. Denn daß er träumte, daran bestand für ihn schon lange kein Zweifel mehr, außer dem einen vielleicht, daß er womöglich schon gestorben sei und alles, was er erlebte, ein Vorgeschmack niederhöllischer Verdammnis. Ob er jemals wieder erwachen würde, fragte er sich mitunter, jemals wieder er selbst sein, der gute alte Anselm Peckert, Medicus, und jemals wieder ein normales Leben führen? Wie sehr sehnte er sich nach der langweiligen Zeit in Salza zurück! Wie gern würde er für den Rest seines Lebens dem kauzigen Onkelchen Jasper zur Hand gehen, wenn nur dieser Alptraum endlich endete! Aber nein – das Ende *dieses* Alptraums kannte oder ahnte er ja … Vielleicht sollte er lieber hoffen, daß ein neuer, weniger grausamer ihn ablöste. Dabei ging es ihm gar nicht schlecht, nicht hier und jetzt und in diesem Augenblick …

Das Gefühl für die Zeit hatte er schon lange verloren, schon zu Beginn des Schiffbruch-Alptraums, der, in der Rückschau und verglichen mit dem neuen, etwas geradezu Anheimelndes hatte. Aber obwohl Anselm wußte, daß kein Sinn darin lag, Sonnenaufgänge, Abende oder Nächte zu zählen – in Träumen waren die Gesetze der Zeit bekanntlich aufgehoben –, verspürte er plötzlich den unbezähmbaren Drang, den genauen Beginn und die exakte Dauer des neuen Traumes zu bestimmen. Wann hatte er begonnen? Mit seiner Ankunft auf der Insel – damals hatte er noch gar nicht gewußt, daß es eine Insel war – oder als er zum ersten Mal in dieses unerträgliche Gesicht gestarrt hatte? Er konnte die Frage nicht beantworten, und das ärgerte ihn. Vielleicht würde es helfen, wenn er versuchte, sich an die Tageszeit zu erinnern. Er war gegen Mittag gestrandet, denn die Praiosscheibe hatte fast ihren höchsten Stand erreicht, den Gipfel des nun schon deutlich flacheren Bogens. Ja, der Sommer neigte sich dem Herbste zu. Es war auch merklich kühler geworden, obwohl sich die heitere Wetterlage vom Ende des letzten Traumes in den jetzigen hinübergerettet hatte. Vielleicht schrieb man schon Efferd, in der wirklichen Welt, die es irgendwo dort draußen geben mußte …

Besonders des Nachts hatte er gefroren, damals in seinem schwankenden Bötchen. Daran erinnerte Anselm sich plötzlich. Es war nicht weiter schlimm gewesen, das Frieren, nicht schlimmer als Hungern, Dürsten und Verlassensein. Vielleicht fiel es ihm nur deshalb ein, weil er im Augenblick nicht fror, ganz und gar nicht, obwohl auch jetzt und hier, wie er sich gerade überzeugt hatte, ein blauschwarzer Nachthimmel die Welt umspannte.

Aber sein Lager war warm. Und weich. Viel weicher als ein Strohsack oder wollene Decken – auch die glatte ledrige Oberfläche glich keinem Bett, in dem er je geschlafen hatte. Das Lager roch seltsam: nach Salz, nach Schweiß, nach Tran, nach Tier, nach Frau … Und es lebte, atmete, regte sich, und ganz tief in seinem Innern schlug etwas dumpf und regelmäßig …

Anselm lag auf dem Bauch. Die Hände hatte er in zwei weiche Ritzen rechts und links von seinem Kopf geschoben. Hatte er mit eigener Kraft die gewaltigen Gewichte gehoben, die nun auf den Fingern lasteten und von denen sie gefesselt waren? Er wußte es nicht mehr, war sich aber plötzlich sicher, daß er die Hände nicht unter den weichen Massen würde hervorziehen können. Aber warum sollte er es tun? Seine Hände hatten es gut, dort, wo sie waren. Auch der Rest seines Körpers fühlte sich wohl, sogar der Rücken, da eine luftige Decke ihn vor der nächtlichen Kühle schützte. Sein Magen war gut gefüllt, und auch Durst verspürte er nicht. Er hätte zufrieden sein können, war es auch in gewisser Weise, wenn das unendlich langsame, aber regelmäßige Heben und Senken seiner Lagerstatt und das warme Fleisch, das er unter den Gliedern spürte, ihn nicht beständig an die grausame Wirklichkeit des augenblicklichen Alptraumes gemahnt hätten, der nun schon – Anselm rechnete angestrengt – einen halben Tag, eine Nacht, einen vollen Tag und eine halbe Nacht währte. Doch wann genau hatte er begonnen?

Als er das grauenhafte Gesicht zum ersten Mal gesehen und die markerschütternde Stimme zum ersten Mal vernommen hatte, war es auch Mittag gewesen, eine halbe Stunde oder eine Stunde später als bei der Ankunft. Ja, damit hatte es angefangen, mit dem Gesicht. Er versuchte, sich die Gefühle ins Gedächtnis zu rufen, die ihn damals bestürmt hatten, aber das war nicht leicht. An die Panik, den Abscheu und die Todesangst erinnerte er sich vage, andererseits hatte er schon damals einen leichten Anflug jener seltsamen Gelassenheit gespürt, die mehr und mehr von ihm Besitz ergriff und die aus der Überzeugung erwuchs, daß all das nicht wahr und nur ein Traum sei. Zum Denken war er viele Herzschläge lang nicht in der Lage gewesen – war er es denn jetzt? fragte er sich –, und es waren nur die immergleichen Satzfetzen durch sein Hirn gezuckt: eine Riesin, o nein! Sie ist eine Riesin! Es darf nicht wahr sein! Eine leibhaftige Riesin! Sie wird mich fressen! Hilfe! Ich muß fort! Und dergleichen mehr.

Lange hatte ihn die Riesin betrachtet, und in dieser unendlichen Zeitspanne waren Anselms Fluchtimpulse erstorben, sein Zappeln und Strampeln zu Schlaffheit geworden, und im Wirrwarr der Gefühle hatte eine düstere Göttergebenheit die Oberhand gewonnen. Die Riesin hatte derweil einmal ein- und wieder ausgeatmet. Ihre Augen aber hatten völlig starr geblickt – nur der Saum der Pupille hatte leicht gezuckt –, und erst viel, viel später, drei ihrer gewaltigen, heißen, leicht faulig riechenden Atemzüge später benetzte sie sie durch einen unwillkürlichen Lidschlag. »Wer bist du, Menschling?« hatte sie schließlich gefragt, und wäre Anselm nicht so schlaff und göttergeben gewesen, hätte er sich wohl die Hände vor die Ohren gepreßt zum Schutz gegen das Dröhnen. Gestern (war es gestern gewesen oder doch schon am Tag seiner Ankunft?) war er darauf gekommen, sich die Ohren mit Stoffetzen zu verstopfen, die er vom Rest seines Hemdes gerissen hatte, und seitdem ließ sich ihre Stimme leichter ertragen.

Als Anselm sich die erste Begegnung mit dem Riesenweib vergegenwärtigte, wunderte er sich über seine damalige Keckheit, nahm sie aber für ein weiteres Indiz, daß ein schwerer Traum ihn gefangenhielt. »Ich heiße Anselm Peckert und bin Medicus von Beruf«, hatte er, von der riesigen Hand aus, die ihn gepackt hielt, mit fester, wenn auch ein wenig leiser Stimme erwidert und dann hinzugefügt: »Und wer bist du?«

Dort, wo die Brauen des Wesens hätten sein sollen – aber diese fehlten ebenso wie die Wimpern –, hatte sich die Haut zusammengeschoben, bis sich oberhalb der Nasenwurzel zwei Wülste bildeten (aber keine Falten dazwischen). »Du kennst mich nicht? Ich bin Yumuda, die einzige Riesin der Welt«, hatte die Riesin gebrüllt, wohl eher vor Verblüffung als vor Zorn (vielleicht auch deshalb, weil sie gar nicht in der Lage war, ihre Stimme auf menschliches Maß zu dämpfen), aber die Lautstärke ihres Organs hatte doch geschmerzt, körperlich geschmerzt.

Vermutlich hat dieser Ohrenschmerz mir den letzten Rest von Verstand geraubt, dachte Anselm, denn statt zu wimmern, war ihm der folgende Satz entschlüpft: »Kannst du wohl ein wenig leiser reden? Wenn du weiter so brüllst, werden mir noch die Trommelfelle platzen.«

Ja, das hatte er wirklich gesagt, aber die Riesin hatte ihm weder den Kopf abgerissen noch die Rippen gebrochen oder das Rückgrat geknickt, und da hatte er gewußt, daß dieser Alptraum nicht mit seinem raschen Tod enden sollte. Eine Weile war gar nichts geschehen, außer daß ganz allmählich die Brauenwülste verschwanden und die breite Stirn sich wieder vollkommen glättete. Anselm entsann sich noch, daß ihn in diesem Augenblick das völlige Fehlen von Runzeln, solchen Runzeln, wie sie Mienenspiel und Alter in ein Gesicht graben, unsäglich erschüttert hatte. Riesen waren uralte Wesen, und auch Yumuda mußte viele hundert Jahre alt sein. Immerhin war sie, trotz des unverändert starren Blickes, zur Mimik fähig, wie sie gerade bewiesen hatte, und darin wiederum lag fast etwas Tröstliches. Aber diese Kostprobe von Mienenspiel war bis heute die einzige geblieben, und inzwischen fragte sich Anselm, ob er sich, geschwächt durch Hunger und Entbehrungen, die Brauenwülste nur eingebildet hatte, als Traum im Traum sozusagen. Denn beim Folgenden hatte sich kein Muskel des großflächigen Gesichtes verzogen, so daß er zunächst nicht gewußt hatte, daß Yumuda lachte, dem Getöse zum Trotz, das ihr Lachen erzeugte.

Der junge Mann hatte sich plötzlich losgelassen oder besser abgestellt gefühlt, denn er spürte unvermittelt weichen Grund unter den Füßen. Der Boden hatte jedoch so heftig gebebt, daß er augenblicklich das Gleichgewicht verlor. Er war weich gefallen, trotzdem hatte ihn das unerklärliche Erdbeben erschreckt, das auch nicht hatte enden wollen, als er schon saß, und dann hatte sich auch noch eine gewaltig aufgeblähte Honinger Honigwurst in sein Blickfeld geschoben.

Natürlich war es keine echte Honinger Honigwurst gewesen: Es war Yumudas Daumen. Sie hatte die Hand rings um Anselm gelegt, um zu verhindern, daß er von ihrem vom Lachen erschütterten Bauch rollte.

Es hatte lange gedauert, bis ihr Heiterkeitsausbruch verebbt war, und derweil war Anselm auf dem schwankenden weichen Fleisch auf und nieder gehopst, sitzend, von vier gewaltigen Fingern und einem Daumen gestützt. Gebannt und angewidert hatte er die Riesin angestarrt, denn ein solches Lachen hatte er nie zuvor gesehen – auch nicht gehört, und da der Lärm kaum zu ertragen gewesen war, hatten sich seine Zeigefinger unwillkürlich in die Ohren geschoben – und auch nicht sehen wollen: Yumudas Mund stand zwar ein wenig offen, um die Stöße von Atem zu entlassen, und die Lippen hatten sich in die Breite gezogen, aber nichts, rein gar nichts hatte auf eine fröhliche Gemütsverfassung hingedeutet – oder besser, auf irgendeine Gemütsverfassung. Am schrecklichsten war Anselm der unverändert unmenschlich-starre Blick der blaßblauen Telleraugen gewesen.

Was die Riesin so erheitert hatte, fragte er sich nicht und hatte es sich auch damals nicht gefragt. Als sie gelacht hatte, als er das, was sie tat, als Lachen oder Kichern erkannt hatte, da hatte er plötzlich gewußt, daß er ein Wesen wie sie niemals würde begreifen können.

Als Anselm sich die Szene ins Gedächtnis rief, fühlte er sich plötzlich an einen alten, lang zurückliegenden Traum erinnert. Die Erkenntnis, daß kurzlebige Sterbliche die Beweggründe uralter Kreaturen niemals würden begreifen können, hatte ihn früher schon einmal getroffen, vor der Begegnung mit Yumuda. Wann war das gewesen? Und um welche Geschöpfe hatte es sich damals gehandelt? Er wußte es nicht, und im Grunde war es ihm auch gleichgültig. Interessant hingegen war, daß auch Yumuda nicht schlief. Nun, Anselm wußte nicht, ob sie jemals schlief, ob sie überhaupt

Schlaf brauchte, aber er wußte plötzlich, was ihn geweckt hatte.

Die Riesin lag weiterhin reglos auf dem Rücken, so wie sie sich am Abend zuvor gebettet hatte, und doch hatte sie sich verändert. Anselm glaubte plötzlich ihre angespannte Wachheit, Erwartung, Erregung oder was immer es war und wofür menschliche Begriffe fehlten, durch Muskeln, Fett und Haut hindurch zu spüren. Dabei zitterte sie nicht, atmete auch nicht rascher, und so wußte er plötzlich gar nicht mehr, was ihn auf den Gedanken hatte verfallen lassen, Yumuda lausche auf etwas oder jemanden. Vermutlich war das Unsinn. Wo war er stehengeblieben? Ach ja, bei ihrem Lachen, das schließlich verebbt war.

Als endlich der Boden unter ihm zu relativer Ruhe gekommen war, hatte ihn wieder die Donnerstimme erreicht, und er war froh gewesen, sich die Ohren verstopft zu haben: »Jung und saftig, der Menschling, nur ein wenig dünn. Wie alt bist du?«

»Dreiundzwanzig«, hatte er erwidert, aber die Riesin hatte nicht erkennen lassen, ob sie mit der Zahl etwas anfangen konnte.

›Jung und saftig‹ – diese Worte waren nach und nach, buchstabenweise sozusagen, von den Ohren ins Hirn gedrungen. Dort waren sie geblieben und hatten, genauso langsam, wie sie eingedrungen waren, ihren Sinn entfaltet. Und als Anselm den Sinn verstanden hatte, da hatte er auch erahnt, wie dieser Alptraum enden würde …

Aber das Ende – nicht daran denken, befahl er sich – stand nicht unmittelbar bevor. Er glaubte sich zu erinnern, daß ihn zwar damals eine seltsam dumpfe Gewißheit von dem erfüllt hatte, was ihn erwartete, daß er aber zugleich unfähig oder unwillens gewesen war, es sich auszumalen. Nein, als er vorsichtig, ganz vorsichtig den Blick über den vor ihm liegenden Teil des Riesinnenkörpers hatte gleiten lassen, da hatte er sich nicht vorgestellt, daß die fleischigen, aber seltsam blassen Lippen sich öffnen würden, um ihn ... Und er hatte sich ebensowenig klarmachen können, daß er, statt auf dem durch eine gewaltige Fleisch- und Speckschicht gepolsterten Magen zu sitzen, irgendwann in ihm ... Nein! Nein! Nein!

Die Riesin hatte in den Augenblicken (oder Stunden), die verstrichen waren, seit Anselm versucht hatte, ihren Fuß zu erklimmen, ihre Haltung geändert. Aus der Seitenlage hatte sie sich auf den Rücken gedreht. Soweit er es beurteilen konnte, hatte sie genauso dagelegen wie jetzt – flach ausgestreckt. Nur der Kopf war, gestützt von einem gewaltiger Quader, fast senkrecht aufgerichtet gewesen, so daß sich unterhalb des Kinns ein breiter Ring von Fleisch gebildet hatte – ebenfalls so wie jetzt. Es schien ihre Lieblingsposition zu sein. Inzwischen kannte er ihren Körper, hatte ihn von nahem und aus der Ferne gesehen und sich an den Anblick gewöhnt, oder besser, mit ihm abgefunden, aber damals hatte er schon ein paarmal schlucken müssen, als er die blassen Massen vor, neben und unter sich gewahrte, die gewaltigen Schwellungen und Wölbungen, die er erst nach und nach mit Namen von Körperteilen in Verbindung hatte bringen können.

»Jung und saftig«, hatte Yumuda gesagt, und während Anselms Blick über den Körper des Riesenweibes geglitten war, während die Worte ganz allmählich ihre Bedeutung entfaltet hatten, hatte sich ein Bild in seinem Kopf geformt, bedrängend deutlich, das ihm jetzt, in der Rückschau, fast makaber erschien: das eines jungen, saftigen, knusprig gebratenen Hühnchens. Und dann hatte ihn der Hunger mit solcher Wucht überfallen, daß er sich zusammengekrümmt und die Hände gegen den Magen gepreßt hatte. So hatte er lange gelegen, das glaubte er zumindest.

Der folgenden Szene hatte, trotz ihrer Ekligkeit, durchaus etwas Spaßiges angehaftet. Nun ja, vielleicht auch nicht – der kurze Anflug von Erheiterung war schon vorüber. »Hungrig, Menschling?« hatte die Riesin unvermittelt gebrüllt. Dann hatte der fleischige Boden unter ihm wiederum geschwankt, weil der gewaltige Körper sich nun, unendlich langsam, dehnte und drehte. Yumudas linker Arm hatte sich gereckt und gestreckt, einen gewaltigen Busch fahlgelben Achselhaares enthüllend, und ihre Finger waren wie ein grauenhaftes feistes Spinnentier über den Fels gekrochen, bis sie eine dunkle Höhlung im Gestein erreicht hatten. Was sie dort suchten und auch bald fanden, hatte Anselm erst erkannt, als die Finger das schlaffe dunkle Gebilde zum Mund geführt, als die Lippen sich geöffnet hatten und zwei gigantische, gelbliche, aber ebenmäßig geformte Schneidezähne sich in den Klumpen geschlagen hatten. Es war eine Robbe gewesen, eine recht gut erhaltene Robbe.

Nun, solange sie Robben frißt, wird sie nicht mich..., hatte Anselm gedacht, das wußte er noch genau, aber dann hatte sich gezeigt, daß Yumuda gar nicht die Absicht gehabt hatte zu speisen. Zwar hatte sie einen Brocken Fleisch aus dem Tier gerissen, der ausgereicht hätte, vier hungrige Holzfäller zu sättigen, hatte ihn aber nicht geschluckt. Mit zwei Fingern hatte sie das Fleisch aus der Lücke zwischen den Zähnen geklaubt, in der es hängengeblieben war (und durch die Anselm seine Hand hätte schieben können), und es vor ihm niedergelegt. »Iß!« hatte sie gesagt.

Die Wahn- und Wunschbilder von gebratenen Hühnchen hatten sich augenblicklich verflüchtigt, der Hunger aber war geblieben. Fast schwindlig vor Hunger war ihm gewesen! Deshalb hatte er auch alle Bedenken verscheuchen können und sogleich herzhaft in das Fleisch gebissen – immerhin, es hatte nicht übel gerochen, das Tier war vermutlich erst vor kurzem erlegt worden. Aber sosehr er auch gezogen und gezerrt hatte, es hatte ihm nicht gelingen wollen, mehr als ein paar dünne Fasern von dem Brocken zu lösen, und diese waren so zäh gewesen, daß er sie, nachdem er eine gute Weile erfolglos darauf herumgekaut hatte, unzerkleinert hinuntergewürgt hatte. An seinen Dolch hatte er in diesem Augenblick nicht gedacht; es hatte sich auch inzwischen gezeigt, daß die Waffe völlig verrostet und kaum mehr zu gebrauchen war.

Die Riesin hatte Anselms Bemühungen mit starrem Blick verfolgt, dann hatte sie ihm plötzlich den dicken Daumen vor die Nase gehalten, so daß er die Beute vor Schreck hatte fallen lassen. Und bevor er noch begriffen hatte, was sie von ihm wollte, hatte sie das, gemessen an ihren Dimensionen, winzige Stückchen Fleisch in den Mund gesteckt und begonnen, es zu zermalmen. Anselm konnte sich nicht mehr erinnern, was er beim Anblick der mahlenden Kiefer empfunden hatte – Enttäuschung, Abscheu, Faszination. Gleichviel, er hatte sich ohnehin in ihren Absichten getäuscht. Denn die Riesin hatte nicht geschluckt, nachdem sie ausreichend gekaut hatte, sondern den Speisebrei auf ihren Bauch gespien, direkt zwischen seine gespreizten Beine. »So, jetzt kannst du essen. Iß!« hatte sie gesagt.

Ein Hügel aus roten Fleisch- und weißen Fettbröckchen, mit Partikeln schwärzlicher Haut dazwischen, durchmengt und bedeckt von glasigem Schleim, hatte sich zwischen Anselms Beinen erhoben und war dann langsam auseinandergeflossen. Das soll ich essen?! Niemals! hatte er gedacht, und diesmal hatte der Ekel sich nicht vertreiben lassen. So plötzlich hatte sich ein Schwall aus Wasser, Galle und ein paar roten Fasern aus den Tiefen seines Innern durch den Mund auf den blassen ledrigen Riesinnenbauch ergossen, und er hatte nichts unternehmen können, um ihn aufzuhalten.

Soweit der spaßige Teil des Abenteuers. Zwar schien Yumuda nicht verärgert über die Beschmutzung – ein Riesenfinger mit längsgefurchtem gelblichen Nagel hatte überraschend flink die Pfütze fortgewischt –, verärgert war sie allenfalls, weil Anselm die freundliche Gabe so wenig ästimierte. Das dritte »Iß!« jedenfalls hatte noch unerträglicher gedröhnt und bedrohlicher geklungen als die ersten beiden Aufforderungen. Er müßte nun essen, sonst... Nun, er hatte gar nicht wissen wollen, was sonst. Er hatte vielmehr die letzten Reste seines Verstandes aktiviert, um Argumente für die Speise zu finden. Das Fleisch ist dasselbe wie zuvor, nur zerkleinert, hatte er sich gesagt, und das bißchen Speichel, mit dem es durchsetzt ist, schadet gewiß nicht. Ihm war sogar ein Satz aus einem Lehrbuch seines Vaters eingefallen: Der Speichel der meisten Zwei- und Vierbeiner besitzt heilkräftige Eigenschaften. Warum sich also zieren und den Zorn des Riesenweibes erregen? Und da hatte er zwei Finger in den Brei geschoben, sich die Nase zugehalten, die Augen geschlossen, die Masse rasch in den Mund gestopft und geschluckt, bevor sich der Geschmack entfalten konnte.

So hatte das erste Mahl seit langer Zeit und auch das erste auf Yumudas Insel begonnen. Nach und nach war es ihm gelungen, sich den Magen zu füllen und das Genossene auch bei sich zu behalten. Es hatte sich sogar nach einer Weile ein seltsames, unwirkliches und unerklärliches Gefühl von Wohlbehagen eingestellt, und irgendwann war er dann eingeschlafen...

Auch jetzt schliefe er gern wieder ein, dachte Anselm – die Bewußtlosigkeit des Schlafes war der erstrebenswerteste Zustand, den er sich vorstellen konnte –, aber Yumudas Unruhe ließ es nicht dazu kommen. Hatte sie nicht gerade die Luft scharf durch die Nase eingesogen, so als wolle sie einen fernen Duft erschnuppern? Ach, es ließ sich schwer entscheiden unter all den Geräuschen ringsumher: Der Wind strich mit beständigem Brausen um die felsige Insel und trieb die Wellen mit immer gleichem Klatschen gegen die steinige Küste. Anselm hob vorsichtig den Kopf – fast gegen seinen Willen lenkte er den Blick zu dem vor ihm aufragenden riesigen Antlitz.

Die blassen Augen waren weit geöffnet, starr und seltsam leer. Auf ihrer feuchten Oberfläche spiegelte sich der nächtliche Himmel und, zwiefach, das noch fast vollkommene Madamal. Wacht die Riesin, oder schläft sie mit offenen Augen? fragte sich Anselm. Dachte sie nach, und wenn ja, worüber? Wußte sie, daß er auf ihrem Bauch lag? Träumte sie, und wenn ja, wovon? Sehnte sie sich nach etwas oder jemandem? War sie mehr als ein uralter gewaltiger Klumpen weiblicher Masse, den es nach Menschenfleisch gelüstete? Hatte sie ein Herz, das fühlen konnte? Kannte sie Hoffnung und Verzweiflung, Liebe und Gram? Er würde niemals eine Antwort auf diese Fragen erhalten, und wenn er sie doch erhielte, verstünde er nicht, was er erführe. Denn wer könnte Yumuda begreifen? Für einen winzigen Augenblick spürte Anselm etwas wie ...

Gleichviel – der Anflug von was auch immer war schon vorüber. Er konnte den Anblick der unbewegten Iriskreise, der flatternden fleischigen Nüstern – welch widerlicher, abscheuerregender Kontrast! – und des in seinem Ring aus Speck ruhenden Kinns nicht länger ertragen und schloß die Augen. Vorsichtig, um ihre Aufmerksamkeit nicht auf sich zu ziehen, ließ er den Kopf zurück auf sein warmes ledriges Lager sinken.

Gestern, nahm Anselm die Rückschau wieder auf, hatte er die Insel erkundet (nachdem er den Schock überwunden hatte, daß das Erwachen ihm keine Erlösung aus dem gräßlichen Alptraum gewährt hatte) und dabei erst festgestellt, daß es eine Insel war. Viel zu erkunden gab es nicht – die wenigen hundert Schritt an Länge und Breite hatte er schnell durchmessen. An Flucht war nicht zu denken, er konnte Yumuda nicht entkommen! Zwar hatte er sein Bötchen traurig am Strand liegen sehen – wie ein achtlos fortgeworfenes Spielzeug, hatte er gedacht –, aber er konnte es nie mehr benutzen. Wohin auch sollte es ihn tragen? Nur Wasser ringsumher, unendliches graues Wasser.

Anselm spürte, wie die Schläfrigkeit wieder Besitz von ihm ergriff – keine wohlige, nur eine kreatürliche Schläfrigkeit. Wenn er erst schliefe und nichts mehr empfände, dann wäre ihm wohl! Sein Körper erschlaffte, sein Geist ermattete, aber noch wollte Boron Seinen vergessenspendenden Mantel nicht über ihn breiten. Anselms Nasenflügel blähten sich unwillkürlich, vibrierten bei dem Versuch, etwas Unbekanntes zu erschnuppern, aber er roch nichts außer den Ausdünstungen der Haut, die ihm als Lager diente, und dem Meer, dessen salzigen Duft der Wind herübertrug. Sanft wiegten ihn Yumudas Atemzüge auf und nieder, unendlich langsam. Bald, bald würde er in wohliger Schwärze versinken.

Wie lange er geschlafen hatte, als das Traumbild ihn erreichte, wußte Anselm nicht. Er wußte auch nicht, ob er zuerst das Bild gesehen oder die Stimme gehört hatte, eine dunkle menschliche Stimme. Sie hatte schon eine Weile gesprochen, als er sie wahrnahm, und so verstand er nicht, wovon sie erzählte. Aber selbst wenn er den Zusammenhang gekannt hätte, wäre es ihm nicht möglich gewesen zu folgen, da die Wörter einer fremden Sprache angehörten. Unverständlich und seltsam, fügten die Laute sich dennoch gut zu dem Bild, von dem sie ausgingen.

Eine Gestalt, menschlich vielleicht, aber das ließ sich schwer entscheiden, da sie sich schwarz gegen den blauseidenen Nachthimmel abzeichnete und keine Einzelheiten zu erkennen waren, kauerte auf dem Gipfel eines ebenfalls schwarzen Hügels, der in seiner Form einem angewinkelten Bein glich. Hügel und Gestalt waren von Mondlicht übergossen, das ihnen silbrig flirrende Konturen verlieh.

Es war eine lange düstere Geschichte, die das Wesen

auf dem Hügel erzählte – wem erzählte sie sie: der Nacht, den Sternen, dem Hügel? Zwar verstand Anselm die Worte nicht, aber je länger er lauschte, um so mehr erschloß sich ihm die Erzählung – nicht ihr Inhalt, den hätte er nicht wiedergeben können, hätte man ihn danach gefragt, aber die Stimmung des Berichtes, die Gefühle, die die Worte umschwebten …

Von Macht war die Rede und von Grausamkeit, von dem Wunsch, zu besitzen und zu zerstören, von der Sehnsucht nach einer liebenden Seele, leidenschaftlich, weich und hingebungsvoll bis zur Selbstauflösung, von der Lust, die das Zerstören bereitete, von der Qual, die es bereitete, zerstört zu haben, vom Verlassenwerden, von Verlust und von grenzenloser Einsamkeit …

Bis zum Morgengrauen sprach die Gestalt, sang wohl auch mit dunkler Stimme düstere, sehnsuchtsvolle Weisen. Und Yumuda hörte zu, verstand und tröstete.

Als Anselm erwachte, hatte die Praiosscheibe den höchsten Punkt ihrer Bahn bereits überschritten. Das sah er, da er sich auf dem Rücken liegend fand, das Gesicht zum Himmel gewandt und unter sich harten Stein. Hatte der nächtliche Traum – er entsann sich seiner kaum, nur der Nachhall von etwas Unbestimmtem, dunkel Schmerzlichem war zurückgeblieben – den letzten Alptraum abgelöst? Einen winzigen Augenblick lang badete Anselm sich in dieser Hoffnung, so lange, bis die hochaufragende Form ins Blickfeld seiner schweifenden Augen geriet. Er hatte die Riesin niemals stehend gesehen, nur liegend – auf dem Rücken, auf der Seite – und kauernd, und so entfuhr ihm bei dem Anblick ein gepreßtes Stöhnen.

Yumuda stand am südöstlichen Rand der Klippe und schaute übers Meer, etwa fünfzig Schritt von Anselms Lager entfernt. Sie wandte dem jungen Mann den Rücken zu, von dem allerdings nicht viel zu sehen war, da ihr das zu dicken Strähnen verfilzte fahlgelbe Haar bis über die Hüften reichte. Noch gewaltiger als im Liegen wirkte jetzt ihr Körper. Wieviel Schritt mag sie messen? fragte Anselm sich. Zehn? Zwölf? Blaß wie der Fels, aus dem sie zu wachsen schienen, waren die Beine – gigantische lebende Säulen –, mit einem Hauch von Purpur darin, der auch die mächtig aufgeblähte Doppelwölbung überzog, von der sie gekrönt waren.

Vielleicht hatte Anselm erwartet, daß Yumudas Hintern unter der Last von Fett und Fleisch sacken müßte wie der eines dicken alten Weibes, daß sie somit irgend etwas Menschliches an sich hätte, aber die Massen unter der ledrigen Haut schwollen wie behauener toter Stein, überdeutlich modelliert vom unbestechlichen Licht der frühen Nachmittagssonne, fein gemeißelt, aber nicht poliert.

»Schon wieder ein Menschling, der zu uns will«, sagte Yumuda, aber obwohl sie die Worte zu sich selbst gesprochen hatte und aufs Meer hinaus, grollten sie wie ferner Donner. »Ein Weibchen, jung und saftig.«

Was redet sie? dachte Anselm. Eine Menschenfrau ist auf dem Weg hierher? Auch eine Schiffbrüchige, so wie ich? Er konnte es nicht glauben, aber gegen alle Vernunft und besseres Wissen suchte er das Meer nach einem Zeichen ab, einem Segel, einem Floß, einem Boot, einer Planke … sowohl in der Richtung, in die Yumuda blickte, als auch, als er dort nichts entdeckte, in allen anderen Richtungen. Nein, kein Mädchen, keine Frau weit und breit. Obwohl er nichts anderes erwartet hatte, versetzte ihm die Erkenntnis einen solchen Schmerz, daß er Tränen in die Augen steigen fühlte. Wie unendlich tröstlich wäre es gewesen, ein menschliches Antlitz zu sehen, einen Menschen sprechen zu hören, einen *wirklichen* Menschen, keine schwarze Traumgestalt. Wann hatte er zum letzten Mal eine menschliche Stimme vernommen, sprechend, lachend, die mit *ihm* sprach, mit *ihm* scherzte? Wann hatte er zum letzten Mal einem Menschen ins Auge gesehen, ihm die Hand geschüttelt, ihn umarmt? Er wußte es nicht, es lag lange zurück, in einem fernen, vergangenen Leben, in dem es Städte gab und Schiffe und rauhe, herzliche Freunde …

»Iß!« sagte Yumuda in diesem Augenblick, und obwohl sie Anselm weiterhin den Rücken zuwandte, fühlte er sich angesprochen. Wen hätte sie auch sonst meinen sollen?

Um die Speise zu finden, die sie für ihn vorbereitet hatte, mußte er nicht lange suchen. Auf einem glattgeschliffenen Stein in der Nähe erhob sich ein Hügel gräulichrosigen Breis. Er kannte die Nahrung inzwischen, wußte, daß er sie hinunterwürgen konnte, ohne sich erbrechen zu müssen, daß er sich auch nicht die Nase zuhalten mußte, da ihr schwacher Geruch nicht abstoßend war, *gewöhnt* aber hatte er sich keineswegs daran. Gestern hatte Yumuda dem Brei Wurzeln beigemengt, blasse holzartige Gebilde, die zu graugrünen unscheinbaren Kräutlein gehörten, die hier und dort zwischen den Felsspalten sprossen und die sie mitsamt dem Fleisch zerkaut hatte. Anselm kannte die Pflanzen nicht, aber daß ihnen stärkende Kräfte innewohnten, hatte er bald gespürt. Die drei Mahlzeiten des gestrigen Tages hatten ausgereicht, seinen Körper die Entbehrungen der letzten Zeit vergessen zu lassen. Die Farbe des Breis ließ vermuten, daß er auch jetzt wieder die kräftigenden Wurzelfasern enthielt, und da er kein verzärteltes Zierpüppchen war, sondern ein Mann der Wissenschaft und der Praxis (und hungrig), sah er wohl ein, daß er essen mußte und sollte, unabhängig von Yumudas Befehl, und so machte er sich mit relativem Gleichmut daran, die unangenehme Arbeit zu erledigen. Natürlich war er sich wohl bewußt, welche Absicht die Riesin verfolgte, wenn sie ihn fütterte beziehungsweise mästete – die Portionen, die sie ihm bisher serviert hatte, waren eher nach dem Appetit von Riesenkindern bemessen gewesen –, und er hatte sich mehr als einmal gesagt, daß er vielleicht besser daran täte, die Speise zu verweigern und sich langsam zu Tode zu hungern. Aber erstens stand dem sein Lebenswille entgegen – ein Trieb, der sogar im Traume Bestand hatte, sagte er sich auch jetzt wieder überrascht –, und zweitens ... ja zweitens verdürbe er sich durch das Fasten jede Hoffnung auf Rettung, denn sein ausgezehrter Körper würde die Strapazen einer Flucht nicht überstehen. Flucht? Rettung? Ja, diese und ähnliche Wörter huschten immer häufiger und ungerufen durch Anselms Kopf, seit die geheimnisvollen Wurzeln (oder Yumudas Speichel – wer konnte das wissen?) seine Lebensgeister geweckt hatten, und er konnte sich in solchen Augenblicken, so widersinnig es auch schien, dem Gedanken nicht völlig verschließen, daß die Götter – oder wer immer für sein Schicksal zuständig war – es auch einmal gut mit ihm meinten ...

Die Hälfte des Hügels war abgetragen – wie zuvor war die Portion viel zu groß für Anselms Magen gewesen –, und Anselm mußte sich schon der lästigen Möwen erwehren, die seine Mahlzeit kreischend beobachtet hatten und nun allmählich ungeduldig wurden, als ein Lichtstrahl sein Auge traf – etwas Glänzendes blitzte aus einem Spalt zwischen den Steinen hervor.

Die Ritze war nicht tief, und Anselm mußte nicht lange fischen, bis er das Ende eines silbernen Kettchens zu fassen bekam. Vorsichtig zog er, und dann entfuhr ihm ein überraschtes »Ja, was ist das?«, denn mit einem Ruck löste sich die Kette aus ihrer Verankerung, und ein grünlicher Stein rollte davon. Im letzten Augenblick, bevor er in einer anderen Fuge verschwinden konnte, bekam Anselm ihn zu fassen.

Es war ein Türkis, eiförmig geschliffen. Anselm fädelte den Stein auf die zerrissene Kette und betrachtete das Schmuckstück nachdenklich. Es erinnerte ihn an etwas, an jemanden, dem er vor langer Zeit begegnet war. Hatte er einen ähnlichen Glücksbringer nicht einmal am Hals eines jungen Mädchens gesehen? Wann war das gewesen und wo? An das Gesicht der Kleinen glaubte er sich vage zu erinnern – kurze Nase, Grübchen, große grünlichblaue Augen …

Ein Erdbeben erschütterte die Insel – Yumuda hatte sich niedergelassen. Halb liegend, halb sitzend, auf den Ellbogen gestützt, so ruhte sie nun, wie Anselm aus dem Augenwinkel bemerkte. Wie gut, daß ich den Stein rechtzeitig erwischt habe, dachte er, sonst wäre er nun gewiß auf Nimmerwiedersehen verschwunden. Am Hals eines jungen Mädchens hatte er ihn hängen sehen, eines zierlichen Mädchens mit weinrotem Haar.

»Anselmo, Anselmo!« Ein helles erregtes Zwitschern drang durch die linnenen Pfropfen an Anselms Ohren. Hatte jemand seinen Namen gerufen, seinen Künstlernamen? »Anselmo!« Da war es wieder – oben. Ihm schien auch, daß er die Stimme schon einmal gehört hatte, aber all das ergab keinen Sinn, konnte nicht sein und war gewiß nur eine Ohrentäuschung. Oder ein neuer Traum. Trotzdem beschloß er, einen Blick zum Himmel zu wagen und nach der Quelle der Stimme Ausschau zu halten. Warum auch nicht? Etwas Schlimmeres als ein paar bösartige Möwen, die ihn mit ihren Anselmo-Rufen verspotten wollten, würde er gewiß nicht entdecken.

Etwas flog durch die Luft, sauste herab, mit den Füßen voran, so daß der grüne Umhang sich blähte wie ein Segel und rotes Lockenhaar vom Wind emporgerissen wurde. Dann stand Sylphinja vor ihm; im selben Moment, als Anselm sich vollends aufgerichtet hatte, landete sie wenige Schritt entfernt auf dem steinigen Plateau. Ihr Besen fiel klappernd zu Boden, eine schwärzlich getigerte große Katze sprang von ihrer Schulter, und mit einem hellen Freudenschrei lief die Kleine auf ihn zu.

Anselm stand wie erstarrt – er konnte sich nicht rühren und auch nicht glauben, was er sah: Das Mädchen vor ihm, dessen Schrei nun erstarb, dessen ausgebreitete Arme langsam herabsanken, genauso wie der Fuß, den es schon für den nächsten Schritt gehoben hatte, ja, dieses Mädchen sah aus wie das seltsame, drollige Hexenkind, dem er vor unendlich langer Zeit in einem Zauberwald begegnet war. Vermutlich hatte sie niemals existiert, war nur eine Gaukelei dieser Farindelfee gewesen, und deshalb konnte sie nun hier sein. Ergab das einen Sinn? Nein, es ergab keinen Sinn, aber Sylphinjas Anwesenheit ergab erst recht keinen Sinn! Dabei roch er ihren wilden Hexenduft! Wie gern hätte er sie in die Arme geschlossen und fest an sich gedrückt! Wie gern hätte er geglaubt, daß sie ein wirklicher Mensch war! Es hätte ihn so glücklich gemacht, daß er hätte weinen können…

Sylphinja hatte mitten im Laufen innegehalten. Die glückliche Erregung auf ihren Zügen wich einem Ausdruck, den Anselm nicht zu deuten vermochte, aber ihm schien es, als ob auch sie am liebsten geweint hätte. Unendlich langsam drehte sie sich um, oder vielmehr: Ihr Körper wandte sich Zoll um Zoll von ihm ab, während ihr Blick so lange an dem seinen hing, wie es die Gesetze der Anatomie erlaubten. Die Lippen öffneten sich. ›Anselmo‹ schienen sie zu formen.

Mit einem Ruck riß sich Anselm die Stöpsel aus den Ohren. Das schmerzte so sehr, daß ihm das Wasser in die Augen schoß, und dann wurde sein Körper ein Dutzend Herzschläge lang von kurzen heftigen Schluchzern geschüttelt. »Sylphinja! Sylphinja!« hörte er sich stöhnen.

Der Anfall war so abrupt vorüber, wie er Anselm überfallen hatte. Auch die Tränen, so er denn welche vergossen hatte, waren schon wieder getrocknet, denn sonst hätte er, als er sich aus der Krümmung erhob, in die das krampfartige Schluchzen ihn gezwungen hatte, nicht mit so brennender Klarheit sehen können: Blasse, unendlich alte, seltsam leere Augen schauten ihn an oder durch ihn hindurch, oder durch das hindurch, was sich vor ihm befand, oder darauf …

Sylphinja war in einen tiefen Knicks gesunken, in keiner höfischen, sondern in einer Gebärde, die nur das Wunder des Augenblicks den Körper lehren kann – vollkommen in ihrer Grazie und Aufrichtigkeit. Die Arme hielt sie empor, in einer empfangenden oder gebenden Geste geöffnet, den Kopf hatte sie in den Nacken gelegt, und obwohl Anselm es nicht sehen konnte, wußte er, daß ihre Augen weitaufgerissen waren, die Brauen in die Stirn geschoben, der Mund leicht geöffnet und der Blick starr auf Yumudas unbewegtes Antlitz gerichtet. »Große Yumuda, mächtige Yumuda, weise Yumuda – ich grüße dich«, erklang ihre hell zwitschernde Stimme.

Es schienen Stunden zu verstreichen, bis Yumudas Lippen sich teilten. »Ich habe dich erwartet, Menschlingsfrau«, grollte es dann mit Donnerschall zwischen ihnen hervor.

Das Dröhnen warf Sylphinja zu Boden, ihre im Knicks gekreuzten Beine schwangen empor, entkreuzten sich beim Abwärtsschwingen, und dann saß sie, auf den linken Arm gestützt und die Füße dicht an den Körper gezogen. So seltsam es anmuten mag, erschien Anselm die Abfolge der Bewegungen, die er sehr genau verfolgte, wie eine zwar äußerst bescheidene, aber gut einstudierte Gauklernummer. Fast hätte er gelacht. Statt dessen fühlte er, wie seine Beine, eins nach dem anderen, sich hoben und senkten, bis die wenigen Schritte zurückgelegt waren, die ihn von Sylphinja trennten. Ohne zu wissen, warum er es tat, ließ er sich an ihrer Seite nieder.

»Das Gefäß ist zu voll, nicht wahr, Menschlingsfrau?« fragte Yumuda. Anselm verstand die Frage nicht, versuchte auch gar nicht, den Sinn der Worte zu ergründen. Ihm fiel plötzlich auf, und dieser Empfindung oder Erkenntnis hing er einen Augenblick lang nach, daß er hier unten auf dem Stein, an Sylphinjas Seite, die Stimme der Riesin zum ersten Mal ertragen konnte. »Voll mit Fragen ist es. Und voll mit Kräften, die ihm nicht zukommen, die es fast zum Bersten bringen und die der schwache Geist nicht zu lenken vermag, nicht wahr? Was willst du wissen, und womit wirst du mir danken, wenn ich deine Fragen beantworte?«

Kräfte? dachte Anselm. Welche Kräfte? Er verstand immer weniger. Sylphinjas Körperkräfte konnten nicht gemeint sein, und ihre Zaubermacht ...? Konnte die so rasch gewachsen sein in der Zwischenzeit? War das möglich? Es war seltsam in ihrer Nähe – sein Haar stand stärker vom Kopf ab als sonst, und es knisterte –, aber war nicht alles seltsam, seit die Götter ihn in diesen Traum gebannt hatten? Sylphinjas zarte Stimme beendete seine fruchtlosen Überlegungen.

»Kann ich meine Macht dazu verwenden, deine Einsamkeit zu lindern?« fragte sie statt einer Antwort. »Kann ich einen von ihnen rufen, Milzenis oder Glantuban? Dann werde ich es tun.«

Wieder verstrichen unendliche Augenblicke, bevor Yumuda das Wort ergriff, und in dieser Zeit hallte das Echo des Wortes ›Einsamkeit‹ in Anselms Kopf. Wie unendlich einsam hatte er sich gefühlt bis zu dem Augenblick, als Sylphinja gelandet war! Ihre Ankunft hatte ihn zu Tränen erschüttert, und das vermutlich nur, weil sie ein Menschenwesen war, jemand von seiner Art. Er kannte sie ja kaum, hatte sie nicht vermißt und auch nicht damit gerechnet, ihr noch einmal zu begegnen. Vermutlich hätte auch das Auftauchen der unbekannten nostrischen Steuerfrau, der ›Mopsendronning‹, oder des unangenehmen Stutzers, der zu seinem Salzeraner Bekanntenkreis gehört hatte, einen solchen Sturm der Gefühle in ihm entfacht ... Nein, keinen solchen, aber darum ging es ja auch gar nicht.

Es ging um Yumudas Einsamkeit, an die er bisher keinen Gedanken verschwendet hatte. Wann hatte *sie* zum letzten Mal ein Wesen ihrer Art gesehen? Vor hundert Jahren? Oder vor tausend? Es war ihm gar nicht in den Sinn gekommen, daß auch monströse Kreaturen sich nach ihresgleichen sehnen mochten.

»Du kannst sie rufen, und vielleicht werden sie dich hören, aber sie werden nicht kommen. Sie scheuen das unsichere wäßrige Element. Du kannst mich auch für hundert Jahre mit einem Hexenschuß lähmen ...«

»Aber nein ... warum ...? Es wäre ein schlechter Dank ...«

»Um zu verhindern, daß ich dich oder das Männchen verspeise, zum Beispiel.« Yumuda brachte die Massen ihres Fleisches und den Fels zum Erzittern, wobei dröhnende Atemstöße ihrem Mund entwichen, eine Reaktion, die Anselm schon einmal an ihr erlebt und für Lachen gehalten hatte. Die blassen Augen aber blickten weiterhin starr, soweit er das, von Böen und Erdbeben geschüttelt, beurteilen konnte.

»Aber im Augenblick gelüstet mich nicht nach euch«, fuhr die Riesin unvermittelt fort, und das Beben erstarb. »Du könntest auch ein tausendköpfiges Rudel Löwen besänftigen, aber du wirst keines finden ... Für das, was kommen wird und wo sie Nutzen bringen könnte, ist die Gabe des Zottigen verschwendet. Er hat das falsche Gefäß gewählt. Aber so ist er ... Merkst du eigentlich, daß ich schon dabei bin, deine Fragen zu beantworten? Und du hast mir noch immer nicht gesagt, wie du mich belohnen wirst.«

»Ich weiß es nicht. Sage du mir, was ich tun soll.«

»Geh zu Milzenis – das ist der Name, unter dem ihr Menschlinge ihn kennt, genauso wie ihr glaubt, daß ich Yumuda heiße – und überbring ihm eine Nachricht von mir. Wirst du das tun?«

Sylphinja nickte. »Ja, gewiß, das werde ich tun«, sagte sie fest.

»Aber es ist nicht ungefährlich, das weißt du, nicht wahr? Milzenis ist gefräßiger als ich – zumindest was Menschenfleisch betrifft.«

»Ich werde es tun. Sag mir, was ich ihm ausrichten soll.«

Yumuda drehte sich langsam, sehr langsam auf den Rücken. Ebenso langsam führte sie die Arme hinter den Kopf, wo ihm nun, statt des üblichen Felsquaders, die gefalteten Hände als Stütze dienten. Mit weitgeöffneten Augen blickte sie zum Himmel empor. »Ja, du wirst es tun, wirst es zumindest versuchen«, sagte sie schließlich. »Ich werde dir später erzählen, was du Milzenis bestellen sollst. Wenn du aufbrichst… Wenn alle deine Fragen beantwortet sind, wirst du es vielleicht eilig haben, fortzukommen… Und auch das Männchen wird nicht bleiben und mir weiterhin Gesellschaft leisten wollen…«

Meint sie mich? dachte Anselm. Ja, gewiß. In seiner Verwirrung – sie war inzwischen zur vorherrschenden Gemütsverfassung geworden – führte er den Daumen zum Mund. Enthielten Yumudas Worte nicht die Andeutung… die Möglichkeit… die vage Ahnung von Hoffnung? Er öffnete die Faust, um besser raspeln zu können, und etwas, das er längst vergessen hatte, entglitt ihr und fiel zu Boden, rollte nach rechts, wo Sylphinja saß, und kam zwischen den gespreizten Fingern ihrer Linken zum Halten.

Das Mädchen stutzte, schaute. »Mein Glücksbringer!« rief sie. »Ludminjas Glücksbringer! Wie kommt er hierher?«

»Du kannst also«, fuhr Yumuda fort, als habe sie Sylphinjas Frage nicht gehört, »die Gabe des Zottigen dazu verwenden, einen über alle Maßen machtvollen Zauber zu wirken, den du beherrschst. Auch der Besen hat genug von der Macht des Zottigen abbekommen, um zwei von eurer Sorte zu tragen – für eine Weile jedenfalls, ein paar Tage… Aufteilen kannst du die verliehene Kraft nicht, und du kannst sie auch nicht von deinen eigenen bescheidenen Kräften trennen... Vielleicht kehrst du eines Tages hierher zurück und erzählst mir, was Milzenis dir geantwortet hat...?«

»Gewiß«, flüsterte Sylphinja.

»Gewiß ist den Sterblichen nur der Tod. Doch höre weiter! Du kannst die Gabe auch verströmen, sie in etwas hineinfließen lassen, so wie beim Nähen, beim Singen. Was das sein wird, finde selbst heraus, falls du dich für diese Möglichkeit entscheidest...«

Wieder entstand eine lange Pause, in der Anselm unvermittelt bewußt wurde, wie schräg die Praiosstrahlen schon fielen. Sie übergossen Yumudas fahlen Leib mit rötlichem Gold, modellierten ihn mit violetten und blauen Schatten. Wieder öffneten sich die Lippen der Riesin, doch sprach sie nicht, sondern ließ einen langen, unendlich süßen und klagenden Ton erklingen. Ein zweiter folgte ihm und diesem ein dritter und so fort, bis Anselm endlich erkannte, daß Yumuda sang. Denn sie formte nicht nur Töne, auch Laute, die einer unsäglich alten fremdartigen Sprache angehörten. Das Lied – oder die Weise, oder welche Wörter man immer für Yumudas Vortrag finden mochte – erfüllte ihn mit niegekannter Melancholie. Zugleich machte es schläfrig, so schläfrig... Sylphinja schien es ähnlich zu ergehen, denn er fühlte plötzlich ihren Kopf gegen seine Schulter, ihren Körper gegen den seinen sinken – leicht wie eine Feder.

Wann das Lied zur Erzählung wurde, bemerkte Anselm nicht – die Riesin hatte wohl schon eine Weile gesprochen, bevor ihm auffiel, daß er die Worte verstand, daß es Garethi war.

»... und Ludminja fühlte sich heftig zu Tula hingezogen, nicht *durch* Tulas Macht, denn Tula zwingt nicht zur Liebe, aber *wegen* ihrer Macht vielleicht... Und so wurde sie Tulas Geliebte. Zwei Jahre lang lebte sie auf Skerdu, dann kehrte sie in ihre bornische Heimat zurück, denn sie hatte erkannt, daß sie lieber ohne Tulas Liebe leben als mit und durch Tulas Liebe untergehen wollte. Zwei Gaben brachte sie mit heim, Geschenke von Tula: einen eiförmigen Glücksbringer aus Türkis an einer Kette aus Mondsilber und ein grünes Ei mit einer Frucht des Wasserrausches darin. Wenn das Ei die Frucht gebären würde, so hatte Tula einst gesagt, solle Ludminja sie schlucken, und dann würden sie gemeinsam das unvorstellbare, alleskrönende, endgültige Fest der Leidenschaft feiern. Aber die Liebe starb vor der Geburt der Frucht ... Tula vergaß nie, daß die Geliebte sie verlassen hatte, und sie verzieh es nie ... Ludminja trug Tulas Gaben immer bei sich, auch auf der Reise in den Süden, wo sie eine Freundin aus Kindertagen besuchen wollte. Diese Schwester jedoch fiel Häschern der Sonnenpriester in die Hände, und Ludminja mußte fliehen. Die Gefangennahme der Freundin hatte sie nicht verhindern können – sie war keine von den Mächtigen –, ungesühnt sollte das Unrecht jedoch nicht bleiben. So verbarg sie sich mit ihrer Vertrauten, einer Kröte, in einem Wäldchen, um dem Anführer der Häscher aufzulauern und ihn zu strafen. Sie wurde entdeckt, nicht von den Häschern der Sonnenpriester, sondern von einem Heiler, der Kräuter suchte, und dieser weckte nicht Abscheu, sondern Liebe in ihrem Herzen – auf den ersten Blick. Vielleicht traf auch ihn die Liebe sogleich, denn er verriet sie nicht. Er verriet sie auch nicht, als sie die Rache vollzogen hatte, eine Lähmung der Zunge, mit ihren allerletzten Kräften, und nun eine leichte Beute für die Häscher gewesen wäre. Zum Dank schenkte sie ihm das Ei mit der Frucht des Wasserrausches – sie fühlte, bald würde es die Frucht gebären. Lange mußte sie warten, in den Wäldern verborgen, bis der Erwählte sich entschloß, die Frucht zu schlucken. Wie sie gehofft hatte, zog es ihn, um den Rausch zu erleben und zu genießen, an den Ort ihrer ersten Begegnung. Und so fanden sie zusammen. Ob in dieser Nacht das Kind gezeugt wurde, wissen wir nicht... Das Kind, ein Mädchen, brachte sie in ihrer Heimat zur Welt, und sie hielt es gut verborgen. Auch vor seinem Vater verbarg sie es. Sie riß sich die Liebe zu dem Mann aus dem Herzen – aus Angst vor Tula. Sie wob einen Schirm um das Kind mit ihren Kräften – aus Angst vor Tula. Sie ließ das Mädchen niemals allein, reiste nicht mehr, besuchte kein Fest – aus Angst vor Tula. Aber vor Tula kann man nicht viel verbergen. Tula entdeckte bald, daß Ludminja ein Kind geboren hatte – das Kind irgendeines Mannes –, aber da Ludminja das Kind vor ihr zu verbergen suchte, glaubte sie, daß es ein Knabe sei. Daß Ludminja die Liebe irgendeines Mannes der ihren vorgezogen hatte, erzürnte Tula. Daß Ludminja das Kind irgendeines Mannes empfangen und ausgetragen hatte, erzürnte Tula heftiger. Doch daß dieses Kind ein Knabe war, erzürnte sie über die Maßen. Und so beschloß sie, daß das Kind sterben müsse. Vielleicht wäre alles anders gekommen, wenn sie gewußt hätte, daß das Kind ein Mädchen war ... Einst hatte Tula eine Gespielin, Sephyra mit Namen. Diese Sephyra hatte nie aufgehört, Tula zu lieben, auch als sie selbst schon lange durch eine Jüngere ersetzt worden war und diese wiederum durch eine Jüngere. Sephyra also liebte Tula und war ihr treu ergeben. Vielleicht hoffte sie, Tulas Liebe werde sich eines Tages wieder ihr zuwenden. Als nun Tula Sephyra bat – Tula befahl es nicht, sie bat –, Ludminjas Kind zu töten, sagte diese »Ich werde es tun« und flog nach Meskinneskoje, wo Ludminja lebte. Sie fand Ludminjas Hütte und schlich sich hinein, als alle schliefen, das Kind an seiner Mutter Seite. Doch der Dolch, den sie schon erhoben hatte, um ihn dem Knaben ins Herz zu stoßen, entfiel ihrer Hand, als sie sah, daß der Knabe ein Mädchen war, ein schönes Mädchen von vier Jahren. Ein Mädchen konnte sie nicht töten! Mußte sie nicht töten! Denn hatte Tula ihr nicht aufgetragen, die Klinge einem Knaben ins Herz zu stoßen? In der Zeit, die der Dolch zum Hinabfallen brauchte, dachte sie: Ich werde das Mädchen rauben und es zu Tula bringen ... Der Dolch fiel also zu Boden, und davon erwachte Ludminja. Diese erkannte sogleich, was Sephyra hatte tun wollen, warf sich über ihr Kind und brachte so den eigenen Körper zwischen Sephyra und das Mädchen. Dann war sie über der Gegnerin, die sich gerade nach der Waffe bückte. Der Dolch war im Dunkeln nicht sogleich zu finden – das Mondlicht erhellte nur das Bett, nicht den Boden. Auch Ludminja glitt zu Boden und tastete nach der Waffe. Sie wollte Sephyra zuvorkommen. Das gelang ihr zwar, aber es gelang ihr nicht zuzustoßen. Denn Sephyra war größer und stärker als sie, packte rasch ihre Handgelenke und drückte sie zu Boden. Dort rangen die beiden, bis Sephyra Ludminja den Dolch entwunden hatte, wobei er erneut zu Boden fiel. Die Kämpfenden griffen danach, gleichzeitig, aber auch beim zweiten Mal war Ludminja die schnellere. Doch bei Sephyras Versuch, Ludminja die Waffe abermals zu entwinden, kehrte ihre Spitze sich gegen Ludminjas Herz und drang hinein. War es Zufall, war es Absicht, oder war es von beidem etwas? Wer will das wissen? Und was tat das Kind? Schlief es weiterhin? Nein, es war vom Kampfeslärm erwacht und starrte nun mit solchem Entsetzen, solch namenlosem Abscheu die Mörderin der Mutter an, daß Sephyra rasch einen Zauber des Vergessens über die Kleine warf. Sie nahm das Mädchen, das Tulas Geschenk am Hals trug und alles vergessen hatte außer dem eigenen Namen ...«

»... und Schnappes.« Sylphinjas Stimme war kaum mehr als ein Atemhauch.

»... mit sich nach Albernia, wo sie es aufzog als ihre Tochter. Manches von dem, was geschehen war, erzählte sie Tula, anderes verschwieg sie ihr, so den Liebreiz des Kindes. Tula forderte das Mädchen nicht für sich, aber sie verlangte, es zu sehen, wenn es sechzehn Jahre alt geworden sei – auf dem Fest in Ouvenmas. Das versprach Sephyra ... Sag Milzenis, daß ... ach was ...«

Es dauerte lange, bis Anselm begriff, daß die Geschichte zu Ende war. Irgendwann fiel ihm auf, daß Yumuda nicht mehr sprach. Auch Sylphinja schwieg, nur ab und zu hörte man sie leise schniefen. Er zog das Mädchen fest an sich – wann hatte er ihr den Arm um die Schulter gelegt? – und vergrub die feuchte Wange in ihrem Haar. »Wir sind Geschwister«, murmelte er.

»Ja.«

»Hast du es gewußt?« flüsterte er in die duftende Fülle.

»Ich habe es geahnt oder mir vielmehr gewünscht, als ich hierherflog. Und du? Hast du es gewußt?«

Anselm schüttelte den Kopf. »Nein, und ich habe es auch nicht geahnt, obwohl ... Und was tun wir nun? Alles ist noch so neu für mich, daß ich eine Schwester habe ... Ich meine, daß ich eine Schwester habe, hatte Tsaiane mir schon erzählt, aber daß du es bist ...« Er hielt inne, weil ihm plötzlich alle Worte falsch und unangemessen erschienen.

»Freust du dich? Ein bißchen wenigstens?«

»Ach, Sylphinja, kleine Schwester, natürlich freue ich mich! Es ist nur alles so schwer zu begreifen. Wir kennen uns ja kaum, und nun sind wir auf einmal Bruder und Schwester. Ich denke auch schon darüber nach, obwohl es gar keinen Sinn ergibt, wie und wo du bei uns leben wirst, dem Onkelchen und mir, meine ich. Aber dazu müßten wir erst nach Salza gelangen, und dazu müßte zuvor ein Schiff vorbeigesegelt kommen, das uns dorthinbringt oder vielmehr mich ... Ich weiß gar nicht, wo Salza liegt.« Wieder erstarb die flüsternde Stimme.

»Ich jedenfalls freue mich«, sagte Sylphinja, ebenso

leise wie Anselm, doch seltsam fest. »Und trotz der Freude und der gleichzeitigen Trauer über das, was ich erfahren habe, denke ich schon darüber nach, warum die Kräfte, die das Schicksal lenken, uns hier und jetzt zusammengeführt haben. Ich denke auch schon darüber nach, wozu ich meine Macht verwenden soll … Vielleicht hängt ja beides zusammen.«

Nun schlang Anselm auch den anderen Arm um Sylphinja und hielt sie so geraume Weile fest. »Das Schicksal ist grausam, und die Götter verspotten uns«, murmelte er. »Denn kaum haben sie uns zusammengeführt, trennen sie uns schon wieder. Du wirst fortfliegen, und ich werde tagaus, tagein, jahraus, jahrein auf ein mitleidiges Schiffchen warten – falls Yumuda mich nicht vorher frißt. Sag nicht, daß du bei mir bleiben willst, weil ich dein geliebter Bruder bin, oder etwas in der Art. Ich erlaube es nicht. Du mußt fort, und zwar so rasch wie möglich, bevor Yumuda aufwacht.«

»Sie schläft gar nicht. Aber warum willst du nicht mit mir fliegen?« Sylphinja schien aufrichtig erstaunt, und nun entsann Anselm sich plötzlich der unverständlichen Andeutungen, den Besen und die Macht des Zottigen betreffend.

»Du meinst, das ist möglich? Er wird uns beide wirklich tragen? Nicht abstürzen?«

Sylphinja nickte ernst. »Ja, er wird uns bis Salza tragen. Laß uns bald aufbrechen! Sie wünscht nicht, uns länger um sich zu haben. Wir sollten ihr Lebewohl sagen und dann fortfliegen.« Sie löste sich sanft aus Anselms Arm und erhob sich, und Anselm folgte zögernd ihrem Beispiel.

»Große Yumuda, mächtige Yumuda, weise Yumuda, ich danke dir«, sagte Sylphinja, und nun bebte ihre Stimme doch ein wenig. Aufrecht und anmutig wie ein junger Baum stand sie da. Die Begrüßungsgeste, die der Augenblick ihr eingegeben hatte, zum Abschied zu imitieren, schien ihr nicht angemessen. »Sag mir nun, was ich Milzenis ausrichten soll.«

Yumuda antwortete nicht. Sie lag reglos, die Hände im Nacken verschränkt und die großen Augen zum Himmel gerichtet, wo, von Osten kommend, die blaue Dämmerung allmählich den Tag vertrieb.

Sylphinja wiederholte die Frage nicht. »Leb wohl, Yumuda, und Satuaria sei mit dir.« Eine Weile stand sie stumm, betrachtete die Riesin, dann wandte sie sich ab, um Besen und Beutel aufzuheben. Felischa war schon zur Stelle und sprang behende auf die Schulter ihrer Seelengefährtin. »Komm!« flüsterte sie kaum hörbar.

Auch Anselm trat nun vor, richtete sich auf. »Große Yumuda, mächtige Yumuda, weise Yumuda, ich danke dir. Leb wohl, und die Götter seien mit dir«, sagte er, und auch seiner Stimme fehlte die Festigkeit.

Ob die Riesin seine Worte gehört hatte, ließ sich nicht erkennen. Kein Glied regte sich, kein Muskel zuckte, und kein Lidschlag benetzte das Auge, solange Anselm stand und schaute.

»Komm!« wiederholte Sylphinja. »Es wird Zeit.« Sie hatte den Besen schon zwischen die Beine geklemmt, den Stiel nach Osten gerichtet, und bedeutete Anselm mit einer Geste, hinter ihr aufzusteigen. Und nun überfiel den jungen Mann doch ein leises Unbehagen, das wuchs... und wuchs... »Kennst du denn den Weg nach Salza?« fragte er, um Zeit zu gewinnen.

»Ich fliege nach Olport zurück und werde von dort aus der Küste südwärts folgen. Das mag ein Umweg sein, aber wir werden Salza nicht verfehlen. Schau nicht nach unten, wenn wir fliegen! Am besten schließt du die Augen. Mit geschlossenen Augen kannst du auch besser darüber nachdenken, wozu ich meine Kräfte verwenden soll und was du damit zu tun hast. Denn es betrifft uns beide, das spüre ich. Auch ich werde nachdenken. Und nun steig auf!«

Anselm gehorchte. Er schlang die Arme um Sylphinjas Leib und schloß rasch die Augen – noch bevor sich der Besen eine Handbreit über den Boden erheben konnte. Ein neuer Traum, Fliegen, dachte er – warum auch nicht?

Er fühlte schon eine Weile den Fahrtwind an Haaren und Kleidern zerren, als der Schrei ihn erreichte. War es ein Schrei? Oder war es Stöhnen? Es war ein Laut von unendlicher Trostlosigkeit ...

Auch Sylphinja blickte nicht zurück, dorthin, von wo der Schrei erklungen war und wo, zusammen mit ihrer Insel, die Riesin kleiner und kleiner wurde.

15. Kapitel

Gut dreiundzwanzig Stunden dauerte der Flug von Yumudas Insel nach Salza – eine lange und seltsame Reise. Um die zehnte Nachtstunde brachen Sylphinja und Anselm auf, und es war wiederum später Abend geworden, als sie am nächsten Tag in einem Wäldchen nahe der Stadt landeten.

Die junge Hexe Sylphinja war keineswegs von solch unerschütterlicher Zuversicht erfüllt, wie sie den Bruder beim Abflug glauben gemacht hatte – weder was den Flug noch was Levthans Gabe betraf. Die magischen Kräfte schützten sie zwar (und mit ihr Anselm und Felischa), und sie war sich recht sicher, daß – wie auf der bisherigen Reise – auch auf dem Weg nach Salza kein Tier, kein Ungeheuer und keine Zauberkreatur ihr ein Haar krümmen würden, da solche Geschöpfe die Aura ihrer Macht deutlich erkannten (selbst Wesen ohne Magiebegabung wie Anselm schienen sie zu spüren), aber mehr und mehr empfand sie diese Macht als fremd und unangemessen. Ein Satz aus Yumudas Rede hatte sich ihr eingeprägt – ›Er hat das falsche Gefäß gewählt‹ –, und der besagte dasselbe, was auch Sylphinja empfand: Das Geschenk kam ihr nicht zu, war an sie verschwendet, machte sie einsam und bürdete ihr eine Verantwortung auf, die sie nicht tragen konnte. Warum nur hatte Er *sie* erwählt und nicht Karlitta … oder Tula …?

Solche Gedanken und Fragen zogen durch Sylphinjas Kopf, während sie das nächtliche Meer überflog. Ja, das Meer – es war ein fremder, feindseliger Ort für die

Töchter Satuarias, und Levthans Gabe machte ihn nicht anheimelnder. Hier, über den unendlichen Wassern, war man abgeschnitten vom Wirken und Weben der Göttin! Einen winzigen Moment lang hatte die junge Hexe gezögert, sich vom Boden abzustoßen und dem Besen zu befehlen, nach Osten zu fliegen, aber das hatte nur Felischa gemerkt.

Als sie am heutigen Nachmittag das Meer zum ersten Mal überquert hatte, war ihr die Fremdheit des Elementes mit noch größerer Schärfe bewußt geworden, trotz des in seiner Trostlosigkeit erhabenen Anblicks, und sie hatte sich immer wieder sagen müssen: Ich bin stark, ich bin mächtig, uns wird nichts geschehen! Wie hatte sie nur die kleine Insel gefunden?! Hatte ihr Glücksbringer sie geführt, gezogen …? Tula war vor ihr bei Yumuda gewesen, das wußte sie nun, aber sie wußte nicht, ob die Festkönigin den Stein auf der Insel verloren, im Zorn fortgeschleudert oder absichtlich zurückgelassen hatte, damit sie, Sylphinja, ihn fände. Auch darüber dachte das Mädchen nach.

Und dazwischen drängte sich die traurige Geschichte, die sie eben gehört hatte. Nun wußte sie endlich, wer ihre Eltern waren, und wußte es doch nicht. Die Mutter war gewiß eine gute Hexe gewesen, keine böse, aber Sephyra, die sie ihr ganzes bewußtes Leben lang als Mutter betrachtet hatte, war vielleicht eine Mörderin … Wie sehr mußte Ludminja sie, Sylphinja, geliebt haben, daß sie sich alle Freuden versagt hatte, um die Tochter zu schützen! Und auch der unbekannte Vater war gewiß ein aufrechter Mensch gewesen, sonst hätte die Mutter sich nicht in ihn verliebt. Anselm sollte ihr alles über den Vater erzählen, der ja vor allem *sein* Vater war! Ihrer war er bisher nur insofern gewesen, als alle nicht aus dem Ei geborenen Töchter Satuarias einen leiblichen Vater hatten. Aber nun wollte sie ihn kennenlernen, obwohl er tot war wie die Mutter. Bei der ersten Rast würde sie den Bruder fragen. Anselmo, dachte sie ... Seltsam, einen Bruder zu haben. Sie spürte seine Arme an ihrem Leib, seinen Bauch an ihrem Rücken, sie freute sich, daß es ihn gab und daß er bei ihr war, und doch war er ein Fremder. Aber das eben Gehörte, ihre Gabe – es hing auch irgendwie mit dieser zusammen, das spürte sie – und vergangene gemeinsame Erlebnisse hatten ein eigentümliches Band zwischen ihnen geknüpft, weder Vertrautheit noch Liebe, aber doch ein Band ... Damals, bei der ersten Begegnung hätte sie nicht erlaubt, daß er sie anfaßte! Sie entsann sich genau, wie sehr sie sich vor ihm gefürchtet hatte, so sehr, daß sie ihre wenigen Kräfte verbraucht hatte, um den Zauber der *harmlosen Gestalt* über sich zu werfen. Wie lange war das her!? Ihr schien viel mehr Zeit verstrichen zu sein als knapp drei Monde, seit der Zauberwald versucht hatte, den Bruder und sie ins Verderben zu ziehen ...

Das freundliche Madamal geleitete Sylphinjas Flug, malte silberne Muster auf die unendliche blauschwarze Fläche, die ihr den Weg nach Osten wiesen, und verhütete, daß das ferne, irrlichternde, grünliche Leuchten des Wassers sie vom rechten Weg abbrachte.

Als die Hexe zwei Stunden später die Küste Thorwals erreichte, waren viele Gedanken durch ihren Kopf gezogen – wie sie ihre Gabe verwenden könnte, hatte sie jedoch nicht herausgefunden.

Auch Anselm kam nicht dazu, die von Sylphinja gestellte Aufgabe in Angriff zu nehmen oder gar zu lösen. Er war heftig mit dem neuen Traum beschäftigt, dem Traum vom Fliegen, von dem er nicht genau wußte, ob er wiederum ein Alptraum war. (Natürlich glaubte Anselm nicht *wirklich* zu fliegen; schon auf Yumudas Insel hatte er sich eher in diese Vorstellung geflüchtet, um nicht an der Wirklichkeit zu verzweifeln oder den Verstand zu verlieren, und auch jetzt wußte ein Teil seines Verstandes sehr wohl, daß der Traum kein echter Traum war.) Immer wieder mußte er sich versichern, daß der Besen wohl nicht im nächsten Augenblick abstürzen werde, da er die zwei Menschen und die Katze bisher sicher getragen hatte. Und er sagte sich auch, daß, wenn Sylphinja, seine neue Schwester, die kleine Hexe, die offenbar durch ein geheimnisvolles, wunderbares Ereignis zu hoher Macht gelangt war, keinerlei Bedenken hatte, durch die Luft zu sausen, und sogar die Katze sich zu fliegen getraute, er selbst ebenfalls keine Angst zu haben brauchte. Aber in diese vernünftigen Überlegungen mengten sich immer wieder dieselben lästigen Gedanken: daß der Besenstiel viel zu dünn sei, um ein solches Gewicht zu tragen – er, Anselm, ließe sich schließlich auch nicht mit der Schwester und deren Katze auf einem vergleichbar dünnen Ast eines Baumes nieder –, daß das Fliegen eine für Menschen widernatürliche Art der Fortbewegung sei, daß nur geflügelte Kreaturen in die Luft gehörten, Menschen jedoch auf den Boden und daß ein Absturz unweigerlich tödlich enden müsse. Er konnte Sylphinja keine Fragen stellen im Gebraus des Fahrtwindes, und dabei hatte er soviel zu fragen … Aber es war auch ein seltsames, trotz seiner Unnatürlichkeit berauschendes Gefühl, so scheinbar ohne Schwere durch die Luft zu gleiten, den Wind zerren zu fühlen und doch nicht fortgerissen zu werden und unter sich das weite, weite Meer zu wissen. Einmal, ging es ihm plötzlich durch den Kopf, wollte er einen kurzen Blick nach unten wagen, Sylphinjas Warnung zum Trotz, ein einziges Mal. Denn er würde es sich niemals verzeihen, wenn er die vermutlich einzige Gelegenheit im Leben verpaßt hätte, die Welt von oben zu betrachten – mit nichts als Luft zwischen sich und dem Meer (oder dem Land), keinem festen Berg, keinem steinernen Turm, keinem Schiff. Und was sollte er später einmal seinen Enkeln erzählen? ›Sie hat mir geraten, die Augen zu schließen, und diesen Rat habe ich befolgt?‹ Nein! Das wäre zu peinlich für einen

Mann der Wissenschaft. Es wäre auch undankbar gegen die Götter, die ihm dies Schauspiel gewährten. Und außerdem: Träume waren nicht bilderlos! Also öffnete Anselm die Augen – erst einen Spaltbreit, dann ganz, und dann schaute er nach unten.

Fast hätte der Medicus geschrien – vor Schreck, vor Erregung, aber auch vor Freude. Niemals hätte er sich, was er sah, in seinen kühnsten Träumen ausmalen können! Welch erhabenes, wunderbares, ergreifendes Bild bot sich ihm, unwirklich und traumhaft schön! Es war unfaßbar und unbeschreibbar, er wollte es einsaugen, in sich aufnehmen für alle Zeiten … bevor er hinabstürzte und an der Oberfläche des Wassers zerschellte. Denn das, da war er sich sicher, würde im nächsten Augenblick unweigerlich geschehen. Ihm schwindelte, der Besen schien ins Trudeln zu geraten, aber mehr, als sich noch fester an Sylphinja zu klammern, konnte er nicht tun. Die Augen ließen sich nicht wieder schließen, und auf seltsame Weise war er froh darüber … Vater, dachte er, als er nach ein paar tiefen Atemzügen wieder klarer denken konnte, das wäre gewiß auch eine Erfahrung nach deinem Geschmack gewesen. Du warst weniger prosaisch und bieder, als ich dich immer eingeschätzt habe. Nie hätte ich gedacht, daß du all die Jahre über ein solches Geheimnis mit dir herumtrugst – eine Hexenliebste. Hast du je erfahren, warum sie dich verlassen hat? Hast du gewußt, wann und woran sie gestorben ist? Wußtest du, daß du eine Tochter hast? Sylphinja, ein hübsches Mädchen, eine Hexe wie ihre Mutter. Und ich habe eben eine Schwester bekommen! Gänzlich begreifen konnte Anselm es immer noch nicht. Niemals wäre er damals darauf verfallen, daß das seltsame Mädchen seine Schwester sein könnte. Es wäre sein letzter und völlig absurder Gedanke gewesen.

Anselm versuchte, sich die Szene ins Gedächtnis zu rufen: Halb verzweifelt war er gewesen – er hatte sich eingestehen müssen, daß er sich verlaufen hatte und in den verzauberten Bereich des Waldes eingedrungen war, aus dem er nicht mehr herausfand –, und dann hatte er das drollige Kind entdeckt, daß sich vor seinen Augen in ein junges Mädchen verwandelte … Wie lange war das her? Lang, lang, aber seltsam und drollig war sie noch immer, trotz ihrer geheimnisvollen Macht. Er müßte sie soviel fragen! Sie hatten ja noch gar keine Gelegenheit gehabt, miteinander zu reden …

Etwa eine Stunde, nachdem der Besen in die Luft hinaufgestiegen war, hatte Anselm die Augen geöffnet, und danach schloß er sie für den Rest der Reise nur noch selten.

Anderthalb Stunden nach dem Aufbruch erahnte man fern am Horizont das Land, und eine weitere halbe Stunde später war die Küste erreicht. Aber Sylphinja ließ den Besen nicht landen. Sie hätte es gern getan – soviel gab es zu fragen, soviel wollte sie wissen, so schön wäre es gewesen, wieder Sumus Leib unter den Sohlen zu spüren! – und mußte sich geradezu dazu zwingen, das Gefährt in der Luft zu halten. Denn sie wußte genau, wären sie erst einmal am Boden, dann würde es so bald nicht weitergehen, dann würden sie reden, reden … Aber sie wollte und mußte die weite Reise so rasch wie möglich hinter sich bringen! Zum einen wußte sie nicht, wie lange der Besen die Fähigkeit behielte, zwei Menschen zu tragen, zum anderen … Gab es in Salza nicht eine Aufgabe für den Bruder und sie, etwas, das mit ihrer Macht zusammenhing …? Sie müßte Anselmo fragen, was es wohl mit Salza auf sich hatte.

Bei Ardahn, etwa hundert Meilen südlich von Olport, gönnte Sylphinja dem Besen und seinen Passagieren die erste Pause. Und ohne Felischas Mahnung wäre sie womöglich noch weiter geflogen. *Du bewegst so viele Gedanken in deinem Kopf, hast dir schon so viele Fragen zurechtgelegt, die du deinem Bruder stellen willst, warum landest du dann nicht endlich, um sie ihm auch mit dem Mund zu stellen? Und außerdem: Vielleicht macht ihm das Fliegen nicht gar so viel Spaß wie dir,* sagte die Katze. Da bremste Sylphinja schuldbewußt und lenkte den Besen zum Boden.

Tatsächlich, sie hatte nicht bedacht, daß Anselmo das Fliegen als quälend empfinden könnte, denn seit statt Wasser festes Land unter ihr vorüberzog, war es ihr selbst wieder eine rechte Lust. Doch als sie nun die leuchtenden Augen des Bruders sah, wußte sie, daß auch ihm der Flug gefallen hatte. Und dann, nach dem langen erzwungenen Schweigen, bestürmten die Geschwister einander mit Fragen. Aber es waren ganz andere als die zuvor zurechtgelegten. Übers Fliegen wurde natürlich als erstes geredet. Für Anselm war es schließlich eine ganz neue, faszinierende und zugleich beängstigende Erfahrung, deren Einzigartigkeit er nicht müde wurde, in immer neuen Formulierungen zu schildern. Ihn interessierte auch die Technik des Fliegens; er wollte wissen, wie man das Gefährt lenkte, antrieb, zum Steigen oder Landen brachte und ob Magie dabei im Spiele war. Und für Sylphinja schien plötzlich die Frage am drängendsten, was den Bruder, um Satuarias Willen, auf Yumudas Insel verschlagen habe. Denn das fragte sie ihn, nachdem sie bereitwillig Rede und Antwort gestanden und sogar von ihren ersten Flugversuchen und Felischas kurzer heftiger Flugangst berichtet hatte.

Da erzählte Anselm von seiner langen Irrfahrt auf dem Meer, vom Schiffbruch, der Seeschlacht und seinen Thorwaler Freunden. Eben wollte er auf Asleifs wundersame Heilung zu sprechen kommen, mit der alles seinen Anfang genommen hatte, als Sylphinja ihn unterbrach. »*Dicker Walfisch,* sagst du?« wiederholte sie mit erstaunt gehobenen Brauen. »Die Schenke kenne ich, Anselmo, das Schild ist mir damals aufgefallen, aber Karlitta wollte nicht hineingehen.« Als die Schwester ihn nun zum zweiten Mal ›Anselmo‹ nannte, gestand Anselm ihr, daß er einstmals einen falschen Namen genannt hatte, seinen Künstlernamen nämlich, von dem er sich aber inzwischen getrennt habe, und daß er in Wirklichkeit Anselm Peckert heiße. Sie nahm die Neuigkeit gelassen auf, und es ergab sich kein Gespräch über die erste Begegnung im Farindelwald daraus. Anselm war so fasziniert von der Tatsache, daß Sylphinja sich vor nicht allzu langer Zeit in Salza aufgehalten hatte, daß er sie mit einem Schwall von Fragen übergoß. Wann war das gewesen? Hatte er zu dieser Zeit schon beim Onkel an der Hauptstraße gewohnt oder schon nicht mehr? Hätten sie einander vielleicht auf Salzas Gassen begegnen können? Und so fort. Er gab erst Ruhe, als sich nach langem Rechnen herausstellte, daß sie sich wohl um ein paar Tage verpaßt hatten.

Und nun sollte Sylphinja berichten, was sie nach Salza gezogen und was sie dort getrieben hatte. Doch das Mädchen schüttelte, nach einem besorgten Blick auf den Besen und dann zum Himmel, den Kopf. »Wir müssen nun weiter«, sagte sie, und Anselm nickte, denn ihm war just in diesem Augenblick derselbe Gedanke gekommen.

Die Nacht wich der Dämmerung und diese dem Morgen, während die Geschwister der Küste südwärts folgten. Erst als sie sich schon wieder hoch in der Luft befanden, wurde Anselm bewußt, daß Sylphinja ihm kaum etwas über sich selbst und ihr bisheriges Leben erzählt hatte. Aber er hatte sie ja auch gar nicht das gefragt, was er eigentlich wissen wollte, hatte selbst viel zuviel geredet und völlig unnützerweise den genauen Zeitpunkt ihres Aufenthaltes in der Stadt herauszufinden versucht. Nun, so nahm er sich vor, in der nächsten Pause sollte es anders werden, da müßte *sie* erzählen, und er würde lauschen. Alles wollte er wissen – wie und wo sie vor ihrer Begegnung im Farindelwald gelebt hatte, was danach geschehen war und wie sie zu ihrer Macht gelangt war. Das war überhaupt das wichtigste. Darum ging es doch, glaubte er sich zu erinnern: herauszufinden, wie sie ihre Macht verwenden könnte ... Obwohl, was hatte *er* damit zu tun ...?

Noch niemals zuvor hatte Anselm so viele Stunden hintereinander in einer dermaßen unbequemen, verkrampften Haltung verbringen müssen, aber ... wieso quälte das Fliegen ihn dann nicht wirklich? fragte er sich. Er hatte erwartet – nachdem er endgültig entschieden hatte, daß er die Wirklichkeit erlebte und keinen Traum –, daß sein empfindlichstes Körperteil über kurz oder lang dämonisch schmerzen müsse. Aber das tat es nicht. Der Besenstiel bohrte sich keineswegs zwischen seine Beine. Ihm war, als ritte er auf einem Polster, einem Polster aus Luft – wie seltsam! Bei der nächsten Rast müßte er Sylphinja fragen, ob das immer so sei beim Fliegen – wo die Gesetze der Schwerkraft offenkundig aufgehoben waren – oder ob es von der seltsamen Zaubermacht herrührte, mit der der Besen getränkt sei, wie Yumuda gemunkelt hatte ... Seinen Gliedern ging es gut, nur dieses leise Ziehen im Bauch ... War es möglich, daß er Hunger hatte? Ja, er hatte Hunger, aber im Augenblick ließ der sich noch recht gut ertragen.

Die achte Stunde mochte eben vorüber sein, als Sylphinja wenige Meilen hinter Halsingor erneut zur Landung ansetzte. Auch sie war hungrig (hungriger als Anselm, da sie sich in den letzten drei Tagen ausschließlich von Pilzen und Beeren ernährt hatte), dennoch nahm sie sich vor, nicht so lange wie beim ersten Mal zu rasten. Sie mußten doch nach Salza! Während der letzten Stunde hatte sie zu spüren geglaubt, daß der Besen Kraft verlor. Nun, es mochte Einbildung gewesen sein – Felischa hatte nichts bemerkt –, aber dennoch: Wie lange wäre er noch in der Lage, nicht nur zwei Reiter zu tragen, sondern ihnen auch noch ein halbwegs bequemes Reisen zu ermöglichen? Sieben Stunden? Zehn? Oder zwölf …?

Daß das Fliegen seit den Ereignissen auf dem Hexenfest viel weniger ermüdete als auf der Reise von Lyckweiden nach Ouvenmas, war Sylphinja schon in den vergangenen Tagen, auf dem Weg zu Yumudas Insel, aufgefallen – auch der Besen war von Levthan bedacht worden. Aber es war ein rasch vergängliches Geschenk, wie die Riesin gesagt und sie selbst geahnt hatte … Den Hunger vertrieb es nicht, das Geschenk – der blieb! Noch ein Grund mehr, sich zu beeilen! Denn wie und wo sollten sie während der Reise an Nahrung gelangen – außer an kaum sättigende wilde Früchte vielleicht? Wie sehr mußte der arme Anselm leiden nach seiner langen einsamen Irrfahrt auf dem Meer, wo es tagelang *gar nichts* zu essen gegeben hatte!

Als Sylphinja sich Anselms vergangene Leidenszeit auszumalen versuchte, spürte sie, wie eine Welle von Mitleid sie erfaßte: Wie unendlich verlassen mußte er sich gefühlt haben, wie verzweifelt, trost- und hoffnungslos! Sie kannte das Gefühl. Damals, als sie Sephyras Tod erspürt hatte, war sie auch schrecklich einsam gewesen. Aber so unendlich verloren, daß sie *wirklich* hatte sterben wollen, hatte sie erst der Zauberwald gemacht. Und deshalb hatte sie sich auch auf die vernichtende Verlockung des bösen Weihers eingelassen und war in das schwarze Wasser eingetaucht … Der Strudel hatte sie schon erfaßt … und dann war sie gerettet worden. Aber nicht von Anselm, ihrem Bruder …

Daß sie einen Bruder hatte, wunderte Sylphinja plötzlich ungemein. Brüder – so etwas gab es draußen in der Welt. In Sephyras Hütte war von Schwestern, aber niemals von Brüdern die Rede gewesen. Nein, Brüder spielten bei den Töchtern Satuarias ebensowenig eine Rolle wie Väter. Aber nun hatte sie einen Bruder und war auf seltsame Weise mit ihm verbunden!

Daß sie ihm zum ersten Mal im Farindelwald begegnet war und ihn nun auf Yumudas Insel wiedergefunden hatte, mußte etwas zu bedeuten haben! Es galt eine gemeinsame Aufgabe zu lösen, ja, gewiß. In Salza? Und war es dieselbe Aufgabe, für die sie ihre Macht verwenden sollte?

Ich habe Hunger, unterbrach Felischa die Überlegungen ihrer Seelenfreundin. *Bei der letzten Rast habe ich nichts gefangen.*

Richtig, der Hunger! Die arme Felischa hatte Hunger, und der arme Anselm hatte Hunger, und sie selbst… Nun, so angefüllt mit Macht sollte sie ein wenig Hunger eigentlich ertragen können! Aber der Besen ließ nach, da war sie sich nun fast sicher. Er wollte nicht mehr so hoch fliegen… und nicht mehr so schnell. Oder täuschte sie sich? »Halt noch ein kleines Weilchen durch, Felischa, liebe Freundin«, bat die Hexe, »bis wir die große Stadt umrundet haben.«

Die große Stadt war Prem. Anselm erkannte sie wieder, obwohl die Schwester einen großen Bogen um sie machte. Seit sie Kap Swarnyn überflogen hatten, kam ihm die Landschaft zunehmend vertrauter vor. Aber er hatte keinen Blick für ihre Schönheit. Sie war auch gar nicht schön an diesem trüben, kühlen Tag: Das Meer war grau, das Wasser der Fjorde war grau, Wiesen, Hügel und Wege waren grau, er hatte Hunger und war müde. Essen und Schlafen, das war es, wonach er sich sehnte.

Kaum war man wenige Meilen hinter Prem gelandet, ließ Anselm sich auf den Boden fallen und streckte die müden Glieder aus. Nach Plaudern stand ihm kaum noch der Sinn, er hatte auch vergessen, was er, Stunden zuvor, Sylphinja hatte fragen wollen. »Hast du vielleicht etwas zu essen dabei?« fragte er statt dessen.

Aber Sylphinja schüttelte bedauernd den Kopf. Wie oft in den letzten Tagen hatte sie ihren Beutel um und um gewendet, obwohl sie doch wußte, daß er nichts Eßbares enthielt.

Während Felischa jagte und Anselm ruhte, suchte das Mädchen nach Beeren. Tatsächlich kehrte sie eine halbe Stunde später mit etwa fünf Unzen Preisel- und Brombeeren zurück, die sie in ihren Umhang gesammelt hatte – ein karges, aber erfrischendes Mahl. Felischa hatte sich an einem Hamster gütlich getan und war satt und zufrieden.

Und weiter folgte man der Küste. Welch häßlicher Umweg, dachte Anselm. Rückwärts fliegen! Er entsann sich sehr gut, wie lange er mit Hjalda und ihren Leuten gesegelt war, um von Salza bis hierher zu gelangen. Wenn Sylphinja von Kap Swarnyn aus schnurstracks ostwärts übers Meer geflogen wäre, hätte man viel Zeit sparen können. Aber er war doch froh, daß es ihr, trotz ihrer Ungeduld oder Rastlosigkeit, offenbar nicht in den Sinn gekommen war, den Weg abzukürzen, und er es ihr nicht hatte ausreden müssen. Nein, jetzt im trüben Tageslicht hatte das Meer nichts traumhaft Zauberisches mehr an sich. Feindselig, bedrohlich und kalt wirkten die aufgewühlten, grauen Wassermassen, die sich rechter Hand ausbreiteten. Sie weckten in Anselm keine Erinnerungen an den nächtlichen Flug, sondern häßliche an etwas anderes. Und weit war es bis zur anderen Seite! Gewiß hundert Meilen, vielleicht gar mehr... Nein! Nein! Nein! Vom Meer hatte er für alle Zeiten genug – eher würde er wandern oder auf allen vieren kriechen, als abermals den offenen Ozean zu überqueren!

Anselm ließ seine Gedanken treiben, versuchte nicht, die Bilder zu verscheuchen, die sich ungerufen vor sein inneres Auge schoben, wenn ihm, hin und wieder und für immer längere Augenblicke, die Lider zufielen. Plötzlich sah er Hjalda vor sich – im *Dicken Walfisch* mit tränenfeuchten Augen, an Bord der *Swafnirlieb*, breitbeinig im Bug stehend, mit kühn vorgerecktem Kinn und im Winde flatterndem rotgoldenen Haar… Nun brannte sie, von den dämonischen Feuerpfeilen entzündet, die die Al'Anfaner an Bord geschossen hatten… Aber was war das? Die Flammen, die ihren Körper umloderten, verwandelten sich unversehens in zottiges Fell, und ihr Haar wurde zum silberblonden Pferdeschweif… Es war auch gar nicht Hjalda, es war ein seltsames Vogelwesen, das auf einem seltsamen Baum saß, mit gefiedertem Gesicht und einem langen Federschopf am Hinterkopf. Wo hatte er dieses Wesen schon einmal gesehen? In einem Wald? In einem Buch? Wäre er nicht so müde und hungrig gewesen, hätte er diese Frage gewiß leichter beantworten können und auch jene, warum das Schicksal ihm so unvermutet eine Schwester beschert hatte… War das Yumuda, das riesige bleiche Wesen dort? Aber die Riesin wohnte doch auf einer Insel, war gewaltig groß und dick, während das bleiche Wesen bei jedem Schritt, den es näher kam, schrumpfte und schlanker wurde! Und Yumuda hatte auch keinen Bruder. Aber da waren plötzlich zwei Weißlinge, einander so ähnlich wie Bruder und Schwester… wie Zwillinge gar: die gleichen langen blonden Haare, die gleichen groben Züge, die gleichen häßlichen Nähte an Gliedmaßen und Rümpfen… Die beiden waren Puppen, abscheuliche Riesenpuppengeschwister, und er fände keine Holzwolle in ihren Bäuchen… Puppen, Geschwister, Zwillinge? Woher kamen die Wörter und Bilder? Auch er selbst hatte eine Schwester, war ein Bruder, aber damals im Farindelwald hatte er es nicht gewußt. Da war sie für ihn ein fremdes Mädchen gewesen… Ein fremdes Hexlein hatte in dem schwarzen Teich gebadet, hatte wie ein hilfloses Blatt im Zentrum des Strudels gekreiselt, in der Pupille des blicklosen Auges…

O Sylphinja! dachte Anselm. Fast hätte der abscheuliche Weiher dich verschlungen! In einer Wallung von

Erleichterung und Freude, daß sie lebte und bei ihm war, verstärkte er heftig den Druck der Arme.

Ob Sylphinja die Geste als Bitte zur Landung verstand oder ob sie selbst den Wunsch nach einer Rast verspürte, läßt sich nicht entscheiden. Vielleicht wollte sie dem Bruder auch nur berichten, was sie während des Fliegens und im Austausch von Gedanken und Bildern mit Felischa herausgefunden hatte: Sie mußten dorthin zurück, wo es begonnen hatte, da war sie nun ganz sicher. Warum sonst hätten sie sich zum ersten Mal an einem so feindseligen Ort treffen und Monde später an einem kaum anheimelnderen wiederfinden sollen? Ergab das einen Sinn? fragte sie sich. War es nicht vielmehr so, daß sie, was immer sie tun sollten, zusammen tun müßten und daß sie einander deshalb zum zweiten Mal begegnet waren. Das Denken fiel ihr nicht mehr leicht – sie war so müde! Sie selbst mußte auch gar nicht nach Salza. Was sollte sie dort? Eusebio und Ulfaran in die Arme laufen? Nein, weder sie noch Felischa würde die gefährliche Stadt betreten. Aber Anselm mußte dorthin, das war wichtig, und sie mußte in seiner Nähe sein … Wie sollte sie das alles dem Bruder nur erklären …?

Das gleichmäßige Grau des Himmels ließ keinen Rückschluß auf die Tageszeit zu. Mittag oder früher Nachmittag mag es sein, dachte Anselm, aber im Grunde war es ihm gleichgültig, welche Stunde man zählte. Er hatte auch keine Augen für das lauschige Plätzchen, das Sylphinja kurz hinter Varnheim entdeckte: eine kleine Lichtung, auf der es sich in Frieden rasten ließe, von Rosenhecken vor neugierigen Blicken geschützt. Wie ein Sack ließ er sich gleich nach der Landung zu Boden fallen, und als er erst einmal lag, glaubte er, sich niemals wieder erheben zu können. Wie müde er plötzlich war! Schlafen, schlafen, nur schlafen, dachte er. Die Kälte und der Hunger würden schon vergehen, wenn er nur endlich schlafen könnte, aber noch trieben so viele Gedanken durch seinen Kopf...

Auch Sylphinja hätte ein heimlicher Beobachter die Strapazen der Reise angesehen: Bläuliche Schatten lagen unter ihren Augen, die Lippen waren vom Fahrtwind gesprungen, und ihren Bewegungen fehlte die gewohnte Leichtigkeit. Mühsam, als sei es eine schwere Arbeit, zog sie das Feenkleid aus dem Beutel, dann streifte sie den Umhang ab, breitete beides über Anselm aus, das Kleid zuunterst, ließ sich neben dem Bruder nieder und schmiegte sich eng an ihn.

Seltsam wohl wurde Anselm, als die Wärme der leichten Decke ihn umhüllte. Wie angenehm es war, statt des beständigen Brausens das Rascheln von Blättern, die ferne Brandung, das Schnurren der Katze und Sylphinjas Atemzüge zu hören. Das Hexentier war offenbar mit unter die Decke geschlüpft, aber ihm sollte es recht sein. Je wärmer, desto besser. Wärme heilte mancherlei Beschwerden, das wußte er als Medicus sehr gut. Richtig, er war Medicus, das war sein Beruf, und deshalb mußte er nach Salza zurück, zum Onkel und zu den Patienten. Aber was zog Sylphinja in die Stadt? »Warum willst *du* eigentlich nach Salza?« murmelte er halb schlafend. »Außer natürlich, weil du meine Schwester bist und nun bei uns wohnen wirst. Im dritten Haus an der Hauptstraße links... Onkel Jasper ist gar kein Blutsverwandter, mußt du wissen, weder von mir noch von dir... Obwohl, das kann ich eigentlich nicht wissen, es wäre immerhin möglich... Er hört es gern, wenn man ihn Onkelchen nennt. Aus deinem kleinen Mund wird er es sicher noch lieber hören...« Anselms Stimme war kaum noch zu verstehen, und die Pausen zwischen den Wörtern wurden immer länger. »Du könntest im Nachbarstübchen wohnen... Wenn wir das Bord und die Kisten auf den Dachboden schaffen, ist Platz genug für ein Bett... Reinemachen und staubwischen muß man natürlich, bevor du einziehst. Die Kammer ist ein wenig zugig, genau wie meine, aber wenn man an kalten, stürmischen Tagen eine Decke vors Fenster hängt...« Anfang Rondra war es eine Zeitlang überraschend kalt und regnerisch, dachte er. Da hatte er in dem zugigen Stübchen seine Studien betrieben. Weit gekommen war er allerdings nicht damit – die meisten Bücher und Aufzeichnungen des Onkels warteten noch darauf, gesichtet und sortiert zu werden. Ein seltsames, uraltes Buch hatte er seinerzeit entdeckt, unverständlich, da – vermutlich – in Bosparano geschrieben, mit einem noch seltsameren Lesezeichen darin... Und die Illustrationen erst – am allerseltsamsten! Lauter Chimären und Monstrositäten... Nein, bitte heute keine Ungeheuer und widernatürlichen Kreaturen mehr! dachte Anselm. An wen er die Bitte richtete, fragte er sich nicht, denn er war eingeschlafen.

Da Anselm schlief, hörte er nicht, was Sylphinja ihm antwortete. Auch ihre Stimme war leise und schläfrig, fast so, als spräche sie zu sich selbst. Daß sie nicht in des Onkels Haus wohnen werde, erklärte sie: Felischa könne nicht in einer Stadt leben und sie nicht ohne Felischa. Außerdem habe sie Feinde in Salza, doch von denen wolle sie später erzählen. Nein, an Eusebio und Ulfaran mochte sie jetzt nicht denken. Um diese ging es auch nicht, und wenn sie ihre neue Macht gebrauchen müßte, um sich selbst oder Anselm vor den beiden zu schützen, könnte leicht jemand zu Tode kommen. Das wollte sie nicht, es durfte auch nicht sein, war nicht die rechte Verwendung der Gabe. »Wir müssen in den Farindelwald zurückgehen«, flüsterte sie. »Dort liegt unser Ziel. Ich fühle, daß ich bald wissen werde, was wir dort zu tun haben, nur ein klein wenig nachdenken muß ich noch, ein ganz klein wenig...« Nun schlief auch Sylphinja.

Vier Stunden lang ruhten Anselm und Sylphinja auf der lauschigen, von Rosenhecken umgebenen Lichtung. Nach den Entbehrungen der letzten Zeit und den Anstrengungen der langen Reise war ihr Schlaf tief und bewußtlos, und er schenkte ihnen ein wenig neue Kraft.

Sylphinja erwachte gut eine Viertelstunde vor dem Bruder – vielleicht deshalb, weil ihre Macht sie stärkte und sie so mit weniger Schlaf auskam, vielleicht aber auch deshalb, weil die Sorge um den Besen und der Hunger sie weckten. Denn sie roch die Hagebutten, noch bevor sie die Augen geöffnet hatte. Und als auch Anselm die Augen aufschlug, war sie schon dabei, die kleinen süßherben Früchte von den haarigen Kernchen zu befreien.

Das Nachmittagsmahl – Sylphinja schätzte, nach einem prüfenden Blick auf die dunkle Wolkendecke, daß die fünfte Stunde nach Mittag eben vorüber sei – fiel noch kärglicher aus als das Vormittagsmahl, aber es besänftigte wiederum für ein Weilchen die knurrenden Mägen. Als das Mädchen sich den Umhang um die Schultern gelegt hatte und nun das Feenkleid von Anselms Körper zog, um es im Beutel zu verstauen, sah es, daß der Bruder schauderte. Natürlich, er fror in seinem zerrissenen dünnen Hemd, hatte schon den ganzen Flug über gefroren und würde die nächsten Stunden auf dem Besen noch jämmerlicher frieren als zuvor. Es gelang ihm auch kaum, das Frösteln zu verbergen, obwohl er sich redlich Mühe gab. »Du solltest das Kleid tragen, wenn wir gleich weiterfliegen«, schlug sie vor. »Es paßt jedem, und es wird dich wärmen. Und nun laß uns aufbrechen. Ich mache mir Sorgen um den Besen – er wird schwächer.«

Aber Anselm hatte nicht zugehört. »Das Stadttor wird geschlossen sein, wenn wir ankommen«, sagte er statt einer Erwiderung. »Natürlich kann man auch später noch Einlaß begehren. Man kennt den Onkel in Salza – er ist gut beleumdet – und auch mich inzwischen. Das dürfte also keine Schwierigkeiten bereiten.

Aber du und die Katze und der Besen und die roten Haare – nun, auffälliger ist es kaum denkbar. Versteh mich nicht falsch! *Mir* macht es nichts aus. Und solange ich in Salza lebte, ist mir nichts von Hexenverfolgung zu Ohren gekommen …«

Hier unterbrach ihn Sylphinja. Und nun legte sie noch einmal dar, knapp und hastig, warum sie nicht in der Stadt wohnen könne. »Weißt du nicht ein verstecktes Hüttchen nahebei?« fragte sie zum Abschluß ihrer Ausführungen. »Ein Plätzchen, wo Felischa und ich uns verbergen können, während du in Salza deine Studien betreibst?«

Beim Wort ›Studien‹ hatte Anselm fragend die Brauen gehoben, ansonsten schien er nur wenig überrascht. »Soso, Eusebio Alabastrion alias Perainerich Plotz und Ulfaran – die Namen werde ich mir merken und Erkundigungen über die beiden einziehen«, sagte er, und dann nach einem Augenblick stirnrunzelnden Nachdenkens: »Ich glaube, ich kenne einen Platz, wie du ihn suchst. Vielleicht erzählst du mir dort, was die beiden dir getan haben und was du ihnen getan hast.« Er bückte sich nach dem Besen und reichte ihn der Schwester. »Wenn du den Ingval und die Straße überquert hast, halt dich ein wenig links. Nach einer Meile wirst du auf ein Wäldchen stoßen. Dort lande!«

Sylphinja reichte dem Bruder das Kleid, das sie immer noch in der Hand hielt. »Zieh es an«, sagte sie abermals. »Mit dem Riß nach hinten, damit der Wind es an dich drückt und nicht von dir fort. Nun schau nicht so entgeistert! Passen wird es schon – es paßt jedem, wie ich bereits sagte –, und ob es putzt, braucht dich nicht zu bekümmern. Es sieht uns ja keiner, hoffentlich!«

Trotz Sylphinjas Versicherung wich der halb skeptische, halb entsetzte Ausdruck nicht von Anselms Zügen. Prüfend ließ er den kühlwarmen seidigen Stoff durch die Finger gleiten und stutzte plötzlich. »Das

Kleid kommt mir bekannt vor«, murmelte er. »Es ähnelt dem Gewand, in dem ich dich zum ersten Mal gesehen habe ... und als du im Weiher getrieben bist, hat es sich wie ein gezacktes Seerosenblatt um dich gebreitet und vor dem Ertrinken bewahrt ... *Dein* Kleid, meine ich.«

»Es ist dasselbe. Aber nicht das Gewand hat mich vor dem Ertrinken gerettet, sondern die verwunschenen Zwillinge waren es ... Doch nun zieh es an und laß uns weiterfliegen!«

In wenigen Augenblicken waren Sylphinja und Felischa reisefertig. »Dreh dich um!« sagte Anselm streng, als er die Arme durch die engen Ärmel zwängte. (Ganz so einfach, wie Sylphinja versprochen hatte, ließ sich das Kleid denn doch nicht überstreifen, aber das mochte daran liegen, daß das zerrissene Rüschenhemd beim Hineinschlüpfen störte und der Schnitt für eine andere Tragweise gedacht war.) »Niemand, auch du nicht, braucht mich dabei zu sehen, wie ich meine Würde der Zimperlichkeit opfere!« Zum ersten Mal während der Reise lachten da die Geschwister.

Schäbig, schief und schwarz war die Hütte, die Anselm zum Versteck erkoren hatte und die die Geschwister nach gut vier Stunden Flug und einer halben Stunde Fußmarsch durch das Wäldchen erreichten. Je näher man dem Ziel der Reise gekommen war, um so mehr Mühe hatte dem Besen das Fliegen bereitet. Er war immer langsamer geworden und hatte zusehends an Höhe verloren. Als die Luftreiter den Ingval überquerten, hatten nur noch drei Schritt sie von der Wasseroberfläche getrennt, aber – Satuaria und den Zwölfen sei Dank! – der Besen hatte durchgehalten, und niemand hatte die seltsamen nächtlichen Reisenden entdeckt.

Rings um das Häuschen wuchsen Weiden, Erlen, Ahorn, vereinzelte Fichten und Birken, die als erste den nahen, längst aufgegebenen Torfstich zurückerobert hatten. Die zehnte Stunde nach Mittag war eben angebrochen, aber der dunkelgraue Himmel spendete noch genug Licht, um die tristen Einzelheiten von Sylphinjas neuem Domizil erkennen zu lassen: Der Hütte fehlte die Tür, dem winzigen Fenster der Laden, das Dach war halb eingesunken, und durch einen Spalt zwischen den morschen Schindeln strebte ein blutjunges Birkenbäumchen der Sonne entgegen.

Diese hatte sich jedoch den ganzen Tag über nicht gezeigt, und nun hatte endlich Efferd die Herrschaft übernommen. Mit einem sanften Nieselregen hatte Er vor einer Viertelstunde die Blätter zum Wispern gebracht, doch mit jedem Augenblick wurde der Regen kräftiger, und bald rauschte und tröpfelte es überall ringsumher.

»Ein seit Jahren verlassenes Torfstecherhäuschen«, erklärte Anselm und hob wie entschuldigend die Achseln. »Das einzige Versteck, das ich kenne – ich bin einmal beim Kräutersammeln auf die Hütte gestoßen. Wollen wir es wagen?« Er tat ein paar zögernde Schritte in Richtung der schwarzen Türöffnung. Wohl war ihm nicht bei dem Gedanken, sich im völlig Finsteren niederzulassen, zwischen Spinnweben, Fledermausdreck, morschen Brettern, schimmligen Lumpen oder was immer sie im Innern erwarten würde, aber ebensowenig Gefallen fand er an der kalten Nässe. Er hatte sich nämlich gleich nach der Landung das lächerliche Seidenkleid vom Körper gerissen und es der Schwester aufgenötigt. Welch gute Dienste es ihm geleistet hatte, wurde ihm erst jetzt bewußt: Kein einziges Mal während des Fluges hatte er gefroren, doch nun begann er heftig zu frösteln, denn Sylphinjas Umhang, den er im Austausch erhalten hatte, wärmte weit weniger und war keineswegs regendicht.

»Wir können getrost hineingehen«, erklang Sylphinjas helle Stimme in diesem Augenblick. »Felischa sagt, daß nichts Widerwärtiges oder Widernatürliches in dem Häuschen wohnt.« Anselm war gar nicht aufgefallen, daß die Katze ins Haus geschlüpft war, nun entdeckte er schemenhaft den schlanken Körper im Schwarz hinter der Öffnung. Trotz der Entwarnung ließ er der Schwester den Vortritt – sie war die Hexe und kannte sich mit Waldhütten, Spinnen, Schlangen und Fledermäusen gewiß besser aus als er. Mit eingezogenem Kopf, um sich nicht an dem niedrigen Türbalken den Scheitel zu rammen, folgte er Sylphinja ins Finstere.

Dort stand er nun, nachdem er sich vorsichtig aufgerichtet hatte – die Hütte war auch für den ›langen Anselm‹ hoch genug. Er hörte wohl, daß Sylphinja sich irgendwo mit irgend etwas zu schaffen machte, was sie tat, sah er erst in genau dem Augenblick, als er ihr vorschlagen wollte (völlig unpassend, wie ihm sogleich einfiel), einen kleinen Lichtzauber zu wirken. Sie konnte ihre Kraft ja nicht aufteilen, wie Yumuda gesagt hatte!

Hell wurde es dennoch. Selbstverständlich hatte Sylphinja Zunder und Feuerstein in ihrem Beutel! Und ein paar morsche Schindeln und Bretter, halbwegs trocken sogar, waren schnell gefunden, auf die Reste der gemauerten Feuerstelle geschichtet und dann entzündet.

Im Schein des blakenden Feuers sah man nun, daß es nicht viel zu sehen gab: Die Hütte war verlassen und verfallen, wie nicht anders zu erwarten stand, aber immerhin hatte sie weder Fledermäusen noch Dachsen noch Stinkmardern als Tages- oder Winterquartier gedient.

Sylphinja griff nach dem Besen, den sie an die Wand gelehnt hatte, und betrachtete ihn versonnen. Dann fegte sie das trockene Laub zusammen, das der Wind im letzten Herbst (vielleicht auch schon im vorletzten und dem ihm vorausgegangenen) durch das Türloch geblasen hatte, und bedeutete Anselm, auf dem Haufen Platz zu nehmen. Zärtlich fuhr sie mit dem Finger über das glatte Holz des Besenstiels. »Nun kann er uns beide nicht mehr tragen«, sagte sie. »Wir haben es gerade noch rechtzeitig geschafft. Aber du siehst, auch dazu ist er zu gebrauchen.« Lächelnd ließ sie sich neben dem Bruder nieder und streifte das Kleid ab, damit es ihnen beiden wieder als Decke dienen konnte.

»Seltsam«, murmelte Anselm. »Als ich dich gerade so mit dem Besen hantieren sah, mußte ich an unsere allererste Begegnung denken. Erinnerst du dich?« Sylphinja nickte, und Grübchen erschienen auf ihren Wangen. »Das war in diesem Zauberwald, dem Farindelwald«, fuhr er fort, »und als ich dich da so sah, kam mir als erstes der Gedanke – lach nicht, es stimmt wirklich! –: Ob sie den Wald fegen will? Wer mag ihr nur etwas dermaßen Albernes aufgetragen haben? Jetzt lachst du doch, aber es ist wirklich wahr.«

Tatsächlich kicherte Sylphinja, das Beben übertrug sich auf Anselm, und als die beiden ein Weilchen gegluckst und geprustet hatten, umarmten sie einander, während der Ausbruch abklang. »Ja, dorthin müssen wir reisen, du hast es also auch herausgefunden«, sagte Sylphinja schließlich. »Im Farindelwald sind wir uns zum ersten Mal begegnet, und in den Farindelwald müssen wir zurückkehren.«

»Was faselst du? Farindelwald?« Die Überraschung in Anselms Stimme klang nicht wirklich echt, aber mit einem Hieb der geballten Rechten in die flache Linke – keine überzeugende Geste unter den Schichten weich fallender Seide – versuchte er die Ahnungen fortzuscheuchen, die ihn beschleichen wollten. »Und was willst du da? Die feindseligen Bäume, Blumen und Pilze freundlich stimmen? Das schwarze Auge des Weihers in ein mild lächelndes blaues verwandeln?«

Sylphinja schüttelte den Kopf. »Nein, das ist unmöglich, wie du weißt. Keiner kann das, du nicht und ich nicht.« Sie machte eine Pause und blickte versonnen ins Feuer, das schon schwächer wurde und bald ersterben würde. »Uns ist einmal das Leben geschenkt worden«, sagte sie, »und vielleicht müssen wir Leben nehmen zum Dank... Ich weiß es nicht genau, aber so wird es wohl enden ...«

»Erstens weiß ich nicht, wovon du redest, und zweitens muß ich gar nichts! Leben nehmen, abscheulich! Ich bin Medicus, und die Aufgabe eines Medicus ist das Heilen, nicht das Töten ... Du hast dich verändert, Sylphinja. Damals warst du drolliger, kindlicher ...«

»Soviel Verantwortung habe ich auch niemals zuvor tragen müssen – die Gabe, die zu schwer für mich ist und die ich bewahren muß für den einen großen Zauber ... Ich will nicht töten, genausowenig wie du. Aber wenn sie sich den Tod doch sosehr wünschen, wenn sie des Lebens, dieses widerwärtigen Lebens, doch sosehr überdrüssig sind ...? Kannst du dir vorstellen, ewig und endlos und immerfort zu leben? Wäre das nicht grauenhaft? Aber du hast recht ... Wie wir ihnen den Tod schenken könnten, darüber sollten wir wohl nicht nachdenken. Genauso sehnlich wie den Tod wünschen sie sich ja, wieder so zu sein, wie sie vorher waren. Vielleicht gibt es dafür eine Formel, ein Rezept ... Das herauszufinden ist dein Teil der Aufgabe, glaube ich ...«

Sylphinja verstummte, und auch Anselm schwieg. Das Feuer war inzwischen heruntergebrannt, nur noch ein paar glühende Scheite erfüllten einen winzigen Bereich des Raumes mit rötlichem Licht. Bald werden nur noch zwei, drei rote Augen in der Schwärze glimmen, dachte Anselm, und kurz darauf wird es gänzlich finster sein. Wieviel Zeit wird bis dahin verstreichen? fragte er sich. Eine Viertelstunde? Eine halbe? Selbst wenn er den Vorgang des Verglühens ganz genau beobachtete, was er sich vornahm, würde er doch seine Dauer nicht messen können. Womit oder woran auch? Er wäre also aufs Schätzen angewiesen, aber das konnte er nicht, da er jedes Zeitgefühl verloren hatte. Wenn es einen Lehrsatz gegeben hätte, der besagte, daß drei morsche, aber halbwegs trockene Schindeln und ein paar ebenso morsche und ebenso halbtrockene Bretter eine halbe Stunde lang mit heller Flamme brennten und bis zum völligen Erlöschen nochmals drei Viertel einer Stunde brauchten, könnte er nun ausrechnen, wie lange er sich schon in der Hütte aufhielt... Aber ein solcher Lehrsatz war ihm unbekannt, und was sollte das alles überhaupt?

Anselm räusperte sich. »Ich fürchte, ich verstehe, worauf du hinaus willst: Wir sollen in den Farindelwald zurückkehren, um die verfluchten Zwillinge zu erlösen.« Er spürte, wie Sylphinja an seiner Seite nickte. An den Farindelwald hatte auch er oft genug gedacht während des Fluges, aber... er hatte seinen Gedanken befohlen, die grauenhaften Geschwister auszusparen. Nun war das nicht länger möglich. »Dich fasziniert die Vorstellung, das Schicksal habe es so gewollt, daß alles einen Sinn ergebe – daß wir die Zwillinge getroffen haben, daß wir einander gefunden haben, daß du die Macht erhalten hast – und alle Enden verknüpft würden. Ich gebe zu, das klingt überzeugend. Aber Boroniane und Boronian zu erlösen, ist genauso unmöglich, wie den Weiher freundlich zu stimmen. Die größten Magier ihrer Zeit haben sich erfolglos an dieser Aufgabe versucht, wie wir wissen.«

»Sie waren kleinmütig oder selbstsüchtig, wie wir wissen... Es wäre das Schönste, wozu ich meine Gabe verwenden könnte. Ich will Tsalieb und Tsahold heilen... Warum gehst du nicht zum Tempel der Weisheit und fragst einen der klugen Priester um Rat? Es gibt in Salza einen Tempel der Weisheit, das weiß ich von Karlitta.«

Tempel der Weisheit, wiederholte Anselm in Gedanken. Er hatte sich einstmals vorgenommen, den Hesindetempel aufzusuchen, um etwas aus einem seltsamen alten Buch übersetzen zu lassen: Wortkolonnen, die ihn an ein Gedicht oder Kochrezept erinnert hatten. Rezept – das Wort hatte Sylphinja auch eben benutzt. Im Geiste blätterte Anselm den Folianten durch und stieß bald auf die wenigen hochmerkwürdigen Illustrationen: Vogelgargyle, Echsenwesen, Zotteltiere, und immer zwei von ihnen... Bilder eben dieser Chimären waren auf der Reise hin und wieder vor seinem inneren Auge erschienen. Sollte es möglich sein, daß das Buch von den Zwillingen handelte und sie in ihren damaligen Verkleidungen zeigte...? Nein, nein, nein – einen solchen Zufall konnte es nicht geben! Und das ›Rezept‹ am Ende – könnte es sich tatsächlich um die Formel handeln?

Anselms Herz klopfte unvermittelt heftig. Die mögliche, ganz und gar unglaubliche Entdeckung erregte ihn so sehr, daß er keinen der vielen Gedanken, die ihm durch den Kopf wirbelten, fassen konnte. Doch, einer ließ sich festhalten, und nun, da er da war, verdrängte er alle anderen und war nicht mehr zu vertreiben: Was war mit den Magiern geschehen, die sich an der Erlösung versucht hatten? Sie waren allesamt gescheitert, und der Weiher hatte sie verschlungen! Und genau das würde auch Sylphinja und ihm widerfahren!

Nein, nein, nein! dachte Anselm abermals. Er würde nicht in den Farindelwald zurückkehren! Gerade hatte er ein tödliches Abenteuer überstanden, da konnte keiner von ihm verlangen, daß er sich wiederum in Lebensgefahr begab! Und überhaupt: Was hatte er mit den beiden zu schaffen? Warum sollte er ihnen helfen? Warum sollte er sich für sie in eine solche Gefahr begeben? Sylphinja faselte, daß sie ihr das Leben gerettet hätten und daß sie ihnen dafür Dank schulde... Meinetwegen, sollte sie doch in den dämonischen Wald zurückkehren und zaubern, bis ihr der Schädel rauchte... *Ihn* hatte niemand aus dem Weiher gezogen!

Nun, vielleicht *hätte* der Teich über kurz oder lang auch ihn verschlungen, aber gewiß war das keineswegs, und überhaupt: Hatten die Zwillinge nicht selbst gesagt, daß sie Sylphinja und ihn nur deshalb in Sicherheit gebracht hätten, um zu prüfen, ob sie ›passend‹ seien, und sie dann laufen lassen, weil sie es nicht waren. Nur mit Glück und knapper Not waren die Schwester und er dem Gehäutetwerden entgangen! Nein! Hilfe hatten Tsalieb und Tsahold wahrlich nicht verdient! Pfui und Schande über sie!

Ein einzelnes rotes Glutauge starrte von der Feuerstelle her böse zu Anselm herüber. Nun hatte er doch nicht beobachtet, wann und wie die anderen erloschen waren. Er versuchte sich vorzustellen, wie eine zweite Haut aus Menschenhaut wohl aussehen mochte. Auch Menschenhaut war Leder, man mußte sie also gerben, um sie geschmeidig zu machen... und dann die Teile zusammennähen und Löcher für die gläsern milchigen Augen schneiden und für die Ohren, deren komplizierte Form sich gewiß auch mit dem größten Geschick nicht nähen ließe... und Löcher für die Nase, den Mund und die anderen Körperöffnungen... Abscheulich! Auch die Geschwister mußten wissen – in all den Jahrzehnten oder Jahrhunderten, in denen sie sich schon mit diesem Gegenstand beschäftigten, *mußten* sie es herausgefunden haben! –, daß sie, selbst in einer Hülle aus Menschenhaut, niemals Menschen gleichen würden. Wie ohrlose, lippenlose, faltige, von Wulstnarben entstellte Spottgestalten würden sie aussehen...

»Und was wird geschehen, wenn die Formel, das Rezept, das ich vielleicht finde, einen Fehler enthält? Was wird geschehen, wenn dir der Zauber nicht gelingt und du auf falsche und unnütze Weise deine Macht verströmst? Was wird geschehen, wenn wir als Gescheiterte im Farindelwald sitzen, ohne den Schutz deiner Kräfte?« fragte Anselm leise. Er fühlte, wie Sylphinja unter den Gewändern nach seiner Hand suchte und sie fest drückte.

»Du hast dich also entschieden, zusammen mit mir das schwierige Werk zu wagen, lieber Bruder«, sagte sie. »Ich bin so froh darüber. Denn ohne dich kann es nicht gelingen. Dessen bin ich mir sicher und weiß doch nicht warum.« Sie starrte dorthin, wo eben noch das Feuer gebrannt hatte, aber das sah Anselm nicht. »Suche und finde die Formel und sieh, daß sie keinen Fehler enthält!« fuhr sie nach einer Weile fort. »Bete zu deinen Göttern, zur Göttin der Weisheit oder der Kräuter... Ich werde derweil in dieser Hütte wohnen, mit Felischa reden, durch den Wald laufen, meinen Geist in Satuarias Geist versenken, über meine Gabe nachdenken, über Den, von Dem ich sie erhalten habe, und über die Art und Weise, wie ich sie erhalten habe... In alledem liegt ein Sinn – vielleicht werde ich ihn ergründen. Und dann wird mir hoffentlich kein Fehler unterlaufen.«

»Es kann lange dauern, bis ich etwas herausgefunden habe, und noch länger, bis die Zutaten beschafft sind... Willst du nicht doch lieber mit nach Salza kommen? Kein Mensch kann in dieser verkommenen Hütte wohnen.«

»So versteh doch: Felischa kann nicht in einer Stadt mit steinernen Häusern und einer steinernen Mauer darum leben, und ich kann nicht ohne Felischa leben... Ich werde mir mein Häuschen schon herrichten, sei unbesorgt. Und was Tsalieb und Tsahold betrifft – ein paar Wochen oder Monde sind nichts, gemessen an der unendlich langen Zeit des Wartens, die hinter ihnen liegt...«

Halb schlummernd, halb träumend verbrachten die Geschwister den Rest der Nacht. Als der Tag anbrach, grau und feucht wie der vergangene, erhob sich Anselm, und Sylphinja folgte ihm. Sie begleitete den Bruder bis zum Waldrand, von wo aus man im trüben Licht die Türme und Dächer der Stadt erkannte. »Ich lasse dich ungern allein zurück«, sagte Anselm.

»Und ich lasse dich ungern ziehen«, erwiderte Sylphinja.

»Vor Einbruch der Nacht bin ich wieder bei dir – mit Decken, Nahrung, Kleidern, Geschirr ...«

»Und Schuhen, Spangen, Kämmen.« Sylphinja lächelte. »Paß auf, daß dir keiner folgt, wenn du mich besuchst!«

Nachdem sie einander wie Bruder und Schwester umarmt und geküßt hatten, trennten sich Anselm und Sylphinja.

16. Kapitel

Am Abend des achten Efferd erreichten Anselm und Sylphinja die verlassene Torfstecherhütte im Wäldchen bei Salza, und am Morgen des dreiundzwanzigsten Travia brach Anselm zu der gemeinsamen, ungewissen Reise in den Süden auf. Sylphinja verschob den Aufbruch bis zum Abend, der nun schon nach der fünften Stunde begann. Und obwohl die Geschwister ihre Reise durchaus als gemeinsame betrachteten, bekamen sie einander kaum zu Gesicht, bis sie den Farindelwald erreichten.

Anselm brauchte lange für seine Studien und Experimente, von denen später zu berichten sein wird, und in dieser Zeit rückte der düstere Boron immer näher. Und je näher er kam, um so unruhiger und ungeduldiger wurden Bruder und Schwester. Eines Tages brachten sie zur Sprache, was sie beschäftigte, und da zeigte sich, daß sie die Sache ähnlich sahen: Im Boronmond würde es sie zuviel Kraft kosten, sich gegen die finsteren Verlockungen des Weihers zur Wehr zu setzen, und deshalb sollte das, was sie irgendwann ›die Heilung‹ nannten, bis Ende Travia erledigt sein (die Wörter ›Entfluchung‹ und ›Erlösung‹, die in den anfänglichen Gesprächen aufgetaucht waren, wurden verworfen, weil das erste in Sylphinjas Ohren zu ›technisch‹ klang und beide das zweite für unangemessen und überheblich hielten).

Deshalb, um die Reisezeit möglichst kurz zu halten (und die Reise dennoch möglichst sicher; in eine lebensbedrohende Lage durfte keiner von ihnen geraten!), entschieden sich die Geschwister für folgende Art der Fortbewegung, auch wenn das bedeutete, daß sie mindestens zwei Tage lang völlig auf den gegenseitigen Gedankenaustausch verzichten müßten und auch später kaum Gelegenheit hätten, einander wenn nötig Trost und Zuversicht zu spenden: Anselm würde mit dem Schiff (und Danilo) bis Nostria fahren, sich dort einer Reisegruppe anschließen (nach Möglichkeit Händlern oder anderen ehrbaren Leuten, auf keinen Fall aber Praiospfaffen!), und Sylphinja und Felischa würden seinen Weg aus sicherer Entfernung begleiten – tagsüber wandernd, des Nachts fliegend.

Mit der Planung der Reise verbrachten Sylphinja und Anselm so manchen Abend, planten sie gründlicher, als wohl vonnöten gewesen wäre. Denn über eine Reise konnte man getrost und ohne Scheu reden, das andere jedoch, ›die Heilung‹, war ein heikles Thema, dem bisweilen fast etwas Anrüchiges anzuhaften schien, so daß sie die endgültige Aussprache über die Durchführung ihrer Tat immer wieder verschoben.

Die Geschwister trafen sich etwa dreimal in der Woche, und zwar in Sylphinjas Hütte. Wie überrascht war Anselm gewesen, als er am Abend seines Aufbruchs die Schwester zum ersten Mal besuchte (Danilo schwer bepackt mit Decken, Fellen, abgelegten Kleidern, Hausrat, Nahrungsmitteln, kurzum allem, was rasch zu beschaffen oder in Onkel Jaspers Haushalt entbehrlich war) und das erbärmliche Häuschen reinlich ausgefegt fand, die Feuerstelle provisorisch hergerichtet und ein Feuer entfacht, einen Teil des Bodens mit frischen Fichtenzweigen ausgelegt und das Dach, ebenfalls provisorisch, mit Schilf und Farnwedeln abgedichtet. Sylphinja hatte die Hütte in der kurzen Zeit von Anselms Abwesenheit, in der der Medicus vier Stunden geschlafen und zweimal gut gegessen hatte – Wohltaten, die ihr nicht vergönnt gewesen waren –, tatsächlich halbwegs bewohnbar gemacht! Das nötigte

Anselm, der die zarte Schwester schlotternd und entkräftet im klammen Winkel vorzufinden erwartet hatte, mehr Respekt ab als ihre übergroße Zauberkraft.

In den folgenden Wochen, wenn er einsam über seinen Pergamenten brütete, beschlichen ihn bisweilen Zweifel, daß diese Macht existierte – er hatte die Schwester nie zaubern gesehen, und sie hatte so gar nichts Machtvolles, Bedrohliches an sich –, doch dann wiederholte er im Geiste Yumudas Worte vom übervollen Gefäß und vom hundertjährigen Hexenschuß und erinnerte sich daran, daß in Sylphinjas Nähe sein Haar emporzustreben pflegte und knisterte, wenn man es zu bändigen versuchte, und das vertrieb die aufkommende Verzagtheit.

Sylphinjas Hütte wurde mit der Zeit immer heimeliger: Die morschen Wände besserte sie so gut wie möglich aus und bespannte sie mit Stoffen, die Anselm ihr brachte, über das Lager aus Laub und Fichtenzweigen breitete sie Decken, Tür und Fensteröffnung verhängte sie mit Fellen, aus Weidenzweigen flocht sie ein niedriges Tischchen, einen Schemel und ein Bord für ihren bescheidenen Hausrat und die Nahrungsmittel, und es gelang ihr sogar, das Dach zu flicken. Felischa hielt das Häuschen und seine Umgebung frei von gefräßigen Nagern.

An einem dieser gemeinsamen Abende, zu denen Anselm in der Regel Naschwerk und Wein mitbrachte, während Bruder und Schwester wieder einmal die Reiseroute besprachen und anhand von Juchos alter Karte mögliche Treffpunkte festlegten – Sylphinja lernte die Kunst des Kartenlesens erstaunlich schnell, als Anselm ihr erklärte, daß die Karte die Landschaft von oben gesehen zeige, so wie beim Fliegen, nur aus viel größerer Höhe –, kam die Frage auf, wie man sich miteinander verständigen könne, wenn ein Treffen unmöglich sei, und Anselm schlug vor, einander Briefchen zu senden und Felischa als Botin einzusetzen. Da erfuhr er zu seinem Erstaunen, daß die Schwester sich nicht aufs Lesen und Schreiben verstand, von Zahlen abgesehen. Und so dachten die Geschwister sich tatsächlich zwei Stunden lang die neun wichtigsten Nachrichten aus, die sie einander übermitteln könnten, ordneten sie den neun Ziffern zu (von 1 = ›Keine Sorge, es geht mir gut‹ über 5 = ›Muß dich dringend sprechen‹ und 7 = ›Verfolger gesichtet‹ bis 9 = ›Hilfe!‹) und lernten den Code auswendig, da Sylphinja sich auf nichts außer ihr Gedächtnis verlassen konnte.

Viel Zeit verbrachte Sylphinja mit dem Lernen, aber sie konnte ja auch nicht wissen, daß während der Reise keine der fünf ›gefährlichen‹ Nummern benötigt werden würde. Und Felischa übte, ebenso unnütz, das Schreiben. Denn die drei Beteiligten waren übereinstimmend der Ansicht, daß eine Wildkatze mit Halsband, an dem ein Zettelchen mit einer Zahl hing, weit mehr Verdacht erregen müsse als eine Katze, die etwas in den Lehm oder Sand kratzte, das man zur Not als 3 oder 8 ›entziffern‹ könnte.

Felischa hatte viel zu tun. Sie mußte nicht nur die unverständlichen Bögen und Zacken nachzeichnen, die die Menschen ihr auf den Boden schrieben, sie mußte auch jagen, sogar bei Tag, denn des Nachts hatte sie nun anderes vor: Die Zeit der ersten Brünstigkeit war für sie gekommen, und an Bewerbern mangelte es nicht. All das war so anstrengend – vor allem die wilden Spiele der Liebe –, daß sie auch lange schlafen mußte, und so konnte sie der Seelenfreundin nicht soviel Gesellschaft und Beistand leisten, wie diese sich insgeheim wünschte. Zwar brachte sie Sylphinja gelegentlich einen erbeuteten Hamster oder eine Ringeltaube, strich maunzend um die Beine der Gefährtin, wenn diese ein wenig von der kostbaren Milch für sie in ein Schälchen goß, und sie erzählte ihr auch von den nächtlichen Erlebnissen, aber zu einem wirklichen Gedankenaustausch kam es nur selten.

Sylphinja verstand die Freundin, war nicht enttäuscht von deren Verhalten, und niemals wäre es ihr eingefallen, Felischa um mehr Anteilnahme zu bitten oder ihr gar Vorhaltungen zu machen, aber gelegentlich traf die Einsamkeit sie mit voller Wucht, daß es fast körperliche Schmerzen bereitete. Felischa schlief; Anselm würde erst morgen oder übermorgen auf zwei Stunden vorbeikommen; Karlitta wohnte fünfzig Meilen ostwärts und wollte nichts mehr von ihr wissen; die anderen Schwestern wohnten vermutlich in noch weiterer Ferne und wollten ebenfalls nichts von ihr wissen; die Mutter war tot und die Ziehmutter auch; und die einzigen Menschen, die sie jemals sah – vom Wipfel einer alten Birke aus und in ihrem Laub verborgen –, waren winzige Figürchen, die auf der fernen Straße entlanggingen, -ritten oder -fuhren, plaudernd und lachend vermutlich … In solchen Augenblicken mußte sie sich mehrmals leise vorsagen: »Ich bin stark, ich bin mächtig, Yumuda ist einsamer als ich«, so lange, bis die Attacke vorüber war. Warum sie ausgerechnet diese Worte für die seltsame Beschwörungsformel wählte, hätte sie nicht sagen können, aber sie wirkten.

Ihre Einsamkeit lernte Sylphinja als Prüfung zu betrachten und sie in Fröhlichkeit zu meistern, als ihren Teil der Arbeit. Denn wenn Anselm ihr erzählte, welche Schwierigkeiten ihm seine Studien bereiteten und wieviel Zeit sie verschlangen, beschlich sie fast ein schlechtes Gewissen: Er mußte soviel tun, und sie selbst so wenig! Wie sie den Zauber wirken würde, war ihr bald klar: Sie müßte im entscheidenden Augenblick die Kraft dorthin strömen lassen, wo sie gebraucht wurde, so wie beim Nähen oder Singen. Aber das konnte sie nicht üben. So blieb ihr als einziges zu tun, sich mit Satuarias Kräften zu vereinen, und das bedeutete: Abgeschiedensein von den Menschen und Eintauchen in das Wirken der Natur.

Dreimal schlug Anselm der Schwester vor, ihn nach Salza zu begleiten (»Nur für einen Tag – Felischa kommt solange gewiß allein zurecht, und Onkelchen Jasper würde dich gar so gern kennenlernen. Dein Haar kannst du unter einem Tuch verbergen, es wird dich schon keiner erkennen«), aber tapfer widerstand Sylphinja der Verlockung. Nein, hier im Wald war ihr Platz, hier mußte sie bleiben!

Von Einsamkeit wurde Anselm nicht geplagt, dafür hatte er mit Zweifeln, Selbstzweifeln, Bosparano, Geweihten, Alchimisten und einem gesunden Maß an Selbstsucht und Selbsterhaltungswillen zu kämpfen. Am zweiten Tag nach der Ankunft machte er sich daran, das ›Rezept‹ und die halbe vorangegangene Seite aus Onkel Jaspers Folianten zu kopieren. Als er den Text einem der Geweihten im Hesindetempel vorlegte, Ehrwürden Jalrik nämlich, einem jungen Priester in etwa Anselms Alter – schmuck sah er aus mit seinem Blondhaar und der grüngoldenen Kutte –, trat genau das ein, das er befürchtet hatte: Jalrik betrachtete das Pergament stirnrunzelnd, murmelte unverständliche Wörter in sich hinein, schüttelte den Kopf und behauptete schließlich, daß der Text – Bosparano, wie Anselm vermutet hatte – so, aus dem Zusammenhang gerissen, keinen Sinn ergebe und er schon das Buch sehen müsse, aus dem er abgeschrieben sei, um Anselm weiterhelfen zu können.

Also verbrachte Anselm den Rest des Tages damit, auch die folgende Seite genauestens zu kopieren, ebenso das Fehlende der bereits abgeschriebenen. Aber trotz aller Sorgfalt hatte sich offenbar doch ein Fehler in den Text geschlichen, denn Jalrik wies auf ein Wort und sagte, dort stehe ›Schweineschmalz‹, wenn man aber das i am Ende gegen ein e austausche, bedeute das Wort ›Möglichkeit‹, und dann sei der Satz verständlich. Er blickte Anselm durchdringend an und fragte ebenso eindringlich, warum der Medicus, bei

Hesinde!, sich denn die Mühe mache, die unbekannte Sprache abzuschreiben, statt ihm, Jalrik, den Folianten zur Einsicht zu überlassen, zur Einsicht, wohlgemerkt. Anselm konnte sich nicht herauswinden – im Tempel fiel ihm das Lügen schwer –, und als er das gierige, hesindegefällige Glitzern in den Augen des jungen Priesters sah, wußte er: Das Buch gehörte ihm, Anselm (er betrachtete es nach wie vor als seine Entdeckung und sein Eigentum), bereits nicht mehr, es war schon dem Tempelschatz einverleibt.

Am nächsten Tag trug Anselm das Buch zum Tempel. Nachdem Jalrik es einmal durchgeblättert und hier und dort ein wenig gelesen hatte, konnte er seine Erregung nicht länger verbergen. Was Anselm von der Geschichte wisse, wollte er erfahren, und da erzählte ihm der Medicus von den Erlebnissen im Farindelwald und der leidigen Queste, die sich daraus ergeben habe.

Auch den Onkel weihte er in groben Zügen in seine Pläne ein. Von Sylphinja, seiner Halbschwester, Juchos und der im Brief erwähnten Hexe Kind – selbst auch eine Tochter Satuarias – hatte er, unter dem Siegel der Verschwiegenheit, selbstverständlich bei der Ankunft schon berichtet. Trotz Jaspers Versprechen, kein Wort des Gehörten weiterzugeben, hielt Anselm seinen Bericht vom Zauberwald und dem Fluch, der auf zwei Menschen laste, ein wenig verschwommen und bewegte sich mitunter am äußersten Rand der Wahrheit. Aber seine Vorsicht war unbegründet: Jasper wirkte zwar oft ein wenig wirr und absonderlich, aber er war keiner, dem es Vergnügen bereitet, ihm anvertraute Geheimnisse weiterzutratschen. Er lauschte der Erzählung ernst und ohne neugierige Fragen zu stellen, betrachtete seinen Neffen lange – nachdenklich, forschend – und lobte dann das Vorhaben als peraine- und hesindegefällig. Er bat nur darum, daß Anselm zu ihm zurückkehre, um vom Ausgang des Unternehmens zu berichten. Das versprach der junge Medicus.

Ehrwürden Jalrik wurde im Laufe der gemeinsamen Studien vom Gegner zum kundigen Berater und schließlich zum Freund. Jalrik stellte sehr wohl Fragen, ließ sich die Erlebnisse im Farindelwald wieder und wieder und aufs genaueste schildern, als sich im Laufe der Lektüre herausstellte, daß das Buch tatsächlich von den verwunschenen Zwillingen handelte (die Frage, was zu tun sei, wenn er sich getäuscht hätte und Boroniane und Boronian gar nicht Gegenstand der Aufzeichnung wären, verdrängte Anselm bis zu dem Augenblick, als es keinen Zweifel mehr gab).

Anselm überließ dem Tempel nicht nur ›seinen‹ Folianten, sondern auch das Gedächtnisprotokoll, das er während der Namenlosen Tage in der *Silberfee* verfaßt hatte, erweitert um Sylphinjas Beobachtungen und Wahrnehmungen. Daß Jalrik ihm die abenteuerliche Geschichte sofort geglaubt hatte, tat Anselm wohl und stärkte seine Zuversicht; daß ein Bericht von seiner Hand Eingang in die Tempelbibliothek fand, ließ ihn in stillen Augenblicken vor stolzer Freude lächeln. Vielleicht würde er mit der ›Heilung‹ sogar ein wenig Ruhm ernten, in der wissenschaftlichen Welt zumindest … und wenn sie gelänge …

Eine andere Phantasie von Ruhm und Glanz brachte hin und wieder gar seine Wangen zum Glühen, nicht nur vor Freude und Stolz, sondern, wenn sie vorüber war, auch vor Beschämung, daß er sich ihr hingegeben hatte. Er stellte sich nämlich mitunter vor, Tsaiane zu treffen (obwohl seine diesbezüglichen Nachforschungen ergaben, daß sie sich in der Zeit seiner Abwesenheit nicht in der Stadt aufgehalten hatte und offenbar verschollen war), ihr die wahre Geschichte der verwunschenen Zwillinge zu erzählen, auch seine und Sylphinjas Geschichte, die auf seltsame Weise mit der anderen verwoben war, und aus diesem Stoff müßte sie dann eine Ballade dichten, nein, ein Versepos, länger als das Jurgalied, das sich, von den Schenken ausgehend, bald im ganzen Land verbreiten würde, bis man es auch an den Fürstenhöfen kennen würde. Dieses Lied würde Tsaianes Ruhm begründen und seinen, Anselm Peckerts, Namen auf der ganzen Welt bekanntmachen… Sylphinja, die Waldhexe, legte vermutlich weniger Wert darauf, namentlich genannt zu werden, vielleicht würde sie es gar verbieten, so daß Tsaiane Umschreibungen wählen müßte, wenn von ihr die Rede wäre: die junge Hexe, das Mädchen mit dem roten Haar, die Tochter Satuarias… Wirklich, daß er sich über Einzelheiten eines Liedes Gedanken machte, das es erst noch zu dichten galt, und zwar von einer verschollenen Bardin über eine Geschichte, die noch nicht zu Ende war, war durchaus ein Grund zu erröten!

Zwei Ereignisse während Anselms zweitem Salzeraner Aufenthalt verdienen es, erwähnt zu werden. Das erste war eher eine Nachricht, und freudestrahlend überbrachte er sie Sylphinja, gleich nachdem er sie erhalten hatte und außer der Reihe – er hätte die Schwester erst am folgenden Tag treffen sollen – und zusammen mit der zweiten Einladung, ihn und den Onkel auf einen Tag in der Stadt zu besuchen. Die Nachricht besagte, und an ihrer Richtigkeit gab es nichts zu zweifeln, daß der Hochstapler, Falschspieler und Gelegenheitskuppler Perainerich Plotz alias Melusin von Mehringen alias Eusebio Alabastrion alias Albin Albenhuser und ein gewisser Ulfaran, genannt Hinkebein, die Stadt, da ihnen das Pflaster zu heiß geworden sei, mit südlichem Ziel, Havena vermutlich, verlassen hätten. Sylphinja war so glücklich und erleichtert, daß sie Anselm wieder und wieder umarmte, so als wäre *er* es gewesen, der die Schurken vertrieben habe. Aber wie gesagt, sie widerstand der Verlockung, durch die nun weniger gefährliche Stadt zu promenieren und dabei die schön geputzten Menschen, die Auslagen der Händler, die Häuser, Türme und Schenkenschilder zu bestaunen.

Das zweite Ereignis betraf Sylphinja nicht oder nur sehr indirekt. Anselm nämlich hatte der Schwester versprochen, die zerrissene Kette ihres Glücksbringers zum Silberschmied zu bringen, um sie richten zu lassen, und ohne diesen Grund hätte er niemals die Werkstatt des Schmiedes aufgesucht. Er war eben in die schmale Gasse eingebogen und steuerte das rote Backsteinhäuschen an, als die Tür sich öffnete und eine Dame heraustrat, eine Tulamidin… Anselm blieb wie angewurzelt stehen, als er die Frau erkannte – es war die Hruruzatkämpferin aus dem *Dicken Walfisch!* Ob auch die Dame ihn erkannte, konnte Anselm nicht entscheiden. Sie stutzte kaum merklich, bedachte ihn mit einem eindringlichen Blick ihrer schwarzen Augen, dann schenkte sie ihm wieder ihr seltsames, sinneverwirrendes Lächeln, senkte leicht den Kopf zum Gruße und schritt vorüber. Der junge Medicus fühlte, wie ihm das Blut in die Wangen stieg und sein Herz zu hämmern begann, und kaum war er fähig, der Fremden ein »Rahja zum Gruße, schöne Dame« hinterherzustammeln. Erst in der Werkstatt des Silberschmiedes kam er wieder zu sich. »Wer war die Dame, die eben aus Eurem Laden kam?« fragte er gleich nach dem Gruß und noch bevor er sein Anliegen vorgebracht hatte.

Der Schmied war überrascht. »Ihr seid wohl nicht von hier«, sagte er, »daß Ihr Neraida nicht kennt?! Die Tänzerin aus dem *Tanzenden Seepferdchen.* An jedem Windstags-, Wassertags- und Praiostagsabend unterhält sie dort die Gäste mit ihrer Kunst, und das schon seit gewiß vier Wochen. Jedermann – vielleicht auch so manche Frau – zwischen vierzehn und vierundneunzig ist verschossen in sie. Nun, falls Ihr Euch mit dem Gedanken tragt, um sie zu werben, laßt Euch sagen: Ihr seid nicht der einzige. Aber, und das mag Euch trösten, bisher scheint sie keinen erhört zu haben. Man munkelt, daß sie heimlich zu ihrem Wüstendämon betet, diesem Rastullah, und der scheint in Liebesdingen noch weniger Spaß zu verstehen als die gute Frau Travia.« Der Mann blickte versonnen lächelnd aus dem Fenster. »Dabei tanzt sie wie die leibhaftige Rahja …«

Anselm wußte genug. Am Abend – es war Wassertag – saß er ab der sechsten Stunde im *Tanzenden Seepferdchen,* um nur ja die Vorführung nicht zu verpassen. Und so wartete Sylphinja vergeblich auf ihn und teilte schließlich die Kräutersuppe, die sie für den Bruder gekocht hatte, mit Felischa.

Der Schmied hatte nicht zuviel versprochen. Anselm fühlte sich von Neraidas Darbietung wie verzaubert, beglückend verzaubert, und er glaubte zu träumen, aber zur Abwechslung einmal einen holden Traum. Vier Stunden hatte er auf den Tanz warten müssen, und die Warterei kostete ihn vier Fingernägel und den Preis für vier große Becher Wein. Zwei Goldstücke war ihm die Aufführung wert. Wenn er nicht schon ein wenig betrunken gewesen wäre, hätte er sich vielleicht gesagt, daß er auch mit einem Dukaten die Aufmerksamkeit der Tänzerin erregen könnte. Er warf die Münzen nicht auf den Boden wie die anderen Gäste ihre Heller und Taler, sondern so, daß Neraida sie aus der Luft haschen konnte und sich nicht zu bücken brauchte. Die Höflichkeit dieser Geste, die ungewöhnliche Höhe des Betrages, eine vage Erinnerung und nicht zuletzt Anselms gewinnendes Lächeln ließen Neraida nur kurz zögern, seine Einladung zu einem Glas Wein anzunehmen, und so kam man sich endlich ein wenig näher.

Als Anselm in dieser Nacht nach Hause ging, mußte er sich eingestehen, daß er so verliebt war wie noch nie zuvor. Dabei war in der kurzen Zeit des Beisammenseins nicht *einmal* von Liebe die Rede gewesen. Anselm schalt sich, als er in seinem Bett lag, daß er versäumt hatte, Neraidas rahjagleiche Schönheit zu loben, und die Worte, mit denen er den Tanz gepriesen hatte, erschienen ihm im nachhinein zugleich gestelzt und kümmerlich. Über sich selbst und ihre bisherigen Lebenswege hatten beide nur wenig preisgegeben. Statt dessen hatte man sich die Ereignisse jenes schicksalhaften Abends im *Dicken Walfisch* ins Gedächtnis gerufen, und dann hatte Neraida erzählt, wie es zu Herausforderung und Zweikampf gekommen war. Aber es würde zu weit führen, ihren Bericht hier wiederzugeben. Nach einer halben Stunde des Plauderns hatte die Tänzerin ihren großzügigen Verehrer wieder verlassen müssen, da es galt, sich für die zweite Aufführung des Abends umzukleiden. Obwohl also, wie gesagt, nur Belangloses oder Unverfängliches zur Sprache gekommen war, glaubte Anselm, in Neraidas schimmerndem Blick etwas entdeckt zu haben, das ihm Hoffnung gab… Zum ersten Mal im Leben fühlte er sich wahrlich wie mit Tharf übergossen.

»Oh, da hast du also zwei Questen zu bestehen – nicht wahr, so sagt man doch? –, die ›Heilung‹ und eine Liebesqueste.« Sylphinja lachte und klatschte in die Hände. Sie schien hocherfreut und kein bißchen beunruhigt. Sie hatte dem Bruder die aufgewühlte Gemütslage sogleich angesehen und richtig gedeutet, und auch Felischa hatte ihn interessiert beschnuppert. Anselm hingegen war trotz aller Beglückung durchaus ein wenig besorgt. Wie, so fragte er sich, sollte er seine Studien durchführen, wenn er unaufhörlich an Neraida denken mußte, an ihre Blicke und sonstigen Reize, an die gewaltige Schar seiner Nebenbuhler, daran, wie lange sein Vermögen wohl ausreichen werde, jeden ihrer Auftritte so großzügig zu belohnen, und dergleichen mehr?

Sylphinja schien seine Gedanken zu erraten, und wieder lachte sie. »Mach dir ums Studieren keine Sorgen, das wird dir schon gelingen.« (Das Gespräch fand Ende der zweiten Woche nach der Ankunft statt, und damals schien die Zeitspanne bis zum dreißigsten Travia noch unendlich lang). Unvermittelt erstarb das Lachen, und ein seltsam träumerischer Ausdruck erschien auf ihren Zügen. »Es kann kein Zufall sein, daß du dich ausgerechnet jetzt verliebst«, sagte sie, »denn unsere Queste, ›die Heilung‹, hat ja auch mit Liebe zu tun. Ich meine, wenn Tsalieb und Tsahold sich nicht sosehr geliebt hätten, wären sie niemals in den Farindelwald geraten, und der schreckliche Fluch hätte sie niemals getroffen ... Nein«, wiederholte sie kopfschüttelnd, »es ist kein Zufall. Alles gehört zusammen und paßt zusammen: Du bist verliebt, Felischa ist brünstig, und ich habe auch vor kurzem die Liebe kennengelernt, eine andere als du, aber durch sie habe ich die Gabe erhalten ...« Mehr verriet sie Anselm nicht, und er drang nicht in sie. Seine eigene Liebe beschäftigte ihn mehr.

Zum Glück war es mit Anselms Studien nicht gar so weit her, wie er Sylphinja glauben gemacht hatte: Den Großteil der Arbeit, das Übersetzen, erledigte der junge Priester. Er selbst schrieb Jalriks flüchtige Notizen nur ins reine, versah sie mit Fußnoten und Randbemerkungen und beantwortete die gelegentlichen Fragen des Geweihten. Daß diese Arbeit – oder das Ziel, zu dem sie führte – einen rahjagefälligen Zug enthalten könnte, war ihm nie in den Sinn gekommen. Aber natürlich, Sylphinja hatte recht: Nichts konnte der Schönen Göttin schmerzlicher sein als eine Leidenschaft, die sich in ihr Gegenteil verkehrte, in Abscheu, in immerwährenden Abscheu ... Und wie wohlgefällig wäre es Ihr, wenn die Leidenschaft zurückkehrte, und sei es für eine noch so kurze Zeitspanne ...

Er trug die Frage Jalrik vor, und der Geweihte nickte. »Was ihr vorhabt, deine Schwester und du, ist vermutlich allen Zwölfen wohlgefällig, denn es ist mildtätig. Wenn ihr die Zwillinge von der Verwünschung befreit, tut ihr nur ihnen etwas Gutes – weder wird es die Welt retten noch euch selbst einen Vorteil bringen ... Einzig, ob es auch Hesinde gefällt, kann ich nicht entscheiden ...«

Hier lag Jalriks Problem. Er hatte bisher weder den Tempelvorstand noch jemanden aus der Geweihtenschaft in seine unglaubliche Entdeckung eingeweiht. Von den verwunschenen Zwillingen aus dem Farindelwald hatte wohl jeder schon einmal gehört, aber diese Geschichten galten als Märchen. Daß die Geschwister wirklich existierten, daß es eine jahrhundertealte Schrift gab, die ihren Fall beschrieb, und eine Methode – das hoffte Jalrik zumindest, und dafür betete er, nur wußte er oft nicht, zu wem –, wie man den Fluch von ihnen nehmen könnte, hätte niemand im Tempel für möglich gehalten. Die Entdeckung war eine Sensation, ein Fund von höchstem wissenschaftlichem Interesse… Und dennoch hielt der junge Priester ihn zurück. Je länger er in dem Buche las, um so mehr ergriff ihn die Geschichte, und er wollte nicht, daß das geschähe, was unweigerlich einträte, wenn er den Fall publik machte: Man würde Anselm und seine Hexenschwester nicht allein in den Farindelwald ziehen lassen – ein Aufgebot an Geweihten würde sie begleiten, die nicht nur alles genauestens beobachten und aufzeichnen – scheußlich, wie Jalrik fand –, sondern vermutlich auch versuchen würden, die Zwillinge vor der ›Heilung‹ zu untersuchen, zu betrachten, zu betasten… Noch scheußlicher, aber sie würden es hesindegefällig nennen… *War* es hesindegefällig? Jalrik wußte es nicht. Er hatte die Weihen des Kultes erhalten, aber er kannte den Willen der Göttin nicht…

»Mildtätig?« unterbrach Anselm Jalriks Überlegungen ungläubig. »Und das soll Herrn Firun gefallen oder Frau Rondra, oder Herrn Phex…«

Augenblicklich war Jalrik wieder bei der Sache. »Ja, denkst du«, sagte er – der Priester und der Medicus duzten sich inzwischen –, »Firun, der Strenge, oder Rondra, die Wilde, oder Phex, der Listige, kennten keine Milde?! Warum, denkst du, läßt Firun sich in jedem Frühjahr von der Fürsprache Seiner sanftmütigen Tochter Ifirn erweichen, Schnee und Eis schmelzen zu lassen? Was nun Rondra betrifft – hast du nie etwas von ritterlicher, rondragefälliger Milde gehört? Und führt nicht Phexens Wirken gelegentlich dazu, daß die Dukaten anders verteilt werden, gerechter – du verstehst, was ich meine? –, auch das ein milder Zug …«

Während Jalrik und Anselm in Jalriks Kammer im Hesinde-Tempel zu Salza theologische Fragen erörterten, saß Sylphinja vor ihrer Hütte und dachte über ihre Gabe nach, Levthans Gabe. Auch darüber, wie sie sie erhalten hatte. Aber nur traumhaft und verschwommen – die Ereignisse noch einmal im Geiste zu durchleben, hätte sie nicht ertragen, jetzt nicht. Nein, Levthan hatte sie nicht erwählt, damit sie eine große Tat vollbrachte. Er hatte sie auch nicht erwählt, um sie auszuzeichnen oder mächtig zu machen, sondern aus Brünstigkeit … Und dennoch konnte es kein Zufall sein, daß die Folge Seiner Lust, ihrer beider Lust, sie nun dazu befähigte, die Salbe oder den Trank, oder welche Arznei auch immer Anselm bereiten würde, zum Wirken zu bringen. Es war kein Zufall, es geschah nach Satuarias Willen, die über Sumus Leib und Wesen wachte … Liebe, Leben, Tod – sie gehörten zusammen, und jedes von ihnen hatte seine Zeit … Etwas war aus den Fugen geraten, hatte die Gesetze der Natur verkehrt, und der Bruder und sie waren bestimmt, es zu richten und die Ordnung wiederherzustellen …

So dachte Sylphinja, und dann sah sie Tsalieb und Tsahold vor sich und empfand nur Mitleid, unendliches Mitleid.

Am neunten Efferd hatte Anselm mit der Abschrift des Buches begonnen, und vier Wochen später war es übersetzt und ins reine geschrieben. Der weitaus größte Teil des Werkes befaßte sich mit der Geschichte der Zwillinge, ihrer Liebe, ihrer Sünde, dem Ei der Unsterblichkeit, dem schwarzen Weiher, dem Fluch …

Anselm kannte all das, erkannte es wieder; aber die Geschichte nun zum dritten Mal zu vernehmen, in altertümlichen Wendungen und doch genauso, wie Boroniane und Boronian sie erzählt hatten, bewegte und erregte ihn. Von der heimlichen Lebensweise der Geschwister war die Rede, von ihren Verkleidungen (hier unterschied sich der Bericht von Anselms Erfahrungen), ihrer noch immer glimmenden Hoffnung, einstmals wieder zu Menschen zu werden – zum Zeitpunkt, als der anonyme Autor (oder die Autorin, wer konnte es wissen?) seine Schrift verfaßt hatte, waren die Zwillinge ›erst‹ zweihundert Jahre alt.

Endlich, nach dreieinhalb Wochen des Übersetzens und Schreibens, während Anselm immer unruhiger wurde und er Jalrik immer häufiger bat, die nächsten Seiten zu überschlagen und weiter hinten im Buch nach einer Lösung zu forschen – aber davon wollte der Geweihte aus Gründen der wissenschaftlichen Sorgfalt nichts wissen –, war das entscheidende Kapitel erreicht. Wie stutzten die beiden Männer, und wie seltsam wurde ihnen zumute, als Jalrik vorlas, was dort stand:

Zweie sollten es sein, die die Heilung wirken, denn einer allein vermag es nicht, es sei denn, er vereinigte beide Geschlechter in sich und wäre ein Maguszwitter von unsäglicher Macht. Der Fluch hat sich in zwei Geschlechter gespalten, und so bedarf es derer zwei, ihn wieder zu nehmen …

Wir geben nur die wichtigsten Passagen des Textes wieder und werden die Auslassungen durch (…) kennzeichnen. Die Sprache ist dem modernen Garethi angepaßt.

Also Mann und Frau, aber keine Elfen, da die Entzauberer den Verzauberten ähnlich und Menschen sein müssen. Ein Zwillingspaar, beide hochmächtig, jung und auch im Wuchs den Verfluchten gleichend, wäre das Ideal, aber leider definiert sich das Ideal gerade durch seine Unerreichbarkeit, und daher wird man sie nicht finden. Jugend und hohe

Macht allein sind ein Widerspruch (…) Daß die Heiler ein paar Tropfen desselben Blutes in ihren Adern fließen haben, ist somit als wichtig erkannt. Auch sollten sie sich, was ihre Jahre betrifft, nicht zu sehr voneinander unterscheiden und auch nicht vom Alter der Zwillinge zum Zeitpunkt ihrer Verfluchung (…) Also nicht Mutter und Sohn oder Onkel und Nichte, eher Vetter und Base (…) Die Macht, woher soll sie genommen werden? Wer hat schon bis zum fünfundzwanzigsten Jahr soviel Kräfte gesammelt, wie gebraucht werden? Aber sie müssen fließen, vom Anfang bis zum Ende. Meine Arbeit ist sinnlos. Wozu aufschreiben, was ich ersonnen habe, wenn niemand es vollbringen kann? Es läßt mich weinen (…) So muß es gemacht werden: Alle sollen nackt sein, sollen auch keine Schuhe, Hüte, Schamtücher oder Schmuck tragen. Auch die Verwunschenen dürfen das Grauen ihrer Körper nicht verhüllen. Als erstes wird der Trank getrunken, von beiden zugleich, und einander müssen sie ihn sich einflößen. Dabei lassen die Heiler ihre Kräfte fließen, so lange, bis der Trank sich in den Körpern verteilt hat, der Mann richtet sie auf die Frau, und die Frau richtet sie auf den Mann. Nun soll die Salbe aufgetragen werden, sehr sorgfältig, denn dort, wo keine Salbe ist, werden die Körper keine Farbe erhalten. Der Mann salbt die Frau und die Frau den Mann, und weiter müssen die Kräfte fließen, bis der Fluch rückgängig gemacht und die Verwandlung vollzogen ist (…) Schwer ist es nicht, aber kräftezehrend, mehr Kraft braucht man dazu, als ich in drei Leben sammeln könnte (…)

Es folgte die Liste der Zutaten: Gesteine, Metalle, Wurzeln, Kräuter, Harze, Öle, Rinde, Blütenstaub und so fort. Auch die Mengenverhältnisse waren verzeichnet (das Pergament mit den Zahlenkolonnen, das Anselm seinerzeit gefunden hatte und inzwischen für eine wichtige Ergänzung des Textes hielt, war offenkundig nichts weiter als ein Lesezeichen). Kopfschüttelnd verfolgte Anselm, was Jalrik vorlas. Zwar waren ihm nicht alle Ingredienzen geläufig, aber einige erkannte er als gefährliche, schleichende Gifte. Doch der Text war noch nicht zu Ende.

Wie lange sie noch leben werden danach, läßt sich nicht mit Gewißheit sagen – ein Jahr vielleicht oder zwei, oder nur ein halbes. Denn da sie nun schon weit länger auf Deres Antlitz wandeln, als es uns Menschen zukommt, werden sie rasch altern und vergehen. Man muß es ihnen vorher sagen! Aber so wirkt die Entzauberung: Das Durchsichtige wird undurchsichtig, und das Unsterbliche wird sterblich.

Der Nachsatz ließ Jalrik lächeln, eher angerührt als amüsiert.

Ich habe den Bericht in Bosparano verfaßt, damit nicht jeder ihn lesen kann, sondern nur ernsthafte, ehrbare Wissenschaftler, Magier und Geweihte. Die Vorstellung, der Inhalt des Buches könnte sich verbreiten und allerlei Gesindel – herzlos und lüstern nach kranken Sensationen – in den Farindelwald locken, ist mir widerwärtig.

An diesem Abend dachte Anselm nur selten an Neraida. Bis Mitternacht saßen die Männer beisammen und disputierten das Gelesene wieder und wieder. Jalriks Interesse galt vor allem der Struktur des benötigten Zaubers, während Anselm das Gespräch immer wieder auf das eine große Problem lenkte: Zwar kamen er und Sylphinja dem Ideal recht nahe, was Alter und Verwandtschaftsgrad betraf, aber der Autor war offenbar davon ausgegangen, daß beide an der ›Heilung‹ Beteiligten über arkane Kräfte verfügten. »Es wird nicht gelingen«, sagte er enttäuscht. »Das Zaubern kann man nicht lernen, wenn man die Gabe nicht hat, nicht wahr? Und mir ist sie nicht in die Wiege gelegt worden.«

»Auch ich kann nicht zaubern, aber in Magiekunde bin ich recht beschlagen. Laß mich mit deiner Schwester reden – vielleicht finden wir eine Lösung! Die Autorin konnte sich vermutlich nicht vorstellen – es ist ja auch unvorstellbar –, daß ein junger Mensch nicht nur übervoll sein sollte mit astraler Energie, so wie er es sein muß für den Zauber, sondern sozusagen zweimal übervoll. Sie konnte es sich nicht vorstellen, und deshalb ist dieser Fall nicht behandelt. Das heißt aber nicht, daß die Entzauberung undurchführbar ist mit nur einem magiebegabten Heiler. Warum hast du eben gegrinst, als ich von der Autorin gesprochen habe? Glaubst du, ein Mann habe das Buch geschrieben? Für mich steht fest, daß es eine Frau war…« Plötzlich schlug Jalrik sich mit der flachen Hand vor die Stirn. »Heiler, genau! Du bist Heiler, zwar kein magiebegabter, aber doch – hoffentlich – ein guter. Und deine Schwester kann zaubern! Die Entzauberung ist zugleich eine Heilung! Heilen und zaubern – so müssen wir das Problem angehen. Laß mich mit deiner Schwester reden, jetzt gleich!«

Dieses Ansinnen war natürlich Unfug. Bevor Anselm den Geweihten zu Sylphinjas geheimem Plätzchen führen würde, müßte er die Schwester erst um Erlaubnis fragen! Aber auch ohne den Ausflug in den Wald gab es genug zu tun: Der Text mußte mit äußerster Sorgfalt übersetzt und von der Übersetzung eine Kopie gefertigt werden, Einkaufslisten für Apotheker, Alchimisten, Spezereienhändler mußten geschrieben werden, und man mußte der Frage nachgehen, ob in diesem einen, einzigartigen Fall Vergiften und Heilen wirklich dasselbe wären…

Sobald die Stadttore geöffnet wurden, machte Anselm sich auf den Weg zu Sylphinja, und Jalrik begab sich auf die Suche nach den Ingredienzen für die Arzneien.

Wie nicht anders zu erwarten, schüttelte Sylphinja bei dem Wort ›Geweihter‹ heftig den Kopf, aber als Anselm ihr erklärte, daß die Töchter Satuarias im Hesinde-Kult hohes Ansehen genössen (dessen war er sich gar nicht einmal sicher, er wußte nur, daß Jalriks Augen leuchteten, sobald er von seiner Hexenschwester erzählte), da man dort aufgeschlossen sei für alle Formen von Magie, erklärte sie sich einverstanden, Jalrik zu empfangen.

Wie das Gespräch zwischen Jalrik und Sylphinja verlief, blieb Anselm verborgen, da die beiden bei ihrer Unterredung unter sich und ungestört sein wollten. Und so ritt Anselm zur Stadt zurück: Praiostag; Neraida tanzte. An dieser Stelle soll dem Leser verraten werden, daß schließlich, und zwar in dieser Praiostagsnacht, die Tänzerin Anselm verführte. Der junge Medicus war es, wie wir wissen, gewohnt, in Liebesdingen zu leiden und aus der Ferne zu schmachten. Und warum, so fragte er sich, sollte es diesmal anders sein? Die Worte des Silberschmiedes, daß Neraida zum strengen Rastullah bete, der in Liebesdingen keinen Spaß verstehe, klangen ihm beständig in den Ohren und enthoben ihn der schwierigen Aufgabe, die Werbung zum entscheidenden Punkt zu treiben. Dabei sah er Neraida doch dreimal in der Woche tanzen – wie die leibhaftige Rahja, zumindest mit dieser Behauptung hatte der Wirt recht –, und er hätte sich auch daran erinnern können, mit welcher Leidenschaft sie damals den Kuß der Wirtin Swafnild erwidert hatte.

Wie gesagt, Anselm ritt zur Stadt, und Sylphinja und Jalrik wandelten zwischen Birken, Weiden, Ahorn und Erlen einher, erst zögernd und bald immer eifriger redend. Es gelang dem Priester überraschend schnell, Sylphinjas Vertrauen zu gewinnen. Neben seiner offenen, freundlichen Art, seiner Aufrichtigkeit (die Sylphinja sofort erkannte – sie würde sich niemals wieder in einem Menschen täuschen, das wußte sie mit einem Mal) und seiner angenehmen Erscheinung mochte vor allem das Folgende den Ausschlag gegeben haben: Jede Frage, die Jalrik stellte, stellte er als anteilnehmender Mensch und nicht (nur) als Diener seiner Göttin.

Alles erzählte Sylphinja ihm, nachdem er ihr Verschwiegenheit gelobt hatte, wirklich alles! Denn es gehörte ja alles zusammen, und alles war wichtig, um die Aufgabe lösen zu können und die ›Heilung‹ zu wirken.

Als Jalrik spätabends heimkehrte – auch einem Geweihten wurden die Tore zur Unzeit aufgetan –, war er so aufgewühlt, daß ihm Wangen und Ohren glühten.

Am Vorabend von Anselms Abreise waren endlich alle Zutaten beisammen, um den Trank und die Salbe bereiten zu können – Vulkanglasstaub und Zinnober waren schwer zu beschaffen gewesen. Sylphinja hatte die Einbeeren und ein paar seltene Wurzeln beigesteuert, die Anselm trotz aller Erfahrung niemals entdeckt hätte.

Bis zur zweiten Morgenstunde waren die Männer beschäftigt – nicht im Tempel, sondern in Onkel Jaspers winzigem Labor, das dieser bereitwillig zur Verfügung gestellt hatte, obwohl Anselm sich zu der Arbeit, die es dort zu verrichten galt, und dem Zweck, dem sie diente, nur in nebelhaften Andeutungen äußerte. Es galt nicht nur zu sieden, zu rühren, zu filtern, abermals zu sieden und so fort, die fertige Tinktur und die fertige Paste mußten auch sorgsam geteilt werden, entsprechend den Unterschieden in Gewicht und Größe der Zwillinge. Es war mit Neraida verabredet, daß man sich zum Abschiednehmen vor Auslaufen des Schiffes am Hafen treffen wollte, und Anselm hielt sich an die Vereinbarung, müde, wie er war. Es wäre ihm auch unpassend erschienen, die Geliebte zu so später Stunde und unverabredet zu stören. Und dennoch sollte er nicht nur das hauchzarte, rote, golddurchwirkte Seidentüchlein, das Neraida ihm zum Abschied als ganz persönliches ›Questentüchlein‹ um den Hals schlang, mit in den Süden nehmen, sondern auch die Erinnerung an höchstes Rahjaglück. Beide, die Tänzerin und der Medicus, trafen nämlich (unverabredet) so zeitig im Hafen ein, daß man vor der Abfahrt noch in

Ruhe Anselms Einzelkabine inspizieren und die Bequemlichkeit des Lagers überprüfen konnte.

Die Reise verlief ohne Zwischenfälle: Wie bereits gesagt, mußten keine ›gefährlichen‹ Ziffern des Nachrichtenschlüssels überbracht werden, und deshalb brauchen wir uns nicht weiter mit ihr aufzuhalten. Einzig der Ritt von Nostria zur *Silberfee* ging wegen heftiger Regenfälle nicht so zügig vonstatten, wie Anselm und Sylphinja sich gewünscht hätten. So wurde die Schenke erst am frühen Nachmittag des dreißigsten Travia erreicht, und bis Anselm die Kleider gewechselt, die Dinge, die für die ›Heilung‹ und einen zweitägigen Aufenthalt im Wald vonnöten waren, zusammengepackt und die Strecke bis zum Waldrand zurückgelegt hatte, schrieb man die fünfte Stunde nach Mittag.

Der Regen war im Laufe der letzten drei Tage in Schneeregen übergegangen, und in der vergangenen Nacht hatte es zum ersten Mal in diesem Herbst heftig gefroren.

Anselm sah es als gutes Omen an, daß kein Tropfen und keine Flocke aus dem Himmel fielen, als er auf die Straße trat. Ein kräftiger Westwind, nahe am Boden jedoch kaum zu spüren, riß Löcher in die schwarze Wolkendecke, die den Blick auf den blaugrauen Himmel freigaben, an dem die ersten Sterne glommen. Kalt ist es, dachte Anselm und gürtete die schwere wollene Jacke enger. Auch in dieser Nacht würde es frieren, wenn es nicht schon dabei war. Wie angenehm säße es sich jetzt in der gutgeheizten Schankstube, bei einem dampfenden Eintopf und einem heißen süßen Wein ...

Der Gedanke streifte Anselm und war vorübergezogen. In Wirklichkeit zog es ihn nicht zu den lärmenden Gästen in der *Silberfee.* Seit der Ankunft in Nostria war er zusehends stiller und nachdenklicher geworden. Eine seltsame Unruhe hatte ihn befallen, teils treibende Ungeduld, teils bremsende Angst, die er, so gut es ging, vor den Mitreisenden verbarg. Aber heute wäre er nicht in der Lage gewesen, lächelnd Belanglosigkeiten auszutauschen: Es mußte vollbracht werden – *er* mußte es endlich hinter sich bringen, und zwar vor Mitternacht. Er scheuchte auch die Frage fort, was wäre, wenn Boronian und Boroniane sich nicht zeigten, und all die anderen ›Wenns‹, die sich zwischen einen vor vielen Wochen gefaßten Entschluß und den Ausgang des heutigen Abends schieben wollten. Jetzt war es soweit, heute war der Tag, und so oder so wäre morgen alles überstanden!

Schwach leuchtete das bunte Herbstlaub im Dämmerlicht, und zwischen dem Gelb, Ocker, Scharlachrot, Rostrot und Karmesin erkannte man weinrotes Haar. Sylphinja erwartete den Bruder schon. Ihr kleines Gesicht schien weißer als sonst, die Augen wirkten größer und ernster. Besen und Beutel hatte sie geschultert, und wenn der graue Wollumhang sich öffnete, schimmerte darunter reichbestickte grüne Feenseide – das Mädchen hatte Sephyras Festkleid geflickt und für den Gang durch den Farindelwald angelegt. Felischa war nirgends zu sehen, aber Anselm wußte, daß sie sich in der Nähe aufhielt.

Die Geschwister hatten, wie bereits gesagt, auf der Reise nur wenig Gelegenheit gehabt, miteinander zu reden – das, was es zu besprechen gab, war vor Abfahrt und Abflug ausführlich und in Jalriks Anwesenheit in Sylphinjas Hütte besprochen worden –, aber nun empfanden sie fast Scheu, das Wort zu ergreifen. Als Anselm, nachdem er die Schwester kurz umarmt und begrüßt hatte, probehalber auf das frostige Wetter zu sprechen kam, empfand er das Thema plötzlich als unangemessen und seine Stimme als zu laut. Sylphinja schien es ähnlich zu ergehen: Zwar bestätigte sie Anselms Vermutung, daß es schon zu frieren begonnen habe, setzte die Unterhaltung aber nicht fort. Und so machten sich die beiden schweigend auf den Weg.

Um nicht beständig an die vor ihnen liegende Aufgabe denken zu müssen und die vielen ›Wenns‹, die sie umrankten, versuchte Anselm, die Grenze zwischen dem ungefährlichen, unverzauberten Waldsaum und dem eigentlichen Farindelwald zu erkennen. Aber der Nachmittag ging jetzt, Ende Travia, rasch in den Abend über, und trotz der Sterne, die den aufklarenden Himmel silbern sprenkelten, war es bald zu finster, um Einzelheiten zu unterscheiden. Er hätte auch nicht sagen können, woran er den verwunschenen Wald erkennen wollte – die Pflanzen hatten bei seinem ersten Besuch ihre Bosheit nicht durch ihr Aussehen, sondern durch ihr Verhalten offenbart.

Ich darf auf keinen Fall Sylphinja verlieren, dachte er voller Schrecken, als die Schwester zwischen zwei Bäumen hindurchschlüpfte und für einen kurzen Augenblick seinen Blicken entschwand. Wenn wir getrennt werden, im Zauberwald getrennt werden und nicht wieder zueinander finden, dann … Ja, dann würden sie nicht nur die Queste nicht vollbringen können, sondern auch in dem feindseligen Wald untergehen, er zumindest, denn Sylphinja könnte sich vermutlich mit Hilfe ihrer arkanen Kräfte retten …

Als hätte sie Anselms Gedanken erraten, blieb Sylphinja unvermittelt stehen. Sie wartete, bis er bei ihr war, ergriff seine Hand und reckte sich empor, um ihm etwas ins Ohr zu flüstern. »Nun sind wir im verwunschenen Bezirk. Hier dürfen wir uns auf keinen Fall aus den Augen verlieren. Am besten halten wir uns bei den Händen. Zwar vermute ich, daß die Bäume und anderen Pflanzen wieder versuchen werden, uns zum Weiher zu treiben, und daß wir uns im Falle einer Trennung dort wiederbegegnen würden, aber … mir ist nicht wohl bei der Vorstellung, du könntest plötzlich verschwunden sein.«

Anselm nickte und drückte die kleine Hand. »Mir geht es genauso«, erwiderte er flüsternd. Da sind wir also in den Zauberwald eingedrungen, und ich habe es nicht bemerkt, dachte er. Er spürte auch jetzt nichts, und das beunruhigte ihn, zusätzlich zu der Unruhe und den Sorgen, die ihn seit Tagen bedrängten. Wie sollte einer wie er, ging es ihm durch den Kopf, einer, dessen Sinnenschärfe nicht einmal ausreichte, einen normalen Wald von einem Zauberwald zu unterscheiden, die unmögliche Heilung vollbringen? Nun ja, eigentlich war es Sylphinja, die die Arbeit tun würde: Sie mußte – das hatte sich bei dem Gespräch mit Jalrik herausgeschält – vom Beginn bis zum Ende ihre Kraft in die Heilung fließen lassen. Ihr war, wie wir wissen, diese seltsame Art des Zauberns geläufig, was Anselm, den Magieunkundigen, kaum, den Geweihten hingegen aufs höchste überrascht hatte. Eigentlich hätte es also keine Schwierigkeiten geben dürfen, und doch tauchte ein schier unüberwindliches Hindernis auf. Der Autor oder die Autorin des Buches war, wie bereits erwähnt, davon ausgegangen, daß beide Heiler über astrale Kräfte verfügten, immense astrale Kräfte sogar, und nur so ließ sich offenbar das gleichzeitige Heilen der Verwunschenen bewerkstelligen. Sylphinja hatte auch den Kopf geschüttelt, als Jalrik sie fragte, ob sie sich beim Zaubern auf zwei Ziele zugleich konzentrieren könne. Ebensowenig konnte sie dem Bruder einen Teil ihrer Kraft überlassen. Das wäre nur möglich gewesen, wenn auch Anselm die Gabe besessen hätte …

Ein kleiner Ruck am Arm riß Anselm aus den Erinnerungen an jenen Abend in der Hütte. Die letzten Schritte war er an Sylphinjas Seite durch den Wald gestolpert, ohne auf die Umgebung zu achten. Als das Mädchen nun stehenblieb, hielt auch er inne und blickte sich um. »Ich glaube, wir haben sie schon gefunden«, raunte sie ihm ins Ohr, und er erkannte, was sie meinte.

Sie hatten sich dem Baumschloß der Zwillinge offenbar von einer anderen Seite genähert, denn Anselm erkannte zwar augenblicklich die verquälte Architektur des lebenden Bauwerks, den Bach und den Hain mit dem Schandtempel sah er jedoch nicht. Und alles war in zauberisches Silberlicht getaucht. Denn während die Scheibe des Madamals sich über die Wipfel schob, hatte der Wind die letzten Wolken vertrieben, und nun leuchtete sie klar und ungetrübt vom nachtblauen Himmel. In wenigen Tagen würde sie rund sein.

Zweimal umrundeten die Geschwister das seltsame Bauwerk und riefen dabei leise die Namen der Verwunschenen. »Tsalieb, Tsahold«, sang Sylphinja, und die Worte klangen zart zwitschernd wie das schlaftrunkene *Zsrii* des Silberkäuzchens. »Boronian, Boroniane«, erklang dazwischen gedämpft Anselms angenehmer Bariton. Aber die Zwillinge zeigten sich nicht.

Eigentlich hätten Anselm und Sylphinja sich schon nach der ersten Runde eingestehen können, daß das Haus aus Bäumen nichts mit dem Schloß der Zwillinge gemeinsam hatte. Weder glich es einem Schloß noch überhaupt einem Gebäude, wie sich nach und nach zeigte. Aber obwohl mit jedem Schritt deutlicher wurde, daß das, was sie umrundeten, nichts weiter war als ein kleines Dickicht halbwüchsiger Erlen und Espen, vollendeten sie auch den zweiten Kreis.

Falls Sylphinja enttäuscht war, so verbarg sie es gut. Lächelnd, so als amüsiere sie die Fopperei, und entschlossen, so als kenne sie den Weg, zog sie Anselm weiter.

Die Bäume, das ungesunde Licht, der Fluch dieses verfluchten Waldes haben nicht nur mich getäuscht, sondern auch Sylphinja, die großmächtige Hexe, dachte Anselm mit plötzlicher Verbitterung, und erneute Zweifel stiegen in ihm auf. Vermutlich ist es mit ihrer Macht gar nicht so weit her, wie wir alle geglaubt haben. Die Schwester hatte auf Jalriks diesbezügliche Fragen hin stets lächelnd die Brauen gehoben und behauptet, daß sie ›viel, sehr viel Macht‹ besitze, aber sich um eine klare Antwort gedrückt, wie Anselm sich deutlich erinnerte, und auch Jalrik hatte ihre Kräfte nicht wirklich messen können. Wenn aber ihre Macht nicht reichte, dann war alles vergebens. Dann hatte der Priester umsonst seine magischen und alchimistischen Bücher gewälzt, hatte umsonst die kostbare Pille gedreht, die in einem Lederbeutelchen an seinem, Anselms, Hals hing, dann hatte er umsonst Sylphinja und ihm das seltsame Verfahren erläutert, wieder und wieder ... Wo keine Macht vorhanden war, konnte sie auch nicht durch ihn hindurchfließen, und Pillen, die den Geist öffneten, würden daran nichts ändern. Hier und jetzt, wo er endlich klar denken konnte, erwies sich ohnehin alles als ein Hirngespinst, eine fixe Idee, von der sie selbdritt besessen gewesen waren ... Wie sollte er heilen, wo es nichts zu heilen gab? Waren die Zwillinge etwa krank oder verletzt? Nein, sie erfreuten sich offenbar einer vorzüglichen Gesundheit, und das schon seit über achthundert Jahren ... Und was hatte Jalrik damit gemeint, er, Anselm, solle sich nur ganz ins Heilen versenken, dann werde Sylphinjas Kraft schon durch ihn hindurch in die Heilung fließen? Er *versenkte* sich niemals ins Heilen – er tat seine Arbeit, das war alles. Bedeutete versenken, daß er unablässig ›heilen, heilen, heilen‹ denken oder gar vor sich hinmurmeln sollte? Die Heilung war zum Mißlingen verurteilt. Das hatte von Anfang an festgestanden, sie hatten es nur nicht wahrhaben wollen! Sylphinja nicht in ihrer kindischen Selbstüberschätzung und ihrem Mitleidsgetue, Jalrik nicht in seiner ›hesindegefälligen‹ Verbohrtheit, und er selbst nicht in seiner Trotteligkeit ... Die Schwester und er waren schon jetzt eine Beute des Weihers, und Boronian und Boroniane konnten getrost die Kostüme für die nächsten achthundert Jahre entwerfen ...

Wie ein Loch, von Dämonenhand mit dämonischer Schere in den Wald geschnitten, wie eine Wanne ohne

Boden, gefüllt mit schwarzem Nichts, wie ein unendlicher Abgrund, wie ein Schlund, geschaffen, alles Licht der Welt zu schlucken, wie ein allessehendes, blindes, böses Auge lag der Weiher in der Mitte der Lichtung.

Sylphinja ließ Anselms Hand fahren. Sie verschränkte die Arme vor der Brust und blickte ernst auf die schwarze Wasserfläche. »Deine finsteren Gedanken haben uns rasch hierhergeführt«, sagte sie. Sie dämpfte die Stimme nicht, und es lag kein Vorwurf in ihren Worten. »Aber nun darfst du diesen Gedanken nicht länger nachhängen, sonst war alles vergebens.« Sie bückte sich, hob Felischa auf und schmiegte das Gesicht ins Fell der Gefährtin. So stand sie geraume Weile, völlig bewegungslos ...

Auch die Katze regte sich nicht, kaum schien sie zu atmen. Anselm sah es mit Verblüffung. Nach seinen Beobachtungen und Erfahrungen schätzte das ungezähmte Tier es gar nicht, auf den Arm genommen und liebkost zu werden, und ahndete derlei Attacken üblicherweise mit heftiger Gegenwehr. Und Sylphinja, das bemerkte er erst jetzt, schien sich verändert zu haben, seit er sie das letzte Mal betrachtet hatte. War sie gewachsen? Kräftiger geworden?

»Warum denkst du nicht an Neraida? Oder gibt es etwas Schöneres, woran du denken könntest?« fragte das Mädchen, während es Felischa aus der Umarmung entließ. Mit zwei Sätzen war die Katze in der Dunkelheit verschwunden. Sylphinja sah ihr lächelnd nach.

Sie hat recht, dachte Anselm. Warum denke ich nicht an Neraida? Ich habe den ganzen Tag über nicht einmal an sie gedacht, und dabei gibt es nichts Schöneres, woran ich denken könnte. Unvermittelt erschien das Bild der Geliebten. Mit glänzenden schwarzen Augen sah sie ihn an, erwartungsvoll, und die vollen roten Lippen teilten sich, um den Kuß zu empfangen.

»Versuche, es zu halten«, flüsterte Sylphinja. »Vielleicht gelingt es dir besser, wenn du die Augen schließt.«

Neraidas Bild verschwamm, während Anselms Lider sich senkten. Aber er empfand kein Bedauern, denn andere Bilder traten an seine Stelle, in rascher Folge oder vielmehr einander unmerklich ablösend, so daß es nicht möglich war, auch nur eines davon klar zu fassen. Gesichter sah er, deren Züge sich verwandelten, noch bevor er sich darauf besinnen konnte, zu wem sie gehörten, genauso wie die roten Zöpfe sich auflösten, zu weichem Blondhaar wurden, das im nächsten Augenblick zu matten Strähnen verfilzte ... Nackte Leiber zogen vorüber, Frauenkörper, gewaltige und kleine spitze Brüste, massige Schenkel, muskulöse Schultern, flache Bäuche, zarte Arme ... Und dazwischen drängten sich für Bruchteile von Herzschlägen Bilder unbeschreiblich, fast alveranisch schöner Körper.

»Ich glaube, du bist nun vorbereitet, und wir können beginnen«, drang Sylphinjas Stimme in Anselms Kopf und Ohren. Die Bilder zerrannen, aber das bekümmerte ihn nicht, streifte ihn nur wie ein sanfter Hauch von Traurigkeit. Er hatte nicht versucht, eines von ihnen zu halten, und hätte es auch nicht gekonnt. Sie waren ebenso flüchtig wie erregend und hatten ihm mit der Freude auch eine kleine süße Wehmut gebracht.

Als Anselm die Augen öffnete, fiel sein Blick als erstes auf das Madamal. Obwohl er nicht sehr geübt darin war, die Nachtstunde nach dem Stand der silbernen Scheibe zu bestimmen, glaubte er, daß es nicht mehr weit sein könne bis Mitternacht. In einer Stunde schriebe man den ersten Boron. Wie lange waren sie gewandert? Wie lange hatte er mit geschlossenen Augen dagestanden und geträumt? Er wußte es nicht, und es war auch ohne Belang. Sein Blick wanderte nach unten, streifte ein häßliches schwarzes Gewässer und kam schließlich auf den beiden Gestalten am Ufer zu ruhen. Zottiges Fell bedeckte Gesichter und Körper.

»So seid ihr also wiedergekommen«, sagte Boronian.

»Um uns zu erlösen«, ergänzte Boroniane.

Während die Worte verhallten, fiel Anselm auf, daß die Stimmen der beiden weit wohltönender klangen als damals. Hatten die Zwillinge unterdessen das Sprechen geübt? fragte er sich. Aber wozu? Hatten sie etwa gehofft, er und die Schwester würden zurückkehren, um ... ja, um die Heilung zu wirken? Hatten sie es geahnt, gespürt ...? Wie seltsam ... und schön, dachte er. Er nickte. Eine unerklärliche Ruhe war plötzlich über ihn gekommen. Nun war es soweit – der langerwartete, langersehnte, langgefürchtete Augenblick war da. Es gab kein Zurück. Er suchte den Blick seiner Schwester, die neben ihm stand, und im selben Moment wandte sie den Kopf. »Sprich du«, flüsterte sie.

»Wir sind gekommen, die Heilung zu wirken«, sagte Anselm, »aber ob sie gelingt, liegt in den Händen der Götter.« Auch *seine* Stimme klang ihm fremd in den Ohren, dunkel und hallend, aber nicht unangenehm. Sehr langsam sprechend und die Worte mit Bedacht wählend, erklärte er nun, wie die Heilung vollzogen werden solle. »Sowohl der Trank als auch die Salbe enthalten schleichende, tödliche Gifte«, beendete er seine Rede. »Wenn die Heilung gelingt, dann bedeutet sie zugleich euren Tod. Weder der Verfasser des Buches noch Jalrik, ein Hesinde-Geweihter, der uns geholfen hat, noch Sylphinja oder ich wissen, wie lang die Lebensspanne ist, die euch noch bleibt. Sie mag zwei Jahre währen oder eines oder nur ein halbes, und in dieser Zeit werdet ihr altern, so wie Menschen es tun – nur rascher, viel rascher. Sollen wir dennoch versuchen, euren Körpern die Farbe wiederzugeben?«

»Ja«, sagten Boroniane und Boronian zugleich und ohne zu zögern. »Selbst wenn es nur für eine Stunde Menschsein wäre. Nur eine Stunde lang einander schauen, so wie wir einstmals waren, eine einzige Stunde ohne Ekel und Selbstekel, eine Stunde voller Liebe – ja, das ist es wert. Erlöst uns, wir bitten euch!«

Wie auf ein Zeichen hin entkleideten sich die vier Menschen. Anselm schaute nicht zu den Zwillingen hinüber, nicht aus Abscheu vor den gräßlichen unkörperlichen Körpern (deren Anblick er heute hätte ertragen können), sondern weil es ihm mit einem Mal unpassend, unangemessen, ja, fast unanständig erschien, sie vor Beginn der Heilung anzustarren.

Die Nacht war kalt, und mit jedem Teil, das fiel, biß der Frost heftiger in die Haut. Anselm zwang sich, ruhig zu atmen. Er wollte den Frost ertragen, ohne zu schlottern. Sylphinja konnte es schließlich auch, und sie war soviel zarter als er. Sie hatte nur vier Kleidungsstücke ablegen müssen, den Umhang, das Feenkleid und die warmen Schuhe, und lange bevor Anselm alle Knöpfe und Verschnürungen gelöst hatte, stand sie aufrecht und reglos neben ihm. Er sah es nicht wirklich, da er auch sie nicht betrachten wollte, aber er spürte es. Genauso, wie er fühlte, daß sie sich auf das Kommende einstimmte.

Ober- und Untergewänder, Jacke und Schuhe lagen am Boden. Anselm war nackt, bis auf das, was er am Halse trug – zwei Glücksbringer und ein Tuch. Gelten Amulette als Schmuckstücke? fragte er sich, während seine Finger unschlüssig mit den Lederbändern spielten. Vermutlich, denn sie schmückten und bestanden aus edlen Materialien. Er müßte sie also ablegen. Dabei haben sie mir so gute Dienste geleistet, ging es ihm plötzlich durch den Kopf. Die Rahja von Belhanka hatte ihn zu Neraida geführt, und der Seeschlangenzahn … Oh, Efferd, vergib mir meinen Undank! entfuhr ihm ein stummes Stoßgebet. Er hatte dem Meeresgott bisher nicht für die wundersame Errettung gedankt, und er hatte auch nicht die versprochenen Dukaten zum Tempel gebracht – wie undankbar, wie lästerlich! Oh, Efferd, betete er abermals, zürne mir nicht wegen meiner Gedankenlosigkeit und Vergeßlichkeit! Ich werde das Opfer bringen, wenn ich erst wieder in Salza bin, verdoppelt sogar! Ich verspreche es, ich gelobe es! Anselm streifte die Bänder über den Kopf und legte sie behutsam auf den Kleiderhaufen. Seine Hände kehrten zum Hals zurück, wollten eben den Knoten von Neraidas Halstuch lösen und sanken unverrichteter Dinge hinab. »Ich bin bereit. Soll ich jetzt die Kugel schlucken?« flüsterte er Sylphinja zu.

Nun sah er die Schwester doch und konnte nicht umhin, sie zu betrachten. Nichts deutete darauf hin, daß sie fror – kein Zittern war zu erkennen, keine Gänsehaut bedeckte den Körper. Weiß und makellos leuchtete er im Mondlicht. Nur die Spitzen der kleinen Brüste hatten sich aufgerichtet. Dampf entwich Sylphinjas Mund, und ihre Stimme klang ein wenig gepreßt, als sie nun antwortete: »Du hast vergessen, dein Halstuch abzulegen. Alle müssen nackt sein, hat Jalrik gesagt. So steht es in dem Buch.«

Anselm schüttelte den Kopf. »Nur von Hüten, Schuhen und Schmuck war die Rede, nicht von Halstüchern. Es ist Neraidas Tuch, ein Liebespfand, mein Questentuch, und ich werde es tragen.«

Sylphinja schaute ihren Bruder an, lange und eindringlich. Doch dann wich der Ausdruck von Erstaunen und Verwirrung der Andeutung eines Lächelns. »Ich werde nicht mit dir streiten«, sagte sie. »Trag es, wenn du es brauchst und wenn du meinst, es werde nicht schaden. Und nun laß uns beginnen!«

Anselm hätte nicht sagen können, welche Wirkung er von der Kugel erwartete. Auch Jalrik hatte ihm den Zustand, in den sie ihn versetzen würde, nicht beschreiben können. »Dein Geist und deine Sinne werden sich öffnen«, hatte er gesagt, »aber welches Gefühl das sein wird – falls Gefühl das rechte Wort ist –, kann ich dir nicht sagen. Ich habe keine Erfahrung damit.

Ein so kostbares, schwer zu bereitendes Mittel von so eigentümlicher Wirkung schluckt man nicht aus Neugierde.«

Etwas anderes als eine Überwachheit hatte Anselm sich unter geöffnetem Geist und geöffneten Sinnen nicht vorstellen können, etwa dem Zustand zu vergleichen, der eintritt, wenn man zuviel anregende Getränke zu sich genommen hat. Wenn es so wäre, wollte er zufrieden sein, dann könnte er wohl tun, was er tun sollte. Aber vielleicht würde er doch einer Benebelung und Einlullung den Vorzug geben vor der Überwachheit ... Er steckte die Kugel in den Mund und schluckte sie. Und kaum war sie in den Magen gelangt, entfaltete sie schon ihre Wirkung. Anselm bemerkte es, wunderte sich den Bruchteil eines Wimpernschlages lang und machte sich keine weiteren Gedanken über dieses Phänomen.

Überwachheit – das Wort beschrieb den Zustand gut und traf ihn doch nicht wirklich. Denn die Sinne waren nicht nur bis zum äußersten geschärft, sie durchdrangen einander auch. So spürte Anselm nicht nur, wie der Boden unter seinen Füßen allmählich fest wurde, weil die Feuchtigkeit in ihm zu Eis erstarrte, er hörte auch das zarte Knistern der Kristalle, ihr Drängen, Dehnen und Wachsen. Und was er hörte, verwandelte sich sogleich in Bilder: Nun sah er die winzigen, prismatischen und kubischen gläsernen Formen, die bläulich-milchigen Sterne und Blüten, zu denen sie zusammenwuchsen. Und er roch den Duft des Winters, den sie verströmten. Aber all das verwirrte ihn nicht, und er fühlte auch nicht den leisesten Hauch von Benommenheit.

»Gut«, murmelte Sylphinja, und Anselm sah ihr ins Gesicht. Er sah auch, gleichzeitig, daß die Flaschen mit dem Trank und die Tiegel mit der Salbe bereitstanden, und er roch deren Inhalt ebenso, wie er das Blut roch, das in den gläsernen Körpern pulsierte. Flirrender Dampf umschwebte sie.

Und dann, während Anselm und Sylphinja einander in die Augen schauten, strömten mit dem Regenbogenklang gläserner Saiten, mit dem silbernen Singen der Sterne und dem warmen Herzschlag der Erde die magischen Kräfte in ihn.

Anselm und Sylphinja hatten keine Gelegenheit gehabt, ihre Aufgabe zu üben. Was sie tun wollten und sollten, ließ sich weder ausprobieren noch lernen. Nur ein einziges Mal konnte es getan werden, hier und jetzt, und wenn es mißlänge … Wie oft waren nicht nur dem Medicus, sondern auch der Hexe diese Gedanken durch den Kopf gegangen? Oft, und je näher das Ziel von Studien und Reise rückte, um so häufiger. Doch nun waren plötzlich alle Zweifel und Selbstzweifel, alle Fragen und alles Hadern zerstreut, und alles geschah mit traumhafter Selbstverständlichkeit. Es war leicht für Sylphinja, die geborgten Kräfte zu teilen, mit der einen Hälfte Boronians Heilung zu wirken und die andere Anselm zu überlassen. Und zugleich war es unendlich schwer, so schwer, daß es schmerzte, lustvoll schmerzte. Sie empfand das Verströmen der magischen Macht nämlich nicht nur als Entleerung, Aushöhlung, Sichverzehren, sondern auch wie einen seltsamen Rausch, der sich zur Ekstase steigerte.

Auch Anselm brauchte keine Mühe darauf zu verwenden, als Brücke für Sylphinjas Kräfte zu dienen. Die Kugel hatte seinen Geist so weit geöffnet, daß die fremde Macht in ihn eindringen, durch ihn hindurchfließen und bis in die Hände strömen konnte, die die Salbe auf Boronianes Körper verteilten. Er versuchte auch nicht, so wie es ihm zuvor in den Sinn gekommen war, Worte des Heilens zu murmeln oder zu denken, während seine Finger die Arbeit taten, denn er war ganz durchdrungen von den magischen Energien, die sich zu dem einen, einzigen Wunsch formten, das Widernatürliche zu nehmen und die göttergefällige Ordnung wiederherzustellen. Zum Murmeln oder Denken blieb da kein Platz. Auch ihn schmerzte und verzehrte die Arbeit, trotz oder wegen ihrer Leichtigkeit, und die Freude, die sie bescherte, schnitt wie mit Messern in sein Innerstes.

Insgeheim hatte Anselm sich vorgenommen, Boronianes gläsernen Körper bei der Heilung – und nur bei der Heilung, Stück für Stück und nicht als Ganzes! – genauestens zu betrachten. Er war schließlich Medicus und dies die vermutlich einzige Gelegenheit im Leben, so überaus nützliche Studien zu betreiben. Doch weder entsann er sich nun dieses Vorhabens, noch wäre es ihm möglich gewesen, es auszuführen. Denn, wie gesagt, Jalriks wundersame Kugel bewirkte, daß Anselms Wahrnehmungen sich unentwirrbar durchdrangen, und nichts, was er sah, hörte, fühlte, schmeckte oder roch, ließ sich einem einzelnen Sinn zuordnen. Auch die Zeit, die verrann, nahm er auf diese Weise wahr, mit Augen, Ohren, Mund, Nase und Haut, und deshalb ließ sie sich nicht messen, schien zugleich stillzustehen und immerwährend zu fließen.

Die erste Stunde des ersten Boron war eben vorüber, als Anselm und Sylphinja das Werk vollbracht hatten. Das Ergebnis ihres Wirkens sahen sie jedoch nicht im Augenblick der Vollendung. Denn als Sylphinja die Kräfte verließen, auch ihre eigenen, die zusammen mit Levthans Macht aus ihr geströmt waren, bis nichts mehr übrig war von der astralen Energie, schwanden ihr die Sinne – auf dem Höhepunkt der rauschhaften Ekstase, wo Qual und Glück zu einem verschmolzen …

Anselm erging es ähnlich und doch ein wenig anders. Eben hatte er die Zehen von Boronianes linkem Fuß mit der hellen Paste bestrichen – nur noch den Spalt zwischen der kleinen und der nächstgelegenen galt es zu füllen –, als Sylphinjas Zauberkräfte versiegten. Er wußte nicht, was geschah, spürte nur die plötzliche Leere, wie einen kurzen grausamen Schmerz, der sich in Schwärze verwandelte …

Sylphinja erwachte, war sich dessen aber nicht im klaren und hätte auch nicht sagen können, wovon sie geweckt worden war. Sie war so erschöpft, unendlich erschöpft, konnte kein Glied rühren und war sich doch ihres Zustandes nicht bewußt. Sie wußte nicht, wer sie war, erinnerte sich weder ihres vergangenen Lebens noch der vergangenen Stunden. Sie hatte auch keine Empfindungen. Weder spürte sie die Wärme der weichen Felle, auf denen sie lag und mit denen sie bedeckt war, noch die Berührung des schlafenden nackten Mannes, der sich an sie schmiegte. Daß sie nicht fror, wunderte sie nicht im mindesten, denn wie hätte sie in diesem erinnerungs-, bewußtseins- und empfindungslosen Zustand erkennen sollen, daß der Frost der Boronnacht ihrem entkräfteten nackten Körper den Tod hätte bringen können?

Eine zärtliche Berührung an Lidern und Brauen ließ Sylphinja blinzeln. Bevor sie erkannte, was sie berührte (es war Felischas kleine rauhe Zunge), spürte sie die Seelenstimme in ihrem Kopf, ein Weinen der Erleichterung und des Glücks, in dem noch der überstandene Kummer und die vorherigen Sorgen enthalten waren: *Da bist du ja wieder, meine Freundin! Endlich! Ich bin so glücklich! Ich hatte solche Angst um dich, um uns!* Wieder fuhr die Zunge über das zuckende Lid und den rosigen Augenwinkel. *Viel mehr als damals. Da bist du geheilt worden, und die Nacht war lau. Diesmal hat keiner dich geheilt, und der Frost hat dich ganz kalt und starr gemacht. Ich habe die Kälte nicht gespürt, und so bin ich nicht gleich darauf gekommen, daß sie es ist, die das Leben aus dir zieht. Ach, ich habe ja versucht, dich zu wärmen, aber ich bin wohl zu klein, und meine Wärme hat nicht ausgereicht … Die Schönen haben es lange nicht gemerkt in ihrer Verzückung, daß ihr am Erfrieren wart. Sie haben auch mein Schreien nicht gehört, erst als ich sie gekratzt habe, sind sie erwacht. Es war schon fast zu spät. Da haben sie dann die Felle gebracht und euch eingehüllt und auch den Trank bereitge-*

stellt. Versuch, die Lippen ein wenig zu öffnen! Der eine Tropfen, der in deinen Mund gedrungen ist, hat dich geweckt. Der Trank ist also gut, und du solltest ihn trinken.

Sylphinja spürte etwas ihre Lippen berühren und benetzen. Wer hat mit mir gesprochen? fragte sie sich. Ich kenne die süße Stimme, aber mir will im Augenblick nicht einfallen, zu wem sie gehört. Ich soll den Mund öffnen und trinken, hat die Stimme gesagt. Nun gut, versuche ich es einmal.

Es gelang der jungen Hexe tatsächlich, die Lippen ein wenig zu teilen und die Zunge vorzuschieben. Der Tropfen des Trankes, den Felischa mit der Pfote aufgebracht hatte, fiel auf die Zunge. Vierblättrige Einbeere! dachte sie. Belmart! Mibelrohr! Ulmenwürger! Weitere Namen zuckten ihr durch den Kopf, die der Heilpflanzen, aus denen der Trank bereitet war, und während sie die Pflanzen schmeckte und benannte, erkannte sie Felischa, sich selbst und wußte wieder, was geschehen war. Zum Sprechen war sie allerdings noch zu schwach, und Felischa mußte ihr noch zweimal die heiltrankbenetzte Pfote auf die Lippen pressen, bevor der Gruß der Seelengefährtin sie erreichte: »Oh, Felischa, du Liebe, wie freue ich mich, daß du lebst und daß es dich gibt und daß du bei mir bist! Ist uns das Werk gelungen?«

Ich glaube, ja. Die Schönen sind schon wieder fern, bei sich und mit sich und haben euch vergessen. Sonst hätte ja nicht ich *dich mit dem Saft füttern müssen.*

Satuaria sei Dank! dachte Sylphinja. Es war nicht alles vergebens gewesen. Anselm! dachte sie als nächstes. Was war mit Anselm? Lebte er noch? Ja, er lebte noch. Nun spürte sie ihn, er lag neben ihr, war warm und atmete. Mühsam richtete sich das Mädchen auf, suchte Felischas Blick und lächelte matt. Dann entdeckte sie die irdene Schale, die neben der Katze ins reifbedeckte Moos gedrückt worden war. Um nichts von dem kostbaren Trank zu verschütten – sie hatte

Angst, daß ihre Hände zittern würden, wenn sie nach der Schale griffe –, beugte sie sich hinab und sog und schlürfte die Flüssigkeit ein.

Der Trank war von wundersamer Heilkraft. Tropfen für Tropfen, Schluck für Schluck kehrte das Leben in Sylphinjas Körper zurück, und als sie ein gutes Drittel der Menge zu sich genommen hatte, fühlte sie sich wieder völlig gesundet. Nur dort, wo einstmals Überfülle gewesen war, spürte sie eine seltsame Leere. »Du hast mir das Leben gerettet, liebe Freundin«, raunte sie der Katze zu und schenkte ihr einen innigen Blick.

Dir und mir, denn wenn du stirbst, sterbe ich auch.

So wie es zuvor Felischa bei ihr getan hatte, benetzte Sylphinja nun Anselms Mund. Langsam, nach und nach, so wie sie selbst erwachte auch er, erst sein Körper und dann sein Bewußtsein, und als er so weit gekräftigt war, daß er sich aufrichten konnte, setzte sie ihm die Schale an die Lippen und flößte ihm den Rest des Trunkes ein. Und dann, als auch Anselm geheilt war, als die Geschwister sich gegenseitig ihres Wohlergehens versichert hatten, als sie es sich, eng aneinandergeschmiegt und in Pelze gehüllt, auf dem Moos bequem gemacht hatten, Felischa zu Sylphinjas Füßen, ja erst dann hatten sie endlich Augen für ihre Umgebung.

Es war Morgen geworden, während Anselm und Sylphinja geschlafen hatten. Die Sonne mochte eben aufgegangen sein, aber noch war es ihren Strahlen nicht gelungen, den Frühdunst gänzlich zu durchdringen. Der Himmel schimmerte rosig im Osten, und hier und dort spiegelte sich seine Rosenfarbe auf Reif und Eiskristallen wider. Am Ufer eines schwarzen Sees, kaum sechs Schritt von Sylphinja und Anselm entfernt, standen ein Mann und eine Frau, ein blutjunges Paar. Weder Anselm noch Sylphinja hatten je schönere Menschen gesehen. Alles war vollkommen an den beiden – makellos ihr Wuchs, makellos ihre Haut, wunderbar seidig ihr langes silberblondes Haar. Die beiden schauten einander an, und so sah man ihre Züge nur zur Hälfte, aber es war doch offenkundig, daß auch sie von vollendeter Schönheit waren. So überirdisch anmutig, liebreizend, holdselig und einander so ähnlich waren die beiden, daß es fast schmerzte, sie zu betrachten. Das Frühlicht übergoß auch sie mit rosigem Rahjahauch und färbte die Alabasterhaut, nur rings um die Hälse trugen Boroniane und Boronian Ringe von reinem Weiß, so daß es aussah, als hätten sie zuvor eine Weile in der prallen Praiossonne getollt, mit nichts bekleidet als Halstüchern. Aber diese Male taten der vollendeten Schönheit ebensowenig Abbruch wie die roten Linien, die Felischas Krallen auf die Waden gezeichnet hatten.

Die Zwillinge schienen die Welt um sie herum nicht wahrzunehmen, weder die menschlichen und nichtmenschlichen Beobachter ringsumher noch die Kälte des Boronmorgens. Daß die Umhänge aus Firunsbärenfell ihnen von den Schultern gerutscht waren und nun zu ihren Füßen lagen, bemerkten sie nicht. Unendlich sanft zeichneten sie mit den Fingern die Züge des anderen nach, wieder und wieder, liebkosend und erkundend. Sie betasteten einander auch, streichelten die schlanken Glieder und das schimmernde Haar, schmiegten volle dunkelrosige Lippen an blaßrosige Haut. Dabei wisperten sie mit süßen Stimmen zärtliche Worte in einem seltsamen alten Dialekt. Obwohl Anselm und Sylphinja die Sprache nicht verstanden (Anselm glaubte hin und wieder, etwas wie »Sirirí« und »Luminú« zu hören, aber diese Wahrnehmung bestätigte Sylphinja später nicht), wußten sie, daß von Liebe die Rede war. Sie sahen auch die Tränen des Glücks, die den beiden aus den Augen perlten und glitzernde Streifen auf die zarten Wangen malten, und ihnen war, als fühlten sie die heißen Wogen der Liebe und Freude bis zu ihrem Plätzchen heranrollen.

Ganz eng rückten Anselm und Sylphinja zusammen, während sie Boroniane und Boronian betrachteten. Der Bruder legte der Schwester den Arm um die Schulter, so daß sie den Kopf an seine Achsel schmiegen konnte, und sie faßte ihn um den Leib, soweit es möglich war, und bisweilen fühlte er, wie ihre kleine warme Hand ihn heftig drückte.

»Sie müssen schon seit Stunden in dieses Spiel vertieft sein«, flüsterte das Mädchen kaum hörbar. Aber es wäre wohl nicht nötig gewesen, die Stimme sosehr zu dämpfen, denn als kurz darauf ein Häher seinen lauten, mißtönenden Ruf durch den Wald sandte, ließen die Zwillinge mit keiner Regung erkennen, daß sie ihn vernommen hatten.

Irgendwann lösten Boroniane und Boronian sich voneinander, langsam und zaudernd und nach vielen vergeblichen Versuchen, so als fürchteten sie, das Wunder könnte sich als Trug erweisen und zerrinnen, wenn sie erst aufhörten, sich zu berühren. Und deshalb wohl ließen sie auch nicht völlig voneinander ab, sondern hielten sich bei den Händen, als sie damit begannen, sich langsam im Kreise zu drehen. Nun sah man auch ihre Gesichter. Überirdisch, alveranisch, dachte Anselm, und ein Schauer rieselte ihm den Rücken hinab.

Überirdisch und alveranisch waren das Jünglings- und das Mädchenantlitz nicht nur wegen der makellosen, ergreifenden Schönheit; das Strahlen der leuchtendblauen Augen, ihre entrückte Leere, die nichts spiegelte und in die nichts eindrang außer dem liebenden Blick des anderen, trug ebensosehr zu diesem Eindruck bei.

»Sie sehen uns gar nicht«, raunte Sylphinja dem Bruder zu. »Sie wissen nicht, daß wir hier sind, und sie wissen auch nicht, daß wir es waren, die ihnen dieses Glück bereitet haben.« Es lag kein Vorwurf in ihren Worten, nicht einmal Enttäuschung, dennoch verspürte Anselm den Drang, die Zwillinge zu verteidigen.

»Du meinst, sie seien undankbar, selbstisch gar? Ja, vielleicht sind sie es, aber nur gegen die restliche Welt. Gegeneinander sind sie es nicht – sieh nur, wie sie lieben, wie sie geben und sich verströmen ... Vielleicht ist das Selbstische die eigentliche Natur der Liebe. Vermutlich kann nur nachvollziehen, was sie empfinden, wer jemals wie sie geliebt und gelitten hat. *Ich* kann es nicht, und fast ist es mir leid darum ...«

»Sie denken *jetzt* nicht an uns«, nahm Sylphinja Anselms Gedanken auf, »aber vorher haben sie sehr wohl an uns gedacht. Sonst hätten sie nicht in Erwartung unseres Kommens den Trank bereitet, der uns so vollkommen geheilt und gestärkt hat. Ich bin mir plötzlich sicher, daß sie uns schon damals als diejenigen erkannt haben, die ihnen Erlösung bringen könnten ... Auch ich habe eine solche Liebe noch nie empfunden, und sie zu sehen ...« Das Flüstern erstarb mit einem schluchzenden Laut.

Boroniane und Boronian hatten sich wohl endlich überzeugt, daß das Wunder Wirklichkeit war und kein Traum. Denn endlich trennten sich auch die Hände, und nun wurde das Kreisen allmählich zum Tanz, einem Tanz von nie gesehener Grazie. Auch hierbei durchdrangen sich Geben und Nehmen und hielten sich die Waage. Denn die Freude am eigenen Körper wurde verschenkt, und die am Körper des anderen wurde empfangen.

Der Tanz wurde mit jedem Schritt süßer, schmelzender und verlangender. Leidenschaft gesellte sich zur Liebe, verschmolz mit ihr, so wie auch die Leiber der Zwillinge in Kuß und Umarmung zu einem einzigen verschmolzen.

Als Anselm Sylphinjas Atem an seinem Ohr spürte, nickte er, bevor er noch ihr Flüstern vernahm. Er wußte, was sie sagen wollte.

»Glaubst du, sie werden es nun tun?« fragte das Mädchen.

»Ja«, erwiderte er, leise, aber fest. »Ich glaube es, und ich hoffe es. Es ist nicht an uns zu richten.«

Doch das wäre Sylphinja nicht im entferntesten in den Sinn gekommen. »Wir sollten gehen, heimlich und ohne Abschied«, sagte sie. »Sie länger zu betrachten, scheint mir nicht recht... Ich hätte ihnen gern Lebewohl gesagt, aber wozu sie stören? Wozu ihnen etwas von der kostbaren Zeit rauben, die ihnen noch bleibt? Wozu sie kennenlernen, da sie ja doch...« Das Flüstern brach ab, und diesmal folgte ihm ein kurzer schmerzvoller Schauder.

Anselm nickte. Er mußte ein paarmal schlucken, bevor er antworten konnte, denn etwas steckte ihm in der Kehle. »Du hast recht, laß uns gehen! Wir werden den Weg zurück auch ohne sie finden.«

Er ist leicht zu finden, ich habe ihn mir gut gemerkt.

Leise und mit behutsamen Bewegungen legten Anselm und Sylphinja ihre Kleider wieder an. Einen letzten Blick gönnten sie den schönen Zwillingen, dann folgten sie Felischa in den herbstlich frostigen Wald.

So wie schon einmal, gut vier Monde zuvor, saßen Bruder und Schwester sinnend am Waldsaum. Diesmal fiel ihnen das Reden noch schwerer als damals, und der bevorstehende Abschied bedrückte sie. Die Sonnenscheibe, fahlgelb hinter dem weißen Dunst, wärmte, jetzt am hohen Vormittag, gerade genug, um den Reif in glitzernden Tau zu verwandeln.

»Nun ist es doch Boron geworden über der Heilung«, ergriff Anselm schließlich das Wort. »Aber ich finde, es paßt. Es war eine borongefällige Tat, und Boron wird sie bald zu sich holen.«

»Am ersten Boron pflegten Sephyra und ich die Wiederkehr des Tages meiner Geburt zu feiern«, sagte Sylphinja nach einer Weile. »Heute hätten wir die siebzehnte Wiederkehr gefeiert. Aber Sephyra ist tot, und außerdem: Woher hätte sie den Tag meiner Geburt kennen sollen? Trotzdem fühle ich mich älter als gestern... erwachsen.« Sie schwieg, und Anselm erwiderte lange nichts.

»Ich kann dich nicht überreden, mit nach Salza zurückzukehren, nicht wahr?« Es war mehr eine Feststellung als eine Frage. Da Sylphinja nicht antwortete, fuhr er fort. »Warum sollte heute nicht dein Tsatag sein? Es ist möglich, und es würde passen. Du bist erwachsen. Ach, was sage ich: erwachsen? Du bist eine großartige Zauberin, eine Zierde der Hexenschaft, ein wunderbarer Mensch – ich bin stolz, eine Schwester wie dich zu haben.« Abrupt und errötend hielt er inne. Solch pathetische Worte hatte er bisher zu keinem Menschen gesagt.

»Danke, Anselm.« Sylphinjas Stimme bebte ein wenig. »Auch du bist ein großartiger Mensch, und ich bin stolz, einen Bruder wie dich zu haben. Wir hatten gleich viel Anteil an der Heilung. Weder du noch ich hätten sie allein vollbringen können... eine Zauberin bin ich nicht – es wird lange dauern, bis meine geringen Kräfte zurückgekehrt sind... Es tut auch weh, daß sie fort sind, ein wenig, hier.« Sie preßte die Linke vors Herz und die Rechte vor den Bauch. »Das Band ist nun zerrissen... zu dem, von dem ich sie bekommen habe. Ich kann mit dir darüber nicht reden, und ich weiß auch, daß es richtig ist, so, wie es ist, aber...« Wie um das Thema zu beenden, schüttelte das Mädchen den Kopf. »Du nennst es eine borongefällige Tat, und das heißt todbringend«, fuhr sie fort. Anselm wollte etwas einwenden, doch Sylphinja sprach schon weiter. »Aber es war auch eine Geburt, finde ich, denn jetzt leben sie, und vorher haben sie nicht gelebt... Nun ist unsere Queste zu Ende«, fuhr sie nach einer Weile fort. »Ich habe das seltsame Wort gut gelernt, nicht wahr?«

»Hervorragend. Aber meine ist noch nicht ganz zu

Ende, und deshalb muß ich recht bald nach Salza zurückkehren.« Anselm versuchte bei dem Themenwechsel ein unbeschwertes Lachen, aber es wollte nicht recht gelingen. »Wir kennen einen Teil der Liebesgeschichte deiner Mutter und meines Vaters, aber es fehlt mehr als dieser Teil in Juchos Tagebuch – drei Jahre, wenn ich mich recht erinnere. Was ist in dieser Zeit geschehen? Warum hat er die Seiten herausgetrennt? Vielleicht gelingt es mir ja, das ganze Geheimnis zu lüften. Und dann gibt es da noch ein Versprechen, das es einzulösen gilt… und eine schöne Frau, nach der ich mich sehne.«

»Auch ich habe ein Versprechen einzulösen. Aber bevor ich zum Bornwald fliege, um Milzenis Yumudas Gruß zu überbringen, werde ich die alte Gwynnel besuchen. Gewiß macht sie sich Sorgen um mich und wird sich freuen zu sehen, daß es mir wohl ergeht.«

»Du willst doch nicht etwa dem Riesen Milzenis die Aufwartung machen! Das kann nicht dein Ernst sein! Außerdem hat Yumuda dir gar keinen Gruß mitgegeben!« Anselm wußte, noch während er sprach, daß er Sylphinja nicht würde umstimmen können.

»Sie möchte, daß er kommt, da bin ich mir sicher. Sie möchte, daß er weiß, wie einsam sie ist. Aber sei unbesorgt – ich werde mich nicht leichtfertig in Gefahr begeben. Am Rande des Bornwaldes liegt der Ort Gartimpen. Drei freundliche alte Schwestern wohnen dort, die ich beim Fest kennengelernt habe. Sie haben mich eingeladen, und sie kennen Milzenis. Sie werden mir helfen. Ich denke, ich werde den Winter über ihre Gastfreundschaft genießen, und im Frühling werde ich in mein Hüttchen zurückkehren. Ich habe nämlich einen Bruder in Salza, den ich gern wiedersehen möchte. Oder wirst du wieder auf Reisen gehen und gar nicht dasein, wenn ich komme?«

Anselm schüttelte den Kopf. »Ich werde dasein, wenn du kommst«, murmelte er.

»Außer dem Bruder gibt es noch jemanden, den ich gern wiedersehen möchte und den ich dich von mir zu grüßen bitte.«

»Selbstverständlich werde ich Jalrik deinen Gruß ausrichten. Und wenn du eine Nachricht privaterer Natur für ihn hast, so flüstere sie mir getrost ins Ohr. Ich werde mir die Worte merken, ohne sie ins Gehirn dringen zu lassen.«

»Nur einen Gruß. Aber um einen weiteren Gefallen bitte ich dich. Du kennst doch Karlittas Haus, das in Salza, meine ich – ich habe es dir ja beschrieben. Willst du sie wohl aufsuchen, wenn sie das nächste Mal in der Stadt weilt, und ihr meinen Gruß zukommen lassen mitsamt dem Feenkleid – als Dank für wochenlange Gastfreundschaft?«

»Du wirst ihr nicht das Zauberkleid schenken! Nein, das kannst du nicht tun! Ein so seltenes, wundersames Artefakt! Weißt du, wie viele Goldstücke du dafür verlangen könntest? Sie hat es nicht verdient, und außerdem ist es *dein* Kleid!«

»Es ist weder mein Kleid noch ihres – Sephyra sollte es tragen … Aber nun soll es ihr gehören. Sie hat viel Umstände und Kosten durch mich gehabt, und sie war gewiß am meisten enttäuscht vom Ausgang des Festes … außer Tula vielleicht. Willst du es ihr wirklich nicht bringen? Dann muß ich den Umweg über Lyckweiden machen und es ihr vor die Tür legen – ihr unter die Augen treten mag ich nicht, noch nicht.«

»Daß du seit heute älter und erwachsener bist, merkt man vor allem daran, daß der Altersstarrsinn schon Besitz von dir ergreift. Natürlich bringe ich das Kleid zu deiner Hexe. Aber was wirst *du* tragen? Der Umhang allein ist zu dünn.« Anselm legte fragend den Kopf auf die Seite. Dann erhellte ein Lächeln seine Züge. »Willst du mein Hemd statt dessen nehmen? Es ist aus Wolle und stinkt fast gar nicht.« Ohne Sylphinjas Antwort abzuwarten, erhob er sich, schlüpfte aus der Jacke und streifte das Hemd über den Kopf.

Das Hemd war zu lang und zu weit, und es kleidete Sylphinja mitnichten. Dennoch strahlte sie, als sie es angelegt hatte. »Nun trage ich das Hemd meines Bruders, damit ich ihn nicht vergesse«, sagte sie.

Als sei mit diesen Worten das Signal zum Aufbruch gegeben worden, legten die Geschwister ihre Obergewänder wieder an, schlossen die Kleidungsstücke – langsam und umständlich – und schauten sich in die Augen. Nun hieß es Abschied nehmen. Anselm streckte die Hand aus, um sie Sylphinja zu reichen, überlegte es sich dann anders und schloß die Schwester in die Arme. So standen sie eine Weile, bis sie sich, wie auf ein Zeichen hin, gleichzeitig aus der Umarmung lösten. »Leb wohl, lieber Bruder«, sagte Sylphinja, und wieder bebte ihre Stimme. »Satuaria sei mit dir! Im Frühjahr sehen wir uns wieder, in Salza.«

»Leb auch du wohl, liebe Schwester!« Auch Anselms Bariton klang ein wenig rauh. »Satuaria und die Zwölf mögen dich schützen. Wir sehen uns in Salza.«

Abrupt drehte Anselm sich um und stapfte, leicht vorgebeugt und mit großen Schritten, zur Straße hinüber. Als er sie erreicht hatte, hielt er inne, blickte zurück und hob die Rechte zum letzten Gruß. Er glaubte Sylphinjas rotes Haar zwischen dem Herbstlaub leuchten zu sehen, aber sicher war er sich nicht.

Ausklang

Seit einer Woche lebte Anselm wieder in Salza. In dieser Zeit hatte er die versprochenen zehn Dukaten zum Efferdtempel gebracht, Jalrik *alles* vom Ausgang der Queste berichtet (und dem Onkel so viel, wie er für angemessen hielt), einen schweren Fall von Blauer Keuche erfolgreich kuriert, erfolglos nach den verschwundenen Tagebuchseiten geforscht, Danilo ein paar ausgedehnte Ausritte gegönnt und fünf Nächte mit Neraida verbracht.

Auch heute – es war Praiostag – gedachte er, nach dem Auftritt mit ihr zu speisen und den Abend in ihrem prächtig nach tulamidischer Manier geschmückten Schlafgemach zu beschließen. Wieder einmal war er viel zu früh im *Tanzenden Seepferdchen* eingetroffen, diesmal allerdings weniger aus Ungeduld, sondern um sich einen guten Platz nahe der kleinen Bühne zu sichern. Daß mitten auf dem niedrigen Podest ein samtbezogener Stuhl plaziert war, wunderte ihn zwar ein wenig, aber eben nur ein wenig, und bald wanderten seine Gedanken wieder zu der bevorstehenden Nacht und ihren Verheißungen. Der mit Honig gesüßte heiße Würzwein sollte ihm die Wartezeit verkürzen und ihn in die rechte Stimmung versetzen.

Doch wie überrascht war Anselm, als sich plötzlich die Tür zum Hinterzimmer öffnete – er erwartete Neraidas Auftritt erst in etwa einer halben Stunde – und, nein, nicht die Tänzerin den Schankraum betrat, sondern eine zierliche, nicht mehr junge Frau mit langem braunen Haar, auf dem, schräg und keck, ein Samtbarett saß, mit Stupsnase, braunen Koboldaugen und enggeschnittenen schwarzen Beinkleidern – Tsaiane!

»Tsaiane!« schrie er auch, kaum daß er sie erkannt hatte, und dabei sprang er so ruckartig von seinem Platz auf, daß er den Tisch zum Schwanken brachte und der Wein sich gewiß über die Platte ergossen hätte, wäre er statt in dem standfesten irdenen Becher in einem zierlichen langstieligen Glas serviert worden.

Auch Tsaiane erkannte Anselm augenblicklich. »Anselmo!« rief sie und schwenkte die Rechte zum Gruß. Sie lief gar los, strahlend, doch dann besann sie sich offenbar darauf, daß Privates hinter einem bestellten, bezahlten, angekündigten Auftritt zurückzustehen habe, bremste ihren Lauf und betrat gemessenen Schrittes die Bühne. »Wir sprechen uns später, Anselmo, hinterher«, raunte sie dem jungen Mann im Vorübergehen zu. »Diesmal wirklich. Ich freue mich und habe Zeit im Überfluß.«

(Später sollte Anselm sich fragen, wieso er das Plakat, das den einmaligen Auftritt der berühmten, weitgereisten Bardin Tsaiane Drosselanger ankündigte – dessentwegen die Tanzdarbietung an diesem Abend ausfalle – und das deutlich sichtbar an der Schenkentür befestigt war, übersehen hatte.)

Außer an jenem fernen Rahjamorgen in Seshwick, als er sie durch die dünne Wand belauscht hatte, hatte Anselm Tsaiane niemals singen hören. Ihre dunkle Stimme hatte ihm schon damals gefallen, nun mußte er sich eingestehen, daß sie auch weit besser ›züpfelte‹, als sie selbst behauptet hatte und als die Kostproben ihres Spiels ihn hatten vermuten lassen. Auch ihr Vortrag war charmant und kündete von langjähriger Erfahrung. Sie leitete nämlich jedes ihrer heiteren oder spöttischen Lieder mit einer kleinen Anekdote ein, wobei ihre Finger, sehr zart, das Publikum mit der Melodie vertraut machten. Ernste oder gar traurige Weisen schien sie an diesem Abend nicht zum besten geben zu wollen, vielleicht weil das seit Tagen unfreundliche naßkalte Wetter die Gemüter schon genug bedrückte.

Anselm kannte zwei der neun Balladen, die Tsaiane vortrug – diejenigen nämlich, die sie offenkundig aus Thorwal mitgebracht hatte.

»Das letzte Lied, das ich heute singen werde, ist weder lustig noch traurig«, sagte die Bardin, nachdem der Beifall für den vorangegangenen Vortrag – laut und kräftig durch Anselms fast übertriebene Unterstützung – verklungen war. »Oder beides – es kommt auf den Standpunkt an. Die Ballade behandelt ein Ereignis, bei dem ich selbst zugegen war. Doch nun hört, liebe Leute, hochverehrtes Publikum, und bildet euch selbst ein Urteil. Das Lied heißt ›Die Hexenverbrennung zu Abilacht, am 14. Rahja, 25 Hal‹.«

Anselm hatte schon bei den ersten Tönen, die die Finger der Laute entlockten, erkannt, welches Lied folgen werde, und nun strahlte er in freudiger Erwartung. Endlich würde er die vollständige Ballade von der Abilachter Hexenverbrennung zu hören bekommen! Das Vorspiel war beendet, und Tsaiane sang:

Hört, Leute, was ich euch bericht
Wohl aus dem schönen Abilacht:
Dort ward ein Hexlein hingericht,
Ich hab ein Lied davon gemacht.

Im Jahre vierundzwanzig Hal,
Im wonnig-holden Rahjamond –
Tausendsiebzehn nach Bosp'rans Fall,
Sagt der, der mehr im Süden wohnt –,

Da brannte sie zur Praiosstund
Wohl auf dem Marktplatz lichterloh,
Das fromme Volk, es stand im Rund,
Und jeder war von Herzen froh.

Wie sah sie aus? wollt ihr erfahr'n,
War schön sie oder runzlig-alt?
Sie zählte dreißig wohl an Jahr'n
Und war von stattlicher Gestalt.

Ihr Haar, so schwarz wie tiefste Nacht,
Umfloß ein Antlitz kreideweiß,
In dem ein Paar von Augen wacht,
Des' Blick ließ schaudern, kalt und heiß.

Was tat sie Schlimmes? fragt ihr nun,
Daß man solch hartes Urteil sprach?
Oh, hört: Gar schändlich war ihr Tun,
Sie bracht den Leuten Fluch und Schmach.

So manchen traf der Hexenschuß,
Der vorher gerad und aufrecht stand,
Und von der eklen Kröte Kuß
Gar mancher sich voll Blattern fand.

Und als zu Pisse ward der Teich,
Wo munter schwamm der Gänse Schar,
Da lachte wohl ihr Antlitz bleich,
Dem frommen Bürger sträubt's das Haar.

Auch Hühner wurden nicht verschont
Von ihrem bösen Spiel und Spott,
Doch heute ward ihr Tun belohnt,
Dank Praios Dir, gerechter Gott.

Denn mag ein Huhn mit Hasenohren
Verstohlen Lachen noch erzeugen,
Die nächste Beute auserkoren
Lacht nicht, sie tut der Kummer beugen.

Es traf die Jungfer Espelhain
Ein böser Fluch, ein hartes Los,

So ungerecht und hundsgemein –
Oh, war der Jungfer Jammer groß!

Denn uns're Jungfer trägt seitdem
Ein seltsamlich geschnitt'nes Kleid,
Und wo's vormals für zwei bequem,
Schwillt's nun in trauter Dreisamkeit.

Lacht nicht, habt Mitleid, senkt die Blicke,
Lauscht dem Bericht der letzten Sünde,
So grauenhaft und voller Tücke,
Daß kaum die rechten Wort' ich finde.

Die böse Hexe nämlich schlich
Sich ein in der Frau Travia Haus.
Der Fluch, der ihrem Mund entwich,
War schwarzer, lästerlicher Graus.

Gift goß sie in der Göttin Brot,
Die Suppe und manch and're Speis,
Die Hochgeweihte fand den Tod,
Krank wurden Kind, Mann, Frau und Greis.

Doch endlich, endlich fing man sie,
Legt' sie in Fesseln und in Bande.
Der Richter sprach: »Weib, beug die Knie!
Bereue deine Sünd und Schande!«

Jedoch die Hexe lacht voll Hohn,
Verspottet Recht und Obrigkeit.
»Das Feuer sei dein Grab und Lohn,
Im Namen der Gerechtigkeit!«

So sprach der Richter, streng und hart.
»In Kaisers Namen, brenne du!«
Der Pfaffe, der gerufen ward,
»In Praios' Namen!« fügt hinzu.

Ein Scheiterhaufen ward errichtet
Wohl in des großen Marktplatz' Mitte,
Viel Scheite wurden aufgeschichtet,
Wie es in solchem Falle Sitte.

Dort oben stand sie nun gebunden,
So schön, so stolz, so reuelos,
Bedeckt mit der Befragung Wunden,
Trotz der Erniedrigung so groß.

Zugegen war auch der Baron,
Und er brach über sie den Stab.
»Das heiße Feuer sei dein Lohn!
Das heiße Feuer sei dein Grab!

Auf, Henker, tue deine Pflicht!«
Sprach er, drauf ward der Stoß entfacht.
So hart wie Stein wurd ihr Gesicht,
Nun hat sie nimmermehr gelacht.

Die Augen himmelwärts gewendet,
Erwartet sie den grausen Tod,
Sie weiß, daß bald ihr Leben endet,
Die Flammen züngeln gelb und rot.

Schon faßt die erste ihren Fuß,
Die zweite ihres Kleides Saum,
Aufsteigt der Rauch, es sprüht der Ruß,
Doch sie steht starr und spürt es kaum.

Dann aber – keiner sah es kommen –,
Rächt' furchtbar sie erlitt'ne Pein,
Der schwarzen Seele wird's nicht frommen,
Verdammnis wird die Strafe sein.

Dicht quoll der Qualm und stieg empor,
Es stank nach brennend Haut und Haar,

Da drang ein Zischen an mein Ohr,
Und Flattern zu vernehmen war.

Ein flinker silberheller Speuz
Durch Ruß und Rauch geflogen kam,
Der traf den Pfaffen hart im Kreuz,
Und seitdem ist der Pfaffe lahm.

Zur gleichen Zeit, mit Sturmgebraus,
Ihr schwarzer Rabe schoß herab,
Der hackt' des Richters Augen aus,
Und biß ihm auch die Nase ab.

Das war der Hexe letzte Tat,
Ihr allerletztes Schelmenstück,
Zerbrochen ist des Lebens Rad,
Nur Asche blieb von ihr zurück.

Das Lied war zu Ende, aber die Zuhörer schienen im ersten Augenblick nicht so recht zu wissen, was sie davon halten sollten, denn es dauerte ein Weilchen, bis der Beifall einsetzte. Und er wäre wohl ein wenig dürftig ausgefallen ohne Anselms hilfreiches, lautes Klatschen und seine zündenden ›Bravo!‹-Rufe. So aber kam es doch noch zu einem recht artigen Applaus. Tsaiane lächelte auch dankbar in Anselms Richtung, bevor sie sich erhob und verneigte.

»Habt Dank für euren Beifall, liebe Leute, verehrtes Publikum. Wem mein Vortrag gefallen hat, der mag, bevor er die Schenke verläßt, eine kleine Spende hinterlegen.« Sie zog das Barett, schwenkte es in ausladender Geste, während sie sich noch einmal verbeugte, und legte es dann am Rand der Bühne nieder, mit der Öffnung nach oben. Mit wenigen Schritten war sie bei Anselms Tisch, so rasch, daß der junge Mann kaum Zeit fand, sich zu erheben. Und so ergriff er ihre ausgestreckte Hand in halb sitzender Haltung.

»Anselmo, endlich sehen wir uns wieder!« Tsaiane strahlte. »Ich habe es so bedauert, Euch in Nostria, Salza und Thorwal verpaßt zu haben! Und? Hat Euch meine Darbietung gefallen?«

Anselm nickte heftig, aber verwirrt. Über das *Lied* hatte er eigentlich nicht reden wollen, da es soviel Wichtigeres zu erzählen gab. Darauf war er nicht vorbereitet, und überdies hatte er die eine oder andere Einzelheit ein wenig anders in Erinnerung. »Hervorragend! Ihr seid eine ausgezeichnete Sängerin und Dichterin«, sagte er dennoch und so ernst und überzeugend wie möglich.

Tsaiane legte die Stirn in kummervolle Falten, lächelte aber schalkhaft dabei. »Ja, das ist die Plage beim Verseschmieden, daß Reim und Wahrheit sich manchmal nicht recht zusammenfügen wollen. Doch genug davon.« Sie winkte dem Schankburschen, bestellte *Feuer* und Bier, und das alles geschah so schnell, daß Anselm versäumte, ›Ihr seid selbstverständlich mein Gast‹ zu sagen.

Nachdem die Bardin das Becherchen mit dem Schnaps in einem Zug geleert hatte, blickte sie Anselm bedeutungsvoll an. »Anselmo, Ihr habt eine Schwester«, sagte sie, fast verschwörerisch. »Tula, eine Barbarenkapitänin – und Magierin, wie man munkelt –, auf deren Drachen ich nach Prem gereist bin, hat mir eine seltsame Geschichte erzählt, und diese Geschichte zusammen mit Eurer oder – besser – Eures Vaters Geschichte, läßt keinen anderen Schluß zu.«

»Ich weiß«, erwiderte Anselm. »Ihr Name ist Sylphinja, und sie ist ein ganz wunderbares Mädchen, nein, eine wunderbare Frau. Ich heiße übrigens nicht Anselmo, sondern Anselm, Anselm Peckert. Meinen Künstlernamen benutze ich ...«

Aber was mit seinem Künstlernamen sei, seit wann und warum er ihn nicht mehr benutzte, schien Tsaiane nicht zu interessieren. Nun wollte sie alles über Sylphinja erfahren. Und so erzählte Anselm, was er seit dem damaligen Aufbruch von der *Silberfee* erlebt hatte.

Der Bericht dauerte lange. Tsaiane unterbrach ihr Gegenüber kein einziges Mal, um eine Zwischenfrage zu stellen. Offenbar wollte sie den Erzählfluß nicht stören. Ihr Mienenspiel, ihr gelegentliches Kopfschütteln und Stirnrunzeln verrieten jedoch, wie aufmerksam sie alles verfolgte und wie sehr die Geschichte sie gefangennahm. »Nun, wäre das kein Stoff für eine Ballade?« fragte Anselm, als er geendet hatte. »Ein Versepos mit mehr Strophen, als das Jurgalied sie hat?«

Tsaiane nickte eifrig. »Der gleiche Gedanke ist mir auch gekommen, während Ihr erzähltet. Eine seltsame, packende und anrührende Geschichte! Gut in Verse und Töne gefaßt, ließe sich viel Ehre damit einlegen ... Und Ihr wollt sie mir überlassen? Oder verkaufen?« Sie lachte plötzlich ihr dröhnendes Fuhrmannslachen und knuffte den überraschten Anselm gegen die Schulter. Doch unvermittelt wurde sie ernst. »Vielleicht wird man bald gar keine Lieder mehr singen«, sagte sie, und ihr Blick wurde seltsam leer. »Oder ganz andere ...«

»Was meint Ihr damit?«

Tsaiane schüttelte den Kopf. »Ich weiß es selbst nicht. Bisweilen befallen mich düstere Ahnungen, daß etwas Furchtbares geschehen wird ... Aber warum sich den Abend mit den Hirngespinsten einer alten Frau verderben ...«

»›Alte Frau‹ will ich nicht gehört haben«, erwiderte Anselm. »Ansonsten habt Ihr recht: Wir sollten uns den Abend nicht mit finsteren Gedanken verderben. Ich finde, nun seid Ihr an der Reihe mit Erzählen. Was habt Ihr getrieben und erlebt, seit wir uns das letzte Mal sahen?«

»Oh, das ist eine lange Geschichte«, sagte die Bardin und bestellte abermals Bier und *Feuer.* »Nicht ganz so aufwühlend wie die Eure, aber spannend allemal und auch spaßig zuweilen. Also, merkt auf: Kaum zwei

Stunden, nachdem wir – ›wir‹, das ist die Reisegruppe, der ich mich angeschlossen hatte – die *Silberfee* verlassen hatten, kam uns auf der Straße nach Nostria ein seltsamer kleiner Herr entgegen. Er ritt ein Maultier, trug einen grauen Umhang und einen spitzen grauen Hut, beides mit allerlei fremdartigen Zeichen geschmückt, und ich dachte so bei mir: ›Ob der Gute wohl ein Magus ist?‹ Und kaum hatte ich es gedacht, da lüpfte der Alte seinen Hut, und ein Schwall feinsten…«

»Madame Drosselanger?« Ein livrierter Lakai hatte, von Tsaiane und Anselm unbemerkt, die Schenke betreten und verneigte sich nun vor der Bardin.

»Ja, das bin ich«, bestätigte Tsaiane, weniger verblüfft, als Anselm erwartet hatte.

Der Diener zog ein auf Handtellergröße gefaltetes Briefchen aus dem Ärmelaufschlag und überreichte es der Sängerin mit einer zweiten Verbeugung. Tsaiane betrachtete es einen kurzen Augenblick lang, dann erbrach sie das Siegel und las. Eine feine Röte färbte ihre Wangen, während ihre Augen die Zeilen überflogen. »Anselmo, ich meine Anselm, es tut mir leid, aber ich werde Euch meine Geschichte ein andermal erzählen müssen. Man… Ich… Ja, ich muß fort«, sagte sie nach Ende der Lektüre. Sie erhob sich, leerte ihr Bierglas, ging zur Bühne, wo noch ihr Barett lag, warf einen stirnrunzelnden Blick hinein, ließ die Münzen, die es enthielt, in die Tasche ihrer Beinkleider gleiten, setzte die Kappe auf und kehrte zum Tisch zurück. Sie streckte Anselm die Hand entgegen. »Anselm, es hat mich gefreut, Euch wiederzusehen, und ich hoffe, daß es nicht unsere letzte Begegnung war. Lebt wohl, und mögen die Götter Euch schützen.«

So verwirrt Anselm war, diesmal gelang es ihm doch, sich zu erheben. »Aber Tsaiane! Wo wollt Ihr hin? Ich meine, wollt Ihr mir nicht erklären… Euer Aufbruch kommt so plötzlich…«, stammelte er, aber Tsaiane schüttelte kaum merklich den Kopf.

»Das Schicksal ruft«, flüsterte sie verschwörerisch, »und wenn nicht das Schicksal, so das Abenteuer.« Sie entzog dem jungen Mann die Hand und folgte mit schnellen Schritten dem Lakaien, der schon die Tür für sie aufhielt. Bevor sie die Schenke verließ, wandte sie sich noch einmal um. »Mögen die Götter Euch schützen!« wiederholte sie und war so schnell in der Nacht verschwunden, daß Anselm nicht wußte, ob sie sein »Auch Euch mögen Sie schützen!« noch gehört hatte.

Ein paar Herzschläge lang stand der junge Mann wie erstarrt, den Mund geöffnet, dann eilte auch er zur Tür. Doch als er einen Blick auf die dunkle Gasse warf, sah er dort nichts als eine prunkvolle Kutsche, die eilig davonrollte.

Nachbemerkung

Einige der Freunde, denen ich das Manuskript zu lesen gab, merkten an, daß die in dem Roman beschriebene Magie an einigen Stellen nicht ›regelkompatibel‹ sei. So kenne das Regelwerk zum Beispiel weder das in dieser Form gestaltete magische Nähen, Singen und Tätowieren noch eine magieverstärkte Seelenheilung. Es sei auch nicht erlaubt, wurde mir gesagt, zu zweit mit dem Besen zu fliegen, und die kleine Hexe Sylphinja, so belehrte man mich, sei gar keine Hexe, sondern eine Freizauberin. Dem möchte ich folgendes entgegenhalten:

1. Ein Roman ist kein Abenteuermodul – er muß nicht spielbar oder nachspielbar sein.

2. Es gibt – hierorts und soweit man weiß – keine Magie: Besen können nicht fliegen und Katzen nicht sprechen. Man kann also beim Beschreiben von Zauberei nicht auf eigene Erfahrungen oder Fachliteratur zurückgreifen. Daher habe ich mich bemüht, magische Vorgänge so zu gestalten, daß sie stimmungsvoll sind und dem entsprechen, das wir insgeheim als ›aventurisches Feeling‹ bezeichnen. In der Welt des *Schwarzen Auges* existiert Magie, aber das bedeutet nicht, daß sie dort etwas Alltägliches und rational Erklärbares ist. Dem Magischen sollte meiner Ansicht nach immer auch etwas Dunkles, Geheimnisvolles, Unergründliches und Unwägbares anhaften, zumindest was magische Kreaturen und diejenigen magiebegabten Heldentypen betrifft, die ich die erdhaften, naturhaften, intuitiven nennen möchte: Schamanen, Druiden, Hexen

und Elfen. Warum sollte Satuaria ihrem Liebling Sylphinja nicht die Fähigkeit verliehen haben, die magischen Kräfte zu ›verströmen‹, mit ihnen in etwas ›einzudringen‹, die Nähe von etwas zu ›erspüren‹? Und wer will entscheiden, wie sich Levthans göttliche Macht auf die Flugeigenschaften eines Hexenbesens auswirkt? Bei akademisch gebildeten Magiern, die das Zaubern als Wissenschaft betrachten und betreiben, mag der Fall anders liegen, aber mit diesen haben wir es im vorliegenden Roman nicht zu tun.

Ich hoffe, ich habe diejenigen unter den Lesern, denen Regeltreue sehr wichtig ist, nicht verprellt und ihnen die Freude an der Lektüre genommen. Das täte mir leid.

Gerresheim, im Juni 1996 INA KRAMER

Anhang

Erklärung aventurischer Begriffe

Die Götter und Monate

1. Praios = Gott der Sonne und des Gesetzes – entspricht Juli
2. Rondra = Göttin des Krieges und des Sturmes – entspricht August
3. Efferd = Gott des Wassers, des Windes und der Seefahrt – entspricht September
4. Travia = Göttin des Herdfeuers, der Gastfreundschaft und der ehelichen Liebe – entspricht Oktober
5. Boron = Gott des Todes und des Schlafes – entspricht November
6. Hesinde = Göttin der Gelehrsamkeit, der Künste und der Magie – entspricht Dezember
7. Firun = Gott des Winters und der Jagd – entspricht Januar
8. Tsa = Göttin der Geburt und der Erneuerung – entspricht Februar
9. Phex = Gott der Diebe und Händler – entspricht März
10. Peraine = Göttin des Ackerbaus und der Heilkunde – entspricht April
11. Ingerimm = Gott des Feuers und des Handwerks – entspricht Mai
12. Rahja = Göttin des Weines, des Rausches und der Liebe – entspricht Juni

Die Zwölf = Die Gesamtheit der Götter
Der Namenlose = Der Widersacher der Zwölf

Maße, Münzen und Gewichte

Meile = 1 km
Schritt = 1 m
Spann = 20 cm
Finger = 2 cm
Dukat (Goldstück) = 50 DM*
Silbertaler (Taler, Silberstück) = 5 DM*
Heller = 0,5 DM*
Kreuzer = 0,05 DM*
Unze = 25 g
Stein = 1 kg
Quader = 1 t

Himmelsrichtungen

Osten (Rahja), Süden (Praios), Westen (Efferd), Norden (Firun)

Begriffe, Namen, Orte

Aal = torsionsbetriebenes Schiffsgeschütz (Scherzname)
Adawadt = aventurischer Riese
Albernia = westliche Provinz des Mittelreiches
Almada = südliche Provinz des Mittelreiches
Alveran = Wohnort der Götter
Alveraniar = Götterbote
Answinismus = Herrschaft des Thronräubers Answin Rabenmund
Arange = südliche Frucht mit rötlichgelber Schale
Aranien = südöstliche Provinz des Mittelreiches
Bannstrahl = Orden der Praioskirche
Beleman = kräftiger Westwind
Belmart = aventurische Heilpflanze
Boronanger = Friedhof

---

* Neue DSA-Regeln sehen einen realistischeren Umrechnungsfaktor vor. Hiernach ist der Dukat ca. DM 250,– wert. Auch die anderen Münzwerte sind entsprechend anzuheben.

Dere = die Welt
Difar = niederer Dämon (flinker Difar = Durchfall)
Donf = aventurische Heilpflanze
Feldscher = Wundarzt im Kriege
Garethi = aventurische Hochsprache des Alten und Neuen Reiches
Glantuban = aventurischer Riese
Goldleim = ätzender Saft der Naphtanstaude
Golgari = der Totenvogel, Borons Bote
Götterlauf = Jahr
Hjaldinger = Vorfahren der Thorwaler
Hranngar = sagenhafte Seeschlange, Gegner des Gottes Swafnir
Ifirn = die sanftmütige Tochter des Gottes Firun und einer Sterblichen
Imman = Mannschaftsballspiel (hockeyverwandt)
Levthan = von Hexen verehrter Halbgott
Lykanthropie = Lehre von den Werwesen
Madamal = Mond
Mibelrohr = aventurische Heilpflanze
Milzenis = aventurischer Riese
Mopsendronning = wörtlich: Busenkönigin, Thorwaler Bezeichnung für eine Frau mit auffällig großen Brüsten
Nahema = die (vermutlich) mächtigste Magierin Aventuriens
Namenlose Tage = 26. – 30. Rahja; die Namenlosen Tage werden dem Namenlosen zugeordnet, gelten als verflucht
Neunfinger = aventurischer Riese
Nostria = 1. Königreich nördlich von Albernia; 2. Hauptstadt des Königreichs Nostria
Novadi = rastullahgläubiger Tulamide
Oger = Menschenfresser
Ork = zweibeiniges pelziges Monster
Otta = Drachenschiff der Thorwaler
Ottaskin = Thorwaler Siedlungsform
Pathulin = Leim von extremer Klebkraft
Prem = Hafenstadt in Thorwal
Praioslauf = Tag
Praiosscheibe = Sonne
Rotze = torsionsbetriebenes Schiffsgeschütz (Scherzname)
Salza = Stadt in Nostria

Satuaria = Tochter Sumus
Schwarzes Auge = magisches Artefakt, mit dessen Hilfe man an einen anderen Ort blicken kann
Skalde = Thorwaler Barde
Sumu = Erdriesin
Sumus Leib = die Erde
Swafnir = pottwalgestaltiger, von den Thorwalern verehrter Sohn der Götter Efferd und Rondra
Tarnele = aventurische Heilpflanze
Tharf = geweihter Wein des Rahjakultes
Thorwal = 1. Land im Nordwesten, Heimat der Thorwaler; 2. Hauptstadt des Landes Thorwal
Traschbart = heilkräftige Baumflechte
Traviabund = Ehe
Tsafest, Tsatag = Geburtstag
Tulamide = südliche aventurische Volksgruppe
Ulmenwürger = aventurische Heilpflanze
Vierblättrige Einbeere (Vierblatt, Einbeere) = aventurische Heilpflanze
Zorgan = Hauptstadt von Aranien
Zorgan-Pocken = zumeist tödlich verlaufende Seuchenkrankheit

Das Schwarze Auge
„Deutschlands bekanntestes Rollenspiel“
Das Schwarze Auge
Fantastische Fantasie-Spiele
Abenteuer Basis-Spiel
Die Helden des schwarzen Auges
Regelbuch II
Schmidt Spiele
Hotline: 08165/924260
Schmidt Spiele